Erstes Kapitel

Zuerst kam der Regen. Der heiß ersehnte, kühlende Regen, der das Salz von den Decks spülte und Passagiere und Mannschaft nach oben trieb, wo sie in allen möglichen Gefäßen – Eimern, Töpfen und sogar Hüten – das kostbare Nass auffingen.

Nach der langen Reise vom Kap der Guten Hoffnung durch die Schwüle eines schier endlos scheinenden Sommers schüttelte sich die *Cambridge Star* wie ein Hund, der aus dem Wasser steigt. Bald waren die Segel wieder geschmeidig und blähten sich in den ersten Böen. Denn mit dem Regen kam der lang ersehnte Wind, der sie nun schnell an die Westküste Australiens bringen würde.

Kapitän Bellamy, der am Steuerrad stand, lächelte unter seinem dunklen, kurzgestutzten Bart. Es war seine erste Fahrt zu den Antipoden, und er war nicht ohne Furcht in den Indischen Ozean eingesegelt. In seinen Ohren klangen noch immer die Warnungen vor den unberechenbaren Winden nach, den Roaring Forties, die ein Schiff zu einer Geschwindigkeit von bis zu neunzig Knoten antreiben und die Wellen zu haushohen Mauern aufpeitschen konnten. Doch ihm hatte sich der Ozean gnädig gezeigt, vielleicht zu gnädig sogar, denn während all der langen Wochen, die hinter ihnen lagen, hatten sie kein einziges Unwetter erlebt. Im Gegenteil, es hatte sich nicht der kleinste Windhauch geregt, und da sie von einer hartnäckigen Strömung stetig nach Osten getrieben worden waren, lagen sie inzwischen in ihrem Zeitplan zurück. Aber weitaus besorgniserregender war, dass ihre Wasservorräte inzwischen unaufhaltsam zur Neige gingen.

Aber nun war das Schlimmste überstanden. Endlich würden die Passagiere aufhören zu jammern, denn jetzt konnten sie seinetwegen im Regen baden, wenn ihnen danach war, während dieser prächtige Wind ihr Schiff nach Perth treiben würde. Seiner Berechnung nach müssten sie Fremantle an der Mündung des Swan River in vier Tagen erreicht haben.

Als allerdings vierundzwanzig Stunden später ein Sturm aufzog, wich seine gute Laune einer tiefen Besorgnis. Der Regen prasselte in wahren Sturzbächen herab, der Wind wurde ständig heftiger, und das Barometer fiel. Aber er stellte sich dem Kampf mit den Naturgewalten, um die Herrschaft über sein Schiff zu behalten. Zwei Tage lang trotzte die *Cambridge Star* dem Unwetter, zwei Tage, in denen die Mannschaft keinen Augenblick zur Ruhe kam und hoch in den Masten die Segel abwechselnd hisste und raffte, um das Schiff im Kiel zu halten. Auch nachts ließ die tosende finstere See das Schiff nicht zur Ruhe kommen.

Währenddessen versuchten die Offiziere, die verängstigten Passagiere unter Deck zu beruhigen. In kürzester Zeit hätten sie die Schlechtwetterfront hinter sich gelassen, versicherten sie ihnen. Also beteten die Frauen, während sie über sich Holz splittern hörten, und die Männer eilten den Seeleuten an den Pumpen zu Hilfe. Am dritten Tag trat plötzlich wieder Ruhe ein. Der Ozean breitete sich spiegelglatt vor ihnen aus, und der Himmel strahlte in grellem Licht, als hätte die Sonne nichts Eiligeres zu tun, als die feuchtklamme Luft zu vertreiben. Und schon zeigten sich auf Deck die Privilegierten unter den Fahrgästen, die Erste-Klasse-Passagiere, um den Schaden zu begutachten und dem Kapitän zu seinem Geschick zu gratulieren.

Doch Kapitän Bellamy war unabkömmlich. Er müsse sich ausruhen, hieß es, und die Passagiere kamen überein, dass er sich seine Ruhe wahrlich verdient hatte. Dass sich das Schiff kaum noch von der Stelle rührte, lag wahrscheinlich an einer Flaute. Von diesen äquatorialen Windstillen hatten sie ja alle schon einmal gehört.

Währenddessen studierte Kapitän Bellamy in seiner Kajüte gemeinsam mit seinem Ersten Maat Gruber die Karten.

»Wir sind ziemlich vom Kurs abgekommen«, erklärte ihm Gruber, »und jetzt viel zu weit nördlich.«

»Und wir sind völlig machtlos«, ergänzte Bellamy besorgt. »Draußen weht nicht das kleinste Lüftchen. Dabei sind wir so nah am Ziel! Wie viel Zeit bleibt uns noch?«

»Das kann man schlecht sagen. Vielleicht nur ein paar Stunden, vielleicht aber auch noch ein ganzer Tag.«

»Dann trommeln Sie alle Männer zusammen, damit wir möglichst viel wieder in Ordnung bringen, solange das noch möglich ist«, stöhnte der Kapitän. »Vielleicht sind wir ja mit dem Schrecken davongekommen.«

Aber Gruber warf einen Blick auf das Barometer und schüttelte nur den Kopf.

Unter den Passagieren an Deck befanden sich auch die drei Mitglieder der Familie Delahunty. Doch Mrs. Delahunty konnte die drückende Hitze bald nicht mehr ertragen. »James, ich gehe zurück in unsere Kabine. Sonst komme ich hier oben noch um vor Hitze.«

»Ja«, stimmte er ihr zu. »Die Sonne liegt zwar hinter den Wolken, aber sie verbreitet trotzdem eine Teufelsglut.« Zum Schutz vor dem grellen Licht zog er sich den weißen Panamahut tiefer in die Stirn und blickte über das milchig weiße Meer. »Wenn man auf diesem großen Tümpel festsitzt, ist die Hitze wirklich unerträglich, meine Liebe. Ziehen wir uns also wieder zurück.«

»Unten ist es noch viel schlimmer«, meinte Sibell. Aber ihre Mutter widersprach. »Unsinn! Hier oben ist kein bisschen Schatten. Ich habe schon jetzt stechende Kopfschmerzen.« Damit raffte sie ihre schweren Röcke und stieg, gestützt auf ihren Ehemann, die schmalen Stufen herunter. Sibell betätigte sich als Schleppenträgerin.

»Ich muss mich ein wenig hinlegen«, klagte Mrs. Delahunty. »Dass du mir bloß nicht wieder an Deck gehst, Sibell! Das Sonnenlicht spiegelt sich nämlich im Meer und verdirbt dir womöglich den Teint.«

Sibell seufzte. Zum hundertsten Male warnte ihre Mutter sie auf dieser schrecklichen, endlosen Reise, sie würde sich den Teint verderben! Sie war gerade erst siebzehn, und in der gesamten ersten Klasse gab es niemanden in ihrem Alter – nur ältere Herrschaften und sechs grässliche quengelnde Kinder. Die Reisebekanntschaften ihrer Eltern hatten Sibell oft zu ihrer hellen Haut und ihrem guten Aussehen gratuliert. Völlig überflüssig, da es an Bord ja doch niemanden gab, der zählte und den sie mit ihrem guten Aussehen hätte beeindrucken können. Mit den recht zahlreichen jüngeren Leuten im Zwischendeck konnte sie sich ja wohl nur schwerlich zusammentun. Ihre einzige heimliche Freude war, wenn Mitglieder der Mannschaft – ziemlich ungehobelte Burschen – einander anstießen und ihr vielsagend zugrinsten. Sibell hatte so getan, als würde sie diese kleinen Schmeicheleien nicht bemerken, dennoch waren sie im trüben Einerlei der Tage eine willkommene Abwechslung. Sie rückte sich den Hut zurecht, strich ihren Rock glatt und wandte sich zum Salon. Wenigstens näherte sich ihre Reise jetzt dem Ende zu, und die Delahuntys konnten in dem sonnigen Land, das vor ihnen lag, ein neues Leben beginnen.

James Delahunty war ein Gutsbesitzer aus Sussex, den eine Folge von rauen Wintern und schlechten Ernten in wirtschaftliche Schwierigkeiten gebracht hatte. Als er schließlich schon den Mut verlieren wollte, war ein Brief von seinem Freund Percy Gilbert eingetroffen. Er lud die Familie Delahunty ein, in die neue britische Kolonie Perth zu kommen.

»In diesem Land«, schrieb Percy, »können wir nicht nur Hunderte, sondern Tausende von Schafen halten. Das Klima ist ausgezeichnet, die Winter sind mild; Schnee kennt man hier nur vom Hörensagen. Hier kann man ein Vermögen machen, allein schon mit dem Erwerb der großen Landstriche, die für nur zwei Pfund Sixpence pro Acre verkauft werden. Ich habe bereits mehrere Parzellen erworben, und es geht mir ausgezeichnet, zumal ich auch noch ein Stadthaus besitze. Wenn unsere beiden Familien ihr Geld zusammentun, könnten wir eine größere Besitzung erwerben und hätten für Generationen ausgesorgt.«

Für James kam dieser Brief wie ein Geschenk des Himmels. Ohne zu zögern, verkaufte er seine Farm und bereitete die Auswanderung mit allem Hab und Gut vor.

»Am besten bringst du deine eigenen Leute mit«, hatte Percy ihm geraten, »denn hier kommt man nur schwer an gute Arbeitskräfte. Die entlassenen Sträflinge sind faul und aufsässig, und die Schwarzen weigern sich, für uns zu arbeiten.«

Also befanden sich an Bord der *Cambridge Star* auch noch zwei Dienstboten und zwei Schafhüter, die sich dazu bereit erklärt hatten, die Familie Delahunty in die neue Welt zu begleiten.

Als Sibell den Salon betrat, waren nur zwei Tische besetzt, da sich die meisten Passagiere noch immer von ihrer Seekrankheit erholten. Nur wenige waren so glücklich dran wie die Delahuntys und mussten lediglich mit einer leichten Übelkeit fertigwerden, die rasch wieder verging, sobald sich das Meer beruhigt hatte.

Mr. und Mrs. Quigley, die an einem Tisch saßen und Karten spielten, luden Sibell zum Mitmachen ein.

»Sehen Sie nicht in die Ecke hinüber«, sagte Mrs. Quigley mit gesenktem Blick. »Dort sitzen zwei Frauen, die hier nichts zu suchen haben.«

Sibell, deren Sichtfeld von ihrer Hutkrempe eingeschränkt war, wären die beiden nicht weiter aufgefallen. Aber jetzt wurde sie neugierig. »Wer ist das?«

»Sie sind aus dem Zwischendeck, Miss Delahunty«, tuschelte Mrs. Quigley. »Dort habe ich sie schon mal gesehen, als der Steward mir den Gepäckraum gezeigt hat. Ich habe Mr. Quigley gerade gebeten, sie hinauszuschicken. Sind Sie nicht auch meiner Ansicht?«

Am liebsten hätte Sibell sich umgedreht, doch sie traute sich nicht. »Sie dürfen sich hier doch gar nicht aufhalten«, flüsterte sie. »Was würde der Kapitän dazu sagen!«

Mr. Quigley, ein gutmütiger Gentleman, zwinkerte nervös hinter seinen Brillengläsern. »Den Kapitän sollte man jetzt wirklich nicht stören. Der arme Mann muss hundemüde sein.«

»Das ist richtig«, meinte seine Frau. »Und deshalb bestehe ich darauf, dass du sie bittest, den Salon zu verlassen.«

»Wenn Sie ihnen erklären, dass dieser Raum für die erste Klasse reserviert ist, gehen sie bestimmt sofort«, meinte Sibell tugendhaft.

»Siehst du?« Mrs. Quigley war froh, dass sie von Sibell Unterstützung bekam. »Du musst auf der Stelle mit ihnen sprechen, Quigley.«

»Wie du meinst.« Er rückte noch in aller Ruhe seine schwarze Seidenkrawatte zurecht, bevor er sich von seinem Platz erhob. Dann schritt er gemächlich zu den beiden Frauen hinüber. Sibell nutzte die Gelegenheit, sich umzudrehen.

»Tut mir leid, meine Damen«, setzte Mr. Quigley an, »aber

Ihnen ist offensichtlich entgangen, dass diese Räumlichkeiten ausschließlich den Passagieren der ersten Klasse vorbehalten sind.«

»Na und?«, antwortete eine der Frauen gleichgültig. Sibell schnappte nach Luft. Die beiden waren noch recht jung und ordentlich gekleidet, doch alles an ihnen wirkte gewöhnlich.

Verblüfft stotterte Mr. Quigley: »Und deshalb muss ich Sie bitten, den Salon zu verlassen.«

»Warum sollten wir?«, fragte die gleiche Frau, und ihre Freundin fiel ihr ärgerlich ins Wort: »Bei uns dort unten ist es triefend nass und heiß wie in einem Backofen. Wir haben es gründlich satt. Und deshalb bleiben wir, wo wir sind.« Sie langte in ein Regal, in dem Bücher und Kartenspiele aufbewahrt wurden, nahm sich ein Päckchen und begann in aller Ruhe, eine Patience zu legen. Ihre Begleiterin, die sie beobachtete, lächelte herausfordernd.

Quigley trat den Rückzug an, aber seine Frau gab nicht so schnell klein bei. »Wenn Sie erste Klasse reisen wollen, hätten Sie eben auch dafür bezahlen müssen«, rief sie durch den Raum. »Sie haben hier nichts zu suchen. Und wenn Sie bleiben, dann müssen wir uns beim Kapitän über Sie beschweren.«

Aber die Frauen beachteten sie nicht. Sie sahen nicht einmal von ihrem Spiel auf, was Sibell beleidigender vorkam als eine freche Antwort. Sie war entrüstet.

»Ich fürchte, dies ist nur ein Vorgeschmack auf das, was uns bevorsteht«, flüsterte Quigley, an den Platz zurückgekehrt, den beiden Damen zu. »Man hat mir gesagt, dass ein derartig rüpelhaftes Verhalten in der Kolonie an der Tagesordnung ist.«

In diesem Moment kamen zwei Herren herein. Es waren der alte Mr. Freeman und sein Sohn Ezra, der in der Kolonie die Stelle des Gerichtsmagistrats antreten sollte.

»Ah! Quigley!«, rief Mr. Freeman. »Genau der Mann, den wir brauchen. Ich hatte gerade eine Meinungsverschiedenheit mit dem jungen Ezra hier …«

Trotz der Auseinandersetzung mit den beiden Frauen musste Sibell kichern, und selbst Mrs. Quigley verzog den Mund. Der junge Ezra war mindestens vierzig Jahre alt.

»Ich bin der festen Überzeugung«, fuhr der alte Mann fort,

»dass wir den Sturm noch längst nicht hinter uns haben. Ich glaube, das ist erst der Anfang.«

Ezra runzelte die Stirn. »Unsinn, Vater! Du siehst immer alles viel zu schwarz. Außerdem darfst du die Damen nicht beunruhigen.«

Dieser Streit zog sich offensichtlich schon seit einer geraumen Weile hin, denn Mr. Freeman stieß verärgert seine Krücke auf den Boden. »Ich will die Damen wirklich nicht beunruhigen«, fuhr er seinen Sohn an. »Und jetzt halt den Mund; ich unterhalte mich mit Mr. Quigley. Eine Frage, Sir, wissen Sie, was ein Zyklon ist?«

»Ja, davon habe ich schon gehört. Aber Mr. Freeman, Sie glauben doch wohl nicht ernstlich, dass dieser Sturm ein Zyklon war?«

»Nicht war, mein Herr. Er ist es«, rief der alte Mann nachdrücklich. »Und jetzt sind wir gerade in seinem Zentrum. Wir sollten uns darauf einstellen, dass es noch schlimmer kommt …«

Mrs. Quigley, die nie um ein Wort verlegen war, ergriff für Ezra Partei und bezeichnete die Vorstellung, dieser Sturm könnte noch einmal zurückkehren, als Unsinn. Sibell jedoch lief es kalt den Rücken herunter. Sie malte sich aus, wie ihr Schiff in den Wirbel des Zyklons hineingezogen wurde, sodass es kreiste wie ein hilfloses Fischlein im Strudel über einem Gully. Allerdings waren sie während des letzten Sturms nicht im Kreis herumgewirbelt worden, und deshalb schien es unwahrscheinlich, dass er sie wirklich in einem gewaltigen Strudel in die Tiefe riss, falls er überhaupt zurückkam.

Ezra vertrat die gleiche Ansicht, doch der alte Mann schrie seinen Sohn an: »Verstehst du denn nicht? Es steht nicht zur Debatte, ob der Sturm zurückkommt. Wir befinden uns im Auge des Zyklons, in seinem Zentrum, und dort herrscht Ruhe. Wir sollten uns bereithalten, um rechtzeitig die Rettungsboote zu besteigen, soweit das möglich ist. Schließlich gibt es nur zwei an Bord.«

»Er hat recht«, rief eine der fremden Frauen zu ihnen hinüber. »Genau das sagen sie auch unten im Zwischendeck. Die meisten Männer meinen, da kommt noch mehr auf uns zu.«

»Leider richtig«, fügte ihre Freundin hinzu. »Und deshalb

rühren wir uns hier auch nicht von der Stelle, ehe wir nicht wissen, was uns erwartet.«

Nun war es Mrs. Quigley, die mit Nichtachtung strafte. »Ich bin überzeugt, der Kapitän weiß, was er von diesem Wetter zu halten hat«, sagte sie zu Mr. Freeman. »Er hat uns sicher durch das letzte Unwetter gebracht, und so können wir darauf vertrauen, dass wir in guten Händen sind, wenn der Sturm zurückkehren sollte.«

»Pah!«, schnaubte der alte Herr. »Was seid ihr doch für Narren! Der Vordermast ist geborsten, und die Hälfte der Segel hängt in Fetzen ...« Er hinkte hinüber zu den beiden Frauen. »Darf ich die Damen zu einer Flasche Rotwein einladen? Ich habe einen ausgezeichneten Jahrgang zur Hand. Wir können genauso gut fröhlich untergehen.«

Entrüstet musste Mrs. Quigley mit ansehen, wie sie seine Einladung mit Freuden annahmen. »Kommen Sie, Miss Delahunty«, schnaubte sie. »Eine anständige junge Dame hat hier nichts mehr verloren.« Sibell folgte ihr gehorsam.

Mit einem Aufheulen schlug der Sturm am Abend wieder zu. Der Regen prasselte sintflutartig vom Himmel, und der Wind toste mit ohrenbetäubender Gewalt. Ob es noch der gleiche Sturm war oder ein anderer, schien Sibell nebensächlich, doch die anderen stritten sich noch immer darüber, als sie sich aus ihren überfluteten Kabinen in den Salon flüchteten. Während sich das Schiff die ganze Nacht aufbäumte, sodass das Holz knirschte, klammerte sich Sibell an ihren Vater. Alles schrie vor Angst. Im Salon herrschte tiefe Dunkelheit, und der Gestank nach Erbrochenem lag in der Luft. Sibell kämpfte gegen ihren Brechreiz an; gleichzeitig dröhnte ihr das Tosen der Wellen in den Ohren. Sie fragte sich, ob sie nun tatsächlich im Kreis herumgewirbelt wurden.

Krachend stürzte ein Mast über ihnen auf das Deck. Als das Schiff sich mit einem Ruck zur Seite neigte, wurden die Passagiere wie Puppen durcheinandergeworfen. Doch dann richtete sich das Schiff wieder auf. In dem Gedränge wurde Sibell von ihrem Vater getrennt. Noch hörte sie ihn rufen, doch dann wurde sie von einem Menschenstrom mitgerissen, der zur Tür stürmte, und konnte ihn nicht erreichen. Endlich gelang es ihr, sich zum Deck durchzukämpfen. Der dichte Regen raubte ihr die Sicht, und so klammerte sie sich an jedem Menschen, jedem Gegenstand fest, der ihr in den Weg kam. Da hörte sie den Ruf: »Zu den Booten!«

Aus reiner Neugier hatte sie sich schon am Nachmittag die beiden Rettungsboote angesehen, die Mr. Freeman erwähnt hatte. Da sie das Schiff nach dieser langen Reise in- und auswendig kannte, fand sie tastend den Weg zum nächstgelegenen Rettungsboot. Schon wurde sie von Händen gepackt, und ein Matrose rief ihr zu: »Rein mit Ihnen, kleine Dame!« Er warf sie dem nächsten Mann in die Arme, und dann wurde sie weitergereicht wie ein Kartoffelsack. Einen kurzen Moment lang überlegte sie, wie die Männer sie in der Dunkelheit überhaupt sehen konnten, doch im nächsten Augenblick rief sie schon nach ihren Eltern. Wo waren sie bloß? Und wer waren all die Leute, die sich an sie klammerten, die auf sie fielen? Als das Boot klatschend auf der Wasseroberfläche aufsetzte, kauerte sie auf seinem Boden. Zwar fuhr ihr der Aufprall in sämtliche Glieder, doch wenigstens war sie an einem sicheren Platz untergebracht. Denn an den gellenden Schreien erkannte sie, dass andere in den tosenden Ozean gerissen wurden. Verzweifelt versuchte sie, die Ohren vor ihren mitleiderregenden Hilferufen zu verschließen, Hilferufe, denen niemand folgen konnte, denn der furchterregend schwarze Ozean hatte seine Opfer schon verschlungen.

Inzwischen konnte Sibell einige der Leute im Boot erkennen; Männer fluchten, brüllten sich Kommandos zu und legten sich in die Riemen. »Nein!«, schrie sie. »Meine Eltern! Mr. und Mrs. Delahunty! Sie müssen sie doch kennen!« Verzweifelt stieß sie diese Worte wieder und immer wieder hervor und zerrte einen der Männer am Ärmel. »Wir können sie doch nicht auf dem Schiff lassen! Wir müssen zurück!«

»Lass mich los, du dummes Ding«, fuhr eine raue Stimme sie an. »Lass mich los, oder ich schmeiße dich über Bord.«

Dann wurde sie von kräftigen Händen ergriffen und festgehalten.

»Seien Sie still«, zischte eine Frau ihr zu. »Machen Sie keinen Ärger; die Männer haben anderes im Kopf.«

»Aber das Schiff! Wir müssen zurück aufs Schiff. Hier draußen ist es viel zu gefährlich.« Ihr kam es wie Wahnwitz vor, sich in diesem winzigen Boot dem Ozean anzuvertrauen, wo die Wellen über ihnen zusammenschlugen. Viel sicherer wäre es auf dem großen Schiff, mit all den Leuten, die es steuerten.

Da gellte eine Frauenstimme: »Sie geht unter. O Herr im Himmel, hilf uns, sie sinkt!«

»Wo? Wo?«, schrie Sibell.

»Dort hinten«, schluchzte die Frau. Als der erste blassgraue Schimmer das Ende dieser schrecklichen Nacht ankündigte, sah Sibell den Rumpf der *Cambridge Star*, der sich zur Seite neigte und unter dem schwankenden Horizont für immer verschwand.

Ein Schrei wie aus einer Kehle entrang sich den Passagieren im Rettungsboot, von Stimmen, die so unmenschlich waren, dass Sibell meinte, sie nie im Leben vergessen zu können. Dann begann die Frau neben ihr zu beten: »… Vater unser, der du bist im Himmel …« Sibell fiel in ihr Gebet ein. Dabei bewegte sie nur ein Gedanke: Hoffentlich hatten sich ihre Eltern ins andere Rettungsboot flüchten können!

Der Zyklon – alle waren sich einig, dass es ein Zyklon gewesen war – hatte sich verzogen. Schweigend und wie benommen saß Sibell zwischen all den Fremden, während das Boot langsam auf die Küste zugesteuert wurde. Alle waren glücklich, dass sie nicht tagelang ohne Wasser und Lebensmittel auf dem Ozean treiben mussten, denn die Westküste Australiens zeichnete sich bereits deutlich vor ihnen ab. Im Boot befanden sich nur vierzehn Menschen, obwohl eigentlich noch viel mehr hineingepasst hätten. Sibell hasste sie alle, denn in ihrer Trauer gab sie ihnen die Schuld, dass ihre Eltern nicht gerettet worden waren. Als sie jetzt über die dunkelgraue Wasserfläche blickte, entdeckte sie einen Mann, der sich an einen Holm klammerte, und hielt ihn für ihren Vater.

»Dort drüben!«, schrie sie auf. »Dort ist mein Vater! Rudern Sie hin!«

Sie folgten ihrem Wunsch. Erst wendeten sie das Boot, und

dann legten sie sich mit aller Kraft in die Riemen. Beim Näherkommen musste Sibell allerdings erkennen, dass es nicht ihr Vater war, sondern ein junger Mann. Winkend gab er ihnen zu verstehen, sie sollten sich beeilen, und plötzlich tauchten die vier Männer die Ruder so schnell ins Wasser, als ob sie gegen die Zeit anrudern würden. Sibell, die beobachtete, wie ihre Muskeln sich wölbten und ihnen der Schweiß übers Gesicht lief, bemerkte erst jetzt, dass sie hinter einem schwarzen Hai herhetzten, dessen glitzernde Rückenflosse direkt vor ihnen durchs Wasser zog. Und dann schrie der Mann auf. Es war ein markerschütternder Schmerzensschrei, der fast im gleichen Moment wieder abbrach, als der Mann die Arme hochriss und in der Tiefe versank. An der Stelle, wo das Meer ihn verschlungen hatte, färbte sich das Wasser blutrot.

Voll Entsetzen stellte Sibell sich vor, wie ihre armen Eltern vielleicht in diesem Augenblick auch Opfer der Haie wurden. Völlig außer sich stieß sie schrille Schreie aus, bis ihr jemand ins Gesicht schlug. »Halt den Mund«, fuhr ein Mann sie an. »Mit dir hat man nichts als Ärger.«

»Aber mein Vater und meine Mutter«, schluchzte sie. »Vielleicht schwimmen sie auch im Meer. Wir müssen sie suchen.«

Auf einmal packte eine völlig durchnässte Frau mit verzerrtem Gesicht Sibell beim Haar. »Sie haben meine Kinder«, kreischte sie mit wirrem Blick. »Geben Sie sie heraus!«

Die Männer rissen sie von Sibell los und schoben sie zum Bootsheck, wo sie sich zwischen zwei ältere Ehepaare hockte, die nur wie durch ein Wunder den Weg zum Rettungsboot gefunden haben konnten. Zu ihren Füßen lag stöhnend ein Mann, der seine Hand auf eine klaffende Wunde an der Brust presste. Aber niemand schien sich um ihn zu kümmern; zuerst einmal wurde einer Frau der gebrochene Arm mit einem Stofffetzen an den Körper gebunden. Sibell, die noch immer nicht ganz begriff, wie sie in dieses Boot gekommen war, starrte ihre Leidensgenossen nur entsetzt an.

Beim ersten Sonnenlicht lichtete sich der Schleier, der über dieser trostlosen Szenerie lag. Sibell rieb sich die Augen; sie hoffte, dass das alles nur ein schrecklicher Albtraum gewesen war. Sicher würde die vertraute Silhouette der *Cambridge Star* am Horizont zu sehen sein, wenn sie den Blick hob. Doch der Horizont lag verlassen da, und die Wrackteile des untergegangenen Schiffs, die auf dem Wasser trieben, bestätigten unmissverständlich die traurige Wahrheit. Und weit und breit kein anderes Ruderboot!

Als sie sich der Küste näherten, runzelten die vier Ruderer die Stirn. »Hörst du es auch?«, fragte einer. In seiner Stimme schwang ganz deutlich Furcht mit.

Sibell verstand nicht, worum sie sich Sorgen machten. Sie vernahm lediglich das beruhigende Geräusch der Brandung und das Knirschen des Sands, wie sie es von den Familienferien in Devonshire her kannte. Damals hatte sie es immer romantisch gefunden, doch nun war es nicht mehr als eine kurze Unterbrechung des Albtraums, der sie in diesem Rettungsboot gefangen hielt. Doch die peinigenden Ängste machten sich rasch wieder bemerkbar: Hatten ihre Eltern überlebt? Und was war mit den beiden Dienstboten Daisy und Tom und den beiden Schafhütern, Vater und Sohn? Wo waren sie?

Während die Ruderer die Lage besprachen, hatten sich die anderen Passagiere reglos im grellen Sonnenlicht ausgebreitet. Sibell ahnte zwar, dass etwas nicht in Ordnung war, aber sie konnte sich nicht vorstellen, was ihnen jetzt noch zustoßen sollte. Sie beugte sich vor und tippte einem der Männer auf die Schulter. »Sind dort Haie?«, fragte sie.

»Nicht, wenn du im Boot bleibst«, sagte der Mann mit einem finsteren Grinsen, das ihr Angst machte.

Immer deutlicher zeichnete sich vor ihnen die Küstenlinie ab. Sibell betrachtete den langen, weißen Strand, der vor dem ockerfarbenen Hinterland aussah wie ein Teppich, den jemand ausgebreitet hatte, um sie willkommen zu heißen. Hier und da erkannte sie einzelne Flecken von Grün. Das Tosen der Brandung wurde immer lauter.

»Ich kann nicht schwimmen«, sagte einer der Männer.

»Das macht nichts«, meinte ein anderer düster. »Wir müssen sehen, dass wir den Kahn ans Ufer bringen.«

Sie ließen die Ruder jetzt locker in den Riemen hängen, sodass sie auf der Strömung schaukelten. Ein Mann mit schwarzem Kraushaar und dunklem Bart beschattete die Augen mit der Hand. »Allmächtiger!«, murmelte er, als er den Blick von Norden nach Süden den Strand entlanggleiten ließ. »Diese Brecher sind gefährlich. Wir müssen hier weg.«

»Und wo sollen wir hin?«, fragte ein anderer. »Das ist der längste Strand, den ich je gesehen habe. Er nimmt einfach kein Ende. Aber wir können nicht endlos weiterrudern, und wir haben kein Wasser mehr. Wenn du mich fragst, dann sollten wir's riskieren.«

Der bärtige Mann blickte sich beunruhigt zu den Passagieren um. »Und was ist, wenn sie uns über Bord gehen? Sie würden es nicht überleben.«

Die Wellen, die sich vor ihnen überschlugen, waren wie ein beständiges Donnergrollen. Einer der Seemänner fuhr den Bärtigen an: »Seit wann kümmert dich das? Du hast doch nur Angst um deine eigene Haut!«

»Auf was warten wir noch?«, fragte Sibell. Die Männer wandten sich um und starrten sie entgeistert an. »Wir können doch nicht den ganzen Tag hierbleiben«, sagte sie. »Nun rudern Sie uns doch endlich an diesen Strand!«

Plötzlich brachen die Männer in lautes Gelächter aus, sogar der ungehobelte Bursche, der in der Nacht noch gedroht hatte, er würde Sibell über Bord werfen. »Die Dame hat gesprochen. Also los, auf geht's!«

»Nicht so hastig.« Der Bärtige wandte sich an Sibell. »Halten Sie gefälligst den Mund! Sie haben ja keine Ahnung, wovon Sie reden!«

»Doch. Sie haben Angst vor den Wellen, und dabei haben wir alle in diesem Boot schon viel Schlimmeres überstanden.«

»Das kann man doch nicht vergleichen«, fuhr er ihr ungeduldig über den Mund. »Das vor uns sind sechs Meter hohe Brecher und nicht nur Wellen, hoch wie ein zweistöckiges Haus, und wenn wir Pech haben, werden wir alle von ihnen zerschmettert. Also mischen Sie sich besser nicht weiter ein!«

»Warum nicht«, widersprach Sibell. »Anscheinend sind Sie ja unfähig, zu einem Entschluss zu kommen. Vielleicht sind die anderen schon längst am Strand.«

»Du meine Güte! Jetzt ist sie übergeschnappt!«, sagte der Bärtige. »Rudern wir doch noch ein Stück nach Süden.«

»Warum nach Süden?«, wollte ein Mann namens Taffy wissen. »Perth liegt im Norden.«

»Das stimmt nicht«, fuhr ein anderer Seemann dazwischen. »Gruber hat gesagt, wir wären vom Kurs abgekommen und befänden uns nördlich von Perth.«

Sibell hörte zu, wie sich die Männer stritten, während die beiden alten Ehepaare wie benommen dasaßen und sich bei den Händen hielten. Die geistig verwirrte Frau fing wieder an zu schreien. Dann war die Entscheidung plötzlich gefallen. Nach dem Ruf: »Zu den Rudern, Kameraden!« zuckte der bärtige Mann die Achseln, spuckte in die Hände und griff sich ein Ruder.

Sibell stürzte zu den Passagieren und weckte einen nach dem anderen aus einer Erstarrung. »Wacht auf!«, schrie sie. »Wacht auf und haltet euch fest!« Sie nahm ihre Leidensgenossen bei den Händen und bedeutete ihnen, sich am Bootsrand festzuhalten. »Die Männer wollen uns an den Strand bringen, und das könnte gefährlich werden.«

Die Ruderer wendeten das Boot zur Küste, und sogleich glitt es wie schwerelos auf den goldenen Sand zu. Von der ersten großen Woge, die sie erfasste, wurden sie nach oben getragen, sodass sie, festgeklammert an die Bootswände, einen Blick auf eine im blauen Dunst liegende Bergkette in der Ferne werfen konnten. Auch das Wellental war nicht so schlimm wie befürchtet, außer dass die Ruderer nicht mehr gegen die Strömung ansteuern konnten, da ihnen die Ruder fast aus den Händen gerissen wurden.

Wieder wurden sie nach oben getragen. Die Ruder griffen ins Leere, stachen wirkungslos in die salzige Gischt, und Sibell empfand die Geschwindigkeit, mit der die gewaltige Woge sie auf ihren Schultern zum sicheren Ufer trug, wie einen Rausch. Die warme Seeluft streichelte ihr Gesicht; Schaumflocken wurden an ihr vorbeigeweht. Dann kam das nächste Wellental, und sie verloren die Küste wieder aus der Sicht.

Sibell hatte keine Angst. Dies war die aufregendste Fahrt ihres Lebens, eine Fahrt, die sie in den Grenzbereich zwischen Leben und Tod führte und die sich von allem unterschied, was sie bis dahin erlebt hatte. Das tiefgrüne Meer unter ihr funkelte so kristallklar, dass sie schon fast versucht war, in seine verlockenden Tiefen hinabzutauchen.

Eine Delphinfamilie schloss sich ihnen an und maß ihre Kräfte mit denen der vier Ruderer, die die Blätter nun wieder tief ins reißende Wasser tauchten, um den Rücken des nächsten Brechers zu erklimmen. Verzweifelt versuchten sie, den höchsten Punkt zu erreichen, bevor ihre Massen sich zu einer neuen Woge aufgetürmt hatten. Denn inzwischen waren sie dem Strand so nahe gekommen, dass eine jede von ihnen ihre Rettung sein konnte.

Die Delphine sprangen in die Luft und tauchten wieder ins Wasser. Sie ließen sich von der Dünung tragen. Dann setzten sie sich vor das Boot, als wollten sie die Ruderer davon abhalten, auf den Punkt zuzusteuern, an dem sich die Wellen brachen.

Sibell bestaunte diese fröhlichen Geschöpfe, die so wissende Augen hatten. Sie hätte den Arm ausstrecken und sie streicheln können, wenn das Boot von der Brandung nicht so schnell fortgerissen worden wäre. Plötzlich zogen sich die Tiere zurück, und als die Ruderer das Boot auf den Gipfelpunkt brachten, stutzten die Tiere und ließen ihre schmetternden Warnrufe ertönen. Und während das Boot über den Kamm einer gewaltigen, sich brechenden Welle gen Himmel geschleudert wurde, tauchten sie in die Tiefe. Jetzt hatte das Boot die Wellentäler hinter sich; die neue stäubende, brüllende Woge trieb sie mit solch einer entsetzlichen Kraft auf das Ufer zu, dass die Ruder fortgerissen wurden und die vier Seemänner sich neben den angsterstarrten Passagieren an den Bootsrand klammerten. Und weiter ging es, in wildem Sturm auf die Küste zu, und während der ganzen wilden Jagd tanzte das zerbrechliche Boot wie eine Siegestrophäe hoch oben auf den Wellen.

Aber es sollte ihr letzter Triumph sein. Die Woge, die sich in nichts von den anderen der australischen Westküste unterschied, warf sich auf den Sand, wie Wogen es seit undenklichen Zeiten tun. Nachdem das vollbracht war, zog sie sich in saugenden Kräuseln zurück, um sich vereint mit den grünen Tiefen erneut aufzubauen und einen weiteren Ansturm auf die namenlose Küste zu unternehmen.

Sibell ahnte, dass alles zu schnell ablief. Während sie sich verzweifelt festhielt, warf sie einen Blick in die Tiefe. Die trügerische See vor ihren Augen wirkte nicht gefährlicher als grüne Götterspeise. Es sah aus, als würde das Boot die Woge hinaus bis zur schäumenden Krone gleiten, um den wilden Ritt fortzusetzen. Doch diesmal ging es schief. Der Kamm der riesigen Welle fiel in sich zusammen, und das Boot stürzte kopfüber in den Abgrund. Die wahre Kraft der Woge schlummerte in ihrer Tiefe. Das Wasser ergriff das Boot, das wie ein Streichholz in die gischtsprühende Luft geschleudert wurde.

Noch bevor Sibell Luft holen konnte, wurde sie in einen tiefen grünen Tunnel geworfen. Der Tod schlug über ihr zusammen, eine schaumgekrönte Wasserwand, die noch eine Sekunde gezögert hatte, ehe sie sich donnernd auf sie stürzte. Sibell wurde in unendliche Tiefen gerissen.

Mit aller Kraft versuchte sie, sich an die Oberfläche zu kämpfen, doch sie wusste nicht, in welche Richtung sie sich wenden sollte. Dann wurde sie vom Wasser fortgerissen. Eine Strömung erfasste sie. Zwar trug sie Sibell an die rettende Oberfläche, gab sie jedoch nicht aus ihren Fängen frei. Immer wieder wurde ihr zierlicher Körper hochgeschnellt und gegen den Sandboden am seichten Ufer geschleudert. Dann wurde das bewusstlose Mädchen unsanft auf den schimmernden Strand geworfen.

Der bärtige Mann watete durch die Brandung. Noch immer konnte er nicht glauben, dass er wieder festen Boden unter den Füßen hatte und dem tobenden grünen Hexenkessel entkommen war. Als die letzte Welle über seinen Schultern zusammenbrach, stolperte er; er ließ sich erschöpft in den weichen Sand sinken und sah zu, wie sich das Wasser zurückzog. Mit einem Stoßseufzer kroch er dann auf den trockenen, heißen Strand.

Dort stand Taffy und grinste ihn an. »Sieh mal da! So schlimm war's doch auch wieder nicht.«

»Ich hatte mit dem Leben schon abgeschlossen«, keuchte der Gerettete.

»Da wärst du in guter Gesellschaft, mein Freund. Das Boot ist beim Teufel, und die Passagiere liegen irgendwo auf dem Meeresgrund. Von Leonard, der mit uns an den Rudern war, keine Spur, aber dort hinten ist Jimmy und spuckt das Meer gerade literweise aus.«

»Und sonst niemand?«

»Nein. Ein paar Ertrunkene sind dort drüben angeschwemmt worden, und ein paar andere liegen weiter hinten. Du hattest recht, mit diesen Brechern konnten wir es nicht aufnehmen.« Staunend blickte er aufs Meer. »Herr im Himmel, sieh dir die Wellen an! Man kann nicht über sie hinwegsehen! Also wenn welche von uns dort draußen geblieben sind, würden sie sicher schon längst von Haien gefressen.«

Der Bärtige schüttelte den Kopf, um wieder in die Wirklichkeit zurückzufinden. Taffy schien es nichts auszumachen, dass so viele von ihnen ertrunken waren, und in seiner Erleichterung, dass er überlebt hatte, konnte auch er nicht viel Trauer für sie aufbringen. Jetzt zählten sie nicht mehr.

»Dann komm mal wieder auf die Füße«, meinte Taffy. »Sonst kriegen wir hier noch einen Hitzschlag. Wir machen uns auf den Weg nach Perth.«

Sofort gerieten die drei Männer wieder in Streit. Wo lag Perth, im Norden oder im Süden? Taffy und Jimmy wollten nach Norden, doch da er fest davon überzeugt war, dass die Stadt südlich von ihnen lag, ließ er sie schließlich allein aufbrechen. Aus irgendeinem unerklärlichen Grunde war er froh, sie los zu sein. Dass er allein zurückblieb, machte ihm nichts aus. Zunächst einmal kroch er erleichtert den Strand entlang. Noch war er nicht so weit, sich auf den Weg zu machen. Ihm kam es so vor, als hätte ihm der Ozean die Freiheit geschenkt, ihm die Möglichkeit gegeben, sein Leben neu zu beginnen, und er wollte sein Glück in aller Ruhe auskosten.

Damals, das war in Belfast gewesen; ein schrecklicher Arbeitsplatz für ihn, einen schlaksigen Jungen, der nur aus Haut und Knochen bestand. Während er in das enge Büro der Fabrik eingesperrt war, hatten ihm die Mädchen an den Maschinen feurige Blicke zugeworfen, doch nie hatte er gewagt, sie zu erwidern. Und dabei hatte er sich eigentlich für einen großen Liebhaber gehalten. Aber er hatte weder das Geschick noch das gute Aussehen gehabt, um auf diesem Gebiet Erfolge zu verzeichnen. Als er jetzt dem Pfeifen des Windes lauschte, der über die schaumgekrönten Wellen strich, musste er lachen. Die Natur hatte sich Zeit gelassen, aber letztlich war er doch noch für diese

Schlappen entschädigt worden, als sein Körper kräftiger, seine Haut glatter und sein Kinn fester wurden. Seitdem waren die feurigen Blicke mehr als nur Scherz und Narretei.

Inzwischen war er viel herumgekommen und hatte alle Arten von Arbeit angenommen. Einmal war er sogar in einer Bank angestellt gewesen, und für die Schwierigkeiten, die er dort bald bekam, machte er die Frauen verantwortlich. Für Liebschaften brauchte man Geld, und eine Bank voller Bargeld war mehr, als ein armer Mann wie er ertragen konnte. Als das Gerede begann, hatte er schnell gekündigt und Hals über Kopf Belfast verlassen, was ihn weiter nicht reute.

Liverpool war ein hartes Pflaster, viel schlimmer noch als Belfast. Fremde hatten es nicht leicht, dachte er, als er sich an jene Jahre erinnerte. Arbeit gab es nicht, doch da ein Mann nun einmal von etwas leben musste, hatte er mit der Hilfe einer verrückten Irin die Geldbörsen vornehmer Damen geplündert, die sich von ihm leicht um den Finger wickeln ließen. Später allerdings war es zu weiteren Vorfällen gekommen, an die er nicht so gern zurückdachte und die ihn veranlasst hatten, Liverpool zu verlassen.

Es war wirklich Glück gewesen, dass er ausgerechnet dieses verdammte Schiff, die *Cambridge Star*, gewählt hatte. Da er immer Augen und Ohren offen hielt, hatte er aus den Warnungen der Männer in der Takelage entnommen, dass das da kein gewöhnlicher Sturm war. Die Angst war ihm ganz schön in die Knochen gefahren. Zum Teufel mit den Regeln, die an Bord des Schiffs galten – er hatte sich so rasch wie möglich verdrückt und versteckte sich neben dem Rettungsboot. Wenn du etwas kannst, alter Junge, sagte er zu sich, dann ist es, zum richtigen Zeitpunkt zu verschwinden. Und dieser Zeitpunkt – so beschloss er – war auch jetzt wieder gekommen. Er würde Richtung Süden marschieren, so weit ihn die Füße trugen. Irgendwann musste er ja auf eine Menschenseele stoßen.

Als er sich das Gesicht mit Salzwasser abwusch, bemerkte er aus den Augenwinkeln, dass sich am Strand etwas bewegte. Die Frau, die weiter hinten auf dem Strand lag, hatte den Kopf gedreht. Er hatte die Leichen nicht weiter beachtet, sondern Taffy beim Wort genommen, dass sie ihr Leben ausgehaucht hatten. Schon beim Gedanken, sie untersuchen zu müssen, drehte sich ihm der Magen um. Doch diese Frau war noch am Leben, und zu allem Überfluss handelte es sich um das verflixte Mädchen aus dem Boot, das sie die »Prinzessin« getauft hatten.

Jemand wischte ihr das Gesicht ab. Es tat weh. »Aufhören«, sagte sie, wobei Sand aus ihrem ausgetrockneten Mund rieselte, und schubste den Mann weg. Dann sank ihr der Kopf wieder auf den Sand. Er ließ sie zufrieden.

»Wo bin ich?«, fragte sie nach einer geraumen Weile.

»Wo genau auf der Landkarte kann ich im Moment nicht sagen, doch in dieser Minute liegen Sie in den Sanddünen im Schatten eines netten Pandanusbaums.«

Letzten Endes spielte es auch keine Rolle. Sie spuckte noch mehr Sand aus. Ihr ganzer Mund war voll davon, er knirschte zwischen ihren Zähnen und kratzte sie im Hals. Sie stöhnte, als er sie auf den Rücken drehte. »Verschwinden Sie«, fauchte sie ihn an.

»Jetzt machen Sie mir bloß keinen Ärger«, schimpfte er. »Es war schwer genug, Sie hier raufzuschleppen. Und dabei tut mir selbst jeder Knochen im Leibe weh. Ich will Ihnen doch nur das Gesicht abwaschen.«

»So lassen Sie mich doch zufrieden. Meine Haut ist ganz wund.«

»Natürlich ist sie das. Anscheinend sind Sie mit der Nase voran auf den Strand gerutscht. Den Sand müssen wir jetzt abwaschen.«

»Au!«, rief sie. »Das brennt.«

Nachdem er mit dieser Arbeit fertig war, setzte er sich zurück. »Wahrscheinlich haben Sie ein paar Kratzer abbekommen, aber ansonsten ist mit Ihnen offenbar alles in Ordnung.« Er drückte ihr auf den Brustkorb. »Tut das weh?«

»Mir tut alles weh.«

»Aber schlimm ist es nicht?« Er drückte noch einmal, und als sie keine Regung zeigte, stand er auf. »Sie bleiben hier und ruhen sich aus. Ich sehe mich hier noch mal ein bisschen um.«

Sie öffnete die Augen und folgte ihm mit den Blicken. Als sie erkannte, dass es sich um den Mann mit dem Bart handelte, war sie froh, dass er fortgegangen war.

Am nächsten Morgen erwachte sie bei Sonnenaufgang. Verwirrt und verängstigt versuchte sie, den schrecklichen Albtraum abzuschütteln, der ihr immer wieder unheilverkündend vor Augen trat. Mit unsicheren Schritten ging sie am breiten Strand entlang und beobachtete verängstigt die gewaltigen Brecher, die den Horizont verdeckten. Wenn ihr taillenlanges Haar nicht so von Sand und Salz verklebt gewesen wäre, hätte sie sich dem Wasser niemals genähert. Doch da sie es nun einmal ausspülen musste, kniete sie sich an der Wasserlinie vor einer Mulde im Sand nieder, wo sich das Wasser gesammelt hatte, und benetzte vorsichtig Gesicht und Haare. So konnte sie wenigstens einen Teil des Sands entfernen. Doch mit einem Mal überkam sie wieder mit voller Wucht die Erinnerung. Zitternd vor Angst hockte sie da, während ihre verklebten Strähnen in der Sonne trockneten.

Dann betrachtete sie, was ihr geblieben war. Ihre Jacke aus Serge und ihr Rock waren weiß von verkrustetem Salz, und ihre Bluse war am Kragen zerrissen. Da sie ihre Schuhe verloren hatte, zog sie auch die Strümpfe aus und vergrub sie schamhaft im Sand. Plötzlich hatte sich der Mann in Hemdsärmeln und Kniebundhose vor ihr aufgebaut. Er nahm sie beim Arm und half ihr auf. »Kommen Sie, ich bringe Sie zurück unter den Baum. Gott sei Dank habe ich einen Krug mit etwas Wasser gefunden.«

Erst jetzt bemerkte Sibell, dass der Strand mit Wrackteilen übersät war. »Meine Eltern«, schluchzte sie. »Sie waren auch an Bord. Haben Sie sie gesehen?«

»Waren sie bei uns im Boot?«

»Nein.«

»Dann waren sie vielleicht in dem anderen. Bald werden wir mehr wissen.«

»Was ist mit den anderen Leuten in unserem Boot?«

»Ich fürchte, sie sind ertrunken, als das Boot gekentert ist. Zwei alte Leute sind tot angespült worden. Ich habe sie begraben.«

Sibell erbrach sich auf den Sand, bis sie nur noch Galle würgte.

Wieder in den Schatten des Baums zurückgekehrt, goss er ein wenig Wasser in einen Tiegel und reichte ihn ihr. »Ich habe den Strand abgesucht, aber leider können wir das meiste nicht gebrauchen.«

»Hat niemand sonst überlebt?« Seine Gleichgültigkeit ärgerte sie.

»Nur zwei Seeleute, aber die sind schon aufgebrochen. Sie sind nach Norden losgezogen, doch wir gehen nach Süden.«

»Ich gehe nirgends hin«, erklärte sie. »Ich bleibe hier an Ort und Stelle und warte auf das andere Boot.«

»Da können Sie lange warten, Miss. Es ist nämlich weit und breit kein anderes Boot in Sicht. Das Meer ist genauso leer wie mein Magen.«

»Man wird uns suchen«, beharrte sie.

»Möglich, aber da wir nicht wissen, wann, müssen wir uns schon selbst auf die Socken machen. Nun bleiben Sie jetzt mal ruhig hier sitzen. Ich gehe fischen.«

»Womit?«

»Vor der Küste schwimmt ein großer Schwarm Meeräschen. Vielleicht kann ich ja ein paar erwischen.«

Sibell war noch immer zu durcheinander, um sich weiter darum zu kümmern, was er tat. Zwar fragte sie sich kurz, was wohl hinter den großen Sanddünen sein mochte, doch sie war zu verzweifelt, um es herauszufinden. »O mein Gott!«, flüsterte sie. »Was soll bloß aus mir werden?«

Er kehrte tatsächlich mit einem Fisch zurück, den er mit seinem Taschenmesser zerlegte. »Ich bin viel zu hungrig, um jetzt noch mit Holzstöckchen ein Feuer zu entfachen – was mir auch nie jemand beigebracht hat –, aber dieses Problem ist schon gelöst. Sehen Sie mal, was ich gefunden habe … ein paar hübsche Flaschen Wein.«

»Ich trinke keinen Wein.«

»Sie kriegen auch keinen, der ist für den Fisch.«

Sie sah zu, wie er den rohen Fisch in Wein tränkte und ihr dann den Tiegel herüberreichte. »Bitte sehr. Nehmen Sie ein Stück. Eigentlich müsste er ja länger mariniert werden, aber …«

Sibell blickte starr in den Tiegel. »Rohen Fisch bekomme ich nicht herunter.«

»Wie Sie wollen.« Er nahm ein Stück tropfenden Fisch in die Hand und steckte es sich in den Mund.

»Das ist ja ekelhaft!« Sie wandte sich ab.

Nach einer Weile stellte er den Tiegel vor sie hin. »Hier ist Ihre Hälfte, und Sie essen ihn besser auf, bevor ihn diese Ameisen finden. Da marschiert nämlich gerade ein ganzes Heer dieser dicken, fetten Biester auf uns zu.«

»Das ist mir gleich.«

»Nun, Sie müssen's ja wissen. Ich sehe mich mal ein bisschen um, und wenn der Fisch bei meiner Rückkehr immer noch da ist, esse ich ihn selbst.«

Sie hatte Hunger, und deshalb brach sie ein paar Bröckchen von dem Fisch ab und kostete ihn. Er war warm und schmeckte scheußlich, doch sie wusste, dass sie ihn essen musste. Und so verspeiste sie ihn Bissen für Bissen, die so klein waren, dass sie nichts anderes schmeckte als den Wein.

Diesmal brachte er einen Fetzen Segeltuch mit, den er in breite Streifen riss. »Wickeln Sie sich das um den Kopf. Dann haben Sie Schatten«, erklärte er. »Sie dürfen keinen Sonnenstich bekommen. Und übrigens, ich heiße Logan. Logan Conal. Und wie heißen Sie?«

»Miss Delahunty«, antwortete sie gespreizt.

»Sehr gut, Miss Delahunty. Nehmen Sie den Tiegel und spülen Sie ihn da unten ab, während ich unsere Schätze zusammenpacke. Wir haben mehr Wein als Wasser, also könnte es interessant werden … troll dich, Mädchen.«

Barfuß lief sie über den heißen Sand, wobei sie den breiten Strand nach Lebenszeichen absuchte – vergebens. Sie spülte den Tiegel und lief zurück. Sie hasste ihn für seine groben Manieren. Er brachte nicht das geringste Verständnis für ihre schreckliche Lage auf.

Er schob den Tiegel in einen selbstgemachten Sack, den er an den Ecken zusammenknotete. »Dann wollen wir mal aufbrechen«, meinte er.

»Ich will aber nicht mit Ihnen gehen«, murmelte sie verstockt. »Wir sollten den anderen Seeleuten folgen.«

Er starrte sie an. »Ich bin kein Seemann.«

»Was sind Sie dann?«

»Das weiß ich noch nicht.«

Sie wusste nicht, was sie von ihm halten sollte. Er war ein stämmig gebauter Mann, unter dessen aufgerollten Ärmeln die Muskeln eines Landarbeiters hervorlugten. Über dem üppigen Bart funkelten ein Paar leuchtend grüne Augen, in denen mehr Spott zu lesen war als Mitgefühl. Mit Sicherheit hatte er nicht zu den Passagieren der ersten Klasse gehört, also wusste nur Gott allein, mit was für einem Menschen sie hier gestrandet war, mit dem sie nun zusammenleben musste. Wenn nur endlich jemand käme. Irgend jemand!

»Waren Sie schon einmal an dieser Küste?«, fragte sie.

»Nein.«

»Wieso geben Sie dann die Befehle? Die Seeleute werden schon gewusst haben, wohin sie gehen. Sie hätten dafür sorgen müssen, dass sie auf mich warten.«

»Nun hören Sie mal zu, Miss! Sie können dem Himmel dafür danken, dass sie ohne uns aufgebrochen sind. An der Gesellschaft dieser Männer hätten Sie nämlich keine große Freude gehabt.«

»Was wollen Sie damit sagen?«

»Das können Sie sich selbst ausrechnen«, antwortete er. »Und nun hoch mit Ihnen. Wir laufen am Wasser entlang, dann können wir wenigstens unsere Füße kühlen.«

Sibell stolperte hinter ihm her. Sein Benehmen stieß sie ab, aber sie wagte nicht, noch länger mit ihm zu streiten. Und so lief, taumelte und kroch sie den breiten, leeren Strand entlang, immer hinter seiner entschlossenen Gestalt her. Er schritt voran, ohne innezuhalten, und die flirrende Hitze ließ seine seltsam verzerrten Umrisse verschwimmen, denn auch er hatte sich diesen lächerlichen Sonnenschutz aus Segeltuch um den Kopf geschlungen. Eigentlich hätte sie ihre Kopfbedeckung am liebsten fortgeworfen, doch schon jetzt brannte ihre Gesichtshaut unter der gleißenden Sonne. Ihr traten die Tränen in die Augen. Ihre Mutter hatte sich immer so viele Sorgen um ihren Teint gemacht. Was würde sie nur sagen, wenn sie ihre Tochter jetzt sähe, mit einer Haut, die sich allmählich krebsrot verfärbte?

Und ihr Vater, dachte Sibell, hätte sicher einiges zu dem Benehmen ihres Begleiters zu sagen gehabt. Bestimmt waren

James Delahunty und Frau inzwischen schon in Perth. Sie waren schließlich nicht so dumm wie sie, in ein Rettungsboot mit einem Haufen Verrückter zu steigen! Sie musste ihm erklären, dass sie keine andere Wahl gehabt hatte, und das würde er sicher auch verstehen. Aber was würde ihre Mutter erst sagen, wenn sie erfuhr, dass sie hier mit einem fremden Mann allein war. Das war so peinlich, dass sie nur hoffen konnte, niemand würde es je erfahren. Sibell war fest davon überzeugt, dass Logan Conal ihren guten Ruf ruinieren würde. Schließlich hatte er sie gezwungen, letzte Nacht neben ihm zu schlafen, keinen Meter weit entfernt. Und wie es aussah, würden sie auch die kommende Nacht gemeinsam verbringen, diese und vielleicht noch viele andere. So lange zumindest, bis sie Perth erreicht hatten, vorausgesetzt, die Richtung stimmte. In Zeitschriften hatte sie schon Berichte von Paaren gesehen, die zusammen auf einer einsamen Insel gestrandet waren. Allerdings hatte sie sich nicht dazu herabgelassen, diese Artikel zu lesen, dazu waren sie viel zu unzüchtig. Beim bloßen Gedanken daran errötete Sibell, und Tränen strömten ihr die Wangen herab. Sie war für den Rest ihrer Tage gezeichnet: Dieser Mann hatte sie kompromittiert.

Logan Conal machte sich Sorgen. Der Nachmittag neigte sich dem Ende zu, und trotzdem hatten sie erst wenige Kilometer zurückgelegt. Ständig musste sich das Mädchen ausruhen. Diesmal hatte sie Seitenstechen. Dagegen konnte man nichts machen, und deshalb gab er ihr einen Schluck Wasser und wartete ab. Sie war so verwirrt und außer sich, dass es wenig Sinn hatte, sie noch mehr anzutreiben. Doch wenn sie nicht in Bewegung blieben, würden sie umkommen.

»Geht es wieder?«, erkundigte er sich.

»Ja, ich glaube, es ist vorbei.« Sie mühte sich auf die Beine und tat ein paar Schritte. Am feuchten Saum ihres Rocks klebte dick der Sand.

»Lassen Sie mich ein paar Zentimeter von Ihrem Rock abschneiden«, schlug er vor. »Dann schleift er nicht mehr über den Boden, und Sie kommen viel leichter voran.«

»Sie werden nichts dergleichen tun. Ich will doch nicht in Lumpen gefunden werden. Ist meine Jacke noch da?«

Er nickte. Es war nicht einfach gewesen, sie zur Herausgabe ihrer Jacke zu bewegen, und das, obwohl sie darunter eine Bluse trug. Doch schließlich hatte die Hitze gesiegt, nachdem er ihr versprochen hatte, er würde gut auf die Jacke achten, solange sie in seinem Segeltuchsack blieb.

»Ich habe mich entschlossen«, sagte sie jetzt, »hierzubleiben. Ich warte im Schatten dieser Sträucher, und wenn Sie in der Stadt angekommen sind, können Sie jemanden schicken, der mich abholt.«

»Auf keinen Fall. Sie kommen mit mir.«

»Ich laufe nicht einen Schritt weiter diesen dummen Strand entlang. In der prallen Sonne ist es viel zu heiß. Warum gehen wir nicht ins Landesinnere und suchen eine Farm?«

»Weil es so aussieht, als wäre die Gegend unbewohnt.«

»Im Landesinneren gibt es wenigstens Bäume, und wir hätten beim Laufen ein wenig Schatten. Aber das haben Sie wohl nicht bedacht.«

Er seufzte. »Miss Delahunty, für diesen Ausflug bin ich verantwortlich, und Sie werden tun, was ich Ihnen sage.«

Mit widerstrebenden, betont langsamen Schritten ging sie weiter. Er folgte ihr. Am liebsten hätte er ihr wie einem störrischen Esel einen ordentlichen Klaps auf den Allerwertesten verpasst. Stattdessen versuchte er sein Glück mit einer Gardinenpredigt.

»Ich habe nicht die Absicht, hier draußen zu verdursten. Aber wenn es doch passiert, ist es einzig und allein Ihre Schuld. Ich habe von Ihren Mätzchen gründlich die Nase voll. Schließlich sind Sie keine alte Frau, sondern jung und bis jetzt noch ganz kräftig. Also setzen Sie sich gefälligst in Trab, oder ich treibe Sie mit dem Stock an!«

Ein verblüffter Blick aus ihren grünen Augen traf ihn bis ins Mark. Der Mund blieb ihr offen stehen. Beinahe hätte Logan laut aufgelacht. Trotz ihres Sonnenbrands und der verfilzten honigblonden Mähne war sie ein atemberaubender Anblick.

»Wie können Sie es wagen!«, fuhr sie ihn an. Dann raffte sie den Rock und lief davon, wahrscheinlich, um ihm zu entkommen. Doch zumindest waren sie nun wieder unterwegs. Er lächelte, als er ihr mit großen Schritten folgte und ihre zierlichen

Fesseln bewunderte. Jetzt wusste er, dass es leichter war, sie anzutreiben, als sie zu führen.

Vier Tage zogen sie gen Süden. Sie ernährten sich von Fisch und kleinen Schlucken Wasser, und seine Begleiterin hatte sich ein forsches Marschtempo angewöhnt. Er dankte dem Herrn, dass es so viele Fische gab; die herumziehenden Schwärme von Meeräschen machten es ihm leicht, sie beide zu ernähren.

Das Mädchen war jetzt ruhiger. Bei Tagesende war sie zu müde, um sich noch zu beklagen, und sank, ihre kostbare Jacke als Polster unter dem Kopf, in den warmen Dünen rasch in einen tiefen Schlummer. Manchmal hörte er sie nachts aufschreien oder sogar weinen. Doch auch Alpträume würden ihn nicht dazu bringen, sie zu wecken, denn in ihrer Lage hatte sie jede Minute Schlaf bitter nötig.

Als sie schließlich auf Menschen stießen, hatte sie schon längst aufgehört, sich Gedanken um ihr Aussehen zu machen. Wegen der Gluthitze badeten sie immer wieder im Meer, und da sie ihre Kleider anschließend in der Sonne trocknen ließen, fielen diese allmählich in Fetzen. Und so sahen sie jetzt aus wie zwei Vagabunden.

Sibell bemerkte sie zuerst. »Da vorn sind Leute«, rief sie und fiel sofort in Laufschritt.

Als sie näher kamen, sahen sie zwei nackte schwarze Frauen bei einem, wie es schien, rituellen Tanz im Sand. Rhythmisch schwangen sie die Hüften und beobachteten mit gesenktem Kopf die Form ihrer Schatten. Als sie die Fremden auf sich zukommen sahen, hielten sie inne.

»Langsam«, rief Logan dem Mädchen zu. »Gehen Sie ganz ruhig auf sie zu. Wir wollen sie doch nicht verschrecken.«

Das Mädchen blieb stehen, bis er sie eingeholt hatte.

»Keine Angst«, raunte er ihr zu. »Strecken Sie die Hände aus, damit sie sehen, dass wir freundlich sind und keine Waffen bei uns tragen.« Er ließ den Segeltuchsack in den Sand gleiten und ging mit ausgebreiteten Händen auf die Frauen zu.

»Kommen Sie zurück«, rief das Mädchen ihm nach. »Sie dürfen nicht weitergehen.«

»Warum denn nicht?«, fragte er, ohne den Kopf zu wenden.

»Die beiden sind nackt, Mr. Conal.«

»Herr im Himmel!«, schnaubte er. »Nun stellen Sie sich doch bloß nicht so dämlich an!« Lächelnd trat er auf die beiden Frauen zu. Sie waren noch jung, und ihre festen schwarzen Körper glänzten in der Sonne. Mit einer Verbeugung grüßte er sie laut und deutlich: »Guten Morgen.« Die beiden brachen in ein nicht enden wollendes Kichern aus. Aus ihren schwarzen Gesichtern leuchteten große weiße Zähne.

»Sprechen Sie Englisch?«, fragte er. Doch er erntete nur eine erneute Lachsalve. Gleichzeitig musterten die Frauen neugierig dieses seltsame Paar bleicher Menschen.

Logan versuchte, das Gespräch nicht abreißen zu lassen. »Was haben Sie da?«, fragte er, wobei er auf ihre handgeflochtenen Hanfbeutel deutete.

Sie verstanden ihn und zeigten ihm die kleinen, geschlossenen Muscheln.

»Und was ist das?«, fragte er mit einem ratlosen Achselzucken. Anstelle einer Antwort widmeten sich die beiden Frauen wieder hingebungsvoll ihrer Beschäftigung, die ein Tanz zu sein schien. Mit schwingenden Hüften stampften sie die Füße fest in den feuchten Sand. Auf diese Weise beförderten sie weitere Muscheln an die Oberfläche, die sie zunächst anklopften und dann in den Beutel legten. Logan ahnte, dass es sich um etwas Essbares handeln musste. Unter großen Mühen brach er eine Muschel auf und fand in ihrem weißschimmernden Inneren tatsächlich etwas Fleisch. Doch erst, nachdem er es von der Schale gelöst und in den Mund gesteckt hatte, bemerkte er, dass an ihm jede Menge Sand klebte.

Währenddessen starrten ihn die schwarzen Frauen verwundert an, und er nickte ihnen zu. »Ihr habt recht«, sagte er. »Man sollte es zuerst waschen.«

Wieder lachten sie, wahrscheinlich über seine Dummheit. Aber Logan versuchte, die aufgelockerte Stimmung zu nutzen. Er fing an, einige Häuser in den Sand zu zeichnen, und versuchte, in Zeichensprache zu erfragen, ob sie Gebäude der Weißen kannten. Währenddessen machte ihm das Schweigen seiner Begleiterin zu seiner Verlegenheit bewusst, dass die Frauen nackt waren.

Doch die Eingeborenen betrachteten nur seine Zeichnungen

und blickten sich dann fragend an. Schließlich klatschte die größere der zwei in die Hände und wies aufs Landesinnere.

»Da haben Sie's«, sagte Sibell. »Das habe ich doch gleich gesagt. Im Inland.«

»Ach, halten Sie doch den Mund! Wo im Inland?«

Noch während er sprach, fiel ihm auf, dass sie auf einen furchterregend aussehenden Aborigine wiesen, der sich auf der höchsten Düne aufgebaut hatte und einen langen Speer in der Hand hielt. Der Schwarze machte eine rasche Kopfbewegung, und die beiden Frauen griffen hastig ihre geflochtenen Beutel und verschwanden zwischen den Büschen. Dann bedeutete er den Fremden, näher zu kommen.

Der Himmel hinter der nackten, schwarzen Gestalt war von solch tiefem Blau, dass Logan meinte, er könnte ihn mit den Händen greifen, und einige Sekunden war er von dem eindrucksvollen Anblick in den Bann gezogen. Eine ungeduldige Handbewegung von oben brachte ihn allerdings schnell wieder in die Wirklichkeit zurück.

»Sie bleiben hier«, befahl er dem Mädchen, doch wie üblich hatte er damit ebenso wenig Erfolg, als hätte er dem Wind befohlen, sich zu legen. Er hörte, wie sie hinter ihm herhastete.

»Guten Morgen«, rief er fröhlich, um den Angstschauer zu überspielen, der ihm über den Rücken lief. Der Eingeborene war ein großer, muskulöser Mann und sah aus, als befände er sich auf dem Kriegspfad. Das Haar hatte er mitten auf dem Kopf mit einem Knochen zu einem dicken Knoten zusammengesteckt; Gesicht und Körper waren mit weißer und gelber Farbe bemalt. Kleidung trug er nicht, doch um seinen Hals hing ein Strang bunter Bänder, die gleichen, die er um seinen beachtlichen Bizeps geschlungen hatte. Unterhalb der Taille trug der Aborigine einen engen geflochtenen Gürtel, der im Augenblick keine erkennbare Funktion hatte, da er seine beachtlichen Genitalien nicht vor den Blicken verbarg. Logan lächelte und streckte ihm freundlich die Hand entgegen. Geschieht ihr ganz recht, schmunzelte er insgeheim in Gedanken an die hochnäsige Miss Delahunty, die ihn daran hatte hindern wollen, sich den nackten Frauen zu nähern. Bestimmt würde sie bei diesem Anblick in Ohnmacht fallen. Wiederholt sah er zu ihr zurück, und wie er vermutet hatte, war sie in einiger Entfernung wie angewurzelt stehen geblieben und starrte angestrengt in eine andere Richtung.

Die dargebotene Hand nahm der Schwarze nicht, doch er murmelte ein paar Worte und tippte Logan dann mit dem Speer an, damit er nicht zu nah herankam.

»Logan!« Er wies auf sich selbst, um sich dem Schwarzen vorzustellen. Dann zeigte er auf das Meer, um zu erklären, woher sie kamen. Mit einem, wie er hoffte, fragenden Ausdruck deutete er dann auf den Aborigine.

Die dunklen Augen betrachteten ihn forschend. Schließlich schlug sich der Schwarze an die Brust und sagte: »Nah-keenah.«

Logan nickte und zog das wertvolle Taschenmesser heraus. Er hatte sich entschlossen, dass er es genauso gut jetzt gleich als Geschenk überreichen konnte, denn wenn sich die Eingeborenen als feindselig erweisen sollten, wäre es ohnehin nicht von großem Nutzen. Und im Augenblick brauchte er ihre Hilfe. »Ein Geschenk für Sie, Sir«, sagte er lächelnd.

Argwöhnisch musterte Nah-keenah das zusammengeklappte Messer. Dann stieß er einen schrillen Pfiff aus. Aus den Dünen tauchten drei weitere Schwarze auf, die die Fremden neugierig beäugten. Sie stellten sich hinter Nah-keenah und sahen zu, wie Logan das Messer auseinanderklappte und erst die zwei Klingen, dann den Pfeifenreiniger und schließlich den Korkenzieher herumzeigte. Zwar ging er davon aus, dass sie mit den letzteren Utensilien nicht viel anfangen konnten, doch allein der Umstand, dass sie sich aus diesem winzigen Gerät herausziehen ließen, machte die Aborigines neugierig.

Nach kurzem Zögern nahm Nah-keenah das Messer in die Hand. Er betrachtete die Klingen, prüfte sie mit seinen kräftigen Fingern und grinste. Das Geschenk war angenommen. Er wechselte ein paar Worte mit seinen Begleitern und verbeugte sich. Offensichtlich war es an der Zeit, aufzubrechen.

Vor Erleichterung zitterten Logan die Knie. Wenn sie mit diesen Leuten durch die Lande zogen, würden sie wenigstens Wasser und Nahrung haben. Da fiel ihm das Bündel ein, das er am Strand hatte fallen lassen. Nachdem er durch Gesten darauf aufmerksam gemacht hatte, wurden die beiden in den Dünen wartenden Frauen losgeschickt, um es zu holen.

»Wir gehen mit ihnen«, erklärte er dem Mädchen. »Also ziehen Sie ein freundliches Gesicht. Er heißt Nah-keenah.«

»Nah-keenah«, wiederholte sie und lächelte vage in Richtung des Schwarzen. »Ich heiße Sibell.« Sie fasste etwas Mut und zeigte auf sich selbst. »Sibell.«

Nah-keenah wirkte unbeeindruckt, und Logan hätte eigentlich gewarnt sein sollen. Doch er war viel zu sehr davon in Anspruch genommen, dass er endlich ihren Vornamen kannte. Sibell, das klang sehr hübsch …

Die drei anderen Männer wandten sich zum Gehen, und Nah-keenah wies Logan an, vor ihm herzumarschieren. Dieser gehorchte, allerdings nicht, ohne Sibell an seine Seite zu ziehen.

Das allerdings war Nah-keenah nicht recht. Der Schwarze holte aus und schlug dem Mädchen mit solcher Kraft ins Gesicht, dass sie mit einem Schmerzensschrei rückwärts in den Sand taumelte. Wutentbrannt wollte Logan sich auf den Aborigine stürzen, doch schon waren alle Speerspitzen auf ihn gerichtet. Also gab er diese Absicht auf und versuchte stattdessen, Sibell zu beruhigen. Weinend hielt sie sich die Wange; allem Anschein nach hatte der Schlag furchtbar wehgetan. »Beruhigen Sie sich«, sagte er. »Um Himmels willen, seien Sie still. Wir finden schon noch heraus, was dahintersteckt.« Sie schluchzte noch immer, als er ihr wieder auf die Beine half, und ihm fiel auf, dass die schwarzen Frauen, die inzwischen zurückgekehrt waren, nicht das geringste Mitleid mit ihr zeigten. »Anscheinend haben wir gegen das Protokoll verstoßen«, erklärte er Sibell. »Haben Sie keine Angst. Es sieht so aus, als dürften Sie nicht vor dem Häuptling hergehen. Besser, Sie bleiben bei den Frauen.«

Er rief die Aboriginefrauen herbei, damit sie Sibell in ihre Mitte nahmen. Dann wandte er sich mit einer Verbeugung an Nah-keenah. »Also gut, Häuptling, gehen wir!«, sagte er mit fester Stimme.

Die neue Marschordnung schien die Schwarzen zufriedenzustellen. Sie lächelten sich an und brachen gemeinsam mit Logan auf. Die Frauen folgten ihnen.

Auf ihrem Weg durch das heiße, ausgedorrte Land blickte Logan sich immer wieder nach Sibell um. Erleichtert stellte er fest, dass die schwarzen Frauen ihr halfen. Beide waren sie größer als Sibell, und da sie sie mit ihren starken Armen untergehakt hatten, berührten ihre Füße kaum noch den Boden. Mehrere Stunden später, als sie schließlich das Lager der Schwarzen an einer großen Lagune in einer ausgetrockneten Flussbiegung erreichten, brauchte allerdings auch Logan Hilfe. Seine bloßen Füße waren zerschnitten und blutig, hauptsächlich durch das harte, struppige Gras, das auf dem Boden der nahezu baumlosen Steppe wuchs.

Abgesehen von ihrem Verhalten gegenüber Sibell schienen die Aborigines liebenswürdige Menschen zu sein. Sie scherzten fröhlich miteinander in ihrer kehlig klingenden Sprache. Als sie nur noch wenige Meter zu gehen hatten, hoben zwei der Männer Logan hoch und tauchten ihn mit dem ganzen Körper in wunderbar kühles, klares Wasser. Die anderen kamen aus dem Lager herbeigelaufen und sahen zu.

Suchend blickte Logan sich nach Sibell um. Sie traf kurz nach ihm ein. Eine der beiden Frauen trug sie huckepack, was der kräftigen Schwarzen nicht die geringste Mühe zu bereiten schien. Man gestattete Sibell, sich ebenfalls ins Wasser zu legen. Missmutig bewegte sie die schmerzenden Glieder im kühlen Nass.

»Geht's einigermaßen?«, erkundigte er sich, wobei er bewusst eine Bemerkung über das feuerrote Mal über ihrem rechten Auge vermied, um sie nicht aufzuregen.

»Nein«, antwortete sie. »Ich hasse diese schmutzigen Leute. Wir hätten niemals mit ihnen mitgehen dürfen. Meine Füße sind wund, und ich sterbe vor Hunger.«

»Machen Sie sich keine Sorgen. Sehen Sie, gerade zünden sie Feuer an, also ist sicher auch bald Essenszeit. Wenn Sie sich schwach fühlen, legen Sie sich hier ans Ufer. Ich will mich in der Zwischenzeit mal ein wenig umsehen.«

Logan wusste, wovon er redete, denn auch er war so schwach, dass er sich kaum noch ins Lager schleppen konnte. Doch zumindest boten seine tropfnassen Kleider vorübergehend Schutz vor der glühenden Hitze.

Niemand beachtete ihn, als er um die Gruppe von Eingeborenen strich. Sie alle waren mit ihren eigenen Angelegenheiten beschäftigt. Schließlich ließ er sich erschöpft unter einen Baum sinken, um abzuwarten, was als Nächstes kommen würde. Er musste eingeschlafen sein, denn nur allmählich wurde ihm bewusst, dass ihn jemand anstarrte. Eine ältere, knorrige Frau kniete neben ihm und wartete, dass er die Augen öffnete. Sie hatte zwei Holzschüsseln mit Essen vor ihn hingestellt; eine mit Nüssen und Beeren und eine andere mit verkohltem Fleisch, unzweifelhaft irgendeinem Geflügel. Logan stieß einen erleichterten Seufzer aus. »Vielen Dank«, sagte er, bevor er sich auf das Fleisch stürzte. Obwohl es nur notdürftig gerupft worden war, kam es ihm wie die beste Mahlzeit seines Lebens vor – Ente, da war er ganz sicher, eine wunderbare, saftige Ente. Er hatte schon fast den ganzen Vogel verzehrt, als ihm plötzlich Sibell einfiel. Besorgt blickte er sich um. Sie saß in seiner Nähe, den Rücken an einen Chinarindenbaum gelehnt. »Haben Sie was zu essen bekommen?«, rief er ihr zu.

»Ja«, antwortete sie. Obwohl es alles andere als begeistert klang, wandte Logan sich beruhigt wieder seiner eigenen Mahlzeit zu.

Eine andere Frau, die ihn aufmerksam beobachtet hatte, brachte ihm ein großes Paket versengter Blätter, das sie ehrerbietig öffnete und ihm dann reichte. Es enthielt gut durchgedünsteten Fisch, und Logan machte sich gar nicht erst die Mühe, herauszufinden, was es war. Er merkte nur, dass er so fett war wie Lachs und sogar noch besser schmeckte. »Vorzüglich«, sagte er zu seinen beiden eingeborenen Kellnerinnen, und sie lächelten ihn wohlwollend an. Da der Fisch so groß war, hielt er es für angebracht, ihnen etwas davon anzubieten. Entgegen seiner Erwartung nahmen sie seine Einladung an und griffen sogleich herzhaft zu. Logan, der seinen Fehler rasch bedauerte, schnappte sich schnell die letzten Reste.

Auch die Nüsse und Beeren schmeckten vorzüglich. Irgendwann später, beschloss er wohlig, wollte er herausfinden, von welchen Pflanzen sie stammten. Aber nicht jetzt, jetzt noch nicht …

Die Frauen nahmen ihre Schalen und ließen ihn allein. Logan betrachtete seine Begleiter. Nun, nach dem Essen, war die Trennung zwischen den Geschlechtern aufgehoben. Die Eingeborenen ließen sich ins Gras zurücksinken oder hockten im Schneidersitz im Kreis und unterhielten sich ruhig, während rundbäuchige Kinder zwischen ihnen umherkrabbelten und Hunde nach Knochen suchten, die von der Mahlzeit übrig geblieben waren.

Die blutrot untergehende Sonne verlieh der schwarzen Haut der Aborigines einen kupferfarbenen Glanz, und Logan vermutete, dass sie für morgen einen neuen heißen Tag ankündigte. Alles war friedlich und zufrieden, zumindest bis zum Sonnenuntergang. Kaum war der Feuerball unter dem Horizont verschwunden, wurden sie jedoch von einer Horde Mücken überfallen. Wütend schlug Logan auf sie ein. Die Schwarzen jedoch schienen von ihnen nicht behelligt zu werden, was Logan reichlich ungerecht fand. Mühsam stemmte er sich hoch und ging zu Sibell hinüber, um nach ihr zu sehen. »Hat Ihnen Ihr Abendessen geschmeckt?«, fragte er.

»Schon wieder Fisch«, klagte sie. »Wenn ich erst mal zu Hause bin, rühre ich nie wieder Fisch an.«

»Was anderes haben Sie nicht gekriegt?«, erkundigte er sich neugierig.

»Noch diese Nüsse«, sagte sie und zeigte die Schale, aus der sie sich gerade noch bedient hatte. »Und ein paar eigenartige Beeren.«

Eine Männerwelt, dachte er und ließ seine gebratene Ente lieber unerwähnt.

Sibells Aufpasserinnen hielten offensichtlich den Zeitpunkt für gekommen, sie allein zu lassen. Kichernd zeigte eine Frau auf einen Unterschlupf. »Mia-Mia«, sagte eine andere, und Logan wiederholte das Wort.

»Mia-Mia?«

Sie nickte, stieß mit einer Hand gegen das Rindendach und deutete mit der anderen an, dass Sibell und Logan hineinkriechen sollten.

»Sie will uns sagen, dies ist unser Haus«, meinte er. »Uns bleibt nichts anderes übrig, als es anzunehmen. Wir dürfen nicht gegen ihre Regeln verstoßen und hier herumlaufen.«

Sibell war entsetzt. »Anscheinend glauben sie, wir sind verheiratet.«

»Kann schon sein.« Er grinste. »Aber wir können nichts dagegen tun.«

»Doch. Sie können mich allein lassen.«

»Nur über meine Leiche«, sagte er, während er sich unter das Rindendach kauerte. »Solange wir hier sind, werde ich genau das tun, was sie uns sagen. Die Waffen, die sie haben, sehen nämlich sehr überzeugend aus.«

»Und wohin gehen wir morgen?«

»Nicht zu weit, hoffe ich. Mit unseren wunden Füßen und so ganz ohne Schuhwerk könnten wir beide keinen weiten Marsch verkraften.«

Ein sanfter Wind brachte die Blätter der hohen Eukalyptusbäume zum Rauschen, und die Eingeborenen schienen auch allmählich schlafen zu gehen. Einige ließen sich am Feuer in der Mitte des Lagers nieder, andere zogen sich in einen Unterschlupf zurück. Logan sah, dass zwei der Männer mit den langen Speeren im Busch verschwanden, doch er wusste nicht, ob sie jagen wollten oder das Lager bewachten. In der Ferne hörte man Tiere heulen, die Wölfen ähnlich klangen, und Logan erschauderte. Obwohl man ihnen eine Mahlzeit gegeben und sie anständig behandelt hatte, waren ihm diese Primitiven mit den bemalten Gesichtern nicht recht geheuer. Er hatte bemerkt, dass man sie die ganze Zeit über beobachtet hatte, als befürchte man einen Ausbruchsversuch. Ganz so, als wären sie Gefangene. Aber was hatte der Stamm mit den Gefangenen vor?

»Ich kann nicht schlafen«, jammerte Sibell. »Diese Mücken sind entsetzlich.«

»Dann bleiben Sie eben wach«, entgegnete er, zu müde, um sich auch noch über sie den Kopf zu zerbrechen.

Da er endlich wieder etwas im Magen hatte, schlief er tief und fest. Als er aufwachte, saß Sibell vor ihrem Unterschlupf und aß ihr Frühstück.

»Was haben Sie da?«, fragte er.

»So was Ähnliches wie Brot. Die Frauen haben es gerade erst gebacken.« Sie reichte ihm einen warmen, zähen Brocken. »Es schmeckt nicht nur entsetzlich, sondern Sie müssen auch noch die Kohle ausspucken. Zum Glück sind die meisten Schwarzen fortgegangen.«

»Verdammt!« Logan fuhr auf. »Ist Nah-keenah auch weg?«

»Ja.«

»Verflixt und zugenäht! Was sollen wir jetzt tun?«

»Darüber wollte ich ja gerade mit Ihnen sprechen.« Mit großen Augen, deren Grau zuerst vom dunklen Rand der Iris und dann noch von einem dichten Kranz schwarzer Wimpern umrahmt wurde, blickte sie zu ihm auf. »Ich nehme an, wir müssen jetzt heiraten.«

Logan, der gerade eine Frau an ihrem Feuer beobachtete und überlegt hatte, ob er sie wohl um ein weiteres Brot bitten könnte, wandte sich geistesabwesend zu ihr um. Er dachte, er hätte sich verhört. »Was haben Sie gesagt?«

»Ich sagte«, wiederholte sie ernst, »ich nehme an, wir müssen jetzt heiraten.«

Logan blinzelte erstaunt. »Wie, im Himmel, kommen Sie denn darauf?«

»Letzte Nacht haben Sie bei mir geschlafen. Und wenn Leute zusammen schlafen, sollten sie eigentlich verheiratet sein. Wenn nicht, dann verstoßen sie gegen die guten Sitten. Und da Sie mich kompromittiert haben, müssen Sie mich jetzt heiraten.«

»Das meinen Sie doch wohl nur im Scherz?«

»Das ist kein Scherz, Mr. Conal!« Sie lief puterrot an. »O mein Gott!«, schrie sie dann auf. »Wollen Sie mir etwa sagen, dass Sie schon verheiratet sind?«

»Ich bin ledig, Miss Delahunty, und ich habe nicht die Absicht, Sie zu heiraten.«

»Aber wir haben gar keine andere Wahl!«

Logan begann zu lachen. »Ich weiß ja nicht, wo Sie aufgewachsen sind, kleines Fräulein, aber wenn man unter einem Dach schläft, heißt das noch lange nicht, dass man auch zum Altar stürzen muss. Ich habe Sie nicht angerührt …« Er hielt inne, weil er sah, dass ihr Tränen in die Augen traten. Wut stieg in ihm auf. Diese dumme Gans dachte doch tatsächlich, ihr Ruf sei ruiniert oder zumindest so durchlöchert wie die Kleider, in denen sie jetzt wohl oder übel herumlaufen musste. Trotzdem legte er ihr die Hand auf die Schulter. »Sie sollten dankbar sein, dass wir hier in Sicherheit sind«, mahnte er. »Die Leute werden sich so sehr freuen, dass Sie den Schiffsuntergang überlebt haben, dass niemand mehr nach den Einzelheiten fragt. Vielleicht werden Sie sogar berühmt.«

»Was?« Sie war so entsetzt, dass er fast aufstöhnte. Schon wieder hatte er etwas Falsches gesagt. »Ich will nicht berühmt werden. Die Leute sollen nicht darüber reden, dass ich tagelang mit einem Mann zusammengelebt habe und … und … hier mit nackten Wilden hause. Erzählen Sie das bloß nicht weiter! Dann heiratet mich nämlich niemand mehr.«

»Herr im Himmel! Mir ist noch nie eine Frau begegnet, die so versessen aufs Heiraten ist wie Sie!«

»Dann verstehen Sie nicht besonders viel von Frauen, Mr. Conal«, entgegnete sie kühl. »Auch wenn Sie noch so klug daherreden.«

Logan gab auf und ging zur Lagune, um zu baden. Trotz des frühen Morgens schickte die Sonne am weiten, strahlend blauen Himmel bereits sengende Strahlen zur Erde.

Einige Kinder stürzten an ihm vorbei und warfen sich planschend und prustend ins Wasser. Eine Weile spielte er mit ihnen, schwenkte sie herum oder katapultierte sie mit den Händen in die Luft, sodass sie kopfüber ins Wasser tauchten. Sie genossen es aus vollem Herzen und machten keinen Hehl aus ihrer Enttäuschung, als er das Spiel abbrach und zum Ufer ging. Wie ein verlorenes Häufchen standen sie im schimmernden Nass, und um sie wieder aufzumuntern, blieb er stehen, zeigte auf sich selbst und rief: »Logan.« Lachend stürzten sie auf ihn zu und riefen dabei immer wieder: »Logan! Logan!« Gemeinsam kehrten sie ins Lager zurück, was die Frauen mit belustigtem Stirnrunzeln und die drei alten Männer, die im Schatten ihrer Mia-Mia saßen, mit einem anerkennenden Seitenblick bedachten.

»Nah-keenah?«, fragte Logan die Alten. »Wo ist Nah-keenah?«

Sie wiesen mit der Hand über die Schulter, und ihre Worte klangen freundlich.

Mehr hatte Logan auch gar nicht erwartet – es war offensichtlich, dass Nah-keenah mit den jüngeren Männern fortgezogen war, möglicherweise, um zu jagen. Doch nun hatte er wenigstens eine Antwort bekommen. Und so setzte er sich neben sie und prüfte ihre Sprachkenntnisse. »Perth?«, fragte er. »Wo liegt

Perth? Englisch? Sprecht ihr Englisch?« Aber sie lachten nur und riefen sich irgendwas zu. Wieder staunte Logan über den Frohsinn dieses Volkes. Sie lachten viel und ließen sich schnell von Fröhlichkeit anstecken, und angesichts des Gleichmuts, mit dem sie Sibell und ihn aufgenommen hatten, war Logan überzeugt, dass ihnen Europäer nicht fremd waren.

Noch einmal versuchte er es mit Häusern, die er in den Boden zeichnete; einfache Umrisse mit Türen und Fenstern. »Wo ist das?«, fragte er, während er auf seine Zeichnung wies. »Haus von weißem Mann?«

Neugierig beugten die Alten ihre breiten, narbenbedeckten Schultern über seine Zeichnung. Dann nahm einer Logan den Stock aus der Hand. Erwartungsvoll sah Logan zu, doch der Mann ergänzte das Bild nur, indem er einen Fisch zeichnete. Einen Fisch! Das Ganze schien sich zu einer Zeichenstunde zu entwickeln. Doch Logan gab noch nicht auf, er glättete eine weitere Stelle und malte ein Schiff mit prallen Segeln. Dafür erntete er zwar lebhaften Applaus, doch sonst nichts weiter. Also kehrte er zu den Fragen zurück. »Perth?«, versuchte er es noch einmal. »Wo liegt Perth?« In seiner Stimme schwang Verzweiflung mit. »Wir müssen nach Perth kommen.«

Die Männer besprachen sich, während er in sie drang. »Könnt ihr mir den Weg nach Perth zeigen?« Gerade als er aufgeben wollte, hörte er ganz eindeutig ein vertrautes Wort. »Später!«, rief er. »Habt ihr ›später‹ gesagt?«

Einer der Männer mit einem wallenden weißen Bart stieß seine Freunde in die Seite und wiederholte stolz: »Später.«

»Oh, vielen Dank, guter Mann!« Logan strahlte. »Gut gesagt. Und was machen wir später?«

»Mann kommen«, sagte der Alte langsam und wiederholte mit besonderer Betonung: »Schwarzer Mann kommen.«

»Welcher schwarze Mann? Wer kommt?«

Doch mehr fand er nicht heraus; offensichtlich waren damit die Sprachkenntnisse des Alten erschöpft. Er begann, Logan etwas in seiner Stammessprache zu erklären. Als Logan ihn nicht verstand, wusste er nicht mehr weiter. Schließlich zeigte er mit dem Finger auf Logans Zeichnung von den Häusern. Um sicherzugehen, dass keine Irrtümer aufkamen, stippte er resolut den Finger in den Sand. »Mann kommen«, erklärte er unwirsch.

Logan lief zu Sibell, die missmutig im Schatten saß und Kletten von ihrem Rock zupfte. Sie war nicht besonders beeindruckt, als er ihr berichtete, was er herausgefunden hatte. »Wie weit ist es bis Perth?«

»Ich weiß nicht.«

»Hoffentlich bringt dieser Mann dann wenigstens Pferde mit.«

»Für den Fall sollten Sie allerdings auch reiten können, Miss Delahunty«, gab er bissig zurück. Dieses Mädchen schaffte es immer wieder, ihn auf die Palme zu bringen. In seinen vierundzwanzig Lebensjahren war er noch keiner verwöhnten Göre wie ihr begegnet.

»Mein Vater meint, für mein Alter reite ich außerordentlich gut.«

»Und welches Alter meint er damit?«

»In einigen Wochen werde ich achtzehn«, erklärte sie hochmütig. »Vielleicht veranstaltet Vater für mich dann in Perth einen Ball.«

Logan konnte nur noch staunen. Offensichtlich lebte sie in einer Traumwelt. Alles deutete darauf hin, dass ihre Eltern mit der *Cambridge Star* untergegangen waren. Doch das wollte sie anscheinend nicht wahrhaben. Allerdings hatte er noch nicht erzählt, dass der Alte von einem Schwarzen geredet hatte, der sie angeblich abholen sollte. Denn schließlich konnte das alles Mögliche bedeuten – wahrscheinlich stand ihnen wieder ein Marsch auf bloßen Füßen durch unwirtliches Gelände bevor. Aber er schien sich, was die Häuser anbelangte, sicher gewesen zu sein. Demnach hatten die Eingeborenen wohl die Nachricht weitergegeben, dass zwei Weiße in ihrem Lager lebten und jetzt auf Antwort warteten. Doch wie diese lauten würde, konnte er nur vermuten. Der Alte konnte ebenso gut Unsinn geredet haben.

»Welche Pläne haben Ihre Eltern in Perth?«, erkundigte er sich bei Sibell.

»Sie wollen ein großes Stück Weideland erwerben und Schafe züchten. Mein Vater hat einen Partner in Perth, ein einflussreicher Mann namens Percy Gilbert. Haben Sie schon von ihm gehört?«

»Wie könnte ich? Ich war noch nie in Perth.«

»Die Schafzüchter in den Kolonien verdienen recht gut«, sagte Sibell. »Und angesehen sind sie auch. Mr. Logan, ich habe nachgedacht ... Wir müssen einfach erklären, dass ich Sie erst hier bei diesem Stamm getroffen habe. Damit vermeiden wir, dass über uns geklatscht wird.«

»Und das rettet Ihre Aussichten auf eine gute Partie?«, fragte er grinsend.

»Ist es vielleicht falsch, wenn man seinen guten Ruf schützen will«, entgegnete sie schnippisch.

»Denken Sie eigentlich auch manchmal an etwas anderes als ans Heiraten?«, meinte er nur. »Ist das alles, was Ihnen vorschwebt? So schnell wie möglich einen Ehemann zu finden und ihm dann den Haushalt zu führen?«

»Eine dumme Frage!«, schnaubte sie. »Das ist die natürlichste Sache der Welt. Was sollte ich sonst tun?«

Er betrachtete sie nachdenklich. »Sie sind ein gut aussehendes Mädchen, Sie haben Bildung und einen klugen Kopf, und ich habe gemerkt, dass Sie wissen, was Sie wollen. Warum also sollten Sie sich Hals über Kopf an einen x-beliebigen Kerl binden und für den Rest Ihres Lebens nach seiner Pfeife tanzen?« Er beugte sich vor und sah ihr eindringlich in die Augen. »Ein Mädchen wie Sie könnte ihr Leben auch selbst in die Hand nehmen.«

Verlegen rutschte sie von ihm ab. »Ich weiß nicht, wovon Sie reden. Anscheinend fehlt Ihnen der rechte Sinn für Anstand.«

Logan zuckte die Achseln. »Na ja, ich hoffe, Sie laden mich wenigstens zur Hochzeit ein, wenn ich dann noch in Perth bin.«

Der Blick, den sie ihm zuwarf, als sie aufstand und davonschritt, machte ihm unmissverständlich klar, dass er nicht damit rechnen durfte.

Nach dem ersten Tag im Lager wurden ihre Lebensbedingungen zusehends schlechter. Man erwartete von Sibell, dass sie sich an der Arbeit beteiligt. Sie musste mit einem Stein in einem hölzernen Trog Knollen zu Mehl zermahlen, harte Nüsse knacken, ohne den Kern zu zertrümmern, und die Muscheln waschen, die die Frauen am Strand gesammelt hatten, indem sie sie stundenlang im Wasser der Lagune spülte, bis jedes Sandkorn entfernt worden war. An sich waren diese Aufgaben nicht schwierig, doch mehrere der Frauen waren offensichtlich so froh über die neue Hilfskraft, dass sie Sibell unablässig neue Pflichten aufbürdeten.

Logan hingegen schlenderte das lange Ufer der Lagune entlang und betrachtete die Pflanzen. Unter den spärlicher werdenden Eukalyptusbäumen breiteten sich Flecken mit winzigen leuchtenden Blumen aus und boten in dieser Oase in der Wildnis einen farbenfrohen Anblick. Als er näher kam, stiegen Hunderte von Elstern kreischend in die Lüfte, und als sich die weißen Kakadus, die in nahe gelegenen Bäumen gehockt hatten, ihnen anschlossen, wuchs der Lärm zu einem Inferno an. Am gegenüberliegenden Ufer hielten mehrere graue, nahezu zwei Meter große Kängurus im Grasen inne, betrachteten kurz den Aufruhr und hoppelten dann scheinbar schwerelos davon. Logan war enttäuscht; dies waren die ersten Kängurus, die er zu Gesicht bekam, und er hätte sie gern länger beobachtet. Er war gespannt, was ihn in diesem weiten, wilden Land noch alles erwartete. Es gab so viel zu sehen. Da er sein Reisegeld von zehn Pfund an das Meer verloren hatte, musste er sich allerdings schnell eine Arbeit suchen und an der Westküste bleiben, bis er genug zusammengespart hatte, um sich nach Osten aufzumachen. Logan wollte in diesem Land zu Reichtum und Ehren kommen, doch wie es aussah, war der Anfang nicht allzu vielversprechend.

Als er ins Lager zurückkehrte, fand er Sibell in eine lautstarke Auseinandersetzung mit den Frauen verwickelt. Vergnügt stellte er fest, dass sie sich durchzusetzen wusste; trotz der Sprachbarriere machte sie ihnen ihre Botschaft unmissverständlich klar, indem sie Tröge fortstieß und eine Anzahl von zukünftigen Auftraggeberinnen fortscheuchte. Plötzlich wurde die Auseinandersetzung handgreiflich, denn die Eingeborenenfrauen gingen mit dicken Stöcken aufeinander los. Logan stürzte hinzu und zog Sibell aus dem Getümmel. Gemeinsam suchten sie zwischen den Bäumen Schutz.

Zwei Tage später schnaubte Sibell: »Keinen Tag länger bleibe ich in diesem schmutzigen, stinkenden Loch. Sonst komme ich noch in Schmutz und Hitze um. Bringen Sie mich hier raus«, forderte sie. »Und zwar sofort.«

»Das geht nicht«, antwortete er. »Nah-keenah hat mir letzte Nacht klargemacht, dass wir hierbleiben müssen.«

»Da ging es uns ja sogar am Strand noch besser«, murrte sie. »Was ich hier zu essen kriege, ist ekelhaft.«

Er nickte. Am vorigen Abend hatte man ihm die Keule eines kleinen Tieres vorgesetzt, das offensichtlich mitsamt dem Fell ins Feuer geworfen worden war. Früher hatte er gehört, dass die Eingeborenen anderer Länder auf diese Weise Affen zubereiteten. Damals hätte er sich nicht träumen lassen, dass er einmal bei Sonnenuntergang so hungrig sein würde, dass er jeden Fleischfetzen verspeiste, den er von Knochen und Fell lösen konnte. »Machen Sie einfach die Augen zu, und schlucken Sie es runter«, riet er Sibell. »Sie müssen doch was in den Magen kriegen.«

»Das Essen stinkt.«

»Dann halten Sie sich an Nüsse und Beeren. Die sind gesund.«

Am fünften Tag stellte er überrascht fest, dass Nah-keenah und mehrere seiner Männer im Lager blieben und an ihren Gerätschaften arbeiteten. In der Hoffnung, etwas von ihm zu erfahren, setzte er sich in die Nähe des Häuptlings, der gerade sein Taschenmesser an einem Stein schärfte. Glücklich schnitzte Nah-keenah an einer langen Ranke herum und genoss offensichtlich die Gelegenheit, mit seinem Schatz angeben zu können. Währenddessen kam der Alte mit dem weißen Bart auf seinen dürren Beinen auf Logan zugehumpelt und sprach ihn an: »Leute kommen«, sagte er und deutete auf die Sonne.

»Heute? Leute kommen heute?«, fragte Logan aufgeregt nach.

Der Alte übersetzte Logans Worte für Nah-keenah, und dieser nickte Logan zu. Logan betete, dass sie den Weg zurück in die Zivilisation finden würden, aber gleichzeitig fragte er sich, woher die Eingeborenen wussten, dass jemand eintreffen würde. Wenn sie es überhaupt wussten.

Doch schließlich war es so weit. Ein Schwarzer in einem karierten Hemd und zerrissener, viel zu weiter Hose ritt in das Lager ein.

Logan sprang auf, doch Nah-keenah befahl ihm, sich im Hintergrund zu halten. Wieder das Protokoll, vermutete Logan.

Der Reiter stieg vom Pferd, und Nah-keenah kam auf ihn zu, um ihn zu begrüßen, während ihm seine aufgeregten Stammesmitglieder in gebührendem Abstand folgten. Herzlich begrüßten sich die beiden Männer, indem sie einander auf die Schulter klopften und Knüffe vor die Brust versetzten. Der Neuankömmling warf Logan und Sibell, die sich mittlerweile unter die Menge gemischt hatten, einen Blick zu, und Logan verstand die Warnung, sich im Hintergrund zu halten. Deshalb nahm er Sibell beim Arm, während der fremde Schwarze seine Satteltaschen öffnete und ihren Inhalt auf dem Boden ausbreitete.

Schon bald lagen dort neben in Musselin gehüllten Fleischstücken ein großer Käse und mehrere Dosen Tabak. Der Schwarze wies auf Logan und griff dann tiefer in die Tasche, worauf er eine Dose Tee und einen kleinen Sack Mehl zum Vorschein brachte. Nachdem er auf Sibell gedeutet hatte, holte er Zucker und ein Glas Bonbons heraus, das sogleich unter begeistertem Juchzen der Kinder die Runde machte.

»Ich glaube, er verhandelt über unseren Preis«, flüsterte Sibell.

»Den Eindruck habe ich auch«, antwortete Logan. »Man kann nur hoffen, dass sein Angebot akzeptiert wird.«

Nah-keenah betrachtete die Geschenke und wies dann auf die Axt, die in einem Beutel am Sattel des Fremden hing. Offensichtlich entbrannte unter den beiden darüber ein Streit, doch schließlich händigte der Neuankömmling die Axt aus. Nah-keenah breitete die Arme aus. Dann bedeutete er Logan, vorzutreten.

»Macht schnell, Leute«, sagte der Fremde. »Wir müssen sofort aufbrechen.«

»Ich hole nur noch meine Jacke«, meinte Sibell. Doch der Schwarze hielt sie am Arm fest.

»Nein, ich habe Angst. Los jetzt! Diese Leute ändern ihre Meinung verdammt schnell.« Damit wandte er sich um und führte sein Pferd fort. Logan versetzte Sibell einen Schubs, sodass sie ihm folgte. Er selbst verbeugte sich lächelnd vor Nah-keenah; ihm die Hand zu schütteln wagte er allerdings nicht. »Vielen Dank, Sir«, sagte er. »Haben Sie Dank für Ihre Hilfe.«

Hoch aufgerichtet und würdevoll stand Nah-keenah da. Nur eine kleine Kopfbewegung deutete an, dass er Logans Dank zur Kenntnis genommen hatte. Dann grinste er, allerdings nicht in Logans Richtung, sondern beim Anblick des Bergs von Schätzen, die den Kaufpreis darstellten.

Logan lachte, winkte dem Rest des Stammes zu und lief dann hinter Sibell her, die schon zwischen den Bäumen verschwunden war. Niemand folgte ihnen.

Logan hatte Hunderte Fragen auf der Zunge. »Wer sind Sie?«, fragte er den Fremden. »Wo kommen Sie her?«

»Ich bin Jimmy Moon«, erklärte der Mann. »Bin so schnell ich konnte von der Farm der Weißen hierhergekommen. Wollte Sie holen.«

»Woher wussten Sie, wo wir sind?«

»Nah-keenah hatte eine Botschaft geschickt. Die Weißen zahlen, oder sein Stamm bringt Sie um. Schlägt Ihnen den Schädel ein.« Ihm kam diese Drohung anscheinend nicht weiter außergewöhnlich vor.

»Das glaube ich nicht«, protestierte Logan. »Die Leute waren doch so gut zu uns.«

»Nicht zu mir«, warf Sibell ein. »Mich hat man geschlagen.« Über dem Auge hatte sie noch immer eine Abschürfung.

Der Schwarze hob sie zu sich aufs Pferd. »Das ist ein ganz übler Haufen. Ich sage euch, ihr habt Glück gehabt.« Er kicherte und nickte zur Bekräftigung. »Sie haben keine Stiefel«, meinte er dann an Logan gewandt. Anscheinend wunderte er sich, dass ein Weißer hier barfuß unterwegs war.

»Sie doch auch nicht.«

Jimmy zuckte die Achseln. »Ein Weißer verbrennt sich hier die Füße.« Er führte sie zunächst den ausgetrockneten Streifen des Flussbetts entlang und wandte sich dann in den Wald, der das Flussufer säumte. Sobald sie die Ebene verlassen hatten, drückte er Sibell die Zügel in die Hand und setzte zu einem Spurt an. Logan rief er herausfordernd zu:

»Wahrscheinlich machen Sie eh bald schlapp!«

Er war noch jung, mit einem glatt rasierten Gesicht und einem dicken Schopf Kraushaar, und sein Körper war schlank und beweglich. Logan wusste zwar, dass er es mit Jimmy nicht aufnehmen konnte, doch er war fest entschlossen, sein Bestes zu geben.

»Wie weit ist es überhaupt?«, rief Sibell, die im Herrensitz ritt. Doch Jimmy war schon außer Sichtweite.

Deshalb wandte sie sich an Logan. »Ich verstehe nicht, warum er nicht drei Pferde mitgebracht hat.«

Ich auch nicht, dachte Logan. Doch da er nicht aus der Puste kommen wollte, sparte er sich die Antwort. Sie waren auf dem Weg nach Perth, das war alles, was zählte.

Zweites Kapitel

Das weißgetünchte steinerne Farmhaus schmiegte sich an die Hügel über dem Moore River, der westwärts floss; erst nach einer ganzen Reihe von Meilen wandte er sich nach Süden, um auf die Küste zuzueilen und sich schließlich in den Indischen Ozean zu ergießen. Die Schaffarm, die das Wohnhaus umgab, war nur ein winziger Fleck auf der Karte Westaustraliens, jenes unermesslich großen Landes, das Europa in seinen Ausmaßen mit Leichtigkeit übertraf. Bis jetzt drängten sich die Siedlungen noch ganz im Süden des Landes, abgesehen von den verstreuten Außenposten entlang der Küste wie Geraldton und Shark Bay. Auf den wenigen Expeditionen ins Landesinnere und in die nördlichen Regionen waren bisher lediglich einige Pfade angelegt worden, markiert von den tapferen Männern, die sich durch die Kimberleys und durch die Wüste gekämpft hatten, um die Landesmitte Australiens zu erkunden. Sie hatten auch die Verbindung zu jenem Wunderwerk der Technik hergestellt, das sich die International Electric Telegraphenlinie nannte.

»Nun ist es vorbei«, jubelten die Zeitungen, »dass wir monatelang auf Nachrichten aus dem Mutterland warten müssen! Endlich sind wir mit dem Rest der Welt verbunden.«

Nur wenige wussten, wie dieses Wunder zustande kam, doch

dass es seine Pflicht erfüllte, stand außer Frage. Von Singapur über Java bis zur ersten Landspitze des Kontinents in Palmerston bei Port Darwin trafen zahllose Meldungen ein, sodass die Drähte der Telegraphenleitung in der trockenen Wildnis bis hinunter nach Adelaide zu summen begannen. Es war ein Werk von ungeheuren Ausmaßen, für das sich britische und chinesische Arbeiter Seite an Seite durch das tote Herz des Landes gekämpft hatten. Und als die Verbindung dann endlich hergestellt war, waren die Männer, die sich nun Australier nannten, mit stolzgeschwellter Brust einherstolziert, obwohl sich bei einem Preis von zehn Shilling pro Wort nur die Reichen diesen Luxus leisten konnten.

Jack Cambray war die neugezogene Telegraphenleitung ziemlich gleichgültig. Daheim in Gloucester war er ohne derartigen Schnickschnack ausgekommen, und deshalb sah er auch keinen Grund, weshalb er in den Kolonien einen Gedanken daran verschwenden sollte. Abgesehen davon war Perth von der nächsten Telegraphenstation immer noch weit entfernt. Er widmete sich lieber seiner Farm, die er nach einigen Schicksalsschlägen nun endlich sein Eigen nennen konnte.

Zum Zeitpunkt ihrer Ankunft in Perth war ein Großteil des fruchtbaren Landes in der Nähe der Stadt schon vergeben, und deshalb wandte er sich dem nördlichen Küstenstreifen zwischen Perth und Geraldton zu. Als Auswanderer hatte er Anspruch auf eine kostenlose Landzuteilung, die dem Wert seiner mitgebrachten Besitztümer entsprach. Dazu zählten Viehbestand, bewegliches Eigentum und Waren. Ausgerüstet mit Mobiliar, landwirtschaftlichen Geräten, der Küchenausstattung, Wäsche und mit seiner kleinen, erschöpften Schafherde hätte der Erfüllung seines Anspruchs eigentlich nichts im Wege gestanden. Doch das Leben eines Landwirts wird immer wieder von unvorhersehbaren Zwischenfällen bestimmt. Und im Fall der Cambrays bedeutete das, dass sich zum Zeitpunkt ihrer Ankunft in der Kolonie die Gesetze geändert hatten.

Man hatte das System der »freien Auswahl« eingeführt, wobei der Begriff »frei« insofern nicht ganz den Tatsachen entsprach, als der zukünftige Landbesitzer zwei Pfund Sixpence pro Acre zahlen musste. Dennoch gab es keinen Mangel an Bewerbern: Siedler, entlassene Sträflinge, erfahrene Farmer und Abenteurer, Agenten und Strohmänner – sie alle strömten an die Küste, suchten sich ein Stück aus, wobei keinem Mann mehr als 640 Acres zustanden – und hofften, mit der Schafzucht oder dem Anbau von Weizen ihr Glück zu machen.

Für die Cambrays war dies ein schrecklicher Schlag.

»Dann müssen wir das Land eben kaufen«, sagte Josie Cambray zu ihrem Gatten.

»Und was dann? Bei dem wenigen Geld, das wir besitzen, sind wir pleite, noch ehe die Farm etwas abwirft. Ich hatte damit gerechnet, Pferde und einen Wagen und noch zusätzliche Schafe kaufen zu können, und außerdem hatte ich etwas für den Lohn eines Schafhüters beiseitegelegt.«

Schwitzend saßen sie vor einer angemieteten Hütte am Rande der Stadt, die in der Sonne brütete, den Kopf voller Sorgen und mit dem Gefühl, betrogen worden zu sein. In Fremantle hatten sie das Schiff verlassen und waren dann in einem Kutter bis nach Perth weitergefahren. Beeindruckt hatten sie die stille Schönheit des Swan River und seiner Umgebung genossen, und das umso mehr, als sie von Glück reden konnten, dass sie die lange und gefährliche Seereise gut überstanden hatten. Sie freuten sich auf das, was vor ihnen lag. Doch nun waren sie niedergeschlagen und mutlos. Als Leute vom Land fühlten sie sich unwohl in dem Gewimmel und dem geschäftigen Treiben in der Stadt auf der Halbinsel, die weit in den breiten Stromlauf hineinragt.

Perth war schon ein seltsamer Ort. Reiter jagten ohne Rücksicht auf Leib und Leben durch die Straßen. Neben zierlichen Landauern und Kutschen sah man alle Arten von klapprigen Gefährten, und selbst Ochsengespanne, die sich unter dem Peitschenknallen der Treiber mit ihren schweren Lasten mühsam voranquälten, durften die Stadt durchqueren. Auf die Wahrung von Sitte und Anstand schien hier niemand Wert zu legen. Damen mit Sonnenschirmen schlenderten durch die Straßen, ohne sich um die jungen Männer zu scheren, die johlend umherliefen. Und unter den Bäumen hockten, in Gedanken versunken, Eingeborene mit traurigen Augen. Für Josie war Perth eine verwirrende Ansammlung leuchtend weißer Gebäude zwischen dürren Bäumen und staubigen Straßen. Es war längst nicht so sauber wie die englischen Dörfer. Sie war ein ordentlicher Mensch, und von daher fand sie an dieser Stadt keinen Gefallen. Ihre Bewohner wirkten auf sie samt und sonders ungehobelt, eher wie Siedler in der Wildnis als wie Städter, und während ihr Mann auf Arbeitssuche ging, blieb sie in der Hütte und achtete darauf, dass ihr achtjähriger Sohn Ned seine Schulaufgaben machte.

Josie war auf einer kleinen Farm in der Nachbarschaft der Cambrays aufgewachsen, und von jeher hatte es als abgemacht gegolten, dass sie Jack, den Freund aus der Kinderzeit, heiraten würde. Ihr zweiter Sohn war im Alter von nur zwei Jahren an Lungenentzündung gestorben, und nach diesem Ereignis hatten sie sich zum ersten Mal mit dem Gedanken beschäftigt, ob sie nicht in ein gemäßigteres Klima ziehen sollten. Deshalb überraschte es Josie nicht weiter, als Jack ihr seinen Entschluss mitteilte, auszuwandern. Ein jeder wusste, dass die elterliche Farm Jack und seine drei Brüder nicht ernähren konnte, und deshalb erklärte er als Ältester freiwillig seinen Verzicht. Wenn er sein Glück machen würde, sollte Andy, der jüngste der Brüder, ihm nach Westaustralien folgen. Doch in ihrer Niedergeschlagenheit bezweifelte Josie mittlerweile, dass ihnen je einer aus ihrem Freundes- und Familienkreis nach Australien nachreisen würde, denn Jack würde ihnen sicher die Wahrheit über dieses Land berichten. Sie hatte Heimweh nach dem grünen England und fühlte sich verloren, doch um den Jungen nicht zu beunruhigen, gab sie sich weiterhin tapfer und zuversichtlich.

Der dreißigjährige Jack hingegen, der hartes Arbeiten gewöhnt war und auch über die nötige Muskelkraft verfügte, hatte weiterhin großes Vertrauen in die Zukunft. Entschlossen machte er sich auf den Weg in die Stadt, um sich eine Stellung zu suchen. Dort musste er allerdings eine unliebsame Entdeckung machen: Die Reichen beschäftigten nur die billigsten Arbeitskräfte, die zur Verfügung standen, nämlich die Sträflinge. Zwar waren die Gefangenentransporte schon vor Jahren eingestellt worden, doch es gab noch immer genügend Verurteilte, die den Rest ihrer Strafe abdienen mussten. Die besseren Anstellungen bekamen die Männer, die Ausgang hatten, während die anderen

Sträflinge von der Regierung im Straßenbau und bei der Errichtung öffentlicher Gebäude eingesetzt wurden. Zu seinem Entsetzen musste Jack feststellen, dass es hier englische Landsleute gab, die in klirrenden Ketten einherschritten, und wurde Zeuge, wie sie unter dem brutalen Regiment ihrer Aufseher in der glühenden Hitze wie Sklaven schufteten und dabei Peitschenhiebe einstecken mussten, derer sich die Zugführer der Ochsengespanne geschämt hätten. Diese Männer behandelten ihre Ochsen besser als die Aufseher die Sträflinge, denn ein jedes Tier hatte seinen Namen und galt als sehr wertvoll. Nicht so diese armen Sträflinge. Jack konnte diesen demütigenden Anblick nicht ertragen, deshalb wandte er sich ab und setzte seine Suche nach einer Arbeitsstelle fort.

Bei den Gästen in den Hotels bot er sich als Farmhelfer an, aber alle zeigten ihm die kalte Schulter.

»Ein freier Siedler, was?«, rief ihm einer hochmütig und verächtlich zu. »Nun, dann will ich Ihnen mal was sagen, Mister … Ich bin als Sträfling in dieses Land gekommen, und das Gleiche gilt für fast alle Männer hier. Euresgleichen hat uns damals die Seele aus dem Leib geprügelt. Und jetzt sind wir mal an der Reihe. Auf unseren Farmen und in unseren Ställen gibt es keine Arbeit für Leute wie Sie. Die kriegen nämlich unsere Kameraden und ihre Söhne. Also verschwinden Sie!«

Die anderen Männer an der Theke johlten, als er sich abwandte. »Wenn das so ist«, schwor er sich, »kriegt keiner eurer Söhne jemals eine Stellung bei mir, wenn ich erst mal meine Farm habe.«

In seiner Verzweiflung wandte er sich an das Amt der Landvermesser, wo er von einem jungen Mann namens Stuart Giles empfangen wurde.

»So ist es hier nun mal«, erklärte ihm Stuart. »Diese Männer stehen auf der einen Seite und wir auf der anderen. Schätzungsweise gibt es in den Kolonien ebenso viele Sträflinge und ihre Nachfahren wie freie Siedler. Schließlich hatten die Knastbrüder zwanzig Jahre Zeit, um sich zu vermehren. Glauben Sie mir, Sir, das ist ein übler Haufen …«

»Wenn man sich ansieht, wie sie behandelt werden, wundert mich das nicht«, entgegnete Jack, doch Stuart grinste.

»Verschwenden Sie Ihr Mitleid nicht an diese Halunken. Wenn man sie nicht antreibt, machen sie keinen Finger krumm. Ein anständiger Kerl wie Sie ist im Osten besser aufgehoben. Nehmen Sie also das nächste Schiff, und fahren Sie nach Adelaide oder Melbourne.«

»Das kommt nicht infrage«, erwiderte Jack. »So schnell gebe ich nicht auf. Ich schlage mich hier schon durch. Aber ich wäre Ihnen dankbar, wenn Sie mir Bescheid geben, sobald Sie was von einer Stelle hören.«

Er sah das erwartungsvolle Glitzern in den Augen des Schreibers und fügte hinzu: »Es wird Ihr Schaden nicht sein.«

In den nächsten Monaten fand Jack lediglich ein paar schlechtbezahlte Aushilfsstellen, und als ihre Ersparnisse dahinschmolzen, erwogen Josie und Jack, doch nach Adelaide weiterzuziehen. »Aber das Land soll dort teurer sein«, sagte Jack zu seiner Frau, »und sogar noch weiter abgelegen von allen Städten als hier. Wir müssen eben durchhalten.«

Eines Tages bekamen sie Besuch von Stuart Giles. »Ich habe eine Farm für Sie. Für einen Spottpreis.«

»Was für eine Farm?«

»Sie betreiben Schafzucht. Aber der Besitzer konnte ein Schaf nicht von einem Rothirsch unterscheiden und hat den Betrieb ziemlich schnell heruntergewirtschaftet. Und zu guter Letzt ist er ums Leben gekommen. Fiel vom Pferd und brach sich das Genick.«

»Wie schrecklich!«, meinte Josie. »Der arme Mann.«

»Ja, wie das Schicksal so spielt«, sagte Stuart. »Eine gefährliche Gegend da draußen.«

»Was wollen Sie damit sagen?«, fuhr Josie auf.

Jack griff ins Gespräch ein. »Genauso gut können Sie sagen, diese Stadt ist gefährlich. Erzählen Sie mir von der Farm.«

»Da gibt es nicht viel zu erzählen. Es ist ein ansehnliches Stück Land von vierundsechzig Acres im Norden am Fuß der Berge. Weideland für Schafe, zur Hälfte abbezahlt. Aber die Witwe hat genug. Sie will alles aufgeben und verlangt einschließlich der Herde nur fünfzig Pfund. Das Wohnhaus ist zwar nicht viel besser als Ihre Hütte hier, aber das liegt daran, dass ihr Verblichener auch als Zimmermann zwei linke Hände hatte …«

»Warum ist es so billig?«, unterbrach ihn Jack.

Stuart zuckte die Achseln. »Mrs. Crittenden – so heißt die Witwe – will den Verkauf so rasch wie möglich abwickeln und verlangt deshalb nur fünfzig Pfund. Ein paar kommen dann noch für meine Dienste hinzu.«

»Und was kosten Ihre Dienste?«, erkundigte sich Jack.

»Fünf Pfund.« Er sah, dass Jack die Stirn runzelte. »Wenn Sie die Farm nicht nehmen wollen, kann ich sie in der Stadt im Handumdrehen verkaufen.«

Damit hatte er natürlich recht. Es war dumm von der Witwe, einen derart bescheidenen Preis zu verlangen, und Jack wusste, wenn er jetzt nicht zugriff, würde es jemand anders tun. »Abgemacht«, sagte er. »Ich nehme sie.«

Zwei Tage später stürmte Jack in das Büro der Landvermesser und baute sich vor Stuart auf. »Sie elender Schurke!«, brüllte er. »Sie haben mich angelogen. Crittenden ist nicht bei einem Sturz vom Pferd gestorben, sondern er wurde von Schwarzen mit einem Speer erstochen. Die ganze Stadt redet davon.«

Stuart ließ sich nicht aus der Ruhe bringen. »Das hätte ich in der Gegenwart Ihrer Frau ja wohl kaum erklären können. Ich wollte ihr ja schon von den Gefahren in der Wildnis erzählen, aber da haben Sie mich unterbrochen. Wie dem auch sei, auf feindliche Eingeborene können Sie überall stoßen, sobald Sie die Stadt verlassen. Sie müssen sich eben vorsehen.«

Für einen Rückzieher war es zu spät. Sie hatten die Farm bereits bezahlt und Anweisung gegeben, dass ihre eingelagerten Besitztümer nach Perth gebracht wurden. In der Tiefe seines Herzens hatte Jack entsetzliche Angst vor den Wilden. Niemand bei der Einwanderungsbehörde oder der Reederei in England hatte feindliche Eingeborene erwähnt – dafür waren alle viel zu sehr mit den Ausstattungslisten für die Passagiere im Zwischendeck sowie mit den Ratschlägen für die Kleidung in den Kolonien beschäftigt: Flanellhemden, Nachthemden, sogar Schlafmützen, gestärkte Hemden und Kragen sowie die Unterwäsche für Damen. Aber kein Wort über die Schwarzen! Jack Cambray hielt sich eigentlich unter normalen Umständen nicht gerade für feige – es war nicht seine Art, sich vor einer Schlägerei zu drücken.

Aber wilde Schwarze! Bisher hatte er noch nie einen Gedanken an sie verschwendet.

Josie freute sich so sehr auf die Farm, dass er seine Sorgen für sich behielt und gute Miene zum bösen Spiel machte, als sie sich für die Fahrt von hundertzwanzig Kilometern rüsteten. Das Ochsengespann mit ihren bescheidenen Besitztümern sollte voranfahren. Da Jack fest dazu entschlossen war, keine Sträflinge anzustellen, hatte er einen jungen Einwanderer namens Selwyn Stokes als Schafhüter und Handlanger angeworben. Josie schleppte dann das fünfte Mitglied ihres Haushalts an. Lachend brachte sie einen Eingeborenen mit nach Hause, der ungefähr so alt war wie Selwyn. »Du hast gesucht, und ich habe gefunden«, sagte sie. »Er will uns begleiten.«

»Was hast du dir dabei gedacht?«, schrie Jack entsetzt auf. Das lachende, glänzend schwarze Gesicht jagte ihm Angst ein. »Wir können uns nicht leisten, ihn durchzufüttern!«

»Aber Jack, er kommt so gut mit dem Jungen zurecht! Er kann dort in der Wildnis auf Ned aufpassen, wenn ich zu tun habe. Und dir kann er auch helfen.«

Tom Pratt, der Führer des Ochsengespanns, lachte laut auf. »Helfen? Der hat sich in spätestens einer Woche wieder in den Busch geschlagen. Die Schwarzen sind stur, die arbeiten nicht, Missus. Die mögen uns nämlich nicht besonders, wenn Sie verstehen, was ich meine.« Wie es Jack schon bei anderen hiesigen Männern aufgefallen war, wählte auch er seine Worte in der Gegenwart einer Frau mit Bedacht.

Jack kroch eine Gänsehaut über den Rücken. Nach dem, was er in den letzten Tagen gehört hatte, war dies eine gewaltige Untertreibung. Die Überfälle, die Morde und die schauerlichen Metzeleien der Schwarzen waren das Tagesgespräch in der Stadt, obwohl man die Wahrheit von den Übertreibungen nur schwer unterscheiden konnte.

»Er heißt Jimmy Moon«, erklärte Josie unbeirrt. »Ich kenne seinen Eingeborenennamen nicht, aber er sagt, er kommt vom Stamm der Whadjuck, der in unserer Gegend ansässig ist.«

Tom horchte bei diesen Worten auf. »Das stimmt«, meinte er schließlich. »Ihre Farm am Moore River liegt im Gebiet dieses Stammes, und sie müssen sich darauf einstellen, dass viele der

Schwarzen dort draußen noch immer ihr Lager haben.« Er wandte sich an Jimmy. »Du sprechen die Sprache der Leute vom Whadjuck-Stamm?«

»Ja, das und auch ziemlich gut Englisch«, antwortete der Junge.

»Aber du bist kein Mischling«, zweifelte Tom. »Wie kommt es, dass du Englisch sprichst und eine englische Hose anhast?«

»Meine Mutter Mary-Mary Moon«, entgegnete Jimmy stolz, »hat mich in die Stadt der Weißen gebracht.«

»Oh, verdammt«, stöhnte Tom mit einem Blick auf Jack. »Sie ist eine stadtbekannte Nutte.« Stotternd schob er sogleich eine Entschuldigung nach. »Tut mir leid, Madam.«

»Das ist schon in Ordnung«, sagte Josie zur Überraschung ihres Mannes. »Ich habe mit der Frau gesprochen, und sie hat mich gebeten, den Jungen von hier fortzubringen. Sie meint, diese Stadt sei nicht gut für ihn, und da kann ich ihr nur zustimmen. Jimmy ist ein guter Fährtensucher. Ich weiß zwar nicht genau, was sie damit meint …«

»Ein verdammt guter Fährtensucher«, wiederholte Jimmy, und Josie seufzte.

»Ich muss noch etwas gegen seine Kraftausdrücke unternehmen.«

»Fährtensucher?«, hakte Tom nach. »Die wirklich guten unter ihnen sind wahre Zauberer. Jemand verläuft sich im Busch, und unsereins hat keine Ahnung, wohin er verschwunden ist. Wahrscheinlich ist es keine schlechte Idee, wenn Sie ihn behalten«, erklärte er Jack. »Wenn Sie mal eine Botschaft nach Perth oder anderswo hinschicken wollen, haben Sie gleich einen Boten parat.« Dann wies er mit einer Kopfbewegung auf Selwyn. »Dieser Knabe hätte sich doch schon nach einer Meile im Busch verlaufen.«

»Nun gut«, meinte Jack. »Dann soll er eben mitkommen. Aber nun wollen wir mal aufbrechen.«

Ehe Jack es sich anders überlegen konnte, scheuchte Josie Ned, Selwyn und Jimmy auf den Wagen, während sie sich auf den Kutschbock setzte.

»Das heißt, wenn er bleibt«, sagte Tom zu Jack.

»Wer?«

»Der schwarze Junge. Seinen Leuten und ihm sitzt das Stammesleben immer noch im Blut, und man kann sie nicht halten. Die eine Hälfte ihres Lebens besteht aus Urlaub, und in der anderen Zeit läuft bei ihnen wohl so was Ähnliches ab wie das, was die Araber nach Mekka treibt. Sie ziehen Hunderte von Meilen weit durch die Berge, auf dem immer gleichen Pfad, und besuchen ihre heiligen Stätten oder was auch immer. Soweit ich das beurteilen kann, sind sie sehr gläubig. Alles steht in Verbindung mit ihrer Traumzeit, einer Art von anderem Leben.«

»Sie kommen wohl viel herum?«, erkundigte sich Jack.

»O ja.« Tom zog an seiner Pfeife. »Ich fahre bis an die Siedlungsgrenzen, also bis nach Geraldton, wenn es sein muss.«

»Und vor den Schwarzen haben Sie keine Angst?«

»Na ja … Ein paarmal bin ich nur knapp mit heiler Haut davongekommen, aber ich versuche meistens, sie mit Geschenken bei Laune zu halten. Wenn man sie erst mal kennengelernt hat, kommen sie einem meist ganz freundlich vor. Aber es gibt auch immer ein paar Angeber unter ihnen, die keine Gelegenheit auslassen, mit dem Speer nach einem zu werfen. Und dann füttern sie einen wieder durch. Sie haben mir und dem Gespann beim Überqueren der Flüsse geholfen und mich gepflegt, als mich ein Fieber erwischt hatte.« Er schüttelte den Kopf. »Ich führe dieses Ochsengespann nun schon, seit ich vor neun oder zehn Jahren aus der Haft entlassen wurde, aber über die Aborigines kann ich immer noch nicht viel sagen. Sie sind mir ein Rätsel, und man weiß nie genau, was sie als Nächstes vorhaben. Nun, ich lasse es drauf ankommen. Aber so ein Neuankömmling wie Sie hat besser das Gewehr bei der Hand. Lassen Sie sich von denen nicht auf der Nase rumtanzen, und kehren Sie ihnen nie den Rücken zu.«

Jack warf Jimmy Moon, der ihrem Gespräch mit kindlicher Freude lauschte, als wären Toms Bemerkungen schmeichelhaft für sein Volk, einen misstrauischen Blick zu.

»Nun kommt schon, Männer«, rief Josie. »Wollt ihr etwa den ganzen Tag nur schwatzen?«

Obwohl es gerade erst halb sechs war, stand die Sonne schon leuchtend gelb am Himmel und kündigte einen weiteren heißen Tag an. Jack bemerkte zum erstenmal, dass sich das Licht auf diesem Kontinent von dem in der Heimat unterschied. Selbst an den strahlendsten Sommertagen war es dort nicht so grell wie hier, und erst recht nicht zu dieser frühen Morgenstunde. Ihre Schatten hatten bereits gestochen scharfe Umrisse, und die mächtige Akazie neben ihrer Hütte war mit gelben Lichtfunken übersät, die sich so klar von den schlanken grünen Blättern abhoben, als glühte ein jedes aus eigener Kraft. Er seufzte auf, denn bei diesem Anblick fuhr ihm das Heimweh wie ein Stich ins Herz.

Ihre neuen Nachbarn hatten sich zum Abschied um sie versammelt. Sie wünschten ihnen Glück und eine gute Reise. Die Männer standen pfeifenrauchend am Rande, während die Frauen an den Wagen traten und Josie ihre kleinen Geschenke überreichten – einen Beutel Äpfel, in Tuch eingehüllter Kuchen, ein Bund Karotten, alles Zeichen der Zuneigung von Leuten, die sie kaum kannte. Josie war gerührt über ihre Freundlichkeit.

»Hü, Nellie, auf geht's!«, rief Tom dem Leitochsen zu und ließ die Peitsche knallen. Langsam zog das Gespann den Wagen an. Jack schwang sich auf den Sitz neben Josie und griff rasch nach den Zügeln, da die beiden Pferde den Aufbruch kaum noch erwarten konnten. Hinter ihm kauerten Ned und der junge Selwyn zwischen den Vorräten, während Jimmy Moon lässig auf einem Sack Kartoffeln thronte. Josie hakte ihren Mann unter, als sie den Weg auf die Hauptstraße einschlugen. »Ich hoffe, wir haben nichts vergessen«, meinte sie lachend. »Wir können schließlich nicht wegen ein paar Kleinigkeiten schnell mal in die Stadt fahren.«

»Nein«, sagte er grimmig. Ihre Farm lag in hundertzwanzig Kilometer Luftlinie von Perth entfernt, hatte man ihm erklärt, auf dem gegenüberliegenden Ufer des Moore River, den man mit einer großen Fähre überqueren musste.

An der Straßenkreuzung mussten sie warten, denn gerade als sie eintrafen, ritt der Gouverneur in Paradeuniform, begleitet von einem Zug Marineinfanteristen hoch zu Ross, zurück in die Stadt. Ihnen folgte eine ganze Schar anderer Männer auf ihren Pferden.

»Was geht da vor?«, erkundigte sich Jack bei Jimmy. Doch der zuckte nur fragend die Achseln.

»Lauf nach vorn zu Tom und frag ihn«, wies er Jimmy an.

Der junge Schwarze sprang vom Wagen, und man sah, wie er mit Tom debattierte. Dann kehrte er kopfschüttelnd zurück. »Der will nicht mit der Sprache rausrücken. Sagt immer nur: schlimme Sache.«

Etwas später kamen ihnen zahllose Fußgänger entgegen, die sich auf dem Rückweg in die Stadt befanden. »Vielleicht ein Morgengottesdienst«, rätselte Josie.

»Muss jedenfalls ganz schön wichtig gewesen sein, wenn man auch den Gouverneur dazuholt«, meinte Jack. Dann zügelte er die Pferde und wandte sich an einen der Männer auf der Straße. »Was war da los?«

»Eine Hinrichtung«, antwortete der Bursche. »Der Gouverneur hat zwei von den Niggern gehängt, die zwei Schafhüter umgebracht haben. Wenn man bedenkt, sie haben zwei Schafhüter auf dem Gewissen … dafür hätte er besser zehn von den Niggern aufknüpfen sollen.«

»Oh, du meine Güte«, stieß Josie hervor.

»Die brauchen Ihnen nicht leidzutun, Lady. Die zwei Kerle machen Geschichte! Bei uns ist noch nie ein Schwarzer aufgehängt worden. Das Erschießen scheint sie ja nicht weiter zu beeindrucken, und deshalb wollte ihnen der Gouverneur eine Lektion erteilen. Er hofft, dass den anderen jetzt mal so ordentlich die Angst in die Glieder fährt und sie es sich gut überlegen, bevor sie was anstellen.«

Schweigend setzten sie ihren Weg fort. Dies war nicht die erste Hinrichtung, die die Cambrays erlebten, aber trotzdem hatte das Ereignis dem Tag den Glanz genommen. Schlimmer noch, erklang jetzt vor ihnen ein herzzerreißendes Heulen.

Nachdem sie um die Kurve gebogen waren, sahen sie Hunderte von Aborigines, die sich schluchzend und klagend um einen großen Baum versammelt hatten. Über ihren Köpfen baumelten zwei Männer reglos an dicken Seilen. Unter den Hingerichteten patrouillierten vier Marineinfanteristen; offensichtlich hatten sie die Aufgabe, die Schwarzen davon abzuhalten, dass sie die Opfer abknüpften. Einige Eingeborene warfen sich in ihrem Schmerz und ihrer Wut schreiend zu Boden.

Josie wandte den Kopf ab. Sie konnte nicht mehr verhindern,

dass Ned diese Szene zu Gesicht bekam. Entsetzt beobachtete der Junge das Geschehen. Jimmy Moon hingegen stürzte quer über die Straße auf die Menge zu.

Als sie den Ort des Grauens hinter sich gelassen hatten, hielt Tom sein Gespann an und kam zu ihrem Wagen. »Lange hat es der kleine Schwarze aber nicht bei uns ausgehalten«, bemerkte er. »Den sehen wir nicht wieder. Es ist ein Jammer, denn wir hätten ihn gut als Führer einsetzen können. Aber so muss ich Ihnen einfach nur die Richtung angeben. Sie kommen schneller voran als ich, Jack. Also fahren Sie besser voraus und bereiten unser Lager für heute Nacht am Budgie Creek vor. Ich stoße dann später zu Ihnen. Lassen Sie die Pferde zur Mittagszeit ausruhen, denn sie haben unter der Hitze mehr zu leiden als unsereins.«

Aufmerksam lauschte Jack den Anweisungen, bevor er in die Wildnis aufbrach, die vor ihnen lag. Ein großer Schwarm Kakadus zog lärmend über ihnen dahin; bei ihrem Kreischen hatte man den Eindruck, als würden Todesengel die Ereignisse des Morgens verfluchen. Dann waren die Cambrays allein.

Über ihm, mit gebrochenem Genick, hingen sein Onkel – Tarwonga, der Bruder seiner Mutter – und dessen Freund Gabyelli. Für Jimmy war es der schrecklichste Anblick seines Lebens. Er stöhnte auf und taumelte händeringend durch die Menge. Dann fasste er sich ein Herz und machte sich auf die Suche nach seiner Mutter.

Sie hatte sich schluchzend an eine Freundin geklammert und zerrte an ihrer geblümten Bluse, als wollte sie alles, was von den Weißen kam, für immer aus ihrem Sinn verbannen. Um ihn herum erhoben sich wütende Stimmen, die jedoch bald wieder in ohnmächtiges Klagen versanken. Seine Mutter warf ihm die Arme um den Hals. Sie war froh, dass ihr Sohn zur Stelle war, als sie ihn brauchte. »Du musst für uns sprechen«, drängte sie. »Wir wollen unsere Brüder begraben. Jaljurra soll für uns sprechen.« Jaljurra war Jimmys richtiger Name.

»Das hat keinen Sinn«, meinten einige ihrer Freundinnen mutlos. »Vor Sonnenuntergang dürfen wir sie nicht abnehmen. So lautet das Gesetz der Weißen.«

Einige erwogen flüsternd, Gewalt anzuwenden, doch die Soldaten hielten ungerührt ihre Bajonette auf die Menge der Trauernden gerichtet. Und so ließen sich die meisten nieder und stimmten die Klagelieder an, denn wenn sie bis Sonnenuntergang warten mussten, dann wollten sie auch den ganzen Tag ausharren.

Seine Mutter zog ihn zur Seite. Tränen strömten über ihre runden Wangen. »Du musst sofort zu Nah-keenah laufen. Es waren seine Krieger und nicht unsere Brüder hier, die die Schafhüter getötet haben, also muss er es den Weißen auch heimzahlen. Erzähl ihm, was die Weißen getan haben.« Sie senkte die Stimme. »Aber du darfst dich bei Nah-keenah nicht lange aufhalten, damit dir niemand was vorwerfen kann und sie dich auch noch suchen.« Trotz ihres Kummers lächelte sie grimmig. »Wir bleiben hier zusammen, und heute Abend begraben wir unsere Brüder mit einem großen Fest für die Geister, einem Korrobori. Die Weißen werden zusehen, also kann man uns auch nichts vorwerfen.« Sie stand auf und schwang drohend die Fäuste in Richtung auf die Rotröcke. »Sorge dafür, dass man es ihnen heimzahlt«, befahl sie Jimmy mit zusammengebissenen Zähnen.

Ungesehen tauchte er im Busch unter und fiel sofort in einen gleichmäßigen, zügigen Trab. Er durchquerte Weideland, durchwatete Bäche, erklomm bewaldete Hügel und blieb so weit wie möglich im unbewohnten Buschland. Am späten Nachmittag stieß er auf eine Spur, die ihn zum Lager der Eingeborenenfamilie führte. Bei ihnen aß er und erkundigte sich nach dem Aufenthaltsort von Nah-keenah, ohne etwas von seinem Auftrag zu verraten. Als es dunkel wurde, brach er wieder auf und folgte einem Bergkamm oberhalb der Meeresküste.

Er rastete nur wenige Stunden. Am frühen Morgen entdeckte er die ersten Hinweise auf Nah-keenahs Volk – hier und da ein Blatt, ein zerbrochener Zweig, alles geheime Zeichen für versteckte Wasserquellen, von denen die Weißen nichts wussten – feuchte Steine, der abgetrennte Kopf einer Schlange, das verlassene Nest einer Eidechse …

Nah-keenah befühlte belustigt Jimmys grobe Drillichhose. »Jucken die?«, fragte er.

»Nur wenn ein Floh drin sitzt«, erklärte ihm Jaljurra. Dann ließen sie sich nieder und kamen zum geschäftlichen Teil.

Umringt von traurigen Gesichtern berichtete Jimmy, was geschehen war. Er erklärte ihnen, wie Erhängen vor sich ging, worüber sie offensichtlich nicht genug erfahren konnten. Dann brach er mit ihrer Erlaubnis wieder auf. Dieser Stamm, das wusste er, würde vor den Weißen nie zurückweichen, und obwohl sie ihn nicht unfreundlich behandelt hatten, verachteten sie die Eingeborenen, die sich für ein Almosen aus der Hand der Weißen hatten überreden lassen, auf den Farmen oder in der Stadt zu leben. Die Umgebung von Perth war noch immer die Heimat von etwa fünfhundert wilden Schwarzen, wie die Weißen sie nannten, und Jimmy war manchmal so mutlos, dass er mit dem Gedanken spielte, sich ihnen anzuschließen. Doch dann geschah immer irgendwas, was ihn davon abbrachte. So wie jetzt die Stelle bei Missus Cambray, seine erste richtige Arbeit. Eine Weile konnte er es bei ihr sicher aushalten.

Doch nun musste er sie erst einmal wiederfinden. Auf einem anderen Weg wandte er sich wieder nach Süden, in Richtung auf die Furt am Moore River. Als die Cambrays und das Ochsengespann am zweiten Nachmittag nach ihrem Aufbruch dort eintrafen, wurden sie dort von ihrem schwarzen Helfer erwartet, der unschuldig über das ganze Gesicht grinste.

»Wie, zum Teufel, bist du hierhergekommen?«, fragte Jack verwundert.

»Bin gerannt, so schnell ich konnte, um Sie einzuholen«, erwiderte Jimmy lächelnd. »Die Weißen setzen ja immer an dieser Stelle über.«

Nach der Furt wandten sie sich nach Osten. Jetzt durchquerten sie riesige Weideflächen mit zufrieden grasenden Schafen. Mithilfe eines Darlehens von der Bank hatte Jack seinen Viehbestand erweitert und einen Viehtreiber bezahlt, der ihnen mit den ungefähr hundert Schafen und der kleinen Herde von Milchkühen folgte. Jack war daran gelegen, dass sie sich schon eingerichtet hatten, bevor das Vieh eintraf.

Hinter den schwitzenden Pferden holperte der Wagen den schmalen Pfad entlang. »Tom sagt, die nächste Farm gehört unseren Nachbarn«, erklärte Jack seiner Frau. »Mr. und Mrs. Randolph James. Wir müssen weiter und können jetzt nicht bei ihnen anhalten, aber so bald wie möglich stellen wir uns bei ihnen vor.«

»Das Land ist sehr trocken«, gab Josie zu bedenken.

»Ja, das stimmt, aber Tom meint, wenn der Regen kommt, dann wird es auf einen Schlag grün. Die wilden Blumen hier sollen zauberhaft sein.«

Die letzten Meilen schienen sich eine Ewigkeit hinzuziehen. Vor ihnen, zwischen den Bäumen, konnte Jack ein weißes Schild schimmern sehen, nach dem er auf Toms Anweisung hin Ausschau halten sollte. Es kennzeichnete die Zufahrt zur Farm der James'. Obwohl die Besitzungen nicht richtig eingezäunt waren, fanden die Siedler offenbar Gefallen daran, ihre Zufahrtswege auszuschmücken – einige mit richtigen Torbögen, und einmal hatten die Cambrays sogar ein Mondtor gesehen, das Glück bringen sollte.

Jack fragte sich schon, ob die Pferde wussten, dass ihre Reise sich dem Ende näherte, denn plötzlich wurden sie ungebärdig und nervös. Sie wieherten und schnaubten, und Jack griff fester in die Zügel. In diesem Augenblick entdeckten sie die Leichen. »Gott, Allmächtiger!«

Mit einem Aufschrei kletterte Josie hastig nach hinten in den Wagen, wo sie Ned an ihrer Brust barg, damit er nicht noch einen Blick auf dieses grausige Bild warf.

»Brrr! Brrr!« Jack gelang es nicht, die Pferde anzuhalten. Erfüllt von Entsetzen liefen sie weiter, bis sie den schrecklichen Ort hinter sich gelassen hatten. Erst als Jimmy nach vorn spurtete und in die Zügel griff, fielen sie in einen langsameren Trott und blieben schließlich stehen.

»Bleib hier«, befahl Jack seiner Frau. »Selwyn, du passt auf sie auf.« Er selbst lief zurück zu den beiden unbekleideten Leichen, die an einem Schild mit der Aufschrift: »Randolph James, Esq.« aufgeknüpft waren. Es konnte kaum Zweifel bestehen, dass diese beiden der Gutsbesitzer und seine Frau waren. Beim Anblick ihrer leeren Gesichter drehte sich Jack der Magen um, und er beugte sich zur Seite, um sich zu übergeben. Er hatte keine Ahnung, was man in solch einem Fall tat. Sollten sie weiterfahren? Man konnte die beiden doch nicht einfach dort hängen lassen. Und wer hatte das getan? Bestand etwa auch Gefahr für ihr Leben? Wie konnte er seine Familie schützen?

Er holte sein Gewehr heraus, lud es und ließ seine Frau und seinen Sohn unter den Wagen kriechen, bis Tom bei ihnen eingetroffen war.

»Kannst du zurückgehen und sie abnehmen?«, bat er Jimmy.

»Das traue ich mich nicht«, erwiderte Jimmy mit aufgerissenen Augen, um Angst vorzutäuschen. Wenn die Weißen seine Leute nicht herunterschnitten, dann würde er das mit ihren auch nicht tun. Schweigend nahm er zur Kenntnis, dass der Mann und die Frau nicht an Seilen aufgeknüpft worden waren, wie die Weißen sie benutzten, sondern an zusammengewundenen Ranken. Nah-keenah lernte schnell. Ein Aborigine tötet seine Feinde nicht durch Erhängen; er ersticht sie mit dem Speer, erschlägt sie mit dem Bumerang, oder vielleicht zerhackt er sie auch. Aber Erhängen hatte es noch nie gegeben – bis jetzt. Nah-keenah hatte dafür gesorgt, dass die Weißen auch verstanden, als was dieser Mord gemeint war: Rache! Nun, die Botschaft war wohl eindeutig.

Stunden später holperte das Ochsengespann auf sie zu.

Tom blickte fassungslos auf die Opfer. »Das sind sie, ganz klar, Randolph und Anne. Gott sei ihrer Seele gnädig. Nehmen wir sie runter.«

Sie mussten Jacks Möbel aufeinanderstapeln, bevor sie hoch genug hinaufreichen konnten, um die Erhängten abzuschneiden. Dann wickelten sie die Leichen in Segeltuch.

»Wir begraben sie in der Nähe ihres Hauses«, sagte Tom. »Es ist eine Schande. Sie hatten es gerade erst fertiggestellt.«

»Wer könnte das gewesen sein?«, fragte Jack, dem noch immer übel war.

»Schwarze, würde ich meinen.«

»O mein Gott!« Plötzlich durchzuckte Jack ein schrecklicher Gedanke. »Hatten sie Kinder?«

»Glücklicherweise nicht.«

Wie ein Trauerzug rollten die Wagen im Schritttempo durch die hügelige Landschaft zum Wohnhaus der James'. Als sie die Reihe junger Pinien erreichten, die kurz vor dem Gebäude den Weg säumten, blieben sie erneut wie angewurzelt stehen. Zwischen den rauchenden Grundmauern des Hauses ragten einsam nur die Schornsteine auf.

»Das reicht«, sagte Jack. »Wir fahren zurück nach Perth.«

Und hier vor dieser Szene des Grauens, neben den Leichen ihrer ermordeten Nachbarn, in Anwesenheit des Ochsenführers, des jungen Auswanderers und unter den Blicken ihres Sohnes Ned hatten die Cambrays ihren ersten richtigen Streit.

»Nein, wir bleiben«, erklärte, ja befahl Josie. »Wir können nicht umkehren. Wir wären ruiniert.«

»Besser als tot.«

»Wir müssen eben aufpassen.«

»Denkst du überhaupt nicht an unseren Sohn, Frau? Sein Leben ist schließlich auch in Gefahr.«

»Du warst es, der sich in den Kopf gesetzt hatte, in die Kolonien auszuwandern, Jack Cambray, vergiss das nicht.«

Schließlich zogen sie doch weiter, aber die innige Zuneigung, die sie verbunden hatte, hatte einen Riss bekommen. Zwar war ihre Hütte nicht zerstört worden, doch ihr Zustand war so schlecht, dass sie weiterhin im Freien schlafen mussten. Jack erklärte sich freiwillig bereit, Wache zu halten, doch er hatte eine Flasche Rum bei sich, und als die anderen eingeschlafen waren, war er schon betrunken an der rohen Steinmauer seiner neuen Heimstatt zusammengesunken.

Jimmy Moon hingegen hielt die ganze Nacht Wache. Er mochte die Missus, die Josie genannt wurde: Sie hatte Feuer, und beim Anblick der erhängten Schwarzen hatte sie ebenso viel Schmerz empfunden wie beim Tod der Weißen. Lautlos schlich er durch das Gestrüpp, sodass er, sollte er ein paar verstreute Krieger von Nah-keenahs Stamm entdecken, dafür sorgen konnte, dass sie kein Unheil anrichteten: Denn Jaljurras Wort galt etwas beim Stamm der Whadjuck. Das verdankte er nicht etwa seiner Mutter – sie hatte ihre eigenen Gründe für die Umsiedlung in die Stadt gehabt –, nein, aber sein Vater war ein bedeutender Mann gewesen. Gestorben war er nicht durch die Hand der Weißen, sondern im Kampf mit einem anderen Eingeborenen. Dieser Nah-keenah, der blutdürstige Kämpfer, war ihm jetzt einen Gefallen schuldig. Nah-keenah durfte ihm nie etwas zuleide tun. Abgesehen davon, hielt Jimmy sich grinsend vor Augen, war Jaljurra, für seine behenden Füße und seine kräftigen Arme bekannt, ein guter Krieger. Am Morgen wollte er sich ein Versteck mit Waffen einrichten, für den Fall, dass er sie brauchte.

Jack erzählte seiner Frau nie, welches Grauen er vor den wilden Schwarzen empfand, und da er so gezwungen war, die Last seines Albtraums allein zu tragen, baute er ein Haus, das einer Festung glich. Anstelle von Fenstern hatte es Schießscharten, dunkle Schlitze, die nur dazu dienten, eine der tödlichen Waffen aus seiner Sammlung aufzunehmen und ihm einen freien Blick auf das Land zu gestatten, das er unablässig rodete. Den ganzen heißen Sommer lang und anschließend in der angenehmeren Kühle des südlichen Winters arbeitete er hart und unermüdlich viele Stunden, aber immer hatte er sein Gewehr und den Revolver, den er in einer Tasche am Sattel untergebracht hatte, in Reichweite, und in seiner Furcht, ein Speer könnte sich ihm in den Rücken bohren, blickte er ständig über die Schulter.

Bei den Mahlzeiten am Abend schwieg er. Anschließend setzte er sich gewöhnlich draußen in seinen Unterschlupf aus Ästen, umgeben von den beiden Dingen, die ihm Trost spendeten: sein Gewehr und die Rumflasche. Manchmal, wenn er dachte, Schwarze würden auf ihn zukriechen, rannte er, wie von Furien gejagt, den Hügel herab, sodass ihm die Hunde laut bellend folgten, und feuerte in alle Richtungen. Meistens sank er jedoch zusammen wie ein Häufchen Elend, und Josie musste ihn dann ins Bett schleppen.

In der Gegend wurde er bald nur noch der »irre Jack« genannt. Allerdings hieß es auch: »Eins muss man ihm lassen. Er hat die Farm wirklich in Schwung gebracht.« Sie alle wussten aus der eigenen bitteren Erfahrung, dass man nur durch harte Arbeit in diesem Siedlungsland zu Wohlstand kommen konnte: schuften bis aufs Blut, Blasen an den Händen und Rückenschmerzen.

Niemand bemitleidete Josie, und auch sie selbst sah keinen Grund dazu. Es gab viele, die schlechter dran waren als sie. Schließlich verprügelte Jack weder Frau noch Sohn, und wenn die Vorstellung, seine Familie zu beschützen, für ihn zu einer fixen Idee geworden war – diese Erklärung hatte Josie sich zurechtgelegt –, dann konnte man ihm das nicht vorwerfen. Hier draußen, so weit entfernt von der nächsten Stadt, hatten die Frauen der Pioniere ganz andere Sorgen, als auch noch über den Ehemann zu klagen. Unfälle waren an der Tagesordnung: Eine Axt konnte abrutschen, ein Pferd durchgehen, Kinder verliefen sich im Busch oder ertranken in scheinbar flachen Wasserstellen – alles Mögliche konnte geschehen. Die Frauen behandelten die Bisse von Schlangen und Spinnen und alle möglichen Krankheiten, halfen Kindern auf die Welt und arbeiteten im Haus und auf dem Feld. Einige Frauen beneideten Josie sogar. »Ihr Mann ist wenigstens jede Nacht weggetreten und will nichts von ihr«, flüsterten sie sich zu.

Selwyn blieb nicht lange bei den Cambrays, und nicht anders war es mit der Reihe von Schafhütern, die ihm folgten. Sie alle stellten rasch fest, dass mit dieser Stellung auch das Fällen von Bäumen, das Ausheben von Löchern für Pfähle, das Ziehen von Zäunen und das Herausbrechen von alten, abgestorbenen Baumstümpfen mit eisenharten Wurzeln verbunden war. Der irre Jack hielt sie ständig in Trab, und so zogen sie einer nach dem anderen wieder auf und davon.

Und wie man ihnen prophezeit hatte, kam und ging Jimmy Moon, wie es ihm beliebte. Er schien die Farm als seine Heimat anzusehen und half bereitwillig bei Arbeiten, die ihm gefielen. Doch eigentlich zog er die Gesellschaft des kleinen Ned vor, und der Junge liebte ihn über alles. Immer wieder hielt Jack Jimmy eine Strafpredigt; er nannte ihn einen faulen Taugenichts und versetzte ihm gelegentlich auch eine Ohrfeige, aber vergebens. Jimmy blieb eher ein Freund der Familie als eine Arbeitskraft, und wegen seiner unverwüstlichen guten Laune gaben sie sich schließlich damit zufrieden.

An diesem Tag brachte Josie ihrem Mann das Mittagessen nach draußen, weil sie wusste, dass er wütend auf sie war. Er baute gerade eine Waschstelle für die Schafe, und als er sich aufrichtete, sah sie, dass sein mittlerweile sonnengegerbtes Gesicht schweißüberströmt war. »Du solltest einen Hut aufsetzen«, ermahnte sie ihn. »Sonst kriegst du wieder einen Sonnenstich.«

»Diese Schwarzen sind zu nichts zu gebrauchen«, polterte er, während er nach der Kanne mit heißem Tee griff, die sie ihm mitgebracht hatte. »Von Jimmy weit und breit keine Spur«, klagte er. »Diesmal bist du schuld. Wir können nur von Glück reden, wenn wir das Pferd oder den Jungen noch einmal wiedersehen.«

»Aber wir mussten es ihm geben«, entgegnete sie. »Was sonst hätten wir tun sollen?«

»Der macht mich noch zum Gespött der ganzen Gegend. Einem Schwarzen ein Pferd zu geben!« Er nahm den Deckel vom Kessel und trank einen großen Schluck. Dann wandte er sich ab und starrte bewegungslos den Pfad entlang. Noch nie in seinem Leben hatte er ein so schlechtes Gewissen gehabt. Er hätte selbst losreiten müssen; doch dazu hatte ihm der Mut gefehlt. Er brachte es nicht fertig, freiwillig in das Gebiet der Schwarzen zu reiten, das von den Eingeborenen so standhaft verteidigt wurde – selbst wenn es darum ging, jemanden zu retten.

Jimmy hatte ihm die Möglichkeit gegeben, sich zu drücken, und um sein Gesicht zu wahren, hatte er sie ergriffen. Doch mittlerweile vermutete er allmählich, dass Jimmy ihm einen Bären aufgebunden hatte.

Vor drei Tagen war der Junge quer über die Weiden auf sie zugelaufen und platzte sofort mit seiner Neuigkeit heraus. »Meine Leute sagen, eine weiße Lady und ihr Mann sind da draußen von einem Stamm gefangen worden«, schrie er Jack noch von Weitem zu.

Nach und nach hatte Jack die Geschichte aus ihm herausgeholt. Jimmy behauptete, der weiße Mann und die Frau würden von wilden Eingeborenen gefangen gehalten, doch im Austausch gegen Essbares wäre der Stamm bereit, sie freizulassen.

»Was sind das für Weiße? Woher kommen sie?«

»Sie haben keine Pferde«, sagte Jimmy mit staunend aufgerissenen Augen. Für Jimmy hatten alle Weißen Pferde. »Meine Leute sagen, sie sind von einem großen Schiff gefallen und wie tote Fische an Land gespült worden.«

Sie holten Josie herbei, die im Umgang mit Jimmy mehr Geduld aufbrachte.

»Schiffbrüchige?«, fragte sie. »Wir haben nichts von einem Schiffsuntergang gehört.«

»Aber vielleicht … Du weißt doch noch, das schlimme Unwetter vor ein paar Tagen. Es hieß, das wäre der Ausläufer eines Hurrikans, der seine Kraft verloren hat, als er die Küste erreichte.«

»Jemand muss hinreiten und nach ihnen sehen«, beschloss sie. »Wir können sie doch nicht einfach der Wildnis überlassen.«

»Wenn es sie überhaupt gibt. Genauso gut kann das alles nur Gerede sein. Du weißt doch selbst, dass Jimmy immer alles durcheinanderbringt.«

»Bestimmt nicht, Boß«, schrie Jimmy. »Wir müssen sie da rausholen, oder meine Leute bringen sie um. Hängen sie auf«, fügte er um der Dramatik willen noch hinzu. Jimmy wollte diese Aufgabe gern selbst übernehmen, er wollte den Ruhm ernten, zwei Weißen das Leben gerettet zu haben. Dann wäre er berühmt. »Sie sind da draußen«, erklärte er noch einmal. »Ganz bestimmt.«

»Bei welchem Stamm?«, fragte Jack misstrauisch. »Wer ist das, der uns da dieses Tauschgeschäft anbietet?«

Jimmy zeichnete mit dem großen Zeh Figuren in den Staub, um die Aufmerksamkeit von seinem Gesicht abzulenken. Nahkeenahs Name durfte vor den Weißen nicht genannt werden. Immer wieder schickten die Siedler berittene Polizeistreifen aus, um die Rädelsführer, wie sie es nannten, der Eingeborenen aufzugreifen. Deshalb verschanzten sich die Stammesobersten jetzt hinter einer Mauer des Schweigens. Im Gegensatz zu den Vermutungen der Europäer gab es bei den Aborigines keine Häuptlinge im eigentlichen Sinne, sondern nur die Stammesältesten und Männer, die durch ihre Fertigkeit beim Jagen und im Kampf Ansehen erlangt hatten. Während Jimmy sich einen Namen aussuchte, sah er sich gedankenverloren um. Sein Blick fiel auf die Stelle, wo Jack gerade Gestrüpp verbrannt hatte, und ein Grinsen breitete sich über sein Gesicht.

»Marradong«, verkündete er, »Jimmy Moon kümmert sich um das Tauschgeschäft mit dem großen Boss der Aborigines namens Marradong.« Dieses Wort bedeutete in seiner Sprache »verkohltes Holz«, aber das konnten die Weißen ja nicht wissen.

»Du solltest ein paar Nachbarn zusammenrufen, Jack«, schlug Josie vor, »und dich dann zu diesem Marradong auf den Weg machen.«

Jimmy Moon hätte am liebsten laut losgelacht, doch er beherrschte sich.

»Das geht nicht«, erklärte er. »Wenn Sie viele Männer hinschicken, haben meine Leute Angst und machen sich aus dem Staub. Besser, Sie schicken mich und geben mir ausreichend Vorräte zum Tauschen mit.«

Sie besprachen Jimmys Vorschlag und beschlossen, obwohl sie Zweifel hatten, einige Lebensmittelvorräte zusammenzupacken.

»Wie weit ist es bis zu dem Stamm?«, erkundigte sich Josie.

»Zwei Tagesmärsche«, antwortete Jimmy.

Josie wandte sich an ihren Mann. »Wir müssen ihm ein Pferd mitgeben.«

»Was? Bist du noch ganz richtig im Kopf, Frau?«

»Er selbst kommt schnell voran, das wissen wir. Aber eine weiße Frau kann da nicht mithalten. Als Schiffbrüchige wird sie kaum in der Verfassung sein, den ganzen Weg hierher zu Fuß zu laufen. Entweder zieht ihr Männer selbst los, oder Jimmy kriegt ein Pferd!«

Jimmy Moon konnte sein Glück kaum fassen. Er war ein ausgezeichneter Reiter; er liebte Pferde, und dass er zum erstenmal ganz allein reiten durfte, wohin er wollte, erfüllte ihn mit Stolz. Auf seinem Weg nach Norden machte er gelegentlich einen kleinen Umweg und besuchte ein Lager seiner Leute, um sein Pferd herumzuzeigen. Hoch aufgerichtet und mit stolzgeschwellter Brust ritt er einher und nickte seinen Freunden gnädig zu. Diese brachen in ein begeistertes Geschnatter aus. Eine Zeit lang war Jimmy so überwältigt von seiner neuen, wichtigen Rolle, dass er mit dem Gedanken spielte, mit seinem schönen Pferd auf und davon zu reiten. Aber dann siegte doch die Vernunft. Er wusste, dass die Weißen sogar ihre eigenen Leute erschossen oder hängten, wenn sie ein Pferd stahlen. Wenn sie ihn fanden, würde die Strafe entsetzlich ausfallen. Und dann war da ja auch noch Nahkeenah, der auf seine Geschenke wartete. Und mit diesem Gauner durfte er es sich nicht verscherzen, denn Nah-keenah würde sich an seine Fersen heften und ihn bis ans Ende des Regenbogens verfolgen.

Auf der Hälfte des Weges bis zu Nah-keenahs letztem Lagerplatz nahm Jimmy ein paar der Vorräte aus den Satteltaschen und versteckte sie, damit die zwei Fremden und er auf dem Rückweg nicht hungern mussten. Diese Vorsichtsmaßnahme war nötig, weil er es für möglich hielt, dass Nah-keenah alles fordern würde, was er bei sich hatte.

Dies war dann auch wirklich der Fall. Im Austausch gegen die beiden Weißen musste Jimmy seine Satteltaschen bis auf den Grund leeren. Trotzdem frohlockte Jimmy innerlich. Nah-keenahs Gesichtsausdruck, als er sah, dass ein Schwarzer hoch zu Ross in sein Lager geritten kam, würde er nie vergessen. Der Wilde war so beeindruckt, dass er Jimmy ungewohnt freundlich begrüßte, um seinem Stamm zu zeigen, dass dieser bedeutende Mann, dieser Jaljurra, sein Freund war. Aber anscheinend hatte er auch gleich ein Auge auf das Pferd geworfen und wollte es wohl ebenfalls als Preis einfordern. Aus diesem Grunde trieb Jimmy die beiden Weißen mit größter Eile zum Aufbruch. Wenn er Nah-keenah nämlich erst einmal die Möglichkeit gab, diese Frage anzuschneiden, hätte er schon verloren, und die Weißen würden ihm dann später Vorwürfe machen.

Der Mann und die Frau waren ein seltsames Paar. Ihre Kleider hingen in Fetzen, wie er es bisher nur bei den Aborigines in der Stadt gesehen hatte. Doch die Frau hatte ein wunderhübsches Lächeln und richtete sich genau nach seinen Anweisungen, was ebenfalls für Jimmy eine neue Erfahrung war. Er konnte also Weißen sagen, was sie zu tun hatten! Der Mann, der sich als Lo-Gan vorgestellt hatte, war groß und mager und sehr hungrig, wie er erklärte, weil sie seit Tagen nichts anderes als nur ein wenig Fisch gegessen hatten.

Darüber musste Jimmy staunen. Im Busch, und besonders hier an der Küste, gab es Nahrung im Überfluss. Doch er verkniff sich eine Bemerkung. Dieser Lo-Gan ging ihm ein wenig auf die Nerven, denn er hielt sie auf, weil er immer wieder rasten musste. Aber beide waren ungeheuer erleichtert über ihre Rettung und bedankten sich unzählige Male bei ihm. Jimmy war glücklich. Wenn man den irren Jack mitrechnete, hatte er jetzt vier Freunde unter den Weißen, und alle waren sie mächtige Leute.

Der irre Jack kam ihnen schon auf dem Pfad entgegengeritten.

»Allmächtiger, Jimmy!«, rief er verblüfft. »Du hast es tatsächlich geschafft!«

Sibell genierte sich in dem hässlichen braunen Kleid mit Paisleymuster, das Josie ihr gegeben hatte. Obwohl die Farmersfrau es mit einigen groben Abnähern versehen hatte, damit es besser saß, war es noch immer viel zu groß. Außerdem trug sie einen Strohhut und Schuhe, aus denen sie bei jedem Schritt herausschlappte.

Mr. Cambray hatte sie in seinem Wagen in die Stadt gebracht. Auf der ganzen Strecke waren sie immer wieder von Leuten angehalten worden, die alles über das entsetzliche Unglück erfahren wollten. Die *Cambridge Star* war gesunken! Bisher hatte man noch nichts von anderen Überlebenden gehört, doch Jack versicherte ihr, dass sie in Perth mehr erfahren würden.

Sie wurden in das Haus eines Mr. Anderson gebracht, der oberste Landvermesser, wie es hieß, doch Sibell konnte sich unter diesem Beruf nichts vorstellen. Sie nahm ihre neue Umgebung und all die Leute, die sie kennenlernte, nur am Rande wahr. Stattdessen fragte sie unablässig nach ihren Eltern und konnte sich nicht erklären, warum sie sie nicht endlich abholten. Frauen bemühten sich um Sibell. Nur nebelhaft bekam sie mit, dass sie gebadet und zu einem großen, sauberen Bett mit weißen Laken geleitet wurde, bevor man den Raum abdunkelte. Es war kühl und angenehm, sodass sie sich ohne Widerstand in den tiefen Schleier des Vergessens sinken ließ und die ganze Aufregung um sich herum vergaß.

»Das arme Ding hat tagelang nur geschlafen«, sagte eine Frau. Ohne in ihrer Arbeit innezuhalten, schnalzte die andere mit der Zunge und seufzte.

»Mrs. Gilbert wartet schon auf die Kleine, aber ich habe ihr erklärt, sie muss eben warten. Das Mädchen ist erschöpft und darf nicht gestört werden.«

Sibell fuhr aus ihrem Schlummer auf. Dieser Name, Gilbert! Wer war das noch? Er kam ihr so bekannt vor. Sie musste ihre Mutter fragen. »Wo ist meine Mutter?«, rief sie den Frauen zu.

»Ruhig, Liebes. Es kommt alles wieder in Ordnung, Sie werden schon sehen.«

»Meine Mutter, Alice Delahunty! Können Sie sie bitte holen?«

Anstatt die Bitte zu erfüllen, brachten ihr die Frauen eine Tasse Kaffee mit einem seltsamen Beigeschmack.

»Nur ein Schuss Brandy, Liebes, um Sie ein bisschen aufzumuntern«, sagte eine rundliche alte Frau. Sie zog sich einen Stuhl heran und setzte sich an das Bett, während eine andere Frau hinter ihr stehen blieb. »Trinken Sie erst mal Ihren Kaffee, Miss Delahunty, und dann geht es Ihnen gleich besser. Sie haben ja wirklich Schreckliches erlebt.«

Als die Frauen ihr Tasse und Untertasse abnahmen, blickte Sibell sie misstrauisch an. »Meine Eltern machen sich sicher schon Sorgen …«

»Hören Sie, Sibell«, sagte die Frau und nahm ihre Hand. »Sie müssen jetzt tapfer sein. Sie wissen doch, dass Ihr Schiff untergegangen ist, und Sie wurden durch eine Fügung des Schicksals gerettet. Wir alle müssen Gott dafür danken. Es gab auch noch andere Überlebende, zwölf an der Zahl, aber ich fürchte …«

»Nein!«, schrie Sibell. »Nein!«

Die ruhige Stimme fuhr fort: »Aber ich fürchte, Ihre Eltern sind nicht darunter. Gott in seiner Weisheit hat sie zu sich gerufen …«

»Das glaube ich nicht«, rief Sibell. »Sie wissen ja nicht, was Sie da reden. Meine Eltern waren in dem anderen Rettungsboot!«

»Das Meer hat sie verschlungen, meine Liebe. Es tut mir leid, dass ich Ihnen das sagen muss, es ist eine schreckliche Tragödie …«

»Sie sind ertrunken?«, flüsterte Sibell.

»Ja, Liebes.« Die Frau nahm sie in die Arme und wiegte sie wie ein kleines Kind. »Ruhig, ruhig, Sie sind ein tapferes Mädchen. Kopf hoch! Sie sind glücklich dran, denn Sie haben ja Freunde hier. Mr. und Mrs. Gilbert sind gekommen und wollen Sie kennenlernen. Wenn es Ihnen bessergeht, nehmen sie Sie mit zu sich nach Hause.«

Sibell ging in ihr Zimmer im hinteren Teil des Hauses im Erdgeschoß und ließ sich entmutigt in den klobigen Sessel sinken. Seit drei Monaten lebte sie jetzt bei den Gilberts, und inzwischen fühlte sie sich nicht mehr als Gast, sondern eher wie ein Dienstmädchen. Ein Dienstmädchen, das die Ehre genoss, die Mahlzeiten mit Hausherrn und Hausfrau gemeinsam einnehmen zu dürfen, dem dafür aber das Recht einer angemessenen Bezahlung verwehrt wurde.

»Sie ist wie eine Tochter für uns«, erklärte Margot Gilbert ihren Freundinnen mit dem kriecherischen Lächeln, das Sibell zu hassen gelernt hatte, weil die Frau so verlogen war. Den Gilberts war es eine Last, sie unterstützen zu müssen. Aber da ihre Mitbürger am Schicksal dieses armen Mädchens so großen Anteil nahmen, gab es für sie keinen Weg, Sibell nach den anfänglichen Beweisen ihrer Hilfsbereitschaft wieder abzuschieben.

»In Wirklichkeit bin ich eine Almosenempfängerin«, murmelte Sibell. »Wie eine Tochter, dass ich nicht lache!« Miss Elizabeth Gilbert besuchte ein Internat in Adelaide, und ihr helles, großes Zimmer im ersten Stock mit all den Puppen und dem Nippes wurde jeden Tag abgestaubt und war heilig wie ein Schrein. Sibell beneidete das Mädchen, dass es nicht mehr mit dieser nörgelnden, unzufriedenen Frau zusammenleben musste. Zugleich schob sie die Erinnerungen an ihre eigene Mutter zur Seite, weil sie zu schmerzlich waren, als dass sie sie ertragen konnte.

Anfangs war Sibell angenehm aufgefallen, dass die Gilberts über den Tod ihrer Eltern offensichtlich ebenso erschüttert waren wie sie. Erst nach und nach hatte sie erkannt, dass hinter dieser Trauer tiefere Gründe steckten: Der Schiffsuntergang hatte die Gilberts finanziell in eine peinliche Lage gebracht. Percy Gilbert war Schafzüchter. Er unterhielt ein Haus in Perth, und um die Besitzungen irgendwo im Süden kümmerte sich ein Verwalter. Nach einigen Jahren in den Kolonien hatte Percy jedoch erkannt, dass man mehr Land brauchte, um wirklich zu Wohlstand zu kommen. Er musste sich vergrößern – nach dem Beispiel der Squatter, die an der Ostküste riesige Anwesen, die sogenannten Stations, ihr Eigen nannten und Tausende von Schafen hielten. Hinzu kam, dass die Wollpreise enorm stiegen.

Sibell lächelte in grimmiger Genugtuung. Über dieses Thema hatten sich die Gilberts neulich beim Abendessen gestritten. Anscheinend war es ihnen gleichgültig, dass Sibell gezwungen war, alles mit anzuhören. Vielleicht aber war es auch Absicht, und Sibell sollte von ihren Schwierigkeiten erfahren, damit sie endlich verstand, weshalb ihr Aufenthalt bei den Gilberts solch eine Last für die Familie bedeutete. Manchmal, wenn Margot etwas ausgiebiger dem Wein zugesprochen hatte, gab sie die Schuld an ihrer elenden Lage nicht mehr den Delahuntys, sondern ihrem Gatten.

»Wenn du gleich damals, als es noch billig war, ausreichend Land gekauft hättest, Percy, wären wir jetzt reich. Dein Mangel an Weitsicht kommt uns jetzt teuer zu stehen.«

»Dann möchte ich noch mal klarstellen, Gnädigste, dass ich damals nach englischen Maßstäben mehr Land als genug gekauft habe. Woher sollte ich denn wissen, dass die Wiesen so sehr unter der Dürre leiden? Und du musst mir zugestehen, dass mein Gedanke, neues Weideland mit einem ständigen Wasserzufluss zu erwerben, die einzig richtige Lösung war. Und dafür habe ich ja schließlich gesorgt.«

Für den Landerwerb brauchte Percy Gilbert Kapital, und aus diesem Grunde hatte er James Delahunty nach Australien eingeladen, damit er sein Partner werden und die neuen Besitzungen verwalten sollte. Leider war James Delahunty so töricht gewesen, seine Familie und seine Besitztümer einem Schiff anzuvertrauen, dessen Kapitän ein unerfahrener Narr war – wie sich bei der Untersuchung über die Unglücksursache herausgestellt hatte. Und nun saßen die Gilberts auf dem Trockenen. Das so dringend benötigte Geld lag gemeinsam mit dem zukünftigen Partner auf dem Grund des Meeres, und da sich all seine Hoffnungen in Luft aufgelöst hatten, blieben Percy nur noch zwei Möglichkeiten: entweder er verkaufte das neue Land, oder er verkaufte das Haus in Perth und siedelte aufs Land über. Er selbst hatte schon mit dem Gedanken gespielt, seine neuen Ländereien mit der Hilfe eines Vorarbeiters selbst zu verwalten, doch Margot weigerte sich hartnäckig, ihr Haus und ihre Stellung in der Gesellschaft von Perth aufzugeben.

Sibell standen Tränen in den Augen, als sie mit unbewegtem Gesicht anhörte, wie die beiden ihrem Vater alle Schuld in die Schuhe schoben. Außerdem hatte sie mindestens ebenso große

Schwierigkeiten wie die Gilberts: Ihr guter Ruf wurde angezweifelt.

Die Frauen tuschelten und warfen ihr verstohlene Blicke zu, wenn sie mit Margot die Köpfe zusammensteckten. Sobald Sibell den Raum betrat, schürzten sie verächtlich die Lippen und schwiegen, bis Margot Sibell schließlich eines Tages unter vier Augen zur Rede stellte.

»Ich möchte genau wissen, was zwischen dir und diesem Conal vorgefallen ist.«

Mit glühenden Wangen und voller Verlegenheit, die sie immer empfand, wenn dieser Abschnitt ihres Lebens zur Sprache kam, antwortete Sibell: »Nichts.«

»Willst du mir bitte die Höflichkeit erweisen und die Wahrheit sagen?« Margot war unerbittlich. »Die ganze Stadt spricht schon davon. Schließlich hast du tagelang mit diesem Burschen zusammengelebt.«

»Ja.«

»Hat er dich berührt?«

»Nein.«

»Bist du noch Jungfrau?«

»Wie bitte?« Von dieser Seite hatte Sibell die Dinge noch nie betrachtet. »Wie kannst du es wagen, mich das zu fragen! Für wen hältst du dich eigentlich? Raus aus meinem Zimmer!«

»Deinem Zimmer? Dies ist mein Haus, du trägst meine Kleider und isst an meinem Tisch. Ich habe das Recht zu erfahren, was du dort getrieben hast. Und was war mit den Eingeborenen? Schließlich hast du zugegeben, dass du Tage in ihrem Lager verbracht hast, als du in die Gesellschaft anständiger Menschen zurückgekehrt bist …«

»Gar nichts habe ich gesagt. Jeder weiß, dass man uns dort gefunden hat.«

»Aber du nimmst das alles auf die leichte Schulter! Waren diese Eingeborenen angezogen? Trugen sie anständige Kleider?«

Sibell starrte sie nachdenklich an. Margot empfand bei diesem Gespräch einen Kitzel, in ihren Augen funkelte Neugier, als ob sie eines dieser schmutzigen Bücher lesen würde. Sibell hatte genug von den Gilberts, und deshalb beschloss sie, Margot das zu liefern, was sie hören wollte.

»Nein«, erwiderte sie trotzig, »sie hatten nichts an. Sie waren nackt, einer wie der andere. Männer, Frauen und Kinder, splitterfasernackt. Welch ein Jammer, dass du das verpasst hast!«

Margot holte mit der Hand aus, doch Sibell duckte sich rechtzeitig. »Und wage es bloß nicht, mich noch einmal zu schlagen«, schrie sie, »oder ich schlage zurück.« Sie erinnerte sich an den Schock, den es ihr versetzt hatte, als Nah-keenah sie mit seiner stahlharten Hand ins Gesicht geschlagen hatte. »Niemand wird mich je wieder ungestraft schlagen!«

»Das Leben selbst in die Hand nehmen.« Logans Worte fielen ihr ein. Zwar hatte er sie in einem anderen Sinn gemeint, aber trotzdem gaben sie ihr jetzt Mut.

»Du unflätige Göre«, kreischte Margot. »Ich werde dafür sorgen, dass du so schnell wie möglich aus meinem Haus verschwindest. Und ganz bestimmt noch ehe Elizabeth zurückkommt.«

»Ich habe nichts dagegen. Bezahlt mir die Überfahrt nach England.« Sibell wusste, dass aus ihr der Mut der Verzweiflung sprach, denn sie brauchte mehr als nur das Geld für die Überfahrt. Und wo sollte sie sich hinwenden, wenn sie in die Heimat zurückkehrte? Etwa in das Haus ihrer Onkel, um wieder nur Almosen zu empfangen? Außerdem wusste sie, dass die Gilberts in Anbetracht ihres Geldmangels niemals für ihre Überfahrt aufkommen würden, obwohl sie diese Möglichkeit schon erwogen hatten.

Mit einem Ruck schob Sibell den Sessel über den Fußboden, ohne darauf zu achten, dass er das Linoleum zerkratzte, und betrachtete sich im Spiegel. Margots Kleider. Sie besaß zwei davon, beide aus schrecklichem schwarzem Krepp, und ihr langes gelocktes Haar trug sie auf Margots Anweisung hin in zwei häßlichen Flechten. Wahrscheinlich hoffte Margot, dass sie damit unscheinbar und tugendsam aussah. Nun, sie war nicht unscheinbar, sie war nicht mehr die magere Vogelscheuche, wie man sie aus dem Busch geholt hatte. In diesem milden Klima hatte sie sich erholt, und ihre Haut war wieder makellos rein. Sibell löste die Zöpfe und runzelte beim Anblick der feinen Kräuseln die Stirn. Ihre Mutter hatte ihr immer die Haare aufgesteckt, sodass sie in weichen Wellen das Gesicht umschmeichelten. Sibell allein brachte ein derartiges Werk nicht zustande; selbst wenn sie eine ganze Handvoll Haarnadeln einsetzte, die sie sich im Haus zusammengesucht hatte, fielen die Strähnen doch wieder herunter. Da sie in der Kunst des Frisierens ungeübt war, nahm sie kurzerhand eine Schere und schnitt sich die Haare auf Schulterlänge ab. Mit dem Ergebnis war sie zufrieden. Ihr helles Haar umschwebte ihr Gesicht jetzt in dicken, natürlichen Locken, und Sibell nickte ihrem Spiegelbild zu. »Alle Achtung, Miss Delahunty.« Sie lachte. »Sie sehen richtig gut aus.«

Sie hatte eigentlich erwartet, dass ihre neue Frisur den Gilberts auffallen würde, als sie zum Essen erschien, doch das Ehepaar nahm keine Notiz davon.

»Mr. Gilbert und ich haben uns über deine Lage unterhalten«, erklärte Margot.

Doch Percy fiel seiner Frau ins Wort. »Überlasse das mir, Gnädigste. Wir sind zu dem Ergebnis gekommen, dass es für dich das Beste wäre, wenn du so schnell wie möglich heiratest«, sagte er zu Sibell gewandt. »Du musst schließlich versorgt sein.«

»Wenn sie überhaupt jemand haben will«, meinte Margot naserümpfend, wohl noch immer in Gedanken an den kürzlichen Streit.

»Ich habe da schon einen Gentleman im Auge«, fuhr Percy mittlerweile fort, »und werde die Sache mal mit ihm besprechen.«

Sibell nahm den Vorschlag gleichgültig auf. Eine Heirat würde sie wenigstens aus diesem Haus fortbringen. Dann dachte sie an Logan. Er würde es sicherlich nicht gutheißen, aber er steckte auch nicht in solch einer schrecklichen Falle wie sie. Percy Gilbert schien ihre Gedanken erraten zu haben.

»Dieser Conal wollte dir heute Morgen seine Aufwartung machen«, sagte er. »Aber ich habe ihn fortgeschickt. Du darfst keinen Umgang mit ihm pflegen, denn das würde nur wieder zu Gerüchten führen.« Er seufzte und schlürfte einen Löffel Suppe. »Es wird Jahre dauern, bis sich das ganze Gerede gelegt hat.«

Einen kurzen Moment lang war Sibell versucht, ihm den Teller Suppe auf den Schoß zu schütten. Mit welchem Recht hatte er ihren Besucher abgewiesen? Selbst wenn es sich nur um Logan Conal handelte!

Der Gedanke, ihm wieder gegenüberzutreten, war ihr zwar unangenehm, doch trotzdem freute sie sich, dass er vorbeigekommen war. Nach diesen langen Monaten der Einsamkeit konnte sie sich nicht mehr vorstellen, was sie an ihm so störend empfunden hatte. Es hätte ihr gefallen, einmal wieder ein vertrautes Gesicht zu sehen, obwohl sie nicht wusste, worüber sie mit ihm hätte sprechen sollen. Blieb nur die Frage, warum er ihr überhaupt seine Aufwartung gemacht hatte. Betrachtete er sich als ihr Freund? Wahrscheinlich verhielt es sich so, nun, nachdem ihr gemeinsames Abenteuer lange vorbei war. Und sie musste zugeben, dass er sich wie ein wahrer Gentleman verhalten hatte, als er sich nach ihrem Befinden erkundigte. So etwas hätte sie Logan Conal gar nicht zugetraut. Wenigstens musste er jetzt einräumen, dass sie recht gehabt hatte. Nach Ansicht von Percy und Margot Gilbert und all ihrer Freunde war sie kompromittiert. Wahrscheinlich musste sie sich bei ihm entschuldigen, denn er hatte sich wirklich nichts vorzuwerfen.

Da die Gilberts so gespannt auf ihre Antwort warteten, aß Sibell ihre Suppe betont langsam. Durch eine Heirat würde sie gesellschaftliches Ansehen bekommen. Außerdem wäre sie trotz Logans Einwänden gern die Herrin eines Hauses, in das die Gilberts dann nie eingeladen werden würden. Niemals! Sibell wusste, dass ihr langes Schweigen Margot in Wut versetzte, und deshalb setzte sie eine unbeteiligte Miene auf und antwortete nicht.

Sie konnte diesen Leuten nicht sagen, wie ihr ums Herz war. Sie konnte ihnen nicht erzählen, wie sehr sie ihre Eltern vermisste und dass sie nachts immer wieder von Albträumen heimgesucht wurde. Schreckliche Träume, in denen ihre Eltern um Hilfe riefen und in denen sie sah, wie die Angestellten ihres Vaters, die immer so nett zu ihr gewesen waren, in die unermesslichen Tiefen gerissen wurden. Tagsüber verbannte Sibell diese Gedanken aus ihrem Sinn, und indem sie sich dagegen wappnete, verschloss sie, ohne es zu bemerken, auch die Trauer tief in ihrem Inneren. Und so wirkte sie jetzt kühl und ungerührt.

Josie Cambray, die Frau auf der Farm, die sie so freundlich

aufgenommen hatte, hielt mit Sibell Verbindung. Sie hatte ihr immer wieder aufmunternde Briefe geschrieben, die Sibell zwar nicht besonders aufregend fand, die ihr aber zumindest das Gefühl gaben, mit der Außenwelt in Verbindung zu stehen. Sibell beschloss, Josie in ihrem nächsten Antwortbrief die Neuigkeit anzuvertrauen: Sie würde heiraten.

Nachdem sie sich erst einmal auf der Cambray-Farm eingerichtet hatte, zogen sich die Monate für Josie in endloser Eintönigkeit dahin, waren ebenso leer wie der lange Pfad, der in den Bergen in der Höhe einfach im Nichts endete. Kein Reisender kam vorbei, kein Fremder ritt aus der felsigen, überwucherten Wildnis auf ihr Haus zu, um eine Mahlzeit mit ihnen zu teilen … Hier, im Land der Eingeborenen, war jeder Gast willkommen. Josie wusste nicht einmal, wie es auf der anderen Seite der Bergkuppen aussah. Manche meinten, es sei gutes Weideland, andere wiederum sagten, dort gäbe es nichts als Wüste.

Als sich die erste Freude darüber gelegt hatte, nun Besitzer einer Farm zu sein, die in England ein Dutzend Familien ernährt hätte, und der Alltag mit seinen immer gleichen Pflichten die Oberhand gewann, fing Josie allmählich an, sich nach Gesellschaft zu sehnen. Sie vermisste das Gespräch mit anderen Farmern und Landarbeitern, den Dorfklatsch, den Gruß eines Vorübergehenden mit gelüftetem Hut, den Klang von Stimmen. Abgesehen vom Rufen und Singen der Vögel herrschte in diesem Land Stille. Aber zumindest ließen die Eingeborenen sie ungeschoren, obwohl Jack dem Frieden nicht traute. Nach wie vor saß er jede Nacht draußen und trank. Wäre ein Eingeborener aus der Dunkelheit aufgetaucht, um ihn anzugreifen, hätte Jack es wahrscheinlich gar nicht bemerkt. Wahrscheinlich hatte der Anblick ihrer ermordeten ehemaligen Nachbarn Jack den Verstand geraubt, wie Josie meinte. Seltsam war nur, dass es ihr gelungen war, diese Tragödie zu verdrängen, und auch Ned schien sich deswegen nicht zu fürchten. Vermutlich kam er nicht auf den Gedanken, dass die Schwarzen mit diesem Mord zu tun hatten, denn Jimmy Moon war – wenn er sich nicht gerade wieder aus dem Staub gemacht hatte – sein heißgeliebter Spielgefährte.

Am schlimmsten waren die Abende. Wenn Ned schlafen gegangen war und Jack draußen in seinem Unterschlupf hockte, wurde Josie von Einsamkeit überwältigt. Sie versuchte es erst mit Sticken und dann mit Stricken, doch trotzdem blieb das Gefühl, dass etwas tief in ihr mit aller Macht zum Ausbruch drängte. Mit zusätzlicher Arbeit war es nicht getan – sie brauchte etwas, um sich abzulenken. Sie begann wichtige Ereignisse des Weltgeschehens, die sie aus den wenigen Zeitungen ausschnitt, die ihren Weg auf die Farm fanden, in ein Notizbuch einzutragen. Ihr Held, General Gordon, kämpfte sich durch den Sudan und machte den Aufständischen, Derwischen und Sklavenhändlern, die Hölle heiß. Die Königin hatte Schwierigkeiten mit ihren Söhnen, konnte sich allerdings mit dem stolzen Titel der »Kaiserin von Indien« trösten.

Auch die Kolonien hatten ihre Helden: Alexander Forrest, dessen Bruder gerade die schreckliche Nullarbor-Wüste von Perth nach Adelaide durchquert hatte. Er selbst wollte nun eine Entdeckungsreise in die nördlichen Gebiete des Staates unternehmen. Josie las staunend, dass »Nullarbor« kein Wort aus der Eingeborenensprache war, sondern auf lateinisch »keine Bäume« bedeutete. Und drüben in Victoria führte ein Bursche namens Ned Kelly die Polizei an der Nase herum, indem er praktisch unter ihren Augen Banken ausraubte. Einige hielten ihn für einen zeitgenössischen Robin Hood, während ihn andere als einen weiteren dieser kaltblütigen Buschräuber verdammten. Josie wusste nicht, was sie von ihm halten sollte, doch trotzdem verfolgte sie seine Laufbahn mit größter Neugierde.

»Was hast du da nur immer zu schnipseln und zu kleben?«, erkundigte sich Jack.

»Das ist für die Nachwelt«, entgegnete sie, wobei sie sich sagte, dass es eine weitaus sinnvollere Beschäftigung war, als sich allabendlich mit Rum volllaufen zu lassen.

»Wozu soll das gut sein? Die Zeitungsverlage bewahren selbst alle Ausgaben im Archiv auf. Wenn die Nachwelt Fragen hat, dann geht sie einfach hin und schlägt nach.«

Das hatte Josie nicht gewusst. Zwar war diese Erkenntnis ein ziemlicher Schlag für sie, eröffnete ihr aber gleichzeitig auch eine neue Möglichkeit: Schließlich waren sie Pioniere in diesem Tal, und wenn niemand die Zeit hatte, sich darum zu scheren, würde sie ihre Erlebnisse eben für die Nachwelt in Briefen festhalten.

Also stellte sie eine Liste von Freunden der Familie in der Heimat zusammen und wählte drei aus, die sie für verlässliche Briefpartner hielt und die ihre Berichte wertschätzen würden. Nach zwei Jahren waren zwei davon ausgeschieden, doch Tante Flora hielt ihr die Treue. Da die Briefe lange Zeit unterwegs waren, brauchte Josie weitere Ansprechpartner. Sie schrieb schließlich Briefe, die nie aufgegeben wurden. Doch sie konnte sie wohl kaum an sich selbst richten, und deshalb wählte sie die Anschrift: »Liebe Victoria«. Sie stellte sich vor, dass die Königin ihre Schreiben mit Spannung erwartete und das Schicksal einer gewissen Josie Cambray in diesem abgelegenen Teil des britischen Empire mit größter Aufmerksamkeit verfolgte.

Es kam der Tag, an dem Ned in das Bishop's College gehen sollte. Josie platzte beinahe vor Stolz, und Jack – der es zwar nicht zugab und den missmutigen Gesichtsausdruck trug, der zur Abgeschiedenheit der Familie Cambray beigetragen hatte – erging es ebenso, wie Josie an seinen ungewohnt schwungvollen Schritten bemerkte.

»Wer hätte je gedacht«, sagte sie, als sie das Internat durch das Haupttor verließen, »dass wir unseren Sohn einmal aufs College schicken? Das musst du unbedingt den Verwandten in der Heimat berichten.«

»Glaub bloß nicht, dass du sie damit beeindruckst«, brummte er. »Die denken höchstens, dass wir die Nase jetzt ganz oben tragen! Du gehst jetzt zurück zu unserer Pension. Ich habe noch Geschäfte zu erledigen.«

Aber Josie hatte nicht die Absicht, den ganzen Nachmittag in ihrem Zimmer zu hocken. Zu diesem bedeutenden Anlass hatte sie sich ein neues Marinekostüm mit passendem Hut geschneidert, und nun wollte sie zur Abwechslung mal durch die Straßen bummeln. Sie schlenderte die King Street entlang, betrachtete die Schaufenster und bewunderte bei jeder Gelegenheit den raffinierten Schnitt ihrer Jacke, der ihre schlanke Taille und noch immer jugendliche Figur vorteilhaft zur Geltung brachte. Als sie an den Eingangsstufen des Royal Perth Hotel vorbeikam, änderte sie, einer Eingebung folgend, ihre Richtung und betrat die kühle, mit Teppichen ausgelegte Halle.

Ihre nächste Eingebung befahl ihr, sich umzudrehen und schnurstracks wieder ins Freie zu laufen – sie hatte noch nie ein derartig prunkvolles Gebäude betreten –, doch da kam schon der Portier auf sie zu und hielt ihr die Glastür auf. »Möchten Sie den Tee einnehmen, Madam?«

Josie nickte und wurde gleich darauf von einer Kellnerin zwischen Tischen mit glitzerndem Tafelsilber und gestärkten Tischdecken hindurchgeführt.

»Erwarten Sie noch jemanden?«, fragte das Mädchen freundlich. Josie kam sich vor wie eine Närrin. »Nein«, gestand sie.

»Gut, ich glaube, dann ist dies ein netter Tisch für Sie. Sie sind zwar noch ein bisschen früh dran, aber das macht nichts.« Fröhlich schwatzend geleitete sie Josie zu einem Tisch für zwei Personen. »Wir räumen gerade erst die Kuchengedecke heraus, aber Tee kann ich Ihnen schon bringen.«

»Vielen Dank«, flüsterte Josie. Sie saß auf dem angebotenen Stuhl, als hätte sie eine Stricknadel verschluckt, und wagte vor lauter Befangenheit kaum zu atmen. Wenn Jack wüsste, dass sie hier war, würde er bestimmt einen Tobsuchtsanfall bekommen. Aber dann schmunzelte sie … Er musste es ja nicht erfahren.

Sie beobachtete, wie eine spärliche Anzahl Gäste in dem großen Speisesaal platziert wurde. Dabei nippte sie möglichst vornehm an ihrem Tee und stellte fest, dass sie keine Freunde hatte. Deutlicher denn je wurde ihr hier bewusst, wie einsam ihr Leben mittlerweile geworden war, doch als die Kellnerin, noch immer plaudernd, den köstlichsten Nachmittagstee vor ihr aufdeckte, den sie je gesehen hatte, schob sie ihren Kummer beiseite. Für einen Augenblick dachte sie mit Schrecken daran, dass das alles furchtbar teuer sein würde. Doch in ihrer Handtasche befand sich das Geld für die Vorräte der nächsten Monate. Jack würde es nicht auffallen, wenn etwas fehlte, denn es war ihre Aufgabe, die Rechnung zu bezahlen.

»Für mich ganz allein?«, staunte sie, als die Kellnerin die Teller mit Schinkenbroten, Hörnchen mit Brombeermarmelade und

Sahne und zwei große Stücke Sandkuchen, gefüllt mit einer dicken Schicht Schlagsahne und einem Belag aus Passionsfrucht, vor ihr hinstellte. Letztere gehörte zu den vielen unbekannten Obstsorten, die Josie in Perth entdeckt hatte. Unter ihrer hässlichen schwarzroten Schale verbarg sich ein unglaublich süßes Fruchtfleisch, das man wie bei einem Ei herauslöffeln konnte, nachdem man die Spitze abgeschnitten hatte. Aber sie war noch nicht auf den Gedanken gekommen, einen Kuchen damit zu garnieren.

»Ich wette, dass Sie kein Krümchen übriglassen.« Die Kellnerin lachte. »Unser Koch ist stolz auf den Tee, den er anrichtet.«

Als Josie die Schinkenbrote in Angriff nahm, sah sie eine ältere Frau, die ebenfalls allein den Speisesaal betrat. Ihr Kleid, eine sich bauschende, pflaumenfarbene Taftrobe, kam Josie reichlich altmodisch vor, und ihr Hut war ein Ungetüm aus schwarzem Filz. Ihren Hals zierte jedoch eine Perlenkette, die, wenn sie echt war, ein Vermögen gekostet haben musste.

Ohne sich führen zu lassen, schritt sie majestätisch zu einem Tisch in Josies Nähe und nahm inmitten ihrer aufbauschenden Röcke Platz. Die Kellnerin eilte mit einem freundlichen Begrüßungslächeln auf sie zu. Offensichtlich war die Frau den Angestellten gut bekannt, denn auch andere traten zu einem Schwätzchen an ihren Tisch.

Da Josie sich besser fühlte, seit sie nicht mehr die Einzige war, die allein vor ihrem Tee saß, wandte sie ihre Aufmerksamkeit den Hörnchen zu, bevor sie sich über den Kuchen hermachte. Das Mädchen hatte recht gehabt: Wenn es auch nicht gerade damenhaft war, so konnte sie doch dem zweiten Stück nicht widerstehen.

Währenddessen bemühten sich zwei Kellnerinnen um die Dame am Nebentisch; sie schenkten ihr beflissen Tee ein und erkundigten sich, ob sie sonst noch was wünschte.

»Nein, nein«, sagte sie. »Kümmert ihr Mädchen euch ruhig um eure Aufgaben. Ich komme schon zurecht, danke schön!« Ihre Stimme war voll, klar und befehlsgewohnt. Die Frau rückte sich die Brille gerade und ließ den Blick durch den Raum schweifen, bis er an Josie hängen blieb. »Wohnen Sie hier im Hotel?«, fragte sie. Josie fuhr der Schrecken in die Glieder. Sie fürchtete, sie könnte die Aufmerksamkeit der Frau durch ihr ungeniertes Starren auf sich gelenkt haben.

»Nein«, stammelte sie. »Es tut mir leid. Ich bin nur zum Nachmittagstee hier.«

»Das braucht Ihnen doch nicht leidzutun«, entgegnete die Frau gebieterisch. »Kommen Sie aus Perth?«

»Nein. Wir haben eine Farm am Moore River.«

»Ah, ich verstehe. Schafe wahrscheinlich.«

»Ja.«

»Und wirft die Farm was ab?«

Josie war verdutzt. Bisher hatte sie nur Männer über das Auf und Ab – und meistens über das Ab – des Farmlebens reden hören, und diese Frage schien für eine Frau kaum schicklich. »Es geht so«, antwortete sie und hatte dabei die Worte ihres Mannes im Ohr.

»Das höre ich gern. Sie kommen aus England, nicht wahr?«

»Ja.« Josie nickte und trank den letzten Schluck Tee.

»Ich war noch nie in England«, fuhr ihre Nachbarin unbeirrt fort. »Es muss dort wunderschön sein, mit all den Schlössern und den Kreidefelsen bei Dover. Ich bin in New South Wales geboren.« Sie lachte. »Weiter im Norden nennt man uns die Cockneys aus Sydney.«

»Weiter im Norden?«, wiederholte Josie ratlos.

»Ja, ich lebe im Northern Territory und bin zum erstenmal in Perth. Ich musste einen Augenarzt aufsuchen. Meine Augen machen mir ganz schön zu schaffen.«

Noch bevor Josie sie bedauern konnte, machte die Frau einen Vorschlag. »Sie haben aufgegessen, wie ich sehe. Lassen Sie mich für uns beide noch eine Kanne Tee bestellen, und kommen Sie an meinen Tisch.« Ohne Josies Antwort abzuwarten, rief die Frau eine Kellnerin herbei, damit sie Josie bei ihrem Umzug behilflich war. »Ich heiße Charlotte Hamilton«, stellte sie sich vor, als Josie bei ihr Platz genommen hatte.

»Erfreut, Sie kennenzulernen, Mrs. Hamilton. Ich bin Josie Cambray.«

»Nennen Sie mich Charlotte«, sagte die Frau zu Josies Erstaunen. »Da, wo ich herkomme, hält man nicht viel von Konventionen. Ist dies nicht eine hübsche Stadt?«

»Ja«, meinte Josie zweifelnd, und da sie sich verpflichtet fühlte, das Gespräch in Gang zu halten, erkundigte sie sich, woher Mrs. Hamilton stammte, diese eindrucksvolle Frau, die mit ihrer Persönlichkeit den ganzen Raum zu füllen schien.

»Ich lebe in Palmerston, der Stadt am Hafen Port Darwin.«

»Port Darwin?«, fragte Josie neugierig. »Man hört so allerhand seltsame Geschichten über Port Darwin. Nicht, dass ich sie glauben würde«, fügte sie hastig hinzu.

Doch Charlotte lächelte. »Sie dürfen sie ruhig glauben, meine Liebe. Dort ist alles vertreten, vom blaublütigsten Engländer bis zum letzten Halunken und Schurken. Die Leute nennen es die ›Hölle von Darwin‹.«

»Du meine Güte. Und Sie leben dort?«

»Warum nicht? Das Northern Territory ist schon seit vielen Jahren meine Heimat, und ich möchte nicht mehr fort. Wenn Sie sich erst einmal für eine Sache entschieden haben, stehen Ihnen dort alle Wege offen. Zu Anfang bin ich mit meinen Mann auf Goldsuche gegangen. Er hatte es schon seit vielen Jahren im Osten versucht, aber nie so rechten Erfolg gehabt, und deshalb haben wir uns entschlossen, in Pine Creek einen neuen Anfang zu wagen.«

»Und wo liegt das?«

»Etwas über zweihundert Kilometer südlich von Port Darwin. Das Leben dort war hart, das kann ich Ihnen versichern, aber wir haben es zu etwas gebracht und dann auch ein Gasthaus eröffnet. Aber alles im Leben hat seinen Preis. Mein Mann starb an der Hitze und dem Alkohol.«

»Das tut mir leid.«

Charlotte zuckte die Achseln. »Wie das Leben so spielt. Ich habe die Bergwerke und die Wirtschaft verpachtet, meine zwei Söhne nach Palmerston gebracht und mir dort ein anständiges Hotel gekauft. Das *Prince of Wales*, das beste Haus am Platz.«

»Und das führen jetzt Ihre Söhne für Sie.«

»Du meine Güte, nein! Ich wollte verhindern, dass sie ihrem Vater nachschlagen. Ich führe es selbst. Ich habe mein Geld in eine Farm für Rinder- und Pferdezucht gesteckt und sie aufs Land geschickt. Meine Jungen leisten mittlerweile gute Arbeit. Auch wenn Sie es mir nicht glauben, aber auf einer Rinderfarm ist eine gute Ausbildung ebenfalls von Vorteil. Sobald ich es mir leisten konnte, habe ich nämlich dafür gesorgt, dass meine Söhne eine anständige Schulbildung erhalten. Sie waren auf einem Internat in Adelaide.« Sie lachte. »Und wie haben sie sich dagegen gewehrt! Aber ich habe ihnen versprochen, wenn sie es die drei Jahre in der Schule aushalten und anschließend zwei Jahre auf einer Viehfarm abdienen, dann kaufe ich ihnen ihre eigene Farm. Und ich habe mein Wort gehalten. Black Wattle ist eine prächtige Station, knapp achttausend Quadratkilometer groß, und das hält sie in Trab.«

»Achttausend Quadratkilometer, haben Sie gesagt?« Josie konnte nur noch staunen.

»Es gibt noch größere Besitzungen«, erklärte Charlotte freundlich und trank einen Schluck Tee. »Victoria River Downs, Wave Hill und noch ein paar andere. Aber diese Flächen braucht man auch; ein Acre ernährt schließlich nur eine bestimmte Anzahl Rinder. Wir züchten Kurzhörner, aber ebenso wichtig ist die Pferdezucht.«

»Sind Sie dann regelmäßig draußen auf der Farm?«

»Ich war nur ein paarmal dort. Ich bin zu alt, um im Zelt zu übernachten. Inzwischen bauen meine Söhne ein Wohnhaus, und wenn es fertig ist, ziehe ich mich aus dem Hotelgeschäft zurück. Immerhin bin ich schon über sechzig, und irgendwann hat man es mal satt, die Männer im Wirtshaus zur Ordnung zu rufen. Ich habe nichts gegen ein Schlückchen hier und da einzuwenden, aber Betrunkene gehen mir auf die Nerven.«

Josie schoss das Blut in die Wangen, als sie an Jack dachte, und deshalb änderte sie schnell das Thema. »Was sagt der Arzt zu Ihren Augen?«

»Er kann nicht mehr viel tun. Es liegt am Staub in dieser Gegend; sogar die Eingeborenen dort haben Augenleiden. Er hat sich in gelehrten Worten ausgedrückt und mir vorgehalten, ich hätte früher kommen müssen. Aber das konnte ich ja nicht wissen! Ich habe gedacht, meine Augen tränen wegen dem Staub und dem Schmutz in der Luft. Irgendwann merkt man, dass es schlimmer geworden ist, und dann heißt es, es sei zu spät.«

»Zu spät?«, fragte Josie erschrocken. »Sie wollen doch nicht etwa sagen …« Sie zögerte, doch Charlotte führte ihren Satz zu Ende.

»Ich werde blind, meine Liebe, traurig, aber wahr.«

»Das tut mir leid«, sagte Josie.

»Das muss es nicht. Ich komme schon zurecht, und es dauert ja auch noch eine Weile.«

Als sie sich verabschiedeten, gab Charlotte Josie ihre Karte. »Wir sollten in Verbindung bleiben. Vielleicht können Sie mich mal besuchen – bei uns ist immer was los, im Territory wird einem nie langweilig.«

»Ich weiß nicht, ob ich jemals in die Gegend komme«, sagte Josie. »Aber ich könnte Ihnen schreiben.«

»Wollen Sie das tun? Ich würde mich freuen. Da wir am Top End so abgelegen sind, kriegt jeder gern Briefe. Außerdem liest man dort alles, was einem zwischen die Finger kommt. Ich nehme eine ganze Kiste Bücher mit, den Grundstock für unsere Bibliothek auf der Farm. Ich habe sogar schon daran gedacht, wenn mein Augenlicht nachlässt, eine Sekretärin einzustellen, die sich um die Buchführung kümmert und mir vorliest. Wie ich hörte, ist es nichts Ungewöhnliches, wenn sich eine ältere Dame eine Gesellschafterin leistet.«

»Ich hoffe, bis dahin bleibt Ihnen noch viel Zeit«, meinte Josie traurig.

Mrs. Hamilton lächelte. Trotz der milchigen Augen war sie eine ansehnliche Frau. »Ja, hoffentlich«, stimmte sie zu. »Das wird sich zeigen. Aber ich lasse nicht zu, dass die Krankheit mich in die Knie zwingt.«

Auf dem Rückweg zu ihrer Pension legte sich Josie für Jack eine Geschichte zurecht: »Ich bin zum Nachmittagstee ausgegangen und habe …«

Nein, das ging nicht, denn er würde fragen, wo sie gewesen war. Sie musste es anders anfangen. »Ich habe heute eine Dame kennengelernt, eine gewisse Mrs. Hamilton. Sie hat viel zu erzählen, und amüsant ist sie auch, wenn man sich erst einmal an ihre unverblümte Art gewöhnt hat. Ihre Söhne haben eine Rinder- und Pferdefarm in den Northern Territorys mit sage und schreibe achttausend Quadratkilometern …«

Inzwischen zweifelte Josie, ob sie recht gehört hatte. Das war einfach unvorstellbar. Vielleicht waren es Acres gewesen, aber selbst dann war die Besitzung immer noch unermesslich groß. Wahrscheinlich sollte sie Jack gegenüber die Zahl nicht erwähnen, denn er würde behaupten, sie hätte sich geirrt. Eine törichte Närrin. Mit diesem Kosenamen bezeichnete er sie öfters.

Es würde einsam werden auf der Cambray-Farm ohne Ned, denn er würde ihr schrecklich fehlen. Nachdem die Freude verflogen war, die sie verspürt hatte, als sie ihn zum College gebracht hatten, fürchtete sie sich vor der Heimkehr auf die Farm. Im Gegensatz zu seinem Vater hatte Ned ein fröhliches Naturell, und Josie war in seiner Gegenwart immer aufgelebt. Noch einmal sah sie vor sich, wie Ned mit seinem Lehrer davongegangen war. Er hatte vor Freude gestrahlt, als würde er nicht in die von Vorschriften angefüllte Welt eines Internats eintreten, sondern in die Freiheit entlassen. Die meisten anderen Jungen hatten traurig und unglücklich ausgesehen, aber nicht Ned. Er hatte sich nicht einmal nach ihnen umgesehen, so sehr freute er sich auf das, was vor ihm lag.

In Gedanken versunken hatte sie die Begegnung mit Charlotte schon vergessen, als sie die Fliegengittertür öffnete und die dämmrige Halle der Pension betrat. Dort wartete ein Besucher auf sie.

»Ich wollte es gerade schon aufgeben«, sagte er. »Vorhin habe ich Sie auf der Straße gesehen, aber dann aus den Augen verloren.«

»Oh, Mr. Conal! Das ist aber eine Überraschung. Tut mir leid, dass Sie auf mich warten mussten.« Sie blickte sich um, um sich zu vergewissern, dass Jack nicht irgendwo im Dunkel der Halle verborgen war. »Ich war zum Tee im Royal Perth Hotel«, flüsterte sie. »Es war einfach wunderbar. Und was führt Sie hierher?«

Er geleitete sie in den Salon, wo sie von mehreren Gästen misstrauisch beobachtet wurden. »Ich habe ein schlechtes Gewissen, weil ich bisher noch keine Gelegenheit hatte, Sie auf Ihrer Farm aufzusuchen. Denn schließlich stehe ich in Ihrer Schuld, seit Sie uns von diesem Schurken Nah-keenah losgekauft haben.«

»Ach, das war doch selbstverständlich. Sie können sich nicht vorstellen, wie froh wir waren, als Sie bei uns auftauchten.«

»Und wahrscheinlich auch ein wenig verwundert«, lachte er. »Wir müssen ja wie die Lumpensammler ausgesehen haben.« Er strich sich über das glatt rasierte Kinn. »Nach dieser Episode habe ich mir den Bart abgenommen, denn inzwischen war er verfilzt wie ein Rattennest.«

»Ohne Bart sehen Sie viel besser aus«, sagte Josie und wurde gleich darauf rot. Er war wirklich ein anziehender Mann, mit den markanten Zügen und dem dichten schwarzen Haar, das sich im Nacken kräuselte wie bei einem Kind. Trotzdem hätte ihr diese Bemerkung nicht entschlüpfen dürfen.

»Da bin ich aber froh, dass es Ihnen gefällt«, antwortete er. »Aber Sie sehen auch sehr elegant aus. Im Hotel haben bestimmt alle die Köpfe nach Ihnen verrenkt.«

»Um Gottes willen, nein! Aber ich habe eine Dame aus Port Darwin kennengelernt. Sie ist recht ansehnlich für ihr Alter und von einer unverblümten und unkomplizierten Art. Sie wird mir schreiben.«

Er nickte interessiert. »Port Darwin? Ich kann mir kaum vorstellen, dass es dort überhaupt nette Menschen gibt. Es heißt, dort versammelt sich der gesamte Abschaum des Landes.«

»Um die Wahrheit zu sagen«, meinte Josie, »weiß ich nicht einmal, wo Port Darwin liegt. Dieses große Land stürzt mich immer noch in Verwirrung.«

»Dann brauchen Sie Karten. Ich könnte Ihnen welche besorgen.«

»Das würde mir sehr helfen. Es wäre ein eigenartiges Gefühl, Briefe aufzugeben, ohne zu wissen, wo sie hingehen. Mrs. Hamilton sagte, dies wäre ihr erster Besuch in Perth; ihre Söhne leben auf einer Rinderfarm … Bitte, lachen Sie mich nicht aus, aber sie meinte, ihre Besitzung würde knapp achttausend Quadratkilometer umfassen. Ist das überhaupt möglich?«

»Das weiß ich nicht, es klingt jedenfalls nach sehr viel. Ein Landvermesser wäre da ein Jahr lang beschäftigt. Aber das kann ich für Sie herausfinden.«

»Und wie wollen Sie das anstellen?«

»Ich bin Landvermesser, und meine Kollegen werden es schon wissen.«

»Sie haben also schon Arbeit gefunden?«

»Ja, und deshalb konnte ich mich bisher auch nicht für Ihre Hilfe bedanken. Aber ich würde Ihren Mann und Sie gern für heute Abend zum Essen im Palace Hotel einladen, wenn Sie noch nichts vorhaben.«

Nach einem kurzen Moment der Freude machte sich Enttäuschung in Josie breit. Sie war noch nie zum Abendessen ausgegangen, und es hätte ihr viel Spaß gemacht, im Palace Hotel, das ebenfalls einen guten Ruf genoss, zu speisen. Aber Jack wäre damit niemals einverstanden gewesen. Er mochte es nicht, wenn man die Nase hoch trug, wie er es nennen würde.

»Vielen Dank, Mr. Conal, das ist sehr freundlich. Aber es geht leider nicht.«

Josie war froh, dass er nicht nach dem Grund für ihre Ablehnung fragte, denn obwohl sie fieberhaft überlegte, war ihr noch keine glaubwürdige Ausrede eingefallen.

»Das kommt ja wohl auch ein bisschen plötzlich«, meinte Logan. »Vielleicht morgen.«

»Ich muss meinen Mann fragen«, erklärte sie und wechselte dann schnell das Thema. »Haben Sie Miss Delahunty einmal wiedergesehen?«

»Ich habe es versucht, aber man wimmelt mich immer schon an der Eingangstür ab. Ihre Wachhunde, Mr. und Mrs. Gilbert, verkehren zwar in der besten Gesellschaft, aber Sibell habe ich noch nicht zu Gesicht bekommen.«

»Wahrscheinlich ist das arme Mädchen noch in Trauer. Es ist ja auch schrecklich, seine Eltern auf diese Weise zu verlieren. Welch ein Glück, dass sich die Gilberts ihrer annehmen.«

»Da bin ich mir nicht so sicher«, wandte Logan ein. »Die beiden sind die Sturheit in Person. Ich habe sie schon bei mehreren Anlässen getroffen und mich nach Sibell erkundigt, aber sie haben mir immer nur die kalte Schulter gezeigt.«

»Wie schrecklich! Wenn Sie nicht gewesen wären, wer weiß, was Miss Delahunty dann alles hätte zustoßen können.«

Er lachte. »Das ist ja wohl gerade die Wurzel des Übels. In der Stadt ist über Sibell und mich viel geredet worden ... Sie können sich ja wohl vorstellen, dass sich die Tratschweiber eifrig über unsere Geschichte hergemacht haben.«

Josie war entrüstet. »Die sollten sich was schämen.«

»Und dann kommt noch mein Name hinzu«, fuhr er grinsend fort. »Die Engländer halten die Iren anscheinend für die Ausgeburt an Leidenschaft. Und ein junger Ire mit einer hilflosen, hübschen Engländerin allein an einem gottverlassenen Strand gibt ausreichend Stoff für Gerüchte.«

Sein Humor war ansteckend, und Josie musste lachen. »Aber niemand spricht darüber, dass ihr Leben in Gefahr war.«

»Natürlich nicht. Daran denkt kein Mensch mehr, aber der Rest hält sich beharrlich.«

»Welch ein Jammer! Ich werde Miss Delahunty selbst meine Aufwartung machen.«

»Das hatte ich gehofft. Sie kann man wohl nur schwerlich an der Tür abweisen.«

»Und wenn sie es doch tun?«

»Dann dürfen Sie nicht lockerlassen. Glauben Sie, dass Sie das schaffen?«

Ermutigt durch die Erfolge dieses Tages, nickte Josie. »Mein Wort darauf. Ich schaffe es.«

Jack erschien nicht zum Abendessen. Josie saß allein im Speisesaal und betete, er würde noch kommen, denn sie hatte gemerkt, dass die Wirtin sie stirnrunzelnd musterte. Als Josie ihr Mahl beendet hatte, versuchte sie, unbemerkt hinauszuschlüpfen, doch die Wirtin stellte sich ihr an der Tür in den Weg. »Wenn ein Gast nicht zum Essen erscheint, dann erwarte ich, dass man es mir vorher mitteilt.«

»Ist gut. Es tut mir leid«, murmelte Josie.

»Sie müssen dieses Essen trotzdem bezahlen. Die zwei Shilling kommen auf die Rechnung, und ich möchte keinen Streit darüber.«

»Selbstverständlich wird es bezahlt«, antwortete Josie schuldbewusst. Jack war zweifellos in irgendeinem Wirtshaus.

In ihr Zimmer zurückgekehrt, zog sie sich ihr Nachthemd an und legte sich ins Bett. Aber sie konnte keinen Schlaf finden, weil sie bei jedem auch noch so leisen Geräusch hoffte, Jack sei zurückgekehrt. Schließlich musste sie doch eingeschlafen sein, denn mitten in der Nacht wurde sie von einem lauten Klopfen wach. Auf Anhieb wusste sie, dass Jack dort draußen stand und an die verschlossene Eingangstür hämmerte. Sie hatte so etwas schon früher erlebt, denn schon mehrmals hatte sie ihn aus dem Farmhaus ausgesperrt, wenn er zu viel getrunken hatte. Doch dann schrie er immer Zeter und Mordio, was offenbar jetzt wieder der Fall war.

Sie lauschte der lautstarken Auseinandersetzung zwischen ihm und der Wirtin, die ihn mittlerweile eingelassen hatte, und dann hörte sie ihn mit lautem Poltern die Treppe heraufstolpern. Josie gab vor, zu schlafen, denn es war ihr zu peinlich, jetzt der Wirtin gegenüberzutreten.

Doch diese hämmerte jetzt an Josies Zimmertür. »Mrs. Cambray, Ihr Mann hat sich betrunken auf meine Treppe gelegt. Kommen Sie raus und sammeln Sie ihn auf.«

Bleich vor Scham hüllte Josie sich in ihren Bademantel und stürzte nach draußen. Dann schubste und zerrte sie Jack mühsam ins Zimmer. Die Wirtin sah mit verschränkten Armen zu und beklagte sich derweilen mit beredten Worten, mit welcher Art von Herrschaften sie sich abgeben musste.

Jack war so betrunken, dass er gar nicht bemerkte, was vor sich ging. Wütend schob Josie ihn ins Zimmer, wo er mit einem Krachen, das alle anderen Gäste aufgeweckt haben musste, zu Boden fiel.

»Mein Haus ist nur für Gentlemen …«, setzte die Wirtin an, fest entschlossen, das ganze Ausmaß ihrer Missbilligung in Worte zu fassen.

»Mrs. Bolton«, gab Josie wütend zurück. »Sie würden einen Gentleman nicht erkennen, und wenn Sie über ihn stolpern würden.« Dann knallte sie ihr die Tür vor der Nase zu.

Am folgenden Morgen stellte sie Jack zur Rede. »Das war ja ein schöner Aufruhr, den du da gestern veranstaltet hast. Wahrscheinlich setzt man uns jetzt vor die Tür.«

»Ach, reg dich nicht auf, Frau. Wir zahlen, also wird man uns auch nicht rauswerfen. Zieh dich an, jetzt wird man gleich zum Frühstück rufen, und wir haben heute noch viel vor.«

»Hast du Scherer gefunden?«, fragte sie.

»Scherer? Die führen sich auf, als wären sie der liebe Gott höchstpersönlich.«

Josie gab ihm nicht die Gelegenheit, sich weiter zu diesem Thema zu äußern. Jedes Jahr mussten sie sich neue Scherer suchen, denn immer geriet Jack mit ihnen in Streit über den Lohn. Auf Jacks Liste der meistgehassten Dinge in diesem Land rangierten sie gleich nach den Eingeborenen und den Krähen.

Er schlang sein Frühstück herunter und brach auf, noch bevor Josie ihre Koteletts aufgegessen hatte. Ihr machte es nichts aus. Sie genoss es, endlich einmal die Mahlzeiten, insbesondere das Frühstück, das sie normalerweise eilig hinunterschlang, serviert zu bekommen. Dieses Vergnügen wollte sie jetzt ausgiebig auskosten. Sie musste zugeben, dass Mrs. Bolton ein reichhaltiges, wohlschmeckendes Frühstück servierte, das aus Porridge und dem üblichen Grillteller mit Lammkoteletts, gebratenen Innereien und Schinken, zusammen mit Toast und Worcestersoße bestand. Nach solch einer üppigen Mahlzeit würde ihr ein Spaziergang zum Haus der Gilberts in der Wellington Street nur guttun. Sie holte den Zettel, den Logan ihr gegeben hatte, heraus und studierte den grob skizzierten Straßenplan, während sie ihren Tee trank. Aber sofort schweiften ihre Gedanken zu Logan ab. Er war wirklich charmant, und es schmeichelte ihr, dass er sie als eine Freundin betrachtete, was ihr in diesen Tagen nicht oft widerfuhr. Josie hatte nicht gewagt, Jack von seiner Einladung zu erzählen. So, wie die Dinge standen, würde er ohnehin ablehnen, oder, schlimmer noch, er würde annehmen und dann betrunken erscheinen. Und einen Streit mit Jack in Logans Gegenwart hätte sie nicht ertragen können. Aus diesem Grunde hatte sie Jack nicht einmal berichtet, dass Logan seine Aufwartung gemacht hatte. Warum auch? Schließlich erzählte Jack ihr auch nichts, sondern ging einfach seiner eigenen Wege und geriet dabei mit Gott und der Welt in Streit. Von Mrs. Hamilton wusste er ebenfalls nichts. Josie fragte sich, ob sie am Nachmittag noch einmal ins Royal Perth Hotel gehen sollte. Mrs. Hamilton hatte ihr ja erzählt, dass sie täglich dort war. Aber besser, sie ließ es sein, denn womöglich hielt sie Josie sonst noch für aufdringlich.

Der Wind fuhr Josie unter die Röcke und trieb gelben Staub über die sandige Straße, als sie sich, tief gebeugt und ihren Hut mit der Hand festhaltend, zum Haus der Gilberts vorankämpfte. Ein Hund stürzte von einem Grundstück auf sie zu und schnappte nach ihren Fersen, doch sie verscheuchte ihn mit einem Fußtritt, wobei sie hoffte, dass ihr niemand dabei zusah. Sie war nicht sicher, ob sie das Richtige tat, und in ihrem Kopf überschlugen sich die Gedanken. Die Gilberts konnten ihr gestohlen bleiben! Aber was war, wenn Miss Delahunty sie nicht zu sehen wünschte? Sie hätte sich lächerlich gemacht, und dazu würden die Gilberts sicher gleich bemerken, dass sie den ganzen Weg zu Fuß zurückgelegt hatte. Und wie um ihre niedrige Stellung zu betonen, rollte eine Kutsche vorbei. Die Pferde nickten hochmütig mit den Köpfen, und der Kutscher musterte sie mit ausdruckslosem Blick.

Josie war noch nie in einer Kutsche gefahren. Man musste bestimmt sehr reich sein, um sich eine eigene Kutsche leisten zu können, denn schließlich wollten nicht nur die Pferde versorgt, sondern auch der Kutscher bezahlt werden. Es musste ein wunderbares Gefühl sein, wenn man eine Kutsche sein Eigen nannte.

Die ersten Regentropfen fielen in den Staub, und sie sah, dass sich am Himmel die Wolken zusammenballten. Normalerweise war dies ein willkommener Anblick, doch jetzt kam es ihr ungelegen, denn sie hatte keinen Regenschirm bei sich. Ein Stückchen vor ihr schnitt ein Mann eine Hecke.

»Entschuldigen Sie bitte«, sagte sie. »Können Sie mir sagen, wo die Gilberts wohnen?«

»Fünf Häuser weiter«, antwortete er. »Sie können es gar nicht verfehlen, es ist nämlich das Grundstück mit der Einfassungsmauer. Aber Sie beeilen sich wohl besser, meine Dame«, meinte er grinsend. »Gleich regnet es nämlich wie aus Kannen.«

»Vielen Dank«, sagte Josie, die am liebsten losgelaufen wäre, weil der Regen bestimmt ihren Hut ruinieren würde. Doch wichtiger war, dass sie sich in dieser vornehmen Umgebung nicht lächerlich machte.

Glücklicherweise schaffte sie es bis zur Auffahrt und Veranda des großen Sandsteinhauses, bevor der Regen einsetzte. Nachdem sie noch einmal tief Luft geholt hatte, betätigte sie den Messingklopfer.

Sibell öffnete ihr die Tür höchstpersönlich. Hastig knöpfte sie sich die Schürze ab. »Mrs. Cambray«, rief sie aus. »Was machen Sie denn hier?«

Josie verlor für einen kurzen Augenblick die Fassung. Nicht nur, dass sie erwartet hatte, von einem Hausmädchen eingelassen zu werden, auch Miss Delahunty sah ganz anders aus als das jämmerliche Geschöpf, das damals in ihr Haus gestolpert war. Selbst in diesem einfachen Rock und der schlichten Bluse wirkte sie elegant! Und sie war schön! Der unverwechselbare Blick der oberen Zehntausend ließ sie größer wirken, als sie war. »Oh!«, staunte Josie und suchte verzweifelt nach Worten. »Sie haben sich die Haare geschnitten.«

Das Mädchen lächelte. »Ja. Gefällt es Ihnen?«

»Aber natürlich. Es ist sehr hübsch.«

»Sie waren einfach zu lang, und ich konnte sie nicht allein frisieren. Meine Mutter hat sie mir immer aufgerollt, so in der Art, wie Sie es tragen, und das sah wirklich elegant aus. Aber selbst mit neunzig Haarnadeln bringe ich das nicht allein zustande.«

Josie strich sich unsicher über den Kopf. »Wenn man sich erst mal dran gewöhnt hat …«, murmelte sie.

Sibell drehte sich hastig um, sodass die Locken flogen. »Finden Sie es nicht vielleicht ein wenig unmodern?«

Josie betrachtete die weichen, goldenen Locken, die Sibells Gesicht umrahmten. Ihr fiel keine Frau ein, die ihre Haare je in einer Mähne goldener Locken getragen hatte, aber unzweifelhaft schmeichelte es Sibell. »Nein«, antwortete sie deshalb bestimmt. »Es steht Ihnen sehr gut.«

»Oh, fein. Hier hat es nämlich noch niemand zur Kenntnis genommen. Oder sie tun so, als würden sie es nicht bemerken. Aber kommen Sie doch herein. Möchten Sie Mrs. Gilbert vorgestellt werden?«

»Nein.« Josie folgte ihr in das weitläufige Wohnzimmer. »Ich wollte Sie besuchen und mich erkundigen, wie es Ihnen so ergangen ist.«

»Mir? Das ist sehr freundlich von Ihnen.«

Nachdem sie in zwei unbequemen, teuren Sesseln Platz genommen hatten, schwiegen sie verlegen. Josie fühlte sich unwohl. Sie zog sich die Handschuhe aus. »Vielen Dank für Ihren

Brief, Miss Delahunty. Ich habe mich gefreut, von Ihnen zu hören, und es tut mir leid, dass ich nicht geantwortet habe. Aber wir hatten so viel zu tun.«

Sie sah, dass sich ein Schatten über die graugrünen Augen legte, doch dann stellte sich der gewohnte kühle Blick wieder ein. »Nennen Sie mich Sibell«, sagte sie. »Ich muss mich entschuldigen, denn ich habe völlig vergessen, mich für Ihre Hilfe zu bedanken.«

»Ach herrje! Ich freue mich, dass es Ihnen gut geht. Sie brauchen sich nicht zu bedanken.«

»Doch«, widersprach Sibell. Sie stand auf und schloss die Tür. »In Wahrheit stehe ich tief in Ihrer Schuld. Jimmy Moon hat uns gesagt, Sie hätten ihm Lebensmittel gegeben, um uns freizukaufen.«

»Aber das zählt doch nicht. Diese paar Kleinigkeiten fallen auf der Farm nicht weiter ins Gewicht.«

»Ganz gleich«, fuhr Sibell fort. »Ich hätte Ihnen die Kosten schon längst erstattet, aber ich habe leider kein Geld.«

»Nun ja.« Josie lächelte. Doch dann blickte sie Sibell fassungslos ans. »Du meine Güte! Hoffentlich denken Sie nicht, ich wäre wegen des Geldes zu Ihnen gekommen. Auf den Gedanken wäre ich nie verfallen. Ich wollte lediglich nach Ihnen sehen, Sibell. Sie haben eine schwere Zeit hinter sich. Aber anscheinend haben Sie das Schlimmste überwunden, und deshalb möchte ich Ihnen nicht weiter Ihre kostbare Zeit stehlen.«

Josie stand auf, da sie den Eindruck hatte, dass ihr Besuch falsch aufgenommen worden war. Doch Sibell blieb sitzen und betrachtete gedankenverloren das Muster im Teppich.

»Geht es Ihnen nicht gut, Sibell?«, fragte Josie von der Tür. Doch sie bekam keine Antwort.

»Sollte ich mich vielleicht mal mit Mrs. Gilbert unterhalten?«

Dieser Name brachte Sibell in die Wirklichkeit zurück. »Nein. Ich will sie nicht sehen. Ich hasse sie.«

Josie nickte. Etwas Ähnliches hatte sie schon erwartet. Logan konnte die Gilberts auch nicht leiden. »Dann erzählen Sie mir wohl besser, was hier vorgeht.« Sie kehrte zu ihrem Sessel zurück und lauschte, während Sibell ihr von dem Leben bei den sogenannten Freunden berichtete.

»Was soll ich nur tun?«, fragte das Mädchen schließlich. »Ich stecke hier in der Falle.«

»Ich weiß es nicht«, entgegnete Josie. »Ich muss darüber nachdenken. Aber alle Achtung, Sie tragen Ihre Lage wirklich mit Fassung.«

»Wie meinen Sie das?«

»Wenn man bedenkt, was Sie alles erlebt haben, kann man Sie für Ihre Haltung nur bewundern: Sie erzählen mir hier von Ihrer unangenehmen Lage, ohne auch nur eine einzige Träne zu vergießen.«

»Vielen Dank, aber ich weine nicht. Ich will mich von den Gilberts nicht unterkriegen lassen.«

»Das ist tapfer. Wussten Sie, dass Mr. Conal Ihnen seine Aufwartung machen wollte? Da er Sie nicht sehen durfte, sendet er Ihnen seine Grüße.«

»O ja, das gehört auch noch dazu. Margot Gilbert ist so furchtbar misstrauisch. Sie denkt, zwischen ihm und mir wäre etwas vorgefallen. Ist das nicht schrecklich? Na, ich bin froh, dass er mich nicht gesehen hat. Er hat mich ausgelacht.«

»Unmöglich! Wann war das?«

»Oh, damals … Ich möchte nicht darüber sprechen. Der allerneueste Plan ist, mich mit dem erstbesten Herrn zu verheiraten, der mich haben will.«

»Also ›wollen‹ Sie gar nicht heiraten, wie Sie mir geschrieben haben«, stellte Josie fest. »Sie dürfen sich nicht unter Druck setzen lassen. Sagen Sie einfach Nein.«

»Ich weiß nicht.« Sibell dachte nach. »Zumindest käme ich dann fort von hier.«

»Wahrscheinlich eher vom Regen in die Traufe.«

»Kann ich Ihnen Tee anbieten?«, fragte Sibell.

»Nein, danke, ich muss jetzt gehen. Ich habe keine große Lust, Mrs. Gilbert zu begegnen, und ich breche lieber auf, ehe es wieder zu regnen anfängt. Aber Sie müssen mir weiterhin schreiben. Ich bleibe mit Ihnen in Verbindung, und wenn ich irgendwas für Sie tun kann, dann geben Sie mir Bescheid.«

Sibell begleitete sie bis an die Eingangspforte. »Vielen Dank für Ihren Besuch. Mir geht es jetzt schon viel besser.«

»Fein, und machen Sie sich keine Sorgen. Wenn Sie mal in die

Stadt kommen, gehen Sie beim Amt der Landvermesser vorbei. Mr. Conal würde sich sicher freuen, Sie zu sehen.«

»Damit die spitzen Zungen wieder etwas zu tun haben?«

»Darüber dürfen Sie sich keine Gedanken machen. In vielen Jahren erzählen Sie schmunzelnd Ihren Enkelkindern über den Schiffbruch und davon, wie ein gewisser Logan Conal Sie den verlassenen Strand entlanggehetzt hat.«

»Ich langweile mich«, sagte Logan bei einem Glas Bier im Esplanade Inn. »Ich bin gelangweilt, unzufrieden und enttäuscht. Außerdem habe ich keinen Pfennig mehr in der Tasche. Und ich armer Irrer habe geglaubt, in ein Land zu kommen, in dem Milch und Honig fließt, in ein Land, in dem ein freier Geist herrscht.«

»Davon sind die Leute hier noch weit entfernt«, klagte Charlie Grant. »Der Whisky kostet das Doppelte wie in der alten Heimat, und von einem Schuss Gin für einen Pfennig hat man hier noch nie gehört.«

»Nichts hat sich geändert«, meinte Logan leise. »Nur der Himmel ist anders. Aber sonst ist es so, als wäre ich niemals von Mersey fortgegangen. So große Pläne habe ich gehabt, und stattdessen versuche ich, meinem Vermieter aus dem Weg zu gehen und buckle vor den Behörden. Ich wette, die Hälfte aller Taugenichtse aus Liverpool hat sich hier am Swan niedergelassen.«

»Trink noch 'nen Brandy«, sagte Charlie. »Das muntert dich auf. Ich geb einen aus.«

»Dann bestell einen Doppelten; der nächste geht dann auf meine Rechnung. Am besten lasse ich mich so richtig volllaufen. Was ich noch sagen wollte …« Er geriet ins Stottern. »Was ich sagen wollte, Charlie, tja, eigentlich dachte ich, ein Mann könnte hier ein Vermögen machen. Aber ich verdiene fast nichts und drücke mich die Hälfte meiner Zeit bei Gericht herum.«

»Das liegt daran, dass du ein richtiger Landvermesser bist, ein Fachmann, und kein Glücksritter wie ich. Man hat mir die Arbeit angeboten, und da es sich weniger anstrengend anhörte als bei der Armee, habe ich zugeschlagen. Wenn ich ein paar Sträflinge hätte, wäre ich schon längst über alle Berge, um alles abzumessen, was mir unter die Finger kommt.«

»Mir ist aufgefallen, dass die Grenzen hier solch ein Wirrwarr sind, dass sie aussehen wie die Strickarbeit einer Verrückten. Und ich darf das alles jetzt wieder in Ordnung bringen.« Er gab dem vollbusigen Mädchen hinter dem Tresen ein Zeichen. »Zwei doppelte Brandy bitte.«

»Angeschrieben wird nicht«, entgegnete sie. »Nur bar auf den Tisch des Hauses.«

»Das geht auf meine Rechnung«, sagte Charlie und legte die Münzen auf das klebrige Holz.

»Etwa auch aus Liverpool?«, fragte Logan.

»Ich nicht«, antwortete sie und stellte die Brandygläser vor sie hin. »Aber mein Alter.«

»Sträflingstransport«, flüsterte Charlie, aber sie hatte ihn gehört.

»Ja, er ist zwar deportiert worden, aber verdammt stolz darauf«, zischte sie. »Der Laden hier gehört ihm. Und was gehört Ihnen?«

»Nichts, Mädchen«, erwiderte Logan grinsend. »Überhaupt nichts. War nicht so gemeint.«

»Sie sind doch nicht der Bursche, der das Schiffsunglück überlebt hat, oder?«, wollte sie wissen.

»Ja, Logan Conal, zu Ihren Diensten.«

»Das ist doch nie und nimmer ein englischer Name.«

»Stimmt. Die Welt ist eben ein Dorf. Mein Großvater stammte aus Belfast, aber weiter als Liverpool ist er nicht gekommen«, log Logan, ohne mit der Wimper zu zucken.

»Auch ein Sträfling?«, fragte sie herausfordernd.

»Kommt fast hin«, lachte er. »Und wie heißen Sie?«

»Iris. Da ist ja mein Vater. Er will Sie bestimmt kennenlernen.«

»Das will ich meinen«, stellte Charlie freundlich fest und kippte den Brandy hinunter. »Trink aus, alter Junge, der nächste geht auf Kosten des Hauses.«

Der vierschrötige Wirt kam ihnen mit ausgestreckter Hand entgegen. Er strahlte übers ganze pockennarbige, rote Gesicht. »Ah, guten Tag, die Herren. Mr. Grant kenne ich ja schon. Iris sagt, dass Sie der berühmte Mr. Conal sind. Freut mich, Sie kennenzulernen.« Er packte Logans Hand. »Ich bin Tommy Blackburn. Sind Sie einer der Burschen von der *Cambridge Star*?«

Logan nickte.

»Jetzt erinnere ich mich«, meinte Blackburn herzlich. »Sie haben doch die Kleine gerettet und sie aus der Wildnis hierhergebracht.«

Logan gefiel der Mann, denn in den sogenannten besseren Kreisen wurden über ihn und Sibell immer noch schmutzige Witze gerissen. »Eigentlich habe ich sie gar nicht gerettet«, antwortete er. »Und mich selbst auch nicht. Durch Gottes Gnade sind wir an diese Küste verschlagen worden, und ich kann Ihnen sagen, dass die junge Dame nicht gerade erfreut darüber war.«

Blackburns Gelächter hallte von den Deckenbalken wider. »Das kann ich mir vorstellen.«

Bislang hatte Logan immer das Gefühl gehabt, sich verteidigen zu müssen, wenn die Sprache auf dieses Thema kam, doch in Gesellschaft dieser Männer konnte auch er darüber lachen. »Eine richtige kleine Hexe«, sagte er. »›Ich rühre mich nicht von der Stelle, Mr. Conal‹, sagte sie einfach zu mir. ›Sie gehen Hilfe holen!‹ Hat die feine Dame gespielt. Wenn ich jetzt auf die Karte schaue und sehe, wo wir gewesen sein müssen, werden mir heute noch die Knie weich. Wahrscheinlich würde ich immer noch dort stehen und mich mit ihr herumstreiten, wenn die Schwarzen uns nicht gefunden hätten.«

»Weiß Gott, Sie haben wirklich Glück gehabt. Das ist ein Grund zum Feiern. Iris, noch mal das Gleiche für die Herren.«

Nachdem Iris die Brandys serviert hatte, lehnte Blackburn sich an den Tresen und senkte die Stimme. »Ich wollte schon lange mal mit Ihnen sprechen, Mr. Conal. Ich habe Schwierigkeiten mit den verdammten Gerichten.«

»Was für Schwierigkeiten?«

»Mein Land, wissen Sie? Ich habe eine Schafweide die Küste hinauf. Die Besitzurkunde war in Ordnung, alles ganz legal, und plötzlich kommt dieser Bursche, der die Parzelle neben mir hat, und beansprucht die Hälfte.«

»Ich kenne Ihren Fall«, warf Charlie ein. »Alles war in bester Ordnung, bis Sie die Grenzsteine versetzt haben, Sie Schurke.«

»Mr. Grant, so was würde ich nie tun.«

»Tommy, ich selbst habe damals alles vermessen. Sie wollen uns aufs Kreuz legen, und das wissen Sie ganz genau.«

Blackburn schenkte sich einen Schluck Gin ein und überlegte. »Ich sehe es so, meine Herren: Da draußen gibt es genug Land für alle, Millionen Hektar, die niemandem gehören. Wen kümmern da schon ein paar Quadratkilometer?«

»Ihren Nachbarn offenbar.«

»Und warum zieht er dann nicht ein paar Meilen weiter nach Norden? Leben und leben lassen.«

»Weil das so nicht geht«, teilte Charlie ihm mit.

»Und warum nicht?«, fragte Tommy. »Versuchen Sie nicht, mir was vorzumachen.« Er wandte sich an Logan. »Charlie hier lässt immer mit sich reden, wenn es um Grenzen geht. Aber seit Sie da sind, können die Herren bei Gericht einen Laien wie ihn nicht mehr brauchen. Jetzt sind Sie der Fachmann: Sie haben den Posten und wir das Nachsehen.«

Am gegenüberliegenden Ende des Raums hing eine Whiskyreklame: ein bärtiger Zwerg in kariertem Gewand, der auf einen Spiegel gemalt war. Er schien Logan zuzuzwinkern.

»Nennen wir Ross und Reiter doch mal beim Namen, Mr. Logan«, meinte Blackburn leise. »Die Squatter stecken den Gerichten und den Vermessern ein paar Scheine zu und kriegen dann jeden Quadratzentimeter, den sie wollen.«

»Ich lasse mich nicht kaufen«, antwortete Logan. »Ich halte mich nur an die Regeln.« Dass die Regeln zum Großteil seine eigenen waren, verschwieg er.

»Nun, hier draußen kann man die Regeln so oder so auslegen, ohne dass jemandem ein Schaden entsteht. Sie werden es nicht bedauern, wenn Sie die Dinge mal von meiner Warte aus sehen.«

Logan warf Charlie einen Blick zu, und als dieser die Achseln zuckte, entspannte er sich. Eine Krähe hackt der anderen kein Auge aus, dachte er. Schon seit einiger Zeit vermutete er, dass Charlie bestechlich war, nur seine Geldquelle hatte er noch nicht gefunden. So etwas konnte man schließlich nicht geradeheraus fragen. Auch er hatte sich auf dünnem Eis bewegt, bis alle ihm seine Geschichten als selbstverständlich abgenommen hatten.

Sein neuer Name gefiel ihm: »Conal« war der Vorname seines Großvaters, und »Logan« verdankte er einem Geistesblitz Sibell zuliebe. In seinen Ohren klang Logan Conal ehrlich, offen und rechtschaffen, wenn man das überhaupt von einem Namen behaupten konnte.

Dass man ihn und die anderen Überlebenden in Perth gefeiert hatte – insgesamt waren nur sechzehn von hundertdreißig Passagieren übrig geblieben –, hatte ihm ein Gefühl von Wichtigkeit gegeben. Er hatte die Behörden darauf aufmerksam gemacht, dass Taffy und Jimmy ebenfalls durchgekommen, aber in die falsche Richtung losmarschiert waren. Man hatte ein Boot losgeschickt, um die Küste im Norden abzusuchen, doch bislang schien es, als hätten sie sich in Luft aufgelöst; einige munkelten, sie wären wohl den Speeren der Eingeborenen zum Opfer gefallen.

Logan war enttäuscht, dass Sibells Eltern nicht überlebt hatten, denn ihren Worten nach waren sie reich. Sicherlich hätten sie ihn für die Rettung ihrer Tochter belohnt. Zwar war er – in der Hoffnung, dass sie sich großzügig zeigen würden – bei den Gilberts vorstellig geworden, doch damit hatte er kein Glück gehabt. Diese Geizhälse hatten ihm nur die kalte Schulter gezeigt.

Wie er schon beim Sturm auf das Rettungsboot geahnt hatte, hatten nur wenige der Passagiere aus dem Zwischendeck überlebt, und die kannten ihn glücklicherweise nicht. Deswegen konnte er nun tun, was ihm gefiel, ohne sich vor jedem Polizisten fürchten zu müssen.

Logan, der inzwischen das Gefühl hatte, dass sich sein Schicksal bald wenden würde, war in großzügiger Stimmung und bestellte noch eine Runde. Blackburns Frage ließ er einstweilen unbeantwortet.

Als er gehört hatte, dass das Landvermessungsamt noch Leute suchte, hatte er sich, ohne zu zögern, als ausgebildeter Landvermesser vorgestellt, denn wegen des Schiffbruchs konnte niemand von ihm erwarten, dass er Papiere und Zeugnisse vorlegte. Da er eine kurze Zeit als Sträfling beim Straßenbau in County Armagh gearbeitet hatte, wusste er genug, um erst einmal einen Fuß in die Tür zu bekommen. Später hatte es ihm keinerlei

Schwierigkeiten bereitet, heimlich ein paar Bücher aus dem Büro mitgehen zu lassen und nachzulesen, woraus die Arbeit eines Landvermessers eigentlich bestand. Allerdings wunderte es ihn noch immer, dass seine Ansichten, die zum Großteil auf Vermutungen beruhten, hingenommen wurden wie das Evangelium. Die Leute in den Kolonien waren, wie er feststellte, wirklich ziemliche Einfaltspinsel. Er würde es in Australien noch weit bringen.

Inzwischen wurde Blackburn ungeduldig. »Also, was halten Sie davon, Mr. Conal?«

»Ich weiß nicht«, antwortete Logan, wobei er so tat, als ließe er nur Vorsicht walten.

»Dann überlegen Sie sich's«, meinte Tommy Blackburn, der nicht so schnell lockerließ. »Denken Sie nochmals darüber nach.«

Als sie das Wirtshaus verließen, gab Logan sich entrüstet. »Du hast Bestechungsgelder angenommen!«, warf er Charlie vor.

»Das ist aber nicht sehr höflich. Ich denke nur praktisch. Hier in dieser gottverlassenen Gegend gibt es nur zwei Sorten Leute: Sieger und Verlierer. Wenn ich mal nach Hause zurückkehre, reise ich erster Klasse; was du tust, ist deine Angelegenheit. Nun mach nicht so ein Gesicht, alter Junge. Du siehst ja aus wie zehn Tage Regenwetter.«

In den nächsten beiden Wochen befasste sich Logan aufmerksam mit den geschäftlichen Gepflogenheiten in Perth. Er stellte fest, dass die meisten Männer in den Schenken begeistert auf der Seite der Squatter waren, und die Buschräuber, die reiche Reisende oder Banken überfielen, wurden wie Helden verehrt. Außerdem fand er Beweise dafür, dass reiche Siedler durch Strohmänner, die man »Hamster« nannte, viel mehr Land aufkauften, als ihnen eigentlich zustand. Und er ahnte, dass es zu einem Verteilungskampf um das Land kommen würde, je weiter die Siedlungsgrenzen ins Land vorrückten.

Auf der müden, alten Mähre, die ihm das Amt zur Verfügung gestellt hatte, ritt er durch die Stadt und versah seine Pflichten. Aufmerksam hörte er zu, wenn ehemalige Sträflinge ein Loblied auf ihre Pferde sangen, denn ein gutes Pferd war mehr wert als eine Frau. Die Vorzüge von Vollblütern, Arabern und Wildpferden wurden in allen Einzelheiten erörtert, und Pferdediebstahl galt als das schwerste Verbrechen. Die Versteigerung der Einjährigen war ein ungeheuer wichtiges Ereignis, und die Rennen stellten nicht nur eine Gelegenheit zum Feiern dar, sondern boten jedermann die Gelegenheit, sich mit den besten Reitern zu messen.

Als Logan sich schließlich doch Blackburns Landstreitigkeiten widmen musste, stellte er zu seiner Freude fest, dass Percy Gilbert der Kläger war. Grinsend rieb er sich die Hände.

Tommy Blackburn gewann seinen Prozess, und Logans finanzielle Lage verbesserte sich schlagartig. Außerdem hatte Tommy viele Freunde, die ebenfalls Logans Rat suchten. Endlich stand Logan auf der Seite der Sieger.

Der Magistrat Ezra Freeman, auch ein Überlebender der *Cambridge Star*, betrachtete Logan als Freund, dem er sich durch die Tragödie besonders verbunden fühlte. Da ihm das Ergebnis dieser Prozesse gleichgültig war und ihm nur daran lag, den riesigen Aktenberg auf seinem Schreibtisch so rasch wie möglich aufzuarbeiten, freute er sich darüber, wie schnell Logan die Dinge regelte.

»Nur immer weg damit, Logan«, sagte er. »Bringen Sie diese Streitereien in Ordnung. Ich muss mich mit wichtigeren Angelegenheiten befassen, mit wirklichen Verbrechen.«

Im Grunde seines Herzens war Ezra wie ein kleiner Junge. Ihm gefielen die aufregenden Gerichtsverhandlungen, die lässig einherschreitenden Cowboys, die mit der Pistole an der Hüfte durch die Straßen schlenderten, und die immer noch andauernden Kämpfe mit den Schwarzen. Er hatte sich sogar einen Colt mit silbernem Griff zugelegt, den er nun drohend im Gerichtssaal schwang. Manchmal schoss er sogar in die Luft, um für Ruhe zu sorgen.

Auch Logan hatte Spaß an dem fröhlichen Durcheinander in den Kolonien. In der Stadt gab es ebenso viele Bordelle wie Wirtshäuser, sodass es einem Mann eigentlich an nichts mangelte, und sonntags ging man auf dem Swan angeln. Was brauchte ein Mann mehr? fragte er sich, als sein Bankkonto zusehends wuchs. Nun musste er sich nicht mehr in finsteren Seitengassen herumdrücken – er war jetzt ein ordentliches Mitglied der Gesellschaft.

»Dieser Mann ist ein Schurke!«, schnaubte Percy Gilbert. »Man sollte ihn teeren und federn! Ich habe mich schon bei seinen Vorgesetzten beschwert, aber man könnte ebenso gut an eine Wand reden. Es ist ein Skandal. Sie behaupten, sie hätten nicht genügend Leute, um der Sache nachzugehen! Eine Schlamperei ist das! Nichts als Faulheit!«

»Ein ausgezeichneter Portwein«, bemerkte Ezra Freeman und öffnete drei Knöpfe seiner Weste, um es sich nach der reichhaltigen Mahlzeit bequem zu machen. »Die Behörden hier sind völlig überlastet, wir haben zu wenig Leute. Du meine Güte, als ob ich das nicht wüsste! Ich stecke bis über beide Ohren in Arbeit, und es besteht keine Aussicht, dass sich das in absehbarer Zeit ändert. Von allen Seiten werde ich bestürmt. Selbst der Gefängnisdirektor hat angedeutet, ich solle ihm nicht so viel Kundschaft schicken. Waren Sie schon mal draußen im Fremantle-Gefängnis? Wirklich eindrucksvoll; beim Anblick der Einzelzellen ist es mir kalt den Rücken hinuntergelaufen. Pechschwarz. Die Zellen sind so ineinander verschachtelt, dass kein Lichtstrahl mehr hineinfällt …«

»Das habe ich gehört«, unterbrach Percy ihn ungeduldig. »Doch wie ich schon gesagt habe, machen sie im Vermessungsamt keinen Finger krumm. Vielleicht könnten Sie diesem Mr. Conal einen Riegel vorschieben.«

»Mit welcher Begründung?«, fragte Ezra. Das war eine verzwickte Angelegenheit, denn er wollte Gilbert nicht gegen sich aufbringen. Sein zukünftiges Glück hing davon ab, dass er sich mit diesem Burschen gut stellte.

»Es liegt mir fern, mich in Ihre Pflichten einzumischen, Sir. Aber vielleicht gelingt es Ihnen ja, ihm in seiner Arbeit Unregelmäßigkeiten nachzuweisen. So könnten Sie ihn aus Ihrem Gericht ausschließen, und dann hätte man keine Verwendung mehr für ihn.«

»Das wird schwierig werden«, bemerkte Ezra und runzelte die Stirn, um seinen Worten Nachdruck zu verleihen. Eigentlich würde es ihm ein Leichtes sein, aber zuerst musste er sichergehen, dass Percy sich ihm verpflichtet fühlte. »Vielleicht kann ich etwas für Sie tun.«

»Betrachten Sie das nicht als Gefallen für mich, sondern als Dienst an der Kolonie, Sir.«

Freeman griff nach der Portweinflasche. »Aber selbstverständlich.« Aus persönlichen Gründen hatte er Nachforschungen über Percy Gilbert angestellt und herausgefunden, dass dieser auf das Geld der Delahuntys angewiesen war. Da er sich beim Landkauf übernommen hatte, brauchte er es dringend, um seinen Verpflichtungen nachzukommen. Aber die Geldquelle war ausgetrocknet oder besser gesagt versunken. Deswegen hatte Gilbert seine Besitzungen im Süden aufgeteilt und sie zu Höchstpreisen an Neuankömmlinge verkauft. Einer der neuen Besitzer steckte nun in Schwierigkeiten, weil er keinen Zugang zum Fluss hatte. Offenbar hatte Gilbert ihm versichert, er müsse nur Brunnen bohren, um Wasser zu finden, aber die Parzelle war knochentrocken.

»Der Siedler tobt wie ein eingesperrter Kakadu«, hatte Ezras Sekretär ihm berichtet. »Und die Landvermesser sind auf seiner Seite.«

»Werden Sie sich um diese Sache kümmern?«, hakte Percy nach.

»Gewiss. Aber es wird schwer werden. Haben Sie Miss Delahunty mein Anliegen vorgetragen?«

»Noch nicht. Eine ganze Reihe junger Männer macht ihr den Hof, und nun weiß die Kleine gar nicht, wie sie sich entscheiden soll.«

»Oh, ich verstehe«, sagte Ezra traurig. Doch er wusste es besser. Schon seit Monaten versuchte Percy, Sibell zu verheiraten, aber ein Mädchen ohne Mitgift, deren guter Ruf durch diesen unglückseligen Schiffbruch gelitten hatte, war bei den Herren der hiesigen besseren Gesellschaft nicht besonders begehrt. Glücklicherweise kannte Ezra Logan Conal und hatte sich die Mühe gemacht, ihn bei einigen Gläsern Bier und Whisky über die tatsächlichen Ereignisse auszufragen. Inzwischen wusste er, dass die Gerüchte unbegründet waren und nur auf übler Nachrede beruhten. Das arme Mädchen tat ihm leid. Allerdings nicht so leid, dass er dieses Wissen schon hier und jetzt preisgegeben hätte. Der Umstand, dass sie kompromittiert war, verschaffte ihm einen Vorteil und schreckte weitere mögliche Anwärter ab. Nach der Hochzeit würde er die Wahrheit ans Tageslicht bringen.

Nach diesem Gespräch schmiedete Ezra Pläne. Er wandte sich an den obersten Landvermesser. »Es ist wirklich ein Jammer, Sir, dass unser Gericht mit den Landstreitigkeiten völlig überlastet ist. Mr. Conal leistet ganze Arbeit, aber, wenn ich mir die Bemerkung erlauben darf, Sir, könnten wir eine Menge dieser zeitraubenden Klagen vermeiden, wenn wir einen Fachmann wie ihn gleich an Ort und Stelle schicken. Er ist genau der Richtige, um die neuen Parzellen auszumessen und das Land zu erschließen. Er würde gleich Nägel mit Köpfen machen, und dann wüssten wir alle, woran wir sind.«

Schon bald erfuhr Percy, dass Logan in die Verbannung geschickt worden war, und er lud seinen Freund, den Magistrat, sofort zu sich zum Essen ein.

Logan machte sich auf die Suche nach Charlie. »Endlich bin ich befördert worden. Ich soll eine Expedition anführen, die das Land jenseits des Darling-Höhenzugs vermessen soll. Willst du mitkommen?«

Charlie starrte ihn an. »Bist du vollkommen übergeschnappt? Da draußen gibt's nichts zu sehen. Nur ein paar riesige Schwarze mit riesigen Speeren.«

»Ach, komm schon! Wir nehmen Waffen mit, und die Schwarzen sind nicht so schlimm, wie du glaubst. Schließlich haben sie mir doch das Leben gerettet. Hör zu, Charlie, wir dürfen zwei Sträflinge mitnehmen, einen Helfer – also einen Koch – und ausreichend Vorräte. Das heißt freie Verpflegung für die ganze Zeit, die wir unterwegs sind. Wir sparen eine Unmenge Geld!«

»Landvermessen im Busch ist verdammt hart.«

»Ich kriege die neuesten Winkelmesser und die allermodernsten Instrumente. Schlag doch eine solche Gelegenheit nicht aus.«

Charlie überlegte. »Glaubst du, wir können auch ein paar Parzellen für uns selbst abzweigen?«

»Was glaubst du, warum ich auf das Angebot eingegangen bin, Charlie?«

»Nun, in diesem Fall könnte es die Sache wert sein. Wir brauchen einen Führer, einen Schwarzen.«

»Ich kenne genau den richtigen Mann. Einen Burschen namens Jimmy Moon. Ich muss ihn nur noch finden.«

Margot hatte zwei Freundinnen zum Vormittagstee eingeladen: Mrs. Judd, die Frau des Vikars, und Mrs. Enderby, deren Mann im Wollhandel tätig war. Sibell, die nur lang genug für eine Tasse Tee und ein Stück Kuchen geblieben war, hatte sich bald aus dem Wohnzimmer geflüchtet, um sich auf der Veranda in einen großen, niedrigen Liegestuhl zu setzen. Das war ihr Lieblingsplatz, besonders wenn Margot mit Gästen beschäftigt war und sie deshalb nicht ständig mit einem neuen Auftrag behelligte. Margot konnte es, wie sie selbst zugab, nicht mit ansehen, wenn jemand untätig herumsaß.

Allerdings saß Sibell nicht »untätig herum«. Wie so oft überlegte sie, wie sie aus diesem Haus entkommen konnte. Durch die hohen, offenen Fenster hörte sie das Stimmengewirr aus dem Zimmer, das sich mit dem hohen Zirpen der Zikaden im Garten mischte. Offenbar wimmelte es hier von diesen Insekten; es mussten Tausende sein, die man aber nie zu Gesicht bekam, da sich die klugen Tierchen gut versteckt hielten.

Ein einsamer Vogel ließ seinen süßen Gesang erschallen. Die Töne klangen verhalten, fast nachdenklich, als würde sich der Vogel in aller Seelenruhe überlegen, was er als Nächstes tun sollte.

»Mir geht es genauso«, sagte Sibell, und der Vogel blickte sie forschend an.

Aus einem unerklärlichen Grund hörten die Zikaden mit einem Schlag auf zu zirpen. Sibell hörte Margots Stimme: »Entschuldigen Sie mich für einen Augenblick, meine Damen.«

O nein, dachte Sibell. Jetzt kommt sie bestimmt heraus. Sie stellte sich schon darauf ein, jeden Augenblick gerufen zu werden, aber offenbar war Margot in die entgegengesetzte Richtung gegangen.

»Die arme Margot«, hörte Sibell da Mrs. Enderbys klagende Stimme. »Sie hat es wirklich nicht leicht mit dem Mädchen.«

Ohne wegen ihres Lauschens auch nur die Spur eines schlechten Gewissens zu haben, spitzte Sibell die Ohren.

»Welches Mädchen? Miss Delahunty?«

»Ja. Eine richtige freche Göre ist das, und das nach allem, was Margot für sie getan hat.«

»O du meine Güte. Sie macht den Gilberts wirklich nichts als Schwierigkeiten. Percy hat meinen Mann aufgesucht«, erwiderte Mrs. Judd. »Er wollte, dass der Vikar ihm einige anständige junge Männer aus der Umgebung nennt, die sich mit Heiratsgedanken tragen; Sie verstehen doch …«

Sibell stieg die Schamesröte in die Wangen.

»… aber es ist eine ziemlich peinliche Angelegenheit. Mein Ted wusste wirklich nicht, wen er vorschlagen soll. Percy hat sogar einige junge Burschen aus dem Freundeskreis des Gouverneurs erwähnt, aber das ist doch wohl ausgeschlossen.«

»Selbstverständlich. Aber sie müssen bald jemanden finden. Schließlich können sie sie nicht für den Rest ihrer Tage durchfüttern …«

Sibells Verlegenheit verwandelte sich in Wut, und sie musste an sich halten, um nicht dazwischenzufahren.

Mrs. Enderby fuhr fort: »Ich meine, immerhin muss Margot sie ernähren und ihr etwas zum Anziehen kaufen. Das kostet ein Vermögen. Ich habe gehört, sie kauft alles, was ihr gerade gefällt.«

»Verdammte Lügnerinnen«, flüsterte Sibell.

»Aber wie kann sie das?« Wenigstens Mrs. Judd hatte da ihre Zweifel. »Margot muss doch nur aufhören, ihr Geld zu geben.«

»Nicht unbedingt«, meinte Mrs. Enderby schnippisch. »Margot unterhält Konten. Also braucht das Mädchen nur zu Garbutts zu gehen und ihre Bestellung aufzugeben. Das würde ich ihr durchaus zutrauen. Margot sagt, sie sei frech wie Rotz.«

Doch dann wurde das Gespräch durch Margots Rückkehr unterbrochen.

Kochend vor Wut saß Sibell da. Was konnte sie tun? Wehmütig dachte sie an ihre Eltern zurück, und die Tränen traten ihr in die Augen. Aber sie wischte sie ab; sie durfte jetzt nicht weinen, sie musste tapfer sein.

Der Vogel erhob sich in die Lüfte und flog rasch und zielsicher auf einen Baum zu, der in einiger Entfernung stand. Sibell nickte. Ja, sie musste jetzt etwas unternehmen, und zwar etwas, dass sie wenigstens Grund hatten, sich das Maul zu zerreißen.

Als Sibell in ihr Schlafzimmer eilte, stolperte sie an der Hintertür, weil ihr wirre Pläne und wütende Drohungen im Kopf herumwirbelten. Sie würde es ihnen zeigen! Sie würde … was? Am liebsten hätte sie ihnen das Haus über dem Kopf angezündet. Oder sollte sie Margots Kleider aus dem Fenster werfen? Heftig fuhr sich Sibell mit der Bürste durchs Haar und entschloss sich dann zu einem einfachen Akt des Ungehorsams: sie würde Margots Pferd nehmen und in die Stadt reiten.

Da sie nur einen verwaschenen, schwarzen Sonnenhut besaß, warf sie ihn beiseite und verließ barhäuptig das Haus. Das war schon ein erster Schritt, um Margot zu verärgern.

Allerdings meldete der Stallbursche, der dem Pferd den Damensattel auflegte, Zweifel an. »Weiß Mrs. Gilbert, dass Sie Bonny nehmen?«

»Selbstverständlich. Ich habe es eilig, also trödeln Sie nicht herum, Leonard.«

Und dann machte sie sich auf den Weg. Schon früher war sie mit Margot und Percy im Zweispänner ausgefahren. Nun war sie von ihnen befreit und sehr mit sich zufrieden, als sie die baumgesäumte Straße entlangtrabte.

Da sie nicht genau wusste, was sie als Nächstes tun sollte, ritt sie zuerst die Esplanade entlang, dann hinunter zum Hafen und vorbei am Haus des Gouverneurs. Sie bog in die Hay Street ein, doch obwohl sie den Ausritt genoss, war sie immer noch aufgebracht. Beim bloßen Gedanken daran, was diese Frauen und gewiss auch noch viele andere Leute über sie sagten, drehte es ihr den Magen um. Am liebsten hätte sie sie alle zerschlagen. Sie an Felsen zerschmettert … Da sah sie ein großes Ladenschild, blieb stehen und starrte es an. Garbutts Stoffhandlung. Und ihr fiel ein, dass Margot in diesem Laden ein Konto hatte.

Zwar war die Auswahl nicht so groß wie in London, aber es waren trotzdem einige hübsche Kleider dabei. Sibell machte es einen Heidenspaß, sich etwas auszusuchen, und sie entschied sich für ein weiches, weißes Musselinkleid, dessen doppelt gerüschter Rock bis auf den Boden hinabreichte, ein elegantes, zweiteiliges blaues Kostüm, dessen plissierte Jackenschöße ihre schlanke Taille betonten, und dazu eine Spitzenbluse. Auch einem blau gemusterten Baumwollkleid mit langen Ärmeln und einer Samtschärpe konnte sie nicht widerstehen.

»Es steht Ihnen großartig, meine Liebe.« Mrs. Garbutt überschlug sich fast. »Sehen Sie, der Rock ist am Saum verstärkt, damit er nicht an Ihren Schuhen hängen bleibt. Ziehen Sie diesen Batistunterrock darunter; er ist zwar nur ein Halbrock, aber das Kleid fällt dann besser.«

Begeistert drehte Sibell sich vor dem Spiegel.

»Blau steht Ihnen, Miss Delahunty. Ein hübsches Mädchen, wie Sie es sind, sollte öfter Blau tragen.«

»Ja, Sie haben recht. Ich nehme es. Am besten behalte ich es gleich an. Den schwarzen Rock und die Bluse können Sie wegwerfen; sie sind abgetragen.«

»Sie brauchen jetzt nicht mehr Schwarz zu tragen«, meinte Mrs. Garbutt überschwenglich. »Die Trauerzeit ist inzwischen vorbei. Leider habe ich bis jetzt noch nicht das Vergnügen gehabt, Sie kennenzulernen, aber ich möchte Ihnen noch mein Beileid zum Verlust Ihrer Eltern ausdrücken.«

»Vielen Dank«, sagte Sibell. »Margot war ja so freundlich zu mir. Setzen Sie die Sachen einfach auf Ihre Rechnung.«

»Selbstverständlich, meine Liebe. Und was halten Sie von einem Paar Schuhe? Wenn ich mir die Bemerkung erlauben darf, sind die Schnürstiefel ein wenig zu klobig zu diesen Kleidern. Ich habe ein Paar elegante schwarze Pumps auf Lager.«

»Wunderbar«, schnurrte Sibell. »Und ich brauche auch noch Handschuhe, Strümpfe und einen hübschen Strohhut, den mit den blauen Bändern, der zum Kleid passt.«

Nachdem Sibell ihre Einkäufe durch eine leichte Handtasche und einige Taschentücher vervollständigt hatte, unterschrieb sie Margots Konto, ohne sich die Mühe zu machen, auf die Preise zu sehen. Erstaunt über ihre Verwandlung betrachtete sie sich im Spiegel. In dem blauen Kleid sah sie einfach hinreißend aus, und sie wollte sich nun unbedingt zeigen. »Während Sie die Pakete packen, werde ich noch einen kleinen Spaziergang machen.«

»Wenn Sie wollen, können wir auch liefern«, schlug Mrs. Garbutt vor.

»Nein, machen Sie sich keine Mühe. Ich hole sie später ab.« Sie rauschte aus dem Laden auf die Hay Street, schlenderte herum, betrachtete die Schaufenster und wünschte, es gebe nun, da sie so vorteilhaft gekleidet war, jemanden, den sie besuchen könnte.

Da erinnerte sie sich an Logan Conal. Warum nicht? Da das neue Kleid ihr größeres Selbstvertrauen verlieh, hielt sie an und fragte einen Ladenbesitzer: »Können Sie mir bitte den Weg zum Vermessungsamt sagen?«

»Ja, Miss.« Der alte Mann strahlte sie an. »Um die Ecke in der King Street. Ist das heute nicht ein wunderschöner Tag?«

Sibell lächelte. »Stimmt.« Das blaue Kleid war für einen solchen Tag wie geschaffen.

Auch der Büroangestellte schien ihrem Zauber zu erliegen. »Mr. Conal? Ja, Miss, er ist hinten und packt. Ich bringe Sie hin.« Er führte sie durch das Gebäude in einen großen Hof, wo sich ein halbes Dutzend Männer durch einen Berg von Packkisten wühlten. Vorräte, Sättel, Zelte und Decken waren überall zu ordentlichen Häufchen geschichtet, und ein Mann hakte jeden Gegenstand auf einer Liste ab, die auf einem Klemmbrett steckte. Als Sibell ins Sonnenlicht trat, wandten sich ihr alle Augen zu.

»Wo ist Conal?«, rief der Büroangestellte.

»Im Schuppen«, antwortete jemand.

»Ich geh ihn holen«, sagte der Büroangestellte und eilte davon.

Während sie wartete, näherte sich ihr ein junger Schwarzer. »Guten Tag, Missibel«, flüsterte er schüchtern.

Im ersten Augenblick sah Sibell ihn nur verständnislos an, doch dann fiel ihr ein, wer er war. »Ach, Jimmy Moon! Du bist doch Jimmy?«

Er nickte und grinste übers ganze Gesicht.

»Wie geht es dir?«

»Gut.«

»Ich habe dich nicht vergessen«, sagte Sibell. »Es war sehr tapfer von dir, dass du gekommen bist, um uns zu holen.«

»Gute Arbeit«, stimmte er ihr mit einem Lächeln zu. »Und Sie reiten gut. Mr. Conal hat noch nie im Leben so rennen müssen.«

Kichernd erinnerte sich Sibell, wie Logan sich angestrengt hatte, um mit Jimmy Schritt zu halten. Er hatte sich geweigert, sich zu ihr aufs Pferd zu setzen, um ein wenig zu verschnaufen. Aber das hatte sie ihm ohnehin nur halbherzig angeboten.

»Was ist denn hier los?«, fragte sie.

»Mr. Conal nimmt uns alle mit auf einen Ausflug. Ich reite wieder auf einem Pferd«, sagte er stolz.

»Hast du denn eins?«, erkundigte sie sich. Bei einer nächtlichen Rast hatte er ihr erzählt, er werde »irgendwann später« ein eigenes Pferd bekommen.

Er machte ein trauriges Gesicht. »Nein, diese Pferde gehören alle den weißen Herren.«

»Mach dir nichts draus«, sagte sie fröhlich. Heute fühlte sie sich, als gäbe es für sie keine Grenzen mehr. »Eines Tages kaufe ich dir ein Pferd.«

»Ganz für mich allein?«

»Ja.«

Jimmy machte einen Luftsprung. »Was für ein schöner Tag!«

»Was sehen meine Augen?« Auf einmal stand Logan Conal vor ihr und betrachtete sie bewundernd. Freudig überrascht bemerkte Sibell, wie sehr er sich verändert hatte. Er sah so stattlich und männlich aus in seinem karierten Hemd, der weißen Lederhose und den braunen Reitstiefeln. Die dunklen Locken fielen ihm in die Stirn. Sibell warf einen Blick auf die grünen Augen, die sie immer für hart und böse gehalten hatte. Doch nun funkelten sie vergnügt.

Sie riss sich zusammen. »Guten Morgen, Mr. Conal.«

»Wir haben schon Nachmittag«, meinte er grinsend. »Und wie geht es Ihnen, Sibell?«

»Sehr gut, danke. Ich sehe, dass Sie packen. Wohin geht es denn?«

»In den Busch. Wir müssen Vermessungsarbeiten durchführen.«

»Wie aufregend. Wann brechen Sie auf?«

»Gleich morgen früh; deswegen sieht es hier jetzt auch aus wie in einem Warenlager. Wir müssen eine Unmenge an Ausrüstung mitnehmen.«

»Und wie lange bleiben Sie fort?«

»Vermutlich einige Monate.«

»Oh!« Sibell war enttäuscht. »Nun, ich sehe, Sie sind beschäftigt. Ich möchte Sie nicht länger aufhalten.«

Er begleitete sie zur Straße. »Und was haben Sie heute noch vor?«, fragte er.

»Ich habe eine Menge zu erledigen«, antwortete sie. »Einkäufe und verschiedene andere Kleinigkeiten.«

Forschend sah er sie an. »Geht es Ihnen wirklich gut, Sibell?«

Sie hatte schon mit dem Gedanken gespielt, ihn zu bitten, ihr Geld zu leihen, damit sie nicht ständig von Margot abhängig war. Wenigstens ein Mittagessen in einem Gasthaus wollte sie sich leisten können. Doch sie brachte es nicht über sich, zu fragen.

Aber Logan schien ihre Gedanken gelesen zu haben. »Haben Sie schon zu Mittag gegessen?«

»Ja, vielen Dank«, antwortete sie viel zu rasch und hätte sich dafür am liebsten selbst geohrfeigt. Vor lauter Stolz hatte sie sich jetzt die Möglichkeit verdorben, mehr Zeit mit ihm zu verbringen.

»Nun dann«, sagte er zum Abschied. »Ich besuche Sie, wenn ich zurückkomme. Hat Josie Ihnen erzählt, dass ich Sie aufgesucht habe?«

»Ja. Aber kümmern Sie sich nicht um sie, um die Gilberts, meine ich. Schließlich bin ich nicht ihr Eigentum.«

»Gut für Sie. Passen Sie auf auf sich, Sibell. Um Ostern herum komme ich wieder; dann besuche ich Sie.«

Der Tag schien seinen Glanz verloren zu haben, als Sibell ihre Pakete abholte und zurück in die Wellington Street ritt. Einerseits war sie froh, dass sie ihn besucht hatte, aber andererseits blieb ein bitterer Beigeschmack zurück. Sie konnte nur noch an Logan denken, sein breites Lächeln, seine ungewöhnliche Freundlichkeit. Ganz sicher mochte er sie, und deswegen lag für sie ein Schatten über ihrer heutigen Begegnung mit ihm. Sie hatte den wirklichen Logan Conal entdeckt, und morgen würde er Perth verlassen. Was sie für ihn empfand, war mehr als reine

Freundschaft – in ihren Augen war er der stattlichste Mann, den sie jemals kennengelernt hatte. Und dass er sich Sorgen um sie machte, musste doch etwas zu bedeuten haben. Logan verstand sie, er würde sich – wie auch schon früher – um sie kümmern.

Die Gedanken an Logan hielten Sibell aufrecht, als Margot ihr Vergehen entdeckte und Zeter und Mordio schrie.

»Du hinterlistiges Geschöpf! Was du getan hast, ist Diebstahl! Du hast mein Konto mit mehr als dreißig Pfund belastet und mich lächerlich gemacht! Warte nur, bis Percy davon erfährt!«

Sibell zuckte die Achseln. »Was soll er schon tun? Mich schlagen? Das wagt er nicht, oder ich zeige ihn an.«

Percy tobte und brüllte: »Du bringst diese Kleider eigenhändig zurück!«

»Nein.« Wortlos ließ sie seinen Wutanfall über sich ergehen. Sie dachte an Logan und freute sich auf Ostern. Nur so konnte sie die gespannte Stimmung im Haus ertragen. Außerdem weigerte sie sich, die neuen Kleider zurückzugeben. »Lieber zerreiße ich sie«, warnte sie Margot. Die Köchin und das Dienstmädchen, die Sibell für ihren Wagemut bewunderten, wurden ihre Verbündeten und erzählten ihr alles, was im Hause vor sich ging.

Als sie eines Abends zum Abendessen das weiße Musselinkleid anzog, klopfte Lena, das Dienstmädchen, an ihre Tür. »Miss Delahunty«, flüsterte sie. »Mr. Freeman ist unten.«

»Wie aufregend«, antwortete Sibell säuerlich. In letzter Zeit kam der arme alte Ezra häufig vorbei, redete immer noch über die *Cambridge Star* und jammerte, niemand habe auf seinen Vater gehört, der alle davor gewarnt habe, dass sie auf einen Zyklon zufuhren. Ezra benützte dabei auch das Wort Hurrikan, wahrscheinlich um die dramatische Wirkung zu erhöhen. Sibell hatte im Wörterbuch nachgeschlagen und festgestellt, dass Zyklon und Hurrikan das Gleiche bedeuteten – einen entsetzlichen Sturm.

»Wahrscheinlich ist er wegen Ihnen gekommen«, meinte Lena grinsend. »Er will Sie heiraten.«

»Sehr witzig!«

»Nein, das ist die Wahrheit, ich schwöre. Und Mr. Gilbert hat zugestimmt. Es geht zum Altar, Liebes.«

Sibell zog Lena ins Zimmer und schloss knallend die Tür. »Woher wissen Sie das?«

»Als ich den Sherry serviert habe, habe ich sie reden hören.« Sie huschte um Sibell herum und schloss die kleinen Perlmuttknöpfe hinten an ihrem Kleid. »Machen Sie einen guten Eindruck, und beeilen Sie sich. Sie wollen doch Ihren Bräutigam nicht warten lassen.«

»Er ist nicht mein Bräutigam«, zischte Sibell. »Ich werde Ezra Freeman nicht heiraten. Er ist doch alt genug, um mein Vater zu sein, und außerdem ist er dick und langweilig. Ich komme nicht hinunter.«

»Ruhig, Miss. Schütten Sie das Kind nicht mit dem Bade aus. Er ist doch eigentlich eine ganz gute Partie. Seit Mr. Templeton endgültig den Verstand verloren hat, ist Mr. Freeman oberster Magistrat und ein einflussreicher Mann in Perth … und er schwimmt im Geld.«

Sibell ließ sich aufs Bett plumpsen. »Ich werde ihn nicht heiraten, und niemand kann mich dazu zwingen.«

»Seien Sie sich da nicht so sicher. Die Köchin und ich wollten Sie ja nicht ängstigen, aber die Missus schimpft die ganze Zeit über Sie und beklagt sich bei Mr. Gilbert. Damals wussten wir nicht, wen sie sich als Ehemann für Sie ausgesucht hatten, aber beide haben gesagt, sie würden Sie hinauswerfen, wenn Sie nicht gehorchen. Passen Sie auf, Miss, sie reden schon darüber, Sie vor die Tür zu setzen.«

»Gut, ich freue mich schon darauf, dieses Haus zu verlassen.«

»Und wohin wollen Sie gehen?« Lena beugte sich zu Sibell hinunter. »Jetzt hören Sie mir zu. Ich bin schon über fünfzig und habe kein leichtes Leben gehabt, weil ich meine Familie ernähren musste. Mit einem Sträflingstransport bin ich hier angekommen und habe deshalb schnell gelernt, wie der Hase läuft. Es gibt nur einen Weg, um weiterzukommen: den Mund halten und tun, was nötig ist.«

»Das werde ich nicht«, sagte Sibell und richtete sich auf. Ostern war Logan wieder da, und dann würde alles anders sein. Jede Nacht schlief sie mit wunderschönen Träumen von Logan ein; er würde zurückkehren, sie in die Arme nehmen, und dann würden sie heiraten und glücklich werden …

Am Ende ihrer Geduld angelangt, holte Lena sie wieder zurück in die Gegenwart. »Miss Delahunty, so seien Sie doch vernünftig! Wohin wollen Sie gehen, wenn Sie dieses Haus verlassen?«

»Ich weiß nicht.« Sibell zuckte die Achseln.

»Haben Sie denn Geld?«

»Nein.«

»Um Himmels willen! Kennen Sie denn das Gesetz nicht? Dann wären Sie doch eine Stadtstreicherin und völlig mittellos. Dafür gibt es drei Monate Gefängnis. Sie würden vor den Magistrat geführt, Ihren Mr. Freeman. Und lassen Sie sich eines gesagt sein, ein Mann, der sich in seiner Ehre gekränkt fühlt, ist schlimmer als jede Frau …«

Sibell knirschte mit den Zähnen. »Das können sie mir nicht antun.«

»Dann versuchen Sie, Zeit zu gewinnen«, meinte Lena. »Sie dürfen nicht untergehen; also spielen Sie das Spiel mit. Vielleicht ergibt sich ja noch eine andere Lösung.«

Lächelnd blickte Sibell auf. »Sie haben recht; vielleicht ergibt sich ja noch etwas anderes.« Sie umarmte Lena. »Sie sind ein Schatz! Das mach ich, ich tu einfach so, als wäre ich einverstanden.« Lena stieß einen Seufzer aus. »Am Anfang kommen Sie damit wahrscheinlich noch durch, aber ich meine immer noch, dass Sie in den sauren Apfel beißen sollten. Dann werden alle in der Stadt vor Ihnen Respekt haben.«

»Das werden sie auf jeden Fall«, lachte Sibell. Sie war sich ihrer selbst sicher und vertraute auf Logan.

»Ihre Freundschaft bedeutet mir sehr viel, Miss Delahunty«, murmelte Ezra und fuhr sich mit dem Finger unter den gestärkten Kragen, um die eingeklemmten Fettwülste zu befreien, die sich zusehends röteten. Seit die Gilberts sich zurückgezogen und ihn seiner Mission überlassen hatten, fühlte er sich nicht gerade wohl in seiner Haut und rutschte unruhig herum. Sibell für ihren Teil hatte nicht die geringste Lust, ihm die Sache leichter zu machen.

»Wir beide haben viel gemeinsam durchgemacht«, fügte er hinzu. Gemeinsam war ja wohl nicht ganz richtig, dachte Sibell und starrte das sehr geschmeichelte Porträt von Percy Gilbert über dem Kamin an.

»Ich frage mich«, fing Ezra an, »ob ...« Er zog sein Taschentuch heraus und wischte sich den Schweiß von der Oberlippe. »Ob Sie vielleicht ...«

O nein, dachte Sibell. Zeit gewinnen würde wohl kaum möglich sein.

»Ob Sie vielleicht Lust haben, mich zum Rennen zu begleiten?«, platzte Ezra heraus. »Am nächsten Samstag. Ich bin Mitglied des Reitsportvereins, und ich versichere Ihnen, dass Sie sich amüsieren werden.«

»Aber selbstverständlich, Ezra. Ich würde sehr gern zum Pferderennen gehen. Da Mr. und Mrs. Gilbert bislang noch nicht daran gedacht haben, mich einzuladen, ist es mir ein ganz besonderes Vergnügen.«

»Großartig.« Er lächelte erleichtert und fasste wieder Mut. »Also abgemacht.« Er suchte etwas in seiner Westentasche. »Übrigens habe ich hier ein kleines Geschenk für Sie; nur einen Kettenanhänger, aber er war so hübsch, dass ich gleich an Sie gedacht habe.«

»Ein Geschenk! Ich liebe Geschenke!« Sibell klappte die rote Samtschatulle auf und betrachtete den Anhänger und die Kette. »Wie wunderschön! Ist er aus Gold?«

»O ja, und der Stein in der Mitte ist ein Rubin.«

»Ezra, er ist wunderbar«, jubelte Sibell und fragte sich dabei, wie viel das Schmuckstück wohl wert war. »Aber ich habe doch erst nächste Woche Geburtstag.«

»Sie haben Geburtstag? Oh, das wusste ich ja gar nicht.« Er strahlte. »Für Ihren Geburtstag müssen wir uns etwas ganz Besonderes ausdenken.«

»Du meine Güte, nein, das ist doch nicht nötig«, widersprach sie.

»O doch, meine Liebe, denn ich möchte, dass wir beide sehr gute Freunde werden.«

Sibell lief zum Spiegel, um sich die Kette umzuhängen. Wie schön wäre es gewesen, wenn er sich jetzt verabschiedet hätte! Aber er stand ganz dicht hinter ihr.

»Die Wahrheit ist«, sagte er, während er ihr Spiegelbild betrachtete, »dass ich bis über beide Ohren in Sie verliebt bin, meine Liebe. Ich möchte, dass Sie meine Frau werden.«

Sibell versuchte, Überraschung vorzuspiegeln. »Oh, Ezra, darauf wäre ich im Traum nicht gekommen.«

»Hat Percy nicht mit Ihnen über mich gesprochen?«, fragte er, wobei er ihr ins Genick schnaufte.

»Nein, hat er nicht.« Sie rutschte von ihm ab, aber Ezras Hände fuhren unbeholfen über ihren Körper und umfassten ihre Brüste.

»Nicht!«, rief sie aus und riss sich los. »Sie vergessen sich, Sir.«

»Oh«, meinte er mit zitternden Händen. »Vergeben Sie mir. Aber ich habe mit Percy gesprochen, und er hat uns seinen Segen gegeben. Ich muss eine Antwort haben: Wollen Sie mich heiraten?«

»Nun, ich werde darüber nachdenken, Ezra. Es ist ja so freundlich von Ihnen.« Sie flüchtete sich in einen Sessel.

»Sie werden nur das Beste vom Besten bekommen«, sprach er weiter. »Ich baue gerade ein prächtiges Haus am Fluss. Abgesehen von meinem Gehalt bin ich auch sonst vermögend. Die Frau, die mich heiratet«, fuhr er fort, wobei er mit ihr redete, als sei sie ein kleines Kind, »geht einer gesicherten Zukunft entgegen, das ist gewiss. Ich stehe nicht mit leeren Händen vor Ihnen.«

Am liebsten hätte Sibell ihn gegen das Schienbein getreten. »Sie sind zu großzügig«, erwiderte sie stattdessen.

»Ich frage mich«, meinte er, da ihm ihre Antwort offenbar nicht ungewöhnlich vorkam, »welche Entschädigung Sie von Lloyds bekommen haben. Wenn ich mich recht entsinne, reisten Ihre verstorbenen Eltern mit Dienstboten, Vieh und beträchtlichen Besitztümern und Möbeln.«

»Nicht zu vergessen das Geld«, fügte Sibell hinzu.

»Nun denn, hat Lloyds Sie angemessen entschädigt?«

Sibell war überrascht. »Ich wusste gar nicht, dass sie überhaupt etwas zahlen. Ich habe keine Ahnung.«

»Vielleicht weiß Percy ja Bescheid«, flüsterte er verschwörerisch, und Sibell verstand die Andeutung.

»Möglicherweise. Vielen Dank, Ezra. Ich werde mich erkundigen.«

»Das wäre ratsam, Miss Delahunty. Falls Lloyds wirklich noch nicht gezahlt haben sollte, kann ein Mann in meiner Stellung dafür sorgen, dass sie es tun.«

Daran hatte Sibell im Zusammenhang mit Ezra Freeman noch gar nicht gedacht, und sie war sich sicher, dass er ihr etwas sagen wollte. Hatte Percy die Versicherungssumme etwa für sich behalten? Oder wollte Ezra nur sichergehen, dass seine Angebetete nicht arm war wie eine Kirchenmaus?

»Ich verstehe nichts von diesen Dingen«, meinte sie leise. »Können Sie sich nicht für mich darum kümmern? Gewiss muss man den Schaden der Versicherung melden, doch ich wüsste gar nicht, wo ich anfangen soll. Ich brauche Ihren Rat.«

»Den sollen Sie bekommen, meine Liebe.«

Am Freitag war das Gericht geschlossen, weswegen Ezra Zeit hatte, Akten durchzusehen, langweilige Vorgänge unten in den Stapel zu schieben und sich mit der Hilfe seines Sekretärs um seine eigenen Geschäfte zu kümmern. Für gewöhnlich mochte er die Freitage am liebsten, weil sie ihm Gelegenheit boten, Verabredungen für das Wochenende zu treffen. Doch heute wurde er ständig gestört. Zuerst musste er eine ganze Horde Bittsteller abwimmeln, was nicht ohne eine lautstarke Auseinandersetzung abging, als Ezra den Leuten zu erklären versuchte, dass sie kein Recht hatten, einen Magistrat zu belästigen, und dass sie mit ihrer Anwesenheit gegen das Gesetz verstießen.

»Diese Leute haben keinerlei Vorstellung davon, was Gerichtsbarkeit bedeutet«, meinte er zu Pastor Whitney, der geduldig in seinem Büro wartete. »Nicht die geringste. Und was kann ich für Sie tun, Sir?«

»Mr. Freeman, ich möchte mit Ihnen über die Schwarzen sprechen.«

»Ach ja?« Ezra zündete sich eine Pfeife an. Auch diesen Besucher würde er so rasch wie möglich abfertigen. Die Schwarzen fielen nicht in seinen Zuständigkeitsbereich, und er hatte keine Lust, sich in diese Streitereien hineinziehen zu lassen.

»Wir sammeln Unterschriften, um die Schwarzen aus den Stadtgrenzen von Perth auszuweisen, und wollen auch den Gouverneur zwingen, uns anzuhören. Wir brauchen Ihre Unterstützung.« Er zog ein Blatt Papier aus der Tasche, auf dem eine

Reihe Namen standen. »Sonntagabend haben wir eine Zusammenkunft, und jemand hat Ihren Namen vorgeschlagen ... Sie werden die Ehre haben, die Sitzung zu leiten.«

»Da haben Sie sich verrechnet«, sagte Ezra ruhig.

»Wie bitte?«

»Sie haben mich sehr gut verstanden, Pastor. Sie haben nicht die geringste Aussicht, den Gouverneur für Ihre Sache zu gewinnen. Schließlich gibt es schon genug Ärger mit den Schwarzen, und wir sollten keinen neuen herausfordern.«

»Ärger. Ja darum geht es uns doch! Diese Schwarzen sind schmutzig, eine Horde Diebe ...«

»Mit den Dieben befassen sich die Gerichte.«

»Mr. Freeman, Sie wissen doch, was draußen im Busch vor sich geht. Niemand ist vor diesen Mörderbanden sicher ...«

»Wir haben Soldaten, um sie niederzuhalten.«

»Und die uns ohne Schutz hier zurücklassen. Bald werden die Schwarzen hier in Perth in der Überzahl sein, sie werden uns überrennen, und wir sind ihnen dann auf Gedeih und Verderb ausgeliefert. Und Gott weiß, was dann mit unseren Frauen geschieht.« Die blassblauen Augen traten ihm fast aus den Höhlen, und seine Koteletten zitterten.

»Ich glaube, unsere Frauen sind ausreichend geschützt«, nuschelte Ezra ungeduldig, fing an, in seinen Akten zu wühlen, und hoffte, dass Whitney den Hinweis verstehen würde. Er warf einen Blick auf den Pastor. Aber natürlich! Ezra liebte Klatsch, und er hatte ein paar saftige Geschichten über diesen Burschen gehört. Die Nachbarn berichteten, dass Whitney seine Frau schlug. Oft rannte sie schreiend im Nachthemd aus dem Haus und suchte bei ihnen Schutz. Er lächelte. »Mir kommt es vor«, sagte er, »dass manche Frauen aus unserem Bekanntenkreis bei den Schwarzen besser aufgehoben wären als bei ihren eigenen Ehemännern. Oder was meinen Sie dazu?«

Sobald er den Pastor losgeworden war, stand schon der nächste Besucher auf der Schwelle. Kein Geringerer als Colonel Puckering, der Kommandant des hiesigen Regiments und enger Freund des Gouverneurs.

Ezra sprang auf und bedauerte, dass er seine Stiefel gegen Pantoffeln ausgetauscht hatte, um seine Füße vor dem kalten

Steinfußboden zu schützen. »Kommen Sie doch herein, Colonel«, rief er, wobei er hinter seinem Schreibtisch stehen blieb. »Nehmen Sie Platz. Möchten Sie vielleicht eine Tasse Kaffee? Oder Tee?«

»Nein, danke; keine Zeit heute. Nur ein Blitzbesuch. Was wollte denn dieser Pfaffe?«

»Nichts Besonderes. Er war nur hier, um mit mir über die Schwarzen zu sprechen.«

»In der Tat! Nun, womöglich ist er mir zuvorgekommen. Ich möchte Sie nur warnen, Sir. Nicht, dass ich Ihnen Vorschriften machen will. Aber gewiss werden Sie Verständnis für mein Anliegen haben. Ich habe nur eine Bitte.« Er marschierte durchs Zimmer und rückte ein Porträt der Königin gerade. »Es geht um die Schwarzen. Ich muss Sie bitten, es mit den Auspeitschungen weniger streng zu nehmen. Wissen Sie, es nützt nicht viel, die armen Schweine zu prügeln. Führt nur dazu, dass die anderen unruhig werden.«

»Mein lieber Colonel!« Ezra war verwirrt. »Gerade musste ich mich mit diesem Pastor Whitney herumstreiten. Er möchte, dass ich den Vorsitz einer Bürgervereinigung übernehme, die alle Schwarzen aus Perth vertreiben will.«

»Verrückte, alles nur Verrückte! Übergeschnappt! Ich hoffe, Sie haben ihm den Kopf geradegerückt.«

»Genau das versuche ich Ihnen ja zu erklären. Erst kommt der Pastor und verlangt mehr Härte gegen die Schwarzen, und dann tauchen Sie auf und sagen, ich sei zu streng.«

»Schaffen Sie nur die Auspeitschungen ab …«

»Aber, Colonel, einige dieser Schwarzen tragen die Nase einfach zu hoch. Einer von den Wilden hat mir sogar im Gerichtssaal widersprochen. Wissen Sie, was er zu mir gesagt hat? ›Das ist unser Land, nicht eures.‹ So was habe ich ja mein Lebtag noch nicht gehört, und ich konnte es unmöglich durchgehen lassen. Einige Peitschenhiebe haben ihn rasch gelehrt, wem dieses Land gehört.«

»Sie missverstehen mich, alter Junge. Obwohl ich nicht behaupten kann, dass der Bursche unrecht hatte. Aber meine Männer müssen hier für Ruhe und Ordnung sorgen, und diese Auspeitschungen machen uns nichts als Schwierigkeiten.«

»Und was soll ich stattdessen tun?«, knurrte Ezra. »Der Gefängnisdirektor will sie nicht in seinem Gefängnis unterbringen; wir haben ja schon zu viele weiße Sträflinge, dass wir zehnmal so viele Zellen füllen könnten.«

Der Colonel lachte. »Warum schaffen wir unsere Sträflinge nicht nach England? Das wäre doch ein gerechter Tausch! Aber hören Sie auf meinen Rat, Freeman. Der Gouverneur wäre erfreut.«

Als Ezra im Palast Hotel ankam, wo er mit Percy Gilbert zu Mittag essen wollte, hatte ihn das ganze Durcheinander in üble Laune versetzt. Und außerdem hatte er genug von Percys Hinhaltemanövern. Also kam er schon vor der Suppe ohne Umschweife zur Sache. »Ein Vöglein hat mir zugezwitschert, dass Miss Delahunty von der Lloyds-Versicherung eine ansehnliche Summe bekommen hat.«

»Sie haben ihr ein paar hundert Pfund bezahlt«, gab Percy zu.

»Ich hörte, der Betrag bewege sich eher in der Nähe von …« Ezra machte eine Pause und genoss, wie sich sein Gegenüber wand, »elfhundertundneun Pfund, acht Shilling und neuneinhalb Pence.« Er schüttelte seine Serviette aus. »Also hat meine Verlobte jetzt eine Mitgift.«

»Offenbar ist Ihnen nicht klar, Ezra, was der Unterhalt dieses Mädchens kostet. Unterkunft, Essen, Kleider – in dieser Hinsicht stellt sie ziemlich hohe Ansprüche. Es ist fast nichts mehr übrig.«

»Ich war bislang unter dem Eindruck, dass sie überhaupt kein Geld hat.«

»Guter Gott. Wer würde denn einem Mädchen in ihrem Alter Geld in die Hand geben? Ich habe es für sie verwaltet.«

»Dann hätten Sie ihr das auch mitteilen müssen«, meinte Ezra freundlich. »Miss Delahunty hat mich gebeten, mich von jetzt ab um ihre Angelegenheiten zu kümmern. Sie müssen jetzt nur noch eine Liste Ihrer Ausgaben aufstellen, die ziehen wir dann von dem Versicherungsgeld ab, und der Rest gehört ihr.«

Percy versuchte, Zeit zu gewinnen. »Das könnte schwierig werden …«

»Sie kommen schon damit zurecht. Wenn nötig, können Sie sich gern an meinen Sekretär wenden. Unterkunft und Essen dürften nicht mehr als zwei Pfund und Sixpence die Woche kosten, denn schließlich bewohnte sie nur ein unbenutztes Zimmer und will es nicht kaufen.« Er genoss Percys Verlegenheit, die ihn für den unangenehmen Vormittag entschädigte. Denn Ezra dämmerte gerade, dass er von Colonel Puckering gemaßregelt worden war, und bei diesem Gedanken stieg ihm die Zornesröte ins Gesicht. »Sie können die Differenz auf mein Konto einzahlen, wo das Geld sicher sein wird«, wies er Percy an, der vor Wut kochte. »Ich war gerade im Begriff, ein Konto für Miss Delahunty zu eröffnen, da sie schließlich noch minderjährig ist«, widersprach dieser.

»Oh, das wird nicht nötig sein. Am besten geben Sie ihr gleich das Bargeld, Percy. Sie braucht es für ihr Hochzeitskleid und ihre Aussteuer. Das arme Mädchen hat ja nicht einmal eine Wäschetruhe. Für unser neues Heim muss sie einiges an Bett- und Tischwäsche anschaffen. Ich werde sie beim Einkauf beraten.«

Colonel Puckering schlenderte mit seinem Freund, Gouverneur Ord, durch den Garten des Gouverneurssitzes. Vom Meer drang eine sanfte Nachmittagsbrise hinüber, die im Hochsommer so willkommen war. Deswegen konnten die beiden Männer rascher ausschreiten.

»Hier ist das die schönste Jahreszeit«, meinte Gouverneur Ord, »so kurz vor Herbstanfang. Wunderschönes Wetter!«

Puckering schwieg, da ihn Gespräche über das Wetter langweilten; besonders hier in Perth, denn er war der Ansicht, dass das feuchtheiße Klima zu der laschen Einstellung der Einwohner und auch seiner Männer beitrug. Seiner Meinung nach hätte es eines ordentlichen Schneesturms bedurft, um sie alle aufzurütteln. Ein weiteres Anzeichen für die Faulheit der Bevölkerung war die große Liebe zum Park in der Stadt. Ein schöner Park, wie er zugeben musste, Tausende von Hektar nur dazu gedacht, um die hübschen Blumen, die in den Kolonien massenhaft wuchsen, für immer zu bewahren. Aber auf einem Kontinent, wo Land so im Überfluss vorhanden war, hätte man sich nach Colonel Puckerings Dafürhalten um wichtigere Dinge kümmern sollen.

»Es heißt«, meinte Ord, »dass man den Park von Kings Park in

Forrest Park umbenennen will, da er von John Forrest eingerichtet wurde. Was halten Sie davon?«

Der Colonel seufzte. Wie der Park hieß, war ihm völlig gleichgültig. Unvermittelt wechselte er deshalb das Thema. »Ich habe mit dem obersten Magistrat über die Auspeitschungen gesprochen – über die Prügelstrafe für Schwarze – und ihm gesagt, er solle sie abschaffen. Es macht die Lage nur noch schlimmer. Allerdings ist wahrscheinlich noch ein Wort von Ihnen nötig, Sir.«

»Gewiss.« Der Gouverneur blieb stehen und zeigte mit seinem Spazierstock. »Ich habe daran gedacht, hier einen Pavillon aufzustellen. Eine wunderbare Aussicht, finden Sie nicht?«

»Doch«, erwiderte Puckering. »Einer der Schwarzen hat mir einen Besuch abgestattet. Ein eigenartiger Bursche. Zum erstenmal, dass einer von denen freiwillig zu mir gekommen ist. Heißt Jimmy Moon. Kennen Sie ihn?«

»Nie gehört.«

»Der Bursche hat sich sogar vorher einen Termin geben lassen. Das allein hat mich schon aufmerksam gemacht. Wollte mit mir über sein Volk reden.«

»Über die Auspeitschungen?«

»Nein, über die wilden Schwarzen. Wirklich ein netter Bursche und sprach auch recht passables Englisch. Hat mir erzählt, dass die Weißen draußen im Busch immer noch auf Schwarzenjagd gehen und ganze Familien abknallen. Kann das stimmen?« Da sich Puckering erst seit sechs Monaten in der Kolonie aufhielt, hatte er noch Schwierigkeiten, den Wahrheitsgehalt solcher Behauptungen zu ermitteln.

»Obwohl es abscheulich klingt, halte ich es für durchaus möglich. Aber diese Dinge geschehen im Verborgenen. Was ihre eigenen Umtriebe anbelangt, schweigen die Squatter wie ein Grab, aber andererseits überhäufen sie mich mit Klagen über die Untaten, die die Schwarzen angeblich begangen haben sollen.«

»Diesen Gesichtspunkt habe ich auch Moon gegenüber angesprochen, und er erzählte mir, dass die Stämme einfach nicht begreifen, wie Weiße dazu kommen, ihr Land zu betreten. Er sagt, dass sie vor lauter Weißen gar nicht mehr wissen, wohin.«

Der Gouverneur zuckte die Achseln. »Das ist wahr genug. Ich begreife nicht, warum diese Leute nicht sein können wie die Inder, die die Briten anerkennen.«

»Die Inder?«, höhnte Puckering. »Ich habe einige Narben davongetragen, die beweisen, dass die Inder so ruhig nun auch nicht waren.«

»Selbstverständlich.« Der Gouverneur legte Puckering eine Hand auf die Schulter. »Und Sie haben in Indien Ihre Frau verloren. Dieses entsetzliche Fieber. Haben Sie sich inzwischen hier eingelebt? Es muss ein schrecklicher Schlag für Sie gewesen sein. Beth war noch so jung.«

»Ich komme schon zurecht«, antwortete Puckering abweisend. »Ich habe mir nur gedacht, dass ich diesen Burschen als Vermittler benutzen könnte, um den Frieden zu bewahren. Ein fähiger Offizier soll ihn mit ein paar Männern begleiten und herausfinden, was da draußen vor sich geht. Sie sollen sich mit beiden Seiten unterhalten und Öl auf die Wogen gießen, wenn man so sagen kann.«

»Hat er einen Schwarzen namens Marradong erwähnt? Jedes Mal, wenn es Ärger mit den Schwarzen gibt, taucht in letzter Zeit dieser Name auf.«

»Ha! Ich habe selbst schon von Marradong gehört. Habe diesen Moon geradeheraus nach ihm gefragt und gesagt, welchen schlechten Ruf dieser Häuptling Marradong hat. Doch der Bursche hat nur gelacht. Hat gemeint, einen Mann dieses Namens gebe es nicht.«

»Er lügt. Sie alle lügen, wenn es um diesen Kerl geht. Ich befürchte, dieser Moon wird Ihnen keine große Hilfe sein. Vielleicht ist es sogar eine Falle.«

»Aber er sagt, Marradong sei nur ein Phantom, eine Erfindung der Eingeborenen.«

»In meinen Augen ist er kein Witz«, widersprach Ord. »Laden Sie diesen Moon noch einmal vor, und verhören Sie ihn.«

»Das kann ich nicht«, antwortete Puckering erleichtert. Jimmy Moon hatte ihm gefallen, und er hielt den Schwarzen für zuverlässig, denn er hatte einen klaren Blick und sah einem geradewegs in die Augen. Er hätte wetten können, dass Moon die Wahrheit sagte. »Er ist mit Logan Conal und seinen Männern losgezogen, um den Norden zu vermessen. Ich hatte vor, unsere Bekanntschaft nach seiner Rückkehr wieder aufzufrischen.«

»Dann unterhalten Sie sich auch mit Conal, wenn er wieder da ist. Bis dahin weiß er bestimmt mehr über Ihren Mann.«

Soweit es den Gouverneur betraf, war das Thema abgeschlossen, doch Puckering schwor sich insgeheim, dass keiner seiner Männer losgeschickt werden würde, um diesen Marradong zu suchen, der einem immer wieder durch die Finger schlüpfte und den es wahrscheinlich überhaupt nicht gab.

Puckering vermisste seine Frau, und da mit seinem Posten gesellschaftliche Verpflichtungen einhergingen, spürte er den Verlust noch deutlicher. Er war ein Bürohengst geworden, was ihm nach all den Jahren im aktiven Militärdienst gar nicht gefiel. In dieser seltsamen kleinen Stadt fühlte er sich unwohl, und seine Männer verrichteten die Arbeit von Polizisten. Deshalb dachte der Colonel ernsthaft an den Ruhestand.

Für Sibell Delahunty teilte sich ihr Dasein in die Zeit vorher und die Zeit nachher auf – wie Vormittag und Nachmittag. Damals in England – am Vormittag ihres Lebens also – waren ihre Tage fröhlich und überaus glücklich gewesen. Zwar gab es keine prunkvollen Geschenke, dafür aber kleine Dinge, die ihr Herz erfreuten. An einem dieser Tage war sie, wie sie sich erinnerte, auf ein Feld voller saftiger Pilze gestoßen, später hatte sie zu ihrer Überraschung erfahren, dass sie Klassenbeste geworden war, und bei ihrer Rückkehr hatte sie zu Hause ein neues Paar Schuhe vorgefunden. Diese schönen Tage standen in krassem Gegensatz zu der trübsinnigen Stimmung im Haus der Gilberts. Seit sie dort wohnte, konnte sie sich an keine einzige Gelegenheit erinnern, bei der ein kleiner Funke Freude ihren Tag erhellt hätte. Bis heute.

Zuerst war ein Brief von Josie Cambray eingetroffen. Josie schrieb, Logan und seine Begleiter hätten sie auf der Farm besucht, und teilte mit, die Gruppe sei durch Stürme und Überschwemmungen aufgehalten worden. Aber Sibell überflog diesen Teil nur. Immer wieder las sie die Stelle, an der Logan seine Grüße ausrichten und fragen ließ, ob es ihr auch gut gehe.

Logan. Allein in ihrem Zimmer gestattete sie sich, von ihm zu träumen. Zwar konnte er ihr nicht seine Liebesgrüße schicken, aber sie wusste, dass er genau das gemeint hatte. Logan, seine leuchtenden Augen und sein spitzbübisches Lächeln. Sie seufzte. Es würde eine Ewigkeit dauern, bis er zurückkam, und dieser Sturm hatte seine Abwesenheit wahrscheinlich noch um einige Tage verlängert.

Aber Josie wusste noch mehr zu berichten. Sibell lächelte. Unter anderen Umständen hätte sie sofort die Gelegenheit beim Schopfe gepackt, um aus Perth zu entkommen. Offenbar hatte Josie eine Freundin, eine Mrs. Charlotte Hamilton, die ein Hotel in Palmerston im Northern Territory besaß. Josie hatte sich die Freiheit genommen, dieser Mrs. Hamilton von Sibells augenblicklicher unglücklicher Lage zu erzählen, wofür sie sich bei Sibell entschuldigte. Mrs. Hamilton hatte prompt geantwortet. Da ihre Augen immer schlechter würden, brauchte sie eine gebildete junge Dame als Gesellschafterin, und sie bot Sibell eine Stellung an.

Josie drängte Sibell, diese Gelegenheit beim Schopfe zu packen. »Mrs. Hamilton«, so schrieb sie, »ist eine freundliche Dame mit Sinn für Humor. Außerdem hat die Familie große Besitzungen und scheint recht wohlhabend zu sein. Und Mrs. Hamilton besteht darauf, Ihnen ein Gehalt zu zahlen und Ihnen auch eine eigene Wohnung zu stellen. Zudem will sie für Ihre Reise nach Port Darwin aufkommen, die Sie mit dem Schiff machen müssen …«

Mit Schrecken las Sibell diese Zeilen. Wieder auf ein Schiff? Sie bezweifelte, dass sie den Mut besitzen würde, sich je wieder an Bord eines Schiffes zu wagen. Obwohl das jetzt sowieso keine Rolle mehr spielte. Es war nett von Mrs. Hamilton, sie einzuladen, aber sie konnte das Angebot nicht annehmen. Schließlich wartete sie ja auf Logans Rückkehr. Auf Logan, den sie mit jedem Tag mehr liebte, und sie war sich sicher, dass der alte Spruch »Liebe wächst mit der Entfernung« wirklich zutraf. Sie glaubte fest daran, dass er ebenso empfand. Ezras Liebeswerben hingegen nahm sie nicht ernst; sie wiegte ihn nur in dem Glauben, dass sie ihn heiraten würde, damit die Gilberts sie nicht länger plagten. Wie konnten sie allen Ernstes annehmen, sie würde

Ezra auch nur im Entferntesten als Gatten in Erwägung ziehen? Wenigstens kam sie so viel herum. Ezra ging mit ihr zu Einladungen und führte ihr zu jeder Gelegenheit sein Haus vor, das inzwischen fast fertig war. Es handelte sich um eine scheußliche und geschmacklose Villa im Tudorstil, die die weite Biegung des Swan überblickte und, wenigstens ihrer Meinung nach, überhaupt nicht in die Landschaft passte. Doch sie besichtigte höflich das Gebäude und bestätigte ihm, wie wunderschön sie es fände.

An diesem Morgen rief Percy sie in sein Arbeitszimmer und überreichte ihr hundert Pfund. In bar! Sibell war entgeistert und ganz aus dem Häuschen: Noch nie zuvor hatte sie so viel Geld besessen.

»Ich gebe dir dieses Geld, damit du deine Aussteuer und weitere Dinge kaufen kannst, die Damen so brauchen«, teilte Percy ihr mit. »Und hier ist eine Liste, die Margot zusammengestellt hat.«

Sibell warf einen Blick darauf: Tischdecken, Servietten, Handtücher, Bettwäsche. Argwöhnisch sah sie Percy an. »Warum gibst du mir das Geld, damit ich sein Haus einrichte? Ist das die Grundausstattung, die ich auf Ezras Wunsch mit in die Ehe bringen soll?«

»Ganz richtig«, antwortete Percy. »Schließlich kannst du nicht ohne Aussteuertruhe heiraten, und deshalb wollen Margot und ich dir helfen.«

»Papperlapapp!«, rief Sibell aus. »Das ist mein Geld. Ich wette, du hast es von der Versicherung bekommen.«

»Ich bin dein Vormund«, erklärte Percy ruhig. »Wie schäbig von dir, meine Großzügigkeit infrage zu stellen. Ich hätte dir das Geld nicht geben müssen.«

»Nur dass Ezra darauf bestanden hat«, widersprach Sibell.

Percy achtete nicht auf diese Bemerkung. »Margot wird mit dir in die Stadt fahren und dir helfen, die Wäsche auszusuchen.«

»Ich erledige meine Einkäufe lieber selbst.«

Mit dem Geld sicher in ihrer Handtasche verstaut, fuhr Sibell mit dem Zweispänner in die Stadt und wies den Kutscher an, vor dem Stoffladen zu halten. Sie rauschte hinein und – zur Überraschung aller, die sich gerade im Geschäft befanden – zur

Hintertür wieder hinaus. Dann ging sie geradewegs zur Commercial Bank.

In der Bank füllte sie die notwendigen Formulare aus, auf denen sie ihr Alter mit einundzwanzig angab, und hinterlegte die gesamten hundert Pfund auf einem Konto.

Nun habe ich eine Aussteuer, wenn ich Logan heirate, sagte sie sich vergnügt.

Drittes Kapitel

Der Fluss tobte; aufgewühlt von den Mondstürmen, die in einem letzten Aufbäumen über die Erde peitschten, ehe sie sich in den Norden zurückzogen und das Land dem langen, sengend heißen Sommer überließen. Auch Jimmy wusste, dass die Sturmgeister sich nicht einfach in Luft auflösten. Sie zogen sich nur mit ihrem Besitz – dem Donner und den feurigen Blitzen – in jenes Land zurück, das, wie es hieß, näher an der großen Sonne lag. Dort oben, so hatte Jimmy gehört, verbündeten sich die mächtigen Regenmänner mit den Sturmgeistern und rasten, begleitet von sintflutartigen Regenfällen, über die Erde, bis sich Wüsten in Seen und Flüsse in Ozeane verwandelten. Jene Geschichten hatten in Jimmy Moon die Sehnsucht geweckt, diese Wunder mit eigenen Augen zu sehen und bis ans Ende seines Landes zu reisen, andere Stämme kennenzulernen und ihre Sprache, ihre Legenden zu hören.

Deswegen war er auch seiner Mutter zu den weißen Männern gefolgt. Die Menschen sagten, dass andere Stämme in fernen Ländern verschiedene Sprachen sprachen, doch Jimmys Selbstvertrauen war gewachsen, da er das Englische inzwischen so gut beherrschte. Also würde er es auch anderswo schaffen, sich verständlich zu machen. Außerdem kannten alle Stämme Zeichensprachen, die sicherlich verstanden würden. Eines Tages würde er fortgehen.

Allerdings kauerte er im Augenblick am Ufer und sah zu, wie Logan und seine Männer ihre Vorräte trockneten. Die Fähre war auf der zweiten Fahrt über den reißenden Fluss gekentert, sodass die Männer und die Pferde ins tosende Wasser gestürzt waren. Glücklicherweise hatten alle das rettende Ufer erreicht, doch sie hatten einen Tag verloren, da sie die Fähre mühsam mit Seilwinden und Muskelkraft aufrichten mussten. Jimmy wunderte sich über den Einfallsreichtum dieser weißen Männer und auch über ihre Entschlossenheit, die Fähre zu retten, die er schon verloren geglaubt hatte. Und da es im Moment gerade einmal nicht regnete, arbeiteten die Weißen nun neben ihren Feuern, trockneten Decken und Kleidungsstücke und überprüften ihre schlammverkrusteten Werkzeuge.

Jimmy konnte nicht genau sagen, warum er sich darauf eingelassen hatte, die Expedition durch das Land zu führen. Wahrscheinlich lag das an seiner Schwäche für Logan. Da er Logan und Missibel aus der Wildnis gerettet hatte, fühlte er sich nun für sie verantwortlich, und er hatte versucht, Logan klarzumachen, dass dieser Marsch ins Hinterland ein waghalsiges Unterfangen war. Doch seine Warnungen stießen bei den weißen Männern offenbar auf taube Ohren, nur nicht bei Charlie, dem zweiten Anführer, und der nahm alles von der komischen Seite.

Nah-keenah war aber ganz bestimmt kein Witz, das wusste Jimmy genau. Nachdem er an den Rand seines Gebiets zurückgedrängt worden war, hatte er keine Wahl mehr. Er konnte nur noch kämpfen oder sich gesenkten Hauptes ins Gebiet der Juat zurückziehen und diese bitten, bleiben zu dürfen. Warum wollten die Weißen das nicht einsehen? Denn die Juats würden sicher nicht erfreut sein, wenn sie ihre Jagdgründe mit einem anderen Stamm teilen mussten.

Je länger Jimmy darüber nachdachte, desto klarer wurde ihm, dass die Juats als nächste an der Reihe sein würden, und danach auch all die anderen Stämme, wenn die Weißen, die sich ausbreiteten wie Unkraut im Garten, bis zu ihnen vordrangen. Vielleicht hatte seine Mutter ja recht, denn inzwischen war ihr alles einerlei. »Mit der Familie ist es aus«, hatte sie ihm gesagt. »Das schwarze Volk stirbt jetzt. Der weiße Mann hat uns unsere Traumzeit gestohlen.«

In seiner Verzweiflung hatte er den Namen des obersten Soldaten herausgefunden und war zu ihm gegangen, um diese schreckliche Lage mit ihm zu besprechen. Zwar hatte man ihn freundlich empfangen, aber er war mit Kummer im Herzen wieder fortgegangen. Zu seinem Entsetzen hatte er feststellen müssen, dass selbst ein großer weißer Anführer wie dieser Mann nichts tun konnte, um die Eindringlinge aufzuhalten. Und was noch schlimmer war, er wusste auch keine Lösung.

Als er seiner Mutter und ihren Freundinnen erzählte, dass er am Vormittag bei Colonel Puckering gewesen war, hatten diese nur gelacht, bis ihnen die Bäuche wehtaten. »Colonel Puckering? Wenn man schon so dämlich heißt! Du bist ein ganz schöner Trottel. Die weißen Männer werden uns niemals helfen.«

»Lieber bringen sie uns alle um«, mischte sich eine andere ein.

»Und dann kommen unsere Krieger und rächen sich«, höhnte eine Frau.

Jimmys Mutter nahm einen großen Schluck von dem starken wasserklaren Getränk, das ein weißer Mann ihr gegeben hatte. »Im Busch heißt es jetzt töten oder getötet werden. Kommt darauf an, wer zuerst zuschlägt. Hier ist's sicherer.«

Sicherer? Kopfschüttelnd ging Jimmy davon. Diese Menschen waren Heimatlose, nachdem man ihnen das Land, das sie ernährte, weggenommen hatte. Nun wussten sie nicht, was sie tun oder wohin sie gehen sollten, saßen nur in Grüppchen niedergeschlagen am Flussufer herum und warteten, bis der Tod sie erlöste. Aber gleichzeitig fürchteten sie sich vor dem Sterben, denn die Stätten ihrer Geister waren verloren. Wenn die Traumzeit kam, würden sie ihre Geister nie wiederfinden und für immer in der Finsternis umherirren. Jimmy wusste, dass sie verzweifelter waren, als der weiße Mann sich jemals hätte vorstellen können, und wenn sie lachten, standen ihnen gleichzeitig Tränen in den Augen.

Einmal hatte er die Stätte seines Geistes besucht, die einst ein Weidegrund für Emus gewesen war. Nun stand dort eine große Farm. Selbst die Emus hatte man verjagt. Jimmy selbst gehörte zum Clan der Emus, und er hatte eine Feder gefunden, die er sorgfältig aufbewahrte, und auch einen Stein, der ihn schützte und ihm half, seinen Geist bei sich zu behalten. Beides, die Feder und der Stein, befand sich in einem kleinen Beutel, der um seinen Hals hing; es waren heilige, geheime Gegenstände, die zusammen einen starken Zauber ausübten.

»Morgen brechen wir auf zur Cambray-Farm«, sagte Logan zu ihm. »Und von dort aus reiten wir weiter nach Norden.«

»Es wird ein Sturm kommen«, meinte Jimmy. »Die Missus hat Glück, dass sie ein hohes Haus hat. Viel Wasser kommt den Hügel hinab.«

»Eine Flut?«

»Ja. Viel besser, wenn wir dort wegbleiben.«

»Ich muss es wagen«, antwortete Logan. »Ich will Farmer Cambray die Vorräte ersetzen, die du Nah-keenah geben musstest.«

»Das bisschen Essen«, erwiderte Jimmy, »ist doch nicht weiter wichtig.« Aber Logan hörte gar nicht zu.

Allerdings wünschte Logan in der folgenden Nacht, er hätte auf Jimmy gehört. Bereits mittags mussten sie gegen schwere Regenfälle ankämpfen, und die Pfade, die sich in Schlammsuhlen verwandelt hatten, hinderten sie am Vorwärtskommen. Der Sturm pfiff ihnen um die Ohren, die Pferde mühten sich unter schrillem Wiehern, sicheren Boden unter die Füße zu bekommen. Daher war es schon tiefe Nacht, als die sechs Männer, ihre zwei Ersatzpferde und die beiden Lasttiere endlich das Haus erreichten.

Doch da erschollen plötzlich Schüsse. Charlies Pferd bäumte sich auf. »Was, zum Teufel, soll das?«, brüllte er. »Ich dachte, diese Leute wären deine Freunde, Logan!«

»Wer da?«, dröhnte da eine Stimme. Jack Cambrays Gestalt erschien vor ihnen in der Dunkelheit.

»Ich bin's, Logan Conal«, rief dieser. »Alles in Ordnung, Jack.«

Cambray, der in schweres Ölzeug gehüllt war, trat einen Schritt vor. »Was wollen Sie?«

»Erinnern Sie sich nicht mehr an mich?«, fragte Conal.

Jack ließ sich davon nicht beeindrucken. »Das schon. Aber wer sind die anderen Burschen?«

Da schwang sich Jimmy Moon mit einem Lachen vom Pferd. »Die sind keine Buschräuber, Boss.«

»Jesus Christus! Du bist es, Moon. Ist allmählich Zeit, dass du dich wieder blicken lässt.«

Charlie, der bis auf die Haut durchnässt war, hatte keine große Lust, Konversation zu betreiben. »Können wir bei Ihnen unterkommen, Sir? Wir sind auf dem Weg in den Norden.«

Cambray überlegte einen Augenblick und wandte sich schließlich an Jimmy. »Zeig ihnen die Scheune.« Dann machte er auf dem Absatz kehrt und verschwand zwischen den tropfnassen Bäumen.

Jimmy grinste. »Der Boss mag keinen Besuch.«

»Das merkt man«, gab Logan zurück und folgte Jimmy hinters Haus, wo sich die warme, trockene Scheune befand.

Mit Jimmys Hilfe kümmerten sich die beiden Sträflinge Len und Alex um die zitternden Pferde, während Charlie noch eine Laterne anzündete und die Scheune in Augenschein nahm. »Hier steht Futter«, meinte er zu Logan. »Glaubst du, dein Freund hat etwas dagegen, wenn wir den Pferden was zu fressen geben?«

»Ich bezahl es ihm später«, antwortete Logan missmutig. »Du fütterst sie, und ich geh zum Haus hinauf und schau mal, was sich tut.«

Als er gerade an die Tür klopfen wollte, ging sie schon auf, und Josie trat, in einen schweren Mantel und Schal gehüllt, hinaus. »Ach, Sie sind es, Logan! Ich wollte gerade nach unseren Besuchern sehen. Kommen Sie schnell herein, sonst ertrinken Sie noch hier draußen.«

Er trat in die ihm wohlbekannte Küche. »Hat Jack Ihnen nicht gesagt, dass wir hier sind?«

»Oh … nun«, sie geriet ein wenig ins Stottern. »Jack ist gern die ganze Nacht draußen …«

»Bei diesem Wetter?«

Sie schob den großen schwarzen Kessel in die Mitte des Herdes, wobei sie ihm den Rücken zudrehte. »Schließlich muss er nach dem Rechten sehen. Man weiß ja nie, wer sich hier herumtreibt.« Dann wandte sie sich wieder zu ihm um. »Was machen Sie denn hier draußen?«

Logan hatte sich inzwischen erinnert, dass Cambray abends gern einen über den Durst trank und sich dazu hinter den Wassertank zurückzog. Diese Angewohnheit seines Gastgebers war ihm ganz entfallen, und nun tat es ihm leid, dass er Josie in Verlegenheit gebracht hatte. Also erzählte er ihr alles über seine Expedition.

»Ich mache Ihren Freunden etwas zu essen«, sagte sie. »Ich habe noch einen guten Eintopf da, der wird sie ein wenig aufwärmen. Was für eine Nacht, um draußen unterwegs zu sein.«

»Übrigens«, meinte Logan, »wir haben Jimmy Moon dabei. Er ist unser Führer.«

»Das kann er bestimmt sehr gut«, sagte sie mit einem Lächeln. »Er ist ein anständiger Kerl, aber Jack wird enttäuscht sein. Auch wenn er es nie zugeben würde, freut er sich immer, Jimmy zu sehen. Außerdem hilft Jimmy ihm bei den schweren Arbeiten.«

Logan mochte Josie. Sie hatte klare, scharf geschnittene Gesichtszüge, die durch die kastanienbraunen Wellen, die geschickt oben auf dem Kopf zu einem Knoten geschlungen waren, weicher wirkten. Während sie sprach, arbeitete sie weiter und deckte rasch ein hölzernes Tablett für die Männer. Logan fragte sich, wie sie wohl ein Leben an der Seite eines Sonderlings wie Jack Cambray aushielt. Außerdem stellte er fest, dass sie eine Wespentaille hatte, um die sie jede Dame der Gesellschaft beneidet hätte.

Während die Männer noch ihr Abendessen verzehrten, kam Jack Cambray in die Scheune gestürmt. Ängstlich erklärte ihm Josie, dass sie für die Männer noch ein paar Essensreste aufgewärmt hatte.

»Wir bezahlen für die Mahlzeit und das Pferdefutter«, ergänzte Logan freundlich. »Außerdem will ich Ihnen die Lebensmittel ersetzen, mit denen Sie mich und Miss Delahunty von den Eingeborenen freigekauft haben.«

Stirnrunzelnd sah Jack an ihm vorbei. »Drei Pfund sind genug.«

»Ich hatte eigentlich an mehr gedacht«, bot Logan an, aber der Farmer lehnte ab. »Drei Quid, Sir. Geben Sie der Frau das Geld.« Dann durchmaß er seine Scheune mit langen Schritten, hängte eine Laterne, die zu nah an einem Heuhaufen stand, an einen anderen Haken, stellte einen Rechen an seinen Platz und ging zur Hintertür hinaus.

Logan begleitete Josie zurück zum Haus und setzte sich zu ihr in die Küche. Er hatte sich den Vorwand zurechtgelegt, dass er mit ihr warten wollte, bis ihr Mann zurückkam, aber in Wirklichkeit fühlte er sich in ihrer Gegenwart einfach wohl. Es war so leicht, sie zum Lachen zu bringen, was ihn überraschte, da sie seiner Ansicht nach in dieser Einöde nicht viel zu lachen hatte. Es war fast ein Wunder, dass sie es noch nicht verlernt hatte. Er trank zwei Gläser Portwein, aber schließlich musste er gehen und den Rest der Flasche für Jack übrig lassen.

»Wenn dieser Regen nicht aufhört«, sagte sie, als sie ihn zur Tür brachte, »können Sie morgen früh vielleicht gar nicht aufbrechen. Der Fluss steigt schon seit Tagen. Jack hat die Herde schon auf höheres Gelände getrieben, weil es vielleicht eine Überschwemmung geben wird.«

In dieser Nacht träumte Logan, der auf einer Decke auf dem Boden der Scheune schlief, von Josie. Und als er beim Aufwachen den Regen auf das Blechdach trommeln hörte, freute er sich.

Bei Morgengrauen waren sie auf der Cambray-Farm eingeschlossen. Der ganze Besitz war von einem kleinen Ozean umgeben, der sich bis an die Hügelausläufer erstreckte. Wütend ging Jack seine Insel ab.

Da es sowieso nichts weiter zu tun gab, machten sich Logan und seine Männer nützlich. Sie fütterten das Vieh und retteten verirrte Schafe, die in der Nacht davongelaufen waren. Jimmy Moon nahm Josie das Melken ab, und Logan stellte eine Kiste Vorräte in die Küche. Da die Besucher nun bleiben mussten, sollte Josie sich nicht verpflichtet fühlen, sie durchzufüttern.

An diesem Nachmittag spazierte er mit ihr durch die Farm und sah zu, wie das Wasser an den Rand des großen Gemüsegartens plätscherte. Verzweifelt betrachtete Josie die Brühe. »Die ganze Arbeit umsonst! Der Salat und die Krautköpfe sind hinüber. Glauben Sie, dass es noch höher steigt?«

»Nein«, antwortete Logan.

»Woher wissen Sie das?«

Ertappt lachte er laut auf. »Ich weiß es überhaupt nicht. Ich wollte nur, dass Sie sich besser fühlen.« Als sie den glitschigen Weg durch die triefnassen Pflanzungen weitergingen, nahm er ihren Arm. Er fühlte ihre Wärme, sehnte sich nach ihr und war von Freude erfüllt, dass sie so nah bei ihm war. Immer noch nieselte es, und die Krempe ihres alten Filzhutes überschattete ihr Gesicht.

»Ich muss entsetzlich aussehen«, sagte sie und schob sich die nassen Haarsträhnen aus dem Gesicht. Logan blieb stehen. »Du siehst wunderhübsch aus«, antwortete er und küsste sie auf die Wange; ein Kuss so feucht und kühl, dass er von Lust auf diese Frau übermannt wurde. Als er auf sie hinunterblickte, erkannte er, dass sie seine Gefühle teilte. Er legte die Arme um sie, und sie hob ohne den geringsten Anflug von Scheu den Kopf zu ihm empor. Es war, als wüsste sie, dass es geschehen würde. Im Schutze der Bäume küsste Logan sie wieder. Fest drückte er sie an sich. Die heimlichen Zärtlichkeiten erregten ihn, und er begehrte sie mit jeder Faser seines Körpers. Als sie sich eng an ihn schmiegte, hätte er sie am liebsten hier auf der Stelle genommen, wäre es nicht feucht und regnerisch gewesen.

Auf dem Rückweg ergriff er ihre Hand. »Josie, wir können jetzt nicht einfach auseinandergehen. Bleib heute Nacht bei mir.«

»Komm zur Küche«, flüsterte sie. »Nach dem Abendessen.«

Doch wieder kam er nicht zum Ziel. Sobald er ins Haus geschlüpft war, fielen sie sich schon in die Arme und küssten sich leidenschaftlich. Sie ließ zu, dass er fordernd ihren Körper liebkoste. Doch als er versuchte, sie in Richtung Schlafzimmer zu schieben, hielt sie ihn zurück. »Es geht nicht. Er ist da draußen, Logan, ganz in der Nähe. Bei diesem Regen kann er jederzeit zurückkommen.«

»Josie, ich brauche dich. Wohin können wir gehen? Was ist mit einem der Schuppen?«

»Er würde uns sehen, Liebling. Ich will dich auch so sehr. Ich habe gebetet, dich noch einmal wiederzusehen, aber ich habe nie zu hoffen gewagt, dass ich dir etwas bedeute.«

Drei Tage lang saß die Expedition fest und wartete, bis das Wasser zurückging. Während der ganzen Zeit lief Jack Cambray herum wie ein Gefängniswärter, und Josie und Logan konnten nur einige leidenschaftliche Minuten miteinander verbringen. Die kurzen Umarmungen wurden immer hitziger, doch danach fühlten sich beide wie um etwas betrogen.

Am letzten Abend begegnete er Cambray, als er den Topf und das Geschirr zurück in die Küche brachte. Zwar hielten Josie und er immer den nötigen Abstand zueinander, aber sie sehnten sich beide danach, zusammen zu sein. »Am liebsten würde ich dich mitnehmen«, flüsterte er.

»Und ich würde mitkommen.«

Prüfend sah Logan sie an. »Meinst du das ernst?«

»Ja«, antwortete sie und rückte, so nah sie es wagte, an ihn heran. Logan hatte den Eindruck, dass man die Leidenschaft, die zwischen ihnen in der Luft lag, fast mit Händen greifen konnte. Er musste diese Frau haben – noch keine hatte ihn so erregt wie Josie.

»Meinst du das wirklich ernst?«, stieß er hervor.

»Das weißt du doch.« Ihre Augen waren voller Vertrauen.

»Dann, bei Gott, werde ich zurückkommen und dich holen. Wir können wieder denselben Weg nehmen. Wirst du dann mit mir kommen und bei mir bleiben?«

»Mit dir fortgehen?«, fragte sie unsicher.

»Ja«, erwiderte er und nahm sie wieder in die Arme. Zur Hölle mit Cambray.

Josie rückte von ihm weg. »Du wirst Zeit haben, deine Meinung zu ändern, Liebling«, sagte sie. »Aber wenn nicht, bin ich bereit. Ich warte auf dich.«

Hatte es jemals so lange bis Ostern gedauert? Als kleines Mädchen hatte Sibell immer am kalten Fenster gestanden und über die gefrorenen Felder geblickt. Sie hatte erst die Monate und dann die sich dahinschleppenden Tage gezählt; zuerst bis zu den freudigen Überraschungen des Weihnachtsfestes und dann bis Ostern, wenn sie als besonderen Leckerbissen glasierte Marzipaneier bekam. Die Tage waren ihr wie Jahre vorgekommen, die Monate wie Jahrzehnte. Doch das Warten damals war ihr, verglichen mit der schrecklichen Eintönigkeit, die sie jetzt ertragen musste, leichtgefallen. So war Sibell zwar überglücklich, als es endlich April wurde, andererseits aber befürchtete sie,

Logan könnte dort draußen in der Wildnis etwas zugestoßen sein.

Das Leben im Hause der Gilberts wurde immer unerträglicher. Lange, leere Stunden, in denen sie ziellos von Zimmer zu Zimmer schlenderte und von Logan träumte oder sich mit Dingen beschäftigte, die sie als den nutzlosen Zeitvertreib verlobter junger Damen betrachtete. Versprochen zu sein, wie alle es nannten, war eine Rolle, in die zu schlüpfen ihr nicht weiter schwergefallen war. Sie hatte sich einfach eingeredet, dass sie tatsächlich verlobt war – nur war nicht der alte Ezra der Glückliche. Dank ihrer neuen gesellschaftlichen Stellung nörgelte Margot auch nicht mehr so viel an ihr herum, obwohl Sibell sich zu ihrem Ärger weigerte, zu verraten, was sie auf ihrer Einkaufsfahrt bestellt hatte.

Glücklicherweise war Ezra ein vielbeschäftigter Mann, sodass er sie nicht allzu oft belästigte. Samstags führte er sie zum Mittagessen oder zum Pferderennen aus, nachdem sie erst den Pflichtbesuch in seinem schrecklichen Haus ableisten musste. Außerdem begleitete ihr Verlobter sie, Margot und Percy sonntags zur Kirche. Dabei keuchte und schnaufte er die ganze Zeit und jammerte über die Hitze, obwohl es schon viel kühler geworden war. Sibell pflichtete ihm bei, dass es vernünftig sei, die Mittagssonne zu meiden – aber sie wirkte stets elegant und kühl, wodurch er, verglichen mit ihr, noch verschwitzter und aufgelöster aussah.

Seine Freunde waren alt und langweilig, und ihre überfreundlichen Gattinnen wurden nicht müde, Sibell zu beteuern, welches Glück sie gehabt hatte, dass ausgerechnet Ezra Freeman Gefallen an ihr fand. Da Sibell diese Leute nicht ausstehen konnte, verhielt sie sich hochmütig, still und würdevoll. Tagsüber gelang es ihr, Haltung zu bewahren, aber nachts litt sie entsetzlich. Da sie sich vor dem Schlaf fürchtete, hielt sie sich wach und wartete aufs Morgengrauen. Dabei verstieg sie sich zu den abwegigsten Gedanken; sie beklagte die Ungerechtigkeit ihres Schicksals und schmiedete verwegene Fluchtpläne. Nur der Gedanke an Logan – sein dunkles, stattliches Aussehen, seine ebenmäßigen Züge – konnten sie beruhigen und ihr die Kraft geben, den nächsten Tag zu überstehen.

»Kommen Sie, meine Liebe«, riss Ezra sie aus ihren Gedanken. Sibell stöhnte. Sie hatte sich in ihrem Liegestuhl unter dem Segeltuchdach ausgeruht und dabei vorgegeben, die unglaublich langweilige Regatta auf dem Swan River zu beobachten. Ezra eilte inzwischen geschäftig zwischen seinen Freunden hin und her und schloss Wetten ab. »Das war das letzte Rennen. Bei Gott, ist das heiß! Ihre Tante hat mir gestattet, Sie heute Abend zum Dinner ins Palast Hotel auszuführen.«

»Ich bin für ein Dinner nicht richtig angezogen«, widersprach sie und stand auf, um ihr Kleid glatt zu streichen und ihren Strohhut aufzusetzen.

»Kümmern Sie sich nicht darum. Ich werde Sie nach Hause bringen und später wieder abholen. Heute ist ein ganz besonderer Tag.«

»Warum?«

»Heute Abend, meine Liebe.«

»Aber warum?« Mit einer unangenehmen Vorahnung sah Sibell zu, wie sich die Menschenmenge auf dem grünen Rasen allmählich zerstreute.

»Das werde ich Ihnen heute Abend mitteilen.«

»Nein, sagen Sie's mir jetzt!«

Ezra lachte schnaubend auf. »Niemand kann mich so um den Finger wickeln wie Sie. Ich habe Sie sehr gern, Sibell.«

In diesem Augenblick schlenderten zwei Damen, die wie alle Zuschauerinnen der Regatta weiße Sommerkleider und gewaltige Hüte trugen, an ihnen vorbei und nickten Ezra zu. Dieser erwiderte offenbar hoch erfreut ihren Gruß. »Wissen Sie, wer das war?«, fragte er Sibell.

»Nein.«

»Das habe ich mir gedacht«, meinte er. »Was soll ich nur mit Ihnen anfangen? Sie haben anscheinend nicht die geringste Lust, andere Menschen kennenzulernen. Die erste Dame, die mit den gelben Rosen auf dem Hut, ist die Kusine des Gouverneurs; die andere ist ihre Gesellschafterin.«

»Ach wirklich?«, fragte Sibell unbeeindruckt. »Und was ist heute Abend so besonders?«

»O du meine Güte.« Er nahm sie bei der Hand. »Kommen Sie mit mir; ich muss mich setzen. Die Sonne brennt heute wieder entsetzlich, und ich kann diese Liegestühle nicht ausstehen. Wenn ich erst einmal in einem sitze, komme ich kaum noch hoch.«

Sibell lächelte. Genau deswegen hatte sie sich für einen Liegestuhl entschieden.

Sie schlenderte zum Pavillon hinüber, wo Ezra eine bequemere Sitzgelegenheit fand. »Wir haben noch viel Zeit. Möchten Sie vielleicht ein Glas eisgekühlten Champagner?«

»Ja, bitte.« Sibell fragte sich, was ihre Eltern wohl davon gehalten hätten. Bei den Delahuntys war Alkohol verpönt gewesen, wohingegen die Leute hier keine Gelegenheit zum Trinken ausließen – besonders Champagner, von dem sie bislang immer nur gelesen hatte und der ihrer Ansicht nach Gräfinnen und Schauspielerinnen vorbehalten war.

Scheinbar unbeteiligt nahm sie den ersten Schluck. Einfach köstlich! Ihr Lieblingsgetränk. Wenn sie und Logan einmal reich waren, würden sie einen ganzen Keller voll Champagner haben. Sie fühlte sich sehr erwachsen und weltgewandt.

Doch Ezra brachte sie jäh auf den Boden der Tatsachen zurück. »Heute Abend müssen Sie Ihr bestes Kleid anziehen, meine Liebe, was natürlich nicht heißen soll, dass Sie nicht immer wunderschön sind. Aber heute Abend werden wir den Tag bekannt geben.«

»Welchen Tag?«

Er tätschelte ihr die Wange. »Zeit, das Hochzeitskleid zu bestellen, mein Liebling.«

»Was?«

»Über Ostern schließen die Gerichte für zwei Wochen. Ich habe alles so geplant, dass wir am Karsamstag heiraten können.«

Starr vor Schrecken leerte Sibell ihr Glas und ließ es vom Kellner nachfüllen. Auf einmal fühlte sie sich gar nicht mehr so weltgewandt; sie war nur ein junges Mädchen in den Klauen dieses fetten, alten Mannes.

»Das Hochzeitsfrühstück geben wir im Palast Hotel«, sprach Ezra weiter. »Deswegen dachte ich, wir sollten heute Abend dort hingehen und alles mit Mrs. Page besprechen. Ihr Gatte ist der Besitzer, und sie wird uns ein glänzendes Fest ausrichten.«

Wovon redete dieser Mensch?

»In den Flitterwochen brauchen wir nicht zu verreisen«, fuhr Ezra fort. »Denn mein Haus wird rechtzeitig fertig sein. Du meine Güte«, stöhnte er und wischte sich den Schweiß vom Gesicht. »Wie wunderbar, endlich in meine eigenen vier Wände zu ziehen, nach all diesen grässlichen Zimmern, mit denen ich vorliebnehmen musste.«

Sibell hatte diese lächerliche Verlobung schon beinahe vergessen gehabt. In ihren Augen war sie irgendwie nicht wirklich, zudem auch höchst unwillkommen: Seit einigen Monaten war sie eben ein Bestandteil ihres Lebens, allerdings ein lästiger. War es nicht eigentlich ihre Aufgabe, den Tag der Hochzeit festzusetzen? Für wen hielten diese Leute sich eigentlich?

»Ich glaube nicht, dass mir dieser Tag passt«, verkündete sie.

Ezra lief feuerrot an. »Vergeben Sie mir, meine Liebe. Welche Woche würde Ihnen denn besser gefallen?«

Sibell starrte in ihr Champagnerglas und war sich sicher, dass sie ebenso rot im Gesicht war wie er. Es widerte sie regelrecht an, weiter darüber zu sprechen. »Gar kein Tag«, zischte sie. »Ich will nicht heiraten.«

Ezra blieb der Mund offen stehen. Er blickte um sich, wühlte in seinen Taschen. Dann zog er mit einem Ruck seine Brille heraus und klemmte sie sich auf die Nase. »Verzeihung, habe ich Sie richtig verstanden?«

»Ich sagte, ich will Sie nicht heiraten.«

»Aber, Sibell«, stammelte er. »Sie sind doch mit mir verlobt. Sie müssen mich einfach heiraten. Sie müssen.«

»Warum muss ich?«

»Weil … bei Gott! Sibell, Sie werden mich heiraten. Offenbar begreifen Sie nicht, wen Sie vor sich haben. Ich werde nicht zulassen, dass Sie mir den Laufpass geben. Also seien Sie nicht töricht.« Er wandte sich um, um sich zu vergewissern, dass niemand ihnen zuhörte. »Ich habe bereits mit Mrs. Page vereinbart, dass ich sie heute Abend aufsuche.«

»Dann sagen Sie eben ab. Ich habe meine Meinung geändert.« Sie warf einen Blick auf ihren Verlobungsring und streifte ihn mit Bedauern vom Finger. Er war das einzig teure Schmuckstück, das sie jemals besessen hatte. »Hier haben Sie Ihren Ring zurück.«

»Das ist ein Schlag ins Gesicht!«, rief er und griff fast unter Tränen nach dem Ring. »Was soll ich den Leuten sagen?«

»Einfach, dass ich meine Meinung geändert habe«, antwortete sie. »Das ist vernünftig, Ezra. Ich weiß nicht, warum Sie sich so ereifern.«

»Das werden Sie schon noch herausfinden«, zischte er. »Nachdem ich mit Ihrem Onkel gesprochen habe.«

»Er ist nicht mein Onkel.«

»Trotzdem ist er für Ihr empörendes Betragen verantwortlich.«

»Gut«, meinte sie, wobei der Champagner ihr zusätzlich Mut verlieh. »Schieben Sie ihm die Schuld in die Schuhe.«

Ezra stürmte ins Haus und verlangte, Percy und Margot zu sprechen. Sibell wurde wie eine Verbrecherin vorgeführt. Inzwischen hatte sie Kopfschmerzen und fürchtete sich vor dieser Auseinandersetzung. Alle drei fielen über sie her, und sie hatte schon Angst, man würde sie ohne Umschweife vor die Tür setzen und bei der Polizei wegen Landstreicherei anzeigen. Also versuchte sie, ausweichend auf die Fragen und Forderungen zu antworten.

»Ich bin einfach noch nicht bereit für die Ehe«, verteidigte sie sich. Sie fühlte sich in die Enge gedrängt.

»Unsinn«, gab Margot zurück. »Ich habe auch in deinem Alter geheiratet.« Sie wandte sich an Ezra und Percy. »Und ich war damals nicht so eine unverschämte Göre.«

»Sie weiß zu viel für ihr Alter«, stellte Percy in unheilverkündendem Ton fest.

»Worüber?«, fragte Sibell herausfordernd.

»Über alles«, erwiderte Percy. »Das zeigt nur deutlich, was Bildung bei Frauen anrichten kann. Es verdirbt sie.« Er wandte sich an seine Frau. »Meine Tochter soll auf der Stelle aus der Schule genommen werden. Hast du mich verstanden? Erst trichtert man ihnen all diese hochgestochenen Wörter ein, und wozu das führt, sehen wir ja hier.«

»Ja, Liebling«, antwortete Margot, doch Sibell widersprach ihr. »Ihr beide seid so dumm! Das hat doch nichts mit Bildung zu tun.«

»Sie hat recht«, pflichtete Ezra ihr bei. »Ich habe nichts dagegen, wenn eine Frau belesen ist.«

»Danke.« Dafür war Sibell ihm wirklich dankbar, aber leider fuhr Ezra fort: »Wenn dieses Mädchen mir wirklich den Laufpass geben will, muss sie einen Grund dafür haben. Ich vermute, dass da ein anderer Mann im Spiel ist. Bei Gericht habe ich so etwas schon oft erlebt.«

»Das ist nicht wahr!«, rief Margot aus. »Sie wird Sie heiraten. Sie hat es nur mit der Angst zu tun bekommen, das geht vielen jungen Mädchen so. Einen anderen Mann gibt es nicht, das kann ich Ihnen versichern. Sag es ihm, Sibell!«

Sag es ihm? Sag es ihnen? Sibell hatte genug von ihren Vorwürfen. Sie war es leid, dass man sie herumschob wie ein Marmeladeglas bei Tisch, ganz so, als ob sie keine Gefühle hätte. Die Gilberts wollten sie nur loswerden. Warum sollte sie ihnen eigentlich nicht die Wahrheit sagen? Dann würden sie endlich den Mund halten ...

»Ezra hat recht. Es gibt einen anderen Mann, und ich habe vor, ihn zu heiraten, sobald er nach Perth zurückkehrt.«

»Was habe ich Ihnen gesagt?«, rief Ezra und ließ sich taumelnd in einen Sessel fallen, der unter seinem Gewicht zusammenbrach.

Als die anderen auf ihn zustürzten, um ihm aufzuhelfen, fing er an zu toben. »Wie kann sie es wagen, mir den Laufpass zu geben? An Ihrer Stelle würde ich etwas unternehmen, Gilbert! Ansonsten kann ich Sie wegen eines gebrochenen Eheversprechens belangen.«

»Aber mein Guter.« Percy half ihm auf ein solides Sofa. »Überstürzen Sie nichts. Gewiss handelt es sich nur um ein Missverständnis.« Er eilte zur Branntweinkaraffe auf der Anrichte und schenkte Ezra ein Glas ein, während Margot sich aufgeregt um den Gast bemühte.

Sibell saß nur ruhig und trotzig da und beobachtete das Geschehen, als ob das alles sie überhaupt nichts anginge. Doch dann ging Margot auf sie los. »Du unverschämtes Ding! Ich habe ja schon immer gesagt, dass mit dir etwas nicht in Ordnung ist. Deine liebe Mutter würde sich im Grabe umdrehen, wenn sie von deinem verabscheuungswürdigen Betragen wüsste. Wer ist denn dieser Mann? Der Mann, den du heiraten willst? Ich glaube, es gibt ihn überhaupt nicht. Du lügst!«

»Ich lüge nicht, Margot. Es handelt sich um einen Mann, der in dieser Stadt großes Ansehen genießt. Es ist Mr. Conal.«

»Der? Das hätte ich mir eigentlich denken können. Ich wusste, dass mehr hinter dieser Sache zwischen euch beiden steckt. Und die ganze Zeit hast du hier unter unserem Dach gelebt und die Unschuldige gespielt!«

Percy zitterte vor Wut. »Du bist mit Mr. Freeman verlobt, und du wirst Mr. Freemans Frau werden. Ich verbiete dir, einen anderen zu heiraten.«

»Du vergisst, Percy«, widersprach Sibell, »dass wir beide nicht verwandt sind. Du hast mir gar nichts zu verbieten.«

»Das werden wir schon noch sehen!«, brüllte Percy, doch Ezra hatte sich inzwischen wieder beruhigt. Er blickte Sibell an, und zum erstenmal sah sie ihn als Magistrat. Seine harten Augen forderten eine wahrheitsgetreue Antwort. »Sie behaupten, Sie seien mit Logan Conal verlobt?«

»Ja.«

»Ich kenne Mr. Conal. Er hat diese Verlobung nie erwähnt. Wann hat er Sie denn gebeten, seine Frau zu werden?«

Wann? Angst ergriff sie. Wann hatte Logan ihr einen Heiratsantrag gemacht? Hatte sie ihre Tagträume zu weit ausufern lassen? Aber sie drängte die Tränen zurück. Sie würde nicht zulassen, dass diese Leute den Sieg davontrugen. Logan würde zurückkommen, und er würde sie heiraten. Dessen war sie sich sicher, denn das Schicksal hatte sie zusammengeführt. »Mr. Logan ist zurzeit nicht in der Stadt«, antwortete sie gefasst.

»Das ist mir bekannt. Aber Sie haben meine Frage noch nicht beantwortet.«

Sibell runzelte die Stirn. Sie konnte es mit einem Mann wie Ezra jederzeit aufnehmen und würde sich nicht von ihm einschüchtern lassen. Logan hatte ihr einmal vorgehalten, dass jeder sein Leben selbst in die Hand nehmen musste. Zwar erinnerte sie sich nicht mehr an die Einzelheiten, doch sie klammerte sich an diesen Satz. »Ich glaube nicht, dass Sie das etwas angeht, aber da Mr. Conal Ihnen ja bekannt ist, fragen Sie ihn am besten selbst.«

»Das werde ich auch«, grollte Ezra. Er erhob sich und ging zur Tür. »Ich finde selbst hinaus«, sagte er. »Doch Sie werden noch von mir hören, Percy, darauf können Sie Gift nehmen.«

Nachdem die Eingangstür krachend ins Schloss gefallen war, brach Margot in Tränen aus. Percy tobte. »Ezra Freeman ist ein einflussreicher Mann«, schrie er Sibell an. »Zeigst du so deine Dankbarkeit, nach allem, was wir für dich getan haben? Los, geh auf dein Zimmer! Ich will dich nicht mehr sehen! Du wirst dich bei Ezra entschuldigen und in die Hochzeit einwilligen. Das ist mein letztes Wort.«

Sibell schrieb zwar einen Entschuldigungsbrief an Ezra, allerdings nicht die Worte, die Margot ihr diktiert hatte. Sie bat um Verzeihung für alle Unannehmlichkeiten, die sie ihm verursacht hatte. Immer noch versuchte sie, Zeit zu gewinnen. Wo war Logan? Nun war es nur noch eine Woche bis Ostern, und sie hatte bislang nichts von ihm gehört.

Schließlich erhielt sie einen Brief von Josie, den sie freudig öffnete, da sie auf Neuigkeiten hoffte. Und die bekam sie auch; schreckliche Nachrichten! Sibell konnte es kaum fassen. Taumelnd kehrte sie in ihr einsames, stilles Zimmer zurück, um den Brief noch einmal zu lesen. Eine unbeschreibliche Wut verschleierte ihren Blick, als sie feststellte, dass das Schreiben in Perth aufgegeben worden war.

»... wenn Sie diesen Brief erhalten, sind Logan und ich schon nach Geraldton unterwegs. In Perth werden wir nur so lange haltmachen, bis Logan seinen Bericht abgeschlossen hat. Unter den gegebenen Umständen hielten wir es für besser, anderswo ein neues Leben anzufangen ...«

Sibell zerknüllte den Brief und warf ihn zu Boden, doch dann hob sie ihn wieder auf, um ihn noch einmal zu lesen. Sie konnte kaum glauben, was geschehen war. Josie und Logan! Das konnte doch nicht sein! Schließlich war Josie doch eine verheiratete Frau! Wie konnte Logan eine Frau achten, die ihren Mann verlassen hatte?

»Es war mir möglich, meinen Sohn Ned im Internat zu besuchen ...«, schrieb Josie weiter. Sibell platzte fast vor Wut. Hatte sie etwa auch ihren Sohn im Stich gelassen? Was für eine Frau war sie? Ganz sicher hatte sie Logan verführt, denn sie war ja verheiratet. Sie hatte ihm den Kopf verdreht. Eine Ehebrecherin! Eine hinterlistige Schlange! Und sie hatte vorgegeben, ihre Freundin zu sein, obwohl sie es die ganze Zeit nur auf Logan abgesehen hatte. Ihren Logan!

»Ich hoffe, Sie werden mich verstehen, Sibell«, schrieb Josie. »Wir haben das nicht geplant. Es ist einfach geschehen, und wir empfinden so viel füreinander, dass wir es nicht ertragen konnten, getrennt zu sein.«

»Mir wird übel«, keuchte Sibell und las weiter.

»… Freuen Sie sich mit uns. Zwar steht mein ganzes Leben im Augenblick kopf, aber ich habe mich noch nie so glücklich gefühlt, denn wir sind sehr verliebt ineinander.«

Sibell hasste sie. Sie hasste alle beide. Nun hatte sie niemanden mehr. Alle Menschen, denen sie vertraute, hatten sie verlassen. Da fielen ihr die Gilberts wieder ein. Warum hatte sie ihnen nur erzählt, sie sei mit Logan verlobt? Sie hatte sich zum Narren gemacht. Wie dumm würde sie dastehen, wenn Percy und Margot davon erfuhren. O Gott! O Gott! Sie musste fort, irgendwohin, um dieser entsetzlichen Blamage aus dem Weg zu gehen, die gewiss bald über sie hereinbrechen würde. Was war sie nur für eine Närrin! Wenn sie Logan nur nicht erwähnt hätte, dann wäre alles nicht so schlimm gewesen.

Doch das war nicht ganz richtig. Sie hatte ihn ja verloren!

Sie wühlte in der untersten Schublade der Kommode. Wie hieß denn nur die Frau, die eine Gesellschafterin suchte? Wo steckte der Brief von Josie? Mit zitternden Händen kramte sie den Brief heraus und durchsuchte ihn hastig nach der Anschrift: Hotel Prinz von Wales, Palmerston. Da stand sie. Dorthin würde sie fahren, und das sofort. So bald wie möglich. Immer noch entsetzt und zitternd beschloss sie, auf der Stelle in die Stadt zu gehen, um herauszufinden, wie man nach Palmerston kam.

Der Angestellte bei der Schifffahrtsgesellschaft war ihr gern behilflich. »Sie haben Glück, Miss. Am Mittwoch geht ein Schiff nach Port Darwin. Wenn sie am Mittwochmorgen pünktlich in der Früh um sechs hier erscheinen, bringe ich Sie selbst zum Schiff. Ich muss nämlich nach Fremantle, und ich würde mich sehr freuen, wenn ich Sie an Bord begleiten dürfte. Das Schiff heißt *Bengal* und ist so solide wie alle Küstenschiffe, die zwischen Adelaide und Port Darwin verkehren.«

»Vielen Dank«, antwortete Sibell und fragte sich, wie sie es anstellen sollte, Margot und Percy zwei Tage lang aus dem Weg zu gehen. Am liebsten hätte sie im Büro gewartet, bis es Zeit zur Abfahrt war, und sich vor ihnen versteckt.

»Miss Delahunty«, wollte der Angestellte wissen, »sind Sie nicht die junge Dame, die den Untergang der *Cambridge Star* überlebt hat?«

»Ja«, antwortete Sibell geistesabwesend, da sie inzwischen eine Entscheidung getroffen hatte. Sie würde nach Hause gehen, ihre Sachen packen und das Haus der Gilberts auf der Stelle verlassen. Aber diesmal würde sie ihnen weder sagen, was sie vorhatte, noch, wo sie hinwollte. Niemals wieder würde sie zulassen, dass jemand über ihr Leben bestimmte.

»Ich muss schon sagen, Sie sind ganz schön mutig«, bemerkte der Angestellte. »Dass Sie wieder mit dem Schiff reisen.«

»Was?« Angst ergriff sie. Was sagte er da? Eine Schiffsreise? Sie hatte gedacht, Port Darwin läge nur ein kurzes Stück die Küste hinauf. »Es ist doch nicht sehr weit, oder?«, fragte sie ängstlich.

»Leider doch«, antwortete er. »Sehen Sie hier auf die Karte. Über Land müssen es ein paar tausend Meilen sein, mit dem Schiff dauert es etwa zehn Tage. Aber auf dem Landweg könnten Sie sowieso nicht reisen. Machen Sie sich keine Sorgen. Die *Bengal* ist sicher wie ein Haus.«

Sibell nickte, als ob das keine Rolle spielte, aber in Wirklichkeit fürchtete sie sich so, dass sie nicht einmal antworten konnte.

Nachdem sie ihre Fahrkarte bezahlt hatte, verließ sie das Büro. Was machte es schon aus, wenn sie ertrank? Wer würde sich darum kümmern? Vielleicht war es sogar ihr Schicksal, auf See zu sterben, und sie hatte damals nur einen Aufschub bekommen. Sie mietete sich in einem nahe gelegenen Hotel ein, wo man ihr am Empfang versicherte, dass es für Damen geeignet sei. Dann ging sie nach Hause, um ihre Sachen zu holen.

Lena teilte ihr mit, dass sich Percy und Margot bei einer Feier in der Kirche befänden, also musste sie ihnen gegenüber auch keine Erklärungen abgeben. Sibell machte sich nicht einmal die Mühe, eine Nachricht zu hinterlassen.

In dieser Nacht saß sie allein in ihrem Zimmer und lauschte dem Gesang der Gäste in der Wirtsstube unter sich. Es waren die Geräusche einer glücklichen Welt, von der sie ausgeschlossen blieb.

Die Barke *Bengal* segelte ruhig die westaustralische Küste hinauf. Colonel Puckering genoss die Reise und auch, dass gelegentlich das beeindruckende Land zu sehen war. Er hatte seine Stellung beim Regiment aufgegeben und den Posten des Polizeichefs in Palmerston angenommen. Sein Hoheitsgebiet erstreckte sich über viele hundert Meilen bis ins sogenannte »Hinterland«, und er hatte gehört, dass ihn seine Aufgabe ordentlich in Trab halten würde. Den Entschluss, sich in Zukunft der Polizeiarbeit zu widmen, hatte er gefasst, da er sich in Perth sowieso hauptsächlich mit Ordnungsaufgaben anstatt mit militärischen zu befassen hatte. Außerdem war der neue Posten viel besser bezahlt, und er musste sich nicht mehr mit der ortsansässigen Verwaltung herumschlagen – das Northern Territory wurde nämlich von Südaustralien aus regiert.

Puckering war nach Adelaide gereist, wo ihm der Polizeiminister, der dankbar um ihn herumwieselte, die letzten Anweisungen erteilte. Immerhin hatte der Mann nicht mit der Wahrheit hinter dem Berg gehalten und erklärt, es sei schwierig gewesen, jemand Geeigneten für diese verantwortungsvolle Aufgabe zu finden. Das Territory habe einen schlechten Ruf, und das Klima sei rau, besonders in der Regenzeit. Viele Polizisten hätten entweder das Handtuch geworfen oder seien eines vorzeitigen Todes gestorben.

»Unfälle?«, hatte Puckering gefragt.

»Nicht immer«, hatte der Minister zugegeben. »Aber fassen Sie sich ein Herz, Sir. Wir entschädigen Sie großzügig, falls Sie verletzt werden sollten …«

»Wie freundlich von Ihnen«, knurrte der Colonel.

»Außerdem«, fügte der Minister hastig hinzu, »zahlen wir nach ein paar Jahren auch einen Härteausgleich, bemessen an der Zeit des Aufenthalts. Eine Art Entschädigung dafür, dass Sie es dort ausgehalten haben, so weit entfernt von den Annehmlichkeiten, an die ein Gentleman Ihres Stands gewöhnt ist.«

Besser als in Indien, dachte der Colonel, aber er nahm diese Nachricht wortlos auf.

»Es gibt viele Chinesen dort«, fuhr der Minister fort. »Mehr als Europäer, aber wenn Sie sich gut mit ihren Anführern stellen, werden sie keinen Ärger machen. Aber, wie ich Ihnen leider mitteilen muss, wimmelt es dort von Schwarzen, und die sind gefährlich. Allerdings sind die meisten Morde darauf zurückzuführen, dass die Weißen ihnen die Frauen stehlen. Das Schwierigste sind unsere eigenen Leute: Sie haben es dort mit aufsässigen Goldschürfern und entflohenen Sträflingen zu tun. Zudem gibt es dort kaum Frauen, das Verhältnis ist ungefähr hundert zu eins. Das macht die Lage noch verzwickter.«

Puckering hatte den Eindruck, dass der Mann übertrieb. Andere Engländer in entlegenen Winkeln der Erde mussten schließlich die gleichen Entbehrungen ertragen, und trotzdem wurde die Disziplin aufrechterhalten. Allmählich fing das Gespräch an, ihn zu langweilen.

»Berufen Sie sich dort oben ja nicht ständig aufs Gesetzbuch«, warnte der Minister mit ängstlicher Stimme. »Die Leute mögen das nicht. Und die Einwohner des Territoriums tragen Waffen. Dagegen sind auch Sie machtlos.«

»Klingt ganz, als sollte ich nur in meinem Büro sitzen und den lieben Gott einen guten Mann sein lassen«, meinte Puckering schließlich. Die Antwort des Ministers überraschte ihn dann doch. »Mehr oder weniger; mehr oder weniger, würde ich sagen.«

Der Colonel hatte den Eindruck, als bedauere es die südaustralische Regierung inzwischen, das riesige Niemandsland vereinnahmt zu haben, das mittlerweile Northern Territory of South Australia hieß. Offenbar war es den Leuten hier lieber, wenn man so wenig wie möglich von diesem Gebiet hörte. Das gefiel Puckering, denn er freute sich darauf, dieses Sündenbabel auszuheben. Eine wirkliche Herausforderung. Er hatte Erkundigungen über die Städte Port Darwin und Palmerston eingezogen und dabei festgestellt, dass das nun schon der vierte Versuch war, eine britische Siedlung im Norden zu errichten. Alle früheren Bemühungen waren gescheitert: die Einsamkeit, das Fieber und die schreckliche Regenzeit hatten ihren Tribut gefordert. Der Mut dieser Leute hatte ihm Respekt abgenötigt. Ganz gleich, welchen Ruf sie haben mochten, sie versuchten immerhin, den Elementen zu trotzen. Großbritannien brauchte einen befestigten Hafen im Norden, und Palmerston war bislang der einzige Außenposten an dieser unendlich langen Küste, die näher an Singapur als an Sydney lag. Zum erstenmal seit vielen Jahren hatte Puckering wieder ein Ziel vor Augen, und er war entschlossen, diesem Landstrich seinen Stempel aufzudrücken. Er hatte fest vor, seine langjährige Berufserfahrung in Palmerston dazu einzusetzen, dass die Siedlung diesmal blühen und gedeihen würde.

Das Schiff war voll, geradezu überfüllt, wie er sich beim Kapitän beschwerte, doch glücklicherweise war der schlimmste Teil der Regenzeit vorbei, weswegen sie die eigentlich recht gefährliche Fahrt glücklich überstanden. Die meisten Passagiere waren hoffnungsfrohe Goldschürfer, der Rest bestand aus Rinderzüchtern, die zu ihren Besitzungen zurückkehrten. Dazu kam noch eine Gruppe junger Engländer, die für das Britisch-Australische Telegraphenamt in Palmerston arbeiteten. Einige hatten sogar indische Diener dabei. »Weiße Sahibs«, grollte Puckering, doch er verbarg die Schadenfreude, die ihn überkam, wenn er daran dachte, welche Gesichter diese Herren wohl beim Anblick ihres neuen Postens machen würden.

An Bord waren nur zwei Frauen, die sich deswegen eine Kabine teilen mussten. Die eine war merkwürdigerweise Miss Delahunty, an die sich Puckering als Verlobte von Ezra Freeman erinnerte. Die andere war eine gewisse Miss Lorelei Rourke, einige Jahre älter als Miss Delahunty und um einiges welterfahrener. Sie erzählte dem Colonel, sie habe vor, in Port Darwin ein »kleines Geschäft« zu eröffnen, eine beschönigende Bezeichnung, die seines Wissens nach in den Kolonien oft auf Bordelle angewendet wurde. Doch er nahm ihr das nicht übel. Angesichts der geringen Anzahl von Frauen auf dem Schiff sah es so aus, als ob Palmerston Bordelle brauchte. Allerdings bezweifelte er, dass Miss Delahunty auch nur die geringste Ahnung hatte, womit ihre Kabinengenossin ihren Lebensunterhalt verdiente. Lorelei erzählte ihm, sie habe von Miss Delahunty die Wahrheit erfahren. Sibell sei Ezra davongelaufen! Sie habe sich einfach aus dem Staub gemacht! Und nun wollte sie eine Stellung als Gesellschafterin einer Dame im Norden antreten. Puckering konnte dem Mädchen keinen Vorwurf machen – er bewunderte ihren Mut. Während der Reise nahm er die beiden unter seine Fittiche und konnte ihnen dank seiner gesellschaftlichen Stellung allzu feurige Verehrer vom Leibe halten.

Fünf Tage ritten Logan und seine Männer auf den Pfaden voran, die die Squatter angelegt hatten. Diese Männer, hauptsächlich Deserteure, hatten sich einfach auf dem Land niedergelassen, und da der Boden ziemlich trocken war, mussten auch die Besitzungen um einiges größer sein als im Süden. Deswegen war die Regierung gezwungen, die Schafzüchter aufzuspüren, die überall verstreut lebten, und ihre Parzellen im Nachhinein einzutragen. Aufgabe der Landvermesser war es, die Grenzen dieser Besitztümer abzustecken, sodass die Steuer festgesetzt und Landnutzungsüberprüfungen durchgeführt werden konnten. Gleichermaßen wichtig war es, die Ländereien durch Straßen zu erschließen – von der Regierung angelegte Kutschwege, die die verschiedenen Gebiete miteinander verbanden – und endlich Ordnung in das Gewirr von Pfaden zu bringen, die die Pioniere durch den Busch geschlagen hatten.

Eigentlich hatte Logan gedacht, dass es wegen der Grenzen zu Streitigkeiten kommen würde, doch die Squatter hatten sich bereits freundschaftlich untereinander geeinigt. Die eigentliche Schwierigkeit waren die Straßen, denn die Schafzüchter wollten kein Stückchen Boden dafür hergeben, besonders, wenn es sich um einen Streifen gerodetes Land handelte. Logan wusste, dass es harte Arbeit war, das Unterholz zu roden, eine Arbeit, bei der man sich fast das Kreuz brach, und er tat sein Bestes, um die Schafzüchter zufriedenzustellen. Doch wenn er einmal eine endgültige Entscheidung getroffen hatte, blieb er hart. Er verfolgte stets sein Ziel, und wenn die Schafzüchter murrten, teilte er ihnen mit, dass sie das Recht auf eine Eingabe hatten.

Charlie war draußen keine allzu große Hilfe, weshalb Logan

lieber mit den Sträflingen arbeitete. Seinen Freund ließ er bei den jeweiligen Gastgebern zurück, wo dieser sich lustlos mit Kängurujagden und Angelausflügen bei Laune hielt. Eigentlich war es Logan recht, Charlie aus dem Weg zu haben, denn so würde er ihm nicht hinter die ungewöhnlichen Methoden kommen, mit denen er die Arbeit beschleunigte. Da Logan mit all seinen Gedanken bei Josie war, widmete er sich nur noch mit halber Kraft seiner »edlen« Aufgabe zum Wohle des Staates. Er trieb seine Männer bis zur Erschöpfung an und kümmerte sich nicht um ihre Klagen, bis sie sich an das Tempo gewöhnt hatten. Gleichzeitig verwendete er große Sorgfalt auf seine Karten, um sicherzugehen, dass sie ordentlich aussahen und mit seinen Aufzeichnungen übereinstimmten, auch wenn sie nicht immer den tatsächlichen Gegebenheiten entsprachen. Logan verließ sich darauf, dass die Verwaltung mehr Freude an einer sauberen Aktenführung als an der Wahrheit hatte, und wusste, dass seine Karten die Auftraggeber wenigstens für die nächsten Jahre zufriedenstellen würden.

Währenddessen suchte Jimmy Moon Anschluss zu den dort ansässigen Eingeborenen. Er fühlte sich bei ihnen wohl und stellte ihnen ab und zu seine weißen Freunde vor, um sie zu amüsieren. Charlie hingegen fürchtete sich so vor den Eingeborenen, dass er den Koch und die beiden Arbeiter wie ein Gefängniswärter ständig im Auge behielt, da er befürchtete, sie könnten die Besucher zu einer unbedachten Tat bewegen. Und da Charlie der Finger immer locker am Abzug saß, gehorchten ihm die Männer ohne Widerrede.

Wenn Jimmy Schwarzen begegnete, die ihnen nicht freundlich gesonnen waren, beruhigte er sie, indem er erklärte, dass sie sich nur auf der Durchreise befanden. Er verschwieg, dass Logan und seine Leute das Land vermaßen, denn er selbst sah auch keinen Sinn darin. Jeder Aborigine hätte ihnen erklären können, wo sie sich befanden, und überall trieben sich diese schrecklichen Squatter herum, die die besten Jagdgründe in der Nähe von Flüssen und Quellen für sich beanspruchten. Doch alle hatten einen Riesenspaß, es gab genug zu essen, und Logan hatte versprochen, ihm nach ihrer Rückkehr nach Perth zehn Pfund auszuzahlen. Zehn ganze Pfund! Er würde reich sein. Die anderen weißen Männer gaben ihm nur Lebensmittel und Kleidung und vielleicht noch ein oder zwei Decken dazu.

Logan freute sich, dass Jimmy freiwillig einen Teil der Nachtwache übernahm. Jimmy wollte helfen, so gut er konnte, und außerdem wusste er, dass auch er im Falle eines Angriffs nicht verschont werden würde. Jeden Abend saßen die Männer am Lagerfeuer, gaben Geschichten zum Besten, lauschten Lens grausigen Erzählungen aus seiner Zeit als Sträfling oder hörten zu, wenn Alex Lieder aus dem alten England sang. Am Lagerfeuer wurde auch Logan wegen seiner Beziehung zu Mrs. Cambray auf den Arm genommen.

»Was tut sich denn da?«, witzelte Charlie. »Komm schon, Logan, uns kannst du es doch erzählen.«

»Sie hatte so einen verliebten Blick, Conal«, lachte Len. »Schätze, da hast du ein Herz gebrochen!«

»Pass auf, Kumpel«, mischte sich der Koch ein. »Der irre Jack brennt dir sonst noch ein paar Kugeln auf den Pelz.«

Logan hatte gehofft, dass niemand seine heimlichen Treffen mit Josie beobachtet hatte, doch er hätte wissen müssen, dass diesen Männern nichts entging. Für Josie wünschte er sich, dass Jack wie immer viel zu sehr mit seinen eigenen Angelegenheiten beschäftigt gewesen war, um etwas zu bemerken.

»Ich würde mich freuen, wenn wir nicht mehr über diese Dame reden«, sagte er steif.

»So spricht ein wahrer Gentleman«, verkündete Charlie feierlich. »Wir dürfen uns nicht über Logans große Liebe lustig machen.«

Noch ehe Logan etwas darauf antworten konnte, stimmte Charlie inbrünstig das Lied »Rose of Tralee« an, wobei er breit grinste. Die anderen fielen ein.

Logan beschloss, es darauf beruhen zu lassen. Eine Entschuldigung zu verlangen, hätte nur die gute Stimmung im Lager verdorben, und da noch viele Monate Arbeit vor ihnen lagen, konnte er sich keine Streitereien leisten. Stattdessen wandte er sich an Jimmy Moon. »Was ist denn mit dir? Wo hast du denn die letzten beiden Nächte gesteckt? Wie heißt denn das Mädchen?«

Jimmys Augen leuchteten auf, und er freute sich, in das Geplänkel der weißen Männer mit einbezogen zu werden. Er hatte ein wunderschönes Mädchen kennengelernt, eine hübsche junge Eingeborene mit samtiger Haut und lieblichen, großen dunklen Augen. »Sie heißt Lawina«, antwortete er. »Ein wirklich hübsches Mädchen, nicht?«

»Das kannst du laut sagen.« Len, der sie bereits gesehen und bewundert hatte, stimmte zu. »Hat sie noch Schwestern?«

Jimmys Gesicht verfinsterte sich. »Von diesen Leuten lässt du die Finger. Das sind gute Leute.«

»Jetzt sei doch nicht gleich beleidigt, Jimmy. Er hat nur einen Witz gemacht«, erklärte Charlie rasch. »Erzähl uns von ihr.«

»Sie wird eine gute Ehefrau sein. Die richtige Hautfarbe. Ich schließe einen Handel mit ihren Brüdern ab.«

»Willst du sie heiraten?«, fragte Logan. Bisher hatten alle geglaubt, dass Jimmy sich mit dem Mädchen nur ein wenig amüsieren wollte. Er dachte an Josie. Immer noch sehnte er sich nach ihr, und inzwischen machte er sich Sorgen, sie könnte ihre Meinung geändert haben. Er schenkte sich noch einen Becher Rum ein.

»Warst du schon mit ihr im Bett?«, fragte Len Jimmy mit einem anzüglichen Grinsen. Dieser war entrüstet. »Nein, dazu hab ich viel zu große Angst. Die Familie würde mich bestrafen. Das wäre unmoralisch.« Er lächelte zufrieden, weil ihm dieses Wort der Weißen eingefallen war. »Weißt du, was Moral ist?«

»Klar«, erwiderte Alex. »Aber du hättest sie mitbringen sollen.« Er zwinkerte dem Koch zu. »Ernie hier könnte Hilfe gebrauchen, stimmt doch, Kumpel?«

»Richtig.« Ernie grinste begeistert, aber Jimmy hatte die Andeutung nicht verstanden.

»Das wären schlechte Manieren«, entgegnete er würdevoll. »Lawina bleibt bei ihrer Familie, bis es Zeit ist. Ich zeige ihnen meinen Respekt. Die Gesetze der Ehe sind heilig.«

Auf einmal waren die Männer still. Verlegen nahm Logan seinen Becher und ging zu seinem Zelt, doch er hörte noch, wie Jimmy sagte: »Wenn wir auf diesem Weg zurückkommen, bitte ich um Lawinas Hand, und dann machen wir ein riesengroßes Fest. Mädchen zu stehlen ist schlechter Zauber.«

Grübelnd saß Logan auf seinem Feldbett, doch es gelang ihm

rasch, seine Zweifel beiseitezuschieben. Ein Mann sollte sich nicht von dem Aberglauben der Eingeborenen ins Bockshorn jagen lassen. In seiner Welt liegen die Dinge anders, und bei der Angelegenheit mit Josie spielten ganz besondere Umstände mit. Er nahm seine Karten und Notizbücher zur Hand, um sich mit seiner Arbeit zu befassen. Diese einfachen Aufzeichnungen würden ihm bestimmt noch eine Beförderung einbringen. Die Arbeit ging so gut voran, dass sie ihn diesmal einfach nicht ablehnen konnten. Er musste jetzt an die Zukunft denken, an eine Zukunft mit Josie. Und dieser Gedanke spendete ihm Trost.

Monate später, als die erschöpfte Gruppe wieder auf bekannte Wege stieß und die Vermessungen abgeschlossen waren, gab Logan Jimmy die Erlaubnis, voranzureiten und um die Hand seiner Verlobten zu bitten. Die Witzeleien über Frauen hatten schon lang aufgehört, und alle wollten Perth auf dem schnellsten Weg erreichen. Charlie hatte ein Stück gutes Weideland für sich selbst ausgesucht, doch Logan hatte abgewunken. Er wollte sich nicht festlegen, da er zuerst Josies Meinung hören musste. Er brauchte sie so sehr.

Jimmy ritt das lange Tal entlang, um Lawinas Volk zu suchen. Als er an den hohen Sandelholzstämmen am Flussufer vorbeikam, sang sein Herz. Er hatte bewiesen, dass er in der Welt des weißen Mannes leben konnte; bei den Weißen galt er als guter Kerl, und so würde er auch seine Frau beschützen können, während ihre Traumzeit um sie herum immer mehr zerbröckelte. Viele Menschen glaubten, dass der weiße Mann eines Tages wieder verschwinden und sie in Ruhe lassen würde. Vielleicht würden auch die Geister einen großen Zauber schicken, der die Eindringlinge zerstörte, die das auserwählte Land entweiht hatten. Zwar hoffte auch Jimmy, dass dieser Tag einmal kommen würde, aber bis dahin musste er praktisch denken, um zu überleben. Nun wusste er, dass er für seine Arbeit Geld verlangen konnte. Ein schwarzer Mann konnte also Geld verdienen. Er wollte noch mehr über die Sitten und Gebräuche der Weißen lernen und das alles auch Lawina beibringen. Er würde sie alles lehren, und sie würden einander lieben, vor Freude singen wie

Mutter und Vater Kakadu und kräftigen Kindern das Leben schenken.

Im Augenblick war im Wald kein Vogelgesang zu hören. Im Busch herrschte Schweigen, und je weiter Jimmy ritt, desto besorgter wurde er. Über dem ganzen Tal lag eine bedrückende Stille, die nur von dem traurigen Krächzen einer Krähe durchbrochen wurde, die aufgeregt in den Baumwipfeln flatterte.

Obwohl er den ganzen Tag suchte, konnte er keine Spur von Lawinas Familie finden. Niemand begegnete ihm, der ihm den Weg hätte zeigen können. Das Tal schien verlassen. Aber das konnte nicht sein! Sie wussten doch, dass er zurückkommen würde, und würden nie das magische Band durchtrennen, das ihn bereits mit seiner zukünftigen Frau verknüpfte. Dann hätte er nämlich das Recht, sie aufzuspüren, seine Verlobte einzufordern und die Verantwortlichen zu bestrafen. Es war undenkbar; sie hatten doch keinen Grund, einen Streit anzufangen. Aber er machte sich Sorgen. Vielleicht war Lawina ja mit einem anderen Mann durchgebrannt, und nun hatten ihre Leute Angst, ihm in die Augen zu sehen.

Am anderen Flussufer hatten die Hügel, auf die kein Sonnenlicht mehr fiel, verschiedene Purpurtöne angenommen. Über Jimmys Kopf fingen sich die letzten goldenen Strahlen zwischen stumpfen Felsvorsprüngen und Spalten. Jimmy entdeckte die Überreste eines Lagerplatzes und starrte bedrückt ins tiefe dunkle Wasser hinab, das jetzt ganz leise dahinfloss, als wolle es nicht seine Aufmerksamkeit auf sich ziehen.

Wie graue Geister senkten sich Nebelfetzen herab, schwebten zwischen den Bäumen, und Jimmys Pferd wieherte ängstlich. Er streichelte den seidenweichen Hals des Tieres. Dann stieg er ab, band es an einem Baum fest und kletterte auf einen Felsvorsprung, um seine Ankunft anzukündigen.

»Coo-EEH! Coo-EEH!«

Seine laute Stimme durchbrach die Stille, und das Echo hallte um ihn herum wider, bis es sich in der Ferne verlor. Doch niemand antwortete. Er wartete, bis die ersten Sterne am Himmel erschienen, ehe er sein Lager aufschlug. Sie würden sein Feuer sehen. Irgendjemand würde kommen, um nachzuschauen.

Später in dieser Nacht saß er wartend da. Als er eine Bewegung im Busch zu spüren glaubte, griff er nach seinem Messer, doch das kam ihm närrisch vor. Schließlich gab es nichts, wovor er sich fürchten musste. Er war zu lange bei den weißen Männern gewesen, die bei jedem Schatten erschrocken zusammenzuckten. Aufmerksam suchte er die weißen Baumstämme ab, die die Lichtung umgaben, bis er schließlich die dunkle Gestalt entdeckte, die reglos nur einige Meter entfernt von ihm stand.

»Komm heraus«, sagte er lachend, wobei ihm einfiel, dass er Kleider des weißen Mannes trug. »Erkennst du denn das Feuer eines schwarzen Mannes nicht?«

Als der Mann näher trat, erkannte Jimmy überrascht, dass der Fremde ein Gerippe auf die Haut aufgepinselt hatte. Im Gesicht trug er die weiße Farbe der Trauer.

»Wer bist du?«, fragte er.

»Guldurrim«, erwiderte der Mann. Er blieb aufrecht stehen und hatte seinen Speer fest in den Boden gerammt. »Bruder der Frau, die Lawinas Mutter ist.«

»Hattest du einen Trauerfall in der Familie?«, fragte Jimmy. Mit dieser Höflichkeit versuchte er, seine böse Vorahnung zu verbergen.

»Die Trauer ist groß«, antwortete Guldurrim zornig. »Eine Frau ist tot, zwei Frauen sind verschwunden; entführt von weißen Männern.« Er riss den Speer hoch und hielt ihn sich wie eine Schranke vor die Brust. »Wenn du nicht fortgehst, werden wir dich töten. Die Männer sagen, dass du zu ihnen gehörst.«

»Zu wem? Ich war monatelang fort.«

»Du trägst die Kleider des weißen Mannes, du reitest auf einem großen Tier, du bist einer von ihnen geworden. Verschwinde!«

Jimmy stand langsam auf. »Nein. Lawina ist mir versprochen. Erst gibst du mir Lawina zur Frau, dann gehe ich.«

Er erkannte die Trauer in den Augen des Fremden, des Mannes, der Lawinas Onkel war, und verstand. »Wen haben sie entführt?«

»Sie haben sie geraubt«, sagte Guldurrim mit tränenerstickter Stimme. »Sie haben mein kleines Mädchen umgebracht und Lawina und ihre Schwester geraubt.«

»Wer?«, schrie Jimmy auf. »Wer hat sie geraubt? Was seid ihr denn für Männer, wenn ihr zulasst, dass euren Frauen so etwas geschieht?«

»Verschwinde!«, wiederholte Guldurrim beharrlich, doch Jimmy sprang rasch vor, riss ihm den Speer aus der Hand, warf seinen Gegner gegen einen Felsen und hielt ihm die Waffe an die Kehle. »Entweder du sagst mir jetzt, was geschehen ist, oder du wirst sofort deine gerechte Strafe bekommen.«

»Es schickt sich nicht, dass du mich so behandelst«, beschwerte sich Guldurrim. »Einen Verwandten darfst du nicht bedrohen.« Jimmy ließ ihn los. »Dann setz dich und sprich. Wann ist es geschehen?«

Guldurrim ließ sich im Schneidersitz im Sand nieder und blickte zum hell leuchtenden Halbmond empor. »Vor einem ganzen Monat«, fing er mit finsterem Gesicht an. »Die Frauen haben hinter den Wasserfällen Fischreusen aufgestellt, als drei weiße Männer gekommen sind.«

»Woher weißt du das?« Jimmy stöhnte innerlich. Vor einem ganzen Monat.

»Lawinas kleiner Bruder war auch dabei. Er hat sich versteckt. Die weißen Männer packten unsere Frauen und fesselten sie mit Stricken an Bäume. So …« Er zeigte mit den Händen, dass sie mit einer Schlinge um den Hals gefesselt worden waren. Wie ein Stück Vieh, dachte Jimmy, und Wut stieg in ihm auf.

»Sie schändeten meine Kleine, deren Namen ich nicht aussprechen darf«, fuhr Guldurrim mit gesenktem Haupt fort, »doch sie hat sich gewehrt. Da haben sie sie erschlagen. Ach, würden doch die Geister ihnen die harten Herzen aus dem Leibe reißen!«

»Auf die Geister würde ich mich nicht verlassen. Sprich weiter.«

Viel gab es nicht mehr zu erzählen. Als die Mädchen vermisst wurden, machten sich die Familien auf die Suche. Den verstörten Jungen fanden sie in Todesangst in einer Höhle. Guldurrim entdeckte die Leiche seiner Tochter im Fluss. Aber die beiden anderen Mädchen blieben verschwunden.

»Schande über dich«, tadelte Jimmy. »Warum hast du diese Mörder nicht verfolgt?«

»Das haben wir getan. Doch sie waren zu Pferde und hatten

einen Tag Vorsprung. Wir haben sie bis zur Straße des weißen Mannes verfolgt, bis zu den Zäunen. Aber unsere Männer wurden von Gewehrschüssen zurückgetrieben, und niemand wollte uns anhören.« Er brach in Tränen aus. »Wir haben wirklich große Schande auf uns geladen.«

Jimmy zerrte ihn unsanft auf die Füße. »Ich will mit dem Jungen sprechen.«

Sie durchwateten den Fluss und marschierten durch die Dunkelheit zu den Hügeln, bis sie das schweigende, trauernde Volk erreichten. Alles blickte auf Jimmy, als er sich zu Lawinas Bruder, einem mageren, verängstigten Siebenjährigen, setzte.

»Fürchte dich nicht«, sagte Jimmy. »Erzähl mir alles, woran du dich erinnerst, und ich werde dich für dein gutes Gedächtnis belohnen.« Er nahm sein Jagdmesser vom Gürtel und legte es auf den Boden. »Das soll dir gehören.«

Die Befragung war anstrengend, aber der Junge blieb ruhig und achtungsvoll. Seine Antworten überlegte er sich gut, und er kam durch Jimmys Fragen auf Einzelheiten zu sprechen, die andere Menschen wohl nicht aus ihm herausbekommen hätten.

»Pferde? Wie viele Pferde?«

»Vier Pferde.«

»Und nur drei Männer?«

»Nur drei Männer.« Gut, dachte Jimmy. Sie hatten also ein Packpferd dabei und sind deshalb wahrscheinlich keine Viehzüchter aus der Gegend.

»Und die Kleider?« Obwohl der Junge sich nicht mit den Kleidern des weißen Mannes auskannte, konnte Jimmy in Erfahrung bringen, dass die Männer weder Soldaten noch Squatter gewesen waren. Der Junge beschrieb raue, schlichte Kleidung – keine Uniformen oder polierte Stiefel – und Schlapphüte, nicht die flotten mit der harten Krempe, wie sie die Squatter trugen.

Der Junge hat viel gesehen. »Wie haben sie die Mädchen mitgenommen? Haben sie sie auf das reiterlose Pferd gesetzt?«

»Nein.« Der Junge zeigte Jimmy, wie die Männer den Mädchen Schlingen um den Hals gelegt und sie an den Sätteln festgebunden hatten. Als sie losritten, mussten die Gefangenen hinterherrennen. Jimmy litt Höllenqualen, als er das hörte. Doch er verstand. Seine Mutter hatte ihm erzählt, dass weiße Männer schwarze Mädchen mit dem Lasso einfingen und sie so zu ihren Farmen schleppten. Einige dieser Mädchen wurden den Frauen übergeben, die sie in Schränke sperrten und zur Hausarbeit zwangen. Die anderen waren für die Männer. Seine Mutter wusste solche Dinge, und sie sprach ständig darüber, damit niemand es vergessen sollte. Doch dieses Wissen hatte sie zerstört. Auch sie war gefangen worden, aber es war ihr gelungen zu entkommen. Sie hatte ihren Namen geändert und sich für das freie Leben in der Stadt entschieden, da ihr Gatte tot war und kein Mann ihres Stammes eine Frau genommen hätte, die von ihren Entführern geschändet worden war. Doch ihre Freiheit war auch nur ein Gefängnis.

Jimmy fragte immer weiter. Er lebte nicht mehr bei seinem Stamm, aber er trug das Erbe seiner Vorfahren in sich. Er würde Lawina zurückholen und sie für ihre Leiden entschädigen.

»Das reiterlose Pferd? War es mit Vorräten bepackt?«

Der Junge nickte. »Esswerkzeuge, dicke Säcke, Grabwerkzeuge.« Jimmy lächelte ihn an. »Guter Junge.« Es mussten Goldgräber sein, mit Töpfen und Pfannen, Laternen, Hacken und Schaufeln. Ständig suchten die weißen Männer nach dem schwer aufzufindenden Stoff, den man Gold nannte. Sie sagten, dass er in der Erde lag. Doch soweit Jimmy wusste, war ihre Suche meist vergebens. Er hatte gehört, wie die Landvermesser sich darüber unterhielten.

»Verdammte Zeitverschwendung«, hatte Charlie gesagt.

»Falsch«, hatte Logan widersprochen. »Ich bin todsicher, dass es irgendwo da draußen Gold gibt. Alle Anzeichen deuten darauf hin. In den östlichen Staaten haben sie Millionen Pfund Gold gefunden, also muss es auch in Westaustralien genug davon geben.«

»Warum schürfst du dann nicht selbst?«, hatte Charlie herausfordernd gefragt.

»Vielleicht mach ich das eines Tages noch«, war Logans Antwort gewesen.

Jimmy hatte sich fest vorgenommen, bei der nächsten Gelegenheit herauszufinden, wie dieses Gold aussah. Er wunderte sich, warum die weißen Männer eigentlich nicht die Eingeborenen danach fragten, wo es verborgen war, denn die kannten jede Handbreit Boden in ihrem Land.

Die Schurken waren mit vollen Vorratstaschen unterwegs, kamen also sicherlich aus Perth. Nachdem er dem Jungen noch einige Fragen gestellt hatte, fand er heraus, wie die Gesuchten aussahen. Es handelte sich um einen älteren Mann mit einem struppigen grauen Bart und zwei jüngere, die buschige schwarze Bärte trugen. Für den Jungen waren sie Dämonen, und er fürchtete sich entsetzlich vor ihnen.

»Ich brauche einen Namen«, fuhr Jimmy auffordernd fort. »Gewiss hast du einen Namen gehört, und du wirst dich daran erinnern.«

Der Junge überlegte erst angestrengt und rief dann überrascht ein Wort aus, das er aufgeschnappt hatte: »Kumpel.«

»Gut gemacht«, sagte Jimmy. »Versuch es noch einmal. Mich nennen sie Jimmy, hast du so einen ähnlichen Namen gehört?«

Der Junge dachte wieder nach. Er versuchte es mit »Jimmy«, was ihm weiterzuhelfen schien. Und Jimmy Moon wartete wortlos. Schließlich war dem Jungen etwas eingefallen; ein Name. »Jacko«, sagte er. »Ein Mann hieß Jacko.«

»Welcher?«

Das wusste der Junge nicht.

Nachdem Jimmy keine weiteren Fragen mehr hatte, dankte er dem Jungen und überreichte ihm das Messer. Aber dieser lehnte es ab. »Meine Schwestern sind verloren«, sagte er. »Du musst die bösen Männer bestrafen. Dazu wirst du das Messer brauchen, weil du doch keinen Speer hast.«

Als Jimmy zurückritt, um Logan einzuholen und die Fähre zu erreichen, stand sein Plan schon fest. Er wollte sich eine Waffe, eine wirklich tödliche Waffe besorgen, die er unter seinem Hemd verstecken konnte. Und er wusste auch schon, wo er sie sich beschaffen würde.

Josie hatte vorausgesagt, dass Jimmy an der Fähre sein würde, und sie behielt recht. Da war er, seine Augen funkelten, seine weißen Zähne leuchteten aus dem schwarzen Gesicht. Und wieder hatte er, wie versprochen, das Pferd zurückgebracht. Nun konnten sie alle nach Perth reiten und feiern. Logan, der Josie endlich an seiner Seite wusste, hatte allen Grund dazu.

Allein war er mit klopfendem Herzen und zitternden Knien zur Farm geritten. Wie würde sie ihn empfangen? Und was würde der Tag ihm bringen? Er konnte nicht wie sonst alles vorher durchplanen, und vielleicht würde es Schwierigkeiten geben.

Jack war nirgends zu sehen. Josie berichtete, er und ein Nachbar seien damit beschäftigt, ihre Grenze im Hinterland einzuzäunen. Also hatten sie sich hastig umarmt, und Josie hatte rasch gepackt. Der Brief an ihren Mann war schon geschrieben. Sie nahm ihn aus seinem Versteck und legte den versiegelten Umschlag auf den Küchentisch. Dann goss sie noch etwas Brühe in den Eintopf, der auf dem Herd köchelte. »Sein Abendessen«, erklärte sie, und Logan nickte, als ob ihm ihre Sorgfalt gefiele. In Wahrheit allerdings ärgerte sie ihn. Er sattelte ihr Pferd, und sie ritten davon. Nachdem er sich all diese Sorgen gemacht hatte, war alles nun doch so reibungslos vonstattengegangen.

Die Männer begrüßten sie verlegen und gaben sich große Mühe, höflich zu sein. So waren Logan und Josie erleichtert, als sie endlich die Fähre erreichten.

»Wo ist deine Braut?«, erkundigte sich Len bei Jimmy, und dieser nickte. »Sie kommt später.«

Niemand bohrte weiter, denn in Gesellschaft der anderen »Braut« schien es passender, dieses Thema zu vermeiden.

»Was ist denn mit Jimmy los? Warum macht er so ein merkwürdiges Gesicht?«, fragte Josie.

»Vermutlich ist er aufgeregt, weil er bald heiraten wird«, meinte Logan. »Und wahrscheinlich ist es für ihn ein großes Abenteuer, weil du dabei bist.«

»Nein. Er ist völlig verstört. Irgendetwas stimmt nicht.«

»Mach dir um ihn keine Gedanken, Liebling. Er kommt schon wieder in Ordnung.« Zum erstenmal hatte er sie so genannt, und sie nahm seine Hand, als sie gemeinsam den Fluss überquerten.

In dieser letzten Nacht auf der Wanderschaft lagerten sie am Ufer, und die Frau des Fährmanns nahm Josie in ihrer Hütte auf. Das hatte sie schon oft getan; von den veränderten Umständen ahnte sie nichts.

Beim Morgengrauen waren alle auf und freuten sich auf die Abfahrt. Logan und seine Herzensdame waren vergessen. Die Männer waren bester Laune. Sie schenkten dem Fährmann den Rest ihrer Vorräte und versprachen ihm, ein paar Gläser auf sein Wohl zu trinken, wenn sie erst einmal in den Hotels in Perth angekommen waren. Doch beim Packen stellte Logan fest, dass sein deutscher Revolver verschwunden war. Noch einmal sah er in seiner Tasche nach und entdeckte besorgt, dass auch eine Schachtel Munition fehlte. Er mischte sich unter die Männer und hoffte, dass jemand die Waffe erwähnen würde. Schließlich konnte es ja eine Erklärung dafür geben. Aber die Männer saßen schon auf den Pferden und riefen ihm zu, er solle sich beeilen.

Len hielt Jimmys Pferd am Zügel. »Er hat sich schon wieder aus dem Staub gemacht«, lachte er. »Komm schon, Boss! Fahren wir!«

Charlie half Josie in den Sattel. Auch sie wurde allmählich unruhig, da sie befürchtete, dass ihr Mann sie verfolgen könnte. Also war im Augenblick wirklich nicht der richtige Zeitpunkt, um nach dem Verbleib des Revolvers zu forschen. Außerdem war sich Logan inzwischen ziemlich sicher, dass Jimmy die Waffe gestohlen hatte. Wer sonst hätte unbemerkt sein Zelt betreten können? Vielleicht hatte er sie gestern Abend entwendet, als alle beim Essen saßen, oder sogar nachts, denn er konnte herumschleichen wie ein Nachttier. Aber warum?

Achselzuckend schwang er sich aufs Pferd. »Los!« rief er. »Auf nach Perth!« Was, zum Teufel, hatte Jimmy nur vor? Doch ganz gleich, was es auch sein mochte, Logan hatte nicht die Absicht, den Diebstahl anzuzeigen. Da es ein Verbrechen war, Feuerwaffen an Eingeborene abzugeben, würde eine amtliche Untersuchung stattfinden. Logan hatte nicht die geringste Lust, sich seinen guten Ruf durch solch eine Geschichte verderben zu lassen. Besser war es, den Revolver gar nicht zu erwähnen. Jimmy verscherzte zwar so seine Bezahlung, aber er war ein schlauer Bursche. Mit einem Revolver konnte er auf die Jagd gehen, also hatte er für ihn einen weitaus größeren Wert als die versprochenen zehn Pfund. Außerdem würde es Jimmy einen Heidenspaß machen, bei seinen Stammesgenossen damit anzugeben – mit einer neuen Ehefrau und einem Revolver würde sein Ansehen enorm steigen. Sollte er ihn also ruhig behalten.

Im Licht der untergehenden Sonne schimmerten die Häuser von Perth aprikosenfarben, als die kleine Gruppe in die Stadt einritt. Alle waren erleichtert, endlich zurück zu sein. Die Männer begaben sich auf der Stelle ins Esplanade Inn, doch Josie wollte nicht unter Leute gehen, ehe sie sich nicht ein wenig frisch gemacht hatte. Also brachte Logan sie in sein Zimmer. Dort, in seinem warmen Bett, konnten sie sich endlich lieben, und sie liebten sich die ganze Nacht, zärtlich und leidenschaftlich, und stillten die Sehnsucht der vergangenen Monate. Logan konnte es kaum fassen, wie er es ausgehalten hatte, so lange auf sie zu warten. Er zündete die Laterne an, um sie anzusehen, ihre vollen Brüste, ihren schlanken, straffen Körper zu streicheln, sie zu küssen und sein Gesicht gegen ihre warme Haut zu pressen. Er war außer sich vor Freude, dass er eine Frau gefunden hatte, die sich nicht zurückhielt, und ihre Sinnlichkeit überraschte ihn. Beim Gedanken, dass auch Jack Cambray sie geliebt hatte, dass vielleicht er sie gelehrt hatte, sich so hinzugeben und zu genießen, überkam ihn Eifersucht. Er stürzte sich auf sie, um den Gedanken an den Körper seines Nebenbuhlers auszulöschen, und sie verstand. »Logan«, flüsterte sie. »Mein Logan, ich liebe dich.«

Am folgenden Morgen hatte Logan es nicht eilig, sich bei seiner Arbeitsstelle zu melden. Er ließ sich Zeit, um zu baden und sich zu rasieren. Dann zog er seinen sauberen Stadtanzug an, glättete sein Haar mit Pomade und erschien mit der Ledermappe, die seine Karten und Aufzeichnungen enthielt, im Büro.

Sein Vorgesetzter, Ralph Purvis, brachte diese ins Heiligtum des obersten Landvermessers Anderson, während Logan sich mit den anderen Angestellten unterhielt und sich die neuesten Gerüchte anhörte. Aufmerksam stellte er fest, dass während seiner Abwesenheit Gold zum wichtigsten Gesprächsthema geworden war. Die Regierung bot allen Männern eine Belohnung, die Goldadern entdeckten. »Wer will schon eine Belohnung?« Er lachte. »Wenn man Gold gefunden hat, braucht man sie nicht mehr!«

Die anderen wurden sofort argwöhnisch. »Sie haben doch nicht etwa welches gefunden?«

»Nein, Pech gehabt.«

Schließlich wurde er ins Büro des obersten Landvermessers gerufen. »Ich muss sagen, Mr. Conal, dass Sie ausgezeichnete Arbeit geleistet haben«, sagte Anderson. »Sie haben sich eine Belohnung verdient. Meiner Ansicht nach haben Sie einige Wochen Urlaub nötig; Sie sehen ziemlich mager aus.«

»Ich habe tatsächlich etwas abgenommen«, bestätigte Logan. »Aber das ging uns allen so; schließlich gibt es da draußen keine Konditoreien. Ich freue mich schon auf eine anständige Mahlzeit.«

»Nun gut. Sagen wir also zwei Wochen?«, wandte sich Anderson an Purvis.

»Ja, das ginge in Ordnung. Bei halber Bezahlung.«

»Bei halber Bezahlung?«, wiederholte Logan.

»Schließlich arbeiten Sie nicht«, erklärte Purvis.

»In diesem Fall trete ich lieber sofort wieder meinen Dienst an, wenn es Ihnen recht ist. Und wenn wir schon einmal dabei sind, Sir«, wandte er sich an Anderson, »haben Sie doch jetzt ausreichend Beweise für meine Fähigkeiten. Eigentlich hatte ich auf eine Beförderung und eine Gehaltserhöhung gehofft.«

»Jetzt ist nicht der richtige Augenblick«, erwiderte Anderson. »Zuerst nehmen Sie einmal Urlaub, und wir besprechen alles Weitere, wenn Sie zurückkommen.« Er fing an, die Seiten von Logans Notizbüchern umzublättern – genaue Beschreibungen von Hunderten von Parzellen, die nur noch ins Grundbuch eingetragen werden mussten –, wobei er tat, als sei die Lektüre spannend wie ein Liebesroman.

»Mir wäre lieber …«, fing Logan an, aber Purvis schob ihn hinaus auf den engen Flur. »Um Gottes willen, Conal, halten Sie jetzt den Mund. Sie haben Glück, dass er Sie nicht hinausgeworfen hat, nachdem Sie von einer Dienstreise in Begleitung der Gattin eines anderen Mannes zurückgekommen sind. Die ganze Stadt spricht schon darüber.«

»Schon? Das ist aber schnell gegangen«, meinte Logan. »Doch das ist einzig und allein meine Angelegenheit und hat mit meiner Arbeit nicht das Geringste zu tun.«

»Dann behalten Sie es auch für sich. Ich habe für Sie getan, was ich konnte, und der Alte war bereit, Sie erst einmal nur vom Dienst zu befreien, bis Gras über die Sache gewachsen ist. Sie müssen doch gewusst haben, dass es einen Skandal geben wird!«

Logan starrte die blassgrün gekalkte Wand neben der offenen Tür an. »Heißt das, ich bin gefeuert?«, fragte er.

»Keineswegs. Machen Sie einfach einmal eine Pause, alter Junge. Aber wenn ich Sie wäre, würde ich mich mit Mrs. Cambray nicht in der Öffentlichkeit zeigen. Schließlich wollen Sie ja keinen Ärger bekommen.«

»Wenn Sie mich nur hätten aussprechen lassen, hätte ich aus genau diesem Grund um meine Versetzung nach Geraldton gebeten. Niemand kann sich beschweren, wenn ich fünfhundert Meilen von hier fort bin, und Sie brauchen jemanden, der das Büro dort übernimmt.«

Purvis dachte darüber nach und zündete sich eine Pfeife an. »Ich werde mich beim Alten für Sie einsetzen. Und nun holen Sie am besten Ihr Geld ab und gehen nach Hause.«

Josie freute sich. »Urlaub? Das ist aber schön! Ich habe mich schon gefragt, was ich den ganzen Tag alleine anfangen soll. Wir müssen uns eine Wohnung mit einer Küche suchen, damit du endlich etwas Anständiges in den Magen bekommst.«

»Das ist nicht nötig, weil ich um eine Versetzung nach Geraldton gebeten habe. Dort bekommen wir ein Haus.«

»Geraldton? Wie wunderbar! Ich habe gehört, dass es dort sehr schön ist, und außerdem liegt es am Meer.«

Wegen seines Zwangsurlaubes konnte Logan viel Zeit mit Josie verbringen. Sie schliefen lang, kauften gekochten Fisch und Schweinefleischpasteten bei Straßenhändlern, wanderten durch den Kings Park, unternahmen lange Spaziergänge am Flussufer und aßen jeden Abend im Esplanade Inn. Sieben Tage lang lebten sie glücklich und zufrieden, liebten sich und führten bei einem Glas Wein in ihrem Wohnzimmer lange Gespräche über die Zukunft.

Am Sonntagnachmittag ging Josie allein zu Ned, um ihm zu erklären, dass sie die Farm und seinen Vater verlassen hatte. Allerdings hielt sie es noch nicht für nötig, auch Logan zu erwähnen. Der Junge war wütend auf sie. Dabei hatte sie so gehofft, er würde sie verstehen! Besser als jeder andere wusste er schließlich, wie schwierig sein Vater war, aber er wollte ihre Bitten nicht hören.

»Geh zurück! Geh nach Hause!«, rief er, riss sich von ihr los und stürzte davon.

»Er wird darüber hinwegkommen«, tröstete sie Logan. »Kinder mögen es nicht, wenn sich etwas verändert, aber sie gewöhnen sich daran. Gib ihm eine Woche und besuche ihn am nächsten Sonntag noch einmal.« Er lächelte. »Und bringe ihm eine große Schachtel Schokolade mit, dann macht er bestimmt ein freundlicheres Gesicht.«

Doch am Montag stand plötzlich ein Polizist vor der Tür und fragte nach einer Mrs. Josie Cambray.

»Was gibt es?«, fragte sie ängstlich, da sie befürchtete, dem Jungen könne etwas zugestoßen sein. Vielleicht war er ja aus der Schule davongelaufen. Logan legte den Arm um sie. »Was ist geschehen, Wachtmeister?«

Dieser schnaubte in seinen Schnurrbart, strich seinen Uniformrock glatt und schickte sich an, sein Sprüchlein aufzusagen. »Mrs. Cambray, es ist meine traurige Pflicht, Ihnen mitzuteilen, dass Ihr Gatte verstorben ist.« Nach diesen angestrengten Worten fiel er wieder in die Alltagssprache. »Tot«, meinte er zu Logan. »Hat sich erschossen.«

»O mein Gott!« Gerade noch rechtzeitig fingen die beiden Männer Josie auf, der vor Schreck die Knie nachgaben, und verabreichten ihr ein Glas Brandy. Logan genehmigte sich ebenfalls einen Schluck und bot auch dem Polizisten davon an. »Nun gut, aber nur ein kleines Schlückchen, Sir. Aber noch weiter zu Mr. Cambray. Er hat einen Brief an einen Rechtsanwalt hier in der Stadt, einen Mr. Spencer, geschickt. Mit seinem Testament und so«, erklärte der Polizist. »Daraufhin hat Spencer Soldaten hinbeordert, damit sie nach dem Rechten sehen sollten, und da lag er – tot hinter den Stallungen. Ein Nachbar hat ihn identifiziert.«

»Was sollen wir jetzt tun?«, fragte Logan. »Und die Beerdigung. Wir müssen uns um seine Beerdigung kümmern.«

»Das ist schon erledigt. In dem Brief hieß es, er wolle auf

seiner Farm begraben werden, ohne großes Theater. Am Samstag ist er beerdigt worden.«

Logan begleitete Josie zur Polizeiwache, wo sie einige Papiere unterzeichnen musste, und dann in die Kanzlei des Rechtsanwalts.

Immer noch wie betäubt vor Schrecken saß Josie stumm daneben, während Logan mit Spencer sprach. Der Anwalt war ein älterer Herr mit einem Schnurrbart und harten Augen, in denen der Vorwurf deutlich zu lesen war.

»Ich werde Sie nicht lange aufhalten«, sagte er streng, »denn wie Sie an diesem Brief erkennen können, sind Mr. Cambrays Anweisungen klar und deutlich.« Er reichte die beiden Seiten Josie hin, die sich jedoch abwandte. »Bitte, Mr. Spencer, ich kann nicht …«

Logan las den Brief.

»Wie Sie sehen«, fuhr Spencer fort, »besteht nicht die Möglichkeit eines Verbrechens. Es war Selbstmord. Und«, bei diesen Worten blickte er über den Rand seiner Brille, »der arme Mann hat seine Gründe deutlich erklärt.«

»Das sehe ich«, erwiderte Logan wütend. Cambray hatte in einem ausufernden, vor Anschuldigungen strotzenden Schreiben seiner Frau die Schuld an seiner Tat gegeben. »Gibt es sonst noch etwas?«

»Das Testament. Dieses befindet sich auch in meiner Hand. Zwar ist es nicht von Zeugen unterzeichnet, aber es ist in der Handschrift des Verstorbenen abgefasst, also vor dem Gesetz gültig. Und unter den gegebenen Umständen kann ich Mrs. Cambray nur davor warnen, das Testament anzufechten; sie würde damit scheitern.«

»Was?«, fragte Josie verwirrt.

»Nichts, worüber du dir Sorgen machen müsstest«, meinte Logan.

Spencer räusperte sich. »Mr. Cambray hat bestimmt, dass all sein Vieh und die beweglichen und unbeweglichen Besitztümer verkauft werden sollen. Der gesamte Erlös soll in einen Treuhandfonds eingezahlt werden, dessen Verwalter ich bin, um für die Ausbildung und den Unterhalt seines Sohnes, Edward John Cambray, aufzukommen. Er äußerte ausdrücklich den Wunsch, dass Josephine Cambray keinen Penny erhalten soll, denn sie hat den Besitz verlassen, um sich in eine ehebrecherische …«

»Verschonen Sie uns mit Ihrer Predigt«, fiel Logan ihm ins Wort. »Mrs. Cambray ist seine Witwe, und sie hat ein Recht auf die Farm. Es ist ihre Farm, verdammt noch mal!«

»Ich will sie gar nicht«, sagte Josie.

»Aber sie gehört dir doch«, widersprach Logan. »Das Testament ist nicht rechtsgültig.«

»Mir ist es lieber, wenn Ned sie bekommt«, meinte sie nachdrücklich, und Spencer gab ein zufriedenes Grunzen von sich.

Gegen Logans Rat bestand Josie darauf, Ned noch am gleichen Tag zu besuchen.

Man ließ sie in der gebohnerten Vorhalle des Internats warten, bis schließlich der Direktor kam, um sie zu empfangen. »Es tut mir leid«, sagte er, wobei er allerdings eher streng als bedauernd dreinblickte. »Aber ich habe Anweisungen von Mr. Spencer. Nach dem Letzten Willen des Verstorbenen dürfen Sie den kleinen Edward nicht sehen. Er befindet sich in guten Händen, die Lehrer haben ihm den Tod seines Vaters mitgeteilt, und er trägt es recht tapfer.«

»Seine Mutter hat das Recht, ihn zu sehen, ganz gleich, was in diesem Testament steht«, widersprach Logan, doch der Direktor blieb hart. »Mr. Spencer bezahlt die Rechnungen, also muss ich mich an seine Anweisungen halten. Ich habe selbst mit dem Knaben gesprochen, und ich muss Ihnen mitteilen, dass er seine Mutter nicht zu sehen wünscht. Darin lässt er sich nicht beirren, und deshalb meine ich, dass es das Beste wäre, wenn Sie jetzt gehen.«

Logan brachte Josie zurück in seine Wohnung. Ihm schwante, dass noch weitere Schwierigkeiten ins Haus standen, da der Skandal inzwischen in aller Munde war. Deswegen war er auch nicht weiter überrascht, als er einen bedrückt aussehenden Büroboten entdeckte, der vor der Tür auf und ab ging. »Ein Brief für Sie, Mr. Conal. Den soll ich Ihnen persönlich übergeben.« Gleichzeitig warf er Josie einen frechen Blick zu, und da er zum erstenmal eine Ehebrecherin zu Gesicht bekam, fielen ihm fast die Augen aus dem Kopf. Logan nahm das Schreiben entgegen und versetzte dem Burschen für seine Unverschämtheit eine kräftige Ohrfeige.

»Von wem ist der Brief?«, fragte sie, während sie vor ihm die Treppe hinaufstieg. Jede Stufe machte ihr unsägliche Mühe, als ob sie ein Kreuz auf dem Rücken trüge. Sie bemerkte nicht einmal, dass er keine Antwort gab.

»Ich glaube, ich lege mich ein bisschen hin«, sagte sie, nachdem er sie ins Schlafzimmer geschoben hatte.

»Soll ich dir etwas bringen?«

»Nein.« Mit geröteten, vom Weinen verschwollenen Augen blickte sie zu ihm hoch. »Oh, Logan, ich fühle mich so schuldig.«

»Genau das wollte er auch erreichen. Gönne ihm diesen Triumph nicht. Vergiss nicht, er hätte sich ja nicht umzubringen brauchen. Er wollte sich nur an dir rächen. Und jetzt ruh dich ein wenig aus.«

»Aber er ist tot, Logan. Er ist tot!« Sie wollte bemitleidet werden, aber er beschloss, ihr diesen Wunsch nicht zu erfüllen. »Gut. So sind wir ihn wenigstens los.«

Josie, die gerade ihren Hut abnahm, hielt mitten in der Bewegung inne, sodass ihr die Hand mit der Hutnadel in der Luft erstarrte. »So etwas Schreckliches darfst du nicht sagen! Wie kannst du nur so gefühllos sein?«

»Ohne die geringste Schwierigkeit. Dieser Mann war dir völlig gleichgültig, sonst hättest du ihn nicht verlassen. Ich verstehe, dass du wegen Ned traurig bist, aber verschone mich mit deinen Krokodilstränen über den irren Jack.« Er stürmte hinaus und knallte die Tür hinter sich zu.

Er ließ sich auf der durchgesessenen Ottomane im Wohnzimmer nieder. »Tja«, seufzte er, »die erste Runde hast du wohl gewonnen, Jack, du mieser Schweinehund, und ich möchte wetten, dass du den nächsten Sieg auch schon in der Tasche hast.« Er wandte sich dem Umschlag zu, der auf der Rückseite den Regierungsstempel trug. Langsam und vorsichtig öffnete er ihn, als ob das eine Rolle gespielt hätte.

Als Erstes fiel ihm auf der fast leeren Seite Andersons verschnörkelte, gestochen saubere Unterschrift auf – die Nachricht darüber war kurz und unmissverständlich.

»Angesichts der bedauerlichen Ereignisse«, las er laut, wobei er die Stimme des alten Mannes nachahmte. Dann übersprang er alles bis zur letzten Zeile, »… müssen wir von heute an leider auf Ihre Dienste verzichten.«

»Ich verstehe«, sagte Logan zum leeren Zimmer gewandt. »Jetzt habe ich also eine trauernde Witwe und verzweifelte Mutter auf dem Hals und keine Arbeit. Und ich hasse dieses miese, schäbige Zimmer.« Wütend betrachtete er die Möbel um sich herum; das billige Sofa, den wackligen Tisch mit den nicht dazu passenden Stühlen, die alte Eichenkommode und die beiden lächerlichen Gemälde an der Wand. Früher hatte er solche Zimmer recht angenehm gefunden; man konnte die Füße hochlegen und brauchte sich um nichts mehr zu kümmern. Doch das schien Jahrhunderte her zu sein.

Da klopfte es an der Tür. Draußen stand Charlie, mit Geschenken beladen. Er überreichte Logan einen Strauß Veilchen. »Die sind für deine Herzensdame. Ich dachte, sie fühlt sich vielleicht nicht ganz wohl. Und das da ist von Iris. Frauen sind einfach praktischer.« Iris hatte ihnen eine Schachtel belegter Brote geschickt, die mit hartgekochten Eiern garniert waren.

Logan war überrascht. »Das ist aber nett von dir, Charlie. Und Iris …«

»Du brauchst dich nicht zu bedanken. Deine Freunde im Esplanade hoffen, dass du jetzt die Ohren steif hältst. Iris sagt, auf den Broten sind Rindfleisch und selbst eingelegte Essiggurken. Also müsst ihr sie auch essen. Und das ist von mir.« Er hielt eine Literflasche Weißwein hoch. »Das ist ein gutes Tröpfchen. Wo steckt denn Josie?«

»Sie ruht sich aus.«

»Selbstverständlich. Also sprechen wir besser leise.«

»Ja.« Logan holte zwei Gläser, und die beiden Männer ließen sich am Tisch nieder.

Während Logan einschenkte, musterte Charlie ihn aufmerksam. »Der irre Jack hat sich also erschossen, was?«

»Hat sich selber das Licht ausgeblasen«, bestätigte Logan. »Und jetzt macht sie sich Vorwürfe.«

»Sie wird schon drüber hinwegkommen.«

»Hoffentlich. Ich mach mir jedenfalls keine Vorwürfe.«

»Warum solltest du auch? Wahrscheinlich war er wieder stockbesoffen.«

Logan nickte. Daran hatte er auch schon gedacht, es aber nicht ausgesprochen.

»Die Farm hat gerade die richtige Größe«, fuhr Charlie fort. »Jetzt gehört sie wohl Josie.«

»Nein, tut sie nicht. Er hat sie ihrem Sohn hinterlassen.«

Charlie war enttäuscht. »Ich wusste gar nicht, dass sie einen Sohn haben.«

»Er ist im Internat. Aber wir haben nicht nur die Farm verloren. Ich bin heute hinausgeworfen worden.«

»Was? Davon wusste ich ja noch gar nichts.«

»Morgen weiß es die ganze Stadt. Doch am meisten wurmt mich, dass ich eigentlich das Büro in Geraldton hätte übernehmen sollen. Wenn dieser Wahnsinnige sich nicht erschossen hätte, wäre ich jetzt dort oben eine große Nummer und könnte mir ein schönes Leben machen.«

»O mein Gott, und die Farm ist dir auch durch die Lappen gegangen! Zurzeit hast du wirklich eine Pechsträhne, alter Junge.« Charlie füllte die Gläser nach. »Und was nun?«

»Ich habe nicht die leiseste Ahnung.«

»Trink erst mal aus, und dann denken wir nach. Was ist denn mit Adelaide? Vielleicht solltest du nach Südaustralien ziehen. Hier bekommst du keinen Posten bei der Regierung mehr, und in diesen unsicheren Zeiten ist das die einzige Möglichkeit. Perth pfeift aus dem letzten Loch.«

»Seit wann?«

»Seit die Preise für Wolle gefallen sind. Der Staat ist bankrott oder steht zumindest kurz davor. Wir sind zu weitab vom Schuss, um neue Märkte zu erschließen. Warum, glaubst du, bieten sie jedem eine Belohnung, der Gold findet? Sie sind verzweifelt.«

»Mein Gott, ja«, murmelte Logan. »Ich möchte wetten, dass es dort draußen irgendwo Gold gibt, aber genauso gut könnte es auf dem Mond liegen.«

Sie dachten über Logans Zukunft nach, bis die Flasche leer war, wobei ihnen immer neue Einfälle kamen. »Immerhin hat man dich ohne Papiere als Landvermesser eingestellt«, sagte

Charlie. »Warum gibst du dich dann nicht als Geologe, Metallurge oder irgend so etwas aus? Als jemand, der sich mit goldführendem Quarz und solchen Sachen auskennt.«

Logan sah ihn verwundert an und fragte sich, ob Charlie erraten hatte, dass er nicht über mehr Vorbildung verfügte als er, Charlie, selbst. »Warum sollte ich mich als Geologe ausgeben?«

»Weil die großen Bergwerksgesellschaften hier viel Geld in die Goldsuche stecken. Wenn du es schaffst, sie zu überzeugen, hast du einen guten Posten. Bergwerksfachleute sind rar in Perth, alter Junge. Setz dich einfach hin und warte ab; ich stelle unterdessen ein paar Erkundigungen an.«

Nachdem Charlie fort war, ging Logan leise ins Schlafzimmer. Josie saß auf der Bettkante und betrachtete den fadenscheinigen Teppich, ganz als stünde sie am Rande einer Klippe und sei im Begriff hinunterzuspringen. Es machte ihn wütend, sie so dasitzen zu sehen. »Hast du ein bisschen geschlafen?«

»Und geht es dir jetzt besser?«

»Ich weiß nicht.«

Als er ihr die Blumen überreichte, stiegen ihr wieder Tränen in die Augen. »Iris hat uns außerdem belegte Brote geschickt. Sie sehen sehr appetitlich aus. Komm und iss etwas.«

»Ich habe keinen Hunger.«

»Mir knurrt jedenfalls der Magen.« Er ging zurück zum Tisch und machte sich über die Brote her. Sie schmeckten ausgezeichnet. Also aß er alle auf. »Ich gehe und kaufe noch welche«, sagte er zu Josie. Doch sie lag mittlerweile wieder zusammengekrümmt auf dem Bett, und nichts wies darauf hin, dass sie ihn gehört hatte. Die weiße Überdecke hing ordentlich gefaltet über dem eisernen Fußende des Betts wie eine kleine spanische Wand, die sie beide voneinander trennte. Ärgerlich verließ Logan das Zimmer und machte sich auf den Weg ins Wirtshaus.

Josie hatte dem leisen Stimmengemurmel gelauscht, bis sie eingeschlafen war. Doch als sie wieder aufwachte, sprachen die Männer lauter, und sie erkannte am Klingen der Gläser, dass Logan und Charlie dort draußen tranken. Sie lachten sogar. Josie setzte sich auf die Bettkante. Die Kühle der Nacht ließ sie erschaudern. Warum war Logan nur so gefühllos? Und dann wurde sie von neuen Ängsten überkommen. Sie hätte ihn zurückrufen sollen, doch stattdessen hatte sie ihm die kalte Schulter gezeigt. Wie dumm von ihr! Offenbar konnte er ihr Leid nicht ertragen. Noch während sie beschloss, dass es wohl das Beste war, sich frisch zu machen und vor dem Besucher die Gastgeberin zu spielen, hörte sie eine warnende innere Stimme: »Lass dich nicht auch von ihm unter Druck setzen. Gegen Jack hast du dich nie gewehrt. Bei ihm musst du endlich den Mund aufmachen.« Dann meldete sich eine weitere Befürchtung: »Ist er etwa auch ein Trinker? Du weißt doch, das passiert vielen Frauen: Sie heiraten wieder die gleiche Sorte Mann und haben dann dieselben Schwierigkeiten wie vorher. Das ist doch altbekannt.«

Aber dann kam er mit Blumen zurück, einem Strauß Veilchen, und angesichts von Charlies Fürsorge zerstreuten sich all ihre Bedenken. Sie brach in Tränen aus, was Logan allerdings wieder verärgerte. Also kroch sie wieder ins Bett und vergrub ihr Gesicht in den Kissen.

Und nun war sie allein. Er war fortgegangen, um zu trinken; genau wie Jack. Erschöpft versuchte sie, wieder einzuschlafen, doch Jacks Tod ging ihr immer noch im Kopf herum, und sie machte sich Sorgen um Ned. Der arme Junge; er musste vollkommen durcheinander sein. Sie fragte sich, ob ihm gesagt worden war, dass sein Vater sich das Leben genommen hatte. Würde er ihr Vorwürfe machen? Wieder musste sie weinen.

»Es hat keinen Zweck, Charlie. Du weißt doch, dass Percy Gilbert mich niemals anstellen würde.« Inzwischen waren einige Wochen vergangen, und Logan war immer noch arbeitslos. Offenbar stand er in dieser Stadt auf der schwarzen Liste.

»Möglicherweise hat Gilbert gar keine andere Wahl. Schließlich hat er noch keinen Ersatzmann gefunden.«

Logan zog ein Gesicht. »Du meinst wohl, ich bin seine letzte Rettung.«

»Betrachte es einmal andersherum – vielleicht ist es deine letzte Rettung, falls du nicht auf gut Glück nach Adelaide gehen willst. Du wärst dann der Geschäftsführer«, versuchte er den

Freund zu überreden. »Logan Lonal, Geschäftsführer der Gilbert-Goldbergwerksgesellschaft! Das klingt doch ganz gut.«

»Hast du gehört, was mit dem letzten Geschäftsführer geschehen ist?«, meinte Logan zu Josie.

»Nein.« Fragend sah sie Charlie an.

»Sie haben ihn aufgehängt.« Charlie lachte. »Offenbar ist er mit einem seiner Männer wegen einer Frau in Streit geraten, und er hat den Burschen erschossen. Also haben die Freunde des Opfers ihn aufgeknüpft. Ziemlich raue Sitten in diesem Land.«

»Um Gottes willen!«

»Die Stadt heißt Katherine«, knurrte Logan, »und sie liegt im Northern Territory, wo Fuchs und Hase sich gute Nacht sagen.«

»Eigentlich war mir klar«, warf Josie ein, »dass alle Goldfelder irgendwo in der Wildnis liegen. Schließlich kannst du nicht erwarten, dass du auf Schritt und Tritt über eins stolperst.«

»Und man verdient gutes Geld«, meinte Charlie zu Logan. »Außerdem kann niemand dich hindern, ein bisschen auf eigene Faust zu schürfen. Bestimmt kommst du als Millionär zurück.«

Draußen vor dem offenen Fenster raschelten die Blätter im Wind, als ob sie Logan aufforderten, aufzupassen. Ihn durchlief ein Schauder. Gold! Beim bloßen Gedanken an dieses Wort juckte es ihm in den Fingern. Er hatte so lange überlegt, wie er in Perth zu Geld kommen konnte, dass er daran gar nicht gedacht hatte. Dieses Gerede über Gold war ihm immer unwirklich vorgekommen, doch es gab Leute in diesem Land, die es tatsächlich aus dem Boden holten! Am liebsten wäre er sofort zu den Goldfeldern aufgebrochen. »Ich denke darüber nach«, antwortete er, ohne sich seine Begeisterung anmerken zu lassen. »In der Zwischenzeit kannst du mich ja dem betreffenden Herrn empfehlen, Charlie.«

Und Charlie behielt recht, denn für Percy war das Geld, das er in die Miene gesteckt hatte, wichtiger als seine Meinungsverschiedenheiten mit Logan Conal.

»Ich höre, Sie kennen sich in der Metallurgie aus«, sagte Gilbert zu Logan.

»Die Beschaffenheit von Metallen zu bestimmen, gehörte zu

meinen Pflichten als Landvermesser«, erwiderte Logan herablassend. »Außerdem hatte ich einen Kurs an der Akademie in Belfast belegt«, fügte er hinzu und wechselte dann rasch das Thema, um nicht etwa weitere Fragen beantworten zu müssen. »Leider konnte ich Ihnen bei Ihrer Eingabe wegen der Grenzsteinlegung nicht behilflich sein, Mr. Gilbert, aber ich hatte meine Anweisungen.«

»Wessen Anweisungen?«

»Namen möchte ich lieber nicht erwähnen«, entgegnete Logan geheimnisvoll, »aber es war mir nicht möglich, mich meinen Vorgesetzten zu widersetzen. Trotzdem spricht meine Arbeit für sich. Ich war eigentlich für eine Beförderung vorgesehen.«

»Bis Sie in diesen Skandal verwickelt wurden.«

»Mr. Gilbert«, seufzte Logan, »der Gatte der fraglichen Dame war überall als der irre Jack bekannt. Sie hatte keine andere Wahl, als ihn zu verlassen, denn sie fürchtete um ihr Leben.«

»Kann sein«, gab Gilbert barsch zurück, »aber Sie machen mir nicht den Eindruck eines edlen Ritters. Ich bin schließlich nicht von gestern. Die Sache ist Ihnen doch gelegen gekommen. Trotzdem werde ich Ihre Bewerbung wohlwollend in Erwägung ziehen. In der Zwischenzeit machen Sie sich bitte mit dem betreffenden Teil des Northern Territory bekannt. Dazu wenden Sie sich an meinen Juniorpartner, Mr. Collins, in der Bergwerksabteilung.«

Joachim Collins war gern behilflich. Er zeigte Logan Karten, auf denen dieser nur eine unendliche Leere erkennen konnte. Quer durch die Mitte verlief die Telegraphenleitung von Palmerston an der Nordküste nach dem Süden, und etwa ein halbes Dutzend Städtchen waren als schwarze Punkte eingezeichnet. Da Logan in Gedanken mehr bei seinem zukünftigen Gehalt war, fiel ihm nicht ein, sich nach der Größe dieser Ansiedlungen zu erkundigen. Allerdings konnte Collins ihm mitteilen, dass der Geschäftsführer Anrecht auf ein werkseigenes Haus und ein Jahresgehalt von fünfhundert Pfund zuzüglich Erfolgsprämien hatte.

Das hohe Gehalt gefiel Logan gut. Aber es kam nicht überraschend, da Charlie ihm bereits erklärt hatte, dass leitende Angestellte, die sich in diese Einöde versetzen ließen, dafür eine Entschädigung erwarten konnten.

»Ich nehme an, dass meine Reisekosten und anderen Ausgaben ebenfalls von Ihnen übernommen werden«, wandte er sich an Collins.

»Oh, selbstverständlich«, erwiderte dieser. Er war ein penibles, zappeliges Männchen mit einer Quengelstimme. »Ich würde ja selbst hingehen, aber meine Gesundheit erlaubt mir solche Anstrengungen nicht. Mr. Gilbert kann es sich ja vielleicht leisten, die Sache bis in alle Ewigkeit hinauszuzögern, aber mir liegt sehr viel daran, dass die Minen so bald wie möglich wieder eröffnet werden. Ich habe die Ersparnisse eines ganzen Lebens in die Gesellschaft gesteckt, und im Augenblick wirft sie keine Gewinne ab.«

»Das ist ein Unglück«, bedauerte ihn Logan. »Aber so geht es immer. Die Reichen haben kein Verständnis für solche Dinge, und gewiss ist Ihnen auch schon aufgefallen, dass sie ihre Rechnungen immer als letzte bezahlen.«

Collins nickte bedrückt. »Wie wahr, wie wahr.«

»Ich bin mir sicher, dass die Minen unter meiner Leitung innerhalb kürzester Zeit wieder Gewinn abwerfen. Allerdings weiß ich nicht, ob Mr. Gilbert meine Bewerbung annehmen wird.«

»Ich werde ein gutes Wort für Sie einlegen, Mr. Conal«, sagte Joachim, und Logan schüttelte ihm kräftig die Hand.

»Ja, ja, die Zeit vergeht wie der Blitz, und es wäre schrecklich, wenn Ihnen jemand zuvorkommt und den Claim für sich eintragen läßt.«

»Oh, ich glaube, das ist unmöglich«, antwortete Collins.

»Soweit ich gehört habe«, lachte Logan, »machen die dort oben, was sie wollen, denn das Auge des Gesetzes ist meilenweit entfernt.«

Nachdem Logan Joachim endgültig den Tag verdorben hatte, ging er pfeifend seiner Wege.

»Sieht ganz so aus, als hätte ich die Stelle«, erzählte er Josie. Doch sie bedauerte inzwischen die Entscheidung. Ihre Begeisterung war in dem Augenblick verflogen, als sie feststellte, dass ein halber Kontinent zwischen Katherine und Perth lag. »Was wird aus Ned?«, fragte sie. »Ich glaube nicht, dass ich ihn mitnehmen darf.«

Logan war verärgert. An Ned hatte er überhaupt nicht gedacht. »So sei doch vernünftig. Du kannst ihn nicht aus der Schule nehmen.«

»Aber ich darf doch nicht so weit fortziehen und ihn einfach zurücklassen. Was ist, wenn er krank wird?«

»Du musst ja nicht mit. Bleib doch hier in meiner Wohnung, bis ich zurückkomme.«

»Und wann wird das sein?«

»Woher soll ich das wissen? Bei einer solchen Stellung bekommt man üblicherweise einmal im Jahr Urlaub.«

Nun musste sich Josie zwischen ihrem Geliebten und ihrem Sohn entscheiden. »Logan«, flehte sie, »ich will nicht allein hierbleiben. Nicht, solange alle über uns herziehen. Ich kenne hier keine Menschenseele.«

»Was redest du?«, fragte er barsch. »Du kennst Charlie und Iris und noch andere aus Tommys Wirtshaus.«

Entgeistert starrte sie ihn an. Hatte er wirklich vor, fortzugehen und sie allein zurückzulassen? Sie wollte ihn ja nicht beleidigen, indem sie schlecht über seine Freunde sprach, aber ihr kamen sie ziemlich ungehobelt vor. Zwar waren sie freundlich, aber trotzdem nicht die Sorte Leute, mit denen sie gern näheren Umgang pflegen würde. Als sie sich vorstellte, wie sie, eine Frau ohne Begleitung, auf der Suche nach Gesellschaft durch die Wirtshäuser pilgerte, wurde ihr ganz bang. Deshalb hörte sie aufmerksam zu, als er ihr seinen Plan schilderte und berichtete, was er aus Collins herausbekommen hatte. »Ich sollte mit dir gehen«, sagte sie schließlich unsicher.

»Das ist nichts für eine Frau«, widersprach Logan.

»Aber du hast doch gerade gesagt, dass der Geschäftsführer ein Haus bekommt. Wir würden unser eigenes Zuhause haben.«

»Und du würdest dich die ganze Zeit nach Ned sehnen. Ich werde gut verdienen und kann dir genug hierlassen, dass du davon leben kannst. Deinen Unterhalt schicke ich dir regelmäßig.«

Aber für wie lange? fragte sie sich. Aus den Augen, aus dem

Sinn. Außerdem ging Logan nicht sehr vernünftig mit Geld um. Und was würde dann aus ihr werden? Was war nur mit ihrem Leben geschehen? Was hatte sie nur getan? Während sie Logan betrachtete, der auf dem Sofa eingeschlafen war, wurde ihre Angst noch größer. Sie liebte alles an ihm – sein schönes Gesicht, seinen Körper –, und es bedeutete ihr viel, mit ihm das Bett zu teilen. Alles, was sie gemeinsam mit ihm oder für ihn tat, war ein Akt der Liebe.

»Liebling«, sagte sie leise zu ihm, »bitte geh nicht fort. Alles ist viel zu schwierig. Ein Mann wie du kann doch auch hier etwas finden. Hab nur Geduld. Wir sind so glücklich zusammen und dürfen nicht zulassen, dass uns etwas trennt.«

Ärgerlich schlug er die Augen auf. »Josie! Hör bitte auf zu jammern. Schließlich muss Percy Gilbert erst seine Zustimmung geben, es ist noch nichts entschieden.«

In den folgenden Tagen betete Josie unentwegt, dass Mr. Gilbert einen anderen für den Posten finden würde. Allerdings nutzte sie ihre Einkaufsausflüge, um Arbeit zu suchen. Wenn sie eine Stellung hätte, würde Logan nicht fortgehen müssen. Sie ahnte jedoch nicht, dass Logan inzwischen das Goldfieber gepackt hatte. Nichts würde ihn mehr daran hindern, zu den Goldfeldern zu fahren.

Doch ihre Bemühungen waren vergeblich. Zuerst bewarb sie sich als Zimmermädchen oder Küchenhilfe in verschiedenen Hotels, wurde aber abgewiesen. Als eine stattliche Wirtin ihr sagte: »Gehen Sie nach Hause, meine Liebe. Eine Dame wie Sie können wir hier nicht gebrauchen. Das sähe doch komisch aus«, gab sie auf.

Dann stellte sie sich in Stoff- und Kleiderläden vor, doch die geschäftigen Besitzer schoben sie beiseite. Sogar in einer Stiefelfabrik versuchte sie es, aber man lachte sie nur aus, denn es handelte sich auch um eine Sattlerei, wo nur Männer arbeiteten.

Tag für Tag ging sie an Neds Schule vorbei und hoffte, einen Blick auf ihren Sohn zu erhaschen. Doch offenbar mussten sich die Jungen hinten auf dem Schulgelände aufhalten. Der gut gepflegte Garten vor dem Gebäude wurde für sie zu einem bunten Niemandsland, das sie nicht zu durchqueren wagte. Stattdessen brachte sie Kuchen, Süßigkeiten und belegte Brote an die hintere Pforte und übergab sie dem Gärtner mit der Bitte, ihre kleinen Geschenke mögen doch Master Ned Cambray ausgehändigt werden. Manchmal versteckte sie sogar einen Shilling in einer der Schachteln, aber sie bekam nie einen Dank.

Sie steckte in einer ausweglosen Lage, denn ganz gleich, wie sie sich auch entschied, es würde ihr das Herz brechen.

Josie war sich sicher, dass Ned mit der Zeit nicht mehr so hart mit ihr ins Gericht gehen würde; schließlich war er noch ein kleiner Junge. Und irgendwann einmal würden sich auch die Lehrer nicht mehr ständig nur um die verworrenen Verhältnisse in der Familie Cambray kümmern. Dann würde sie ihren Sohn endlich sehen können. Niemals würde sie lockerlassen, und ihre Beharrlichkeit würde letztlich siegen. Doch um dieses Ziel zu erreichen, musste sie in Perth bleiben.

Aber wenn sie Logan verlieren sollte, würde ihre ganze Welt einstürzen.

So war sie fast erleichtert, als er die Entscheidung für sie traf.

»Sie müssen die Minen umgehend wieder in Betrieb nehmen«, teilte Percy seinem zukünftigen Angestellten mit. »Dabei ist es das oberste Gebot, dass Sie sich an die Abläufe halten, die Ihr Vorgänger festgesetzt hat. Sie dürfen zwölf Arbeiter und zwei Negerweiber beschäftigen.«

»Schwarze?«, fragte Logan. »Was sollen die denn tun?«

»Keine Ahnung. Wahrscheinlich für die Arbeiter kochen. Nach den Büchern zu urteilen, bekommen sie nur ein paar Shilling in der Woche, aber vergessen Sie nicht, dass die Firma nicht für die Verpflegung aufkommt. Der Bergwerksinspektor berichtet, dass die Minen immer noch genug Ertrag abwerfen. Doch ich erwarte, dass Sie die Kosten so niedrig wie möglich halten.«

»Wie viel Geld pro Tonne springt denn heraus?«, fragte Logan, der sich Mühe gab, zu klingen, als wisse er gut Bescheid.

»Das erfahren Sie, wenn Sie dort sind. Mir wäre es gar nicht recht, wenn sich das hier herumspricht und noch mehr Schürfer anzieht. Der Postmeister in Katherine, Simon Pinwell, hat die Bücher in Verwahrung und sieht zurzeit nach dem Rechten. Er ist ein sehr zuverlässiger Mann und wird Ihnen auch alles Wissenswerte über den Ort mitteilen. Also, glauben Sie, dass Sie auf diesem Posten zurechtkommen? Schließlich haben Sie eine ziemlich große Verantwortung zu tragen.«

»Ich werde mein Bestes tun.« Das war die volle Wahrheit, sagte sich Logan. Er hatte einiges über Goldbergwerke gelesen, und die Arbeit dort kam ihm nicht allzu schwierig vor. Nur wenige Goldgräber verfügten überhaupt über Erfahrung. Entweder fanden sie Gold, oder sie fanden keins. Doch Logan hatte bereits beschlossen, dass Gilberts Bergwerk laufen sollte wie ein geöltes Uhrwerk, damit die Leute in der Stadt auch einen guten Eindruck von dem neuen Geschäftsführer bekamen. Je kleiner die Stadt, desto spitzer die Zungen, und wenn er erst einmal weit und breit als vorbildlicher Charakter bekannt war, konnte er sich daranmachen, in die eigene Tasche zu arbeiten. Allerdings war er sich immer noch nicht darüber im klaren, dass die Bezeichnung »Stadt« trog; die Ansiedlungen dort draußen in der Wildnis des Nordens konnten nicht einmal Dörfer genannt werden, was sein schlauer Arbeitgeber wusste.

»Jeden Monat erwarte ich einen vollständigen Bericht«, fuhr Percy fort. »Außerdem sollen Sie das Gold alle vier Wochen unter Bewachung nach Palmerston schicken. Dort wird sich mein Vertreter, Mr. Albert Strange, darum kümmern.« Dass seine Bemerkungen als beleidigend verstanden werden könnten, focht ihn nicht weiter an. »Ich bin dafür, die Verantwortung aufzuteilen, Mr. Conal.« Mit einem schiefen Grinsen sprach er weiter. »Sie übergeben die Ware an Mr. Strange und schicken mir mit getrennter Post Ihren Bericht. Auf diese Weise schütze ich meine Interessen. Übrigens ist Mr. Strange ein Vetter meiner Frau, also denken Sie nicht, dass Sie sich mit ihm zusammentun können.«

»Nichts läge mir ferner«, erwiderte Logan. Offenbar war dieser Gilbert doch nicht ganz so schlau. In seinem ellenlangen Vortrag hatte er etwas Wichtiges ausgeplaudert: Logan wusste nun, dass er diesem Vetter tunlichst aus dem Weg gehen musste.

»Noch etwas«, meinte Percy zögernd. Seine Hand mit dem Federhalter schwebte über dem Dokument, das Logans zukünftigen Posten bestätigte. »Ich möchte nicht, dass es dort oben wieder Ärger mit Frauen gibt. Auch wenn es widerwärtig klingt, aber Ihr Vorgänger hat sich mit einem Negerweib eingelassen, und ich habe gehört, dass es noch mehr moralisch verwerfliche weiße Männer im Norden gibt, die sich dieses Vergehens schuldig gemacht haben. Also habe ich diesen Punkt mit Mrs. Gilbert besprochen, und sie stellt klugerweise die Bedingung, dass ich nur einem verheirateten Mann die Stelle geben soll. Eine Unterkunft ist ja vorhanden.«

»Verheiratet?« Nur knapp gelang es Logan, dass das wie eine Frage und nicht wie ein entsetzter Aufschrei klang. »Ich dachte eigentlich, meine Bewerbung sei angenommen.«

»Das ist sie auch, allerdings unter dieser Bedingung. Aber das kann für Sie doch sicherlich kein Hinderungsgrund sein. Sie leben doch mit der Witwe Cambray zusammen. Beabsichtigen Sie etwa nicht, sie zu heiraten?« An Gilberts scharfem Blick erkannte Logan, dass seine neue Stellung in Gefahr war. Sein Gehirn arbeitete fieberhaft. Josie heiraten? Bei Gott, schließlich hatte er sie nicht gezwungen, mit ihm zu leben, und sie hatte nie angefangen, vom Heiraten zu sprechen. Auf keinen Fall wollte er wieder eine Ehefrau am Hals haben. Er hatte sich noch dafür beglückwünscht, dass er sich in dem neuen Leben, das ihm so unverhofft zugeflogen war, nicht mehr mit seiner irischen Gattin belasten musste, die er in Liverpool zurückgelassen hatte. Und nun versuchten dieser Moralapostel und Josie, ihn wieder festzunageln.

»Wir wollten eigentlich einen angemessenen Zeitraum zwischen dem Tode ihres Gatten und unserer Vermählung verstreichen lassen«, versuchte er sich herauszureden. Aber Gilbert nahm ihm das nicht ab. »Halten Sie es etwa für schicklich, mit dieser Frau ohne den Segen der Kirche das Bett zu teilen? Sie haben wirklich merkwürdige Wertvorstellungen, Mr. Conal. Jedenfalls muss der Geschäftsführer meiner Minen ein verheirateter Mann sein«, sagte er, während der Stift immer noch über dem Blatt Papier schwebte. »Könnte es da Schwierigkeiten geben?«

»Nein«, antwortete Logan. »Wir sind beide sehr glücklich. Wenn Sie es für das Richtige halten, Mr. Gilbert, werden wir heiraten, bevor wir an Bord des Schiffs gehen.«

Er sah zu, wie Percy schwungvoll das Dokument unterzeichnete und seine Unterschrift mit übertriebener Sorgfalt ablöschte.

»Ich habe über alles nachgedacht«, sagte er zu Josie. »Darüber, dass ich dich verlassen muss. Ich würde dich vermissen und es kaum aushalten, wenn du nicht bei mir bist.«

»Oh, Liebling, ich werde dich auch vermissen«, meinte Josie. »Halt mich fest. Ich liebe dich so sehr, ich kann es immer noch nicht fassen, was ich für ein Glück gehabt habe.«

Er umarmte sie, rieb sein bärtiges Gesicht an ihrem Kinn und küsste dann ihre Wange und ihren Mund, den sie ihm entgegenstreckte. »Lass uns heiraten.«

Ihre Augen leuchteten auf, und sie drückte ihn fest an sich. »Liebling, ich danke dir! Ich habe nie davon angefangen, weil ich wollte, dass du deine Entscheidung freiwillig triffst. Du solltest dich nicht gezwungen fühlen, mich zu heiraten. Aber jetzt bin ich so glücklich! Wir werden eine wundervolle Zukunft haben.« Doch dann erinnerte sie sich an die Stellung in Katherine. »Du wirst doch jetzt nicht mehr in den Norden fahren?«

»Ich muss, Josie. Eine solche Gelegenheit darf ich mir nicht entgehen lassen. Die Fahrt die Küste hinauf betrachten wir als Flitterwochen, und später haben wir unser eigenes Haus.« Als er bemerkte, wie sie die Stirn runzelte, führte er sie ins Schlafzimmer, wo sie ihn, wie er wusste, nie zurückweisen würde. »Wir wollen uns lieben, um die Abmachung zu besiegeln. Du liebst mich doch genug, um mich zu heiraten, oder?«

»Das weißt du doch«, erwiderte sie mit einem Lächeln. Es erregte sie, als sie zusah, wie er sich entkleidete.

Sie schlüpfte neben ihm ins Bett, schmiegte sich in seine Arme, dachte an die wunderschöne Zukunft, die vor ihr lag. Als er ihr weites Nachthemd hochschob, gab sie sich ihm hin. »Ich verlasse dich nicht«, murmelte er, als er in sie eindrang. »Und du darfst deinen Gatten nicht verlassen. Ich bestehe darauf, dass du mit mir kommst.« Und voller Verzückung stimmte sie zu.

»Diese Dame, die ich kennengelernt habe, diese Mrs. Hamilton«, flüsterte sie später, »hat doch ein Hotel in Palmerston. Also habe ich dort wenigstens eine Freundin.« Aber da war er schon eingeschlafen. »Und Ned ist in guten Händen«, beruhigte sie sich. »Logan hat recht. Ich sollte ihn nicht aus dem Internat nehmen. *Ihm* steht eine gute Schulbildung zu. Ich werde ihm schreiben, und ich kann ihm immer noch Geschenke schicken.

Es kommt alles in Ordnung.« Und mit diesen Gedanken schlief Josie ein; angeschmiegt an den Mann, den sie liebte.

Zwei Tage bevor das Schiff ablegte, ließen Josie und Logan sich trauen. Josie schrieb Ned einen langen, liebevollen Brief und steckte auch eine Pfundnote in den Umschlag. Sie versprach, in Verbindung mit ihm zu bleiben.

Jimmy rollte sein Bündel wie ein Weißer zusammen und machte sich ebenfalls auf den Weg. Den Revolver hatte er unter einer alten Decke versteckt. Seine Augen funkelten wie die einer Schlange.

Wegen seines Bündels, seiner guten englischen Sprachkenntnisse und seines freundlichen Lächelns hielten ihn alle für ein Halbblut, was ihn sehr belustigte. Die Weißen schienen zu glauben, dass ein Halbblut nur halb so schmutzig und halb so gefährlich war, und deswegen wenigstens bis an die Türschwelle vorgelassen werden durfte. Jimmy, der stolz darauf war, ein Schwarzer zu sein, ließ sich dazu herab, für die Siedler Holz zu hacken, Löcher zu graben, ihre Nachttöpfe auszuleeren und ihre Schafe zu häuten. Das angebotene Essen nahm er mit vorgespielter Demut an. Und die ganze Zeit belauschte er ihre Gespräche. Er brachte sie dazu, über Goldgräber zu reden, indem er das Wort Gold erwähnte und fragte, was dieses Zeug denn sei. Alle waren sie Fachleute, so schien es jedenfalls, und gerne bereit, ihm jede Einzelheit zu erklären. Offenbar nahmen sie nicht an, dass ein Schwarzer ihnen die Reichtümer streitig machen würde.

Eine Frau zeigte Jimmy sogar einmal einen Löffel, der am Stiel ein Klümpchen des sagenumwobenen Metalls aufwies. Auf Jimmy machte das keinen großen Eindruck, kam ihm etwa so nutzlos vor wie der lächerlich kleine Löffel selbst. Doch er legte die angemessene Bewunderung an den Tag und fragte sich dann laut, wo diese Goldsucher denn wohl mit dem Graben anfangen würden.

Und dann, bei den ausgetrockneten Seen, fand er ihre Spur.

Überall, wo er hinging, ließ er den Namen »Jacko« fallen, der leider bei den Weißen sehr häufig vorkam. Eines Tages allerdings begegnete er jemandem, der ihn kannte.

»Dieser Schweinehund!«, fauchte die Frau eines Viehtreibers. »Wenn der wirklich dein Freund ist, würde ich mir mal andere Freunde suchen. Die haben ein paar arme kleine Negermädchen dabei; er und seine beiden Halunken von Söhnen. Die sind wirklich ganz üble Raufbolde.«

Jimmy machte einen Rückzieher, damit sie sich nicht etwa weigerte, ihm mehr zu erzählen. Er tischte ihr eine weitere Lüge auf und behauptete, sein Freund Jacko sei auch nur ein Halbblut, was sie beruhigte.

Ehe er sich von ihr verabschiedete, fand er noch heraus, dass die Männer, die er verfolgte, nach Westen geritten waren, und zwar an einen Ort, den die Weißen Magnetberg nannten. Inzwischen hatte Jimmy sein Stammesgebiet schon längst verlassen, doch das kümmerte ihn nicht. Er würde den Spuren der weißen Männer folgen und diese Teufel finden. Weiße konnte man so leicht verfolgen, besonders im Gebirge.

Er marschierte der Morgensonne entgegen. Auf nackten Füßen lief er in gleichmäßigem Schritt durch den niedergetrampelten Busch, bis er auf ein Häufchen Eingeborener stieß. Sie boten ihm an, ihm einen leichteren Weg ins Gebirge zu zeigen. Aber er lehnte ab, denn er musste auf dem Pfad bleiben, um die Männer zu finden.

Auch wollte er nicht, dass sie ihm halfen, Lawina zu suchen, denn niemand sollte von seinem Plan erfahren. Er wollte sie nicht mit hineinziehen. Doch da er auf demselben Weg würde zurückkehren müssen, fragte er sie nach den anderen Stämmen in diesem Gebiet. Sie selbst gehörten wie die Whadjuck zum Stamm der Juat aus dem Volk der Nyungar. Auf der anderen Seite der Bergkette würde Jimmy auf die Stämme der Balardong treffen, die auch zu den Nyungar gehörten. Ein freundlicher Ältester gab ihm noch einen Nachrichtenstab mit auf den Weg; keinen mit Nachrichten, wie die Weißen sie auf Papier verschickten, sondern mit Clanzeichen und gutem Zauber.

Niemand hatte Gold gefunden. Die Goldsucher kehrten aus den Bergen zurück, und Jimmy grüßte sie freundlich. Indem er vorgab, kein besonderes Ziel zu haben, folgte er ihnen und hörte ihren Gesprächen zu, bis er glaubte, Jacko ausfindig gemacht zu haben. Die Leute, von denen er das erfuhr, sprachen allerdings von drei Männern mit nur einem schwarzen Mädchen. Doch Jimmy beschloss, der Geschichte trotzdem nachzugehen. Als sie über eine felsige Hochebene zurückritten, entdeckte er sie. Drei Reiter, kein Packpferd und ein schwarzes Mädchen in Männerkleidern, dessen Gesicht von einem alten braunen Hut verborgen wurde. Er lächelte böse. Es war üblich, dass sie die schwarzen Mädchen in solche Kleidung steckten, denn so mussten sie sich weniger Vorwürfe gefallen lassen und konnten gleichzeitig die Mädchen vor anderen lüsternen Männern verstecken.

Jimmy heftete sich an ihre Fersen und folgte ihnen bis zu einem Wäldchen, wo überall Abfälle und zurückgelassene Ausrüstungsgegenstände herumlagen. Sie tränkten ihre Pferde im steinigen Bett eines Baches und übergaben sie dann dem Mädchen. Jimmy wusste, wie es weiterging: Das Mädchen würde den Tieren Fußfesseln anlegen und dann zurückkommen, das Feuer anzünden und Essen kochen. Also schlüpfte er zwischen den Bäumen hindurch, um sie besser anzusehen.

Doch er wurde enttäuscht. Es war nicht Lawina, sondern ihre Schwester. Aber wo mochte dann Lawina sein? Hatten die Männer sie etwa verkauft? Er schüttelte den Kopf. Ganz gleich, wo, er würde sie schon finden. Im Augenblick musste er dieses Mädchen befreien und selbstverständlich auch die Übeltäter bestrafen. Er beobachtete, wie sie eine Flasche kreisen ließen und ihre Pfeifen anzündeten. Aber ihre Flinten lagen immer griffbereit. Nachts konnte er sie also nicht angreifen, und außerdem wollte er, dass sie wussten, warum sie bestraft wurden. Er lief das Bachbett hinab zu einem Wasserloch, in dem es, wie er wusste, viele Fische gab, und verbrachte dort die Nacht.

Am Morgen stolperten Jacko und seine beiden kräftig gebauten Söhne aus ihrem Zelt. Sie räkelten sich, spuckten aus und kratzten sich unter ihren langen Flanellunterhosen. Verschlafen liefen sie in den Fluss, um einen Schluck zu trinken und sich kaltes Wasser ins Gesicht zu spritzen.

»Guten Morgen, Boss!« rief Jimmy und kam zum Flussufer hinunter. Er hielt zwei große Fische hoch. »Großen, guten Fisch?«

Freudig überrascht blickten sie auf. »Ja! Wir nehmen sie.«

»Gut, dann fangt!« Lachend warf Jimmy die Fische dorthin, wo das Wasser tiefer war.

Das Mädchen, das ihn erkannt hatte, stand mit weit aufgerissenem Mund vor dem Zelt, während die Männer im Wasser herumalberten und nach den Fischen haschten.

Doch als sie sich wieder aufrichteten, stand der freundliche Schwarze vor ihnen. Sein breites Grinsen hatte sich in eine Maske des Hasses verwandelt. Allerdings betrachteten die Männer nicht sein Gesicht, sondern starrten entgeistert den Revolver an, der auf sie gerichtet war. Voller Angst wichen sie zurück.

»Was willst du?«, schrie der Grauhaarige.

»Ihr habt mir die Frau geraubt!«, rief Jimmy zurück. »Und ihr habt eine Whadjuck-Frau ermordet!«

Die Männer wateten hilflos und erschrocken herum, aber der Revolver blieb auf sie gerichtet.

»Wo ist Lawina?«, fragte Jimmy. Da Lawinas Schwester in ihrer Gewalt war, konnten sie schlecht leugnen, etwas mit der Sache zu tun zu haben.

»Ruhig Blut, mein Junge«, versuchte Jacko ihn zu beschwichtigen. »Ihr geht es gut. Sie hat etwas mit einem anderen Burschen angefangen; oben in den Hügeln.«

»Er lügt!«, schrie da das Mädchen. »Meine Schwester ist tot. Hat sich zu sehr gewehrt!«

»Tot!« Wie ein Donnerschlag hallte dieses Wort in seinem Schädel wider. Und er hatte gehofft, dass sie sie nur weiterverkauft hatten. Er drückte auf den Abzug, und Jacko fiel auf den Rücken. Seine Söhne stürmten schreiend auf Jimmy zu, doch dieser ließ sie ruhig an sich herankommen. Dem einen schoss er in die Brust, dem anderen mitten ins Gesicht. Blut trieb im Fluss, als er hineinstieg und auf Jacko herunterblickte, der im Wasser zappelte. »Du wirst nie mehr eine schwarze Frau anfassen«, sagte Jimmy und schoss ihm in den Kopf.

Dann ließ er die Pferde frei, packte das verängstigte Mädchen und zog es in den Schutz der Bäume. »Ich habe noch einen weiten Weg vor mir und kann dich nicht mitnehmen.«

Entsetzt starrte das Mädchen ihn an. »Was soll ich jetzt tun? Zurück kann ich nicht mehr; sie würden mich nicht mehr aufnehmen.«

Jimmy verstand. Er gab ihr seinen Nachrichtenstab. »Zieh diese Kleider aus. Die weißen Männer suchen kein Mädchen, das bei einem Stamm lebt. Dann geh zurück zu den Juats; sie werden sich um dich kümmern.« Ihr Blick war nun scharf, nicht mehr der eines schüchternen Eingeborenenmädchens. Sie wusste, wie man überlebte. Sorgfältig erklärte er ihr den Weg zu den Juats und schärfte ihr ein, unbedingt bei ihnen zu bleiben.

Als er davonschlich, warf er noch einen letzten Blick auf den Lagerplatz. Doch der Grund waren nicht die drei Leichen, die auf dem Wasser trieben. Zwei Gewehre lehnten am Zelt, und es kam ihm schwer an, sie stehen zu lassen. Doch sie würden zu sehr auffallen. Seinen Revolver rollte er wieder in sein Bündel und machte sich auf den Weg landeinwärts.

Die Balardong empfingen ihn mit Argwohn. Obwohl sie es eigentlich für unvernünftig hielten, begleiteten sie ihn bis in den Osten zum Land des Wüstenvolkes, wo man eine andere Sprache sprach. »Ein schreckliches Land«, warnten sie. »Die Sonne glüht, es gibt fast kein Wasser und außer dort, wo ein paar Felsen stehen, keinen Schatten.«

Jimmy betrachtete den staubigen, roten Horizont. »Und die Stämme? Sind sie freundlich?«

»Sie sind gute Leute, aber sehr scheu. Sie begegnen nicht oft Fremden.«

»Wo finde ich sie?«

»Sie werden dich finden.«

In den Wochen seit seiner Rache war er weit gewandert, und er war fest entschlossen, sich nicht von der Polizei der Weißen fangen zu lassen. Er würde die Wüste durchqueren, ein neues Land finden und die bösen Erinnerungen hinter sich lassen. Nun war er wieder Jaljurra. Nie mehr würde er an Lawina denken. Er wollte auch nicht wissen, wie sie gestorben war. Der Schmerz war zu groß. Der Marsch, der nun vor ihm lag, war die Herausforderung, die er brauchte, um die Trauer zu vertreiben und Jaljurra zu einem wirklich starken Mann zu machen.

Viertes Kapitel

Ihr Aufstieg vom Landungssteg den steilen Hügel in die Stadt Palmerston hinauf ähnelte einer Prozession, und Sibell war in bester Stimmung. Auf dem Schiff hatten sie sich so großartig amüsiert, dass es ihr wie eine Vergnügungsreise vorgekommen war. Lorelei und sie hatten sich vor Verehrern kaum retten können. Doch Colonel Puckering hatte sich als Anstandsdame betätigt.

Einige der jungen Männer vom Britisch-Australischen Telegraphenamt hatten Sibell bereits ewige Liebe geschworen, und sie hatte hemmungslos mit zwei von ihnen – Michael de Lange und John Trafford – kokettiert.

Die Kabine hatte sie sich mit Lorelei Rourke geteilt – es hätte auch schlimmer kommen können, hatte Sibell sich gedacht, und sich deshalb besondere Mühe gegeben, höflich zu sein. Allerdings machte Lorelei einen ziemlich gewöhnlichen Eindruck auf sie. Sie sprach Londoner Gossenjargon und trug billige, geschmacklose Kleider. Allerdings war sie erstaunlich selbstbewusst und eine fröhliche Begleiterin. Mit ihrem Witz und ihrer Schlagfertigkeit brachte sie alle zum Lachen. Ständig fischte sie ihren Mitreisenden Unmengen entsetzlicher Lügengeschichten auf, mit denen sie so achtlos herumwarf wie ein Jongleur, der von seinem Handwerk nicht viel versteht. Wie sie Sibell erzählte, befand sie sich auf dem Weg nach Palmerston, um dort ein kleines Geschäft zu eröffnen, doch ihre verschiedenen Berichte, wie sie angeblich nach Perth gekommen war, widersprachen sämtlichen Gesetzen der Logik. Überraschenderweise schien sich niemand daran zu stoßen, denn ihre Anekdoten waren so unterhaltsam, dass sie ihre Zuhörer – selbst den Colonel – immer wieder zum Lachen brachte.

Aber manchmal konnte sich Sibell des Gedankens nicht erwehren, dass Lorelei nicht das kleine Dummchen war, für das sie sich ausgab. Nicht, dass das jetzt noch von Bedeutung gewesen wäre, denn ihre Wege würden sich ohnehin bald trennen.

»Sind wir denn hier in China?«, wollte Lorelei verblüfft wissen, und Sibell stellte sich die gleiche Frage. Überall wimmelte es von Chinesen; zu Hunderten füllten sie in schwarzen oder blauen Anzügen und mit breiten, nach oben hin spitz zulaufenden Hüten die Straßen. Am Rücken hatten sie einen dünnen Zopf baumeln.

»Sieht fast so aus«, meinte Puckering, nahm Sibell beim Arm und verscheuchte ein paar hartnäckige Chinesen, die den Neuankömmlingen ihre Waren verkaufen wollten. Mit Tabletts voller Perlen und anderen exotischen Schmuckgegenständen drängten sie sich um die Reisenden und boten Hüte, Sonnenschirme, Seidenballen und sogar Päckchen mit stark gewürzten Speisen feil. Es herrschte ein unglaublicher Tumult, da alles durcheinanderschrie. Der Colonel trug die neue hochgeschlossene schwarze Uniform aus schwarzem Serge mit silbernen Knöpfen, und an seiner spitzen Mütze prangte das Abzeichen seines Ranges. Doch anstatt die fliegenden Händler abzuschrecken, zog die Uniform sie offenbar eher an.

In der Menge befanden sich auch einige hübsch gekleidete Frauen, die Gattinnen einiger Angestellter des Telegraphenamtes, wie Michael erklärte. Er ging rückwärts vor Sibell her, damit er sie im Begrüßungsrummel nicht aus den Augen verlor. Manche Männer waren mit weißen Anzügen und Tropenhelmen ausstaffiert, aber die meisten waren schäbig gekleidete, ungehobelte Burschen, die den Mädchen nachjohlten.

Als sie den Gipfel des Hügels erreichten, hatten die Kulis, die das Gepäck an Bambusstangen trugen, sie schon überholt. Sibell blieb stehen, um die Stadt zu betrachten. So weit das Auge reichte, schien das Land eben, und vor ihnen erstreckte sich eine lange, gerade Straße, die von verstreut stehenden, einstöckigen Häusern gesäumt wurde. Manche waren aus Sandstein gebaut, andere bestanden aus Holz, doch dazwischen standen immer wieder Bretterbuden und Zelte, eine staubige Ansammlung, genauso merkwürdig wie die Bewohner dieser Gebäude. Aus den Bäumen stieg ein feuchter Dunst auf. Ihr kräftiges Grün, immer wieder von scharlachroten Blüten unterbrochen, verlieh den Häusern erst das Aussehen einer zusammenhängenden Stadt, und der tropische Duft stieg den Reisenden in die Nase. Wie willkommen war er ihnen nach den langen Wochen an Bord des Schiffs!

Der Himmel lag über ihnen wie eine dichte, graue Decke, und die feuchtwarme Luft ließ ahnen, wie heiß die Sonne in Wirklichkeit war, die sich im Augenblick hinter den Wolken verbarg. Sibell platzte fast vor Aufregung. Jetzt war sie also in den Tropen, tatsächlich in den Tropen, im Land der Abenteuer, und sie hatte sogar schon Freunde gefunden. Hier würde sie nicht einsam sein.

Michael, John und der allgegenwärtige Colonel begleiteten die Damen ins Prince of Wales Hotel, wo Lorelei Quartier nehmen wollte, bis sie eine ständige Bleibe gefunden hatte. Unter baufälligen Vordächern schlenderten sie die Straße entlang und erwiderten den Gruß der neugierigen Männer, die im Schatten saßen, und der Trinker, die vor dem Hotel herumstanden.

Am Haupteingang hing ein Schild, das kühn »Das beste Essen, die besten Betten, die besten Biere und Spirituosen, Ställe und Pferdefutter« verhieß.

»Sagten Sie nicht, dass dieses Hotel einer Mrs. Hamilton gehört?«, fragte der Colonel, während er den Namen des Pächters über der Tür las.

»Ja«, antwortete Sibell. »Ich habe ihr geschrieben, dass ich komme, aber Michael hat mir erzählt, der Postsack mit meinem Brief sei mit dem gleichen Schiff angekommen wie wir.«

»Wenn die Stellung schon besetzt ist, haben Sie sich ganz schön lächerlich gemacht«, meinte Lorelei, aber Sibell ließ sich nicht verunsichern. Niemals würde sie nach Perth zurückkehren. »Das macht nichts. Dann suche ich mir eben etwas anderes.«

»Sibell könnte Lehrerin werden«, schlug Michael vor. »Lehrerinnen und Gouvernanten sind hier Mangelware.«

»Wenn Sie mich heiraten«, lächelte John Traffort, »müssten Sie überhaupt nicht mehr arbeiten, meine Liebe.«

Sie betraten eine dämmrige, mit einem Teppich ausgelegte Hotelhalle, wo sie von einem kleinen dicken Mann empfangen wurden, der sich als »Digger Jones, Besitzer« vorstellte. Er nahm seine weiße Schürze ab. »Eben erst vom Schiff gekommen, stimmt's?«

»Richtig«, antwortete der Colonel. »Diese Dame möchte zu Mrs. Hamilton.«

»Ach ja, Mrs. Hamilton«, erwiderte er. »Charlotte ist schwer in Ordnung, aber Sie haben sie verpasst. Ich habe ihr den Prince of Wales vor einiger Zeit abgekauft. Möchten Sie alle ein Zimmer? Bei uns gibt es die besten Zimmer und das beste Essen in der Stadt. Das kann ich Ihnen versichern.«

»Wo kann ich Mrs. Hamilton finden?«, fragte Sibell. Ihr Selbstvertrauen drohte sich wieder in Luft aufzulösen.

»Sie ist im Busch, Miss, draußen auf der Farm.«

»Oh, machen Sie sich nichts draus«, sagte Lorelei. »Wir beide können uns ja ein Zimmer teilen, Sibell, dann wird es billiger.«

»Dann also nur die beiden Damen?«, fragte Jones. Aber da mischte sich der Colonel ein. »Sie bleiben am besten vorerst hier«, wies er Sibell in seinem üblichen barschen Ton an. »Aber nehmen Sie sich getrennte Zimmer. Sie waren lange genug in einer Schiffskabine zusammengepfercht.«

Sibell glaubte zu bemerken, wie Michael John einen anerkennenden Blick zuwarf, und fragte sich kurz, was das wohl zu bedeuten hatte. Inzwischen hatte der Wirt ihre Schlüssel gefunden, und Michael schlug vor, zur Feier der glücklich überstandenen Reise eine Flasche Champagner zu öffnen.

»Ein wundervoller Einfall«, rief Lorelei aus. »Ich sterbe vor Durst. Ist außer mir noch niemandem aufgefallen, wie heiß es hier ist? Wenn ich nicht sofort etwas Kaltes zu trinken bekomme, falle ich um.«

»Es ist wirklich heiß«, stimmte John zu. »Aber jetzt ist die Regenzeit bald vorbei. In ein paar Wochen ist es nicht mehr so schwül.«

Michael lachte. »Stimmt. Die Luft wird klar, und dann fängt die Hitze erst richtig an.«

»Verschonen Sie mich«, seufzte Lorelei und ging in Richtung Salon. Sibell wandte sich an den Wirt. »Entschuldigen Sie, Mr. Jones, wo liegt denn Mrs. Hamiltons Farm?«

»Weit draußen, Miss. Zur Black-Wattle-Farm sind es einige hundert Meilen, schätze ich.«

»Und wie komme ich dorthin?«

Er sah sie erstaunt an. »Sie wollen zu einer Farm im Territory? Unmöglich! Einer Dame wie Ihnen würde ich davon abraten.«

»Mrs. Hamilton scheint da anderer Ansicht zu sein«, warf der Colonel ein, aber Jones schüttelte den Kopf. »Mag sein, aber mit Charlotte ist das etwas anderes. Sie gehört in dieses Land. Sie ist mit ihrem Mann und den Kindern in der Pferdekutsche von Queensland hierhergefahren. Tausend Meilen durch diese schreckliche Einöde …«

»Guter Gott!«, rief Puckering aus. »Ich freue mich schon darauf, sie kennenzulernen.« Er streckte die Hand aus. »Darf ich mich vorstellen, Sir? Colonel Puckering. Trete hier meinen Posten an. Polizeipräsident.«

Jones ergriff freundlich seine Hand. »Schön, Sie kennenzulernen. Sie werden feststellen, dass wir alle gesetzestreue Bürger sind. Denken Sie an meine Worte.« Ein chinesischer Diener eilte mit einem Tablett voller Gläser und Champagner herbei. Jones rief ihm zu: »Das geht auf Kosten des Hauses! Und nimm die guten Gläser.« Verlegen lächelte er den Colonel an. »Für Sie kostet es nichts, Sir. Freut mich, Ihre Bekanntschaft zu machen.«

»Ich danke Ihnen«, antwortete Puckering. »Nun sagen Sie mal, gibt es eine Fahrgelegenheit zur Black-Wattle-Farm? Miss Delahunty beabsichtigt, bei Mrs. Hamilton eine Stellung anzutreten, und ehe sie nicht mit ihr gesprochen hat, kann sie keine weiteren Entscheidungen treffen.«

»Ich verstehe«, meinte Jones. »Aber eine Fahrgelegenheit? Da ist nichts zu machen. Die Rinderfarmen im Hinterland bekommen nur zweimal im Jahr Vorräte geliefert. Aber ich hör mich mal um. Vielleicht ist ja jemand von der Farm in der Stadt. Am besten schreiben Sie ihr erst einen Brief.«

Sibell glaubte, dass er, was die Vorräte anging, übertrieb. »Wenn sie nur zweimal im Jahr beliefert werden, was hat es dann für einen Sinn, wenn ich schreibe?«

»Ein Brief kommt ziemlich schnell an«, erklärte der Hotelbesitzer. »Vielleicht schon in einer Woche. Die Post, die Zeitungen und andere Sachen werden von Reitern an den Depots abgeholt oder von einer Farm zur nächsten gebracht.«

»Sehen Sie zu, was Sie herausfinden können«, bat Puckering den Wirt und nahm Sibell beiseite. »Ich kann nicht bleiben. Ich muss mich bei meiner Dienststelle melden. Wahrscheinlich fragen die sich schon, wo ich abgeblieben bin. Aber machen Sie sich keine Sorgen. Ich kümmere mich schon darum, dass Sie Verbindung mit Mrs. Hamilton aufnehmen können.«

Doch Mrs. Hamilton war Sibell auf einmal nicht mehr wichtig. »Ich glaube, ich spare mir diese Umstände, Colonel. Am besten bleibe ich hier in Palmerston. Die Leute hier sind so nett, und ich finde bestimmt rasch Arbeit.«

»Das werden Sie auf keinen Fall tun. Diese Stadt ist nichts für eine junge Dame in Ihrem Alter und noch dazu ohne Begleitung. Schon auf den ersten Blick hätten Sie das sehen müssen. Ist Ihnen denn nicht aufgefallen, wie wenig Frauen es hier gibt? Es ist zu gefährlich.«

»Lorelei hat auch keine Angst. Warum also sollte ich mich fürchten?«

Er schnalzte ungeduldig mit der Zunge. »Bei Lorelei ist das etwas anderes. Sie müssen auf Ihren guten Ruf achten. Sie können nicht allein hierbleiben und Umgang mit Lorelei pflegen.«

Erst jetzt ahnte sie, was er ihr mitzuteilen versuchte. Aber es gab für sie kein Zurück mehr, und darum widersprach sie ihm. »Sie können mich nicht zwingen, zu gehen.«

»Ich vertrete hier das Gesetz. Wenn ich wollte, könnte ich Sie auf der Stelle ausweisen lassen.«

»Ich dachte, Sie wären mein Freund«, schmeichelte sie.

»Ich bin Ihr Freund, und ich werde Sie nicht im Stich lassen. Ich werde Ihnen Empfehlungsschreiben an anständige Leute in Perth mitgeben.«

»Wie Ezra Freeman zum Beispiel!«, sagte Sibell spitz. »Ich brauche Ihre Hilfe nicht, Colonel. Ich werde Mrs. Hamilton auch alleine finden. Vielen Dank.«

Sie machte auf dem Absatz kehrt und eilte in den Salon, wo die anderen saßen. Doch trotz der ausgelassenen Stimmung machte es sie verlegen, neben Lorelei zu sitzen. Sie fragte sich, ob Michael und John über Lorelei Bescheid wussten. Erst dann dämmerte ihr, dass es den beiden Männern selbstverständlich klar war. Betrachteten sie Sibell etwa auch als leichtes Mädchen? Auf dem Schiff hatte auch Lorelei Heiratsanträge bekommen. Waren diese Männer etwa so verzweifelt, dass sie jede x-Beliebige geheiratet hätten? Nun schmeckten alle Komplimente, mit denen man sie überschüttet hatte, schal, und um das Maß vollzumachen, kam der Wirt herein und stellte ihnen seine Frau vor, ein zierliches Chinesenmädchen, das kein Wort Englisch sprach.

Da Sibell sich nicht entscheiden konnte, was sie tun sollte, blieb sie erst einmal sitzen und bemühte sich, freundlich zu sein, als mehr Champagner aufgetragen wurde und immer neue Gäste hinzukamen. Man begab sich in den Speisesaal, wo Sibell eigenartige chinesische Gerichte verzehrte. Zugegebenermaßen schmeckte das Essen, aber es wurde mit Reis serviert, der ihrer Ansicht nach nur in eine Nachspeise passte. Sie fragte sich, ob Palmerston wirklich in einer englischen Kolonie lag und nicht etwa ein orientalischer Hafen war.

Und als Sibell so allein in dem fremden Speisesaal saß, gingen ihr wieder beunruhigende Gedanken durch den Kopf. An Bord des Schiffs war sie so glücklich gewesen, doch der Colonel hatte mit seinen Bemerkungen alles zerstört. War Lorelei eine Dirne? Gewiss nicht. Und wenn es sich doch so verhielt, musste der Colonel es die ganze Zeit über gewusst haben. Warum hatte er es ihr nicht erzählt? Hatten sie über ihre Unwissenheit gelacht? Sibell war so unglücklich, dass sie fast den Mut verloren und aufgegeben hätte.

Nach all diesen Rückschlägen kam es ihr beinahe vor, als sei sie wirklich vom Pech verfolgt, und Furcht überkam sie, ein Unglücksfall könne auf den anderen folgen, bis sie sich irgendwann geschlagen geben musste … »Niemand kümmert sich um mich«, sagte sie, zur flackernden Lampe gewandt. »Niemand auf der ganzen Welt. Ich könnte ebenso gut tot sein.« Sie ging zum Spiegel hinüber und betrachtete ihr Spiegelbild. »Dich gibt es ja kaum«, sagte sie. »Du bist der Geist von Sibell Delahunty, die mit dem Schiff untergegangen ist, irrst immer noch durch das Land und suchst nach deinem Grab.«

Allerdings sagte ihr der gesunde Menschenverstand, dass das reichlich übertrieben war. Die Wirklichkeit jedoch bot ihr keinen Trost. Im Grunde genommen hätte sie sich jetzt eine Schulter suchen müssen, an der sie sich ausweinen konnte. Aber ihre Selbstbeherrschung gestattete ihr nicht, ihre Gefühle so zu zeigen.

Am nächsten Morgen war sie mit der Welt immer noch nicht im Reinen, und so marschierte sie trotzig und hoch erhobenen Hauptes in den Speisesaal. Sie trat auch dann nicht den Rückzug an, als sie feststellte, dass sie die einzige Frau im Raum war. Weiß gekleidete Herren folgten ihr mit den Blicken.

Als der chinesische Kellner das Frühstück vor sie hinstellte, riss sie erstaunt die Augen auf. Es waren keine chinesischen Speisen und auch nicht die englischen Gerichte, die bei den Gilberts auf den Tisch kamen. Vor ihr lag ein riesiges Steak, von dem der Saft tropfte. Es war so groß, dass es über den Tellerrand hinaushing. Darauf lagen zwei Spiegeleier, und rundherum waren Berge von gebratenem und gekochtem Gemüse aufgehäuft. Dienstbeflissen kehrte der Kellner noch einmal mit einer Flasche Worcestersoße zurück.

Über ihrem Kopf trieb ein Punkah langsam dahin, und ihre Blicke folgten dem glänzenden Seil bis zur gegenüberliegenden Wand, wo ein gelangweilter Eingeborenenknabe die Fahrt mit dem Schnurende lenkte, das er sich um den Zeh geknotet hatte.

Sibell musste den übermächtigen Drang unterdrücken, angesichts dieser lächerlichen Szene loszulachen. Gleich fühlte sie sich besser, sodass sie beschloss, das Frühstück in Angriff zu nehmen, falls es ihr gelingen sollte, das Steak zu zerkleinern, ohne dass ihr die Hälfte dabei aufs Tischtuch fiel.

Zu ihrer Überraschung waren die Eier wunderbar durchgebraten, das Gemüse knackig, und das Steak ließ sich schneiden wie Butter. Mit einigen Stücken frischen Brotes wischte Sibell schließlich den Teller sauber und spülte die Mahlzeit mit starkem Tee hinunter. Zuerst hatte sie vorgehabt, spazieren zu gehen, doch dann erinnerte sie sich an die Warnung des Colonels, die Stadt sei gefährlich. Also blieb sie sitzen und überlegte, was sie tun sollte.

Digger Jones' dröhnende Stimme ließ sie auffahren. »Hey, Miss Delahunty, man hat mir gesagt, dass die Hamilton-Jungs in der Stadt sind.«

»Wo?«

»Weiß ich nicht genau, aber wenn sie noch da sind, finden wir sie.«

»Sie haben eine Herde Pferde hergetrieben«, rief einer der Gäste vom gegenüberliegenden Ende des Raums. »Wahrscheinlich sind sie schon weg. Schicken Sie Ling Lee zu den Carmody-Ställen. Der Besitzer muss es wissen.«

Sibell wartete in der Hotelhalle und blickte in den grauen Tag hinaus. Ein Sprühregen hielt sich wie Nebel in den Straßen. Wegen des feuchten Wetters rann das Schwitzwasser die Gipswände hinab, sodass Sibell sich fühlte wie in einer Höhle, nur dass es dazu noch unangenehm heiß war.

Da kam der chinesische Diener zur Tür hereingelaufen. »Missy sehen! Missy sehen!« Er zog sie zur Tür.

»Was gibt es zu sehen?«

»Hamilton!« Trotz seiner chinesischen Aussprache dieses Namens konnte Sibell erraten, was er meinte, und sie blickte erwartungsvoll die Straße hinab. Drei Männer, in Regenmäntel gehüllt, die in langen, schweren Falten an ihnen herabhingen, ritten auf das Hotel zu. Ihre Gesichter wurden von breitkrempigen, tropfnassen Hüten verborgen. Sibell kamen sie wie Riesen vor, geisterhafte Gestalten auf hochbeinigen Pferden, die fast lautlos die nasse Straße entlangtrabten.

»Wer sucht uns?«, rief einer von ihnen, und Sibell, die sich vor ihnen fürchtete, war versucht, ins Haus zu flüchten. Der Diener antwortete an ihrer Stelle. Kichernd zeigte er auf Sibell. »Die Missy hier.«

»Ich suche Mrs. Hamilton«, rief Sibell. Sie blieb auf der schützenden Veranda stehen.

»Welche Mrs. Hamilton?«

Verblüfft zögerte Sibell einen Augenblick. »Mrs. Charlotte Hamilton.«

»Oh! Charlotte. Sie ist nicht da.«

»Das weiß ich. Vielleicht können Sie mir sagen, wie ich hinaus zur Black-Wattle-Farm komme.«

Schweigen. Dann schwang sich der Sprecher der Gruppe vom Pferd. Er war ein großer, kräftiger Mann, ganz gewiss kein Junge (hatten die Leute nicht von den Hamilton-Jungs gesprochen?). Er nahm den Hut ab, und ein sonnengebleichter Haarschopf kam zum Vorschein. Darunter blaue Augen, überschattet von dichten Augenbrauen. Sein Kinn war von Bartstoppeln bedeckt. »Ich bin Zachary Hamilton«, sagte er. »Und wie kann ich Ihnen helfen?«

»Nun«, fing sie an. Von diesem ungehobelten Burschen wollte sie sich auf keinen Fall einschüchtern lassen. Er konnte höchstens Ende zwanzig sein, auch wenn er ebenso selbstbewusst auftrat wie der Colonel. »Man hat mir erzählt, dass Mrs. Charlotte Hamilton eine Gesellschafterin oder eine Sekretärin sucht … tatsächlich bin ich mir nicht ganz sicher«, fuhr sie fort. »Aber ich möchte mich trotzdem um die Stellung bewerben. Ich bin von …«, alles in ihr sträubte sich, Josies Namen in den Mund zu nehmen, »… Mrs. Cambray an Mrs. Hamilton empfohlen worden.«

»Das ist die Dame, mit der Charlotte korrespondiert«, sagte er. »Aber von einer Gesellschafterin weiß ich nichts. Wozu braucht sie eine Gesellschafterin? Meine Mutter ist eine sehr anständige Frau. Es ergibt keinen Sinn. Ich glaube, Sie haben sich geirrt, Miss …«

»Delahunty. Sibell Delahunty. Und ich bin mir sicher, dass ich mich nicht geirrt habe. Wie ich hörte, braucht Mrs. Hamilton Hilfe wegen ihrer Augen.«

»Was ist mit ihren Augen?«

Inzwischen glaubte Sibell wirklich, dass sie sich geirrt hatte. »O Gott, ich dachte, Mrs. Hamilton sei im Begriff zu erblinden.«

»Sagten Sie, meine Mutter wird blind? Wer hat Ihnen denn das erzählt?«

»Mrs. Cambray. Ihre Mutter hat in Perth einen Facharzt für Augenkrankheiten aufgesucht, mehr weiß ich auch nicht.«

Er machte ein besorgtes Gesicht. »Sie hat eine Urlaubsreise nach Perth gemacht. Einen Augenarzt hat sie nie erwähnt. O Gott. Warten Sie einen Moment.«

Sibell bemerkte, dass sie ihn mit dieser Nachricht erschüttert hatte, und sie bereute ihre Worte. Warum hatte sie nur nicht den Mund gehalten? Jetzt war Mrs. Hamilton sicherlich böse auf sie. Sie beobachtete, wie Zachary Hamilton mit den anderen Reitern draußen im Regen die Lage besprach. Josie war an allem schuld. Sie hätte ihr sagen müssen, dass es sich um ein Geheimnis handelte.

Zachary kam zurück und zog sie in die Hotelhalle. »Wir müssen uns unterhalten.« Seine Begleiter folgten ihnen. »Das ist mein Bruder Cliff«, sagte er. Cliff, ebenso hochgewachsen, aber offenbar einige Jahre jünger, umklammerte mit der einen Hand seinen Hut und hielt Sibell die andere hin. »Nett, Sie kennenzulernen, Miss.«

»Und das ist Cliffs Frau Maudie.«

Sibell sah zu, wie die junge Frau ihren tropfenden Regenmantel auf einen Stuhl warf. Sie trug ein Männerhemd, Reithose und kurze Reitstiefel, Männerstiefel. Das blonde Haar hatte sie zu einem schlichten Zopf geflochten. Sie umfasste Sibells Hand mit eisernem Griff. »Sie wollen also mit uns kommen?«, fragte sie.

»Ich weiß nicht. Darf ich?«

»Sieht fast so aus«, antwortete Zachary. »Wann sind Sie angekommen?«

»Gestern.«

»Sind Sie allein?«

»Ja.«

Er wandte sich zu Cliff um. »Dann müssen wir sie wohl mitnehmen. Schließlich können wir sie nicht allein zurücklassen.«

Cliff hatte noch Zweifel. »Ich weiß nicht so recht. Wir haben keine Kutsche dabei. Können Sie reiten, Miss?«

»Ja.«

»Aber sind Sie auch schon mal durch den Busch geritten?«, fragte Maudie. Ihre Stimme klang so derb, wie ihre Kleidung aussah.

»Das bin ich.« Sibell dachte dabei an den entsetzlichen Schiffbruch, doch das würde sie diesen Leuten nie erzählen. Diese unselige Geschichte sollte für immer vergessen sein.

Maudie war immer noch argwöhnisch. »Es dauert aber mindestens fünf Tage, bis wir zu Hause sind. Das wird kein Spaziergang.«

»Ich schaffe es schon«, antwortete Sibell, obwohl sie sich dessen nicht sicher war. Aber sie war fest entschlossen, nicht zurückzubleiben.

»Besser, sie wartet, bis Charlotte in die Stadt kommt«, schlug Maudie vor.

»Das dauert aber noch Monate«, widersprach ihr Mann. »Charlotte ist mit ihren Möbeln beschäftigt. Nicht mal zehn Pferde könnten sie von daheim wegbringen. Wir haben nämlich ein neues Haus gebaut«, erklärte er Sibell. »Eines, das sich auch für Frauen eignet. Jetzt, wo die Regenzeit gerade vorbei ist, haben wir es eben erst geschafft, Möbel hinzufahren.«

Da hatte Zachary einen Einfall: »Maudie, du kannst ja mit Miss Delahunty im Schiff den Fluss hinunterfahren. Wir holen euch mit der Kutsche am Depot ab.«

»Ich habe aber keine Lust, mit dem blöden Schiff zu fahren«, widersprach Maudie. »Es dauert doppelt so lange und ist todlangweilig.«

»Diesmal musst du aber«, sagte er. »Für einen Neuling ist der Ritt zu anstrengend. Wenn sie sich nicht den Hals bricht, ertrinkt sie uns wahrscheinlich noch.«

Sibell verfolgte das Gespräch mit großer Aufmerksamkeit. »Ich kann auch allein mit dem Schiff fahren«, meinte sie und ärgerte sich darüber, dass die Hamiltons über sie sprachen, als wäre sie ein überflüssiges Gepäckstück.

Maudie brach in lautes Gelächter aus. »Allein, sagt sie! Haben Sie ein Gewehr, Miss?«

»Nein. Und nennen Sie mich doch Sibell.«

»In Ordnung, Sibell. Hier ist Lektion Nummer eins: In diesem Land müssen Sie überall ein Gewehr dabeihaben. Und eine Dame fährt nicht ohne Schutz mit dem Schiff, wo sich so viele Halunken herumtreiben.« Sie seufzte. »Ich fahre wohl doch besser mit.«

Sibell war sich nicht sicher, ob das wirklich so ratsam war. Würde Maudie sie denn beschützen können?

Doch bald bekam sie die Antwort. Maudie nahm die Sache in die Hand. In weniger als einer Stunde war Sibells Tasche gepackt und auf Cliffs Pferd geschnallt. Sibell trat in Maudies Buschkleidern aus dem Hotel und kam sich dabei ziemlich lächerlich vor.

»Machen Sie sich keine Gedanken wegen der Hosen«, hatte Maudie ihr gesagt. »Sie sehen zwar aus wie Männerhosen, aber es sind keine. Ich habe sie eigenhändig genäht. Hier, kein Hosenstall.« Obwohl Sibell über den Inhalt dieses Gesprächs entsetzt war, zog sie entschlossen die Hose an. Als sie das Hemd hineinstopfte, wagte sie nicht, in den Spiegel zu sehen.

Man hatte ein Pferd für Sibell beschafft, und während Cliff ihr hinaufhalf, stellte sie fest, dass Maudie ein Gewehr am Sattel hatte. Offenbar wollte sie auf der Stelle aufbrechen. »Komm schon! Los geht's, Zack!«, rief sie ihrem Schwager zu.

Als sie die Pferde wendeten, erschien Lorelei vor dem Hotel. »Guter Gott, Sibell, Sie sehen ja aus wie ein Cowboy!« Aber Sibell, die sich mühte, auf dem riesigen Rotfuchs das Gleichgewicht zu bewahren, konnte ihr nur zuwinken.

Während sie die Hauptstraße entlangritten, lächelten Cliff und Zachary ihr aufmunternd zu. »Du meine Güte!«, rief Sibell aus. »Ich habe ganz vergessen, zu bezahlen.«

»Macht nichts«, antwortete er leichthin. »Dann zahlen wir eben das nächste Mal. Digger weiß, dass wir ihm nichts schuldig bleiben.«

Sibell hatte gedacht, der Fluss, von dem sie gesprochen hatten, läge gleich vor der Stadt, aber der Ritt entpuppte sich als lang und anstrengend. Sie trabten durch endloses tropisches Buschland, überquerten angeschwollene Flüsse und kletterten über schmale Pfade. Hier draußen wimmelte es von wilden Tieren: Große und kleine Kängurus beäugten sie, über ihren Köpfen kreischten Tausende von Vögeln, und wilde Truthähne flatterten über den Weg. Jedes Mal, wenn sie stehen blieben, betete Sibell insgeheim, dass sie endlich angekommen waren, doch die Pausen waren nur dazu gedacht, den Pferden etwas Zeit zum Verschnaufen zu gönnen und selbst ein paar Schluck zu trinken. In dieser Nacht schliefen sie in Etagenbetten in einem Farmhaus, das offenbar Freunden der Familie gehörte. Aber Sibell war viel zu müde, um Anstoß daran zu nehmen, und am nächsten Morgen brachen sie wieder auf.

Endlich erreichten sie eine kleine Hüttenstadt, die am Steilufer eines Flusses lag. »Das ist Pearly Springs«, sagte Zachary. »Hier können Sie sich ausruhen, bis der Flussdampfer zurückkommt. Der *Red Lion* ist zwar nicht gerade ein Luxushotel, aber dort ist es sauber, und man wird sich um euch Mädchen kümmern.«

Die beiden Männer ritten mit den zwei Pferden am Zügel

davon und ließen Sibell in Maudies schützender Obhut zurück. Und Maudie hatte das Gewehr immer griffbereit.

Während der kleine Dampfer flussaufwärts tuckerte, begann Sibell ihren Entschluss zu bereuen. Sie reiste immer tiefer in ein Land, das aussah wie das schwärzeste Afrika. Nachdem sie bereits die lange Reise von Westaustralien zum Northern Territory hinter sich hatte, fand sie immer weniger Gefallen an diesem Abenteuer. Sie teilte eine Kabine mit Maudie, und nebenan wohnte eine lärmende Familie, die zu den Goldfeldern unterwegs war. Die übrigen Passagiere, meist Männer, hatten im Salon oder auf Deck ihr Nachtlager aufgeschlagen. Es war ein wilder Haufen, zum Großteil Goldgräber, wie Maudie ihr erzählte, und Sibell fürchtete sich. Aber Maudie hatte nicht die geringste Scheu vor ihnen.

Die wunderschönen, dunklen Tiefen des Flusses beeindruckten Sibell, und das üppige Grün am Ufer, das sich im Wasser spiegelte, machte einen überwältigenden Eindruck auf sie. »Was für eine hübsche Landschaft«, meinte sie zu Maudie. »Der Fluss sieht so kühl und einladend aus in dieser Hitze.«

»Was Sie nicht sagen«, entgegnete Maudie. Sie unterhielt sich mit einem der Männer, verschwand für einige Minuten und kehrte dann mit einem Fleischklumpen zurück.

»Schauen Sie mal«, forderte sie Sibell auf und schleuderte das Fleisch in Richtung Ufer.

Sofort kamen Krokodile aus dem moorigen Uferdickicht gestürzt, glitten geräuschlos ins Wasser und schnappten nach dem Fleisch. Ihre riesigen Leiber wirbelten den Fluss auf, als sie sich tobend um die Beute balgten.

Sibell war entsetzt. Sie hatte zwar schon von Krokodilen gehört, aber noch nie welche gesehen, und ihre Größe erschreckte sie. Jetzt stand sie an der Reling und beobachtete gebannt, wie sich die Tiere an der Wasseroberfläche treiben ließen. Manche mussten mindestens vier Meter lang sein, und sie hatten einen Körperumfang, größer als ein Pferd.

»Passen Sie auf, dass Sie nicht über Bord gehen«, lachte Maudie.

Maudie verhielt sich ihr gegenüber kühl und höflich, überlegte Sibell. Doch überflüssige Nettigkeiten kamen ihr nicht über die Lippen. Sie zeigte ihr, wo sie sich waschen konnte, stand mit ihr in der Essensausgabeschlange in der Kombüse und warnte sie vor der Suppe, die ihrer Ansicht nach schon vergoren war. Sie saß mit ihr auf Deck und verscheuchte die kühneren Männer, aber sie war ziemlich wortkarg, bis ihre Neugier schließlich siegte. »Warum reisen Sie eigentlich mutterseelenallein in der Gegend herum?«

»Ich bin mit meinen Eltern nach Australien gekommen, aber sie … sind gestorben. Deswegen muss ich mich nach Arbeit umsehen.«

Wenn sie Mitleid von Maudie erwartet hatte, wurde sie enttäuscht. »Beide Eltern tot, hey?«, meinte Maudie. »Meine auch. Aber warum haben Sie sich nicht in Perth eine Stellung gesucht?«

»Es gab keine«, antwortete Sibell, die nicht zugeben wollte, dass ihre Lage dort unerträglich geworden war. »Man hat mir empfohlen, mich um die Stellung bei Mrs. Hamilton zu bewerben, und hier bin ich.«

»Das ist nicht zu übersehen.« Maudie lachte.

Sibell ärgerte sich über diese Antwort, aber da Maudie ungewöhnlich gesprächig war, hatte sie auch einige Fragen auf dem Herzen.

»Wohnen Sie auf der Black-Wattle-Farm?«

»Ja. Bin nach meiner Hochzeit mit Cliff hingezogen.«

»Wer wohnt sonst noch dort?«

»Im Haupthaus? Nur Charlotte, Zack und wir. Dann gibt es noch die Farmarbeiter, ein paar Köche und einen Negerstamm.«

»Schwarze?«

»Ja. Die waren schließlich zuerst da.«

»Oh. Und wo waren Sie vor Ihrer Hochzeit zu Hause?«

»Überall und nirgendwo. Meine Mutter und mein Vater waren Viehtreiber, und wir Kinder wurden eben mitgeschleppt. Zuerst haben sie Herden durch Queensland getrieben, und dann haben sie eine große Herde über die Landspitze hierher ins Territory gebracht und sind geblieben. Ich war schon überall«, erzählte sie, »sogar schon in Stuart im Landesinneren. Aber nachdem ich Cliff kennengelernt habe, war es damit vorbei. Jetzt bewirtschafte ich die Farm, und ich freue mich schon darauf, endlich in einem richtigen Haus zu wohnen.« Sie lachte. »Es ist gerade rechtzeitig fertig geworden. Die erste Hütte, die Cliff und Zack gebaut haben, ist von den Termiten bis aufs letzte Brett aufgefressen worden. Jetzt haben die beiden ihre Lektion gelernt. Das neue Haus besteht fast nur aus Zedernholz, und das schmeckt den Termiten offenbar nicht.«

»Haben sie es selbst gebaut?«, fragte Sibell.

»Nein, dieses Haus nicht. Charlotte hat die Pläne gezeichnet und einen Bauunternehmer aus Palmerston kommen lassen. Es ist eines der ersten richtigen Wohnhäuser da draußen.«

»Wie lange dauert es noch bis zur Farm, nachdem das Boot angekommen ist?«

»Von Idle Creek Junction ungefähr einen Tag. Das Haus liegt nah an der Farmgrenze. Von dort aus erstreckt sich der Besitz nach Westen.«

»Es ist bestimmt eine sehr große Farm.«

»Genug, dass man davon leben kann. Ich frage mich, was Sie für Charlotte arbeiten sollen.«

»Das weiß ich selbst nicht genau. Ich hoffe nur, dass ich mit der Arbeit zurechtkomme.«

Zu ihrer Verlegenheit spürte Sibell, dass Maudie ihre Befürchtung teilte. »Vielleicht will sie Sie ja mit Zack verkuppeln«, schlug sie fröhlich vor. Sibell war entsetzt. »Du meine Güte, nein! Mrs. Hamilton kennt mich ja überhaupt nicht.«

»Ich weiß, aber die Dame, die ihr Briefe schreibt, muss ihr erzählt haben, dass Sie in Ordnung sind und Bildung haben.«

»Das ist doch lächerlich. Wie, um alles in der Welt, kommen Sie denn darauf?«

»Nun ... Charlotte hatte zwar nichts gegen meine Heirat mit Cliff«, antwortete Maudie, »doch ihr Ältester soll wahrscheinlich eine bessere Partie machen«, fügte sie missmutig hinzu.

»So dürfen Sie nicht reden«, meinte Sibell. »Ich finde, dass Cliff mit Ihnen großes Glück gehabt hat: Sie kennen das Land, und Sie wissen Bescheid. Ich hingegen fühle mich hier draußen wie ein Fisch auf dem Trockenen.«

»Genau das habe ich Cliff auch gesagt«, erwiderte Maudie. »Ich habe ihm gesagt, dass Sie uns auf der Farm nichts nützen werden, Sie könnten ja keiner Fliege was zuleide tun. Aber er glaubt, dass Charlotte einen Plan hat, und Zack ist auch schon misstrauisch.«

»Das kann er sich sparen«, entgegnete Sibell. »Ich stehe nicht zur Verfügung. Meiner Meinung nach ist das eine ganz schöne Unverfrorenheit.«

»Nehmen Sie sich's nicht so zu Herzen. An unserer Stelle würden Sie sich auch Ihre Gedanken machen. Sie würde ihn gern verheiratet sehen, und Frauen sind hier Mangelware. Wer war denn übrigens die Frau, die sich in Palmerston von Ihnen verabschiedet hat?«

Sibell, der Maudies Bemerkungen immer noch im Magen lagen, antwortete recht barsch: »Lorelei Rourke, eine Dame, die ich auf dem Schiff kennengelernt habe.«

»Dame? Für mich sah sie eher aus wie ein Flittchen.« Maudie zuckte die Achseln, und Sibell, die sich wieder unbehaglich fühlte, trat an die Reling und sah zu, wie das Schiff durch das samtige Wasser glitt und auf die nächste Flussbiegung zusteuerte. Warum konnten die Leute sie denn nicht in Ruhe lassen? Sie suchte doch nur Arbeit und hatte ganz gewiss nicht vor, einen von diesen Hinterwäldlern zu heiraten. Sie fragte sich, ob sie nicht umkehren sollte, anstatt weiterzufahren und sich demütigen zu lassen. Nein, wenn sie auf der Black-Wattle-Farm blieb, würde sie Mrs. Hamilton und Zachary unmissverständlich klarmachen, dass sie sich nicht mit Heiratsgedanken trug, nicht im Mindesten. Sie dachte an Logan und war auch auf ihn wütend. Zur Hölle mit ihnen allen! Irgendwie würde sie selbst ihren Weg finden. Sie musste endlich aufhören, sich auf andere Menschen zu verlassen. Solange sie allerdings nur zwanzig Pfund in der Tasche hatte, ließ sich das nicht so leicht bewerkstelligen. Und dann fiel ihr die Herkunft des Geldes wieder ein. Hatte Lloyds die Versicherungssumme an Percy ausbezahlt? Und wie viel Geld war es gewesen? Sie würde selbst an die Reederei schreiben und das herausfinden.

Als sich das Schiff Idle Creek näherte, waren die beiden Frauen zum Aussteigen bereit. Um sie scharten sich die Goldgräber. »Willst du nicht bei mir bleiben, Blondchen!«, rief einer der Männer Sibell zu. »Kannst du vergessen, Kumpel«, gab Maudie mit einem Grinsen zurück.

Hilfreiche Hände hoben sie auf einen kleinen Landungssteg und dann ans Ufer, wo sich Abfälle häuften: Flaschen, Dosen und verrottende Packkisten lagen herum, und in der Luft schwirrten Fliegen. Sibell war entsetzt. »Hier gibt es ja nichts! Keine Stadt, überhaupt nichts!«

Maudie kümmerte das gar nicht. »Nein, das hier ist nur ein Landeplatz für die Schiffe. In der Trockenzeit ist mehr los, da die Schiffe oft nicht weiterkommen. Aber niemand bleibt freiwillig hier. Die meisten gehen den restlichen Weg zu den Goldfeldern zu Fuß; das nächste liegt etwa achtzig Meilen entfernt.«

Als der Dampfer abfuhr, blieben sie allein an diesem wenig einladenden Ort zurück, und Sibell spürte, wie sich die Stille bedrohlich über sie legte. »Was nun?«, fragte sie.

»Wir warten auf die Kutsche. Und setzen Sie Ihren Hut auf, sonst bekommen Sie einen Sonnenstich.« Der breitkrempige Filzhut gehörte ebenfalls zu Sibells Buschausrüstung.

»Sollten wir nicht auch losgehen?«, fragte sie, aber Maudie lachte. »Nur wenn wir lebensmüde sind. Wir haben kein Wasser. Ohne Wasser geht man hier nirgends hin, sonst bringt einen die Hitze in kürzester Zeit um. Wir warten einfach hier am Fluss. Am liebsten würde ich schwimmen gehen, aber um diese Jahreszeit gibt es zu viele Krokodile.«

Sibell erschauderte. Sie fragte sich, was geschehen würde, falls niemand sie abholen kam. Sie fragte sich unzählige Dinge, aber da sie auf ihre vielen Fragen offenbar nie eine Antwort fand, gab sie es schließlich auf.

»Schauen Sie sich diesen Dreck an!«, beschwerte sich Maudie. »Diese verdammten Goldgräber! Ein Schwarzer würde niemals einen solchen Dreck hinterlassen.« Sie brach einen großen Ast von einem Baum und fing an, damit den Müll zu einem Haufen zusammenzukehren. Da Sibell helfen wollte, bückte sie sich, um einige der Dosen aufzuheben. Doch Maudie hielt sie zurück. »Lassen Sie das, fassen Sie den Abfall nicht an. Sie könnten sich in die Hand schneiden, und Wunden entzünden sich hier sehr schnell.«

Sibell trat einen Schritt zurück und fühlte sich überflüssig und fehl am Platz.

Als Cliff schließlich mit der Kutsche und einem Ersatzpferd

eintraf, beschloss er, dass es das Beste sei, über Nacht am Fluss zu lagern und morgen in aller Frühe aufzubrechen. »Ich dachte, wir könnten ein bisschen angeln«, meinte er, und Maudie stimmte begeistert zu. Keiner von beiden bemerkte Sibells Verzweiflung. Allmählich glaubte sie, sie würde das Haus der Hamiltons nie erreichen, und sie fragte sich, wie sie jemals von hier fortkommen sollte.

Nachmittags war es auf der Black-Wattle-Farm immer ruhig. Nur gelegentlich war das Summen einer Fliege zu hören, und von Zeit zu Zeit krächzte eine Krähe, die sich um die Mittagsruhe im Busch nicht scherte.

Den Aborigines kam das neue Haus vor wie das siebte Weltwunder, und sie strömten von überall her zusammen, um es zu betrachten. Es stand am Ende eines langen, sandigen Pfades, der sich durchs Gebüsch schlängelte. Am Rand des Pfades grasten Rinder, und gleich beim Haus befand sich der Pferch für die Pferde, überschattet von riesigen, ausladenden schwarzen Akazien, deren englischer Bezeichnung die Farm ihren Namen verdankte. Ihre Blüten waren ebenso golden, leuchteten vielleicht sogar noch kräftiger als die der üblichen Akazienbäume, und sie ragten in kurzen Dolden wie schimmernde Perlen aus dem dicken, gezackten Laub, das eigentlich nicht schwarz, sondern tief dunkelgrün war und sich von dem bewegten Grün der Pflanzen im Norden sehr unterschied.

Der Pfad führte an einem langen Zaun mit drei Querstangen vorbei, der das Haus vom Rest der Farm abgrenzte, und dann um die Ecke zu den Ställen und Nebengebäuden, die für die Verwaltung dieses riesigen Besitzes notwendig waren. Besucher wurden selbstverständlich durch die Vordertür eingelassen.

Charlotte Hamilton hatte angeordnet, um das Haus herum ein etwa zehn Meter breites Stück Land für ihren Garten einzuzäunen, um den sie sich irgendwann kümmern wollte. Im Augenblick wuchsen dort nur einige hohe Eukalyptusbäume und ein paar Büsche, die man stehen gelassen hatte, damit das Land nicht so kahl wirkte. Auch auf einen Europäer hätte das weit ausladende ländliche Haus stattlich gewirkt, und Charlotte war selbstverständlich davon begeistert. Da es nicht ihre Art war, sich bei einem so schwierigen Vorhaben wie diesem Hausbau in der Wildnis fernab jeglicher Zivilisation auf Experimente einzulassen, hatte sie den alterprobten Grundriss der Farmhäuser in Queensland kopiert, die ihrerseits wiederum an die ausgestreckten einstöckigen Häuser mit den hohen Räumen erinnerten, die die Briten in Indien zum Schutz gegen die Hitze gebaut hatten.

Am Dach der holzgedeckten Veranda, die rund ums Haus verlief, hing die Schaukel ihres fünfjährigen Enkelsohns, und Charlotte hatte außerdem Tische und bequeme Stühle hinausgestellt, um sich das Leben im Freien so angenehm wie möglich zu machen. Die hohen Fenster, die in regelmäßigen Abständen in die Wand eingelassen waren, öffneten sich auf die Veranda, sorgten im Haus für Luft und Licht und gaben dem soliden Gebäude eine elegante Note.

Zum Schutz gegen Hitze, Feuchtigkeit, Schlangen und anderes Kriechgetier war das Haus zwei Meter über dem Boden gebaut, und so führten auf allen vier Seiten weiß gestrichene Stufen in den Garten hinab. Der schwere Türklopfer aus Messing an der Eingangstür schien überflüssig, da die Tür sowieso ständig offen stand. Sie führte ins Wohnzimmer, hinter dem das Esszimmer lag. Im Haus gab es vier Schlafzimmer, und im hinteren Teil befand sich das Büro, von dem aus der gesamte Besitz verwaltet wurde. Gegenüber vom Büro lag Charlottes ganzer Stolz – das Badezimmer, ein Badezimmer im Haus und dazu noch ein Spülklosett! Ein solcher Luxus war im Norden des Landes weitgehend unbekannt.

Als sie sich heute von ihrem Mittagsschlaf erhob, stellte sie fest, dass es noch viel zu tun gab, ehe das Haus fertig eingerichtet war, und sie fragte sich, ob sie wohl jemals damit fertig werden würde. Überall lag noch etwas im Argen. Die Böden bestanden zwar aus poliertem Zedernholz, aber sie brauchte noch Läufer und Linoleum für die Küche. Außerdem musste sie Stoff für Vorhänge besorgen, denn einige der Fenster waren noch kahl. Der Mahagonitisch fürs Esszimmer war zwar angeliefert worden, allerdings ohne Stühle, sodass sie sich mit langen Bänken behelfen musste.

Ihre Söhne konnten diese Ungeduld nicht verstehen. »Warum

hast du es denn so eilig, Ma? Irgendwann kommen die Sachen schon.« Sie amüsierten sich darüber, dass sich bei ihr jetzt alles um das Haus drehte. Aber so war sie schon immer gewesen. »Wenn man erst einmal etwas angefangen hat«, sagte sie ihnen immer wieder, »darf man keine halben Sachen machen.« Hoffentlich hatten die beiden in Palmerston, wohin sie geritten waren, um Pferde zu verkaufen, nicht ihre Anweisungen vergessen und sich noch einmal um ihre Bestellungen gekümmert. Sie wusste zwar, wie stolz sie auf das Haus waren, aber meistens dachten sie doch nur an Rinder und Pferde.

Draußen schlugen die Hunde an, und ihr zahmer Kakadu auf der Veranda hüpfte auf und nieder und kreischte lauthals: »Schnapp die Halunken! Schnapp die Halunken!«

Da sie wusste, dass die meisten Männer auf der Farm unterwegs waren, rief sie nach Nette, ihrem schwarzen Hausmädchen: »Wer ist da?«

»Die Bosse sind wieder da, Missus!«

»Gut. Hol Wesley! Sag ihm, sein Vater ist zurück.«

Weil sie keine Antwort erhielt, nahm sie an, dass Nette losgelaufen war, um den Auftrag auszuführen. Sie kramte ihre Brille hervor, knöpfte ihr braunes Leinenkleid zu und eilte zum Waschtisch, um sich die Haare zu richten. Während sie es bürstete und zurechtsteckte, schnitt sie beim Anblick der ausgebleichten, ergrauten Strähnen eine Grimasse. In ihrer Jugend war ihr Haar seidig und blond gewesen, ein Vermächtnis ihres schwedischen Vaters, der in Sydney von einem Schiff desertiert war. Liebevoll dachte sie an ihre Söhne. Daddy, Gott sei seiner Seele gnädig. Wie stolz wäre er auf seine großen, kräftigen Enkel gewesen! Ihre jungen Wikinger! Sie konnten es nicht ausstehen, wenn sie sie in Gegenwart anderer so nannte; es war ihnen peinlich. Aber es stimmte trotzdem: Der Vater ihrer Söhne, ein rothaariger Schotte, hatte sich nicht durchgesetzt, obwohl Wesley mit seinem roten Haar und seinen Sommersprossen nach ihm schlug.

Aber du meine Güte! Warum saß sie hier herum und hing Erinnerungen nach?

Sie lief vors Haus, gerade als die »Jungen«, die von Casey, dem Vorarbeiter, und anderen Reitern empfangen worden waren, am Tor ankamen. Doch oben auf der Treppe blieb sie auf einmal stehen. »Wo ist Maudie?«, rief sie und raffte die Röcke, um zu ihnen hinunterzusteigen.

»Keine Angst, Ma«, antwortete Cliff. »Sie kommt noch.« Er beugte sich hinunter und hob seinen Sohn vor sich in den Sattel, während die beiden schwarzen Kindermädchen, die Zwillinge Pet und Polly, ihrem Schützling begeistert Beifall klatschten.

»Wie geht es meinem Kleinen?«, lachte Cliff und drückte dem Knaben die Zügel in die Hand.

»Gesund und munter«, antwortete Charlotte. »Um Gottes willen, Cliff, wo ist Maudie?« Sie wusste, wie gefährlich es im Busch war, denn schließlich hatte sie selbst viele Jahre in der Wildnis zugebracht.

»Mach dir keine Sorgen um Maudie, Ma.« Zack stieg ab und übergab Casey sein Pferd. »Sie kommt mit dem Schiff.«

»Warum denn das?«

»Das ist eine lange Geschichte, Ma«, antwortete er und legte den Arm um sie. »Aber es ist alles in Ordnung. Cliff holt sie in Idle Creek ab.«

Sie gingen durch die Küche, wo Sam Lim, der Koch, Zack begrüßte und seine Arbeitgeber gleichzeitig in gebrochenem schrillen Englisch aus seinem Reich zu scheuchen versuchte. Sam Lim war schon im Hotel Charlottes Koch gewesen, und sie hatte ihn mit auf die Farm genommen. Nun brachte er mit seiner herrschsüchtigen Art den ganzen Haushalt zum Lachen. »Wenn man Sam im Haus hat, könnte man genauso gut mit einer Militärkapelle zusammenwohnen«, lachte Zack. Aber er zog sich gehorsam ins Esszimmer zurück, damit ihnen Sam »wie es sich gehö*l*t« einen »D*l*ink« servieren konnte.

Charlotte war ein wenig beruhigt. »Hast du das Linoleum bestellt?«, fragte sie. »Und hast du mir Stoffmuster für die Vorhänge mitgebracht?«

»Ja, wir haben die Liste eins nach dem anderen abgehakt. Den halben Tag sind wir durch die ganze Stadt und von einem Laden zum nächsten gepilgert wie die braven Arbeitssklaven.«

Sam Lim brachte eine Flasche Bier und zwei Gläser auf einem Tablett herein, und Zack stürzte das erste Glas sofort hinunter. »Jetzt geht es mir besser«, verkündete er.

»Was ist mit den Pferden?«, wollte Charlotte wissen. »Habt ihr sie alle verkauft?«

»Ohne Schwierigkeiten. Zu Spitzenpreisen. Das Geld habe ich auf der Bank hinterlegt, und ich habe diesmal sogar daran gedacht, den Beleg mitzubringen.« Er beugte sich über den Tisch. »Und wie ist es dir ergangen?«

»Mir? Ich habe mich niemals wohler gefühlt.«

»Freut mich, das zu hören. Und wie steht's mit deinen Augen?«

»Ach, die sind in Ordnung, solange ich die Tropfen nehme, die der Arzt mir gegeben hat.«

»Meinst du den Augenarzt in Perth?«

»Ja«, gab sie zu. »Nur an staubigen Tagen muss ich mich vorsehen.«

»Mutter«, sagte Zack, und diese Anrede bedeutete, dass ein ernstes Gespräch bevorstand. »In den nächsten sechs Monaten wird es jeden Tag staubig sein. Meinst du nicht, dass du uns einweihen solltest?«

»Einweihen?«

»Wegen deiner Augen. Werden sie besser oder nicht?«

Charlotte zögerte und antwortete dann: »Nein.«

»Nun, das war doch gar nicht so schlimm. Es tut mir leid, wir sind ganz schön erschrocken, als wir es erfahren haben, und für dich muss es ein noch viel größerer Schreck gewesen sein. Aber mach dir keine Sorgen. Wir sind immer für dich da, und du wirst schon damit fertig, ganz so wie sonst.«

»Ich weiß, Zack, inzwischen habe ich mich an die Vorstellung gewöhnt. Aber, wie zum Teufel, seid ihr dahintergekommen?«

»Ah«, sagte er, »jetzt kommen wir zur nächsten wichtigen Neuigkeit. Wir haben unterwegs deine Sekretärin kennengelernt.«

»Wen?«

»Miss Delahunty.«

»Wer ist denn das?«

Nun war Zack verblüfft. »Willst du etwa sagen, dass du sie gar nicht kennst?«

»Nein«, antwortete Charlotte.

»Mein Gott!«, rief er aus. »Sie ist mit Maudie auf dem Weg

hierher. Deswegen ist Maudie mit dem Schiff gefahren, obwohl sie überhaupt keine Lust dazu hatte. Deine Sekretärin kann zwar reiten, aber sie passt nicht in den Busch. Sie ist sehr britisch!«

Charlotte war erstaunt. »Ich begreife das alles nicht.«

»Dann überleg mal. Erinnerst du dich noch an diese Dame, mit der du korrespondierst, Mrs. Cambray?«

»Ja.«

»Hast du ihr nicht erzählt, dass du daran denkst, eine Sekretärin und Gesellschafterin einzustellen, damit sie dir hilft, wenn deine Augen schlechter werden?«

»Ja, mit diesem Gedanken habe ich gespielt.«

»Jetzt ist aus dem Gedanken Wirklichkeit geworden. Mrs. Cambray hat geliefert.«

»Du meine Güte, warum hat sie es mir nicht mitgeteilt?«

»Das Mädchen hat dir selbst geschrieben. Aber offenbar ist sie nicht besonders helle. Sie ist auf dem gleichen Schiff gereist wie ihr Brief.«

»Und Maudie bringt sie jetzt mit?« Charlotte war entgeistert.

»Was hätten wir denn sonst tun sollen? Sie hat im Prince of Wales Hotel nach dir gefragt. Und sie hat darauf bestanden, selbst mit dir zu sprechen. Wir konnten sie ja schlecht zurücklassen.« Als er das erstaunte Gesicht seiner Mutter sah, fing er an zu lachen. »Ich schätze, dass sie zu Fuß gegangen wäre, wenn wir sie nicht mitgenommen hätten. Wie dem auch sei, du kannst dich ja einmal mit ihr unterhalten, und wenn du sie behalten willst, ist das deine Sache. Wenn nicht, muss sie eben hier warten, bis ich jemanden auftreiben kann, der sie wieder nach Palmerston bringt.«

Charlotte war neugierig. »Wie alt ist sie?«

»Ich weiß nicht, vielleicht neunzehn. Bist du dir sicher, dass du das nicht alles eingefädelt hast?«

»Ganz sicher«, antwortete Charlotte. »Aber irgendwann muss ich ja damit anfangen, und wenn sie geeignet ist, kann ich ihr die Buchführung erklären und ihr beibringen, was sie tun soll. Aber eigentlich habe ich mir eine ältere Frau vorgestellt; eine vom Land.«

»Und jetzt hast du genau das Gegenteil bekommen«, grinste

er, trank sein Bier aus und rappelte sich müde auf. »Ich nehme jetzt ein Bad.«

Er ging hinaus. Aber dann streckte er noch einmal den Kopf durch die Tür. »Übrigens, Mutter, ich glaube nicht, dass deine neue Freundin unbedingt Maudies Fall ist.« Und unter lautem Gelächter zog er sich zurück.

»Das wäre ja nicht das Schlechteste«, sagte Charlotte zu sich. Sie fand Cliffs Ehefrau manchmal recht anstrengend, weil sie so rasch beleidigt war. Obwohl Charlotte sie freundlich aufgenommen hatte, fühlte sich Maudie in diesem Haus nicht wohl. Sie glaubte, Charlotte wollte sie demütigen, weil sie immer auf gute Manieren und einen ordentlichen Aufzug bestand. Für Charlotte waren gepflegte Umgangsformen sehr wichtig, und ihre Söhne gehorchten gutmütig, wenn sie verlangte, dass sie sich abends vor dem Essen umzogen. »Baden, rasieren und saubere Fingernägel« war alles, was sie von ihnen verlangte. Sie bestand ja gar nicht darauf, dass sie in dieser Hitze weiße Jacketts trugen, wie es bei manchen Farmersfamilien im Osten üblich war. Auch bei mehr als vierzig Grad hätten die Männer in diesen Häusern nie das Wohn- oder das Esszimmer in Hemdsärmeln betreten.

Aber ihrer Ansicht nach war das bei diesem Klima übertrieben. Maudie hingegen hielt all ihre Änderungen wahrscheinlich für ebendas. Nicht, dass Maudie jemals etwas gesagt hätte, wenigstens nicht zu Charlotte persönlich, doch in ihren scharfen braunen Augen lag unmissverständlicher Spott.

»Mein Gott«, seufzte Charlotte leise. Maudie war eine gute Farmersfrau und ihrem Mann in vieler Hinsicht eine große Hilfe. Sie ritt, als wäre sie im Sattel geboren. Charlotte wünschte nur, Maudie hätte sich mehr um ihren Sohn Wesley gekümmert. Sie schien zu glauben, dass dem Kind nichts fehlte, solange ihn jemand versorgte – in diesem Fall die beiden Eingeborenenmädchen, die ihn betreuten, seit er auf der Welt war.

Wie immer schwieg Charlotte dazu. Wie die jungen Leute ihre Kinder erzogen, war ihre Angelegenheit. Aber dieses Mädchen, diese Miss Delahunty, beeindruckte sie. Obwohl sie aus der Stadt kam, musste sie wirklich Mumm in den Knochen haben, wenn sie wegen der ungewissen Aussicht auf eine Anstellung und eine Unterkunft so weit gereist war. Oder sie war verzweifelt. Und so beschloss Mrs. Hamilton, die junge Dame sehr sorgfältig unter die Lupe zu nehmen.

Als Sibell vom Kutschbock stieg, erkannte sie das Haus, die Frau, die starrenden Menschen und die schwarzen Gesichter nur wie durch einen Nebel. Sie durchquerte den dämmrigen Hof und folgte Maudie hinein. Alles sprach aufgeregt durcheinander, und man führte sie in ein Schlafzimmer.

»Nennen Sie mich Charlotte«, sagte die Frau. »Die Mädchen lassen Ihnen ein Bad ein. Nach der Kutschfahrt müssen Sie ganz schön durchgerüttelt sein.«

Als Charlotte zurückkam, war Sibell noch immer im Bademantel. »Fühlen Sie sich jetzt besser?«

»Ja, vielen Dank. Das Bad war eine Wohltat.«

»Ich habe ein wenig Epsom-Salz ins Wasser gegeben«, sagte Charlotte. »Das macht müde Muskeln wieder munter. Möchten Sie zum Abendessen hinunterkommen?«

»Macht es Ihnen etwas aus, wenn ich zu Bett gehe? Ich bin todmüde.«

»Aber nein. Ich lasse Ihnen Tee und belegte Brote hinaufbringen.«

Sibell konnte kaum die Augen offen halten, bis ihr ein fröhliches schwarzes Mädchen ein leichtes Abendessen brachte. Langsam verzehrte sie die Brote und war erleichtert, nach dieser entsetzlichen Reise in einem anständigen Bett zu liegen. Es waren nicht nur die schmerzenden Knochen nach der Kutschfahrt. Dass sie in der letzten Nacht am Idle Creek im Freien hatte schlafen müssen – nur mit einer Decke und einem Moskitonetz –, war der Tropfen gewesen, der das Fass zum Überlaufen brachte. Sibell war schläfrig und verwirrt.

Als sie zwischen den kühlen, sauberen Laken lag, drang eine warme Brise zum Fenster herein, und sie schlief sofort ein.

Am Morgen brachte Charlotte selbst das Frühstück auf einem Tablett und stellte es auf einen Tisch am offenen Fenster.

»Das war aber nicht nötig«, sagte Sibell.

»Keine Umstände. Hier habe ich Haferbrei, Würste, Eier mit

Speck, geröstetes Brot und Tee. Ich konnte sogar ein wenig Marmelade auftreiben.«

Wieder einmal war Sibell von der Reichhaltigkeit des Frühstücks überrascht. Aber da sie nichts sagen wollte, zog sie sich einen Stuhl an den Tisch. Es war bereits sehr heiß, und draußen leuchtete ein blauer Himmel über einer Reihe dunkler Bäume. Von irgenwoher hörte Sibell seltsame Schreie. Erschrocken sprang sie auf und ließ das Besteck fallen.

»Das ist nur Cocky«, erklärte Charlotte. »Lassen Sie sich von ihm nicht stören. Er lebt auf der Veranda und glaubt, das ganze Haus gehört ihm. Jetzt frühstücken Sie erst einmal in Ruhe, und dann komme ich zurück und trinke ein Tässchen Tee mit Ihnen, wenn es Ihnen recht ist.«

»Ja, gerne.« Sibell war von Charlottes Freundlichkeit und Ungezwungenheit beeindruckt. Sie hatte etwas anderes erwartet: eine strenge, verhärmte Frau, eine ältere Version von Maudie.

Sie wusch sich, bürstete sich kräftig das Haar und sah sich dann nach ihrer Tasche um. Doch sie musste feststellen, dass jemand ihre Kleider ausgepackt, gebügelt und in den Schrank gehängt hatte. Sie errötete. Nun wussten sie alle, wie arm sie war, dass sie nur ein paar Kleider und die nötigste Unterwäsche besaß. Wie demütigend! Doch es war nun nicht mehr zu ändern. Eilig zog sie das blaue Kostüm, Schuhe und Strümpfe an und setzte sich dann an den Tisch. Es war wichtig, dass sie ruhig und gefasst wirkte, wenn Mrs. Hamilton zurückkam, obwohl sie sich gar nicht so fühlte. Aber wenigstens hatte sie zur Abwechslung gut geschlafen. »Offenbar«, sagte sie sich, »muss ich erst völlig erschöpft sein, damit ich endlich Ruhe finde.«

Sie saßen auf der schattigen Veranda mit Blick auf die blühenden Büsche und das Meer von Baumwipfeln jenseits des Pfades. Cocky stolzierte umher, kreischte und prahlte mit seinen Künsten.

»Also«, fing Charlotte an. »Glauben Sie wirklich, dass Sie hier draußen arbeiten wollen?«

»Wenn Sie mich nehmen.«

»Meine Liebe, es geht nicht darum, ob ich Sie nehme. Ich würde mich freuen, wenn Sie blieben.«

»Das ist sehr freundlich von Ihnen.«

»Das ist es nicht. In meinem Alter hat man ziemlich viel Menschenkenntnis. Und ich glaube, dass der erste Eindruck nicht trügt.«

Sibell dachte an Logan. Ihr erster Eindruck von ihm war nicht zu günstig gewesen. Hatte sie damit recht gehabt?

»Diese Farm …«, sagte Mrs. Hamilton. »Lassen Sie sich nicht von dem Haus beeindrucken. Eine Farm im Norden kann eine ganz schöne Plage sein. Auch wenn der Sommer jetzt vorbei ist, wird es deswegen noch längst nicht kühler. In den nächsten sechs Monaten werden wir uns vor Hitze, Staub und Fliegen nicht mehr retten können. Sie sind hier mitten in der Einöde. Unsere nächsten Nachbarn leben fünfzig Meilen entfernt, und das sind nur Jim Pratt und seine Männer, die in der Corella-Ebene ihr Lager aufgeschlagen haben. Die nächste Stadt heißt Pine Creek, und das ist einen Tagesritt entfernt. Außerdem ist es nur eine raue Goldgräbersiedlung. Außerhalb von Palmerston gibt es keinen Arzt. Deswegen leben auch so wenig Frauen hier. Wenn sie nicht selbst im Busch aufgewachsen sind, haben sie Angst, dass ihren Kindern etwas zustoßen könnte.«

»Überhaupt keinen Arzt?«

»Dr. Brody reist in der Gegend umher und leistet ganze Arbeit, doch es dauert eine Zeit lang, bis man ihn gefunden hat. Bei Geburten helfen Hebammen; sie kümmern sich auch um die Mütter. Diese Frauen sind ihr Gewicht in Gold wert, denn sie haben große Erfahrung mit Geburten. Sie lassen ihre eigenen Familien allein und reiten tagelang, um sich um die jungen Mütter zu kümmern.«

»Sie sind sehr tapfer.«

»Da können Sie Gift drauf nehmen. Aber was unsere Farm betrifft … Zack sagt zwar, dass Sie eine gute Reiterin sind, meine Liebe, aber Sie müssen wissen, dass Sie das Grundstück nie ohne Begleitung verlassen dürfen.«

»Ist es gefährlich da draußen? Ich meine, gibt es wilde Tiere?«

»Tiere nicht … Sie haben doch bestimmt genug Grips, um einen Bogen um Bullen oder Wasserbüffel zu machen, und richtige wilde Tiere gibt es hier nicht. Wenn Sie Pech haben, werden Sie von einer Schlange oder einer Spinne gebissen, aber das kann Ihnen überall passieren. Doch Sie könnten sich verlaufen oder einen Sonnenstich bekommen. Und außerdem gibt es hier immer noch wilde Schwarze, ziemlich viele sogar, die von der Jagd leben.«

»Heute Morgen habe ich einige von ihnen gesehen.«

»Ja, die Armen. Ihre Maxime lautet: Wenn du sie nicht schlagen kannst, schließ dich ihnen an. Im Großen und Ganzen können wir Frauen uns auf die weiblichen Aborigines verlassen. Überhaupt ist es ein sehr freundliches Volk, und die Männer, die in den Eingeborenenlagern auf der Farm leben, machen selten Schwierigkeiten. Manche von ihnen arbeiten als Viehtreiber, aber die anderen halten lieber Abstand.«

»Wirklich sehr interessant«, meinte Sibell. Charlotte seufzte. Sie hatte den Eindruck, dass Sibell sie nicht wirklich verstand. »Wahrscheinlich werden Sie sich hier sehr einsam fühlen«, fuhr sie fort. »Ein junges Mädchen wie Sie. Ihnen werden die bunten Lichter fehlen … Sie werden Ihre Freunde vermissen.«

»Ich habe keine Freunde.«

Charlotte lächelte und sah sie prüfend an. »Das kann ich mir nicht vorstellen.«

»Mrs. Hamilton«, sagte Sibell. »Ich habe den Untergang der *Cambridge Star* überlebt.« Sie brachte es nicht über sich, ihre Eltern zu erwähnen, vor allem, weil sie dann in Tränen ausgebrochen wäre. Dann würde ihre zukünftige Arbeitgeberin sie nicht mehr für vernünftig und tüchtig halten. »Ich bin vollkommen mittellos an Land gespült worden und habe seitdem von Almosen anderer Menschen gelebt. Diese Lage war mir sehr unangenehm, und wenn es mir möglich ist, hier meinen Lebensunterhalt zu verdienen, möchte ich diese Stellung sehr gerne annehmen.« Sie war zufrieden mit sich, weil es ihr gelungen war, das Thema Gehalt einfließen zu lassen.

Charlotte war überrascht. »Guter Gott! Also das sind Sie! Es tut mir so leid, Sibell … Jetzt, wo ich darüber nachdenke, fällt mir ein, dass Josie Cambray Sie erwähnt hat. Aber beim Umzug ist mir der Brief abhandengekommen, und deswegen habe ich Ihren Namen vergessen. Die *Cambridge Star* also. Ich erinnere mich. Mein Gott, Sie haben aber Glück gehabt!« Sie erhob sich und überraschte Sibell, indem sie ihr die Hand schüttelte. »Sie haben eine Stellung, so lange Sie bei uns bleiben möchten. Mit Bezahlung«, fügte sie hinzu, denn Sibells Andeutung war ihr nicht entgangen. »Was halten Sie von fünf Pfund wöchentlich plus Kost und Logis?«

Fünf Pfund in der Woche! Sibell konnte es kaum fassen. Margot hatte ihren Angestellten nur zehn Shilling in der Woche gezahlt, und dann hatte sie noch versucht, sie übers Ohr zu hauen, wo immer sie nur konnte. »Das würde mir sehr gut gefallen«, antwortete sie.

»Also«, meinte Charlotte und kam zum Geschäftlichen. »Ihre Pflichten. Ich möchte, dass Sie mir bei der Buchführung und der Korrespondenz helfen und auch bei der Arbeit im Büro, damit Sie wissen, was zu tun ist, wenn meine Augen einmal nicht mehr wollen, und ich Ihnen diktieren kann.«

»Ich hoffe, dass das noch lange dauern wird«, sagte Sibell.

»Ich auch. Aber schon jetzt fällt mir vieles schwer, weil ich so schlecht sehe. Bügeln zum Beispiel. Es ist verlorene Liebesmüh, das den Eingeborenenmädchen beizubringen. Sie können es noch weniger als ich. Und ich habe es satt, an den Vorhängen für das Haus herumzusticheln. Können Sie nähen?«

»Ja. Und ich würde Ihnen gerne dabei helfen.«

»Dem Himmel sei Dank! Ich glaube, wir beide werden großartig miteinander auskommen, aber wenn Sie genug von dieser Farm haben, sagen Sie es mir. Sie sind hier keine Gefangene. Kommen Sie jetzt, ich führe Sie herum.«

Eins war sicher, dachte Sibell, während sie Charlotte von Zimmer zu Zimmer folgte, alles bewunderte, ihr beipflichtete und mit ihr besprach, was noch gebraucht wurde: Mit ihrer fröhlich plaudernden neuen Arbeitgeberin würde ihr sicherlich nie der Gesprächsstoff ausgehen.

Sie wurde Netta vorgestellt, dem jungen schwarzen Hausmädchen, das ihr den Tee gebracht hatte. »Netta ist ein gutes Mädchen«, sagte Charlotte. »Sie macht noch viele Fehler, aber sie bemüht sich und wird es bald lernen.«

Dann gingen sie in die Küche zu Sam Lim, dem chinesischen Koch, der sich höflich verbeugte. »Wenn Sie etwas brauchen«, erklärte Charlotte, »bleiben Sie in der Tür stehen und fragen Sie danach. Er lässt nur mich in die Küche und fängt an zu toben, wenn sich sonst jemand hineinwagt. Aber er ist ein guter Koch.«

Zu ihrer Überraschung sah Sibell einen kleinen rothaarigen Jungen, der mit einigen schwarzen Kindern Schlagball spielte. Ein paar schwarze Mädchen umringten johlend die Spieler. »Das ist mein Enkel, Wesley«, sagte Charlotte. »Der Sohn von Maudie und Cliff. Er ist ein wunderbarer kleiner Junge. Sehr selbstständig.«

Sibell erkannte, dass Maudie von sich aus nichts erzählt hatte, was nicht unbedingt wichtig war, und es kam ihr der Gedanke, dass Cliffs Frau sie vielleicht nicht auf der Farm haben wollte.

»Ich muss Josie Cambray schreiben und ihr für ihre Empfehlung danken«, sagte Charlotte begeistert. »Seit ich das Hotel verkauft habe, habe ich nichts mehr von mir hören lassen.«

»Sie lebt nicht mehr auf der Farm«, erklärte Sibell.

»Oh! Sind die Cambrays umgezogen? Wo wohnen sie denn jetzt?«

»Ich weiß es nicht«, erwiderte Sibell kurz. Offenbar hatte Charlotte noch nicht gehört, dass Josie mit einem anderen Mann durchgebrannt war, mit Logan. Sibell konnte es immer noch nicht fassen, dass Logan eine unscheinbare, ältere Frau wie Josie ihr vorgezogen hatte. Aber sie wollte nicht mehr über die beiden nachdenken. Niemals wieder.

An diesem Abend zitierte Charlotte Zack, Cliff und Maudie zu sich, als sie von ihrer täglichen Arbeit nach Hause kamen. »Hört mir bitte zu. Ich habe Sibell als meine Sekretärin angestellt. Und weil ich sie brauche, möchte ich, dass ihr sie wie ein Familienmitglied behandelt. Sonst läuft sie mir noch davon.«

»Dein Wunsch sei mir Befehl.« Cliff grinste. »Auf jeden Fall ist sie ein erfreulicher Anblick.«

Charlotte sah, dass Maudie ein Gesicht zog. »Genug! Ihr Jungen erweist ihr den Respekt, den sie verdient.«

»Was geht mich das an?«, beschwerte sich Zack. »Solange du zufrieden mit ihr bist, halte ich mich raus.«

»Wenn sie überhaupt bleibt«, höhnte Maudie. »Sie ist ein Dämchen aus der Stadt. Ich wette zehn zu eins, dass sie es keinen Monat hier aushält.«

»Wer ist sie überhaupt?«, fragte Cliff. »Was, zum Teufel, macht sie im Territory? Sie passt hierher wie die Faust aufs Auge.«

»Ich habe ihre Freundin gesehen«, erzählte Maudie. »Ein kleines blondes Flittchen und aufgedonnert wie ein Weihnachtsbaum. Ich fresse einen Besen, wenn das keine Hure war.«

»Sibell ist ein anständiges Mädchen«, entgegnete Charlotte und wandte sich dann an Zack. »Du erinnerst dich doch noch an das Schiff, das im letzten Jahr vor Fremantle untergegangen ist? Die *Cambridge Star?*«

»Nie gehört«, mischte sich Maudie ein, aber Charlotte achtete nicht auf sie. Wenn ihre Schwiegertochter endlich lesen lernen würde, hätte sie auch davon gewusst, denn Berichte über das Unglück hatten in allen Zeitungen gestanden. »Sibell ist eine der Überlebenden dieses Unglücks«, fuhr sie fort. »Ich glaube, es sind nur wenige Passagiere davongekommen. Josie Cambray hat mir von ihr geschrieben. Sibells Mutter und Vater sind ertrunken. Sie hat ihre ganze Familie und alles Hab und Gut verloren.«

»O nein!«, stöhnte Zack ehrlich entsetzt. »Das arme Mädchen.«

»Davon hat sie mir nie etwas erzählt«, schmollte Maudie.

»Manche Menschen haben so viel Schreckliches durchgemacht, dass sie nicht darüber sprechen können«, sagte Charlotte leise. »Mir hat sie auch nicht viel erzählt, also geht behutsam mit ihr um.«

»Fragt sich, ob dieses Land das richtige für ihre Nerven ist«, höhnte Cliff, und Maudie lachte. »Bei der ersten Schlange, die sie sieht, stirbt sie bestimmt fast vor Angst.«

»Das geht doch jedem so«, gab Zack mürrisch zurück »Du bist letztens auch fast in Ohnmacht gefallen und hast eine junge Python erschossen, die niemandem etwas zuleide tun wollte.«

»Lasst das jetzt!«, unterbrach Charlotte. »Sibell kann mir im Haus helfen, und mit der Zeit wird sie alles über den Busch lernen. Schließlich hatte sie den Mut, von Perth hierherzukommen. Ich wette, ihr werdet noch alle überrascht sein, wie gut sie sich eingewöhnt.«

Zack musste sich ein Lächeln verkneifen, als Maudie zum Abendessen herunterkam. Da sie jetzt dem Vergleich mit Sibell standhalten musste, hatte sie sich Mühe beim Ankleiden gegeben. Eigentlich hatte ihr Charlottes Aufforderung, sich abends umzuziehen, überhaupt nicht gepasst, und nur um des lieben Friedens willen hatte sie die Hose mit einem Rock vertauscht. Allerdings trug sie darüber auch weiterhin ein offenes Männerhemd. Heute aber hatte sie eine Bluse angezogen und sie ordentlich bis zum Hals zugeknöpft.

Doch als Sibell hereinkam, musste Zack sich tatsächlich beherrschen, damit ihm nicht der Mund offen stehen blieb. In dem anmutigen, weißen Kleid sah sie aus wie ein Traum. Ihr weiches, gewelltes Haar schimmerte honigfarben im Lampenlicht, und ihre Haut erinnerte ihn an cremeweiße Kamelien.

»Guten Abend«, sagte sie schüchtern. Er konnte den Blick nicht von ihren langen, dunklen Wimpern lösen, die glänzende, blaugraue Augen beschatteten. Ihm kam es vor, als sehe er sie zum erstenmal.

Charlotte ließ alle Platz nehmen, sprach das Dankgebet und wandte sich dann an Sibell. »Willkommen im Hause Hamilton.«

Zack versuchte, seine Aufmerksamkeit auf das Essen zu lenken. In Gegenwart dieser Schönheit, dieses Wesens aus einer anderen Welt, fühlte er sich sehr klein. Und er hätte sich am liebsten selbst geohrfeigt, weil er zuließ, dass sie eine solche Wirkung auf ihn hatte, als wäre er ein junger Bursche, der sich so einfach Hals über Kopf verliebt. Das musste er unterbinden. Er hatte nicht die Zeit, sich Gedanken über Mädchen zu machen, vor allem nicht über dieses hier.

Als sie die Augen auf ihn richtete, wandte er den Blick ab, und während der gesamten Mahlzeit richtete er nicht einmal das Wort an sie. Charlotte hielt das Gespräch in Gang, plauderte über Angelegenheiten, die die Farm betrafen, und das Mädchen hörte still zu. Da er ihr gegenübersaß, bemerkte er, dass der Gecko, der über der Decke lief, sie ängstigte. Aber er erklärte ihr nicht, dass es hier überall Geckos gab und dass sie völlig harmlos waren.

Fünftes Kapitel

Auch der Colonel in Palmerston hatte mit Schwierigkeiten zu kämpfen. Nachdem er das Hotel verlassen hatte, ging er zuerst zur kleinen Commercial Bank, um ein Konto zu eröffnen. Aber er musste feststellen, dass die Bank geschlossen war.

Ein Passant erklärte ihm den Weg zur Bank of Scotland. »Die Burschen von der Commercial Bank sind alle im Urlaub, wahrscheinlich auf Goldsuche. Ihre Bücher haben sie bei der anderen Bank hinterlegt.«

Zwar fand Puckering das sehr merkwürdig, aber es stellte sich als richtig heraus. »Wir schließen immer abwechselnd«, erzählte ihm ein Schalterbeamter fröhlich. »Deswegen müssen Sie sich keine Sorgen machen. Wir haben alle Unterlagen unserer Kollegen, und ihr Geld bewahren wir in unserem Safe auf.«

»So erwischen Bankräuber wenigstens gleich zwei Banken auf einen Streich«, bemerkte der Colonel.

»Gott behüte! Sagen Sie doch nicht so etwas!«, rief der Schalterbeamte aus. »Sonst bringen Sie die Leute noch auf dumme Gedanken.«

Danach stattete der Colonel dem Polizeirevier einen Besuch ab. Doch er fand es offen und unbesetzt vor. Das Revier bestand nur aus einer kleinen Holzhütte, in der sich eine hohe Theke befand. Als er das Gebäude durchquerte und zum Hinterausgang wieder verließ, stieß er auf ein Häuschen, an dem ein Schild mit der Aufschrift »Wohnung« angebracht war.

Ein alter Mann schnitt das Gras rund um das Häuschen mit einer Sichel.

»Wer wohnt hier?«, fragte Puckering.

Der alte Mann betrachtete mit wässrigen Augen seine Uniform. »Sie sind bestimmt der neue Boss.«

»Der Polizeipräsident«, verkündete Puckering.

»Das habe ich mir gedacht. Sie können reingehen. Es ist offen.«

»Wo sind denn die Polizeibeamten?«

Der alte Mann zog eine Pfeife aus der Hemdtasche. »Wollen wir mal sehen. Der Sergeant, Jim Morris, ist auswärts. Ein paar Eingeborene haben ein halbes Dutzend japanische Perlenfischer am anderen Ende der Bucht ins Jenseits befördert, und er ist losgeritten, um mal nach dem Rechten zu sehen. Der Wachtmeister, Bobby Slater, ist krank. Im Krankenhaus. Hat sich die Malaria geholt.«

»Vielen Dank. Und die anderen beiden Beamten?«

»Ach, die! Die haben sich aus dem Staub gemacht. Ist schon eine Weile her, wenn ich mich recht erinnere.«

»Wo ist das Gefängnis?«

»Der Bau? Folgen Sie dem Pfad hier durch den Busch. Das lange Steinhaus, das ist es; platzt aus allen Nähten. Drum lassen die Wärter alle Weißen über Nacht raus, damit es weniger Schwierigkeiten gibt.« Als er bemerkte, wie der Colonel die Stirn runzelte, fügte er hinzu: »Es heißt, sie wollen ein größeres Gefängnis bauen; drüben in Fanny Bay. Aber bis jetzt ist noch nichts draus geworden.«

»Ich verstehe«, meinte Puckering, der davon nicht wenig überrascht war. »Mein Gepäck sollte beim Polizeirevier abgegeben werden. Ist es schon angekommen?«

»Aber selbstverständlich. Ich habe es für Sie ins Haus geschleppt.« Er kam langsam und öffnete die Eingangstür. »Hier muss mal ein bisschen sauber gemacht werden, finde ich.«

Puckering ging über die baufällige Veranda ins Haus, wo ihm der beißende Gestank nach Schimmel heftig in die Nase stieg. »Du meine Güte«, rief er aus, stürzte zu den Fenstern und riss sie auf.

Im Licht erkannte er, dass die Wände schwarz von Schimmel waren und die Bodendielen weiße Flecken aufwiesen. Ratten huschten hinter die Schränke, und die Tür zum Schlafzimmer wurde von einem riesigen Spinnennetz versperrt. »Diese Bruchbude ist ja widerlich!«, schimpfte er.

»Nicht gerade luxuriös«, gab der alte Mann zu. »In diesem Klima darf man ein Haus nicht verrammeln. Aber der Schimmel lässt sich abwaschen.«

Verzweifelt sah Puckering sich um. Hier konnte er unmöglich einziehen. Und offenbar würde er anfangs die niedrigen Pflichten eines Wachtmeisters versehen müssen. Jemand musste schließlich dafür sorgen, dass das Revier besetzt war.

»Wo kann ich jemanden bekommen, der hier sauber macht?«

»Schätze, am besten besorgen Sie sich einen chinesischen Diener. Der kümmert sich schon darum. Und behalten Sie ihn. Die Chinesen verstehen sich aufs Kochen und aufs Waschen.«

»Wo kann ich so jemanden finden?«

»Glaube, ich kann einen für Sie auftreiben.« Er hielt die Hand auf. »Ein Shilling wäre genug.«

Puckering bezahlte den Shilling und kehrte dann zum Polizeirevier zurück, um die Akten und Tagesberichte einzusehen, die offen auf dem Tresen lagen. »Der Laden sollte abgeschlossen sein, wenn niemand da ist«, murmelte er. Doch dann erinnerte er sich an den Schimmel im Haus und schüttelte den Kopf. Schon jetzt trat ihm in der feuchtheißen Luft der Schweiß aus allen Poren. Also beschloss er, zum Prince of Wales zurückzukehren und sich dort ein Zimmer zu nehmen, bis sein Haus gründlich gesäubert und gelüftet worden war.

Als er sich endlich wohnlich in seinem Hotelzimmer eingerichtet hatte, war seine Stimmung auf dem Tiefpunkt angelangt. Worauf hatte er sich, zum Teufel, nur eingelassen? Er durfte gar nicht daran denken, dass er seinen letzten Posten aufgegeben hatte, weil die Disziplin dort einiges zu wünschen übrig ließ! Hier war es noch viel schlimmer. Sofort wollte er um eine Unterredung mit dem Gouverneur nachsuchen – oder besser dem Verwalter, wie er im Territory hieß, weil es sich ja nicht um einen eigenständigen Staat, sondern nur um ein von Südaustralien verwaltetes Gebiet handelte. Den Nachmittag verbrachte er damit, einen Brief an den Verwalter zu schreiben, in dem er um ein Gespräch bat. Er schlug die Punkte vor, die erörtert werden sollten, wozu auch die sofortige Einstellung zusätzlicher Beamter gehörte.

Der junge Mann vom Telegraphenamt hatte ihm den Wohnsitz des Verwalters gezeigt; ein malerisches Gebäude, das als »das Haus mit den sieben Giebeln« bekannt war. Es stand in einer schützenden Lichtung an einem Abhang mit Blick auf die Bucht. Da Puckering es für unpassend hielt, den Brief selbst zu überbringen, bat er Digger Jones um einen zuverlässigen Dienstboten, der ihn abgeben sollte.

»Zurzeit hat das keinen Sinn«, sagte Digger. »Der Verwalter ist nicht zu Hause. Er ist mit einem Freund zum Goldsuchen gegangen. Runter zum Pine Creek, etwa hundert Meilen entfernt.«

Also beschloss der Colonel, die Stadt zu erkunden, und kleidete sich dazu in Zivil. Allerdings stattete er vorher noch der Hotelbar einen Besuch ab, um sich ein wenig Mut anzutrinken.

Wie das Schild am Hoteleingang versprach, war der Whisky überraschend gut. Also stand er, als der dämmrige, wolkenverhangene Nachmittag von der abendlichen Dunkelheit abgelöst wurde, immer noch am Fenster und betrachtete bekümmert seinen merkwürdigen neuen Wirkungskreis. Randalierende Säufer torkelten durch die Straßen. Reiter galoppierten in halsbrecherischer Geschwindigkeit an ihnen vorbei. Eine Prügelei brach aus, Schüsse wurden abgefeuert, und aus den Saloons drang Klaviergeklimper. Chinesen eilten mit gesenkten Köpfen vorüber. Die Hände hatten sie in ihren weiten Ärmeln verborgen, und einige wurden von ihren Frauen begleitet. Wie Puckering entsetzt feststellen musste, trippelten sie auf eingebundenen Füßen einher. Weit und breit war kein Polizist zu sehen, niemand, um den Mob im Zaum zu halten, niemand, außer ihm selbst, einem einsamen Mann in einer großen, lärmenden Bar.

Männer mit buschigen Bärten, in Flanellhemden und derben Hosen, polterten an ihm vorbei und drängten sich um den Tresen. Sie würdigten Puckering kaum eines Blickes. Zwar bemerkten sie den hochgewachsenen, kräftigen Mann mit dem kurzgeschnittenen grauen Haar und der unverwechselbaren militärischen Haltung, aber er beeindruckte sie nicht weiter. Nach Palmerston kamen alle möglichen Menschen. Manche wurden von der Gier nach Gold, manche vom Gesetz gejagt. Deswegen kümmerte man sich am besten nicht um Fremde. Neugier machte sich nämlich meist nicht bezahlt.

Früh am nächsten Morgen fand Puckering einen arbeitseifrigen jungen Chinesen namens Tom Phong am Polizeirevier vor, der im warmen Nieselregen auf ihn wartete. Er schickte ihn sofort an die Arbeit. Da sich die Polizeibeamten immer noch nicht blicken ließen, saß der Colonel den ganzen Vormittag untätig im Polizeirevier herum; niemand sprach vor, niemand hatte eine Beschwerde vorzubringen. Offenbar mieden die Bewohner dieser Stadt das Revier wie ein Pestasyl. Also würden seine Polizisten sich selbst auf die Suche nach Verbrechern machen müssen, wie Frauen, die an der Quelle Wasser schöpfen. Und nach seinen Beobachtungen der letzten Nacht zu schließen, sprudelte diese Quelle sehr ergiebig. Er hatte Opiumhöhlen, Schwarzbrennereien und verbotenes Glücksspiel gesehen und einiges über Raubüberfälle und Schlägereien gehört. Ein Saloon war zertrümmert und eine Metzgerei niedergebrannt worden. »Weil«, wie ihm ein alter Mann erklärte, »der Dummkopf versucht hat, die falschen Leute übers Ohr zu hauen.«

Aber niemand war zu ihm gekommen, um eine Anzeige zu erstatten.

Nach diesem bedrückenden Tag suchte er wieder die Hotelbar des Prince of Wales auf, wo er von Lorelei Rourke in Beschlag genommen wurde. Sie erzählte ihm von ihren Kümmernissen. »Ich habe versucht, ein Haus zu kaufen, aber hier gibt es nur dreckige, kleine Bruchbuden. Es ist eine Schande, dass die Leute mir diese Hütten überhaupt zeigen. Wofür halten die mich eigentlich?«

Puckering verkniff sich eine Antwort. So genau wollte er es lieber auch gar nicht wissen. »Wo ist Sibell?«, fragte er.

»Ach, haben Sie es noch nicht gehört? Sie hat die Leute gefunden, die sie gesucht hat, und ist mit ihnen fortgeritten. Die Hamiltons, hat Digger erzählt. Und sie war angezogen wie ein Cowboy! Ich habe meinen Augen kaum getraut!« Und dann versetzte sie Puckering einen Rippenstoß. »Aber Sie hätten die beiden Kerle sehen sollen, mit denen sie fortgeritten ist! Große, gut aussehende Männer waren das. So ein Glück möchte ich mal haben! Digger hat mir erzählt, es sind reiche Viehzüchter, sehr wohlhabend! Vermutlich werden wir Sibell nicht wiedersehen!«

Schließlich gelang es Puckering, sich von ihrer Gesellschaft freizumachen, denn es war ihm sehr unangenehm, mit einer Prostituierten gesehen zu werden. Er drängte sich durch die überfüllte Straße zu einem Café, wo er eine Mahlzeit, bestehend aus Suppe und Brathuhn, verzehrte, die chinesische Köche zubereitet hatten.

Später in dieser Nacht klopfte Lorelei an seine Tür. »Die Bar hat schon geschlossen. Ich dachte, Sie hätten vielleicht Lust auf ein Gläschen vor dem Schlafengehen.« Sie schwenkte eine Flasche Portwein.

»Ich habe schon geschlafen«, sagte er.

»Ach, kommen Sie. Um diese Uhrzeit? Was halten Sie von meinem neuen Kimono? Ich habe ihn heute erstanden. Ist er nicht hübsch?« Sie drehte sich und zeigte einen leuchtend rosafarbenen Morgenmantel vor, der ausgezeichnet zu ihren blonden Locken und ihrer blassen Haut passte.

»In der Tat«, gab er zu und ließ den Blick über ihre wohlgerundete Brust gleiten. Als sie sein Zögern bemerkte, kicherte sie und schlüpfte an ihm vorbei ins Zimmer. Während er die Tür schloss, stellte sie die Flasche auf den Waschtisch und drehte sich wieder um. »Diese Seide fühlt sich so weich an meiner Haut an. Ich hätte es nicht ertragen können, etwas darunter anzuziehen.« Dann drehte sie sich um. Ihr Kimono hatte sich geöffnet, und ein Seufzer entfuhr ihm. Von keinem Mann hätte man erwarten können, dass er ein solches Angebot ablehnte. Seine Hände glitten unter die weichen Falten ihres Kimonos und strichen über ihre straffen, runden Brüste. Er zog sie an sich und war froh, dass der Wirt ihm so ein breites Bett zur Verfügung gestellt hatte.

Am Morgen war Lorelei immer noch bei ihm. Er bereute, was er getan hatte, und schalt sich einen Narren. Doch dann nahm er ihren üppigen, jungen Körper in die Arme und liebte sie noch einmal.

»Du wolltest mich schon die ganze Zeit auf dem Schiff, stimmt's?«, flüsterte sie, während sie mit der Zunge sein Ohr liebkoste. »Aber Sibell war im Weg.«

Als er nicht antwortete, küsste sie seinen Hals. »Natürlich wolltest du. Und ich wollte dich. Ich mag ältere Männer. In deiner Gegenwart fühle ich mich wie beschwipst.«

Sie setzte sich rittlings auf ihn, und als er sie so im Tageslicht betrachtete und ihren wunderschönen Körper umfasste, hätte er sie am liebsten nie mehr hergegeben.

Als Mr. und Mrs. Logan Conal in Port Darwin ankamen, war die Regenzeit im Norden vorbei. Stattdessen herrschte nun eine sengende, trockene Hitze, die das Land ausdörrte. Bereits jetzt lag der stechende Geruch von verbranntem Eukalyptus in der Luft, der den Australiern so wohlbekannt ist. Obwohl er sich hartnäckig über der Bucht hielt, war er den Anwohnern noch kein Grund zur Sorge. Erst wenn die Trockenheit länger andauerte und nach monatelanger Hitze würde sich das Land mithilfe der jährlichen Überschwemmungen gegen den Ansturm der entsetzlichen Buschfeuer wehren müssen.

Auf dem Schiff, das auf dem blauen Meer vor Anker lag, war es heiß wie in einem Backofen. Unbarmherzig brannte die Sonne auf den Dampfer hinab, und Josie litt unter dem Dach aus Segeltuch Höllenqualen. »Es ist entsetzlich«, stöhnte sie. »Wie lange sitzen wir noch hier fest?«

»Wir müssen auf die Flut warten«, erklärte Logan. »Es heißt, der Wasserspiegel in dieser Bucht kann bei Ebbe bis zu sieben Meter fünfzig fallen. Lass den Kopf nicht hängen. Bald sind wir an Land, und dann geht es dir bestimmt gleich besser.«

Schon vom ersten Tag an war die Reise eine Qual gewesen. Anstelle von Kabinen gab es auf diesem überfüllten Schiff nur einige kleine Schlafsäle, getrennt nach Männern und Frauen. Josie hatte einen Raum mit vier Frauen und drei lärmenden Kindern teilen müssen, die alle zu den Goldfeldern unterwegs waren. Obwohl die Fahrt die westaustralische Küste hinauf nur zehn Tage dauerte, war sie Josie schier endlos vorgekommen. Die Kinder waren seekrank, und die Kabine stank. Das Essen, das man den Passagieren vorsetzte, war eine Zumutung, und auf Deck randalierten Tag und Nacht betrunkene Männer, ohne dass sich der Kapitän darum gekümmert hätte. Josie konnte es kaum erwarten, an Land zu kommen und diese grässlichen Menschen niemals wiedersehen zu müssen.

Als sie endlich Palmerston erreichten, kaufte Logan ihr sofort einen Sonnenschirm. Auch er fand die Hitze unerträglich. Einen so heißen Tag hatten sie noch nie zuvor erlebt. »Das kann auch nur uns passieren«, lachte er, »an einem solchen Tag anzukommen.« Allerdings ahnten sie nicht, dass diese Temperaturen in Palmerston keineswegs ungewöhnlich waren. Im Territory gab es keinen Winter, nur eine nasse und eine trockene Jahreszeit.

Josie bestand darauf, sofort ins Prince of Wales Hotel zu gehen, und erfuhr dort zu ihrer Enttäuschung, dass Charlotte Hamilton das Hotel verkauft hatte. Da alle Zimmer belegt waren und der Wirt alle Hände voll zu tun hatte und sich nicht mit ihnen beschäftigen konnte, setzte sie sich draußen auf eine Bank und bewachte das Gepäck, während Logan sich nach einer Unterkunft umsah.

Sie beobachtete die Vorbeigehenden und fand sie ebenso rau und ungehobelt wie die Stadt selbst. »Wenn das die Hauptstadt des Nordens ist«, sagte sie belustigt zu sich, »möchte ich lieber gar nicht wissen, wie die übrigen Städte aussehen.« Wie viel Wahrheit diese Bemerkung enthielt, war ihr glücklicherweise noch nicht bewusst.

Als Logan endlich zurückkehrte, war ihr vor lauter Hitze schon ganz elend, doch sein vorgeschobener Unterkiefer sagte ihr, dass es besser war, nicht zu jammern.

»Die verdammte Stadt platzt aus allen Nähten«, knurrte er. »Offenbar ist die Regenzeit vorbei, und die Straßen sind wieder frei. Also sind jetzt Gott und die Welt unterwegs.«

»Was ist mit dem Agenten von Gilberts Mine, Mr. Strange? Hast du mit ihm gesprochen?«

»Sein Büro war offen, aber leer. Der Friseur hat mir erzählt, dass er sich irgendwo herumtreibt, aber ich konnte ihn nicht ausfindig machen. Er hätte uns wenigstens vom Schiff abholen können.«

»Und was fangen wir jetzt an?«

»In einem Wirtshaus ein paar Straßen weiter habe ich ein Zimmer aufgetrieben. Es ist zwar nicht besonders anheimelnd, aber für die nächsten Tage wird es genügen.«

Das Zimmer entpuppte sich als eine glühend heiße Nische in einem baufälligen Hotel, doch das Bettzeug war sauber, und auf dem Waschtisch stand ein großer Porzellankrug mit Wasser. »Gott sei Dank«, sagte Josie, »mir läuft der Schweiß in Strömen herunter.« Sie zog ihr Kostüm und den langen Baumwollunterrock aus, um sich Gesicht und Hals zu benetzen, aber Logan legte ihr die Arme um die Taille.

»Mach weiter«, sagte er leise und schnürte ihr dabei ihr Mieder auf. »Ich glaube, die Tropen gefallen mir jetzt schon. Einen besseren Grund, sich auszuziehen, gibt es nicht.«

»Alles ausziehen?«, fragte sie. »Um diese Uhrzeit?«

»Warum nicht?« Er lachte und entkleidete sich rasch. »So ist es kühler. Es hat mich auf der Reise fast umgebracht, dass ich auf meine Rechte als Ehemann verzichten musste. Und dazu noch auf unserer Hochzeitsreise. Hast du mich vermisst?«

»Das weißt du doch.« Sie lächelte ein wenig schüchtern, als er ihr im hellen Tageslicht die letzten Hüllen abstreifte und sie aufs Bett sinken ließ. Doch seine Kühnheit erregte sie. Er war ihr dunkler, stattlicher Ehemann.

»So solltest du öfter herumlaufen«, meinte er fröhlich. Er stand da, betrachtete sie und ließ die Finger über ihre prickelnde Haut gleiten. Josie kicherte. Ihre Begierde steigerte sich, als er sie so neckte. Sie räkelte sich wohlig und zeigte dabei ihre vollen, festen Brüste. Dann streckte sie die Hände nach ihm aus. »Ich liebe dich, Logan.«

Doch diesmal liebte er sie nicht, sondern befriedigte nur rasch seine Gelüste. Schnell sprang er dann auf und versetzte ihr einen Klaps aufs Hinterteil. »Komm, Josie, zieh dich an. Wir müssen die Stadt erkunden.«

Sie gehorchte, obwohl sie sich im Stich gelassen fühlte. Aber sie tröstete sich damit, dass sie ja noch alle Zeit der Welt hatten, um sich wirklich zu lieben. Es würde noch viele andere Gelegenheiten geben.

Sie verließen Palmerston in einem Karren, den Logan zusammen mit zwei Pferden und Reiseproviant gekauft hatte. Aus Gründen der Sicherheit und um sich nicht zu verirren, waren sie gemeinsam mit etwa zwanzig Goldsuchern vom Schiff und einigen Frauen aufgebrochen. Josie fühlte sich an ihre erste Reise ins Landesinnere zur Cambray-Farm erinnert. Sie vermisste Ned und betete, dass er in seiner Schule glücklich war. Sie wollte ihm jede Woche schreiben, und sie hoffte, dass jemand so freundlich sein würde, ihm die Briefe zu geben.

Doch die Reise zur Cambray-Farm im milden Wetter war verglichen mit dieser albtraumartigen Fahrt durch die sengende

Hitze ein Spaziergang gewesen. Insekten peinigten sie, und immer wieder geschah ein Unfall. Die Wege waren holperig, voller Schlaglöcher und zerfurcht von den Ochsenkarren, die am Ende der Regenzeit darüberfuhren und Fahrrillen hinterließen, die die Sonne dann fest in die Erde brannte. Eine Kutsche stürzte um, eine Frau wurde herausgeschleudert und brach sich den Arm. Schon am ersten Abend verlor Logans Karren ein Rad, doch glücklicherweise kamen ihnen einige Männer zu Hilfe, sodass sie die anderen noch vor Einbruch der Dunkelheit eingeholt hatten.

Sie schlugen an einem ausgetrockneten Bach neben einigen Wasserlöchern, die sich wie eine Kette gelblicher Perlen entlang des Ufers erstreckten, ihr Lager auf, wogegen Josie nichts einzuwenden hatte. Ihre Reisebegleiter waren herzlich und hilfsbereit, und es war eine solche Erlösung, endlich aus dem holperigen Wagen herauszukommen. Doch als sie am nächsten Tag weiter durch die sengende Hitze dieses endlosen Landes fuhren, ritten die Männer, die Pferde hatten, einfach davon, und das Ehepaar in der Kutsche gab auf und kehrte nach Palmerston zurück.

»Folgen Sie einfach dem Pfad«, riet ihnen ein Goldsucher. »Aber nicht zu weit«, lachte er, »denn er führt an den Telegraphenleitungen entlang bis nach Adelaide.«

Als sie sich weiter vorankämpften, erzählte Josie Logan von Charlotte Hamilton, die Tausende von Meilen von der Ostküste her auf dem Landweg hierhergekommen war. Jetzt war ihr klar, was für eine mörderische Reise das gewesen sein musste. Aber Logan glaubte ihr kein Wort. »Du bist so vertrauensselig, Josie. Nur du würdest ein solches Märchen glauben.«

»Aber so war es«, widersprach sie. »Charlotte hat mir erzählt, sie hätten auch ihr Vieh so übers Land getrieben.«

»Blödsinn! Sie haben das Vieh mit dem Schiff hierhergebracht. Wie, glaubst du, ist das erste Vieh in dieses Land geschafft worden? Ihr Engländer habt es mit Schiffen über den Ozean befördert.«

»Wir Engländer«, lachte sie, aber eigentlich war ihr nicht zum Lachen zumute. Solche Seitenhiebe verteilte er immer, wenn nicht alles nach seinen Wünschen verlief. Entsetzt hatten sie beide die Nachricht aufgenommen, dass sie bis Katherine noch drei schreckliche Tage auf diesem Weg weiterfahren mussten. Bei dem Wort »Engländer« wurde Josie wieder an ihren Sohn erinnert. Sie fragte sich, ob Ned sich wohl als Engländer oder als Australier betrachten würde, wenn er erst einmal erwachsen war.

Pine Creek war eine scheußliche Stadt und bestand nur aus einer Ansammlung von Hütten, doch in Katherine, das sie nach weiteren fünfzig Meilen erreichten, war es noch viel schlimmer.

Als der Wagen die Straße hinunterfuhr, versanken seine Räder tief im feinen Staub. Ihnen fielen fast die Augen aus dem Kopf, denn sie mussten an den Straßenrand fahren und sechs hochmütig schnaubende Kamele mit ihrem afghanischen Treiber vorbeilassen, der beim Lächeln gelbe Zähne bleckte. Das Land war mit Gruben und aufgeschütteten Hügeln übersät: Baumstümpfe und verrottete Förderkörbe lagen herum, und auf den Goldfeldern hingen an Stangen und den letzten kärglichen Bäumen zerrissene Flaggen, die so fehl am Platze wirkten wie Girlanden auf einem Friedhof.

Da die furchtbare Reise nun hinter ihnen lag, fühlte Josie sich besser, und sie wollte alles über ihr neues Zuhause erfahren. »Was machen denn die Kamele hier?«, fragte sie einen Goldgräber, der neben ihnen herritt.

»Das sind die Schiffe der Wüste, gute Frau«, antwortete er ihr. »Sie können zehnmal besser als Pferde durch das Landesinnere nach Adelaide laufen.«

»Erstaunlich«, antwortete sie, und Logan beugte sich hinüber, um zu fragen, wo er Simon Pinwell, den Aufseher der Minen, finden konnte.

»Er betreibt das Postamt und den Laden«, sagte der Fremde. »Gleich neben dem Telegraphenamt. Das können Sie gar nicht verfehlen, denn in Katherine gibt es außer dem Wirtshaus sonst nicht viel.«

Er hatte recht. Die Stadt Katherine bestand aus drei grob gezimmerten Holzhütten und einer windigen Straße. Dann gab es da noch eine Hütte, die offenbar die Commercial Bank darstellen sollte.

»Das ist also Katherine River«, bemerkte Logan niedergeschlagen, und Josie musste lachen. Sie wischte sich den Staub vom Gesicht. »Wirklich eine Weltstadt!«

Der Postmeister und Krämer Simon Pinwell war ein magerer, kleiner Mann mit scharfen Augen und O-Beinen, die von dem Revolvergurt, den er um die schmalen Hüften geschlungen trug, noch betont wurden. Er ritt mit ihnen eine Meile weit vor die Stadt, wie er sie nannte, um ihnen die Gilbert-Minen zu zeigen. Danach wies er auf ein Gebäude zwischen den Bäumen. »Das ist das Haus des Geschäftsführers«, sagte er. »Da ich Sie schon erwartet habe, habe ich ein paar Negermädchen damit beauftragt, es sauber zu machen.«

»Vielen Dank«, meinte Josie. »Das war aber sehr nett von Ihnen.« Sie freute sich schon darauf, nach Hause zu kommen, endlich wieder ein Heim zu haben. Doch als sie sich dem Gebäude näherten, überfiel sie die Angst.

Zwei schwarze Mädchen erwarteten sie schon mit aufgeregt leuchtenden Augen, und Simon stellte sie vor. »Das ist Klößchen, und die hier heißt Rübchen.«

Josie war entsetzt. »Was für hässliche Namen für zwei so hübsche Mädchen. Sie haben einen schöneren verdient!« Die beiden Mädchen waren etwa fünfzehn Jahre alt und hatten zwar verfilztes Haar, aber schöne braune Augen und eine glatte dunkle Haut. Ihr breites Lächeln ließ gesunde weiße Zähne sehen.

»Sie kennen es nicht anders«, murmelte Simon.

»Das ist ja auch gleichgültig«, meinte Logan ungeduldig und ging los, um das Haus in Augenschein zu nehmen. Das Haus stand im Schatten eines ausladenden Baums. Josie bemerkte einen grob gezimmerten Tisch und Stühle und dazu noch zwei Liegestühle.

Logan schob die Bahn grober Leinwand beiseite, die die Türöffnung verdeckte, marschierte hinein und blieb wie angewurzelt stehen. »Was hat das zu bedeuten?«, fragte er zornig.

Ihr »Haus« bestand aus einem einzigen Zimmer mit unverputzten Wänden, die nur aus Rindenstücken bestanden. Über ihren Köpfen strahlte das Blechdach eine unbeschreibliche Hitze ab. Am Fenster, das Wachstuch anstelle einer Glasscheibe aufwies, stand ein kunstvoll geschnitztes Bett mit vier Pfosten.

Die einzigen Möbelstücke, die ansonsten noch in diesen winzigen Raum passten, waren ein alter Waschtisch, dem allerdings der Spiegel fehlte, und ein windschiefer Kleiderschrank, dessen Tür nur noch in einer Angel hing.

»Das ist das Haus des Geschäftsführers«, wiederholte Simon. Logans Ärger schien auf ihn nicht den geringsten Eindruck zu machen.

»Eine gottverdammte Bruchbude ist das!«, tobte Logan.

»Es gibt hier noch Schlimmeres«, sagte Simon. »Die meisten Goldgräber wohnen in Zelten und Verschlägen.«

»Und was ist mit Ihnen?«, wollte Logan erbost wissen.

»Das ist etwas anderes. Ich habe den Laden. Eigentlich bin ich Zimmermann von Beruf, und so habe ich den Laden selbst gebaut. Hinten liegen die Zimmer für meine Frau und mich.«

Josie starrte das merkwürdige Bett an, als Simon darauf zuging. »Das ist ein wirkliches Schmuckstück. Das einzig echte Himmelbett in der ganzen Gegend. Wunderbar geeignet für Moskitonetze, da haben Sie Glück gehabt.«

Josie war nicht in der Stimmung, darauf zu antworten, denn ihr gingen so viele weitere Schwierigkeiten im Kopf herum. »Dieses Zimmer hat keinen Fußboden.«

Simon klopfte mit dem Fuß auf die harte Erde. »Ich gebe Ihnen mein Wort, das ist einer. Dieser Boden besteht aus zerstampften Ameisenhügeln. Das Zeug ist fest wie Zement. Bei mir zu Hause habe ich den gleichen. Sie brauchen ihn nur zu wischen und zu fegen – und fertig.«

»Wo ist die Küche?«, fragte sie verärgert.

»Draußen hinterm Haus«, antwortete er. »Es ist zu heiß, um drinnen zu kochen. Sie haben einen guten Kamin aus Ziegeln und einen Buschofen. Mehr brauchen Sie hier nicht. Und da draußen finden Sie auch eine Vorrichtung zum Duschen. Die Toilette steht ein bisschen abseits im Busch. Besser als in der Nähe des Hauses – Sie wissen schon, die Fliegen.«

»Dieses Haus ist eine Schande!«, schimpfte Logan, aber Simon zuckte nur die Achseln. »Das geht mich nichts an, alter Junge. Ich versuche nur, Ihnen zu helfen.«

»Selbstverständlich«, sagte Josie und schob ihn nach draußen, ehe Logan einen Tobsuchtsanfall bekam. Offensichtlich erleichtert verabschiedete sich Simon. »Ich sehe Sie morgen in der Mine, Mr. Conal. Dann zeige ich Ihnen alles.«

»Gilbert, dieser Schweinehund!«, wütete Logan. »Er hat gesagt, dies wäre ein Haus! Und dazu erwartet er noch, dass wir Miete zahlen! Für diesen Schuppen kriegt er von mir keinen Penny!«

Ängstlich sahen die beiden Eingeborenenmädchen zu, wie Logan und Josie die Umgebung ihrer neuen Behausung erkundeten. Eidechsen huschten davon, und trockene Blätter knisterten unter ihren Füßen. Wespen schwärmten um ihr Nest aus Lehm an der Wand, und rund um sie herum verbreitete der hohe, sonnenverbrannte Busch einen modrigen Geruch wie in einer alten Grabkammer.

»Vielleicht kann Simon uns ja ein Haus bauen«, schlug Josie vor.

»Warum, zum Teufel, sollte er? Wir müssten ihn dafür bezahlen«, entgegnete Logan. »Und was dann? Wenn das Gold zu Ende ist, sitzen wir mit einem Haus in einer Geisterstadt fest.«

Die Entscheidung, zu bleiben, wurde nie wirklich ausgesprochen. Sie fingen einfach an, ihre Besitztümer vom Karren zu laden, und die Mädchen zündeten das Feuer unter dem Kessel an.

Nachdem sie sich erst einmal in Katherine häuslich eingerichtet hatten, schleppten sich die Tage in schrecklicher Eintönigkeit dahin. Logan ritt frühmorgens zu den Minen und kehrte erst nach Dunkelwerden zurück. Josie war fest entschlossen, das Beste aus den unwirtlichen Bedingungen zu machen. Aber sie konnte nichts tun. Als Farmersfrau verfügte sie über viele Fähigkeiten, aber sie hatte nicht die Gelegenheit, sie auch zu nützen. Sie konnte die Erde nicht umpflügen, da die Bäume so dicht standen, dass sie keinen Platz für einen Garten hatte. Weil Milch in der Siedlung Mangelware war, stand das mitgebrachte Butterfaß nutzlos herum. Die Hütte aufzuräumen konnte wohl kaum als Hausarbeit bezeichnet werden, und Josie musste feststellen, dass sie sich nun in einer widersinnigen Lage befand: Sie hatte zwei Dienstmädchen und nicht einmal genug Arbeit, um einen Menschen – geschweige denn drei – zu beschäftigen.

Die Mädchen, die, wie sie festgestellt hatte, in Wirklichkeit

Broula und Tirrabah hießen, sprachen ein wenig Englisch und wollten gerne helfen, obwohl sie die Arbeit der Weißen eher als Spiel betrachteten. Sie wuschen die Kleider in den Eimern mit einer solchen Begeisterung, dass Josie befürchtete, dass sich die Stoffe bald in Wohlgefallen auflösen würden. Freudig liefen sie immer wieder zur Quelle und holten Wasser, wenn Josie welches brauchte. Doch viel mehr gab es für sie nicht zu tun. Also gingen sie fort und kehrten mit Fischen, Honigameisen, Nüssen, wilder Petersilie und anderem einheimischen Gemüse zurück, wofür Josie ihnen sehr dankbar war. Da es in der Nähe keine Farmen gab, die die Siedlung versorgten, war frisches Gemüse nur schwer zu bekommen.

Alles in allem war es ein karger, hässlicher Ort, abgesehen vom Flussufer, wo dichtes tropisches Grün wuchs. Auf Josie wirkte das wie eine Oase, aber man riet ihr, sich von dort fernzuhalten, weil es dort Schlangen und Krokodile gab. Jeden Tag ging sie in den Laden einkaufen – ein Vorwand, um sich mit Simon und Mrs. Pinwell zu unterhalten –, doch was sie suchte, nämlich Bücher oder Nähzeug, bekam sie dort nicht, denn dieser Laden führte keine »Extras«. Und wie alle hier – mit Ausnahme von Josie – hatten auch die Pinwells alle Hände voll zu tun, und so konnte sie nicht zu einem Schwätzchen bleiben. Die Frauen der Goldsucher arbeiteten zusammen mit ihren Männern auf den kleinen Claims, und Josie schien der einzige Mensch in der ganzen Stadt zu sein, der freie Zeit zur Verfügung hatte. Deshalb steckte sie viel Arbeit ins Kochen, buk jeden Tag Brot und einfache Kuchen, um etwas Abwechslung in ihren eintönigen Speiseplan zu bringen, der hauptsächlich aus Rindfleisch, Speck und noch mehr Rindfleisch bestand.

An den öden Nachmittagen saß sie unter den Zweigen des Baums neben der Hütte und lauschte. Sie lauschte den Geräuschen ihrer Umgebung. Dem Scheppern von Metall, einem Kettenhund, der wimmerte wie ein müdes Kind, dem Rascheln in den ausgedörrten Bäumen, den Blättern, die sich mühsam bewegten, dem Staub, der durch die Luft flog und wie Regen auf das Blechdach prasselte. Oder waren das nur Wunschgedanken? Sie fragte sich, ob die Sehnsucht nach Regen so übermächtig werden konnte, dass es einem gelang, das Geräusch durch

Willenskraft heraufzubeschwören. Und irgendwann ließ sie sich einfach in den Liegestuhl sinken und verdämmerte die Zeit.

Später, nachdem das Abendessen fertig war, machte sie sich zurecht und wartete auf Logan, obwohl sie nie genau wusste, wann sie mit ihm rechnen konnte. Bald gewöhnte er sich an, mit den Männern freitags und samstags ins Wirtshaus zu gehen. Anfangs hatte Josie dafür Verständnis. Schließlich arbeiteten sie alle schwer, und es war ihr gutes Recht, in einer Männerrunde ein paar Gläser zu trinken. Doch mit der Zeit wurde sie ungeduldig. Sie verabscheute es, zu warten und mit anzusehen, wie das Abendessen anbrannte, wenn sie versuchte, es auf dem Feuer warm zu halten. Jack Cambray war wenigstens bei Abenddämmerung zum Essen nach Hause gekommen und erst dann losgegangen, um sich zu betrinken. Bei Logan verhielt es sich genau andersherum. Er blieb länger und länger im Wirtshaus, und als er zu guter Letzt nur noch betrunken zur Tür hereintorkelte, überwand sie sich endlich und stellte ihn zur Rede. »Ich mache das nicht länger mit! Auch ich habe das Recht auf ein wenig Rücksichtnahme! Ist dir eigentlich klar, wie viel Geld du im Wirtshaus verschwendest, wo der Alkohol doch so teuer ist?«

»Das kann ich mir leisten«, lallte er und stieß sie beiseite. »Was gibt's zum Essen? Wieder Eintopf?«

»Nein. Ich habe Steak- und Nierenpastete gemacht. Logan, ich wünschte, du würdest pünktlich nach Hause kommen. Es ist sehr langweilig hier.«

»Deswegen komme ich ja nicht nach Hause«, zischte er. »Du langweilst mich.«

»O nein!«, sagte sie. »Ich lasse nicht zu, dass du mich als Ausrede vorschiebst, damit du ausgehen und dich betrinken kannst.«

»Ich betrinke mich nicht. Ich rede übers Geschäft. Du verstehst offenbar nicht, welche Verantwortung ich hier trage. Und du sitzt den ganzen Tag herum und tust nichts. Und dann gönnst du mir nicht einmal einen Drink mit meinen Freunden, nachdem wir den ganzen Tag in den dreckigen Minen herumgeklettert sind und uns krummgeschuftet haben.«

Der Streit dauerte an und bewirkte nichts als eine schlechte Stimmung, weshalb Josie ihren Mann nicht mehr tadelte. Stattdessen gab sie der Stadt und ihrer Männergesellschaft die Schuld. Sie würden ja nicht für immer hierbleiben, dachte sie sich, und schließlich liebte sie Logan. Es wäre töricht gewesen, ihn zu verärgern. Sie wusste, dass er sein Bestes tat; es war ein verantwortungsvoller Posten, drei Minen zu beaufsichtigen. Irgendwann würden sie Katherine verlassen, und dann konnten sie wieder ein normales Leben führen.

Sechstes Kapitel

Sibell fand bald heraus, dass sich das Leben auf einer australischen Rinderfarm sehr von dem auf dem gemütlichen Gut der Delahuntys in England unterschied. Hauptsächlich lag das daran, dass alles hier so unvorstellbar groß war. Sie fühlte sich, als wäre sie in eine Welt von Riesen geraten. Horden von Männern – Farmarbeitern, Rinderhirten und Wachposten – ritten auf grobschlächtigen Pferden einher. Herden riesiger, bedrohlich blickender Rinder zogen übers Land. Hohe Zäune umschlossen unzählige Rinder- und Pferdepferche. Und immer wieder kamen Reiter mit knallender Peitsche herangeprescht und trieben Wildpferde vor sich her, die sie in getarnte Einfriedungen jagten.

Maudie war den ganzen Tag draußen und arbeitete Seite an Seite mit den Männern. Oft war sie auf ihren Ritten durch den riesigen Besitz tagelang fort. Sibell hingegen blieb stets in der Nähe des Hauses. Charlotte ritt immer noch sehr gern, und so begleitete Sibell sie auf ihren morgendlichen Ausritten den Hauptweg entlang oder hinaus zu den bunten Lagunen, wo rosafarbene und purpurne Lotoslilien wuchsen und unzählige wunderschöne Vögel – von hübschen Finken bis zu anmutigen Brolgas – lebten.

»Eines Tages muss ich Ihnen den Steinkreis in der Nähe des Hauses zeigen«, sagte Charlotte. »Bestimmt war das früher einmal ein Versammlungsort der Schwarzen. Ein Initiationsplatz. Ich finde das sehr interessant, aber die Schwarzen auf unserer Farm machen einen großen Bogen darum.«

»Warum?«, fragte Sibell.

»Das habe ich bis jetzt noch nicht in Erfahrung bringen können. Vor langer Zeit muss dort einmal ein Unglück geschehen sein. Viele dieser Leute gehören dem, wie sie sagen, Emu-Totem an. Aber Zack meint, er hat innerhalb der nächsten zwei Tagesmärsche im Umkreis der Farm noch nie einen Emu gesehen.«

Bis mittags arbeiteten die beiden Frauen im Büro. Sie sortierten Charlottes Papiere und ordneten die Bücher. Sibell schrieb die Briefe, die Charlotte ihr diktierte. Diese waren zum Großteil an ihren Anwalt und ihren Börsenmakler in Adelaide gerichtet. »Das ist mein Steckenpferd«, erzählte Charlotte. »Ich möchte, dass Sie sich in dieses Gebiet einarbeiten und sich für mich darum kümmern.«

»Aber ich verstehe nichts von Aktien und Beteiligungen«, sagte Sibell.

»Es wird Ihnen nicht schaden, meine Liebe, wenn Sie es lernen. Ich habe viel Geld in den Bergbau und die Schiffsbauindustrie investiert. Und in Schatzbriefe.«

Das entsprach den Tatsachen. Mit der Zeit stellte Sibell fest, dass Charlotte eine sehr wohlhabende Frau war. Sie besaß die Farm und ein Haus in Palmerston, das sie »das Strandhaus« nannte. Ihre Investitionen beliefen sich, wie Sibell herausfand, auf rund zweihunderttausend Pfund. Kein Wunder, dass sie es sich leisten konnte, so viel Geld für die Einrichtung des Hauses auszugeben. Ständig studierte sie Kataloge und gab Bestellungen auf, die allerdings erst sechs Monate später geliefert wurden. Allein die Kosten für die Lieferung waren unglaublich. Aber Charlotte kümmerte das nicht. »Ich habe in Queensland viele Farmen gesehen«, sagte sie, »und es war schon immer mein Ehrgeiz, Hausherrin in einem wirklichen Gutshaus zu sein. Jetzt ist es endlich so weit. Black Wattle wird so prunkvoll sein wie eines dieser Anwesen. Fast hätte ich es vergessen, ich brauche noch ein Klavier.«

»Ein Klavier?« Sibell schnappte nach Luft und fragte sich, wie um alles in der Welt man ein Klavier hier hinausschaffen wollte.

»Es heißt, die von Steinway sind die besten. Jede Familie sollte ein Klavier besitzen.«

»Ja, selbstverständlich«, pflichtete Sibell bei.

Zack und Lütt meldeten sich jeden Abend nach ihrer Rückkehr im Büro, um Charlotte über die Ereignisse des Tages zu berichten – die Anzahl der Rinder und wohin die Herde gezogen war, Personalangelegenheiten und noch vieles mehr, sogar die tägliche Temperatur und den Wasserstand der verschiedenen Bäche. Erstaunt bemerkte Sibell, wie viele Einzelheiten ins Journal der Farm eingetragen wurden. »Ehe ich hierherzog, haben sie das alles selbst machen müssen«, sagte Charlotte. »Aber sie fanden, dass sie nie genug Zeit haben, um das ordentlich zu erledigen, also habe ich es übernommen. Das Journal ist wichtig, es enthält die Geschichte der Farm und Aufzeichnungen über den Viehbestand – wobei Letzteres das Einzige ist, was sie wissen wollen.«

Sibell sah Zack, Cliff und Maudie tagsüber nur selten, da sie schon bei Morgengrauen aufstanden und fortritten. Aber abends versammelten sich alle zum Abendessen. Zack war kühl, wortkarg und hatte einen trockenen Witz, Cliff hingegen war temperamentvoller. Ständig scherzte und spottete er, worin er, wie Sibell meinte, sehr seiner Mutter glich, die lebhaft war und ein lautes, ansteckendes Lachen hatte. Noch nie war sie einer Frau in Charlottes Alter begegnet, die so amüsant war. Allerdings nahm sie auch kein Blatt vor den Mund.

Bei Tisch nahm Cliff seine Mutter auf den Arm, weil sei »mit den Händen redete«. Es kam nicht selten vor, dass Charlotte dabei ein Weinglas umstieß. »Wenn deine Augen noch schlechter werden, Ma, müssen wir dir die Hände festbinden, sonst haben wir bald keine Gläser mehr.«

Sibell empfand diese Bemerkung als ziemlich unverschämt, aber Charlotte amüsierte sich. »Ich werde schon genug damit zu tun haben, das Essen auf meinem Teller zu finden.«

Maudie plauderte ungezwungen mit der Familie, und sie lächelte Sibell zu. Aber Sibell kam dieses Lächeln ziemlich säuerlich vor. Abgesehen von ihrem Eindruck, dass Maudie sie nicht leiden konnte, fühlte sich Sibell bei den Hamiltons wohl. Sie beneidete sie um ihr Selbstbewusstsein, das ihre eigene Schüchternheit nur noch mehr hervorzuheben schien. Immer noch war sie in Gegenwart der Männer gehemmt, und sie wusste, dass diese sie für ziemlich steif hielten, da Charlotte sich alle erdenkliche Mühe gab, sie ins Gespräch mit einzubeziehen. Ihre Erziehung hatte sie nicht auf den rauen Umgangston vorbereitet. Geistliche waren Geißeln Gottes, Politiker Betrüger, Schafzüchter Witzfiguren, die Herren vom Britisch-Australischen Telegraphenamt aufgeblasene Narren und die königliche Familie ein lächerlicher Haufen. Nur Königin Viktoria wurde verschont – die Familie liebte sie und stieß oft auf ihre Gesundheit an. Sibell vermutete, dass sie dafür schon dankbar sein musste.

Belustigt stellte sie fest, dass sie sich, obwohl sie die Gilberts verabscheut hatte, besser in deren von gesellschaftlicher Konvention geprägte Lebensweise hatte einfügen können. Hier in dieser staubigen Wildnis fühlte sie sich wie in einer anderen Welt, obwohl sich Charlotte alle erdenkliche Mühe gab, ein gemütliches Zuhause für die Familie zu schaffen. Auch der ungezwungene Umgang, den die Menschen auf dieser Farm miteinander pflegten, verwirrte sie: der leicht zu erzürnende chinesische Koch, die aufgeregt herumhuschenden schwarzen Hausmädchen und die lebhafte Familie. Zack und Cliff machten genug Lärm für zehn, wenn sie zu Hause waren. Sie lachten, schrien, stritten, trampelten durchs Haus oder ließen sich auf der Veranda nieder; die langen Beine legten sie dann einfach aufs Geländer. Und noch viel schlimmer, sie besaßen zu Sibells großer Verlegenheit offenbar keine Morgenmäntel! Wenn sie ins Badezimmer gingen, waren sie bis auf ein Handtuch um die Hüften splitternackt. Sibell gewann eine gewisse Übung darin, ihnen auf dem Flur aus dem Weg zu gehen, damit sie nicht sahen, wie sie errötete.

Und so vergingen die Wochen. Ständig kam es auf der Farm oder in deren Umkreis zu unvorhergesehenen Zwischenfällen, doch Sibell hatte mit all diesen Schwierigkeiten nichts zu schaffen. Sie ging ihrer Arbeit nach oder vertrieb sich die Zeit mit Spaziergängen, wenn Charlotte ihr Mittagsschläfchen hielt. Was ihr allerdings Sorgen bereitete, waren die Albträume, die sie immer noch plagten. Ständig hielt sie sich vor, dass sie keinen Grund hatte, sich zu fürchten, doch jeden Morgen erwachte sie mit einem entsetzlichen Gefühl der Angst.

»Geht es Ihnen gut, Sibell?«, fragte Charlotte sie eines Tages. »Sie sehen so blass und müde aus.«

»Mir fehlt nichts. Vielen Dank.«

»Das freut mich. Aber wenn Ihnen etwas Sorgen macht, Sibell, dann raus mit der Sprache. Grübeln ist ungesund.«

»Nein, es ist nichts, wirklich nicht.« Wie konnte sie diesen lebenstüchtigen Menschen erzählen, dass sie wie ein kleines Kind unter Albträumen litt?

»Wenn Sie sich etwa wegen der Arbeit Sorgen machen, ist das völlig überflüssig«, sagte Charlotte. »Sie sind mir eine große Hilfe, und ich freue mich über Ihre Gesellschaft. Betrachten Sie Black Wattle als Ihr Zuhause, solange wir Sie bei uns halten können.«

»Halten können?«, wiederholte Sibell. »Wo sollte ich sonst hingehen?«

Charlotte lachte. »Mein liebes Mädchen, wenn es sich erst einmal herumspricht, dass eine junge Dame auf Black Wattle wohnt, werden die Verehrer einander die Klinke in die Hand geben.«

»Oh, das glaube ich nicht ...«

»Die werden nicht lange auf sich warten lassen. Denken Sie an meine Worte. Es würde mich nicht überraschen, wenn Sie, falls Sie im Norden bleiben, eines Tages einen unserer Rinderbarone heiraten.«

Nachts in ihrem Zimmer versuchte Sibell zu lesen und sich wach zu halten, während die ganze Welt zum Stillstand gekommen zu sein schien. Charlottes Bemerkungen hatten nichts zu bedeuten, waren nur als freundliche Geste gemeint gewesen. Sie glaubte nicht, dass Sibell auf eine Farm gehörte; die einzige Aufgabe, der sie hier gewachsen war, war die einer Gesellschafterin für die Dame des Hauses. Auf der anderen Seite des Wirtschaftsgeländes lag eine langgestreckte Baracke und eine Küche. Dort wohnten all die Reiter, die im Vorbeigehen immer den Hut zogen, doch was sie draußen in der Wildnis genau zu tun hatten, war für Sibell ein Geheimnis, und das würde es wohl auch bleiben.

Es kamen Besucher auf die Farm; immer Männer. Für einige Wochen waren Zureiter zu Gast, die für große Aufregung sorgten. Man fing wiehernde, bockende Wildpferde im Busch, und alle Arbeit auf der Farm ruhte, weil jeder das Geschehen miterleben wollte. Sibell hatte nicht gewußt, wie viele Aborigines auf der Farm wohnten, doch auch sie erschienen zu diesem Anlass und wollten ebenso wie die Weißen nichts versäumen.

Sibell sicherte sich einen ausgezeichneten Beobachtungsposten. Sie hockte oben auf einem hohen Zaun, auf der einen Seite Charlotte und auf der anderen Netta, das Hausmädchen, neben sich. Wer nicht das Glück gehabt hatte, einen Sitzplatz auf einem Zaun zu finden, drängte sich um das Lattenwerk und blickte zwischen den Brettern hindurch in die staubige Arena.

Die Zureiter verrichteten Tag um Tag ihre Arbeit und ließen sich durch nichts aus der Ruhe bringen. Das meiste Aufsehen erregten die besonders widerspenstigen Pferde, die sich heldenhaft gegen ihre Unterwerfung wehrten. Hier bot sich den Reitern von der Farm die Möglichkeit, ihr Können unter Beweis zu stellen, und es bestand kein Mangel an Freiwilligen.

Von anderen Farmen kamen Männer herbei, um sich am Wettstreit zu beteiligen, und auch einige Pferdehändler stießen dazu. Das gewaltsame Schauspiel schlug Sibell in seinen Bann, denn die prächtigen Pferde, die wild gegen die kräftigen Gatter traten, waren für die Reiter, die sie ohne Sattel ritten, eine große Herausforderung. Noch nie zuvor hatte Sibell solche Pferde gesehen. Für sie war ein Pferd immer ein zahmes Tier gewesen, manchmal eigensinnig, aber von Geburt an ans Zaumzeug gewöhnt. Diese Pferde allerdings waren richtiggehend gefährlich; sie bissen, wieherten schrill und schlugen kräftig aus.

In Sekundenschnelle wurde Reiter um Reiter abgeworfen, gegen die Zäune geschleudert, unter stampfende Hufe gestürzt oder unter den Spottrufen der Zuschauer aus der Arena gejagt. Und es gab auch Verletzte – einige Männer humpelten aus der Arena, und zwei mussten sogar getragen werden.

Als die Männer anfingen, nach den »Bossen« zu rufen, machte Charlotte ein ängstliches Gesicht: denn jetzt war der Zeitpunkt gekommen, da die Hamiltons ihre Reitkünste unter Beweis stellen mussten. Und sie wusste, dass Zack und Cliff als Besitzer der Farm alle anderen übertreffen mussten. Es wurde erwartet, dass sie den Männern hier und jetzt zeigten, warum sie das Recht hatten, ihnen Befehle zu geben.

Nur mit einem Hanfseil gesichert, das einen schmerzhaften Sturz auf die Erde verhindern sollte, bestieg Cliff einen schwarzen Hengst, der in einen schmalen Pferch eingesperrt war. Auf dem Rücken des Tieres preschte er in den Ring, während die Zuschauer die Sekunden zählten. Cliff hatte keine Gelegenheit, seine Reitkünste vorzuführen: Er klammerte sich an den Bauch des sich aufbäumenden, bockenden Pferdes, das gefährlich nah auf die Zäune zuraste, bis es plötzlich ruckartig stehen blieb und rasch in die Knie ging. Cliff wurde über den Kopf des Tieres hinweggeschleudert.

Und dann war Zack an der Reihe. Mit wehendem blondem Haar saß er auf dem schwarzen Pferd, das wie wild ausschlug. Zwar hielt er sich am Strick fest, aber das Gleichgewicht musste er mit den Beinen halten, die er mit aller Kraft gegen den breiten Leib des Pferdes gepresst hielt. Der Hengst tobte und drehte sich blitzschnell im Kreis herum, wie ein Hund, der seinen eigenen Schwanz jagt. Dabei schnappte er mit gelben Zähnen wütend nach dem Bein des Reiters. Dann bäumte er seinen schimmernden Leib auf, sprang mit allen vieren in die Luft und schlug gleichzeitig mit den Hinterbeinen heftig aus. Sibell dachte schon, Zack hätte den Kampf gewonnen, doch dann ließ sich der Hengst neben dem Zaun zu Boden fallen, um Zack einzuklemmen und zu zerquetschen. Dieser sprang rasch zur Seite.

Das Publikum pfiff und johlte, als Zack die Flucht ergriff. Das Pferd erhob sich schnaubend und galoppierte triumphierend durch den Ring.

Zack hatte länger durchgehalten als Cliff, weswegen er als Sieger des Wettbewerbs galt. Sibell beobachtete, wie die Männer sich anstießen, ihm lachend gratulierten und ihre Wetten bezahlten. In Sibells Augen war das alles nur ein Spaß, doch als sie davongingen, bemerkte sie, dass doch nicht alles zum Besten stand. Es war Maudie. »Eigentlich hättest du gewinnen sollen«, sagte sie zu Cliff. »Du hast den Gaul müde geritten und es Zack leichter gemacht.«

Sibell fand diese Bemerkung ziemlich dumm, da das Pferd selbst jetzt keineswegs müde aussah. Diese beiden kurzen Ritte hatten ein so kräftiges Tier wohl kaum schwächen können, und sie erwartete, dass Cliff darüber lachen würde. Aber er tat es nicht. Stattdessen warf er Zack einen beleidigten und verachtungsvollen Blick zu, der sie enttäuschte.

Auch Charlotte war dieser Vorfall nicht entgangen. Sie berührte Sibell am Arm. »Jetzt sehen Sie, warum ich immer noch Besitzerin der Farm bin«, sagte sie. »Man kann zwei Stiere nicht in einem Pferch halten. Cliff fängt allmählich an, Zacks Autorität infrage zu stellen. Es ist an der Zeit, dass wir uns nach einer zweiten Farm umsehen.«

»Einer zweiten Farm?«, fragte Sibell erstaunt. »Die hier ist doch gewiss groß genug für zwei.«

»Nicht für zwei, die beide Boss sein wollen. Ich sage Zack, er soll sich umhören.«

»Wer von beiden wird in Black Wattle bleiben?«

»Das können sie unter sich abmachen.«

Es kamen auch noch andere Besucher nach Black Wattle: Viehaufkäufer, Regierungsbeamte und ein Freund von Charlotte, Doktor Brody. Die jüngeren Männer scharten sich stets verlegen um Sibell, die aber immer eine Ausflucht fand, um sich so früh wie möglich zurückzuziehen.

Jeden Samstagabend kam der Vorarbeiter, der einfach nur Casey genannt wurde, aus dem Quartier der Farmarbeiter zum Abendessen ins Haus, ganz offensichtlich, um klarzustellen, dass er in der Rangordnung auf der Farm eine gehobene Stellung einnahm. Er war ein starrsinniger Ire, etwa fünfzig Jahre alt. Er kannte den Busch wie seine Westentasche. Doch von den Regeln, die im Haupthaus herrschten, ließ er sich in keiner Weise ins Bockshorn jagen.

Nach dem Essen spielte man für gewöhnlich Karten, wobei es ziemlich lautstark zuging und auch Geld den Besitzer wechselte. Die Familie drängte Sibell zum Mitspielen.

»Ich kann nicht Karten spielen«, sträubte sie sich zuerst. Doch sie lernte es rasch, und bald machte es ihr Spaß; besonders deswegen, weil sie sich zu einer recht guten Pokerspielerin entwickelte und oft gewann.

»Das liegt an ihrem Pokergesicht«, neckte Cliff. »Man weiß nie, was sie gerade denkt.«

»Stimmt nicht ganz«, widersprach sie. »Ich muss nur höllisch aufpassen. Ich kenne mich mit Karten nicht aus, denn meine Eltern hielten nichts von Glücksspielen.«

»Das würde ich nicht gerade sagen«, meinte Zack gedehnt. »Haben sie nicht auf ihr Glück gesetzt, als sie hierhergekommen sind?«

Später suchte er Sibell, um sich bei ihr zu entschuldigen. »Es tut mir leid«, sagte er. »Diese Bemerkung über Ihre Eltern war taktlos, und ich hoffe, dass Sie mir verzeihen. Ich wollte nur sagen, dass eine Reise ins Unbekannte immer ein Glücksspiel ist oder so etwas Ähnliches …« Seine Stimme verlor sich in einem verlegenen Flüstern.

»Ist schon in Ordnung«, meinte sie. Sie war gerührt, weil er sich bei ihr entschuldigt hatte, und sie entdeckte an diesem sonst so hochmütigen Mann eine völlig neue Seite. Aber später grübelte sie über seine Bemerkung nach. Wahrscheinlich war es wirklich ein Glücksspiel gewesen. Und sie hatten verloren.

»Doch einer von uns hat überlebt«, flüsterte sie entschlossen. »Einer von uns muss Erfolg haben, sonst war alles vergebens.«

In der Ferne heulte ein Dingo, und um zu verhindern, dass sie wieder vom Trübsinn überwältigt wurde, setzte Sibell sich aufs Bett und zählte das gewonnene Geld. Fünfzehn Shilling und sechs Pence. Poker, so befand sie, war ein sehr unterhaltsamer Zeitvertreib.

Eines Sonntagmorgens saß sie draußen unter den Bäumen und las Wesley und seinen beiden gebannt lauschenden Kindermädchen vor, als Cliff nach ihr rief. »Hey, Sibell! Sie werden vorne verlangt.«

Überrascht sah sie ihn an. »Wer will etwas von mir?«

»Keine Ahnung«, antwortete er. »Bringen Sie den Kleinen mit.«

Also nahm sie Wesley bei der Hand und ging, gefolgt von den Kindermädchen, zum vorderen Tor, wo eine kleine Menschengruppe – Charlotte, Zack und einige der Männer – sich versammelt hatte.

»Was ist denn los?«, fragte Sibell verblüfft. »Wer will mich sprechen?«

Cliff hob Wesley auf und setzte ihn sich auf die Schultern. »Sehen Sie mal dort hinunter.«

Sibell wandte sich um und entdeckte Casey, der mit einem schimmernden Rotfuchs mit blonder Mähne am Zügel auf sie zukam. Um den Hals trug das Tier einen glänzenden Kranz aus Akazienblättern.

»Was für ein schönes Pferd«, meinte sie.

»Es gehört Ihnen«, sagte Charlotte.

»Mir?« Sibell war entgeistert.

»Ja. Wir haben beschlossen, dass Sie ein eigenes Pferd brauchen. Die Stute heißt Merry.«

Sibell stürzte zu dem Pferd hin, um es zu streicheln. Dann warf sie Charlotte die Arme um den Hals. »Vielen Dank! Ich kann es kaum glauben! Sie sind so gut zu mir! Und was für eine wunderschöne Stute, sie ist einfach fabelhaft!«

Unter den Augen der Anwesenden musste sie auf und ab reiten und sich von dem lächelnden Publikum belehren lassen. Als sie abstieg, hielt Zack eine kleine Ansprache. »Wir schenken nicht jedem x-Beliebigen ein gutes Pferd«, verkündete er. »Besonders nicht fremden Engländerinnen, die so einfach hier hereingeschneit kommen. Aber ich finde, dass dieses Mädchen sich seine Sporen verdient hat. Was meint ihr dazu?« Alle klatschten, und er fügte hinzu: »Außerdem wurde Merry auf Black Wattle geboren, und sie findet immer nach Hause. Wenn Sibell sich verirrt, müssen wir nicht nach ihr suchen.«

Als alle wieder zu ihrer Arbeit zurückkehrten, wurde Charlottes Pferd aus dem Stall herbeigeführt. »Haben Sie Lust, jetzt auf Merry auszureiten?«, fragte sie.

»Gerne«, antwortete Sibell.

»Ich zeige Ihnen den Steinkreis«, meinte Charlotte zu Sibell, nachdem sie einige Zeit geritten waren und auf einen dichter bewachsenen Teil des Busches zuhielten.

Bei näherer Betrachtung stellte er sich als Wald heraus, wo es keinen Pfad gab. Mühelos trabten die Pferde zwischen den Bäumen hindurch. Das Sonnenlicht fiel durch das Blattwerk. Als sie immer tiefer in den Wald hineinritten und weit und breit kein Laut mehr zu hören war, wurde Sibell von einem unbehaglichen Gefühl ergriffen. Der Wald erschien ihr wie eine verlorene

Welt. Merkwürdige grüne Schlingpflanzen hingen von den Baumkronen, erstickten die Zweige und baumelten vor ihren Gesichtern. Sie schoben das Grünzeug beiseite und ritten weiter. Ihre Pferde mussten seltsame, gedrungene Bäume umrunden, die aus dem struppigen Gras emporwuchsen.

»Wir nennen diese Bäume schwarze Jungen«, erzählte Charlotte, »da sie keinen wirklichen Namen haben. Offenbar handelt es sich um eine Kreuzung zwischen Farn und Palme. Casey sagt, es sind Pflanzen aus der Urzeit.«

Sibell sah sich ängstlich um. »Alles ist so leer hier«, meinte sie, doch Charlotte lachte sie aus. »Glauben Sie das bloß nicht. Die Tiere, die in diesem Wald leben, zeigen sich nur nachts, es sind kleine, pelzige Racker. Casey kann Ihnen alles über sie erzählen. Sie sollten ihn überreden, einmal nachts mit Ihnen hierherzureiten.«

»O ja«, entgegnete Sibell höflich. Aber sie konnte sich nichts Schlimmeres vorstellen, als sich nachts in diesem Wald aufhalten zu müssen.

Als sie eine Lichtung erreichten, stieg Charlotte ab, band ihr Pferd an einen Baum und ging suchend umher. Schließlich zeigte sie auf behauene Felsen, die wie kleine Grabsteine aussahen. »Sehen Sie«, sagte sie. »Das ist der Steinkreis.« Sie schob verfilztes Gras beiseite. »Die Steine sind fast völlig im Boden eingesunken, aber wenn man lange genug sucht, findet man sie. Sie bilden einen Kreis. Wahrscheinlich befinde ich mich gerade genau in der Mitte.«

»Steht etwas darauf geschrieben?«, fragte Sibell, die den Kreis auf ihrem Pferd umrundete.

»Du meine Güte, nein. Die Aborigines können nicht schreiben. Sie haben nur Höhlengemälde und mündliche Berichte, um ihre Geschichte zu überliefern.«

Sibell war enttäuscht. Es gab doch nicht so viel zu sehen, nur bröckelnde, alte Steine. Doch da sich Charlotte diesen Ort für eine Rast ausgesucht hatte, beschloss sie, ebenfalls abzusteigen. Sie ging zu einem umgestürzten Baumstamm hinüber, der neben den riesigen Bäumen lag.

»Wie ist die Stute?«, fragte Charlotte.

»Es ist eine Freude, sie zu reiten – sie geht so gleichmäßig –, und sie scheint sich im Busch gut auszukennen. Mühelos hat sie den Weg hierher gefunden.«

»Das ist gut. Übrigens, an dieses Geschenk sind keine Bedingungen geknüpft. Wenn Sie uns verlassen wollen, können Sie sie mitnehmen.«

»Das ist sehr freundlich von Ihnen. Aber ich habe sowieso nicht vor, irgendwo hinzugehen.«

»Gefällt Ihnen das Leben auf der Farm?«

Sibell lachte. »Es gefällt mir sehr gut hier. Aber ich bin nicht wie Maudie. Für die wirklichen Arbeiten hier draußen bin ich nicht geschaffen.«

»Seien Sie sich da nicht so sicher. Wenn wir wollen, dass der Fortschritt Einzug in den Norden hält, müssen wir dafür sorgen, dass sich hier mehr Frauen niederlassen. Auf einer Farm werden zwei Arten von Frauen gebraucht.«

»Und die wären?«

»Nun, Maudie eignet sich für die harte Arbeit. Sie packt mit an, ist so gut wie jeder Farmarbeiter und lässt sich durch nichts erschüttern.«

»Und die andere Art ist wohl die, die zu nichts nütze ist.«

»Du meine Güte, nein. Diese Frauen sind für die angenehmen Seiten des Lebens zuständig. Sie verwandeln ein raues Farmhaus in ein Heim und halten die Zivilisation aufrecht. Nicht nur für die Männer, sondern auch für die Kinder. Jemand muss ihnen Bildung vermitteln.«

»Doch wenn sie dann nicht über Maudies Fähigkeiten verfügen, werden sie so hilflos sein, wie ich es bin. Allein würde ich mich nicht weiter als bis zum Tor vorwagen, und man hat mich oft genug davor gewarnt.«

»Ja, dagegen müssen wir etwas unternehmen«, grinste Charlotte. »Was allerdings den Rest angeht, ist das Leben die beste Schule. Wie heißt es immer? Die Notwendigkeit ist die Mutter der …?«

»Erfindung.«

»Genau, das ist es. Kommen Sie, wir reiten besser zurück.«

Einige Tage später entdeckte Sibell eine neue Eintragung im Journal der Farm: Die Rotfuchsstute Merry gehörte Sibell Delahunty. Außerdem wurde noch ein Zuchtbuch geführt, und als

Sibell Merrys Namen darin nachschlug, stellte sie fest, dass sie zwei Jahre alt war. Ihre Mutter hieß Ladybird, ihr Vater Stonenhenge. Das erinnerte Sibell an den Steinkreis. Was für ein einsamer Ort. Sie fragte sich, wie viele schwarze Stämme sich dort im Laufe der Jahrhunderte versammelt hatten. Worüber hatten sie wohl gesprochen? Warum war der Versammlungsort wohl aufgegeben worden?

Erfreut stellte sie fest, dass ihr Gehalt, wie bei allen anderen auch, wöchentlich beiseitegelegt wurde, sodass sie es abheben konnte, wann immer sie wollte. Glücklich sah sie zu, wie ihr Konto wuchs. Nun hatte sie eine angemessene Stellung und verdiente gutes Geld. Sie wäre sehr zufrieden mit ihrer Lage gewesen, wäre es ihr nur gelungen, sich von diesen schrecklichen Anflügen von Niedergeschlagenheit zu befreien.

Besonders beunruhigte sie Charlottes Gewissheit, dass sie irgendwann heiraten und sich im Territory niederlassen würde. Denn das erinnerte sie an das Gerede, dass sie als Braut für Zack vorgesehen gewesen sei. Deswegen gab sie sich noch größere Mühe, ihm aus dem Weg zu gehen.

Nicht etwa, dass sie viel von ihm gesehen hätte, und wenn doch, waren sie fast nie allein. Er behandelte sie so, wie er auch mit Maudie umging, wie ein großer Bruder, für gewöhnlich freundlich, wenn auch unnahbar – obwohl er zuweilen auch recht brummig sein konnte.

»Ich kann meine Socken nicht finden«, beschwerte er sich eines Tages bei Sibell. »Ein Haus voller Frauen, und ein Mann muss trotzdem seine Socken suchen!«

Der ungezwungene Umgangston hatte dazu geführt, dass auch Sibell ihre Scheu verloren hatte, und ihr altes Selbst war wieder zum Vorschein gekommen. »Dann müssen Sie eben ohne herumlaufen«, gab sie zurück und machte keine Anstalten, ihm bei der Suche zu helfen.

»Sieht fast so aus«, sagte er bedrückt. Schließlich ließ sie sich erweichen und fand ein Paar für ihn in der Waschküche. Doch als sie zurückkam, lachte er sie aus. »Jetzt habe ich Sie doch herumgekriegt.«

Meistens allerdings stapfte er einfach nur durchs Haus und kümmerte sich um seine eigenen Angelegenheiten. Sibell mochte ihn – jeder mochte Zack –, aber es war offensichtlich, dass er hier die Befehle gab. Er hatte eine Stimme wie Donnerhall, und wenn die Dinge nicht nach seinen Wünschen verliefen, konnten alle im Haus hören, wie er seine Männer ins Gebet nahm.

Es war nicht Zack, der ihr Unbehagen verursachte, sondern Cliff. Wenn niemand zugegen war, benahm er sich viel zu vertraulich. Ständig schien er sie anzustarren. Oft zwinkerte er ihr zu, als ob sie ein Geheimnis miteinander teilten, und wenn die Familie abends draußen im Dunkeln saß – ohne Laternen, um keine Insekten anzulocken –, drängte er sich immer ganz nah an ihr vorbei. Wie zufällig berührte er sie dabei an der Schulter oder am Knie. Abgesehen davon, dass Sibell diese Aufmerksamkeiten unangenehm waren, befürchtete sie, Maudie könne es bemerken. Der Himmel behüte! Der letzte Mensch, den sie gegen sich aufbringen wollte, war Maudie Hamilton! Sibell spielte mit dem Gedanken, Cliff darauf anzusprechen und ihn zu bitten, sein Benehmen ihr gegenüber zu ändern. Aber vielleicht bildete sie sich seine Avancen ja auch nur ein.

Alles in allem fand sie auf Black Wattle allmählich ihre Ruhe wieder, wenn sie auch nicht überglücklich war. Mit der Zeit kehrte ihr Selbstbewusstsein zurück. Immer noch hatte sie Albträume, doch sie kamen nun seltener, und allmählich glaubte sie, sie würden irgendwann verschwinden. Da sich ihr Schicksal gewendet hatte, gab es für sie auch keinen Grund mehr, sich weiter Sorgen zu machen.

Allerdings konnte ihre neu gefundene Ruhe, wie sie sich selbst sagte, nicht von Dauer sein. Sie war ein richtiggehender Pechvogel, und irgendetwas geschah immer. Und diesmal kam es sehr plötzlich.

Ein Reiter brachte Taschen voller Post auf die Farm, was auf Black Wattle immer ein großes Ereignis war. Sibell half Charlotte, die Briefe, Zeitschriften und Zeitungen zu ordnen, und zu Charlottes Freude waren auch die Bestellkataloge endlich angekommen. Sibell stapelte die Zeitungen und Briefe für die Männer und brachte sie zum Kochhaus hinüber, wo sie sie Harry, dem Koch für die Angestellten, übergab, damit dieser sie verteilte. Da sie es nicht eilig hatte, blieb sie ein wenig stehen, plauderte mit Harry und sah zu, wie er riesige Teigklumpen knetete, die wahrscheinlich für Brot oder Fladenbrot gedacht waren. Dann kehrte sie ins Büro zurück.

Charlotte hatte ihre Post geöffnet und las gerade einen Brief, weshalb Sibell sie nicht stören wollte. Also sah sie einen Stapel Zeitungen durch, die alle schon viele Wochen alt waren, und stellte erfreut fest, dass sie sich in der richtigen zeitlichen Reihenfolge befanden. Hier scherte sich niemand darum, dass die Zeitungen nicht mehr auf dem neuesten Stand waren, doch zumindest mussten die Neuigkeiten in der richtigen Reihenfolge gelesen werden.

Da hörte Sibell, wie Charlotte aufstöhnte, und als sie sich umdrehte, um herauszufinden, was sie wohl gelesen haben mochte, stöhnte die alte Frau wieder und griff sich an die Brust.

»Was haben Sie?« Beinahe hätte Sibell einen Angstschrei ausgestoßen, als Charlottes Gesicht sich blau verfärbte. Offenbar bekam sie keine Luft mehr.

Sibell riss Charlotte die Brille von der Nase und knöpfte den Kragen ihres Kleides auf. »Was ist mit Ihnen?«, rief sie. »Charlotte, was haben Sie?« Doch Charlotte glitt vom Stuhl und keuchte vor Schmerzen, und Sibell konnte nichts tun, als sie zu halten.

»Netta!«, rief sie. »Netta!« Und Netta kam herbeigelaufen. Sie warf sich neben Charlotte auf den Teppich. Charlotte umklammerte Sibells Hand, als wollte sie sich gegen die Schmerzen wappnen. Sie rang nach Luft.

Netta weinte. »Was hat die Missus?«

»Ich weiß es nicht«, rief Sibell. »Sie hat irgendeinen Anfall.« Und dann kam Sam Lim hereingestürmt, der den Aufruhr gehört hatte. Er schob Netta beiseite und knöpfte Charlotte das Kleid auf. »Sie braucht Luft«, zischte er und drückte ihr auf die Brust.

»Geh, hol den Boss!«, befahl er Netta, die sofort loslief.

Vor Angst traten Charlotte die Augen aus den Höhlen, als Sibell ihr ein Kissen unterschob. »Ganz ruhig«, flüsterte sie. »Sie können atmen. Sie können es. Nur ganz langsam.« Sibell hoffte, dass sie es konnte, sie betete darum. Sie fühlte sich so hilflos, als Charlotte so reglos vor ihr lag. Der Speichel tropfte der alten Frau aus dem Mund.

Casey traf als Erster ein. Entsetzt stürmte er ins Büro. Gemeinsam mit Sam Lim hob er Charlotte auf ein Sofa im Wohnzimmer. »Holen Sie eine Schere!«, rief er Sibell zu, die vor lauter Schrecken wie angewurzelt dastand. »Wozu?«, fragte sie.

»Holen Sie sie!«, wiederholte er, und sie rannte los.

Er schnitt Charlotte das Mieder auf. Sibell war schockiert, dass er als Mann sich solche Freiheiten herausnahm. Doch dann bemerkte sie, wie geschickt er Charlottes Korsett aufschlitzte. »Verdammte Dinger!«, murmelte er. »Ich begreife nicht, warum Frauen dieses Zeug anziehen müssen! Jetzt bekommt sie besser Luft.«

Sibell holte eine Decke, und Casey wickelte Charlotte darin ein. »Na also«, sagte er zu ihr. »Ruhen Sie sich aus. Das Schlimmste ist jetzt vorbei; alles wird wieder gut. Bleiben Sie nur liegen, und die Missy wird sich um Sie kümmern.«

Leise ging er aus dem Zimmer. Sibell, der immer noch die Knie zitterten, ließ sich neben Charlotte nieder und strich ihr das Haar aus der Stirn. Dann nahm sie das feuchte Tuch, das Sam Lim ihr reichte, und kühlte Charlotte die Stirn. Sie war erleichtert, Sam Lim bei sich zu haben, denn sie hatte Angst vor einem neuen Anfall.

Endlich kamen die anderen nach Hause. Besorgt standen sie herum. Casey hatte zwei Reiter losgeschickt, um Doktor Brody ausfindig zu machen, doch in der Zwischenzeit konnte er Zack nur raten, es Charlotte so bequem wie möglich zu machen.

Da Sibell nicht im Krankenzimmer stören wollte, wo Zack und Cliff bei ihrer Mutter wachten, ging sie ins Büro und versuchte, Charlottes Schreibtisch aufzuräumen. Sie hatte den Verdacht, dass etwas in dem Brief den Anfall – nach Caseys Ansicht eine Herzattacke – hervorgerufen haben könnte. Schließlich fand sie einen Brief von Charlottes Anwalt in Adelaide, und als sie die ordentlich geschriebenen Seiten las, sank sie auf Charlottes Stuhl.

Das Schreiben war einen Monat alt und enthielt schlechte Nachrichten. Die beiden Banken in Melbourne – die Provincial und Suburban Bank und die besser bekannte Australian and European Bank – hatten nach einem Ansturm auf die Börse ihre Pforten geschlossen. Charlottes Börsenmakler, Mr. James Percival, hatte in letztere Bank investiert, und als besorgte Aktionäre

Einblick in ihre finanzielle Lage verlangt hatten, war eine weitere Schwierigkeit ans Tageslicht gekommen. Der Anwalt musste Mrs. Hamilton zu seinem Bedauern mitteilen, dass Mr. Percival zweifelhafte Geschäfte gemacht hatte. Er hatte sogar Aktien gefälscht, um das Geld seiner Kunden zu unterschlagen. Nachdem diese Vorfälle bekannt geworden waren, hatte sich Mr. Percival aus dem Staub gemacht, und bislang war er nicht aufzufinden gewesen.

Der Anwalt, der sein Schreiben mit »Ihr gehorsamer Diener, J. Leighton-Waters« unterzeichnet hatte, hatte Mrs. Hamiltons Konten eigenhändig überprüft und festgestellt, dass ihre Aktien praktisch wertlos waren. Ihr Guthaben von siebentausend Pfund auf der A & E-Bank war verloren.

»O mein Gott«, flüsterte Sibell und schob den Brief ganz hinten in eine Schublade.

Als Doktor Brady eintraf und bestätigte, dass Charlotte tatsächlich einen schweren Herzanfall erlitten hatte, nahm Sibell ihn beiseite und zeigte ihm das Schreiben.

Er setzte die Brille auf, las es langsam und sah Sibell dann mit traurigen Augen an. »Tja …«, sagte er, »… das sind alles Halsabschneider. Sie spielen mit dem Geld anderer Leute herum, und mit dem Schaden, den sie anrichten, müssen sie sich selbst nie befassen. Ach, die arme Charlotte! Ein solcher Brief allein kann schon dazu führen, dass ein Mensch zusammenbricht. Sprechen Sie ja nicht mit ihr über diese Sache, bevor sie nicht selbst davon anfängt. Sie wird einige Zeit brauchen, um den Schock zu überwinden, dass sie bankrott ist.«

»Aber sie ist doch nicht wirklich bankrott«, widersprach Sibell. »Sie hat doch noch die Farm.«

»In der Tat, und die Jungen leisten ganze Arbeit, aber Black Wattle wurde wie Rom nicht an einem Tag erbaut. Immerhin hat sie für die Farm nicht ihren letzten Groschen hingeblättert. Sie besaß das notwendige Kapital, um es in diese Unternehmung zu stecken.«

»Sie hat so viel Geld für das Haus ausgegeben. War das klug von ihr?«

»Gut, dass sie es getan hat. Sonst wäre dieses Geld auch noch verloren.«

»Wahrscheinlich. Aber sie braucht sich doch keine Sorgen zu machen. Schließlich kennen Zack und Cliff das Geschäft, und sie werden nicht aufgeben. Das Geld ist dahin, aber die Familie besitzt immer noch ihr Zuhause und kann ihren Lebensunterhalt verdienen.«

»Das sagen Sie so leicht«, schnaubte er verärgert. »Wenn man jung ist, kann man so etwas noch verwinden, aber Charlotte hat gerade erleben müssen, wie sich dreißig Jahre harter Arbeit in Rauch aufgelöst haben. Sie hat weder die Zeit noch die Kraft, um wieder von vorne anzufangen.«

Als Charlotte sich allmählich erholte, war sie nicht gerade eine einfache Patientin. Sie hasste es, hilflos zu sein, und wollte ständig wissen, was um sie herum geschah.

»Alles in bester Ordnung«, meinte Zack. »Es klappt wie am Schnürchen, und Sibell kümmert sich ums Büro. Du musst im Bett bleiben und dich ausruhen.«

»Ach, mach doch nicht so ein Theater«, schimpfte sie. »Für mich brauchst du noch keinen Grabstein zu bestellen.« Sie lehnte sich in den Kissen zurück und schloss die Augen. »Ich habe alles verloren, stimmt's?«, flüsterte sie. »Was für eine verdammte Närrin war ich, dass ich diesem Schuft vertraut habe.«

»Du konntest es nicht wissen«, seufzte er. »Jahrelang hat er gut für dich gearbeitet, doch irgendwann muss er auf die schiefe Bahn geraten sein. So etwas passiert immer wieder.«

»Nicht mir«, meinte sie finster.

»Was fangen wir jetzt an, Zack?«, fragte sie, während ihr die Tränen in die Augen stiegen. »Werden wir es schaffen?«

»Selbstverständlich.«

»Ich wünschte, ich könnte das glauben, aber es müssen Rechnungen bezahlt werden, und wir haben kein Bargeld.«

»Du weißt, ich würde dich niemals anlügen«, sagte er. »Wir werden wieder auf die Beine kommen. Ich stelle sofort eine Herde zusammen und treibe sie selbst nach Süden, wo die großen Märkte sind. Wenn ich selbst mitreite, sparen wir uns die Kosten für die Treiber, und außerdem kann ich das Vieh ohne Mittelsmann für einen besseren Preis verkaufen.«

»Und Cliff wird hierbleiben?«

»Ja. Aber falls es dir wieder bessergeht, möchte ich ihn zum Pine Creek und nach Katherine mitnehmen.«

»Mir geht es gut. Ich sagte dir doch schon, du sollst mit dem Theater aufhören. Was gibt es in Katherine?«

»Immer mehr Goldsucher. Einen guten Markt, den wir leicht erreichen können. Ich werde mich mit den Metzgern unterhalten, und Cliff kann die Geschäfte mit ihnen abwickeln, während ich fort bin.«

Sie nickte. Allmählich wurde sie müde. Doch als er aufstand, um zu gehen, rief sie ihn zurück. »Du bleibst doch nicht lange fort, oder?«

»Nein. Nur vier bis fünf Tage.«

»Gut. Dann kannst du ja Sibell mitnehmen.«

»Sibell? Wozu, zum Teufel, soll das gut sein?«

»Weil das für sie vor nächste Weihnachten die letzte Gelegenheit ist, mal herauszukommen. Eigentlich wollte ich sie zum jährlichen Rennen mit nach Palmerston nehmen, aber das kommt ja jetzt nicht mehr infrage.«

»Aber, Mutter …«

»Spar dir dein ›Aber‹. Ich möchte, dass sie ein bisschen vom Land sieht.« Sie lächelte. »Sie hat nicht die leiseste Ahnung, wo sie sich befindet, und sie sollte diese Städte kennenlernen.«

»Städte? Ich glaube nicht, dass sie sehr beeindruckt sein wird.«

»Eine kleine Abwechslung ist so gut wie ein Urlaub. Zurzeit brauche ich Sibell mehr denn je, und von dir ist es wirklich nicht zu viel verlangt. Maudie kann ja während eurer Abwesenheit die Stellung halten.«

Sie bemerkte, dass Zack im Begriff war, ihr zu widersprechen, und fuhr sich deshalb schwach mit der Hand übers Gesicht. »Ich fühle mich nicht sehr gut. Kannst du Netta bitten, mir eine Tasse Tee zu bringen?«

»Selbstverständlich«, antwortete er und eilte davon.

Sobald Maudie die Neuigkeit erfuhr, stellte sie Zack zur Rede. »Warum sie? Warum kann ich nicht mitfahren?«

»Weil wir Charlotte nicht allein mit Sibell im Haus lassen können. Und du musst die Männer bei der Arbeit beaufsichtigen.«

»Das kann doch auch Casey machen.«

»Casey kann nicht im Haus wohnen. Und er ist zu nachsichtig mit den Männern.« Inzwischen gingen sie ihm alle auf die Nerven, denn auch Sibell war über diesen Plan nicht sonderlich begeistert gewesen.

Sibell fühlte sich hin- und hergerissen. Sie würde mitfahren, um Charlotte einen Gefallen zu tun, und vermutlich würde es eine willkommene Abwechslung sein, die Städte und die Goldfelder zu sehen. Den Ritt würde sie schon überstehen, vor allem jetzt, da sie sich auf ihrem eigenen Pferd, Merry, so wohlfühlte. Andererseits behagte ihr der Gedanke gar nicht, allein mit den beiden Männern zu reisen. Sie hatte Charlotte sogar beiläufig gefragt, ob das denn schicklich sei.

»Meine Liebe«, hatte Charlotte ihr geantwortet. »Das hier ist eine Männerwelt. Wenn Sie nicht in Begleitung von Männern reisen wollen, können Sie überhaupt nicht reisen. Ich könnte Ihnen ein schwarzes Mädchen mitgeben, doch das würde nach Ihrer Ankunft in den Städten nur zu noch mehr Schwierigkeiten führen. In Pine Creek gibt es zwar ein Hotel, wo Sie übernachten können, aber Schwarze haben dort keinen Zutritt. Wie dem auch sei, wenn Sie nicht mitreiten wollen, brauchen Sie es nur zu sagen.«

Sie war immer noch unentschlossen, als sie hörte, wie Maudie sich mit Cliff stritt. »Casey sollte gehen, nicht du!«, schimpfte Maudie.

Aber Cliff war da anderer Ansicht. »Mir gehört schließlich diese verdammte Farm!«, brüllte er. »Ich bin nicht nur ein lausiger Viehtreiber. Kannst du das denn nicht begreifen? Zack reitet hin, um neue Geschäftsverbindungen zu knüpfen, Zack, der große Boss! Auch ich habe das Recht, dort zu sein. Ich habe es satt, immer die zweite Geige zu spielen.«

»Ich verstehe nicht, warum überhaupt einer von euch beiden hinreiten muss«, schmollte Maudie.

»Weil wir mit dem Rücken zur Wand stehen! Charlotte kann uns nicht mehr helfen. Wir müssen so viel Vieh verkaufen wie möglich, und du solltest beten, dass heuer ein gutes Kälberjahr wird, denn wir brauchen jedes einzelne.«

»In Ordnung, dann reite eben. Aber ich sehe nicht ein, warum ihr die da mitnehmen müsst.«

»Darüber streitest du dich besser mit Charlotte.«

»Immer nur Charlotte«, beschwerte sich Maudie. »Wenn sie dir befehlen würde, im Stierpferch kopfzustehen, würdest du es tun. Alles tanzt nach ihrer Pfeife!«

Leise schlich Sibell über die Veranda in ihr Zimmer. Mehr wollte sie nicht hören. Sie ärgerte sich über die Bemerkungen, die Maudie über Charlotte gemacht hatte, und es gefiel ihr gar nicht, wenn man sie »die da« nannte.

»Pech gehabt, Maudie«, sagte sie sich. »Wenn du es so siehst, gehe ich erst recht mit.« Sie fing an, Hemden und Reithosen für den Ritt herauszusuchen.

In diesem Augenblick wurde ihr bewusst, dass ihre Stellung im Hause gefährdet war, sollte Charlotte etwas zustoßen. Das erinnerte sie an ihre eigene finanzielle Lage. Sie hatte ein Schreiben von der Versicherungsgesellschaft bekommen, in dem es hieß, dass eine Entschädigung von mehr als tausend Pfund an Percy Gilbert als ihrem Vormund ausbezahlt worden war. Auf Charlottes Rat hin hatte sie Percy geschrieben und ihn aufgefordert, den vollen Betrag an sie zurückzuzahlen, da er nicht berechtigt war, sich als ihr Vormund auszugeben und deshalb keinen Anspruch auf ihr Geld hatte. Percy war ihr die Antwort schuldig geblieben.

Also beschloss sie, ihm noch einmal zu schreiben und den Brief in Pine Creek aufzugeben.

Als das Trio in die staubige Goldsucherstadt einritt, ahnte Sibell, welchen Rang Viehzüchter hier genossen. Die beiden hochgewachsenen, bärtigen Hamiltons wurden sofort erkannt, und die Männer lüpften freundlich zum Gruß den Hut. Der Leiter des Telegraphenamtes kam heraus, um sie willkommen zu heißen, gefolgt von seiner Frau, die höflich lächelte, als sie vorgestellt wurde. Sibell bemerkte den scharfen, missbilligenden Blick, mit dem die Frau ihre Männerkleider bedachte. Mrs. Dowling trug ein schwarzes Kleid aus schwerem Serge mit einem hohen, mit Stäbchen verstärkten Kragen, langen, engen Ärmeln und einem langen Rock, der im Staub schleifte. Sibell fragte sich, wie Frauen eine solche Aufmachung in dieser Hitze ertragen konnten, da die Temperaturen sich durchschnittlich um die vierzig Grad bewegten. Sie war Charlotte für ihren gesunden Menschenverstand dankbar.

Sie wurden dem Postmeister, dessen Gattin und Dutzenden von anderen Menschen vorgestellt. Dann nahmen sie im Lucky Strike Hotel Quartier, einem heruntergekommenen, langgestreckten, niedrigen Gebäude, von dem Mrs. Dowling behauptete, es sei das beste Hotel in der Stadt.

Sibell musste ein Lachen unterdrücken. Pine Creek eine Stadt? Eher eine Ansammlung baufälliger Hütten. Und auch die Bewohner waren eine merkwürdige Mischung: Überall wimmelte es von Chinesen, deren schrille Stimmen das Geschrei der Goldgräber und das Rattern der Pferdewagen übertönten. Ein Schmied arbeitete an seinem Amboss, und Viehhirten trieben eine Herde blökender Schafe die Straße entlang und zogen eine Staubfahne hinter sich her. Aborigines in zerlumpter Kleidung wanderten, gefolgt von kläffenden Hunden, ziellos umher.

»Ist mit Ihnen alles in Ordnung?«, fragte Zack.

»Ja, danke«, stieß sie hervor, da sie niemanden vor den Kopf stoßen wollte. »Ich bin nur müde.«

Offenbar war die Ankunft der Hamiltons ein Grund zum Feiern. An diesem Abend speisten sie mit den Honoratioren von Pine Creek an einer Tafel, die unter den Bäumen aufgebaut worden war. Nicht unweit davon befand sich das lärmende Wirtshaus, und die Männer strömten nach draußen, um Sibell zu bewundern.

Zack lachte. »Sie sind hier die große Attraktion, Sibell. Sehen Sie nur, wie viele Verehrer Sie haben. Welcher gefällt Ihnen am besten?«

Allerdings nahm Cliff diese ständigen Störungen nicht so leicht. Als immer mehr Männer den Tisch umringten und sich mächtig ins Zeug legten, um Sibell vorgestellt zu werden, verlor er die Geduld. »Verschwindet!«, fauchte er schließlich drei junge Burschen an.

»Das hier ist ein freies Land«, gab einer von ihnen zurück und wandte sich wieder an Sibell. »Sie sind das hübscheste Mädchen, das jemals nach Pine Creek gekommen ist«, sagte er. »Bleiben Sie lang?«

»Nein«, antwortete sie. »Wir sind nur auf der Durchreise.«

Plötzlich sprang Cliff auf und packte den Mann beim Arm. »Geschlossene Gesellschaft, mach dich dünne!« Aber der Goldgräber stieß ihn weg. »Ihr Viehzüchter tragt die Nase verdammt hoch. Ich lass mich nicht von dir herumkommandieren!«

Unvermittelt versetzte Cliff dem Mann einen Boxhieb, und dem Goldgräber riss der Geduldsfaden. »Wenn du unbedingt willst, Kumpel. Aber beschwer dich nachher nicht.«

Entsetzt sah Sibell Zack an. »Halten Sie sie auf!«

Doch Zack aß ungerührt weiter. »Warum? Cliff hat damit angefangen, also soll er es auch zu Ende bringen.«

Als zwischen den beiden Männern eine ernsthafte Prügelei entbrannte, griff die Frau des Hotelbesitzers – eine gewaltige Frau und fast so breit wie hoch – zu einem einfachen Mittel:

Sibell zuckte zusammen, als ein Schuss ertönte, und die beiden Raufbolde blieben wie angewurzelt stehen. Die Frau ging zu ihnen hinüber, wobei sie mit dem Gewehr auf sie zielte. »Ich dulde hier keine Schlägereien«, donnerte sie. »Also benehmt euch oder verschwindet.«

Daraufhin kehrte wieder Ruhe ein, aber Cliff benutzte die Auseinandersetzung als Vorwand, um sich neben Sibell zu setzen, bis sie seine Aufmerksamkeiten satthatte und zu Bett ging.

Das Zimmer war einfach und sauber und enthielt nur ein Bett, einen Waschtisch und einen Stuhl. Allerdings hatte die Tür kein Schloss. Wegen der vielen Männer und des Lärms, der immer lauter aus der Gaststube hinaufdrang, fürchtete sich Sibell. Sie kletterte ins Bett und ließ die Lampe an. Sie war sich sicher, dass sie nicht würde einschlafen können, aber schließlich fielen ihr doch die Augen zu …

Als sie aufwachte, stand Cliff neben ihrem Bett. Sein Oberkörper war nackt, und er war nur mit seiner Hose bekleidet. Zuerst dachte Sibell, es sei bereits Morgen, und sie schüttelte sich, um einen klaren Kopf zu bekommen. Im nächsten Moment jedoch bemerkte sie, dass es draußen vor dem geschlossenen Fenster dunkel war. Das Hotel war totenstill.

»Was haben Sie hier zu suchen?«, fragte sie.

»Pssst.« Er grinste. »Sie wecken ja das ganze Haus auf.« Blitzschnell, sodass er Sibell damit überrumpelte, kam er zum Bett hinüber, schlang die Arme um sie und küsste sie. Sie stieß ihn fort und versuchte, sich aus seinem eisernen Griff zu befreien. Aber er warf sich auf sie, flüsterte ihr etwas ins Ohr und zog ihr die Bettdecke weg. Dann schob er die Hände unter ihr Nachthemd.

Sibell biss die Zähne zusammen. Sie sträubte sich aus Leibeskräften, trat und schlug, so fest sie konnte, doch seiner Körperkraft war sie nicht gewachsen. »Komm schon, Sibell«, zischte er. »Das wolltest du doch die ganze Zeit.«

»Nein«, fauchte sie zornig. Sie befürchtete, die anderen aufzuwecken. »Lassen Sie mich in Ruhe!« Nun wusste sie, warum Maudie ein Gewehr trug. Allerdings hätte sie nie erwartet, dass Cliff sie überfallen könnte. Maudie hatte Sibell ein paarmal mit dem Gewehr üben lassen, doch sie hatte sich als hoffnungsloser Fall erwiesen und immer nur danebengeschossen. Und trotz Maudies Vorhaltungen, dass sie es lernen müsste, hatte Sibell ihre Warnungen in den Wind geschlagen. Das war wohl ein Fehler gewesen.

Er presste seine Lippen so fest auf die ihren, dass sie keine Luft mehr bekam. »Bis jetzt hat es dich auch nicht gestört, wenn ich dich angefasst habe«, sagte er. »Es hat dir gefallen. Sei still, Sibell, ich will Liebe mit dir machen.«

Mittlerweile kam Sibell ihre Angst, jemand könnte sie hören, unsinnig vor. Was kümmerte sie das? Sollten sie doch alle zur Hölle fahren!

»Cliff Hamilton!«, rief sie. »Raus aus meinem Zimmer!«

Er rappelte sich gerade vom Bett auf, als Zack in der Tür erschien. »Was geht hier vor?«

Cliff stand neben dem Bett und versuchte, sich die Hose hochzuziehen. »Das verdammte Miststück!«, zischte er. »Erst bittet sie mich herein, und dann ändert sie ihre Meinung. Die will mich doch nur zum Narren machen.«

»Das ist ihr wohl auch gelungen«, bemerkte Zack.

»Er lügt!«, schrie Sibell, während Cliff sich an Zack vorbeidrückte und verschwand.

»Das ganze Haus kann Sie hören«, sagte Zack nur mit ausdrucksloser Stimme.

Inzwischen mussten andere Leute von dem Lärm aufgewacht und auf den Flur hinausgetreten sein, denn sie hörte Zack leise sprechen. »Nur ein Familienstreit. Alles in Ordnung. Gehen Sie wieder zu Bett.« Dann wandte er sich wieder an Sibell. »Sind Sie in Ordnung?«

»Er ist ein Lügner«, beharrte sie. »Er ist hereingekommen, während ich schlief.«

»Ich habe gefragt, ob Sie in Ordnung sind.«

»Ja«, antwortete sie und beruhigte sich allmählich wieder. »Ich glaube schon. Wie kann er es wagen, sich einfach auf mich zu stürzen?« Sie zog die Bettdecke über die Schultern. »Und Sie!«, richtete sie nun ihre Wut gegen Zack. »Sie stehen nur herum, als ob nichts geschehen wäre!«

»Was erwarten Sie von mir? Soll ich eine Prügelei anfangen? Wir würden alle vor die Tür gesetzt.«

»Auf jeden Fall ist er ein Lügner.«

»Ich weiß«, meinte Zack mit einem Grinsen. »Nun gehen Sie wieder schlafen.«

»Wollen Sie mich etwa allein lassen? Ohne Schutz?«

»Ihre Stimme ist Schutz genug. Sie würden einen ausgezeichneten Auktionator abgeben.«

Er schloss die Tür und ließ Sibell kochend vor Wut zurück.

Am nächsten Morgen ging Sibell einkaufen. Die bewundernden Blicke der männlichen Bevölkerung machten ihr inzwischen Angst. Cliff hatte sich beim Frühstück nicht blicken lassen, und Zack hatte nur gemeint, sein Bruder werde sich später bei ihr entschuldigen.

»Ich pfeife auf seine Entschuldigung.«

Aber Zack hatte nur wieder die Achseln gezuckt, was Sibell in Wut versetzte. Ihm schien das alles einerlei. »Sie bleiben hier«, sagte er zu ihr. »Ich muss einige Leute aufsuchen, Metzger und Viehaufkäufer auf dem Schlachthof. Vielleicht lasse ich mich noch rasieren und mir einen schicken Haarschnitt verpassen.«

»Kann ich mir die Läden ansehen?«

»Selbstverständlich. Aber bleiben Sie auf der Hauptstraße.« Er zückte die Brieftasche und nahm zwei Zwanzigpfundnoten heraus. »Wird das reichen?«

»Ja. Vielen Dank.« Der Tag sah gleich viel rosiger aus.

Der Chinese, dem der größte Laden gehörte, huschte herum, während Sibell sich ein wenig umsah. In diesem Durcheinander konnte sie nichts von dem finden, was sie suchte. Eisenwaren, Bekleidung, Konserven, Bettzeug, Feuerwerkskörper und Bonbongläser standen ohne irgendeine ersichtliche Ordnung auf und unter Tischen und auf breiten Regalen. Also nahm Sie das Angebot des Ladeninhabers an, sich zu setzen, und rief ihm zu, was sie haben wollte, während er durch die Gänge lief. Hin und wieder tauchte sein kleiner, schwarzer Hut hinter einem Regal auf. Er kannte sich mit Reitkostümen für Damen aus und zog einen wadenlangen beigen Hosenrock aus einer Kommode hervor. Sibell, die noch nie ein solches Kleidungsstück gesehen hatte, fand es sehr merkwürdig. Doch als sie eines hinter einer spanischen Wand anprobierte, gefiel sie sich darin ziemlich gut. Der Chinese, der sich als Mr. Lee vorstellte, hörte mit Freude, dass sie von der Black-Wattle-Farm kam, und bestand darauf, dass sie ein Paar passender Reitstiefel mit hohem Schaft kaufte, damit nichts von ihrem Bein zu sehen war.

Sibell kaufte vier Röcke – zwei davon für Maudie – und noch ein Paar Stiefel, dass Maudie sich nicht übergangen fühlte. Dann erstand sie einen Seidenkimono für Charlotte und eine lange hölzerne Spielzeugeisenbahn für Wesley. Als sie noch einmal durch diese Fundgrube von einem Laden streifte, entdeckte sie noch etwas, wonach sie ganz besonders gesucht hatte.

Nach einiger Erörterung mit Mr. Lee war der Handel perfekt. Sibell kramte noch etwas herum und kaufte Kämme und Haarbänder für die Hausmädchen und für sich selbst. Mr. Lee brachte ihr Tee in einer winzigen Porzellantasse, und so verlief ihr Vormittag sehr erfreulich.

Zack fand Cliff auf dem Schlachthof. »Das war eine ziemliche Dummheit«, schimpfte er. »Du musst dich bei Sibell entschuldigen.«

»Den Teufel werd ich tun. Es war ihr Vorschlag.«

»Und deswegen hat sie vermutlich auch um Hilfe gerufen.«

»Wer kennt sich schon bei den blöden Weibern aus? Vergiss es, Zack. Es geht dich nichts an.«

»Was ist, wenn sie es Maudie erzählt?«

»Na und? Was soll Maudie schon groß tun?«

»Wir können keine Spannungen im Haus gebrauchen.« Zack war nicht überrascht, dass Cliff sich an Sibell herangemacht hatte. Es war nur eine Frage der Zeit gewesen. Wenn Cliff ohne Maudie irgendwohin ritt, musste er sich gleich eine Frau suchen. Schon immer war er ein Schürzenjäger gewesen, und die Ehe hatte daran nichts geändert.

»Es wird zu Hause keine Spannungen geben«, grinste Cliff. »Sibell hält den Mund, sie würde es nicht wagen.«

»Pass auf, alter Junge«, warnte Zack seinen Bruder. »Ich glaube, du spielst mit dem Feuer. Dieses Mädchen hat etwas Wildes an sich, obwohl sie sich immer so sanft und höflich gibt.«

Cliff fing an zu lachen. »Also ist es dir auch schon aufgefallen? Du bist, was Frauen betrifft, doch nicht so dumm, wie du immer tust! Aber du hattest jetzt genug Zeit, deine Rechte geltend zu machen, Zack. Und da du offenbar keine Ansprüche anmeldest, bin ich jetzt an der Reihe.«

»Bist du nicht«, knurrte Zack, »und so weit wird es auch nie kommen, du lässt die Finger von ihr.«

»Du kannst den Kuchen nicht gleichzeitig aufessen und behalten. Wenn du sie haben willst, heirate sie doch.«

Früher oder später würde ihm auch Charlotte diesen Vorschlag machen, aber es fiel Zack leichter, mit Cliff darüber zu sprechen. »Vielleicht will sie mich nicht.«

»Du hast nichts zu verlieren, wenn du sie einfach fragst.«

»Ich habe darüber nachgedacht, aber ich glaube nicht, dass es einen Sinn hat. Sie gehört nicht hierher. Sie passt einfach nicht zu uns, und sie wird es wahrscheinlich auch nicht lange aushalten.«

»Wen kümmert das? Wenigstens hättest du dein Vergnügen gehabt, solange es dauert.«

Zacks Antwort kam blitzschnell. Er versetzte seinem Bruder einen Fausthieb, sodass dieser gegen ein Wasserfass taumelte. »Das hätte ich schon letzte Nacht tun sollen«, sagte er. Und da sich auf einmal alle Männer, die hofften, eine ordentliche Prügelei zu sehen zu bekommen, um sie scharten, packte er Cliff beim Kragen, zog ihn hoch und schleppte ihn hinter einen Schuppen. »Warum musst du nur so ein Mistkerl sein?«

»Ich hab doch nur Spaß gemacht«, knurrte Cliff und rieb sich das Kinn. Er war nicht unbedingt versessen darauf, sich mit Zack zu schlagen, weil er wusste, dass er den Kürzeren ziehen würde. »Du nimmst alles viel zu ernst, das ist es. Und wenn du so in Sibell verliebt bist, dann steh auch dazu und heirate sie.«

»Fang nicht wieder damit an. Schau lieber, ob du Paddy Lynch auftreiben kannst. Ich habe gehört, er möchte eine Metzgerei eröffnen. Er war ein Freund unseres alten Herrn, vielleicht kann er uns weiterhelfen.«

Zack versuchte, seine Aufmerksamkeit auf die Viehverkäufe zu lenken und der dröhnenden Stimme des Auktionators zuzuhören. Er lauschte dem Geräusch des Hammers und beobachtete, wer was kaufte und zu welchem Preis. Aber seine Gedanken kreisten um seine eigenen Probleme. Vorausgesetzt, dass es ein gutes Rinderjahr wurde, was immer Glückssache war, konnte er der Familie die Black-Wattle-Farm erhalten. Schließlich war der Mangel an Bargeld nur vorübergehend. Die Viehverkäufe in diesem Jahr würden wieder Geld in die Kasse bringen, und dann würde die Farm endlich auf eigenen Füßen stehen und nicht mehr auf Charlottes Mittel angewiesen sein. Gerade noch rechtzeitig!

Cliff und er hatten sich geeinigt, eine weitere Farm zu erwerben, sobald Black Wattle sich selbst trug. Dann würde jeder von ihnen Herr über seinen eigenen Besitz sein. Die doppelte Menge Land würde ihnen auch helfen, im Wettbewerb mit den riesigen Rinderfarmen im Territory, die alle in britischer Hand waren, zu bestehen. Allerdings war dieser Plan, den auch Charlotte unterstützte, von ihrem Geld abhängig. Da es dieses Geld nicht länger gab, standen ihnen nur noch zwei Möglichkeiten offen: den Kauf eines weiteren Besitzes zu verschieben, bis sie das Bargeld aufgetrieben hatten – doch Zack wusste, dass die Preise für Land bis dahin gestiegen sein würden –, oder eine Hypothek auf Black Wattle aufzunehmen. Das wollte sorgfältig überlegt sein. Und genauso sorgfältig würde er nachdenken, ehe er sich eine Frau nahm.

Was konnte er Sibell schon bieten? Eine Frau brauchte ihr eigenes Heim. Konnte er ihr zumuten, das Haus mit Maudie zu teilen? Außerdem würde sie ein abgeschiedenes Leben führen müssen, wenn er erst einmal seine eigene Farm besaß. Oft würde er wochenlang fort sein. Würde Sibell ein Anwesen verwalten können? Konnte er ihr zutrauen, dass sie wie Maudie in Abwesenheit ihres Mannes alles im Griff hatte? Das hatte er mit seiner Bemerkung, sie gehöre nicht hierher, gemeint. Dabei galt seine Sorge Sibell. Sie hatte etwas Besseres verdient, und er wünschte, er könnte aufhören, an sie zu denken. Sie war so zauberhaft; sie erinnerte ihn an den süßen Duft des Frangipani-Baums. Doch dann musste er lächeln. Der Frangipani hatte zwar eine zarte Blüte, aber seine dicken Äste waren sehr widerstandsfähig. Wenn man einen abbrach und einpflanzte, schlug er sofort neue Wurzeln und wuchs binnen eines Jahres meterhoch. Warum, zum Teufel, war sie nur ausgerechnet nach Black Wattle gekommen und hatte sein Leben durcheinandergebracht?

Als sie zurückkamen, saß Sibell – noch hübscher als sonst in einer gestärkten weißen Bluse – mit der Frau des Wirts, Kate Stirling, auf der Veranda vor dem Hotel. Durch die offene Tür konnten sie sehen, dass es in der Gaststube hoch herging, doch keiner der Gäste wagte es, auch nur einen Blick auf die Damen zu werfen, solange die gewaltige Katie Wache hielt.

Mit einem finsteren Blick auf Cliff Hamilton ging Kate ins Haus.

»Sie haben es ihr erzählt!«, sagte Cliff anklagend zu Sibell.

»Das war gar nicht mehr nötig«, gab Sibell zurück. »Sie hat alles gehört.«

Als sich die beiden Männer Stühle heranholten, um sich zu ihr zu setzen, schenkte Sibell ihnen ein reizendes Lächeln. »Ich war heute Vormittag einkaufen.«

»Das ist aber schön«, sagte Zack, offensichtlich froh, das Thema zu wechseln. »Was haben Sie denn gekauft?«

»Ach, alles Mögliche.« Sie legte eine zerschrammte Ledertasche auf den Tisch. »Mr. Lee hat sie mir gratis gegeben. Ein Andenken, sagte er. Das sind die Taschen, in denen man das Gold befördert.«

»Was Sie nicht sagen«, meinte Cliff höhnisch.

»Genau«, entgegnete Sibell. »Aber ich habe eine andere Verwendung dafür.« Sie zog einen schimmernden Colt heraus und richtete ihn auf Cliff. »Wie gefällt Ihnen das?«, fragte sie ihn, während er angewurzelt dasaß. »Nehmen Sie das verdammte Ding weg!« Er versuchte, langsam aufzustehen, aber Sibell legte den Finger auf den Abzug. »Setzen Sie sich. Und Sie halten sich raus, Zack.«

»Ich muss Ihnen etwas sagen, Cliff«, fuhr sie ruhig fort. Die Waffe in ihrer Hand zitterte nicht. »Ich lasse es nicht zu, dass jemand mir Gewalt antut.«

»Ist der Revolver geladen?«, rief Zack besorgt.

»Ja«, antwortete sie, wobei sie den Blick nicht von Cliff abwandte. »Mit einer Entschuldigung können Sie Ihr Benehmen von gestern Nacht nicht aus der Welt schaffen. Ich dachte mir nur, dass Sie eines wissen sollten: Wenn Sie mich jemals wieder anrühren, werden Sie einen sehr lauten Knall hören.«

»Schluss mit dem Unsinn!«, schimpfte Zack, während ein leichenblasser Cliff flehte: »Nimm ihr die verdammte Knarre ab.«

Doch Zack war machtlos.

»Habe ich mich klar genug ausgedrückt?«, fragte Sibell. Cliff schluckte und nickte.

»Was ist denn hier los?« Kate Stirling trat mit einem Getränketablett aus dem Haus. »Sie sollten nicht mit Revolvern herumspielen, Sibell.« Kate stellte das Tablett ab und nahm Sibell die Waffe aus der Hand. »Guter Gott, Mädchen, das Ding ist ja geladen!«

»Ich weiß«, erwiderte Sibell, und nach einem Blick in die Runde brach Kate in schallendes Gelächter aus. Sie konnte sich denken, was sich soeben abgespielt hatte. Rasch nahm sie die Kugeln aus den Kammern und gab Sibell Revolver und Kugeln zurück.

»Die Drinks gehen auf Kosten des Hauses«, verkündete sie und ließ das Tablett herumgehen. »Für Sie, Sibell, ein schöner, kalter Gin Squash. Bier für Zack und für Sie, Mr. Hamilton«, sagte sie an Cliff gewandt, »Kräuterlimonade.«

Sibell grinste. Zum erstenmal hatte sie erlebt, dass Zack die Fassung verlor. Und sie bemerkte, dass sie es genoss, wenn er auf sie aufmerksam wurde. Eigentlich war Zack ein sehr netter Mann. Durch ihren verrückten Einfall war Zack in ihr Blickfeld gerückt, und sie betrachtete ihn, während sich verlegenes

Schweigen über die kleine Gruppe senkte. Frisch rasiert und mit ordentlich gestutztem Blondschopf sah er wirklich gut aus, und auf einmal spürte sie, wie sehr sie ihn mochte.

Aber Cliff hatte das letzte Wort. Er schob die Kräuterlimonade weg und stand auf. »Du hattest recht, Zack«, höhnte er. »Sie gehört nicht zu uns.« Und damit stürmte er die Stufen hinab.

Diese Bemerkung traf Sibell wie ein Schlag in die Magengrube. Hatte Zack das tatsächlich gesagt? Er unternahm keinen Versuch, es abzustreiten.

Kate versuchte, die Stimmung aufzuheitern. »Ihr jungen Leute«, meinte sie kopfschüttelnd. »Immer müsst ihr euch streiten. Das ist die Hitze und dieser verdammte blaue Himmel, der sich nie ändert. Daran muss es liegen.«

Wortlos trank Zack sein Bier, und Sibell war so erschüttert, dass sie nicht wusste, was sie sagen sollte.

»Hören Sie, Zack«, meinte Kate. »Ich sagte gerade zu Sibell, dass sie sich die Mühe sparen kann, nach Katherine weiterzureisen. Dort gibt es sowieso nur Goldfelder, das Telegraphenamt und keine Unterkunft, die diesen Namen verdient; und das Wort Wirtshaus ist nur eine Schwarzbrennerei.« Als Zack nicht antwortete, fuhr sie fort: »Selbstverständlich ist die Schlucht hübsch, aber für junge Damen ist es dort noch nichts. Ich würde mich freuen, wenn Sibell für einige Tage bei mir bleibt. Dann habe ich endlich einmal Gesellschaft. Warum reitet ihr Jungen nicht los, seht euch um und holt Sibell auf dem Rückweg wieder ab?«

»Die Entscheidung liegt bei Sibell«, antwortete Zack mit traurigem Gesicht.

Das Gespräch mit Sibell hatte Kate erfunden – sie hatten nie darüber geredet, dass Sibell in Pine Creek bleiben könnte –, doch Sibell war klar, worauf Kate hinauswollte. »Ja, ich glaube, ich bleibe für einige Tage hier. Dann werde ich Ihnen nicht im Wege sein.« Diese letzte Bemerkung hatte sie sich nicht verkneifen können.

»Wenn Sie wollen.« Zack zuckte die Achseln. Er griff nach seinem Hut. »Ich suche Cliff. Wir können genauso gut sofort losreiten.«

Die beiden Frauen blickten ihm nach.

»Er hat sie sehr gern«, sagte Kate.

»Zack? Sie machen Witze. Sie haben doch gehört, was Cliff gesagt hat.«

»Schon, aber es ist noch nicht aller Tage Abend. Zack ist wie Charlotte, er überlegt sich alles gründlich. Aber der andere war schon immer ein Hitzkopf.«

Sibell war niedergeschlagen. »Zack hat wahrscheinlich trotzdem recht. Vielleicht gehöre ich wirklich nicht nach Black Wattle.«

»Wohin gehören Sie dann?«

»Ich weiß es nicht.«

»Dann lassen Sie sich Zeit. Ich wette, dass Zack dabei an Sie denkt und nicht an sich selbst. Vielleicht befürchtet er, dass ein Mädchen wie Sie dort draußen unglücklich wird. Wie viele weiße Frauen haben Sie seit Ihrer Ankunft kennengelernt?«

»Keine.«

»Genau! Im Augenblick haben Sie Charlotte und Maudie als Gesellschaft, aber lassen Sie die Finger von Zack Hamilton, ehe Sie sich nicht sicher sind, dass Sie auf einer Farm leben können.«

»Ich will nichts von Zack Hamilton.«

»Selbstverständlich nicht«, lachte Kate. »Übrigens, wissen Sie, wie man mit diesem kleinen Revolver umgeht?«

»Nicht wirklich«, gab Sibell zu.

»Dann muss ich es Ihnen beibringen, und in der Zwischenzeit lassen Sie sich nicht von mir erwischen, wie Sie damit herumfuchteln. Mir wäre fast das Herz stehen geblieben.«

Jeden Morgen, wenn Logan widerwillig zu den Minen ging, verfluchte er Charlie und seine klugen Einfälle. An diesem Vormittag musste er sich noch mehr Klagen anhören als gewöhnlich. Die Goldgräber brachten das Erz zur einzigen Waschanlage in Katherine, und damit ihnen nichts abhandenkam, überwachten sie jede Minute des Waschvorgangs und sahen aufmerksam zu, wie das Erz zerstampft und gesiebt wurde. So konnten sie sichergehen, dass jeder Krümel Gold an sie ging. Die Arbeit war langwierig und mühsam und dauerte oft die ganze Nacht, und da Logan müde gewesen war, hatte er einen seiner Männer, Ted Taft, gebeten, ihn zu vertreten.

Ted Taft! Wenn Logan ihn hätte entbehren können, hätte er diesen Narren auf der Stelle an die Luft gesetzt. Aber da Arbeitskräfte Mangelware waren, hatte Logan keine Wahl. Taft hatte eine Flasche bei sich gehabt und sich sinnlos betrunken, während die Förderbänder mit dem Gold der Gilbert-Minen an ihm vorbeiliefen. Also hatte niemand den diebischen Goldwäschern auf die Finger gesehen.

Glücklicherweise war Simon Pinwell zufällig vorbeigekommen und hatte gesehen, was da vor sich ging. Sofort hatte er einen Boten nach Logan geschickt. »Sie kümmern sich am besten selbst drum, alter Junge. Ihr Vertreter hier ist in einem traurigen Zustand.«

Taft war nicht nur betrunken, sondern fast bewusstlos. Logan nahm die Flasche und roch daran. »Mein Gott! Was hat er denn da getrunken?«

»Das Gebräu, das sie hier mischen«, erklärte Simon. »Man schüttet Gin, Kerosin, Ingwer und Zucker zusammen, und das Ergebnis ist mörderisch.« Er sah sich um, entdeckte eine weitere noch halbvolle Flasche und schleuderte sie in den Busch. »Dieses Zeug verwandelt ein Häschen in ein Raubtier«, lachte er.

Doch Logan war keineswegs zum Lachen zumute. Außerdem missfiel ihm, dass die Männer inzwischen einen freien Samstagnachmittag forderten. »Faulpelze«, brummte er. Allerdings wusste er mittlerweile, dass die wirklich fleißigen Männer längst ihre eigenen Minen besaßen. Seine Arbeiter hingegen waren eine Bande von Taugenichtsen.

Von Anfang an hatte es in den Gilbert-Minen Schwierigkeiten gegeben. Zwar waren einige der ursprünglichen Arbeiter zurückgekommen, aber sie hatten schwarze Frauen mitgebracht, die sie an ihrer statt in die engen Schächte hinabsteigen ließen. Logan hatte diesem Treiben sofort ein Ende bereitet und dann am Zahltag festgestellt, dass der frühere Verwalter Lohn für die schwarzen Frauen abkassiert hatte, den diese allerdings niemals zu sehen bekamen. Dieses Geld wurde »Samstagbonus« genannt und dazu verwandt, den Arbeitern am Wochenende einen Drink auszugeben. Aber Logan weigerte sich, Lohn für nicht erbrachte Leistungen auszuzahlen, weshalb seine Männer ihrer kostenlosen Drinks verlustig gingen. Das führte zu weiterem Ärger.

Unter seiner Leitung warfen die Minen eine Menge ab, und weder Gilbert noch sein Agent hatten irgendwelche Beschwerden anzumelden. Also war Logan fest entschlossen, die Stellung zu behalten. Bald würde er Zeit haben, sich nach einem einträglichen Nebenerwerb umzusehen.

Doch er konnte Tausende von Dingen aufzählen, die ihm den Posten zur Hölle auf Erden machten. Hauptsächlich war das die Angst, Straßenräuber könnten die Packpferde überfallen, die die Goldausbeute nach Palmerston schafften. Und dann war da noch Josie! Sie war inzwischen zu einem wirklichen Problem geworden. In einem anderen Klima wäre dieses raue Leben gar nicht so schlimm gewesen, doch die Hitze war entsetzlich. Das Essen verdarb, überall wimmelte es von Stechfliegen und Schlangen … Es war nicht nur Josies Leben, sondern auch seines, und sie gönnte ihm nicht einmal seine kleinen Freuden. Glücklicherweise hatte sie noch nicht bemerkt, dass die Männer an ihren Pokerabenden heimlich schwarze Mädchen in den Schuppen schafften, um sich ein wenig zu amüsieren.

Als er an der Mine ankam, entdeckte er eine bekannte Gestalt, die auf dem Bretterzaun hockte. »Du meine Güte!«, rief er aus. »Das ist ja Jimmy Moon, wie er leibt und lebt!«

»Das ist der alte Name«, erwiderte Jimmy ruhig. »Hier trage ich meinen richtigen Namen, Jaljurra.«

Logan starrte ihn an. Jimmy war älter geworden und schien wie viele der Goldgräber des Herumwanderns müde zu sein. »Woher kommst du?«

»Bin herumgezogen. Den ganzen Weg durch die große Wüste, heiß wie in der Hölle. Zu den Nachrichtenhäusern des weißen Mannes.«

»Den Telegraphenämtern?«

»Genau. Bin den Kabeln nachgegangen bis nach Camp Stuart.«

Logan nickte. Camp Stuart war eine aufstrebende Stadt am Ross River.

»Hab jetzt Arbeit, Boss. Der Polizist in Stuart hat mich angeheuert und hierhergeschickt.« Offenbar fand er das sehr komisch. »Ich arbeite jetzt für die Polizei«, lachte er. »Ich bin der Beste aller Spurensucher.«

»Ja? Dann hör mir mal zu, du Bester aller Spurensucher. Du hast mir die Pistole geklaut. Wo ist sie?«

»Ach. Lange weg. Verschwunden.«

»Dann schuldest du mir was, du Schurke«, meinte Logan scherzhaft. »Wo ist deine Frau?«

»Keine Frau«, antwortete Jimmy. »Keine Hochzeit, Frau ist weggelaufen.«

»So ein Pech«, sagte Logan. In diesem Augenblick kam Sergeant Bowles den Pfad heruntergeritten. »Auf ein Wort, Mr. Conal.«

»Ja. Worum geht's?«

»Ich sehe, Sie haben den Burschen schon kennengelernt«, sagte Bowles. Doch ehe Logan antworten konnte, dass er Jimmy bereits kannte, fuhr der Sergeant bereits fort: »Hast du Mr. Conal schon die Neuigkeiten erzählt, Jaljurra?«

»Welche Neuigkeiten?«, fragte Logan.

»Haben Sie von dem Kind gehört, das vermisst wurde? Der kleine Snowy Dickensen? Nun, Jaljurra hat ihn gefunden. Wir hatten die Suche schon fast aufgegeben.«

Logan hatte von dem sechsjährigen Jungen gehört, der mehr als fünf Tage lang im Busch verschollen gewesen war. Ganz Katherine hatte aufgeatmet, als der Knabe endlich gefunden wurde.

»Er ist ein gottverdammtes Genie«, fuhr Bowles fort. »Hat ihn dazu noch in unbekanntem Gebiet aufgestöbert. Er gehört zu einem von diesen Wüstenstämmen.«

Logan fing einen warnenden Blick von Jimmy auf und schwieg. Also war Jimmy jetzt Jaljurra und Angehöriger eines Wüstenstammes. Ihm konnte das gleichgültig sein. Die meisten Weißen hier liefen auch mit falschem Namen herum.

»Ist Ihre heutige Lieferung fertig?«, fragte Bowles Logan.

»Ja, wir haben in diesem Monat einiges herausgeholt, und ich möchte das Gold so schnell wie möglich aus Katherine wegschaffen.« Logan bewahrte das Gold in einem Tresor in der aus Brettern gezimmerten Bank auf. Das war zwar nicht sonderlich sicher, aber die einzige Möglichkeit.

»Nun, das wird noch eine Weile warten müssen«, meinte Bowles. »Mein Stellvertreter, Wachtmeister Plummer, hat sich das Bein gebrochen, weil er unbedingt damit angeben musste, dass er auf Duffys verrücktem Pferd reiten kann. Keine halbe Minute ist er oben geblieben, und jetzt darf ich die ganze Arbeit allein machen. Ich kann hier nicht weg.«

»Aber das Gold muss fort«, widersprach Logan. Die Gilbert-Gesellschaft schickte das Gold zu ihrem Agenten in Palmerston, der es sofort auf ein Küstenschiff schaffen ließ, das an jedem Monatsende von Port Darwin aus nach Perth segelte.

»Die anderen Goldgräber haben ja auch keine Angst«, sagte Bowles. »Was machen ein paar Wochen mehr oder weniger schon aus?«

»Die anderen müssen auch keinen Vertrag erfüllen«, antwortete Logan. »Wenn ich nicht jede Lieferung pünktlich nach Palmerston bringe, sitzt mir Percy Gilbert im Nacken.«

»Sagen Sie ihm, dass wir hier im Busch sind und nicht in London.«

Aber Logan war ein ungeduldiger Mann, und er wusste, was »ein paar Wochen« hier draußen zu bedeuten hatten. Das Gold würde mindestens einen weiteren Monat im Tresor liegen bleiben, und jeder würde dann wissen, dass die Ausbeute von zwei Monaten unterwegs nach Palmerston war. Das hätte bedeutet, den Ärger regelrecht herauszufordern.

»Ich könnte es immer noch der Paketpost mitgeben«, schlug Bowles vor. »Aber dann wäre es nicht bewacht. Außer Sie schicken ein paar Ihrer Burschen mit.«

»Den Teufel werde ich tun! Diese Halunken! Wir würden weder sie noch das Gold jemals wiedersehen.«

»Dann müssen Sie es hierlassen oder selbst losreiten«, erwiderte Bowles. »Mir sind die Hände gebunden. Sie müssten es nur bis nach Pine Creek begleiten. Dort übernimmt es dann wie immer die Polizei.«

Aber auch dieser Vorschlag behagte Logan gar nicht. Die beiden Postboten mit ihren Packpferden waren keine Helden, und der Ritt nach Pine Creek dauerte zwei Tage. Er würde die Lieferung ganz allein mit dem Gewehr verteidigen müssen.

»Wir reiten«, bot Jimmy an. »Ich reite mit Mr. Conal.«

Bowles kratzte sich am Kopf. »Ja, er könnte mitreiten. Nehmen Sie ihn mit, und stellen Sie den Burschen auf dem Revier in Pine Creek vor. Möglicherweise können die ihn auch gebrauchen.« Er warf Jimmy einen finsteren Blick zu. »Aber mach dich ja nicht aus dem Staub. Du kommst sofort zurück, verstanden?«

»Ja, Boss. Ich komme mit Mr. Conal zurück.«

Logan verstand, worauf Bowles hinauswollte. Gute Spurenleser waren sehr gefragt, und die Polizei ließ sie oft von weit her kommen, hauptsächlich, um Verbrecher aufzustöbern. Also mussten sie wissen, wen sie anheuern konnten, wenn sie Hilfe brauchten.

An diesem Abend nahm er Jimmy mit zu Josie. Er erklärte ihm, dass sie nun verheiratet waren, da Jack Cambray gestorben war.

Josie war überglücklich, Jimmy zu sehen. Sie bereitete zur Feier des Tages einen Fisch zu und lud Jimmy ein, mit ihnen zu essen. Zum erstenmal saß Jimmy bei Weißen am Tisch, und er war so beeindruckt, dass er sich unbedingt von Josie zeigen lassen wollte, wie man mit Messer und Gabel aß. Logan bemerkte, dass Josie wie verwandelt war. Lachend sah sie zu, wie Jimmy sich mit Messern, Gabeln und Löffeln abmühte. Offenbar hatte er es eilig, alles zu lernen.

»Wo ist Ned?«, fragte er.

»Im Internat«, antwortete sie. »In Perth.«

»Warum haben Sie ihn dortgelassen?«

»Er muss zur Schule gehen«, sagte sie, und eine große Traurigkeit lag in ihrer Stimme. Jimmy nickte wortlos, aber er verstand nicht.

Um das Schweigen zu brechen, zeigte Logan auf den abgetragenen Lederbeutel, den Jimmy an einer dünnen Schnur um den Hals trug. »Was ist das?«, fragte er. »Du schleppst ja immer noch diesen Beutel mit dir herum. Was ist denn da drin?«

»Ich«, antwortete Jimmy schlicht.

»Was meinst du mit ›ich‹?«

»Lass ihn in Ruhe«, mischte sich Josie ein. »Ich glaube, das ist seine persönliche Angelegenheit. Erzähl uns lieber von deinen Reisen, Jimmy. Ist dir klar, Logan, dass er den halben Kontinent durchquert hat? Vom Westen bis in die Mitte? Wahrscheinlich haben das nicht viele Weiße geschafft.« Sie fragten ihn nach dem Land, das er durchquert hatte, und nach den Stämmen, denen er begegnet war, und Logan wünschte, sie hätte den Einwohnern von Katherine ebenso viel Aufmerksamkeit geschenkt. Seufzend schenkte er sich noch einen Whisky ein. Was war das für eine Ehe, wenn seine Frau offenbar die Gesellschaft von Schwarzen vorzog?

In der Ferne grollte der Donner, und ein Blitzstrahl zuckte über den Himmel. Sie hielten im Gespräch inne und beobachteten das lärmende Schauspiel. Feurige Blitze erhellten die Dunkelheit, und um sie herum grollte der Donner. Nach einiger Zeit wurde das Donnern leiser, doch die immer noch herniederfahrenden Blitze machten die Nacht zum Tage.

»Ziemlich gut, hey?« Anscheinend war Jimmy enttäuscht, dass die Vorstellung schon vorbei war.

»Diese verdammten Gewitter sind völlig nutzlos«, bemerkte Josie. »Ich habe Angst, dass sie ein Buschfeuer auslösen, und regnen tut es sowieso nie.«

»Wünsch dir bloß keinen Regen«, warnte Logan. »Wenn wir zu viel davon bekommen, werden die Minen überflutet.«

Jimmy stand auf und blickte hinaus auf die Bäume. »Genug Regen da oben«, stellte er fest.

»Das glaube ich erst, wenn ich es sehe«, antwortete Josie. »Monatelang ist kein Tröpfchen Regen gefallen. Allmählich träume ich davon.«

Vielleicht hatte Jimmy sie missverstanden. »Großes Traumland hier.«

»Was meinst du damit?«, fragte Logan, und Jimmy flüsterte: »Viel Zauber. In diesem Land gibt es einen starken Zauber.« Dann wechselte er das Thema. »Wann reiten wir los, Boss?«

»Wohin?« Josie fuhr auf.

»Morgen muss ich nach Pine Creek reiten«, erwiderte Logan. »Außer mir kann niemand das Gold hinbringen.«

»Ich verstehe.« Sie klang gereizt. »Und wann hattest du vor, mir das mitzuteilen?«

»Ich erzähle es dir jetzt«, polterte er. Doch er hatte ein schlechtes Gewissen, weil er es ihr wirklich erst im letzten Moment hatte sagen wollen. »Du bist ja versorgt. Die schwarzen

Mädchen werden bei dir bleiben. Und es sind auch nur ein paar Tage.«

»Nur ein paar Tage. Du nimmst immer alles so leicht, Logan. Was soll ich anfangen, wenn du fort bist?«

»Das Gleiche wie immer. Nichts!« Er sah sich um. »Dieser verdammte Jimmy hat sich schon wieder in Luft aufgelöst. Ich habe nicht einmal mitbekommen, wie er sich aus dem Staub gemacht hat. Wenigstens hätte er dir für das Essen danken können.«

»Danke kommt in ihrem Wortschatz nicht vor«, antwortete sie schnippisch. »Wenn sie dir erlauben, ihnen einen Gefallen zu tun, bedeutet das, dass sie dich mögen. Und wenn sie dich nicht leiden können, bitten sie dich nie um einen Gefallen.«

Logan war nicht in der richtigen Stimmung, um sich ihre Vorträge über die Sitten und Gebräuche der Eingeborenen anzuhören. Er überlegte sich gerade, Simon ein paar Pfund zuzustecken, damit er während seiner Abwesenheit die Minen überwachte.

Der Ritt nach Pine Creek war nicht so schlimm wie erwartet. Unterwegs blieben sie von Zwischenfällen verschont, und es war eine Freude, wieder einmal ungehindert dahinreiten zu können, ohne sich mit einem Karren belasten zu müssen. Logans Angst vor Buschräubern schwand so rasch, dass er schon in Erwägung zog, diesen Ritt noch öfter zu unternehmen. Eine gute Abwechslung nach dem Alltag in den Minen, wo er immer einspringen musste, wenn die Arbeitskräfte knapp waren.

Er lieferte das Gold beim Polizeirevier ab und stellte Jimmy mit seinem Aborigine-Namen bei den Polizeibeamten vor. Als er hinausging, war er sehr mit sich zufrieden.

Jimmy folgte ihm und befingerte den alten Beutel um seinen Hals.

»Du wirst ihn noch abnützen«, nahm Logan ihn auf den Arm, doch Jimmy war still. »Die Geister sprechen«, flüsterte er.

»Was soll das heißen? Du sprichst in Rätseln.«

»Nein, Frau kommt. Frau ist ganz nah.«

»Was für eine Frau?«

Jimmy machte ein erstauntes Gesicht. »Weiß nicht … aber singt sehr laut.«

Logan konnte niemanden singen hören. Allerdings hatte das Wort singen bei den Schwarzen in ihrer mystischen Welt mehrere Bedeutungen, so sagte Josie zumindest. Alles nur Aberglaube. Er ging, gefolgt von Jimmy, über die Straße zum Laden. Dann blieb der Aborigine vor einem Hotel stehen. »Hier ist es«, verkündete er und wies mit dem Finger darauf. »Wir warten.«

»Worauf?«

Jimmy tätschelte seinen wertvollen Beutel. »Hier starker Zauber. Er sagt, wir warten hier.«

Verärgert ließ Logan ihn stehen. »Wenn du das Warten satthast, findest du mich im Laden des Chinesen.«

Jimmy kauerte sich neben einen Pferdetrog. Er wusste nicht, wie lange er warten musste, aber es spielte für ihn auch keine Rolle. Mit seinem sechsten Sinn spürte er ganz deutlich, dass seine Anwesenheit hier notwendig war. Und noch ehe sie vor die Tür trat, wusste er ganz genau, mit wem er rechnen musste.

Als Sibell aus dem Hotel kam, war Jimmy nicht im Mindesten überrascht. Er ging zu ihr hinüber und zog wie ein höflicher weißer Mann den Hut. Sibell riss erstaunt die Augen auf.

»Du meine Güte! Jimmy! Dich trifft man ja überall.« Sie lief die Stufen hinunter auf ihn zu, und er beantwortete lächelnd all ihre Fragen. »Haben Sie schon ein Pferd für mich?«, fragte er.

Sibell erinnerte sich. Sie hatte ihm einmal ein Pferd versprochen.

»Noch kein Pferd?«, fragte er mitleidig. Er bedauerte es, dass seine Bitte sie in Verlegenheit brachte.

»Nein, noch nicht. Aber ich habe versprochen, dir eines zu beschaffen.«

»Ach ja«, antwortete er. »Kommt Zeit.«

Sibell wusste, dass das bei den Aborigines »später« bedeutete; es war allerdings auch eine ausweichende Antwort, die genauso gut »niemals« heißen konnte.

»Nein«, sagte sie mit Nachdruck. »Wo ich jetzt wohne, gibt es Pferde genug. Ich werde dir ein Pferd besorgen. Versprochen?«

Jimmy ging nicht weiter darauf ein. »Ich bin mit Mr. Conal hier«, sagte er. »Ich gehe ihn holen.«

Er stürzte davon. Sibell schlug die Hände vors Gesicht, um zu verbergen, dass sie errötete. Jimmy war losgelaufen, ehe sie ihn hatte aufhalten können. Logan! Hier in Pine Creek? Er war der letzte Mensch, dem sie begegnen wollte. Was war, wenn er von ihrer dummen Lüge gehört hatte? Dass er zurückkommen und sie heiraten würde? »O mein Gott!«, stöhnte sie und wäre am liebsten geflohen. Warum war sie nicht mit Zack und Cliff nach Katherine geritten? Aber was hatte Jimmy erzählt? Dass sie von Katherine gekommen waren? »O mein Gott!«, entfuhr es ihr wieder, und sie ging zurück auf die Hotelveranda, um sich zu setzen, ehe die Beine unter ihr nachgaben.

Sie würde ihn hier empfangen. Freundlich, aber kühl. Und sie würde ihn nicht bitten zu bleiben. Was, wenn Josie bei ihm war? Wie schrecklich! Und was taten die beiden hier? Die Angst, die ständig unter der Oberfläche gebrodelt hatte, drohte sie zu überwältigen. Wie öfter in der letzten Zeit hatte sie das Gefühl, ersticken zu müssen. Charlottes Zusammenbruch hatte ihre alten Ängste wiederaufleben lassen.

Lieber wäre Sibell tot gewesen, als jetzt Logan gegenüberzutreten, und das machte sie wütend. Als er auf sie zugeschritten kam, groß und trotz seines dunklen Bartes stattlich; mit den durchdringenden Augen, die sie so gut kannte und die jetzt in freudiger Erwartung leuchteten, hatte sie sich wieder gefasst.

Er eilte die Stufen hinauf und umfasste ihre Hand. »Mein Gott, du bist es! Du siehst hinreißend aus!« Ihren kalten Blick bemerkte er nicht, oder vielleicht glaubte er auch, dass sie ebenso überrascht war wie er.

»Das Landleben bekommt dir. Ich habe dich noch nie so braun gebrannt und gesund gesehen. Was hat dich hierher verschlagen?«

»Ich bin mit Freunden unterwegs.«

»Das ist ja wunderbar!«, sagte er. »Es ist so schön, dich zu sehen. Wie die Rose im Dornbusch«, lachte er. »Du bist wirklich eine Zierde für Pine Creek.«

Sibells Widerstandsgeist schwand. Da sie sich von seinen Komplimenten geschmeichelt fühlte, erzählte sie ihm bald, dass sie auf Black Wattle lebte, und gab ein wenig mit der Farm an, um ihn zu beeindrucken. Sie wollte ihn ausstechen, um sich bei ihm für sein Verhalten zu rächen.

»Es ist ein riesiger Besitz, und das Wohnhaus ist ja so gemütlich. Alles nagelneu, keine Bruchbude wie auf den meisten anderen Farmen. Wenn man die schwarzen Hausmädchen mitzählt, beschäftigen sie etwa dreißig Angestellte. Ich bin die Buchhalterin.« Das klang besser als Sekretärin.

»Das ist ja wunderbar«, sagte er. »Ich wusste ja schon immer, dass du nicht auf den Kopf gefallen bist.«

»Und die Hamiltons sind sehr nette Leute«, fuhr sie fort. »Ich habe mein eigenes Zimmer, mein eigenes Pferd – ein Geschenk der Familie –, und ich kann kommen und gehen, wie es mir gefällt.« Beim Reden fiel ihr ein, dass es Josie gewesen war, die Charlotte Hamilton zuerst erwähnt hatte. Also vermied sie es, von ihr zu sprechen, indem sie Logan fragte, was ihn nach Pine Creek führte.

»Ich verwalte die Goldgruben in Katherine«, antwortete er. »Die Stadt ist ein Drecknest, aber ich werde gut bezahlt und bekomme noch einen Anteil am Ertrag. Das gibt mir einen Anreiz, dafür zu sorgen, dass die Minen auch etwas abwerfen.«

»Wie hast du den Posten bekommen?«, fragte sie, da ihre Neugier inzwischen die Oberhand gewonnen hatte.

»Ich arbeite für die GGC, die Gilbert Goldbergwerksgesellschaft. Sie gehört deinen Freunden, den Gilberts.«

»Percy Gilbert?« Hatten es denn alle darauf abgesehen, sie zu verraten? »Du arbeitest für diesen Menschen? Das schlägt doch dem Fass den Boden aus!«

»Man kann es sich nicht immer aussuchen.« Er zuckte die Achseln. »Es ist doch gleichgültig, für wen ich arbeite, solange man mich gut bezahlt.«

»Er schuldet mir Geld, viel Geld. Er hat die Entschädigung unterschlagen, die die Reederei mir hätte zahlen sollen.«

Logan pfiff. »Hat er das? Ich hatte keine Ahnung.«

»Ich könnte dir ja die Rechnung vorlegen, und du lässt mich durch sein hiesiges Büro auszahlen«, schlug sie vor, doch er schüttelte den Kopf. »Komm schon, Sibell, du weißt, dass das nicht möglich ist. Setz ihm nur weiter wegen des Geldes zu.«

»Das tue ich bereits«, entgegnete sie. »Aber er antwortet nie.«

»Ich sehe, was ich ausrichten kann, wenn ich nach Perth zurückkehre.«

»Würdest du das für mich tun?«

»Ja, es wäre mir ein Vergnügen. Aber was machst du im Augenblick? Wo sind deine Freunde?«

»Zack und Cliff sind fortgeritten, um Rinder zu verkaufen. Ich habe beschlossen, einige Tage hierzubleiben.«

»Was für ein glücklicher Zufall. Eigentlich wollte ich ja heute Nachmittag schon zurückreiten, aber das muss nicht sein. Also haben wir einen Nachmittag für uns. Hältst du es noch eine Weile in meiner Gesellschaft aus?«

»Ich glaube schon«, erwiderte sie, wobei sie sich Mühe gab, ihre Freude zu verbergen.

»Warum gehen wir nicht am Fluss spazieren. Diesmal ein richtiger Spaziergang. Nach dieser mörderischen Wanderung am Strand entlang und noch dazu fast ohne Essen haben wir meiner Meinung nach einen zweiten Versuch verdient.«

»Wie?«

»Wir nehmen einen Picknickkorb mit. Und Wein. Nur das Allerbeste. Und dann veranstalten wir ein Nachmittagspicknick und beobachten den Sonnenuntergang.«

Seine Begeisterung war ansteckend. Warum auch nicht?, dachte sie. Es würde amüsant werden. Und obwohl die Frage nach Josie in der Luft lag, fühlte sie sich in Logans Gegenwart wohl, ja, sogar glücklich, wie sie es schon immer geahnt hatte. Außerdem spürte sie auch einen Anflug von Trotz. Es geschah Josie ganz recht. Sie hatte kein Recht auf ihn; er hatte sie ja nicht einmal erwähnt.

»Nun!«, rief Logan aus. »Deine Mrs. Stirling hat sich selbst übertroffen. Das war der beste Kuchen, den ich seit Jahren gegessen habe.« Er streckte sich auf der Decke aus. »Schenkst du mir noch ein Glas Wein ein, Sibell? Er ist gar nicht so schlecht.«

Sie lachte. »Wenn man bedenkt, dass Kate nur etwa ein halbes Dutzend Flaschen auf Lager hat. Der Weinkeller auf der Farm ist um einiges besser ausgestattet.«

»Diese Farm muss ja das reinste Paradies sein. Lädst du mich einmal ein?«

»Du bist immer willkommen«, antwortete sie mit einem Lächeln. Inzwischen fühlte sie sich glücklich und völlig entspannt, so gut wie schon seit Langem nicht mehr. Logan verstand.

»Ich könnte die Goldlieferungen in Zukunft immer selbst begleiten«, schlug er vor. »An jedem Monatsende. Die Polizei bewacht die Ladung auf dem Weg von hier nach Idle Creek und von dort aus nach Palmerston. Ich glaube, Idle Creek liegt als Treffpunkt am nächsten bei der Farm. Kennst du die Stelle?«

»Ja, es ist ein Platz mitten in der Wildnis.«

Sibell war mit bloßen Füßen im seichten Wasser am Ufer gewatet. Nun streckte er die Hand aus und streichelte ihren nackten Knöchel. Sie erschauderte. »Wir könnten uns in Idle Creek treffen«, sagte er. »Würde dir das gefallen?«

Sie wusste, wie die Frage wirklich lautete: Gefiel es ihr, wenn er ihren Knöchel streichelte und seine Hand sanft über ihr Bein gleiten ließ? Sie nickte.

Es schien so selbstverständlich, unvermeidlich, dass sie näher zusammenrückten und er auf sie hinunterblickte. Er nahm eine Strähne ihres Haars und wickelte sie um seinen Finger. Auf einen Ellenbogen gestützt lag er neben ihr. »Dein Haar ist wunderschön«, flüsterte er und strich mit dem Finger über ihre Lippen. »Nein, das stimmt nicht, du bist schön, Sibell.«

Dann küsste er sie, und Sibell fühlte, dass all ihre Tagträume Wirklichkeit geworden waren. Er fing an, ihr die Bluse aufzuknöpfen, doch sie nahm seine Hand und hielt sie fest. Sie hatte Angst, diesen Augenblick zu zerstören, aber sie musste es wissen. »Was ist mit Josie?«

»Du weißt von ihr?«, fragte er und fuhr fort, sie zu liebkosen.

»Sie hat mir aus Perth geschrieben. Sie schrieb, ihr beide wolltet nach Geraldton gehen.«

»Es hat nicht geklappt«, sagte er und küsste sie wieder. Seine Zunge drängte darauf, dass sie seinen Kuss erwiderte. Sibells Herz machte einen Sprung. Sie wandte sich zur Seite, nur ein klein wenig, und flüsterte ihm ins Ohr: »Das habe ich auch nicht angenommen.«

Was für ein wunderbarer Tag! Logan liebte sie, so sanft, so ruhig. Und da sie wusste, dass nichts in dieser stillen Lichtung sie stören konnte, gab sie sich der Lust seiner Umarmung hin, bis sie auf dem Höhepunkt der Erregung so wild aufschrie, dass es sie gleichzeitig überraschte und erfreute.

Später, nachdem er seine Lust gestillt hatte, hielt er sie in den

Armen, aber Sibell hatte noch nicht genug. Schließlich ließ er sich lachend auf den Rücken fallen. »Du hast mich völlig erschöpft. Schau, da oben steht der Abendstern.«

Sie blickte auf. »Wie die Sterne leuchten. Darf ich mir etwas wünschen?«

»Das ist so üblich.«

»Dann wünsche ich mir … dass du mich noch einmal liebst.«

»Sibell! Du bist unersättlich!«

»Ist das schlimm?«

»Nein, es ist wunderbar. Aber wir gehen besser zurück.«

Sie tanzte vor Glück, als sie zur Stadt zurückspazierten. Sie dachte sich alle möglichen Pläne für eine gemeinsame Zukunft aus. Dabei hoffte sie, dass er seine Pläne ändern und noch ein paar Tage in Pine Creek bleiben würde.

Was Logan anbelangte, hatte er mit seiner Aussage über Josie die Sache auf den Punkt gebracht. Er hatte gesagt, dass es nicht geklappt hatte – wenn auch, ohne seine Ehe zu erwähnen –, und inzwischen war er sich sicher, dass das auch den Tatsachen entsprach. Die Ehe war ein Irrtum gewesen, war gescheitert. Josie beklagte sich zu viel, eigentlich konnte man es eher jammern nennen. Selbstverständlich war sie in Katherine nicht auf Rosen gebettet, aber das ließ sich zurzeit nicht ändern. Auch er musste sich mit vielen Unbequemlichkeiten abfinden. Ihr ging es doch auch nicht anders als all den anderen Frauen in der Siedlung. Sie arbeiteten, sie lachten, und sie hatten Spaß am Leben. Trotz aller Plackerei waren sie fröhlich und versuchten, das Beste aus den Umständen zu machen.

Aber Sibell! Mit ihr war es etwas anderes! Sie ähnelte in vieler Hinsicht einer Katze: geschmeidig, sinnlich und erregend. Und wie eine Katze fiel Sibell immer auf die Füße. Auf typisch weibliche Art hatte sie sich darüber beschwert, nach dem Schiffbruch bei Gilberts leben zu müssen, aber sie hatte gut gelebt. Und jetzt wohnte sie behütet auf einer Farm und wurde wie eine Prinzessin behandelt. Das Mädchen, das er halb ertrunken am Strand aufgesammelt hatte, hatte sich in eine elegante Dame verwandelt, die außerdem noch atemberaubend schön war.

Mittlerweile wusste Logan, dass Sibell sich in ihn verliebt hatte, und er war verrückt nach ihr. Er musste sie einfach haben.

Doch wie sollte er sich von Josie befreien? Sie vermisste Ned; er sollte sie nach Perth zurückschicken. Warum nicht? Dem konnte sie doch schlecht widersprechen. Und dann konnte er die Scheidung in die Wege leiten. Er nahm Sibell beim Arm und genoss die unverhohlenen neidischen Blicke, mit denen die anderen Männer ihn bedachten.

Aber Logan hatte nicht nur Sibell, sondern auch seine Frau falsch eingeschätzt. Josie trug ihr Herz auf der Zunge. Das Jammern über Katherine war ihre Art, mit ihrer augenblicklichen Lage fertigzuwerden. Indem sie über alles, was sie störte, schimpfte, redete sie sich die Wut von der Seele. Und sie unterhielt sich auch mit den anderen Frauen, die sich, nachdem sie Logan eben noch beim Vorbeigehen fröhlich gegrüßt hatten, am Brunnen und an den Waschtrögen versammelten, um Katherine und ihre Ehemänner durch den Kakao zu ziehen. Sie beklagten sich ebensooft über ihre Männer wie Josie, um nicht den Verstand zu verlieren.

Josie lud keine Besucher in die hässliche Hütte ein, denn sie hatte es in ihren einsamen Jahren auf der Cambray-Farm nie gelernt, Gäste zu bewirten. Außerdem diente ein geselliger Abend den Männern nur als Vorwand, sich zu betrinken. Ihre Kraft schöpfte Josie aus ihrem ehrlichen Interesse an den Sitten und Gebräuchen der Aborigines. Gern unterhielt sie sich mit Broula und Tirrabah, und sie brachte ihnen mehr Englisch bei, damit sie ihr Geschichten erzählen konnten. So neugierig war sie auf das Leben der Eingeborenen, dass sie sogar einige Wörter ihrer Sprache lernte. Für Logan war das nur Zeitverschwendung, aber was bedeutete Zeit schon hier draußen?

Sie liebte Logan, sie liebte ihn so sehr, dass sie Jacks Selbstmord inzwischen verwunden hatte. Sie verbannte alle Selbstvorwürfe aus ihren Gedanken, da sie wusste, dass sie ihn früher oder später sowieso verlassen hätte. Und Ned … Zwar vermisste sie ihn, aber sie wusste, dass er in guten Händen war. In Perth war er besser aufgehoben als in Katherine, wo es nicht einmal eine Schule gab.

Allerdings schien Logan nicht zu bemerken, dass er sie zuweilen wütend machte. Er sah sich als gepeinigter Ehemann und schmollte oder trollte sich ins Wirtshaus, wenn sie etwas an ihm auszusetzen hatte.

Männer! Josie lächelte. Sie würde ihn etwas umgarnen müssen. Schließlich war es allein gar nicht so schlimm gewesen. Eigentlich sogar recht friedlich. Und nun freute sie sich darauf, dass er wieder nach Hause kam. Sie bestellte einen Rinderbraten und bezahlte eine Unsumme für ein wenig frisches Gemüse, um ihm ein Willkommensessen zu kochen. Auch die Goldgräberei würden sie überstehen, obwohl sie sich nie endgültig mit diesen Lebensumständen abfinden konnte. Katherine war die Hölle auf Erden, und das sprach sie auch deutlich aus. Josie hielt nicht viel davon, ihren Ärger hinunterzuschlucken. Das war in ihren Augen der beste Weg, ein Fußabstreifer anstelle einer Ehefrau zu werden.

Zack war erstaunt, Sibell bei seiner Rückkehr in so guter Stimmung vorzufinden. Fast geistesabwesend nahm sie Cliffs Entschuldigung an, schenkte dem so wenig Beachtung, dass Zack argwöhnisch wurde. Er hatte sie beide im Verdacht. Cliff hätte er durchaus einen zweiten Versuch zugetraut, obwohl er wohl das nächste Mal etwas vorsichtiger zu Werk gehen würde. Er versprühte bereits wieder seinen Charme.

Und Sibell … Er hatte sie zu Hause beobachtet, wo sie immer hilfsbereit war und sich alle erdenkliche Mühe gab. Doch sobald sie sich unbeobachtet glaubte, bröckelte diese Fassade. Dann saß sie mit verkrampften Händen und finsterem Gesicht da. Er hatte das gegenüber seiner Mutter erwähnt: »Sie macht mir Sorgen. Manchmal sieht sie so verspannt aus, wenn sie dasitzt und vorgibt, zu lesen. Ganz geduckt, als ob sie erwartet, jeden Moment vom Bücherregal erschlagen zu werden.«

»Das ist verständlich«, hatte Charlotte geantwortet. »Das Mädchen hat einen entsetzlichen Schock erlitten. Es genügt schon, wenn man seine Eltern auf solche Weise verliert, vom Schiffbruch ganz zu schweigen. Diese Dinge brauchen ihre Zeit. Du solltest netter zu ihr sein.«

Doch nun war sie wie verwandelt. Die Auseinandersetzung mit Cliff hatte gezeigt, dass dieses verkrampfte, nervöse Mädchen über eine ganze Menge Kampfesgeist verfügte, und die Tage mit Kate Stirling hatten sie offensichtlich aufgeheitert.

Als sie die Pferde sattelten, um Pine Creek zu verlassen, plauderte Sibell angeregt mit Kate Stirling und vergewisserte sich, dass sie nichts von ihren Einkäufen vergessen hatte. Der Revolver war sicher in einer Satteltasche verstaut. Cliffs gemeine Bemerkung schien sie vergessen zu haben.

Beim bloßen Gedanken daran stieg Zack Schamesröte in die Wangen. Dabei konnte er nicht einmal leugnen, dass er gesagt hatte, sie gehöre nicht hierher. Eine Erklärung hätte jedoch nur peinlich geklungen und die Sache noch verschlimmert.

Offenbar war es ihr völlig gleichgültig, und das versetzte ihm merkwürdigerweise einen noch größeren Stich, als wenn sie es sich zu Herzen genommen hätte.

»Sie sind ja fidel wie ein Fisch im Wasser«, sagte er zu ihr, und Kate lachte. »Der Frühling liegt in der Luft.«

»Seit wann?«, entgegnete Zack. Die Sonne stand bereits wie ein Feuerball über dem ausgedörrten Busch.

»Haben Sie denn nichts von Ihrem Besucher erzählt?«, nahm Kate Sibell auf den Arm. »Ein sehr stattlicher Gentleman hat ihr einen Besuch abgestattet.«

»Wer?«, fragte Zack überrascht.

»Ein Freund aus Perth«, antwortete Sibell zuckersüß. »Sie kennen ihn sowieso nicht.«

»Was tut er hier?«

»Er ist Verwalter einer Goldbergwerksgesellschaft«, antwortete sie leichthin. »Ich habe ihn auf die Farm eingeladen. Sie haben doch nichts dagegen, oder?«

Zack zuckte die Achseln. »Warum sollte ich?« Kates spöttisches Grinsen ärgerte ihn. »Beeilen Sie sich, Sibell. Wir haben einen weiten Weg vor uns. Und setzen Sie bitte Ihren Hut auf.«

Die geringe Anziehungskraft, die Katherine bis dahin noch auf Logan ausgeübt hatte, war nun dahin, weshalb er sich um nichts anderes mehr kümmerte als um die Minen. Josie war zurzeit viel freundlicher. Oder vielleicht war auch er besserer Laune, weil ihm Sibell ständig im Kopf herumging. Er konnte sie einfach nicht vergessen.

»Ich habe mir etwas überlegt«, sagte er zu Josie. »Hier ist es viel zu unbequem für dich. Ich hätte nicht gedacht, dass es hier so hart ist.«

»Mach dir keine Vorwürfe, Logan. Ich wollte ja mitkommen«, antwortete sie. »Und es wird schließlich nicht ewig dauern.«

Er nickte nachdenklich. »Schon, aber es heißt, dass diese trockene Hitze noch schlimmer wird, und bis zur Regenzeit gibt es keine Abkühlung mehr. Und wenn es erst einmal so weit ist, sind wir monatelang von der Außenwelt abgeschnitten.«

»Wenn du vorhast, mich zu entmutigen, machst du deine Sache wirklich gut. Ich will gar nicht wissen, wie viel schlimmer es noch kommt. Ich versuche einfach nur, einen Tag nach dem anderen zu überstehen.«

»Das mag schon sein«, meinte er. »Aber dieses Klima ist für Frauen eine große Belastung. Ich dachte mir, dass du vielleicht für eine Weile nach Perth fahren willst.«

»Nach Perth?«, wiederholte sie. »Ist das dein Ernst? Vergiss nicht, ich gelte als Ehebrecherin. Die Leute dort waren kurz davor, mich auf dem Scheiterhaufen zu verbrennen. Wenn ich allein zurückkomme, würden sie sich ins Fäustchen lachen.«

»An deiner Stelle würde ich mich nicht davon beirren lassen ...«

»Nein, Logan. Ich bin nicht stark genug, mutterseelenallein diesen Menschen gegenüberzutreten. Ich bleibe hier.«

»Aber du hasst es.«

Josie küsste ihn auf die Stirn. »Mach dir keine Sorgen.«

Den Skandal in Perth hatte Logan ganz vergessen. Aber jetzt war sie doch eine verheiratete Frau und musste sich um den Klatsch nicht mehr kümmern. »Was ist mit Ned?«, fragte er.

»Für Ned ist gesorgt«, antwortete sie. »Alles zu seiner Zeit. Aber warum willst du mich so plötzlich nach Perth schicken?«

»Weil du in Zukunft wahrscheinlich noch mehr allein sein wirst. Ich muss jetzt öfter hinaus. Eine der Minen wird geschlossen, und eine weitere ist schon fast ausgebeutet. Deshalb will ich mich auf eigene Faust auf die Goldsuche machen.«

Verwundert sah sie ihn an. »Goldsuche? Auf eigene Rechnung oder für die Gilbert-Gesellschaft?«

»Auf eigene Rechnung.« Dieser Gedanke war ihm gerade erst

gekommen. Die Goldsuche würde ihm einen guten Vorwand liefern, sich mit Sibell zu treffen. Und von nun an wollte er das Gold selbst aus Katherine fortschaffen.

»Das kommt mir falsch vor«, widersprach Josie, »in der Zeit, wo du bezahlt wirst, auf eigene Rechnung Gold zu suchen.«

»An manchen Samstagen habe ich schon ein wenig gebuddelt«, sagte er und erwärmte sich allmählich für dieses Thema. »Doch in der näheren Umgebung ist alles bereits durchwühlt. Also muss ich im weiteren Umkreis suchen.«

»Darum geht es nicht. In deinem Vertrag steht zwar, dass du nach Gold suchen kannst, aber nur im Namen der Gesellschaft. Wenn du auf eigene Faust suchst, brichst du den Vertrag.«

»Zum Teufel mit dem Vertrag. Wenn ich Gold finde, brauche ich ihn nicht mehr. Soll Percy Gilbert doch kommen und seine Minen selbst überwachen. Der wird schon sehen, wie ihm das gefällt.«

Logan war sich völlig sicher gewesen, dass Josie die Gelegenheit, Katherine zu verlassen, sofort beim Schopf packen würde. Nun war er enttäuscht. Also würde er sich einen anderen Grund einfallen lassen müssen, damit sie abreiste, ohne einen Streit heraufzubeschwören.

Doch dann arbeitete die Natur zu seinen Gunsten. Die sengende Hitze und die heißen Wüstenwinde ließen einen hohen Baum in Flammen aufgehen, und bald brannte der Busch rund um Katherine lichterloh. Da die Einwohner nicht über die Ausrüstung verfügten, um das Feuer zu bekämpfen, mussten sie hilflos zusehen, wie es sich wie eine knisternde, orangefarbene Wand auf die kleine Stadt zubewegte.

Am Stadtrand von Katherine hielten Männer, Frauen und Kinder die Stellung. Sie bildeten eine Eimerkette, um Wasser von der Quelle herbeizuschaffen. Vor die Gesichter hatten sie zum Schutz gegen den erstickenden Qualm feuchte Tücher gebunden. Sie fällten Bäume, um Schneisen gegen das Feuer zu errichten, und schlugen mit nassen Lumpen, die in Sekundenschnelle trockneten, auf die Flammen im Unterholz ein. Andere wiederum kämpften mit Matten, Decken und allem, was sie in die Hände bekommen konnten.

Glücklicherweise legte sich der Wind, und die kahlgeschlagene Umgebung der Minen trug dazu bei, dass das Feuer vor dem Stadtkern abdrehte. Das hässliche Wirtshaus, der Laden der Pinwells, das Polizeirevier, das Telegraphenamt und ein paar Hütten, die dicht daneben standen, waren gerettet. Doch die Zelte und Häuschen am Stadtrand – auch das der Conals – waren nur noch geschwärzte Ruinen.

Erschöpft, teilnahmslos und mit ascheverschmierten Kleidern saß Josie auf der Treppe vor dem Wirtshaus und bemühte sich, möglichst wenig von dem Rauch einzuatmen, der wie dichter Nebel über der Stadt hing. Über allem lag ein bedrohliches Schweigen.

Drei Männer und ein junger Bursche waren von den Flammen eingeschlossen worden und umgekommen, aber Logan, der mit ihnen draußen gewesen war, hatte überlebt.

Eine Frau brachte einen Krug mit warmem Wasser zu der Menschengruppe, die sich vor dem Postamt ausruhte, und Josie nahm die Erfrischung gern an. Ihr Mund war ausgetrocknet, ihre Augen brannten, und sie hatte immer noch den stechenden Geruch von verkohltem Eukalyptus in der Nase.

Was jetzt?, dachte sie. Meine Kleider, das wenige, was ich auf dieser Welt noch besitze … alles fort. Doch weiter in die Zukunft zu denken, war eine zu große Anstrengung. Also saß sie nur da und wartete, bis Logan kam, um sie abzuholen.

Ein Kind spielte mit einem Zelthering, und Josie lächelte traurig. Das bin ich, dachte sie. Ein kleiner, eckiger Hering, auf den immer wieder mit dem Hammer eingeschlagen wird. Nun bin ich nur noch ein kleines Pünktchen, ein Niemand in diesem endlosen Land, wo alles so riesengroß ist, so unbeschreiblich groß, verglichen mit dem Rest der Welt.

Vielleicht sollten wir nach England zurückkehren. Packen und nach Hause fahren, wo alles grün ist und das Licht viel weicher leuchtet. Wo es kalte, bitterkalte Winter gibt. O Gott, was hätte sie nicht für einen kalten Tag gegeben. Sie beobachtete das Gesicht der alten Frau, die neben ihr saß, und sie beobachtete, wie ihr der Schweiß in weißen Bächen die schmutzigen Wangen hinablief. Wahrscheinlich sah sie ebenso entsetzlich aus – doch wen kümmerte das?

Die Männer hielten eine große Versammlung ab und beschlossen, dass die Frauen und Kinder, die durch das Feuer obdachlos geworden waren, nach Palmerston übersiedeln sollten. Der Vorrat an Zeltbahnen ging zur Neige, und außerdem war es nicht sinnvoll, das verbrannte Land wieder zu besiedeln, ehe es sich in der Regenzeit erholt hatte.

»Wir könnten weiter im Süden ein Blockhaus bauen«, schlug Logan ohne große Begeisterung vor, während sie in der verkohlten Ruine ihres früheren Hauses herumwühlten, aber nichts fanden, was sich noch retten ließ. »Falls du wirklich bleiben willst.«

»Nein«, erwiderte Josie. »Ich gehe mit den anderen nach Palmerston. Wenigstens für eine Weile. Uns ist nichts geblieben, und ich muss alles neu anschaffen. Wir haben keine Kleider, kein Geschirr … überhaupt nichts.« Sie trat eine blecherne Backform beiseite. »Schau dir das an«, lachte sie. »Oft genug habe ich das Ding anbrennen lassen, aber das Feuer hat ihm den Rest gegeben.«

Überrascht hörte er sie lachen. »Ist mit dir alles in Ordnung?«

»Selbstverständlich. Guter Gott, Logan. Wir leben noch. Und wir sind nicht die Einzigen, die es erwischt hat. Wenigstens haben wir Geld. Viele der anderen Frauen, mit denen ich gesprochen habe, sind völlig mittellos. Ich gehe mit ihnen und sehe zu, was ich tun kann, um zu helfen.«

»Ich weiß nicht, was es in Palmerston alles zu kaufen gibt«, wandte er ein. »Am besten fährst du gleich weiter nach Perth.«

»Fang nicht wieder damit an«, fauchte sie. »Ich sagte dir schon, ich fahre nicht nach Perth. Wenn ich in Palmerston bleibe, kannst du mich besuchen, bis deine Arbeit hier getan ist. Ich werde dich vermissen«, sagte sie traurig, »aber ich finde wirklich, dass das die beste Lösung ist.«

»Aber wo willst du in Palmerston wohnen?«

»Schick deinem Agenten ein Telegramm und sag ihm, dass ich in die Stadt komme. Er soll mir ein Haus suchen. Schließlich kann er sich auch einmal nützlich machen. Du bist hier der Boss. Sag ihm, es ist dringend.«

Schließlich stimmte Logan zu. Das war wenigstens ein Anfang. Nun konnte er sich frei bewegen. Mrs. Pinwell hatte ihm ein Feldbett angeboten, und einige Männer planten bereits, einen Chinesen anzustellen und eine Gemeinschaftsküche zu eröffnen. Logan beschloss, sich ihnen anzuschließen und keinen eigenen Haushalt mehr zu führen. Was für eine Erlösung!

»Ich freue mich schon auf die Brise am Meer«, sagte Josie. »Bist du sicher, dass du nicht mitkommen kannst? Nicht einmal für eine Woche? Am Meer würde es dir gefallen.«

»Nichts wäre mir lieber«, log er, »aber ich kann im Augenblick einfach nicht weg.«

Josie küsste ihn. Armer Logan. Sie kam sich treulos vor, weil sie ihn hier zurückließ, aber sie hatte keine andere Wahl. Sie würde ein Haus in Palmerston suchen und Logan ein gemütliches Heim einrichten. Eines, das einem Mann in seiner Stellung angemessen war. Dann würde sie ihn ermutigen, öfter nach Palmerston zu kommen und Umgang mit anderen Geschäftsleuten zu pflegen. Wenn die Minen dann für die Weihnachtsferien schlossen, konnten sie die Feiertage gemeinsam verbringen und sich zur Abwechslung wieder einmal amüsieren.

Als sie nach Norden galoppierten, schwebte Sibell im siebten Himmel …

Flache, fast fächerförmige Ameisenhügel, die über zwei Meter hoch waren, standen wie ockerfarbene Grabsteine überall im Busch herum, und Sibell hörte aufmerksam zu, als Cliff erklärte, man könne sich nach ihnen richten wie nach einem Kompass.

»Sie sind alle gleich«, erzählte er ihr. »Und weisen immer in die gleiche Richtung – von Norden nach Süden. Also wissen Sie immer, wo Sie gerade reiten.«

Ganz offensichtlich schenkte auch Zack ihr mehr Aufmerksamkeit, seit er von ihrem männlichen Besucher gehört hatte, und das bereitete ihr großes Vergnügen.

»Das Land ist inzwischen knochentrocken«, bemerkte er, während er neben ihr herritt. »Aber wenn Sie wissen, wo Sie suchen müssen, finden Sie auch Wasser. Dort unten zum Beispiel …« Er zeigte auf Schleifspuren, die über den Weg führten. Der Boden war so trocken, dass er zu Staub zerfallen war. »Das sind Emuspuren, und die führen zum Wasser.« Er ritt einen kleinen Umweg, um ihr zu zeigen, dass er sich nicht geirrt hatte. Als sie vorbeikamen, flogen Hunderte von kleinen Finken zwitschernd aus dem Busch auf.

»Auch sie sind ein gutes Zeichen. Diese kleinen Vögel können ohne Wasser nicht allzu weit fliegen. Selbst wenn es unter der Erde ist, warten sie darauf, dass Emus oder Kängurus die Wasserlöcher ausgraben. Sie können es riechen.«

»Da unten, würde ich sagen«, meinte Cliff geduldig, und Zack sprang vom Pferd, um den staubigen Hang hinabzusteigen. »Man muss die Stelle finden, wo es am tiefsten ist«, rief er Sibell zu und fing an, mit den Händen zu graben.

Selbstverständlich fand er Wasser. Wie ein Kind, das am Strand spielt, buddelte er, bis sich das Loch in eine große Pfütze verwandelt hatte. Dann ließ er sein Pferd trinken. »Für uns ist es ein bisschen zu schlammig«, bemerkte er. »Aber wir sind ja noch nicht am Verdursten.«

Das Zeitgefühl der beiden Männer kam Sibell merkwürdig vor. Einerseits konnten sie es nicht erwarten, zur Farm zurückzukommen, und andererseits schienen sie diese Umwege und Ruhepausen überhaupt nicht zu kümmern. Sie zählten die Reisezeit in Tagen, nicht in Stunden, und es gehörte zu ihrem Leben in der Wildnis, irgendwo draußen ihr Nachtlager aufzuschlagen. Sibell erinnerte sich an Maudies Worte, sie habe schon so oft im Freien geschlafen, dass sie Schlafzimmer als ziemlich beengend empfinde. Zwar war Sibell nicht so begeistert davon wie Maudie, aber sie hatte sich daran gewöhnt, dass die Brüder unbekümmert das Lager aufschlugen, eine schmackhafte Mahlzeit zubereiteten und ihr mit einer Decke und einem Moskitonetz ein bequemes Bett im weichen Gras herrichteten. Inzwischen kam ihr das einfache Lagerleben eher wie ein Urlaub als wie eine Notwendigkeit vor, und die beiden Männer waren sehr unterhaltsam. Später, als sie weiterritten, kehrten ihre Gedanken zu Logan zurück. Hoffentlich würde er sie zu einem Besuch bei den Minen von Katherine mitnehmen, denn dann müssten sie auch so zusammen reisen, Tag und Nacht – wie romantisch würde das sein!

Doch ihre Tagträume wurden jäh unterbrochen, als Zack plötzlich sein Pferd herumwarf, nach Merrys Zügeln griff und sie einige Meter zurückriss. Sibell stand mitten auf dem Weg. Zack und Cliff neben ihr hatten plötzlich ihre Gewehre in der Hand.

»Wenn Sie mit Ihrem Revolver umgehen können«, sagte Cliff, »ist jetzt der richtige Zeitpunkt gekommen.«

Sie wühlte in ihrer Satteltasche, kramte den Revolver hervor und lud ihn, wie Kate es ihr beigebracht hatte. »Was ist los?«

»Diese Lichtung«, erklärte Zack. »Die kommt mir komisch vor. Sie muss eben erst gerodet worden sein.«

»Und was ist so schlimm daran?«

»Sie ist zu frisch, und niemand hat sich dort niedergelassen. Die Schwarzen haben uns einen Hinterhalt gelegt. Reisende halten diese Stelle dann für einen guten Platz zum Zelten, weil es in der Nähe Wasser gibt.«

»Warum reiten wir dann nicht einfach drum herum?«, fragte Sibell.

»Weil sie wissen, dass wir da sind, wir aber keine Ahnung haben, wo sie sich befinden und wie viele es sind.«

Die Pferde, die die Gefahr rochen, waren still. Mit zuckenden Ohren warteten sie, bis sich etwas rührte. Das Schweigen im Busch war bedrohlich, und als Sibell prüfend die dünnen Bäume mit der weißen Rinde musterte, die sie wie eine feindliche Armee umgaben, spürte sie, wie Angst in ihr aufstieg.

»Fürchten Sie sich nicht«, beruhigte sie Zack. »Wir werden uns schon herausreden können.«

»Ich sehe niemanden«, flüsterte sie.

»Aber sie sind hier. Wahrscheinlich nur ein paar Taugenichtse, die sich aufspielen wollen.«

»Nein, stimmt nicht«, widersprach Cliff und hob sein Gewehr. »Schaut mal, was wir da drüben haben.«

»O nein!«, rief Zack aus, als zwei kräftige Schwarze mit riesigem, federbesetztem Kopfschmuck aus dem Schatten traten und ihre Speere auf sie richteten.

Ohne sich umzuwenden, flüsterte Zack Sibell zu: »Wenn ich ›los‹ sage, reiten Sie, als ob der Teufel hinter Ihnen her wäre. Immer geradeaus und nicht stehen bleiben. Die Sonne muss genau auf Ihren Rücken zeigen, dann reiten Sie in der richtigen Richtung.« Es schien eine Ewigkeit zu dauern, bis er sich an die beiden Aborigines wandte. »Ihr kommt doch vom Daly River!«, rief er. »Was habt ihr hier zu suchen?«

»Gewehre her!«, schrie einer der Männer.

»Kommt nicht infrage« erwiderte Zack. »Ich gebe euch Lebensmittel. In meinem Lager habe ich viele Vorräte.«

»Und viele weiße Männer«, schrie Cliff. »Ganz in der Nähe. Also benehmt euch.«

Der Sprecher der Aborigines grinste und winkte mit dem Arm. Sofort bewegte sich der Busch in seiner Umgebung. Obwohl Sibell niemanden sehen konnte, hörte sie doch das Geräusch von Schritten im Unterholz.

»Was gibst du mir für die Gewehre?«, fragte Zack auf einmal, und der Anführer zögerte überrascht. Er warf seinem Stammesbruder einen fragenden Blick zu. Doch Zack ließ nicht locker. »Wir reden«, rief er. »Die Männer reden und schließen einen Handel ab, die Frau geht.«

»Halten Sie Ihren Revolver gut fest«, sagte Cliff zu Sibell. »Und benützen Sie ihn, wenn es nötig ist.«

»Habt ihr mich verstanden?«, wiederholte Zack. »Die Frau geht.«

Achselzuckend schwenkte der Schwarze den Speer. Sibell war entlassen.

»Los!«, schrie Zack und versetzte Sibells Pferd einen Klaps auf den Rumpf. Merry ließ sich nicht weiter bitten und stürmte los wie beim Pferderennen.

Sibell hätte fast ihren Revolver fallen gelassen, so plötzlich setzte sich das Tier in Bewegung. Doch sie umklammerte die Zügel und bemühte sich, gleichzeitig das Pferd zu lenken und den Revolver einsatzbereit zu halten. Mit gesenktem Kopf raste das Pferd davon.

Lachend sah der Aborigine zu, wie Sibell die Flucht ergriff. Dann wandte er sich wieder den Verhandlungen zu.

»Ihr gebt die Gewehre her«, sagte er bestimmt.

»Bist du der Boss?«, fragte Zack, um Zeit zu gewinnen.

»Bin der große Boss.«

»Die Gewehre sind ohne Munition zu nichts nütze«, teilte Zack ihm mit und hob dabei ein Päckchen Patronen hoch. Gleichzeitig richtete er das Wort an Cliff. »Was meinst du? Sollten wir ihn und seinen Kumpanen einfach niederreiten?«

»Das ist das Sicherste«, stimmte Cliff zu. »Wahrscheinlich wollen die Schwarzen nicht unbedingt riskieren, ihre eigenen

Anführer mit dem Speer zu treffen.« Auch er nahm Patronen aus seinem Gewehr und warf eine nach der anderen auf die Lichtung. »Hier ist eure Munition.«

Um noch mehr Verwirrung zu stiften, öffnete Zack sein Päckchen und verstreute Patronen nach allen Seiten. Gleichzeitig nickte er Cliff zu.

Sie gruben ihren Pferden die Sporen in die Seiten und stürmten schießend los.

Zack erschoss den Anführer, und Cliffs Pferd stieß den anderen Schwarzen beiseite, während sie unter dem Speerhagel in den Busch galoppierten. Der Ritt durch das Unterholz war nicht leicht. Sie mussten verfaulte Baumstämme überwinden, die sich ihnen wie Barrieren in den Weg legten, und Bäume umrunden. Eine Horde schreiender Aborigines folgte ihnen auf den Fersen.

Als ob sie es vorher abgesprochen hätten, schlugen Zack und Cliff verschiedene Richtungen ein. Zack ritt ein ausgetrocknetes Flussbett entlang, wandte sich um und schoss auf zwei Schwarze, die plötzlich hinter ihm auftauchten. Mit einem Schrei fiel einer der Männer zu Boden, doch keiner seiner Stammesbrüder zeigte sich, obwohl einige Speere über Zacks Kopf hinwegsausten. Zack wusste, dass er sich seinen Verfolgern gegenüber im Nachteil befand, wenn er im Flussbett blieb, da sie von einer höhergelegenen Stelle ungehindert ihre Pfeile auf ihn abschießen konnten. Also versuchte er sein Glück und trieb sein Pferd die steile Böschung hinauf zur anderen Seite, auch wenn er wusste, dass er sich so ihrem Angriff aussetzte.

Rings um ihn prasselten trotz der Entfernung Speere zu Boden, und er vermutete, dass die Schwarzen Woomeras benutzten, damit ihre tödlichen Waffen weiter flogen. Wie durch ein Wunder gelang es ihm trotzdem, den Gipfel der Anhöhe zu erreichen, wo er vom Pferd sprang.

Er legte sich ins hohe Gras, ließ seinen Blick über das Flussbett schweifen und grinste. »Jetzt seid ihr dran!«, rief er. »Versucht es doch mal!«

Ein tapferer Schwarzer trat vor, legte an, und Zack erschoss ihn. Immer wieder schickte er gut gezielte Schüsse zum anderen Ufer hinüber. Als der Kampf seiner Ansicht nach vorbei war, machte er sich auf die Suche nach Cliff. Gleichzeitig betete er, dass Sibell vernünftig genug gewesen war, weiterzureiten.

Als er vorsichtig den Kamm entlangritt, zitterte sein Pferd vor Angst. Zack tätschelte es beruhigend, doch er hielt immer noch sein Gewehr bereit und spitzte die Ohren.

Nur selten unternahmen die Aborigines vom Daly River einen Vorstoß über die Grenzen ihres Gebiets hinaus. Sie gehörten zu den gefährlichsten Stämmen im Norden. Erst kürzlich hatten sie den Vorarbeiter und die Mannschaft eines japanischen Perlensuchers niedergemetzelt, die dumm genug gewesen waren, einige schwarze Frauen zu entführen. Außerdem schreckten sie auch nicht davor zurück, Weiße umzubringen, die auf der Suche nach Land, Gold oder Erz ihr Land durchquerten.

Vermutlich waren sie inzwischen dahintergekommen, dass sie mit Speeren nicht viel gegen Gewehre ausrichten konnten. Deswegen auch dieser Versuch, Feuerwaffen in die Hände zu bekommen. Zack beschloss, sofort nach seiner Rückkehr nach Black Wattle einige der Schwarzen, die auf der Farm lebten, zum Wachdienst einzuteilen. Sie sollten die Grenzen des Besitzes abschreiten und die Aborigines vom Daly River vertreiben. Schließlich musste etwas getan werden, um Leben und Gesundheit der Farmbewohner vor diesen Halunken zu beschützen. Zack war das Hemd näher als die Jacke. Schließlich war er für die Sicherheit der Familie verantwortlich.

Von weiteren Schwarzen war nichts zu sehen, aber er hörte ein Pferd wiehern. Sein eigenes Pferd spitzte die Ohren. Zack ließ es frei gehen, und ein ängstlicher Schauer überlief ihn, als er Cliffs Pferd entdeckte. Es stand verstört im Busch; die Zügel hingen locker herunter.

Er pfiff leise und wartete auf Cliffs Antwort, und als sich nichts rührte, untersuchte er das Pferd. Seine Flanken waren nass, was darauf hinwies, dass Cliff durch die Lagune geritten sein musste, die um diese Jahreszeit recht flach war. Also nahm er Cliffs Pferd beim Zügel und schlug die entsprechende Richtung ein.

Immer noch auf der Hut, band er die Pferde fest und ging zu Fuß zur Lagune hinunter. Wieder pfiff er, da er vermutete, dass sein Bruder sich hier irgendwo versteckt hielt. Dann fand er die

Spuren, die von der Lagune fortführten. Tiefe Spuren, die eines Pferdes … Nur ein Pferd; also waren die Schwarzen nicht so weit gekommen. Cliff musste ihnen entronnen sein.

Erleichtert atmete Zack auf, wandte sich um und ließ seinen Blick über die Lagune schweifen, die an dieser Stelle etwa eine Meile breit sein musste. Plötzlich entdeckte er etwas, und vor Schreck blieb er wie angewurzelt stehen. Entsetzt rief er nach Cliff, sah sich hilfesuchend um. Das konnte doch nicht sein; seine Augen mussten ihn getäuscht haben! Dann rannte er los, watete, so schnell er konnte, durch das schlammige Wasser auf Cliff zu. Zuerst hielt er es für ein großes Stück Treibholz da draußen auf dem Wasser. Einen nackten, glatten Zweig, der aus dem Meer ragte.

Aber es war kein Zweig, sondern ein Speer.

Er fand seinen Bruder in der Lagune liegen. Der Speer steckte in seinem Rücken. Er setzte sich neben Cliff ins Wasser, nahm ihn in die Arme und weinte.

Sibell hatte zu große Angst, um abzusteigen. Inzwischen war sie am Ufer eines großen Flusses angekommen. Welchen Flusses? Sie hatte nicht die leiseste Ahnung. Da das Land für sie überall gleich aussah, hatte sie keinerlei Anhaltspunkte. Die Bäume sahen alle gleich aus – Eukalyptus, Akazien, die merkwürdigen, kohlkopfförmigen Palmen –, und der Horizont bildete einen fast vollkommenen Halbkreis, der mit den Baumwipfeln abschloss. Selbst die Ameisenhügel schienen sie zu verspotten; sie standen herum wie gespenstische Grabmäler, die so groß waren, dass sich ein Angreifer hinter ihnen verstecken konnte.

Was hatte Cliff gesagt? Man konnte sie wie einen Kompass benutzen, denn sie zeigten dem Reiter die Richtung von Nord nach Süd. Aber was nützte ihr das jetzt? In welche Richtung sollte sie sich jetzt wenden?

Sibell hatte sich verirrt. In ihrer Angst hatte sie ihrem Pferd freien Lauf gelassen, und das Tier war, wie von Furien gejagt, in die Wildnis galoppiert. Und als Merry endlich in einen langsameren Trott gefallen war, hatte Sibell sich von ihrem gleichmäßigen, sicheren Schritt einlullen lassen.

Und nun war da dieser Fluss. In all der Aufregung hatte ihr

niemand gesagt, wie weit sie reiten sollte, und wahrscheinlich gingen Zack und Cliff nun davon aus, dass Sibell irgendwo am Weg auf sie warten würde. Sicherlich waren sie jetzt furchtbar böse auf sie. Sie hätte einen kühlen Kopf bewahren müssen, anstatt davonzupreschen. Inzwischen war der Streit mit den beiden Schwarzen bestimmt schon ausgestanden, und es kam Sibell übertrieben vor, dass sie sie fortgeschickt hatten.

Auf ihrem Ritt hatte sie jeden Augenblick damit gerechnet, dass sich teuflische Schwarze aus dem Busch auf sie stürzen würden, um sie zu packen und vom Pferd zu zerren. Aber jetzt war sie sich gar nicht mehr sicher, was in den letzten Minuten tatsächlich geschehen war. Sie konnte sich nur noch daran erinnern, dass die beiden Aborigines Gewehre gefordert hatten. Eigentlich waren es jämmerliche Gestalten gewesen, denn was konnten sie schon gegen zwei schwerbewaffnete Männer wie Zack und Cliff ausrichten? Die beiden waren mit riesigen Bowiemessern ausgerüstet und konnten ausgezeichnet mit dem Gewehr umgehen.

Nein. Im Augenblick schien es ihr, als sei sie selbst die Einzige, die bis zum Hals in Schwierigkeiten steckte. Sie wusste, dass sie eigentlich hätte zurückreiten sollen, aber wohin? Zack hatte ihr geraten, immer mit dem Rücken zur Sonne zu reiten. Hatte sie das getan? Vor lauter Angst stieg ihr ein Lachen in der Kehle auf. Das hätte er besser dem Pferd erzählen sollen.

Endlich beschloss sie, dass es wohl das Beste war, irgendwie nach Hause zu reiten und zu hoffen, dass die beiden nicht auf sie warteten. Sie konnte sich ihre wütenden Gesichter gut vorstellen, denn wahrscheinlich waren sie stundenlang vergebens im Busch herumgesessen, während sie, Sibell, bereits wohlbehalten in Black Wattle saß. Das hieß, falls sie den Heimweg überhaupt fand!

Maudie wäre so etwas selbstverständlich nie passiert. Sie wäre geblieben und hätte sich nie von Zack und Cliff fortschicken lassen. Und sie hätte, ohne mit der Wimper zu zucken, einen dieser Schwarzen erschossen. Sibell erinnerte sich, wie sie einmal mit Maudie ausgeritten war. Maudie hatte sie aufgefordert, mitzukommen, weil es etwas zu tun gab. Sie waren zum Viehhof geritten und neben einer hohen Konstruktion aus Holz abgestiegen. Mit der Hilfe zweier schwarzer Viehhirten hatte Maudie einen Stier eingefangen und ihn gefesselt. Vor Sibells Augen, die sich gefragt hatte, was da vor sich ging, hatte Maudie in aller Seelenruhe dem Stier die Kehle durchgeschnitten, dass das Blut in alle Richtungen spritzte.

Schreiend hatte Sibell die Flucht ergriffen. Und Maudie hatte sie später deshalb aufgezogen: »Es macht Ihnen doch nichts aus, Rindfleisch zu essen? Haben Sie etwa geglaubt, dass das Vieh die Steaks freiwillig herausrückt?«

»Du hättest sie warnen sollen«, hatte Charlotte getadelt, aber Maudie zeigte keine Spur von Reue. »Sie muss lernen, wie es auf einer Farm zugeht.«

Und während Sibell dasaß und den Fluss betrachtete, fragte sie sich, was Maudie wohl in ihrer Lage getan hätte.

Die Sonne ging allmählich unter, aber immer noch wärmte sie Sibells Rücken. Auch wenn sie sich verlaufen hatte, musste sie sich nur an die Anweisungen halten und weiter geradeaus reiten. Ja, und wahrscheinlich kommst du irgendwo in Westaustralien heraus, sagte sie sich wütend. Außerdem war da noch der Fluss, und der sah ziemlich breit und tief aus.

»Nun gut«, sagte sie sich. »Entweder untergehen oder schwimmen.« Mit diesen Worten lenkte sie das Pferd hinunter zum Ufer.

»Es heißt, Pferde können schwimmen«, hielt sie Merry vor, um sich Mut zu machen. »Hoffentlich trifft das auch auf dich zu.«

Vorsichtig ließ sie das Pferd vom flachen Ufer ins tiefere Wasser gehen. Schon bereute sie ihre Entscheidung – die Strömung war viel stärker als erwartet –, aber Merry warf sich in die Fluten. Als das Pferd zu schwimmen begann und durch das wunderbar kühle Wasser pflügte, klammerte sie sich wie berauscht von dieser neuen Erfahrung an den Rücken des Tieres. Allerdings meldete sich wieder die Angst, als sie die Mitte des Flusses erreichten; nun war es zu spät, um umzukehren. Aber Merry schwamm schnaubend und mit hocherhobenem Kopf weiter, und Sibell, die zu ihrer Verwunderung feststellte, dass sie immer noch keinen Boden unter den Füßen hatte, redete dem tapferen Pferd gut zu und lobte es. Endlich kletterte das Tier die steile Uferböschung hinauf, und Sibell stieß einen Freudenschrei aus. »Wir haben es geschafft! Das wird mir keiner glauben!«

Sibell stieg ab und führte das Pferd einige Zeit am Zügel, um sich zu trocknen, was in dieser Hitze nicht lange dauerte. Auf einmal entdeckte sie in der Ferne eine Rinderherde. Da sie sich immer noch vor Rindern fürchtete und Angst hatte, die Tiere könnten sie angreifen, stieg sie wieder in den Sattel und ritt näher heran, um sich die Brandzeichen zu besehen. Erleichtert erkannte sie die bekannten Buchstaben »NTH« – Northern Territoy Hamilton.

»Wenigstens sind wir jetzt auf unserem Besitz«, sagte sie zu Merry, »doch das bedeutet hier in diesem riesigen Land noch nicht viel.« Sie sah sich um: überall wildes, trockenes Gestrüpp, genauso wie auf der anderen Seite des Flusses. Kängurus grasten, friedliche Vögel saßen auf den Rücken der Rinder und pickten emsig, Hunderte von weißen Kakadus hockten nebeneinander auf den Zweigen der nahe gelegenen Bäume und kreischten lauthals, als ob sie Sibells Dilemma erörterten. »Ich geb's auf«, sagte Sibell zu ihrem Pferd. »Ich habe keine Ahnung, wo das Haus ist. Den Fluss hinunter oder hinauf.« Das Haus lag einige Meilen vom Fluss entfernt, der allerdings viele Windungen hatte. Auch wenn sie sich entschied, nach rechts oder nach links zu reiten, konnte sie das Haus verfehlen, und bald würde es dunkel sein. Hier draußen ging die Sonne unter wie ein Stein, eine Dämmerung gab es nicht.

Da Sibell sich fürchtete, in der Dunkelheit durch den Busch zu wandern, wo es von Schlangen und Dingos wimmelte, blieb sie auf dem Pferd sitzen. »Lauf nach Hause, Merry«, sagte sie. »Um Himmels willen, geh nach Hause.«

Es war leichter, dem Pferd die Verantwortung zu übertragen, und Sibell verlor jegliches Gefühl für Zeit und Entfernung, als das Tier weitertrabte. Sie war müde und litt entsetzlichen Durst. Vor lauter Staub fühlte sich ihr Mund rau an wie Sandpapier. Sie versuchte, an Logan zu denken, aber ihre Angst wurde dadurch noch größer. Die Angst, er würde sie nicht besuchen. Die Angst, er könnte zu Josie zurückkehren, wo immer sie auch sein mochte. Die Gedanken an Zack und Cliff, die inzwischen sicherlich schon wütend auf sie waren, schob sie beiseite.

Zack hatte recht: Sie gehörte nicht in diese Wildnis. Zack hatte immer recht und Maudie und die anderen auch! Wieder einmal war sie gefährlich nahe daran, aufzugeben, und fragte sich, warum sie überhaupt noch lebte. Völlig verwirrt spielte sie mit dem Gedanken, sich einfach aus dem harten Sattel gleiten zu lassen. Warum sollte sie nicht einfach auf dem harten Boden liegen bleiben, wo niemand sie finden würde? Doch selbst dazu war sie zu erschöpft, und das Pferd lief weiter. Allerdings wurde es langsamer, bewegte sich kaum noch voran. Auch das arme Tier musste nach all der Anstrengung müde sein.

Auf einmal bemerkte Sibell, dass das Pferd stehen geblieben war – wie lange schon, wusste sie nicht. Sie rieb sich den Staub aus den Augen und blickte in die Dunkelheit. Es dauerte eine Weile, bis sie entdeckte, was ihnen da den Weg versperrte. Ein Tor! Eines der Tore zur Farm! Merry schüttelte sich und stampfte ungeduldig mit den Hufen, als Sibell sich vorbeugte, nach dem Riegel tastete und sich dabei einen Holzsplitter einzog.

Das breite, niedrige Tor fühlte sich an, als wöge es eine Tonne, als sie es aufstieß. Geradewegs vor ihnen waren die lang ersehnten Lichter des Hauses zu sehen. Sibell ritt darauf zu.

Hunde bellten, und Reiter kamen ihr entgegen. »Sie haben das Tor offen gelassen!« schrie einer und trabte an ihr vorbei, um es zu schließen. Als er zurückkam, entschuldigte er sich: »Tut mir leid, Miss, ich habe Sie nicht gleich erkannt.«

Er ritt neben ihr her. »Ist mit Ihnen alles in Ordnung?« Es war Casey, Gott sei Dank, Casey! Sie war zu Hause.

Er packte Merry beim Zügel. »Wo sind Zack und Cliff?«

Sibell konnte keinen klaren Gedanken mehr fassen. Mit letzter Kraft deutete sie aufs Haus. »Dort«, murmelte sie. »Es tut mir leid.« Sie umklammerte seinen Arm. »Sagen Sie den beiden, dass es mir leidtut.«

»Mein Gott«, flüsterte er. »Was ist da draußen vorgefallen?«

Casey trug sie ins Haus, und man flößte ihr ein Glas Brandy ein. Dann aber musste sie alle ihre Fragen beantworten.

»Schwarze? Wo? Wie lange ist es her? Wie weit ist es? Sind Sie sicher, dass es Schwarze waren? Wie sind Sie entkommen? Haben Sie sich wirklich nicht einfach nur verirrt? Ist jemand verletzt?«

»Wahrscheinlich hat sie sich nur verirrt«, meinte Maudie. »Und die Jungen sind jetzt da draußen und suchen nach ihr.«

»Nein!«, beharrte Sibell. »Zugegeben, ich habe mich verirrt, aber es waren trotzdem Schwarze da. Sie wollten Gewehre.« Sie zermarterte sich das Hirn nach einem Beweis. »Vom Daly River hat Cliff gesagt. Oder vielleicht war es Zack.«

Auf einmal war sie allein. Jeder Knochen im Leibe schmerzte ihr, als sie sich auf die Veranda schleppte. Draußen schrie alles durcheinander. Die Alarmglocke wurde geläutet. Männer holten Pferde aus dem Pferch und sattelten sie. An den Ställen baumelten Laternen, und mitten aus diesem Durcheinander galoppierte ein Trupp Reiter, geführt von Maudie, am Haus vorbei und in die Nacht hinaus.

Als sie den Pfad entlangpreschten, stand der Mond hoch am Himmel und tauchte den Busch in ein silbriges Licht. Der staubige Boden dämpfte das Hufgetrappel, wodurch diese Verfolgungsjagd etwas Unwirkliches bekam. Maudie fühlte sich wie in einem bösen Traum. Ihr Mann steckte irgendwo dort draußen in Schwierigkeiten, und Charlotte lag im Haus. Sie fürchtete sich vor der Zukunft. Am heutigen Tag hätten sie zurückkommen sollen, doch niemand wusste, welchen Weg sie gewählt hatten. Sibell war keine Hilfe gewesen. Sie hatte nur sagen können, dass sie am Nachmittag von den Schwarzen überfallen worden waren. Sie seien über Pine Creek und nicht direkt von Katherine aus nach Hause geritten.

Hätte Maudie das schon letzte Nacht gewusst, hätte sie Reiter nach Pine Creek geschickt. Doch nun konnte sie sich nur an die Spuren der Pferdewagen halten und hoffen, die Männer unterwegs zu finden. Diese Spuren verliefen notwendigerweise um den Besitz der Hamiltons, weshalb Reiter sie auf gerader Strecke oft benutzten, um leichter voranzukommen. Allerdings kürzten sie die Kurven ab, damit sie sich Zeit sparten. Nach Maudies Schätzungen konnten sich Cliff und Zack nur etwa drei Stunden von Black Wattle entfernt befinden, und wenn sie sie nicht bald entdeckte, würden die Männer ausschwärmen müssen, um die Suche auf ein weiteres Gebiet auszudehnen.

Immer wieder schoss sie mit dem Gewehr in die Luft, doch

nichts rührte sich. Also ritt sie weiter und lud dabei ihr Gewehr nach. »Wo, zum Teufel, stecken sie?«, fragte sie Casey wohl zum zehntenmal.

»Wir werden sie schon finden«, meinte dieser mit finsterem Gesicht und rief den Männern zu, sie sollten aufschließen.

Maudie wusste, warum. Wenn Sibell recht hatte, schlichen diese verdammten Schwarzen vom Daly River immer noch hier in der Gegend herum, und sie mussten sich vorsehen. Mit zusammengebissenen Zähnen hielt sie das Gewehr im Anschlag und folgte weiter dem gewundenen Pfad. Ein Fluch musste auf Black Wattle liegen, sonst wäre das alles nicht geschehen.

Gestern Abend. Es schien eine Ewigkeit her zu sein. Alles war in Ordnung gewesen, sie hatte alles im Griff gehabt. Den Nachmittag hatte sie damit verbracht, Wesley auf der kleinen Stute, die sie für ihn abgerichtet hatte, das Reiten beizubringen. Sie freute sich, dass Cliff für einige Tage fort war, sodass er sich nicht einmischen konnte. Männer waren zu ungeduldig, zu rau und sie erwarteten zu viel von kleinen Kindern. Maudie erinnerte sich daran, wie ihr Vater ihr das Reiten beigebracht hatte. Ständig hatte er sie angeschrien, ihr gedroht und dem Pferd einen Klaps versetzt, damit es galoppierte. Wenn sie hinunterfiel, hatte er gelacht. Und sein Schwimmunterricht hatte daraus bestanden, dass er sie einfach in einen Bach geworfen hatte. Als sie voller Angst um sich schlug, war sie mit dem Fuß an einer Schlingpflanze hängen geblieben. Ihre Mutter am Ufer hatte entsetzt aufgeschrien, war ihr nachgesprungen und hatte sie gerettet. Und was hatte ihr Vater getan? Er hatte sie mit einem Gürtel verprügelt, weil sie so ein Feigling war und ihre Mutter erschreckt hatte. Aber, bei Gott, inzwischen konnte sie reiten und dazu noch schwimmen wie ein Fisch. Der schönste Tag in ihrem Leben war gewesen, als sie Vater beim Buschrennen geschlagen hatte; der alte Herr hatte keine Chance gehabt.

Maudie wusste, dass sie nur ihren Erinnerungen nachhing, um die Angst zurückzudrängen. Sie neigte sonst nicht dazu, den Kopf zu verlieren, und auch jetzt würde sie sich nicht ins Bockshorn jagen lassen.

Letzte Nacht. Gerade als sie hatte zu Bett gehen wollen, hatte sie die Schreie gehört, die ihr wie ein Messer ins Herz drangen.

Selbst hier draußen gellten ihr Charlottes Hilferufe immer noch in den Ohren.

Vor dem Zubettgehen hatte sie noch kurz bei Charlotte hineingeschaut. »Du solltest nicht auf sein. Du gehörst ins Bett.«

Aber Charlotte hatte sie nur ausgelacht. »Im Bett stirbt man. Ich war gerade auf der Toilette. Die Nächte sind einfach zu lang. Wenn ich schon den ganzen Tag schlafe, kann ich nicht auch noch nachts im Bett liegen.«

»Du hast recht«, hatte Maudie, die noch nie im Leben krank gewesen war, ihr zugestimmt. In ihren Augen sah Charlotte recht gesund aus.

»Wo ist mein Vergrößerungsglas?«

»Hier.« Maudie nahm es vom Waschtisch und gab es Charlotte.

»Mein Gott! Ich versuche, ein bisschen zu lesen. Mir ist ja so langweilig. Morgen kommen die Jungen zurück, stimmt's?«

»Ja.«

»Geh nur schlafen, Maudie. Ich lege mich auch gleich wieder hin.«

Was hätte sie sonst tun sollen? Nichts.

Und dann waren die Schreie durch die Nacht gehallt. Maudie war losgerannt, gestolpert und hatte mit dem Türknopf von Charlottes Zimmertür gekämpft. Sie hatte sich gegen die Wand des Schreckens gestemmt, durch die Charlottes Schreie an ihr Ohr drangen. Charlotte stand da und brannte lichterloh! Eine menschliche Fackel!

Sofort wusste Maudie, was geschehen war. Sie griff nach dem nächstbesten Gegenstand, um die Flammen zu ersticken, das brennende Nachthemd, das brennende Haar. Keine Decken, nur Bettlaken. Sie packte den schweren Bettüberwurf, wickelte Charlotte darin ein und rollte sie am Boden hin und her. Sie schlug und trat die Flammen aus, roch das verbrannte Fleisch, sah das verkohlte Haar. Glücklicherweise hatten die Schreie aufgehört. Charlotte war bewusstlos.

Dann schickte sie zwei Reiter auf die Suche nach Dr. Brody, doch sie bezweifelte, dass er mehr würde ausrichten können als Sam Lim, der Salbe auf Streifen von Bettlaken strich und die arme Frau vorsichtig verband. Als Charlotte aufwachte und die

Schmerzen wieder einsetzten, träufelte er ihr Laudanum auf die versengten Lippen. »Oh, Charlotte«, klagte Maudie. »Warum hast du nur so eine Dummheit gemacht? Und das mit deinen schlechten Augen!«

Ihr Pferd war wie das aller anderen langsamer geworden. Ein Gewehrschuss erscholl und dann noch einer, aber immer noch keine Antwort, keiner rief ihnen zu, damit sie auf ihn zuhalten konnten. Nur der unheimlich finstere Busch, Tausende von Bäumen, die sie herausforderten, und dahinter noch unzählige mehr.

Wenn Charlotte nur nicht immer alles hätte allein machen wollen! Warum hatte sie niemanden um Hilfe bitten können?

Es war die Kerosinlampe gewesen. Zuerst hatte Maudie angenommen, sie habe sie umgeworfen und so ihr Nachthemd in Brand gesetzt, doch nachdem Charlotte versorgt war, hatte sie den wahren Grund entdeckt. Die Kerosinflasche stand nicht an ihrem Platz, sondern auf dem Waschtisch. Charlotte musste beschlossen haben, die Lampe selbst nachzufüllen, und hatte dabei offenbar etwas auf ihre Kleidung verschüttet. Deswegen hatte wahrscheinlich alles so lichterloh gebrannt. Da sie halb blind war, hatte sie im Dämmerlicht vermutlich gar nicht gesehen, dass sie etwas verschüttet hatte. Dann hatte sie ein Streichholz angezündet. Wachsstreichhölzer waren dafür bekannt, dass sie knisterten und Funken sprühten. Eines hatte gereicht. »Ach, aber sie hat ja schlechte Augen.«

»Was haben Sie gesagt?«, fragte Casey.

»Nichts«, antwortete Maudie. Wie lange ritten sie schon auf diesem Weg?

»Bald wird es hell«, meinte Casey, und Maudie nickte. Im Busch regte es sich. Kookaburras brachen, wie es ihr Recht war, das Schweigen mit ihrem Geschnatter, aber Maudie ärgerte sich über diese Störung. Sie brauchte die Stille, um auf ungewöhnliche Geräusche zu lauschen.

Sibell, die im plötzlich menschenleeren Haus allein zurückgeblieben war, wandte sich an Sam Lim. »Wo ist Mrs. Hamilton?«

Er hob die Hände, antwortete ihr auf Chinesisch und brach dann in wildes Schluchzen aus.

Sibell versuchte, einen klaren Kopf zu bekommen. Sie war

erschöpft, nicht mehr sicher auf den Beinen und verwirrt. Sie sorgte sich um Zack und Cliff, und dann fiel ihr ein, dass es Charlotte wahrscheinlich ebenso erging. Sie würde zu ihr gehen und ihr sagen, dass ihre Söhne bald zu Hause sein würden. O Gott, wenn sie den Heimweg gefunden hatte, würde es ihnen doch nicht schwerfallen. Leise klopfte sie an Charlottes Tür, aber Netta kam heraus und lege den Finger an die Lippen. »Wecken Sie die Missus nicht auf.«

»Es tut mir leid.« Sibell zog sich zurück.

»Missus schwer verletzt«, sagte Netta.

»Was? Was ist geschehen? Hatte sie wieder einen Anfall?«

Netta sah sie aus traurigen Augen an. »Die Missus ist schwer verbrannt. Angezündet.«

Sie gestattete Sibell, auf Zehenspitzen ins Zimmer zu schleichen, wo sie Charlotte reglos unter einem dicken Federbett liegen sah. Ihr Kopf war mit Verbänden umwickelt.

Sibell wurde schwindelig, und Netta hielt sie mit starken Armen fest. Mit zitternden Knien wurde sie in ihr Zimmer geführt. Sibell bemerkte, dass Polly ihr half. Polly zog ihr die Stiefel aus, und dann legten die beiden schwarzen Mädchen sie ins Bett, ohne sich die Mühe zu machen, ihr die schmutzigen Kleider auszuziehen. Sibell ließ sich in die Kissen sinken und zudecken. Sie war zu müde, um noch weiter nachzudenken.

»Sie schlafen jetzt«, flüsterte Polly in demselben Tonfall, den sie sonst gegenüber Wesley an den Tag legte.

Ängstlich und verstört ging Sam Lim wieder in seine Küche. Schüchtern sah Netta von der Tür aus zu, wie er ein Räucherstäbchen nahm, es anzündete und es vor einen Strauß aus Buschorchideen stellte.

»Was ist das?«, fragte sie. Er senkte traurig den Kopf. »Missus braucht jetzt guten Duft, denn sie kommt bald in den Himmel. Sam Lim betet, dass sie eine gute Reise hat.«

Netta kam durch den Raum und nahm noch ein Räucherstäbchen. Er ließ zu, dass sie es anzündete, und freute sich, dass sie den nötigen Respekt zeigte. Aber über das Gebet, das sie unter Tränen sprach, war er doch erstaunt. »Zwei Leute gehen in den Himmel«, sagte sie. »Die arme Missus war immer so gut. Sie soll nicht allein gehen.«

»Wer ist der Zweite«, fragte er und glaubte, dass sie den Sinn der Zeremonie missverstanden hatte. Doch sie wich mit schreckgeweiteten Augen zurück. »Es ist schlecht, den Namen eines Toten auszusprechen.« Und mit diesen Worten verschwand sie.

Entgeistert blickte er ihr nach. Aus der Ferne hörte er das Wimmern eines Didgeridoo, und ihm fiel wieder ein, dass die Schwarzen auf der Farm über ihr »Weinen« gesprochen hatten. Inzwischen war er lange genug in diesem Land, um zu verstehen, dass die Aborigines über tiefe und unergründliche Quellen des Wissens verfügten. Zwar rangierten sie nach Sam Lims Vorstellung niedriger als die Chinesen, aber er fürchtete sich trotzdem vor ihrem Zauber. Also schimpfte und tobte er gegen die Europäer, doch hütete er sich stets, keinen Schwarzen gegen sich aufzubringen. Er hatte miterlebt, wie Männer nach einer Knochenzeremonie starben. Im Augenblick, so wusste er, weinten sie nicht um die Missus. Das kam später. Wer also war gestorben?

Zack hüllte die Leiche seines Bruders in eine Satteldecke und setzte sich mit überkreuzten Beinen neben ihn. »Warum jetzt?«, stöhnte er. »Wo wir es fast geschafft haben.« Er erzählte Cliff von dem ersten Viehtrieb, als sie ihre erste Herde von sechshundert Stück den ganzen Weg von Queensland hergetrieben hatten. Er war einundzwanzig gewesen und Cliff achtzehn, nur junge Burschen, aber Charlotte hatte ihnen vertraut, und sie waren erfolgreich gewesen. Sechs Monate auf dem gefährlichsten Weg des ganzen Landes.

Und dann die Farm. »Mein Gott! Erinnerst du dich, wie die verdammte Farm damals aussah? Nur Wildnis … Die Zäune waren von Termiten zerfressen, und uns ist die Hälfte der Männer davongelaufen, weil wir alles auf einmal tun wollten. Und die verdammten Schwarzen, die uns das Leben zur Hölle gemacht haben.«

Er schüttelte den Kopf. »Nach den ersten entsetzlichen Jahren war ich bereit aufzugeben. Am liebsten hätte ich das ganze verdammte Land den Schwarzen geschenkt! Aber du hast mir geholfen, durchzuhalten. Jeder glaubte, dass ich es war, Zack, der große Bruder, der Boss! Was hast du damals gesagt? ›Wir schaffen es, alter Junge! Überleben heißt siegen.‹«

Zack fing wieder an zu weinen, aber er schämte sich seiner Tränen nicht. »Warum hast du dich jetzt nur umbringen lassen?«

Doch nach einiger Zeit tätschelte er die Schulter seines Bruders. »Du brauchst dir keine Sorgen zu machen, alter Junge. Ich kümmere mich um Maudie und das Kind. Deine Arbeit war nicht umsonst, und ich werde sie weiterführen«, versprach er. »Und deiner Familie wird immer die Hälfte gehören. Nie werden sie etwas entbehren. Und ich schicke den Jungen ins Internat nach Adelaide, genau wie du es immer gewollt hast …«

Als die erste Morgenröte am Himmel stand, erhob er sich, zündete eine Zigarette an und lauschte dem Gezirpe der kleinen geschäftigen Vögel, die munter zwitschernd den Tag ankündigten. Verzweifelt dachte er daran, dass Cliff sie niemals wieder hören würde. Als der Suchtrupp über die Lagune galoppiert kam, stand er immer noch so da. Er fühlte sich gestört von dem Lärm, den die Männer verursachten, ihrem Geschrei, ja selbst von Maudies Weinen, weil diese Geräusche in die Gedanken eindrangen, die er mit seinem Bruder teilte. Seine Antworten auf die Fragen, mit denen sie ihn überschütteten, waren kurz, brüsk und fast unbeteiligt.

Sie hoben Cliffs Leiche auf sein Pferd, um sie nach Hause zu bringen, während Casey, erschüttert von Maudies Leid, Rache schwor. »Machen Sie sich keine Sorgen, Maudie. Wir schnappen uns die Mistkerle. Sobald es geht, stellen wir einen Trupp zusammen.«

»Macht es sofort!«, schrie sie. »Lasst sie nicht entkommen! Sie haben meinen Mann ermordet.«

»Sie hat recht«, sagte einer der Männer. »Ihr bringt Maudie und Cliff nach Hause, und wir verfolgen sie.«

Sie wandten sich an Zack »Wohin sind sie verschwunden? Jemand hat erzählt, sie wären vom Daly River gekommen. Wir folgen Ihnen, Boss.«

Sie nahmen an, dass Zack den Trupp anführen würde, doch er legte einen Arm um Maudie. »Wir reiten nach Hause, Maudie, wir alle.«

Sie schüttelte seinen Arm ab. »Nein! Ich bringe ihn nach Hause. Du suchst diese Schweinehunde, Zack. Finde sie und bring sie um.«

»Darüber sprechen wir später«, sagte er leise.

»Nein, das werden wir nicht!«, schrie sie. »Wie, zum Teufel, konntest du zulassen, dass so etwas geschieht? Er hat einen Speer in den Rücken bekommen! Wo bist du gewesen? Warum hast du dich nicht um ihn gekümmert?« Sie schrie ihn an, machte ihm Vorwürfe und schlug auf ihn ein. Er hielt ihr die Hände fest und übergab sie Casey. »Bringen Sie sie nach Hause«, sagte er. »Und das gilt für euch alle. Jeder Mann reitet zurück zur Farm.«

Von nah und fern kamen die Menschen zum Begräbnis von Charlotte Hamilton und ihres Sohnes Cliff.

Charlotte war in Zacks Armen gestorben. Glücklicherweise hatte sie nicht mehr erfahren, dass Cliff ihr in die Ewigkeit vorangegangen war.

Die Trauergäste kamen zu Pferd, in Kutschen und Karren und in hohen, geschlossenen deutschen Wagen: Goldgräber, Viehzüchter, Freunde aus Palmerston, Rinderhirten, Frauen in frisch gefärbten schwarzen Kleidern mit schüchternen Kindern und Körben voller hausgemachtem Proviant. Sie waren viele hundert Meilen gereist. Manche übernachteten im Haus, andere schlugen ihr Lager auf dem Grundstück auf.

Ein Missionar, Pastor Kreig, hielt den Gottesdienst ab, und Doktor Brody stimmte auf dem neuen Friedhof, den Zack selbst abgesteckt hatte, ein Kirchenlied an. Der Gottesacker lag auf dem östlichen Hügel und wurde von der Morgensonne beschienen. Dann begaben sich die Trauergäste in den Hof, um den Leichenschmaus einzunehmen. Die meisten Frauen blieben leise plaudernd am Tisch sitzen, oder sie besichtigten ehrfürchtig Charlottes berühmtes Wohnhaus. Nur wenige von ihnen hatten jemals dergleichen gesehen.

»Ein wunderschönes Haus«, pflichteten die abgearbeiteten Bäuerinnen einander bei. »Wie für eine Königin.« Und einige vergossen sogar noch mehr Tränen, da Charlotte nicht die Gelegenheit gehabt hatte, »sich wirklich daran zu freuen«.

Die anderen standen bei den Männern, die sich unter den tiefgrünen Akazienbäumen um die Särge versammelt hatten. Die Stimmung war gereizt.

Auch Maudie war dabei. In ihrem Sonntagsstaat, einem schwarzen Taftkleid mit Ballonärmeln und einem doppelt gerafften, bodenlangen Rock, unter dem ein ordentlicher Futtersaum hervorblitzte, war sie kaum wiederzuerkennen. Es war ein wunderschönes Kleid, das bei den Damen große Bewunderung fand, und wurde von einer schwarzen, gestärkten satingefütterten Haube vervollständigt. Doch Maudie hatte nicht die Zeit, sich mit Modefragen abzugeben. Sie hatte die Seidenblumen von der Haube abgerissen, und wenn Sibell nicht eingeschritten wäre, hätte sie dazu ihre Reitstiefel angezogen. Nun stand sie bei den Männern und trank reichlich mit Rum versetztes Ingwerbier aus einem Krug.

Die Tränen, die Maudie wegen des Mordes an ihrem Mann vergossen hatte, waren Tränen der Wut gewesen. Aber sie waren nun getrocknet. Sie unterhielt sich mit den Männern und stimmte ihnen bei, dass etwas unternommen werden musste. So verwandelte sich die Totenfeier in eine Zusammenkunft, in deren Verlauf verschiedene Redner Zack aufforderten, die Angelegenheit in die Hand zu nehmen.

Schließlich trat Zack vor und hob die Hände, um für Ruhe zu sorgen. »Niemand hier hat das Recht«, sagte er mit ruhiger Stimme, »mir zu sagen, was ich wegen des Todes meines Bruders tun soll.«

»Abgesehen von seiner Frau«, unterbrach Maudie wütend. Sie war sich sicher, dass die Männer auf ihrer Seite standen.

Zack warf ihr einen zornigen Blick zu und hätte ihr am liebsten befohlen, den Mund zu halten. Allerdings rechnete er sich aus, dass das die anderen noch mehr für sie einnehmen würde, und beschloss deshalb, nicht auf sie zu achten. »Ich sage es euch noch einmal: Es hat einen Kampf gegeben, und wir haben drei Schwarze oder sogar noch mehr erschossen. Dafür haben sie Cliff umgebracht. Drei für einen. Wahrscheinlich haben sie ihre Lektion gelernt … Ich will kein Blutvergießen mehr.«

»Wollen Sie damit sagen, dass Sie denen den Mord an Ihrem Bruder durchgehen lassen?«, schrie eine Stimme.

»Die anderen Schwarzen habe ich nie gesehen«, antwortete Zack. »Ich weiß nicht, wer sie sind. Selbst wenn wir sie bis zum Daly River verfolgen, wüssten wir deshalb noch lange nicht, wer genau für Cliffs Tod verantwortlich ist.«

»Wen kümmert das?«, brüllte ein anderer. »Wir sollten einen Trupp zusammenstellen und losreiten. Diese Schweinehunde verdienen eine Abreibung, die sie ihr Lebtag nicht vergessen.«

»Zack Hamilton«, rief eine Frau. »Wollen Sie etwa sagen, dass Sie diesen Überfall gutheißen? Wenn wir uns nicht rächen, wird keiner von uns hier mehr sicher sein.«

»Warum hören Sie mir nicht zu?«, schrie Zack wütend. »Wir haben uns gerächt. Mein Gott, Frau, wollen Sie einen Krieg anfangen? Niemand weiß, wie viele Stämme dort draußen, jenseits des Victoria River oder bis hinüber zu den Kimberleys umherziehen. Wenn wir wollen, dass Ruhe und Ordnung im Territory einzieht, müssen wir mit den Schwarzen Frieden schließen. Wir müssen ihnen genug Raum lassen, und wir dürfen sie nicht herausfordern.«

Ein Murren ging durch die Menge, und eine Stimme schrie: »Und Cliff hat sie wohl herausgefordert. Er hat doch nur die Dreckschweine abgeknallt, die ihm nach dem Leben trachteten?«

»Sie kümmern sich um Ihre Farm, Joe Buckley«, gab Zack zurück, »und ich kümmere mich um meine. Die Schwarzen wollten Gewehre. Aber sie haben keine bekommen und außerdem noch drei Männer verloren. Das nächstemal werden sie sich's überlegen.«

»Ja«, erwiderte Buckley. »Außerdem werden sie das nächstemal vorsichtiger sein, mehr nicht. Und was ist mit Maudie? Meiner Meinung nach hat sie mehr von einem Kerl in sich als Sie, Hamilton. Sie fasst die Schwarzen nicht mit Samthandschuhen an.«

An der allgemeinen Stimmung erkannte Zack, dass er im Begriff war, diese Auseinandersetzung zu verlieren. »Jeder Mann von Black Wattle, der sich einem Trupp anschließt, ist gefeuert«, rief er deshalb. »Und damit ist das Thema für mich erledigt.«

»Ganz im Gegenteil.« Ein hochgewachsener, grauhaariger Mann in makelloser, goldbetresster Polizeiuniform trat vor.

»Meine Damen und Herren, ich bin Colonei Puckering, der Polizeipräsident. Vielleicht kennen mich einige von Ihnen bereits. Zuerst einmal möchte ich mich bei der Familie Hamilton für mein Zuspätkommen entschuldigen. Ich bedauere es zutiefst, dass ich die Begräbnisfeier versäumt habe. Aber es war mir nicht möglich, früher zu kommen.« Da wegen seines Akzents und seines Redeschwalls nun alle Augen auf ihm ruhten, wandte er sich an Zack. »Mein Beileid spreche ich Ihnen später aus, Sir. Sicherlich werden Sie mir vergeben. Ich muss Ihnen leider sagen, dass Sie sich alle im Irrtum befinden. Mord ist und bleibt Mord. Ich werde diesen Fall untersuchen und gegebenenfalls weitere Maßnahmen ergreifen.«

Sein Kasernenhofton brachte alle zum Verstummen. »Solange ich hier nach dem Rechten sehe, sind die Tage der Selbstjustiz hier im Territory vorbei. Jeder, der einen Aborigine, Mann, Frau oder Kind, umbringt, wird vor Gericht gestellt, ganz gleich, ob er nun schwarz oder weiß ist.«

Er hörte die Leute murren und mit den Füßen scharren, doch er ließ sich nicht beirren. »Ich habe Berichte gesehen, denen zufolge ihr Männer auf Schwarzenjagd geht. Willkürliche Rache gegen unschuldige Aborigines für Verbrechen, die von Unbekannten begangen wurden. Das ist Mord, meine Herren, kaltblütiger Mord. Das werde ich nicht dulden. Hier vertreten die Polizei und die Gerichte das Gesetz, und ich rate Ihnen, sich daran zu halten. Jeder Mann, der zum Mord aufruft, indem er einen Trupp zusammenstellt, wird verhaftet. Vielen Dank, Mr. Hamilton.« Er wandte sich an Zack. »Tut mir leid, dass ich stören musste.«

Selbstverständlich hatten die Frauen inzwischen bemerkt, dass ein Streit im Gange war, eine Auseinandersetzung zwischen Maudies Anhängern und denen von Zack. Also eilten sie herbei, um noch etwas davon mitzubekommen. Auch Sibell schloss sich ihnen an.

Da sie kein schwarzes Kleid besaß, hatte sie ihr Sonntagskleid, das blaue zweiteilige Reisekostüm, für angemessen gehalten. Doch wegen der giftigen Blicke der anderen Frauen, die alle von Kopf bis Fuß in Schwarz gehüllt waren, hatte sie Charlottes Schrank durchsucht und einen langen schwarzen Umhang und eine schlichte schwarze Haube entdeckt, die ihrer Meinung nach entsetzlich aussahen Allerdings konnte sie sich darunter gut verstecken. Noch nie hatte sie sich so fehl am Platze gefühlt wie inmitten dieser Frauen mit ihren scharf geschnittenen Gesichtern, die Maudie wie die heilige Johanna von Orleans verehrten. Maudie war eine Kämpferin und verkörperte all ihre Sehnsüchte. Sie hatte Erfolg gehabt: Ja, sie hatte ihren Gatten verloren, aber nun gehörte ihr die Hälfte von Black Wattle.

Also standen die Frauen samt und sonders auf Maudies Seite. Zwar teilten sie ihre Trauer, aber sie waren gleichzeitig härter im Nehmen als ihre Männer, denn schließlich hatten sie schon alle einen Sohn, einen Bruder, einen Gatten oder einen Liebsten an dieses verdammte Land verloren. Und sie hatten in den vergangenen Nächten geredet, beobachtet und Bemerkungen fallen gelassen, während sich die Trauergäste versammelten und ihre Männer dem Alkohol zusprachen. Die Männer hatten auf den »guten alten Cliff, unseren Besten« angestoßen, bis sie nicht mehr aufrecht stehen konnten.

Zack blieb von Schelte verschont, denn keine der Frauen konnte ihr Herz vor dem Umstand verschließen, dass er ein gut aussehender Mann war, wie sie ihn hier draußen selten zu Gesicht bekamen. Aber nach außen hin mussten sie Maudies Standpunkt vertreten. Im Augenblick zumindest; bis Gras über die Sache gewachsen war. Schließlich mussten sie an ihre Söhne und Töchter denken, denn nun waren nicht nur einer, sondern gleich zwei zukünftige Ehepartner verfügbar: Maudie, die Witwe, und Zack, der Junggeselle. Sie erinnerten einander daran, dass ein Mann nicht die Witwe seines Bruder heiraten durfte. Und dann gab es da noch dieses wunderschöne Haus …

Aber Sibell mit ihrer vornehmen englischen Stimme passte nicht zu ihnen. Sie hörten ihr zu, stießen einander an und zeigten ihr die kalte Schulter. Keine von ihnen konnte sich vorstellen, was ein Dämchen wie sie auf einer Farm zu suchen hatte. Und ohne Charlottes tatkräftige Unterstützung kam sich auch Sibell bald überflüssig vor.

Erleichtert entdeckte Sibell in der Menge den Colonel, als die Leute zum Haus zurückkehrten, um sich zu verabschieden.

»Was für eine schöne Überraschung«, sagte sie und versuchte, ihre Niedergeschlagenheit zu verbergen.

»Habe gehört, dass Sie hier sind«, antwortete er. »Wusste, dass ich Sie ohne Schwierigkeiten finden würde. Kann Ihnen nicht sagen, wie leid es mir tut, Sibell. Eine zweifache Tragödie. Was für ein Pech.«

»Das ist wohl mein Schicksal. Wahrscheinlich bringe ich Unglück.«

»Papperlapapp. Gott der Herr macht die Regeln, nicht Sie. Und Sie sehen trotz Ihrer Sorgen einfach hinreißend aus. Ich habe gehört, Sie haben hier eine Stellung gefunden. Wie sind Sie mit Mrs. Hamilton zurechtgekommen?«

»Sie war wundervoll. Immer fröhlich, immer mit einem Scherz auf den Lippen. Alle werden sie vermissen. Und selbstverständlich auch Cliff. Ich weiß nicht, wie es jetzt weitergehen soll.«

»Werden Sie bleiben?«

»Nein. Ich habe für Mrs. Hamilton gearbeitet. Jetzt werde ich nicht mehr gebraucht.«

Er nahm sie beim Arm. »Mr. Hamilton hat mich für einige Tage eingeladen. Möchten Sie mir nicht mein Zimmer zeigen? Ich muss die näheren Umstände von Cliff Hamiltons Tod untersuchen. Sind Sie nicht dabei gewesen?«

»Nur am Anfang. Die beiden haben mich weggeschickt.«

»Zu Ihrem Glück, meine Liebe. Ich habe zwei Wachtmeister mitgebracht – im Augenblick reiten sie die Umgebung ab, um sicherzugehen, dass sich hier keine dieser aufsässigen Schwarzen mehr herumtreiben. Doch danach werden wir Sie mit Vergnügen zurück nach Palmerston begleiten.«

»Und dann schicken Sie mich wieder nach Perth«, sagte sie bedrückt.

Er lächelte. »Das wird sich zeigen. Ich habe ganze Arbeit geleistet, diese Stadt zu zivilisieren. Habe mich zwar damit nicht sonderlich beliebt gemacht – und hier draußen scheint man mich auch nicht unbedingt zu mögen –, aber in Palmerston ist es jetzt verhältnismäßig ruhig, und, bei Gott, ich werde dafür sorgen, dass das auch so bleibt.«

»Maudie und Zack haben Meinungsverschiedenheiten«, erzählte Sibell. »Sie haben sich wegen Cliffs Tod entsetzlich gestritten. Es wäre eine große Hilfe, wenn Sie einmal mit ihr reden könnten.«

»Ich sehe, was ich tun kann«, antwortete er freundlich.

Nach seinem Gespräch mit Zack setzte sich der Colonel mit Maudie ins Wohnzimmer und hörte sich geduldig an, was sie zu sagen hatte. »Ich kann Sie verstehen«, meinte er nickend, während sie abwechselnd in Tränen ausbrach und Gott und die Welt verfluchte. »Eine schreckliche Tragödie für Sie, meine Liebe, und auch für Ihren kleinen Sohn.«

»Zack ist ein Waschlappen!«, schimpfte sie. »Die Schwarzen verstehen nur das Gesetz der Blutrache. Eine Beleidigung vergessen sie nie! Die Eingeborenen kommen zurück, denken Sie an meine Worte.«

»Schon möglich«, sagte er. »Deshalb beabsichtige ich, in Idle Creek Junction ein Polizeirevier zu eröffnen. Gesetz und Ordnung sind Angelegenheit der Polizei, Mrs. Hamilton. Die Männer hier draußen müssen ihre Arbeit machen. Sie können nicht von ihnen erwarten, dass sie sich auf ein solches Himmelfahrtskommando einlassen.«

»Warum nicht? Ich werde mit ihnen reiten.«

»Mrs. Hamilton«, seufzte er. »Kennen Sie den Begriff ›Anstiftung zum Aufruhr‹?«

»Ja, ich glaube schon ...«

»Dann sollten Sie sich vorsehen. Sie laufen Gefahr, verhaftet zu werden, wenn Sie weiter auf Rache bestehen.«

»Ich? Sie würden mich verhaften?« Maudie war entgeistert.

»Hoffentlich erweist sich das als unnötig«, sagte er leise und blickte Maudie mit einem entschlossenen Lächeln nach, als diese türenknallend das Zimmer verließ.

Beim Abendessen herrschte gedämpfte Stimmung. Sibell fragte sich, was der Colonel wohl zu Maudie gesagt haben mochte, da diese verbittert schwieg. Von einem Trupp war keine Rede mehr.

Bedrückt nahm Zack seine Mahlzeit ein, und der Colonel betrieb höfliche Konversation, bis Sibell beschloss, dass sie ebenso gut mit der Sprache herausrücken konnte. »Wenn Sie mich hier nicht mehr brauchen, Zack, ist es wohl besser, wenn ich mit Colonel Puckering nach Palmerston reite.«

Er stützte die Ellenbogen auf den Tisch, verschränkte die Hände unter dem Kinn und dachte einige Minuten lang nach. »Mir wäre es lieber, wenn Sie bleiben, falls es Ihnen möglich ist«, sagte er schließlich.

»Warum?«, fragte Maudie kühl.

»Weil ich eine Weile verreisen muss …«

»Wohin willst du?«, unterbrach ihn Maudie.

»Wir brauchen Bargeld, wie ihr beide wisst, also werde ich sofort eine Herde zusammenstellen und sie nach Stuart treiben.«

»Das sind von hier aus ja mehr als tausend Meilen!«, meinte Puckering.

»Es ist die Sache wert. Dort kann ich einen besseren Preis erzielen und mich mit Aufkäufern aus Adelaide treffen. So gutes Vieh wie unseres haben die noch nie gesehen, und ich kann ein Telegramm schicken, dass ich unterwegs bin.«

»Wer wird die Farm führen?«, fragte Sibell.

»Maudie kann das tun, und ich lasse ihr Casey zur Hilfe hier. Das schaffst du doch, oder, Maudie?«

»Selbstverständlich«, antwortete sie trotzig, aber Sibell konnte sehen, dass sie mächtig stolz war und sich geschmeichelt fühlte. »Aber ich glaube nicht, dass Sibell mir dabei eine große Hilfe sein wird«, fügte sie hinzu.

»Du brauchst sie«, widersprach Zack. »Sie kann lesen und schreiben, sie kann die Bücher führen, die Löhne auszahlen und den Haushalt besorgen. Was halten Sie davon, Sibell?«

»Ich bleibe nur, wenn Maudie damit einverstanden ist.«

Alle sahen Maudie an, die die Achseln zuckte. »Dann soll sie eben bleiben.«

Sibell lächelte. Sie wusste, dass sie von Maudie nicht mehr erwarten konnte. Doch insgeheim war sie erleichtert. Logan war in Katherine, und er hatte versprochen, sie zu besuchen. Falls sie gezwungen gewesen wäre, nach Palmerston zurückzukehren, wäre der Abstand zwischen ihnen zu groß gewesen.

»Dann ist ja alles geregelt«, sagte der Colonel. »Ich kann mir keine bessere Mannschaft vorstellen als euch junge Leute: Sie werden es ganz bestimmt schaffen. Und wenn es Schwierigkeiten gibt, können Sie sich jederzeit an mich wenden.«

Siebtes Kapitel

Das Farmhaus verschwand hinter einer Staubwolke, und es herrschte geschäftiges Treiben, als die Reiter aufbrachen, um die Rinder von allen entlegenen Winkeln des Besitzes zusammenzutreiben. Staunend stellte Sibell fest, wie viel Arbeit nötig war, einen Viehtrieb in dieser Größenordnung vorzubereiten.

»Zack hat vor, zweitausend Stück mitzunehmen«, erklärte Maudie. »Und dazu brauchen sie auch eine Menge Pferde. Am besten helfen Sie mir, sie zusammenzutreiben.«

»Sollen die Pferde auch verkauft werden?«, fragte Sibell.

»Aber nein, die Pferde werden doch nicht verkauft. Die sind für die Männer. Jeder kriegt vier Stück. Mit müden Tieren kommen sie nämlich nicht weit.«

Ehe sie sich's versah, war auch Sibell in die Vorbereitungen eingespannt; bereits bei Morgengrauen saß sie im Sattel und war mit Maudie unterwegs. Sie trennte die Pferde, die Maudie ausgesucht hatte, von der Herde und wich wütenden Hengsten aus, die nach den Stuten der beiden Frauen schnappten, um sie zu vertreiben.

Maudie schien überall gleichzeitig zu sein und rief den Männern Anweisungen zu. »Weg mit diesen verdammten mexikanischen Sporen«, schrie sie zwei Viehtreiber an. »Wenn ihr unsere Pferde verletzt, ziehe ich euch das Fell über die Ohren. Entweder ihr benutzt unsere Sporen oder aber gar keine.«

Da sie über Erfahrung und zudem über eine spitze Zunge verfügte, wagte keiner, ihr zu widersprechen. »Ihr bekommt eure Pferde in den Pferchen und keine Minute früher«, schimpfte sie, als zwei Treiber verlangten, sich ihre eigenen Reittiere auszusuchen. »Ich allein entscheide, welche für den Viehtrieb geeignet sind.«

Nachdem alle zu den Ställen zurückgekehrt waren, schleuderte Maudie einige schwere Satteltaschen aus Leder beiseite. »Schafft dieses Zeug weg. Wer hat sie überhaupt rausgeholt? Englischer Schund. Oder glaubt ihr etwa, das wird ein Picknick? Holt die Segeltuchtaschen, sonst brechen euch die armen Gäule noch zusammen.«

Maudie war unermüdlich. Mit Sibell im Schlepptau vergewisserte sie sich, dass alle Pferde mit einem Brandzeichen versehen waren, und ritt dann den eintreffenden Herden entgegen.

Tag für Tag vergrößerte sich die Zahl der Rinder. Mit dem letzten Trupp kehrte auch Zack zur Farm zurück.

Vorsichtig umkreiste Sibell zu Pferde die Herde und versuchte, sich nützlich zu machen. Erstaunt und auch ein wenig ängstlich beobachtete sie Maudies kühnes Reitmanöver. Geschickt wie einer der Viehtreiber konnte sie einen Stier mit dem Lasso einfangen, sodass er mit einem Ruck zum Stehen kam; sie jagte durch das dichte Unterholz hinter einem Ausbrecher her, als befände sie sich in der offenen Prärie. Doch Sibells Bewunderung wurde nicht erwidert.

Sibell hatte Fehler gemacht, einen Pferch nicht richtig verriegelt, und einige Rinder hatten sich befreit; allem Anschein nach war sie auch unfähig, einem Pferd Fußfesseln anzulegen, denn sie hatte aus Angst, das halbwilde Tier könnte sie niedertrampeln, nach dem dritten Versuch aufgegeben. Zu allem Überfluss war sie zweimal vom Pferd gefallen, glücklicherweise ohne sich zu verletzen. Ganz offensichtlich ging sie mit ihren Bemühungen Maudie auf die Nerven.

Die beiden Frauen waren wie Feuer und Wasser, und Sibell hatte wegen der seltsamen Partnerschaft, die Zack dazu auserkoren hatte, die Farm während seiner Abwesenheit zu leiten, schwere Bedenken. Doch um auch weiterhin gut Wetter bei Maudie zu machen, bemerkte sie, es sei recht vernünftig von Zack, schwarze Treiber einzustellen.

»Warum sollte er nicht«, gab Maudie bissig zurück. »Schließlich müssen sie lernen, sich ihren Lebensunterhalt selbst zu verdienen, wie wir auch.« Sibell hatte den Eindruck, dass dies eigentlich gegen sie gerichtet war, denn Maudie hatte ihr schon deutlich zu verstehen gegeben, dass sie die Schreibtischarbeit als Zeitverschwendung betrachtete.

In diesem Augenblick ritt ein junger Aborigine, der als Viehtreiber angestellt war, mit einem der Farmarbeiter an ihnen vorbei. Sibell lächelte dem Schwarzen zu. Doch Maudie preschte unvermittelt hinter den beiden her.

Als sie sie eingeholt hatte, riss sie den jungen Aborigine mit einem Ruck von seinem Pferd. Den Weißen funkelte sie wütend an. »Du Mistkerl«, schrie sie. »Sieh zu, dass du mir nicht noch mal über den Weg läufst. Und Sie«, sagte sie zu Sibell, »machen Sie das nächste Mal besser die Augen auf.«

»Was ist los?«, entgegnete Sibell ärgerlich. »Was habe ich denn getan?«

»Sehen Sie sich das an!« Maudie stieß den Jungen vor sich her und riss ihm den Hut vom Kopf. Langes, krauses Haar kam zum Vorschein. Dann zerrte sie an seinem Hemd. Sibell sah, dass der »Junge« ein Mädchen war.

»Diese Halunken«, schimpfte Maudie. »Sie versuchen es immer wieder.« Sie schob das Mädchen fort. »Du gehst jetzt zum Lager zurück, hast du verstanden? Und halte dich auf Abstand zu den Weißen, sonst setzt's was.«

»Tut mir leid«, sagte Sibell.

Doch schließlich kehrte wieder Ruhe ein. Alles war zum Aufbruch bereit. Zack hatte sich entschlossen, den Koch, der die Mahlzeiten der Farmarbeiter zubereitete, mitzunehmen. Erst nach viel gutem Zureden hatte sich Sam Lim bereitgefunden, vorübergehend für ihn einzuspringen und die elf auf Black Wattle verbleibenden Angestellten zu bekochen.

»Bleiben nur noch Sie und ich und der kleine Wesley im Haus«, sagte Maudie zu Sibell. »Können Sie kochen?«

Um nicht noch eine weitere Unzulänglichkeit eingestehen zu müssen, erklärte Sibell, sie würde es versuchen.

»Ach du meine Güte«, gab Maudie bissig zur Antwort.

Beim ersten Morgengrauen hörte Sibell ein Klopfen an ihrer Tür. Todmüde kletterte sie aus dem Bett und zog ihren Morgenmantel an. »Bin gleich da!«, rief Sibell.

Als es erneut klopfte, öffnete sie die Tür. Zu ihrer Überraschung stand Zack davor. Er trug eine hochgeschlossene Lederjacke. »Bevor wir losziehen, wollte ich mich noch verabschieden.«

»Oh«, meinte sie atemlos. »Ich ziehe mich nur rasch an, dann komme ich.«

»Nein, lassen Sie es gut sein, Sibell. Sie haben hier bei uns wirklich großartige Arbeit geleistet. Nehmen Sie Maudie nicht so wichtig; Sie wissen doch, Hunde, die bellen, beißen nicht.«

Sibell, die ihm nicht noch einmal widersprechen wollte, nickte.

»Was ich noch sagen wollte, Sibell«, fuhr er fort, »es war eine tolle Leistung, von der Lagune hierher zurückzureiten. Von dort, wo Cliff umgebracht wurde«, fügte er traurig hinzu.

»Eigentlich nicht«, widersprach sie. »Ich hatte keine Ahnung, wo ich war, Zack. Es war Merry, die mich nach Hause gebracht hat.«

»Kein Pferd würde den Fluss an dieser Stelle überqueren, wenn man nicht die Peitsche gebraucht oder es dem Reiter völlig vertraut. Und Merry hatte offensichtlich Vertrauen zu Ihnen.«

»Ich habe mich zu Tode geängstigt.«

»Sie dürfen sich nicht immer schlechter machen, als Sie sind«, sagte er leise. »Auf der Welt gibt es nämlich schon genug Leute, die das für Sie übernehmen. Sie haben mit Merry den Fluss überquert, und das war mutig. Eine tolle Leistung«, fügte er mit einem Grinsen hinzu. »Inzwischen sind Sie berühmt.«

»Warum?«, sagte sie bitter. »Ich konnte ja doch nicht helfen. Ich habe so lange für den Weg gebraucht, dass jede Hilfe zu spät kam.«

»Denken Sie das wirklich?«, fragte er überrascht. Er stieß die Tür ganz auf und nahm sie in die Arme. »So was dürfen Sie nicht sagen. Sie trifft keine Schuld. Selbst wenn Ihr Pferd Flügel gehabt hätte, wären Sie nicht mehr rechtzeitig gekommen.« Als sie in seinen starken Armen lag, fühlte sie sich getröstet.

»Hören Sie mir zu?«, fragte er.

»Ja«, flüsterte sie. »Vielen Dank, Zack.«

Er ließ sie los und trat einen Schritt zurück. Lächelnd blickte er auf sie herunter. »Wir bleiben in Verbindung. Mit der Telegraphenlinie ist das keine Schwierigkeit, und wir reiten die ganze Zeit daneben her.« Er nahm ihre Hände. »Sie glauben ja gar nicht, wie froh ich bin, dass Sie bei uns bleiben. Und haben Sie bitte ein Auge auf den kleinen Wesley.«

»Das werde ich gerne tun.«

Es schien ihm schwerzufallen, sich von ihr zu trennen. »Ich muss Ihnen noch etwas sagen: Ich mag Sie nicht nur, sondern ich liebe Sie. Und ich hoffe, dass Ihnen auch etwas an mir liegt. Wenn ich zurückkomme, will ich Sie bitten, meine Frau zu werden.« Erleichtert atmete er aus. »Uff! Das wäre geschafft!«

Sie war verblüfft und wusste nicht, was sie antworten sollte.

Er lächelte und küsste sie sanft und liebevoll. »Ich werde darum beten, dass Sie bei meiner Rückkehr noch hier sind. Ansonsten werde ich Sie überall suchen.«

Von der Veranda aus beobachtete sie ihren Aufbruch. Es war ihr peinlich, dass Zack sie so geküsst hatte, obwohl sie doch Logan liebte. Dass er ihr aus heiterem Himmel einen Antrag gemacht hatte, tat ihr leid, denn sie wusste, dass sie ihn würde enttäuschen müssen. Eigentlich hätte sie ihm am liebsten auf der Stelle eine abschlägige Antwort gegeben, doch dazu hatte er ihr keine Gelegenheit gelassen. Nun allerdings fühlte sie sich allein gelassen, und ihr wurde klar, dass Zack Hamilton ihr fehlen würde. Das würde er wirklich.

Inzwischen stand Maudie vor dem Haus und übernahm das Kommando. Sie brüllte den zurückbleibenden Farmarbeitern zu, sie sollten endlich zur Arbeit antreten, und um ihren Worten Nachdruck zu verleihen, schlug sie dröhnend auf den Küchengong.

»Oh, fahr doch zur Hölle«, sagte Sibell und legte sich wieder ins Bett.

Zack hatte sich geirrt. Maudie brauchte Sibells Hilfe nicht und behandelte sie wie ein dummes Dienstmädchen. Oder vielmehr versuchte sie das, aber Sibell ließ es sich nicht gefallen. »Solange ich hier bin, werden Sie höflich mit mir sprechen.«

»Sie brauchen ja nicht zu bleiben«, entgegnete Maudie. »Wir kommen auch ohne Sie ganz gut zurecht.«

»Ich habe Zack versprochen, dass ich meine Arbeit tue. Und dieses Versprechen werde ich auch halten.«

»Ach ja, Zack. Sie hoffen wohl immer noch, er würde Sie heiraten? Sie glauben wohl, dass Sie eines Tages hier die Hausherrin sind und mich hinausdrängen können?«

»Darum geht es also«, meinte Sibell. »Ob die Farm richtig geführt wird, ist Ihnen völlig gleich, solange Sie nur die ›Missus‹ bleiben. Gut, hier ist das Journal.« Sibell warf ihr das Buch vor die Füße. »Tragen Sie die Posten ein. Und hier ist ein Brief von der Bank. Lesen Sie ihn – er ist ziemlich unangenehm –, und erklären Sie den Leuten, wie Mr. Hamilton seine Rückzahlungen abzuleisten gedenkt. Und hier sind noch ein paar Briefe, und da sind die offenen Rechnungen. Beantworten Sie das alles doch selbst!«

»Casey kann mir helfen«, meinte Maudie trotzig.

»Sie wissen genau, dass er mit Mühe und Not gerade seinen eigenen Namen schreiben kann.«

»Brüsten Sie sich nur mit Ihrer Schulbildung. Sie sind ja so schrecklich klug! Sie bleiben doch nur hier, weil Sie sonst nirgendwo hinkönnen!«

»Da machen Sie sich mal keine Sorge. Sobald Zack zurückkommt, bin ich fort. Ich kann diesen Augenblick kaum noch erwarten. Und bis es so weit ist, nehmen Sie die Stiefel vom Tisch, weil Sie ihn sonst nur zerkratzen. Charlotte hat ein Vermögen dafür bezahlt.«

»Vergessen Sie nicht, das ist mein Haus. Und ich stelle meine Stiefel hin, wo ich will.«

Später stellte Sibell jedoch fest, dass die Stiefel verschwunden waren, und nie wieder standen sie auf dem Esszimmertisch. Anscheinend hatte Charlottes Wort für Maudie noch immer Gewicht, und aus diesem Grunde berief Sibell sich bei entsprechender Gelegenheit gern auf die frühere Hausherrin – immerhin mit gewissem Erfolg.

Netta ließ sich nur schwer dazu überreden, Sibell in der Küche zu helfen, da sie diese nach wie vor als Sam Lims Reich betrachtete. Zunächst hatte Sibell große Mühe, den Küchenherd am Brennen zu halten. Immer wieder ging der riesige alte Ofen aus, weshalb Maudies Essen oft noch halb gar war, wenn sie von der Arbeit zurückkam. Schadenfroh grinsend saß sie dann auf der Veranda und weigerte sich zu helfen. Doch allmählich lernte Sibell, mit dem Ofen umzugehen und – unter Sam Lims Anleitung – schmackhafte Mahlzeiten zu bereiten. Nicht selten »mogelte« sie allerdings und holte Eintopf und Mehlspeisen aus

Sam Lims »Kochhaus«, wie er seine neue Wirkungsstätte nannte.

Sibell war entsetzt, dass Maudie sich so wenig um ihren Sohn kümmerte. Abgesehen von den Stunden, wo sie ihm das Reiten beibrachte, überließ sie ihn der Obhut der beiden schwarzen Kindermädchen. Sie machte sich nicht einmal die Mühe, ihn abends ins Bett zu bringen.

»Sie sollten ihm ein bisschen mehr Zeit widmen«, hielt Sibell Maudie vor.

»Wozu? Ich selbst hatte nicht mal ein Kindermädchen und meine Brüder auch nicht. Wesley ist ohnehin schon verwöhnt genug.«

»Er spricht Englisch wie die Schwarzen. Er sollte mit uns am Tisch essen und weniger Zeit mit den Zwillingen verbringen.«

»Man merkt gleich, dass Sie von Kindern keine Ahnung haben. Er flitzt den ganzen Tag durch die Gegend, ist gesund und munter, und deshalb isst er schon um fünf Uhr und geht anschließend ins Bett. Aber ich komme erst bei Dunkelwerden heim und bin dann auch entsprechend müde.«

Und das war für Sibell ein Geschenk des Himmels. Außer sonntags war Maudie gewöhnlich den ganzen Tag auf der Farm unterwegs. Meistens kam sie zwar zum Mittagessen vorbei, doch nicht selten blieb sie auch den ganzen Tag über fort. Abgesehen davon, dass Sibell morgens noch gelegentlich den Haferbrei anbrennen ließ, kam es bei der Arbeit nicht mehr zu unangenehmen Zwischenfällen. Wenn Maudie erst einmal aufgebrochen war, legte sich über das Haus ein geruhsamer Frieden. Am Vormittag bereitete Sibell gemeinsam mit Netta die Mahlzeiten vor, und dann machten sich die beiden Frauen an die Hausarbeit. Nach dem Mittagessen zog Sibell sich zufrieden ins Büro zurück. Sie war fest entschlossen, Zack nicht den geringsten Anlass zu Klagen zu geben. Wenn Maudie abends zu Bett gegangen war, holte Sibell sich ein Buch und las sich ganz allmählich durch Charlottes Bibliothek. So oft wie möglich beschäftigte sie sich mit Wesley, um sein Englisch zu verbessern. Ohne Maudies Wissen brachte sie ihm auch das Schreiben bei.

Unversehens gehörten auch seine Kindermädchen bald zu ihren Schülern. Und so setzte sie für den Anfängerunterricht jeden Morgen eine feste Stunde an, sehr zur Freude ihrer Schüler, die gute Fortschritte machten.

Als Logan eintraf, hatte sie ihn fast schon vergessen, so sehr war sie von ihren Aufgaben in Anspruch genommen.

Dankbar, dass Maudie fortgeritten war, stürzte sie nach draußen und umarmte ihn. »Ich bin ja so froh, dich zu sehen! Warum hast du nicht Bescheid gegeben, dass du kommst?«

»Ich wollte keine Zeit verlieren«, erklärte er. »Ich bin mit unserer Goldlieferung auf dem Weg nach Idle Creek und dachte, eine günstigere Gelegenheit finde ich nicht wieder. Wie ich hörte, gab es hier in der Gegend Ärger mit den Schwarzen. Wo sind die anderen? Bist du ganz allein?«

»Beinahe«, sagte sie. »Komm ins Haus, Logan. Ich habe dir viel zu erzählen.«

Sie führte ihn ins Wohnzimmer und freute sich, als sie sah, dass ihm das Haus gefiel. »Möchtest du Tee? Oder einen Drink?«

»Später«, sagte er, während er sie in die Arme zog. »Ich will dich. O mein Gott, ich habe mich nach dir gesehnt, Sibell!«

Sie konnte es kaum fassen, dass sie ihn so plötzlich vor sich sah. Ihr Logan, endlich war er gekommen! Und nur um sie zu sehen, hatte er diesen weiten Umweg gemacht … Sie schob ihn sanft von sich fort. »Nicht hier.«

An der Hand zog sie ihn durch den Korridor bis zu ihrem Schlafzimmer. Dort konnten sie sich in der sanften Brise des Nachmittags lieben. Ein wenig schuldbewusst betete sie, dass niemand sie stören würde.

Ihr Gebet wurde erhört. Diesmal entkleidete er sie langsam und genussvoll, und sie erbebte unter seinen zärtlichen Fingern, seinen Küssen, seinen sinnlichen Liebkosungen. Sie bewunderte seinen nackten Körper, als er das Laken zurückschlug und sie aufs Bett hob. Ihr Bett, wo sie immer an ihn erinnert werden würde, wo sie sich nach ihm sehnen würde, wenn er wieder fortgeritten war, bis sie eines Tages für immer vereint waren.

Später, als sie in seinen Armen lag, fragte sie sich, was sie ihm antworten sollte, wenn er sie jetzt bat, ihn zu begleiten. Jetzt gleich. Eine Ablehnung würde ihr schwerfallen – nein, das wäre schrecklich – , aber sie hatte Zack nun einmal versprochen, zu bleiben. Wie lange würde Zack noch unterwegs sein? Monate, endlose, öde Monate. Vielleicht könnten Logan und sie jetzt schon ihre Verlobung bekannt geben und nach Zacks Rückkehr heiraten. Der arme Zack … Aber womöglich, redete sie sich ein, hatte er seine Meinung inzwischen längst geändert. Wahrscheinlich war sein Antrag nur einer vorübergehenden Laune entsprungen, seiner Dankbarkeit, dass sie bereitwillig aushalf. Vielleicht hatte er sie schon längst wieder vergessen.

Aber Logan sprach nicht von Heirat; er fragte lediglich, ob er ein paar Tage bleiben dürfe.

»Natürlich kannst du das«, sagte sie. »Ich freue mich, wenn du noch dableibst.«

»Aber was ist mit diesem Hausdrachen, mit Maudie, von der du erzählt hast?«

»Das kriegen wir schon hin«, meinte Sibell, die hoffte, dass Maudie keine Schwierigkeiten machen würde.

Tatsächlich schien Maudie nichts gegen seinen Besuch einzuwenden zu haben. »Sie haben mir noch gar nichts von Ihrem Freund erzählt«, sagte sie schnippisch, als sie endlich Gelegenheit fand, Sibell zur Seite zu ziehen.

»Sie haben mich nie danach gefragt«, meinte Sibell von oben herab.

»Ein stattlicher Mann«, meinte die junge Witwe anerkennend. »Wollen Sie heiraten?«

»Vielleicht«, sagte Sibell vorsichtig, um sich vor Maudie keine Blöße zu geben.

Beim Abendessen zeigte sich Maudie von ihrer besten Seite und machte sich einen Spaß daraus, Logan mit Scherzen über Sibells Kochversuche zu unterhalten. »Morgen Abend lassen wir uns eine anständige Mahlzeit von Sam Lim bereiten, Logan. Wir wollen richtig festlich speisen, so wie Charlotte es gehalten hat.«

Da Sibells Zimmer direkt an Maudies angrenzte, bestand keine Möglichkeit, dass Logan zu ihr kam. Deshalb schlief Sibell schlecht; träumte von ihm, der so nah war … und sehnte sich nach ihm. Allein der Gedanke, dass sie ja noch den kommenden Tag füreinander hatten, tröstete sie.

»Ich dachte, ich könnte mir vielleicht die Farm ansehen«, sagte er beim Frühstück »Ich habe schon so viel von Black Wattle gehört.«

Sibell lächelte. Sie hatte bereits beschlossen, sich den Tag freizunehmen, um mit Logan auszureiten. Am Nachmittag könnten sie für ein Schäferstündchen zum Haus zurückkehren.

»Eine gute Idee«, sagte Maudie. »Ich nehme Sie mit. Es gibt viel zu sehen. Bei den Steinbrüchen im Landesinneren gibt es eine herrliche Aussicht. Ich wollte heute sowieso in diese Gegend reiten.«

Entsetzt blickte Sibell Logan an. Doch der nahm die Einladung dankend an.

Da keiner der beiden sie bat, mitzukommen, wollte sie sich nicht die Blöße geben, von sich aus darum zu bitten. Doch als Maudie den Raum verlassen hatte, wandte sie sich an Logan. »Was hast du dir dabei gedacht? Soll sie immer dabei sein? Ich dachte, wir wollten den Tag gemeinsam verbringen?«

»Ich konnte ja wohl schlecht ablehnen«, erklärte er. »Wenn ich auch in Zukunft hierher eingeladen werden will, darf ich sie nicht vor den Kopf stoßen. Aber du kannst doch mitkommen!«

»Lieber nicht. Ich kenne sie gut genug und habe keine Lust mitzuerleben, wie sie angibt.«

»Das kann uns nichts anhaben«, flüsterte er und gab ihr einen Kuss. »Hier bei dir zu sein und dich nicht berühren und lieben zu können, ist die Hölle für mich.«

»Ich liebe dich, Logan. Sag ihr, du hast es dir anders überlegt, dann muss sie allein losreiten.«

»Das geht nicht. Außerdem möchte ich mir diese Gegend mal genauer ansehen, und sie ist eine ausgezeichnete Führerin.«

Sibell blickte ihnen nach. Maudie trottete offensichtlich unbeeindruckt dahin, und Logan blickte mit einem tapferen Lächeln auf sie herab, wie das unschuldige Opfer eines Ränkespiels. Aber ihr fiel auf, dass er sich nicht mehr umwandte.

Wütend und verletzt ging Sibell zu Sam Lim. »Ich brauche deine Hilfe. Ich möchte ein richtig feines Mittagessen kochen. Vielleicht Fisch oder Huhn.«

»Wozu?«

»Wir haben einen Gast, Mr. Conal.«

»Nein, nein …« Abwehrend hob er die Hände. »Die junge Missus hat Essen feltig gemacht. Ganz schnell, hopp, hopp, Blote.«

»Brote? Sie hat belegte Brote fürs Mittagessen mitgenommen?«

»Sehl gut.« Anscheinend wollte er sie loben, dass sie ihn so rasch verstanden hatte. Er holte eine Rinderschlegel aus dem Kühlraum, hackte mit einem Schlag die Hachse ab und löste mit seinem kleinen, scharfen Messer das Fleisch vom Knochen. Wie gelähmt sah Sibell zu, unfähig, sich von der Stelle zu rühren.

»Nehmen Sie«, sagte Sam Lim, während er das Fleisch in ein Stück Leinen schlug. »Die Missus hat gesagt, Sie sollen das Abendessen kochen und das gute Fleisch nicht velblennen.«

Wütend nahm Sibell das Fleischstück entgegen und lief ins Haus zurück. Maudie machte es offensichtlich Spaß, sie wie ein Dienstmädchen zu behandeln. Keiner der anderen Hamiltons war je auf diese Weise mit ihr umgegangen. Sicher hätte Maudie einen fürchterlichen Wutanfall bekommen, wenn sie gewusst hätte, dass Zack tatsächlich um Sibells Hand angehalten hatte. Wenn sie seinen Antrag annahm, würde sie es den beiden heimzahlen. Konnte Logan dem Vergleich mit Zack überhaupt standhalten? Er war nichts weiter als ein Angestellter. Zack hingegen war ein Viehzüchter, ein angesehener Grundbesitzer.

Netta steckte den Kopf durch die Bürotür. »Was müssen wir heute tun, Missy?«

»Tu, was du willst«, sagte Sibell. Netta trollte sich fröhlich summend davon, und Sibell konnte sich wieder ihren Plänen widmen. Wütend setzte sie ein Telegramm nach dem anderen an Zack auf, doch keines stellte sie zufrieden. »Die Antwort auf deine Frage lautet ›ja‹.«

Sie konnte das Telegramm von einem der Farmarbeiter in Pine Creek aufgeben lassen; die Männer waren froh, wenn sie mit einem Auftrag in die Stadt reiten durften. Wie wäre es mit: »Ich nehme an. Unterschrift, Sibell.« Das wäre lustig, denn nur er würde wissen, was es bedeutete. »Komm nach Hause. Alles klar. Nehme mit Freuden an.«

Aber wollte sie das wirklich? An dieser leidigen Situation war nicht Logan schuld. Er war von Maudie da hineinmanövriert worden. Maudie, die ein Auge auf Logan geworfen hatte. In ihrer Wut biss Sibell sich auf die Fingerknöchel. Dabei war das lachhaft! Die dumme Maudie! Selbst Charlotte hatte einmal gesagt: »Maudie trampelt durchs Haus wie eine junge Kuh.« Und das war wahr. Als ob Logan auch nur einen Blick an sie verschwenden würde!

Da durchzuckte sie ein neuer Gedanke. Sicher war Maudie keine Prinzessin, aber ihr gehörte neben Zack die Hälfte der Farm. Würde Logan sich davon beeindrucken lassen? Sicherlich nicht. Sibell begann, den Schreibtisch aufzuräumen, entschlossen, nun doch nicht an Zack zu telegraphieren. Da fiel ihr der letzte Brief von Percy Gilbert in die Hände, der sie wieder an Logan erinnerte. Tatsächlich war er von Percys Rechtsanwalt verfasst und warnte Sibell vor weiteren Forderungen an Percy Gilbert. Mr. Gilbert habe ausreichend guten Willen bewiesen, als er sie mit Fürsorglichkeit und ohne auf die Kosten zu achten in sein Haus aufgenommen hatte. Es sei höchst ungerecht von ihr, nun Geld zu verlangen, nachdem sie ohne ein Wort des Dankes einfach davongelaufen war.

Zwar kannte Sibell den Brief schon auswendig, doch jetzt diente er dazu, ihre Wut noch zu beflügeln. Zur Hölle mit den beiden! Sie würde nicht für sie kochen!

Als Maudie am Abend in die Küche trat, war der Tisch leer geräumt und der Ofen kalt. Auf dem Tisch lag, unter die Zuckerdose geklemmt, ein Zettel. Maudie blickte ihn eine Weile an, dann lächelte sie. Zwar konnte sie ihn nicht lesen, aber sicher handelte es sich wieder um einen von Sibells Tricks. Sie brachte ihn zur Bank neben der Holzkiste und rief dann Logan herbei »Ich weiß nicht, wo Sibell steckt, können Sie bitte das Feuer anzünden, Logan? Sie hat den Ofen wieder mal ausgehen lassen.«

Logan steuerte direkt den Holzkasten an. »Hier liegt ein Zettel«, sagte er. »Von Sibell.«

»Was schreibt sie«, fragte Maudie, während sie sich eifrig am Speiseschrank zu schaffen machte.

»Sie fühlt sich nicht wohl«, antwortete er enttäuscht. »Sie ist schon zu Bett gegangen und möchte nicht mehr gestört werden.«

»Das ist Pech. Die arme Sibell; sie ist nicht die Kräftigste, müssen Sie wissen. Lassen wir sie schlafen. Es wird reichlich spät, wenn ich jetzt noch zu kochen anfange. Wollen Sie mit mir bei den Farmarbeitern essen?«

»Gerne.«

Sibell, die das Ohr an die Tür gelegt hatte, hörte, wie sie das Haus verließen. Sofort eilte sie zum Fenster, um durch die Vorhänge hinauszuspähen. Maudie ging mit Logan zu den Quartieren der Männer. Jetzt hatte sie schon wieder einen Fehler gemacht. Maudie hatte wahrscheinlich ihren Spaß daran, bei den Männern zu essen. Sie würde am Kopf des Tisches thronen. Weder Charlotte noch Sibell hatten sich je den Männern aufgedrängt, doch Maudie dachte sich nichts dabei.

Am nächsten Morgen ließ sie Netta das Frühstück allein vorbereiten und ging in ihr Büro an die Arbeit. Schon nach kurzer Zeit kam Logan herein.

»Geht es dir besser?«

»Ja, danke.«

»Das ist gut.« Er ließ die Finger über ihren Hals gleiten. »Du siehst hübsch aus heute Morgen.«

»Bitte entschuldige mich«, sagte sie, »ich muss Casey suchen. Der Vorarbeiter muss mir jeden Tag Bericht erstatten, aber gestern habe ich ihn nicht gesehen.«

»Hat das nicht Zeit?«

»Das gehört zu meiner Arbeit, Logan. Ich muss die Tabellen auf dem Laufenden halten.«

»Das weiß ich. Aber ein paar Minuten kannst du doch sicher erübrigen.«

»Gestern hatte ich mehr Zeit als genug«, gab sie schnippisch zurück. »Aber du warst ja viel zu beschäftigt.«

»Nun reg dich nicht auf«, sagte er. »Ich habe gestern eine Menge gesehen.«

»Das kann ich mir vorstellen.«

Er lachte. »Haare auf den Zähnen, wie immer. Mein Gott, Sibell, du hast dich nicht verändert. Nun hör mir bitte zu, denn es ist wichtig.«

»Was ist so wichtig?«, fragte sie, jetzt schon freundlicher. In seiner Gegenwart schmolz ihr Zorn dahin wie Schnee in der Sonne, und sie hoffte, dass diese wichtige Sache mit ihnen beiden zu tun hatte, nur mit ihnen beiden allein.

»Hast du Karten von der Farm?«, fragte er.

»Dort drüben in der Ledermappe sind die Karten von dem

Gebiet. Allerdings sind sie recht ungenau. Jedenfalls hat Charlotte das damals behauptet. Du als Landvermesser bist sicher Besseres gewöhnt.«

»Das macht nichts. Darf ich sie mal sehen?«

»Natürlich. Aber warum? Hat Maudie dich gebeten, unser Land zu vermessen?«

»Sie hat so was erwähnt.« Er nahm die Karten heraus und breitete eine nach der anderen auf dem Schreibtisch aus. Sorgfältig prüfte er jede einzelne, bis er schließlich gefunden hatte, was er suchte. »Ha, da ist es.«

»Was?«

Sibell stellte sich neben ihn, während er sich über die Karte beugte. »Kennst du diesen Flecken?«

Sie blickte genauer hin. »Ich bin mal dort vorbeigekommen. Aber was ist daran so Besonderes? Sag bloß nicht, du hättest da Gold gefunden.«

Logan konnte seine Aufregung kaum noch verbergen. Er umschloss ihr Gesicht mit den Händen und küsste sie auf die Lippen. »Versprich mir, keiner Menschenseele davon zu erzählen.«

»Nur wenn du mich noch einmal küsst und mich um Verzeihung bittest, dass du mich gestern allein gelassen hast.«

»Es tut mir leid, es tut mir leid.« Er lachte und legte den Arm um sie.

Seine Begeisterung war so ansteckend, dass sie ihn schüttelte. »Sag mir, hast du Gold gefunden?«

»Nein, Liebes, kein Gold, aber etwas, was fast so gut ist. Bitte schreibe die Längen- und Breitengrade auf, die ich dir jetzt ansage.«

Sibell notierte sie auf einem Zettel, den sie ihm dann gab. »Logan, was ist es? Wenn du es mir nicht sagst, schreie ich.«

»Wolfram«, flüsterte er. »Tonnenweise.«

Sie war enttäuscht. »Was ist das?«

»Das ist ein sehr geschmeidiges Metall und auch sehr leicht. Außerdem gibt es dort Zinn. Ein Vermögen in Wolfram und Zinn. Ich werde auf der Stelle die Schürfrechte beantragen.«

»Hat Maudie nichts gesehen?«

»Maudie hat von solchen Sachen keine Ahnung, erzähl ihr also um Gottes willen nichts.«

»Aber das Land gehört den Hamiltons. Haben sie dann nicht auch die Rechte?«

»Ihnen gehört vielleicht das Land, aber nicht das, was darunter liegt. Die Schürfrechte kann jeder beantragen.«

Sibell war erstaunt. »Und was geschieht jetzt?«

»Wir schweigen wie ein Grab, bis ich das Geld und die Ausrüstung besorgt habe und Leute anstellen kann. In Katherine habe ich meine Lektion gelernt. Für die Arbeit will ich nur Chinesen. Sie schuften mehr und sind billiger. Ich werde reich, Sibell, steinreich.«

Er wirbelte sie durch den Raum, und Sibell war glücklich. Nicht nur, weil sie sich für ihn freute, sondern auch, weil Maudie, die Farmbesitzerin, nun alle Anziehungskraft verloren hatte. Und daran war sie selbst schuld. Falls er überhaupt jemals ein Auge auf sie geworfen hatte. Sibell machte sich Vorwürfe wegen ihrer dummen Eifersucht.

»Kein Wort«, ermahnte Logan sie. Sibell nickte lächelnd. Wie sie ihn liebte, diesen gewitzten und stattlichen Mann!

Netta trottete ohne anzuklopfen in das Büro. »Was jetzt, Missy?«

»Hast du schon die Betten gemacht?«

»Nein.«

»Dann nimm das bitte gleich in Angriff.«

Nachdem Netta den Raum verlassen hatte, faltete Logan die Karten zusammen. »Lass uns ein wenig spazieren gehen, Sibell. Nur wir beide. Es muss doch ein Plätzchen geben, wo wir ungestört sind. Und dann muss ich los.«

»Schon? Ich dachte, du bleibst ein paar Tage.«

»Mein Liebes, ich habe jetzt so viel zu erledigen, dass ich schon längst unterwegs sein müsste.«

»Wann fängst du mit dem Abbau an?«

»Das dauert noch Monate. Vorher sehen wir uns noch.«

Sie gingen den ganzen Weg bis zur Lagune, wo er sie mit wilder Unersättlichkeit liebte. Sie war so verzweifelt bei dem Gedanken, dass er sie schon wieder verlassen wollte, dass all ihre Verpflichtungen auf der Black-Wattle-Farm für sie bedeutungslos wurden. »Nimm mich mit, Logan. Ich ertrage es nicht, von dir getrennt zu sein.«

»Nach Katherine? Niemals. Das ist ein schrecklicher Ort. Ich wohne in einer Bretterbude. Wenn ich mit dem Schürfen beginne, schlage ich mein Lager direkt auf diesem Anwesen auf. Dann kann uns nichts mehr trennen.«

Nach Logans Abreise wurde die Stimmung zwischen den beiden Frauen zusehends feindseliger. Maudie schien sich keine Gelegenheit für einen Seitenhieb gegen Sibell entgehen zu lassen. Und Sibell wusste, dass sie sich eigentlich mit Maudie hätte aussöhnen und offen mit ihr über die Angelegenheit sprechen müssen. Doch jedes Mal, wenn Sibell sich fast dazu überwunden hatte, fiel Maudie etwas ein, um sie auf die Palme zu bringen.

»Warum gibt es niemals Kutteln?«, fragte Maudie.

»Kutteln? Ich mag keine Kutteln. Außerdem weiß ich nicht, wie man die kocht.«

»Das ist doch kein Kunststück. Sagen Sie Sam Lim, er soll morgen zum Abendessen Kutteln kochen. Und in Zukunft möchte ich, wenn ich mittags nach Hause komme, was anderes vorgesetzt kriegen als kaltes Fleisch und Häcksel.«

»Welches Häcksel?«

»Na, dieses Grünzeug.«

»Sie meinen den Salat.«

»Ich meine das Essen für Viehzeug. Ich möchte was Solides haben, wenn es Ihnen nichts ausmacht.«

»Wenn Sie mir Bescheid sagen, dass Sie zum Mittagessen nach Hause kommen, dann kann ich auch …«

»Es dauert nicht lange, ein paar Koteletts und Kartoffeln in die Pfanne zu werfen.«

»Aber das essen wir doch abends.«

»Das ist mir egal. Jedenfalls will ich dieses Viehfutter nicht noch mal auf meinem Teller haben.«

»Maudie«, sagte Sibell ruhig, »wenn Sie weiterhin so auf mir herumhacken, können Sie für sich selbst kochen.«

»Und ich könnte Sie rausschmeißen.«

»Dann tun Sie es doch. Schmeißen Sie mich raus. Ich würde mit Freuden gehen.«

Sie beendeten die Mahlzeit ohne ein weiteres Wort.

Irgendwie einigten sie sich stillschweigend, Casey und Archie Sims, einen Viehtreiber, weiterhin samstags zum Abendessen einzuladen. Diese Abende waren für Sibell nicht besonders erfreulich, denn Maudie beachtete sie nicht und redete mit den Männern über Farmangelegenheiten. Zwar sah Sibell das ein, da die beiden wahrscheinlich nur wenig anderen Gesprächsstoff kannten, aber bald bemerkte sie, dass sie die Unstimmigkeiten zwischen den beiden Frauen mitbekommen hatten und sich darüber amüsierten.

Bei einem dieser Anlässe richtete Maudie das Wort an Sibell. »Was ist eigentlich mit Ihrem Freund Logan? Haben Sie was von ihm gehört?«

Sibell war wütend. Maudie wusste genau, dass Sibell nichts mehr von Logan gehört hatte. Das an sich war schon schlimm genug, doch zu allem Überfluss sah sie, dass sich die beiden Männer vielsagende Blicke zuwarfen. »Kommt Zeit, kommt Rat«, erwiderte sie fröhlich. Allerdings war ihr die Gegenwart der beiden unangenehm.

Sie beschloss, Logan zu schreiben und ihn auf die Farm einzuladen, da es für sie zu umständlich war, nach Idle Creek zu reiten. Und das entsprach der Wahrheit. Erst kürzlich hatte sie Casey gegenüber erwähnt, sie würde gern einmal die Anlegestelle besuchen, wobei sie natürlich an Logan gedacht hatte. Doch Casey war von diesem Vorschlag nicht gerade begeistert gewesen. »Ich weiß nicht recht, Missy. Im Augenblick haben wir zu wenig Leute. Und aus Sicherheitsgründen kann ich Sie nicht ohne eine Handvoll Männer losreiten lassen. Nach dem, was mit Cliff passiert ist, sollten Sie im Augenblick besser hierbleiben. Außerdem hat eine Dame wie Sie an der Anlegestelle nichts verloren. Am besten sprechen Sie noch mal mit Maudie darüber.«

Das würde sie garantiert nicht tun.

»In der Regenzeit ist hier nicht viel los«, fuhr er fort. »Deshalb kann es gut sein, dass die Familie für ein paar Monate nach Palmerston fährt. Dann bekommen Sie auch ein wenig Abwechslung.«

»Fahren alle mit?«, fragte Sibell.

»Nein. Ich kann es in der Stadt nicht aushalten. Ich bleibe mit ein paar Leuten hier, um nach dem Rechten zu sehen. Maudie meint, ich sollte im Haus wohnen, damit es ab und zu gelüftet wird.«

Sibell erfuhr, dass der Großteil der Viehtreiber und die Rinderbarone mit ihren Familien die Regenzeit gewöhnlich an der Küste verbrachten. Einige fuhren mit dem Schiff sogar bis nach Sydney. Wirklich wohlhabende Leute, darunter auch die Minenbesitzer, reisten nach England. Sibell wurde von Vorfreude überkommen: Logan würde auch reich sein, wenn er erst einmal mit dem Schürfen begonnen hatte. Es musste aufregend sein, wenn man reisen konnte, durch den großen Regen, von dem alle sprachen, zum Reisen gezwungen wurde.

An diesem Abend durchwühlte sie Charlottes Papiere und suchte die Besitzurkunde für das Haus in Palmerston heraus. Maudie hatte es nie erwähnt, und auch Zack schien es vergessen zu haben.

»Wenn Zack so dringend Geld braucht«, sagte sie zu Maudie, »könnte er doch das Haus in Palmerston verkaufen.«

Maudie blickte Sibell an, als wäre sie übergeschnappt. »Aber das ist unser Strandhaus. Das verkauft er doch nicht. Betrachten Sie's mal von der finanziellen Seite! In der Regenzeit ist Palmerston von der Außenwelt abgeschnitten; man kann es nur mit dem Schiff erreichen. Wo sollten wir sonst wohnen? Schließlich geht es nicht nur um Zack und mich, sondern auch um Wesley, die beiden Kindermädchen und Netta für die Hausarbeit. Und es würde einen ganzen Batzen kosten, in Palmerston ein so großes Haus für drei Monate zu mieten.«

»Das kann ich mir denken«, sagte Sibell. Sie fühlte sich einsam und verzweifelt. Maudie hatte ihr deutlich gemacht, dass ihre Dienste in diesem Zeitraum nicht gebraucht wurden, und keine Einladung für die Reise nach Palmerston ausgesprochen. Aber wohin sollte sie gehen? Sie erkannte plötzlich, dass sie gezwungen sein würde, auf der Farm zu bleiben oder sich eine andere Stellung zu suchen, wenn Logan sie nicht von hier wegholte. Außer sie heiratete Zack, was natürlich nicht infrage kam.

Trotz Sibells Auseinandersetzungen mit Maudie vergingen die Tage für sie wie im Flug. Dafür sorgten schon ihre täglichen Pflichten auf der Farm. An den Lärm, mit dem sich die Männer frühmorgens für die Arbeit vorbereiteten; an ihre Rufe und ihr Lachen, das sich unter das Klappern des Geschirrs mischte, an die aufgeregt bellenden Hunde, die den Aufbruch kaum erwarten konnten, hatte sie sich mittlerweile gewöhnt. Nur zu gern blickte sie ihnen nach, wenn sie mit hochgekrempelten Ärmeln am Haus vorbeiritten.

Häufig trieben sie Trupps von Rindern oder Pferden über die Wege am Haupthaus in die nahe gelegenen Pferche. Zu Beginn hatte Sibell die Horden polternd dahinstürmender Tiere noch wie gebannt beobachtet, doch da sie nun nicht nur Buchhalterin, sondern auch Haushälterin war, bedeutete ein solcher Zug Wolken von Staub und noch mehr Fliegen als zuvor. Jeden Tag musste der Kampf gegen Staub und Schmutz neu aufgenommen werden, die ihren Weg in jeden Winkel des Hauses fanden, von den Schwärmen von Schmeißfliegen und Sibells speziellen Feinden, den großen Küchenschaben, ganz zu schweigen. Alles Essbare musste in verschließbaren Behältnissen aufbewahrt werden, die in Schalen mit Wasser standen, um die scharenweise in die Küche eindringenden Ameisen abzuhalten. Ein Teil von Charlottes neuen Möbeln war bereits von Termiten angenagt.

Netta, die an die Insekten gewöhnt war, ließ sich nicht aus der Ruhe bringen. »Was regen Sie sich auf?«, fragte sie, wenn Sibell vor einem Lebensmittelregal, auf dem es von Hunderten schwarzen Ameisen wimmelte, verzweifelt die Hände rang.

Es war ein Glück, dass sich Sam Lim um das Hühnerhaus und den Gemüsegarten kümmerte. Sibell fürchtete sich nämlich so vor den Schlangen, dass sie keines davon zu betreten wagte. An all die großen und kleinen Echsen hatte sie sich mittlerweile fast gewöhnt, nicht jedoch an die Schlangen. Zwar waren sie im dichten Gras nur selten zu sehen, doch Sibell wusste, dass sie dort lauerten, denn schließlich hatte sie schon genügend entdeckt, die träge von den Bäumen herabhingen.

Nachdem sie das ganze Haus sauber gemacht und für Maudie – die gut und gerne für zwei Männer aß – drei warme Mahlzeiten vorbereitet hatte, schickte sie Netta hinüber zu Sam. Dort sollte sie die tägliche Ration von Kuchen und Hefegebäck abholen, die, wie Sibell mittlerweile gelernt hatte, ihren festen Platz auf dem Speisezettel der Bewohner dieser Farm hatten. Morgens und nachmittags wurden sie zum Tee angeboten, und Maudie konnte ausgesprochen böse werden, wenn sie die Kuchendose leer vorfand.

Sibell verlegte ihre Bürostunden auf den Abend, sodass sie Maudies und Caseys Berichte von den Ergebnissen des Tages gleich mit in ihre Aufzeichnungen aufnehmen konnte.

Noch immer hatte sie nichts von Logan gehört. Doch das nahm sie ihm nicht übel: denn bald würde er kommen. »Ganz bestimmt kommt er bald«, sagte sie sich mit wachsender Gewissheit. »Hier wartet ja dieses Wolfram auf ihn.« Allerdings machte sie sich Sorgen, wie Zack es aufnehmen würde, wenn auf seinem Land ein Bergwerk errichtet wurde. Doch durch ein paar vorsichtige Fragen an Casey hatte sie erfahren, dass Logan durchaus im Rahmen des Gesetzes handelte, wenn er seine Schürfrechte anmeldete. Dabei hatte sie Logans Namen nicht erwähnt, sondern von Bergleuten ganz allgemein gesprochen.

»Bergleute?«, hatte Casey gesagt. »Die sind eine verdammte Plage, aber es gibt sie nun einmal. Wir dürfen uns nicht beklagen, denn wenn sie in einer Stadt einfallen, sind sie auf unsere Versorgung angewiesen. Und irgendwann ziehen sie dann weiter.«

An diesem Tag stand Sibell in der Küche und bügelte, da die schwarzen Mädchen zu dieser in ihren Augen nutzlosen Arbeit nicht zu bewegen waren. Allerdings sahen sie gern dabei zu. Plötzlich war ein laut hallender Donnerschlag zu hören, und Sibell fuhr zusammen, sodass das Bügeleisen mit einem Knall zu Boden fiel. Blitzschnell verkroch sich Netta unter dem Tisch, und die Zwillinge kamen mit Wesley in die Küche gestürmt.

Während Donnerschlag auf Donnerschlag folgte und ein scharfer Wind die Bäume schüttelte, kauerten sie sich in der Küche zusammen. Allerdings fiel kein Tropfen Regen, und nach einer Weile verzog sich das Unwetter in der Ferne. »Böse Geister«, sagte Netta. Doch Sibell zog Wesley zu sich heran.

»Nein«, erklärte sie dem verängstigten Jungen. »Das sind nur Wolken, die zusammenstoßen.«

»Walum?«, fragte Wesley und klang wie Sam Lim. Sibell merkte, dass ihre Erklärung ebenso dumm war wie Nettas. Wie sollte der arme Junge nur richtig Englisch lernen, solange seine

Lehrer zwei schwarze Mädchen und ein Chinese waren? Sie beschloss, ihm mehr Zeit zu widmen; er war ein fröhliches Kind, immer zu Späßen aufgelegt und sehr neugierig. Sibell hatte ihn in ihr Herz geschlossen.

An diesem Abend wartete Sibell auf Maudie, nachdem Casey ihr Bericht erstattet hatte. Als diese sich nicht blicken ließ, ging sie zu der Männerunterkunft, wo Sam Lim, Casey und ein paar andere Männer Karten spielten. »Maudie ist noch nicht nach Hause gekommen. Habt ihr sie gesehen?«

»Sie wird nicht weit sein«, sagte Casey. »Maudie kann auf sich selbst aufpassen.«

»Aber es ist schon acht Uhr vorbei und schwärzeste Nacht …«

Nur mit Mühe wandte Casey den Blick von seinem Blatt. »Hat einer von euch sie heute gesehen?«

Als die anderen den Kopf schüttelten, stand er auf. »Ich vermute, sie schläft heute Nacht draußen.«

Trotzdem ging er hinüber in den Schlafsaal, um die anderen Männer zu fragen. Nach einer Weile kehrte er kopfschüttelnd zurück. »Johnnie ist ihr am Morgen noch begegnet«, erklärte er. »Sie wollte nach ein paar Wasserlöchern sehen.«

»In welcher Richtung?«, fragte Sibell.

»Tja, das ist eine gute Frage.«

»Nach den Wasserlöchern zu sehen dauert nicht die ganze Nacht«, meinte Sibell.

»Außer sie hat sich zu weit vom Haus entfernt«, entgegnete Casey.

»Ich mache mir Sorgen. Womöglich sind die Schwarzen in unsere Gegend zurückgekehrt.« Cliffs Tod stand Sibell immer noch vor Augen, und die schwarze Stille dort draußen kam ihr plötzlich ungewohnt bedrohlich vor.

»Sind Sie der Meinung, wir sollen losziehen und sie suchen?«, fragte Casey. Sibell merkte jetzt, warum Zack Maudie als Verantwortliche zurückgelassen hatte. Der Vorarbeiter war zwar tüchtig und verlässlich, aber offensichtlich nicht gewohnt, Entscheidungen zu treffen.

»Ja«, sagte sie, »und zwar sofort.« Sie war überrascht, als er ihr ohne Widerspruch gehorchte.

Nachdem die Suchtrupps aufgebrochen waren, breitete sich eine unheimliche Stille aus. Dass die Lampen vor den Unterkünften der Männer die ganze Nacht brannten, war ungewohnt für die Zurückgebliebenen. Düsteren Schatten gleich kehrten die Reiter zur Farm zurück, und die klagenden Rufe der Nachtvögel jagten Sibell eine Gänsehaut über den Rücken.

Da Sibell nicht länger untätig herumsitzen konnte, sattelte sie bei Morgengrauen ihr Pferd, um sich an der Suche zu beteiligen. Netta lief ihr nach. »Miss Sibell«, rief sie, »nehmen Sie diese Burschen mit. Sie haben gute Augen.«

Zwei junge Aborigines in zerschlissenen Arbeitshosen und abgetragenen Unterhemden kamen zögernd hinter ihr her.

»Nehmen Sie sie mit. Auf Sie muss auch jemand aufpassen.« Netta grinste, und Sibell fand den Gedanken nicht mehr so dumm. »Gut, sie sollen sich Pferde geben lassen.«

»Keine Pferde«, meinte Netta geringschätzig. »Sie laufen.«

Sibell war froh, dass Casey ihren Aufbruch nicht beobachten konnte. Denn als sie hinter den beiden Burschen herritt, die bereits den Weg entlangliefen, hatte sie das Gefühl, dass er das nicht gutheißen würde. Aber sie hatte nicht vor, sich weit vom Haus zu entfernen, und wahrscheinlich würden die Männer Maudie bei Tageslicht ohnehin bald gefunden haben.

Eigentlich hatte sie erwartet, dass sie auf dem Hauptweg, etwa eine Meile vom Wohnhaus entfernt, auf einen anderen Suchtrupp stoßen würde, doch die auseinanderstrebenden Wege lagen verlassen da. »Welche Richtung wollen wir einschlagen?«, fragte sie ihre Spurenleser. Doch diese standen, ohne sie zu beachten, nur schweigend da und spitzten die Ohren. Abgesehen vom gewohnten Vogelgezwitscher war für Sibell nichts Ungewöhnliches zu vernehmen, und es kam ihr sinnlos vor, auf ein Lebenszeichen von Maudie zu lauschen. Doch plötzlich bogen die beiden unvermittelt in einen schmalen Pfad ein, der in den Busch führte, und Sibell folgte ihnen.

Als sie um eine Kurve kam, hörte Sibell die beiden Schwarzen aufgeregt rufen, und nachdem sie sie eingeholt hatte, sah sie sie auf ein reiterloses Pferd zulaufen, das zielstrebig seinem heimatlichen Stall zueilte. »Du meine Güte«, rief sie aus. »Das ist Maudies Pferd. Wo ist sie?« Doch die Frage an die beiden

Schwarzen hätte sie sich sparen können. Aufmerksam betrachteten sie die Hufe des Tieres.

Nachdem einer der beiden das Pferd nach Hause geschickt hatte, machten sich die Aborigines auf die Suche.

Sie kamen nur mühselig voran. Einige Meilen konnten sie der Spur folgen, doch dann verlor sie sich im Busch: Tief über den Boden gebeugt, suchten die Burschen nach den Hufspuren. Sibell folgte ihnen gehorsam. Allmählich machte sie sich ernstliche Sorgen, denn inzwischen gab es keinen Zweifel mehr, dass Maudie in Schwierigkeiten geraten war. Sibell versuchte, nicht an die wilden Schwarzen zu denken, und bedauerte, dass sie in der Hast des Aufbruchs ihr Gewehr auf der Farm zurückgelassen hatte.

Immer weiter drang der kleine Trupp in die Wildnis vor. Sibell beobachtete, wie die beiden Aborigines mit dem Finger in eine Richtung zeigten, sich besprachen und dann weiterzogen. Hoffentlich würde ihre Suche Erfolg haben, denn inzwischen waren sie schon stundenlang unterwegs. Außerdem zehrte das dauernde Schritttempo an Sibells Nerven. Das war anstrengender als ein ordentlicher Galopp.

Plötzlich stellte Merry die Ohren auf und ließ sich kaum noch zügeln. Sie näherten sich einem Wasserloch, und kurze Zeit später konnten sie sich in dem brackigen Wasser abkühlen. Sibell erinnerte sich daran, dass Maudie die Wasserlöcher inspizieren wollte. Als sie es den beiden Spurensuchern sagte, nickten sie lebhaft und setzten dann ihren Weg im Laufschritt fort.

Nach etwa einer halben Stunde hörten sie einen schwachen Ruf, und die Männer beschleunigten ihren Schritt.

Sie fanden Maudie gegen einen Baum gelehnt, ausgesprochen lebendig. »Das wurde aber auch Zeit!«, rief sie ihnen wütend entgegen. »Ihr habt ziemlich lange gebraucht, um mich zu finden. Mir wäre schon fast das Wasser ausgegangen.« Sie stieß das Gewehr beiseite, das über ihrem Schoß gelegen hatte, und trank gierig ihre Wasserflasche leer.

Sibell sprang von ihrem Pferd. »Maudie! Dem Himmel sei Dank, dass wir Sie gefunden haben. Ist alles in Ordnung?«

»Du meine Güte, natürlich ist alles in Ordnung. Ich habe mir nur das Bein gebrochen.«

»O Gott! Lassen Sie mal sehen!«

»Rühren Sie es nicht an«, polterte Maudie. Mit schmerzverzerrtem Gesicht zeigte sie auf das verdreht daliegende Bein. »Ich habe schon versucht, es zu richten, aber alles nur noch schlimmer gemacht.« Sie blickte in die bedauernden Gesichter der Aborigines. »Jacky und Sol. Ihr seid wirklich ein paar kluge Jungs! Wenn wir nach Hause kommen, kriegt ihr einen Armvoll Geschenke.« Sie gab ihnen die Wasserflasche. »Sol, hol mir Wasser. Und du, Jacky, läufst nach Hause und sagst Casey, er soll den Einspänner bringen. Weißt du, welchen Wagen ich meine?«

»Ja, Missus«, sagte Jacky. Gleich darauf war er im Busch verschwunden.

»Ich warte hier mit Ihnen auf Casey«, erbot sich Sibell. Zähneknirschend erklärte Maudie sich einverstanden.

»Wenn Sie wollen.«

Sol kehrte mit dem Wasser zurück. Maudie trank in vorsichtigen Schlückchen. »Das ist zwar schlammig, aber trotzdem gut. Seit dem Gewitter gestern Nachmittag hocke ich hier.«

Sibell nahm ihr Halstuch, tränkte es mit Wasser und wischte Maudie damit über das Gesicht. »Sie sind ganz erhitzt. Ich glaube, Sie haben Fieber.«

»Ich bin froh, dass ich noch am Leben bin«, stöhnte Maudie.

»Was ist geschehen?«

»Ich bin selbst schuld«, sagte Maudie. »Kann immer noch nicht glauben, dass ich so dumm gewesen bin.« Sie blickte nach oben. »Sehen Sie diesen Baum?«

Sibell betrachtete die mächtigen, alten Zweige. »Was ist damit?«

»Man nennt sie die Witwenmacher. Es sind schon öfters Männer erschlagen worden, wenn sie unter einem dieser Bäume Schutz suchten. Da braucht nur ein mächtiger Ast abzubrechen, und peng – schon hat er dir das Genick gebrochen.« Sie zeigte auf den dicken Ast, der neben ihr lag. »Und der hier hat mich beinahe erledigt. Du kennst diese Bäume, nicht wahr, Sol?«

Der Aborigine schob den Ast mit dem Fuß beiseite.

»Hat Ihnen der Ast das Bein gebrochen?«

»Nein. Er traf mich an der Schulter, und dadurch hat das

Pferd gescheut und hat mich abgeworfen. Und dabei habe ich mir das Bein gebrochen. Dann blieb mir nichts anderes übrig, als hierher zu kriechen und zu warten. Ich habe mir gedacht, dass mir so nahe am Stamm nichts mehr passieren würde.«

Erst jetzt sah Sibell, dass Maudies linker Arm reglos herabhing. »O Gott, Ihre Schulter ist auch verletzt.«

»Ausgerenkt«, stöhnte Maudie mit zusammengebissenen Zähnen.

»Sie müssen furchtbare Schmerzen haben. Kann ich denn überhaupt nichts für Sie tun?«

»Ich glaube nicht. Ich bleibe hier ganz still sitzen. Ich darf gar nicht daran denken, dass man mich nachher in den Wagen hebt. Aber irgendwie muss ich ja nach Hause kommen.«

»Ich passe auf, dass sie vorsichtig mit Ihnen umgehen«, sagte Sibell. Aber Maudie hatte schon die Augen geschlossen. Sie wirkte erschöpft, also ließ Sibell sie ruhen.

Nach einer Weile fragte Maudie: »Ist das Pferd zu Hause angekommen?«

»Ja, es war schon fast am Gatter.«

»Gut«, sagte Maudie müde. »Ich musste mit Steinen nach ihm werfen, damit es überhaupt loslief. Nachdem es mich abgeworfen hatte, ist es aus lauter Schuldbewusstsein bei mir geblieben.«

»Die Männer haben die ganze Nacht nach Ihnen gesucht«, erklärte Sibell. Aber Maudie konnte ihr offensichtlich nicht mehr folgen. Sibell wusch ihr erneut das Gesicht und begann ganz langsam und vorsichtig, ihr die Stiefel auszuziehen.

Maudie hörte Sibell zu, die ihr das Ergebnis der letzten Viehzählung vorlas. »So ein Unsinn! Da draußen sind noch viel mehr Kälber. Außerdem sind die Rinder an der südwestlichen Grenze nicht zusammengetrieben.«

»Casey sagt, das sei erledigt.«

»Casey ist zu nachlässig mit den Männern. Die können ihm alles erzählen. Egal, ob Zack jetzt zurückkommt oder die Regenzeit anfängt, wir sitzen im Schlamassel, wenn wir da keine Ordnung reinbringen. Die Kälber müssen ihr Brandzeichen haben, oder aber sie sind Freiwild für Diebe. Außerdem geben wir ein schlechtes Bild ab, wenn bei uns die Rinder drei Monate durch den Busch streifen und wir nicht einmal wissen, wie viele es sind. Diese Taugenichtse.«

Maudie war auf das Sofa im Büro gebettet, das Bein geschient und den linken Arm an den Körper gebunden, um die ausgerenkte Schulter ruhigzustellen. Sie hatte die Fahrt zurück auf die Farm mit einer Geduld ertragen, die Sibell erstaunte. Zu Hause hatten sie dann sogar das Laudanum ausgeschlagen, das Casey und Sam Lim ihr geben wollten, bevor sie das Bein richteten.

Sibell konnte es nicht fassen. »Haben Sie damit überhaupt Erfahrung?«, fragte sie Casey.

»Wir müssen es versuchen«, antwortete er. »Es dauert Tage, bis Doktor Brody hierherkommen kann, und wenn das Bein schief zusammenwächst, muss er es nachher noch mal brechen.«

»Wie furchtbar! Haben Sie so was schon mal gemacht?«

»Ja, aber nicht bei einer Dame. Und nicht bei jemand wie Maudie. Wenn wir es nicht hinkriegen, bringt sie uns um.«

»Ich finde, Sie sollten das Laudanum nehmen«, sagte Sibell zu Maudie. Doch die ließ sich nicht umstimmen.

»Auf keinen Fall. Das ist mein Bein, und ich möchte sehen, was sie damit anfangen. Aber Sie können mir einen Whisky bringen, einen doppelten.«

Ungeniert schrie sie dann ihren Schmerz heraus. Und sie brüllte auch die Männer an, denen vor Angst der Schweiß ausbrach, als sie das Bein richteten. Als es dann endlich geschient war, wies Maudie die beiden an, Lederriemen zu holen und ihr den Arm an den Körper zu binden.

Dann legte sie sich zurück und wartete, dass sich der Schmerz beruhigte. »Ich brauche noch einen Schluck Whisky«, sagte sie zu Sibell, die sich beeilte, ihrem Wunsch nachzukommen.

»Ich finde Sie unglaublich tapfer«, sagte Sibell. »Ich hätte das Laudanum genommen.«

»Nicht tapfer«, seufzte Maudie mit vor Erschöpfung schwacher Stimme. »Ich muss mich von dem Zeug immer übergeben.« Sie lächelte benommen. »Aber meine Mutter, die war wirklich tapfer. Sie wurde von einer giftigen Natter gebissen, und zwar weitab von jeder Stadt. Und da man in einem solchen Fall nicht viel unternehmen kann, hat sie sich den Finger abgehackt.«

»Was hat sie getan?«

»Sich den Finger abgehackt. Mit einem Beil. Gleich hier, oberhalb vom Gelenk.«

Sibell wusste, dass es nichts änderte, wenn sie ständig in das Journal starrte. Wenn sich darin ein Fehler befand, musste etwas unternommen werden. Doch sie konnte nicht begreifen, was Maudie mit ihren Klagen meinte, oder genauer gesagt, verstand sie nicht, woher Maudie wusste, dass es da draußen Unregelmäßigkeiten gab. »Drei Monate?«, fragte sie nach. »Warum muss das Vieh dann drei Monate ohne Brandzeichen herumlaufen?«

»Weil wir in der Regenzeit keinen der Flüsse mehr überqueren können.«

»Ich wusste nicht, dass die Regenzeit so lange dauert.«

»Sogar noch länger«, sagte Maudie. »Von Oktober bis April. Glücklicherweise sind wir dieses Jahr spät dran. Und das macht mir auch zu schaffen, nämlich dass wir jetzt schon Oktober haben.«

»Aber woher wissen Sie, dass es draußen noch mehr Rinder gibt als hier in meiner Liste aufgeführt?«

»Weil wir letztes Jahr diese Gegend inspiziert haben. Das steht auch in Ihren tollen Büchern, wenn Sie sie richtig lesen würden. Und es gibt keinen Grund, weshalb die Rinder nicht mehr dort sein sollten. Gut, letztes Jahr sind vierhundert Stück bei einer Überschwemmung ertrunken, aber dieses Jahr ist es viel besser gelaufen. Und durch die neuen Kälber müsste die Herde angewachsen sein. Schade, dass Cliff nicht mehr sehen kann, dass sich die Farm nun doch noch so gut entwickelt.« Sie sprach nur selten von Cliff, und Sibell konnte das verstehen. Auch sie mochte immer noch nicht über ihre Eltern reden.

»Also!« Maudie rutschte unruhig hin und her. Die erzwungene Untätigkeit machte ihr zu schaffen. »Wir müssen das in Ordnung bringen. Ich will mir von Zack nicht sagen lassen, ich sei unfähig. Holen Sie den Einspänner, Sibell. Ich lasse mich von Casey dorthin fahren.«

»Das werden Sie schön bleiben lassen. Doktor Brody hat gesagt, Sie dürfen sich nicht bewegen, weil Ihr Bein an zwei Stellen gebrochen ist.« Sie konnte Maudies Sorgen verstehen, denn auch sie wollte von Zack keinen Tadel einheimsen.

»Ich fahre hin«, erklärte sie. »Ich fahre raus und erledige die Arbeit.«

»Das werden Sie nicht tun. Sie brechen sich da draußen noch den Hals!«

»Unsinn! Wir sollten die Farm in Bezirke aufteilen und die Männer noch mal zum Nachprüfen rausschicken. Und ich schwindele ihnen was vor. Ich sage, dass wir anhand der Zahlen vom letzten Jahr feststellen können, dass sie nicht richtig gezählt haben.«

»Und dass sie uns übers Ohr hauen wollten«, ergänzte Maudie.

»Genau, dass sie uns übers Ohr hauen und dass Zack wütend auf sie sein wird.«

»Dass Zack jeden einzelnen dieser Halunken feuern wird«, berichtigte Maudie.

Doch dann fiel Sibell etwas ein. »Und wer kümmert sich um Sie?«

»Netta natürlich. Mein Gott, mit nur einem Arm und einem Bein komme ich mir so nutzlos vor. Aber auf sie gestützt kann ich wenigstens durch die Gegend humpeln. Außerdem kann ich mich in die Küche setzen und zugucken, wie sie alles anbrennen läßt.«

Wesley kam ins Zimmer geschlendert, und seine Mutter verzog das Gesicht, als er sie schüttelte. »Mama, du erzählst Geschichte«, bettelte er. Sibell sah, wie Maudie bei diesem verstümmelten Satz zusammenzuckte. Zumindest fiel es ihr endlich auf.

»Ich kenne keine Geschichten«, erwiderte sie missmutig.

»Aber sicher tun Sie das«, widersprach Sibell. »Sie müssen Hunderte von aufregenden Geschichten aus dem Busch kennen. Sie können ihm aus Ihrer Kindheit erzählen.«

»Und wozu soll das gut sein?«, fragte Maudie.

»Das ist wichtig«, erwiderte Sibell. Aber sie wollte Maudie nicht aufregen, indem sie darauf beharrte; deshalb wechselte sie schnell das Thema. »Ich werde gleich mal Casey zu Ihnen schicken. Sie müssen ihm sagen, dass ich jetzt die Befehle gebe, sonst gehorchen die Männer mir nicht. Wollen Sie das tun, Maudie?«

»Das muss ich wohl. Aber wenn Sie im Busch in Schwierigkeiten geraten, ist das nicht meine Schuld.«

»Das hat auch niemand behauptet.« Sibell nahm Wesley, um ihn ins Bett zu bringen. Vorher las sie ihm noch die Geschichte von den drei kleinen Schweinchen vor, der er verzückt lauschte. »Wesley, ich kann dir jetzt ein paar Tage keinen Unterricht mehr geben«, erklärte sie dem Jungen, »weil ich zum Rinderzählen ausreiten muss. Versprichst du mir, dass du die Zwillinge nicht ärgerst?«

»Ja«, sagte er. Dann blickte er forschend zu ihr auf. »Ist Zack jetzt auch im Himmel wie mein Papa?«

»Wie kommst du denn darauf? Nein! Zack ist mit einer Rinderherde unterwegs zu einer anderen Farm, und bald kommt er wieder nach Hause.«

»Das ist gut«, seufzte Wesley müde. »Ich mag Zack gerne.« Zu ihrer Überraschung merkte Sibell, dass ihr die Augen feucht wurden. Sie blieb bei Wesley, bis er eingeschlafen war, in Gedanken mit ihrem eigenen Schicksal beschäftigt. Zumindest hatte sie einen Vater gehabt, solange sie klein war. Wesley hingegen würde sich später an Cliff kaum noch erinnern.

Sibell nickte den Zwillingen zu, die sich draußen auf die Veranda gesetzt hatten. Dann ging sie auf Zehenspitzen davon, fest entschlossen, dem kleinen Wuschelkopf noch mehr Aufmerksamkeit zu schenken, solange sie noch da war.

Dann kamen die Tage, in denen sie ihr unbedachtes Angebot bereute, wo Rücken und Hinterteil von den langen Stunden im Sattel unter der sengenden Sonne brannten und schmerzten. Ihre vornehme Blässe wich zunächst einem Sonnenbrand und dann goldener Bräune, abgesehen von einem weißen Streifen auf der Stirn, der vom Sonnenhut verdeckt worden war.

Gemeinsam mit Casey und Archie Sims ritt sie geradewegs zu den fernen Außengrenzen der Farm. Wie Maudie musste sie im Freien übernachten, in Begleitung von einem Dutzend Männer, die jeden Abend an einem vorher abgesprochenen Platz zusammentrafen. Ständig trug sie Notizblock und Bleistift bei sich, um die Anzahl der Rinder festzuhalten, die in roh gezimmerten Pferchen zusammengetrieben wurden. Bei dieser Arbeit wurde ihr das Vieh allmählich verhasst.

Wenn Logan mich jetzt sehen könnte, dachte sie, als sie neugeborene Kälber versorgen half oder von Übelkeit geschüttelt dabeistand, wie die Männer ein Neugeborenes aus einer stöhnenden Kuh herauszogen. Aber die Arbeiter erledigten ihre Arbeit bereitwillig. Sibell brüllte Casey an, sie hätten nicht mehr viel Zeit, und Casey trieb die Männer zur Eile.

»Woher kommen Sie, Casey?«, fragte Sibell eines Abends.

»Ich bin in den Dargo High Plains aufgewachsen«, berichtete er. »Dann hat mich die Wanderlust gepackt. Als Viehtreiber habe ich mich quer durch Queensland vorgearbeitet und mich dann einem Viehtrieb durch das Territory angeschlossen. Anschließend habe ich mich als Goldschürfer versucht, allerdings ohne Erfolg. Deshalb suchte ich mir wieder eine Stellung als Treiber, und so kam ich dann hierher. Die Gegend hat mir gefallen, und ich hatte es allmählich satt, immer nur aus der Tasche zu leben. Jetzt bin ich auf der Black-Wattle-Farm zu Hause. Und hier bleibe ich auch, bis ich unter die Erde komme.«

Sibell wusste bereits, dass der Fünfundfünfzigjährige Angst hatte, entlassen zu werden. Deshalb hielt sie ihn unerbittlich in Trab. Und er gehorchte. Nur zuweilen ließ er die Bemerkung fallen, sie sei ein schlimmerer Plagegeist als Maudie.

Sibell sagte nichts zu diesen Vorwürfen, denn sie war stolz darauf. Sie fühlte sich geschmeichelt.

Zwischendurch kehrte sie erschöpft zum Farmhaus zurück, worüber Maudie sich stets königlich amüsierte. »Sie sind fix und fertig, Sibell. Geben Sie's auf.«

Das hättest du wohl gerne, dachte Sibell, als sie ins Bett stolperte. Zu gern würde sie Zack erzählen, ich sei zu nichts zu gebrauchen. Aber diese Genugtuung werde ich ihr nicht gönnen.

Die Mahlzeiten waren schrecklich, bestanden hauptsächlich aus angebrannten oder halbgaren Koteletts mit zerkochten Kartoffeln und fade schmeckender Suppe. »Warum holen wir uns unser Essen nicht von Sam Lim?«, fragte Sibell. »Die Männer kriegen etwas Besseres vorgesetzt als wir.«

»Weil er schon über die paar zusätzlichen Männer jammert, die er bekochen muss, und ich nicht möchte, dass er kündigt.«

»Welche zusätzlichen Männer?«

»Ich habe ein paar Zureiter eingestellt. Mit dem Brennen sind wir fast fertig, so bleibt uns noch ein wenig Zeit. Und da ich draußen Herden von Wildpferden gesehen habe, will ich hundert davon einfangen lassen. Zumindest ist das meine Ausgangszahl. Wenn Sie wollen, können Sie sie verdoppeln.«

Sibell war wütend. »Das ist doch nur zusätzliche Arbeit. Das hätten Sie auch schon vor langer Zeit erledigen können.«

»Nein, konnte ich nicht«, entgegnete Maudie. »Die meisten Männer reiten zum Weihnachtsfest nach Palmerston. Und dabei können sie sich nützlich machen und für uns eine Herde Pferde auf den dortigen Viehmarkt treiben. Ich möchte so viele verkaufen wie möglich.«

»Ich halte das für überflüssig.«

»Kann ich mir denken. Aber das Geld, das sie einbringen, ist keineswegs überflüssig.«

In der Hoffnung, dass sie nicht zu viele Beschwerden hören würde, wies Sibell die Männer an, die Pferdeherden einzukreisen. Zu ihrer Überraschung hatten sie nichts dagegen einzuwenden. »Endlich mal eine Abwechslung«, sagte Casey. »Pferde fangen macht viel mehr Spaß.«

»Wenn ihr zweihundert zusammentreibt«, sagte Sibell, »kriegt jeder der Männer eins für sich. Umsonst.«

»Und die Farm bezahlt die Zureiter«, forderte Casey.

»Na gut«, erklärte Sibell. Ihr war das gleich, solange sie nur die Quote machte und Maudie zufriedenstellte.

Am Sonntag ruhte man sich aus – ein kostbarer freier Tag –, doch Sibell wusste genau, dass niemand die Pause so genoss wie sie. Ausschlafen war ein Genuss, und nun hatte sie nur noch eine Woche vor sich, bis die Arbeit beendet war. Wenn Maudie sich nicht noch eine andere Aufgabe für sie ausdachte. Doch eigentlich hielt Sibell das für unwahrscheinlich, denn ein paarmal hatte es schon am Nachmittag geregnet, und über der Küste ballten sich bereits dunkle Wolken zusammen.

Noch im Bett fragte sie sich, was dann geschehen würde. Auf der fast verlassenen Farm konnte sie nicht bleiben. So beschloss sie, mit Maudie und den Dienstboten in die Stadt zu fahren, sich ihren Lohn auszahlen zu lassen und sich eine andere Arbeit zu suchen. Logan hatte sich immer noch nicht gemeldet. Sie ärgerte sich darüber, doch zum Glück war sie in den letzten Wochen so beschäftigt und so müde gewesen, dass sie ihn vorübergehend vergessen hatte. Wo mochte Logan bloß sein? Trotz all der körperlichen Arbeit fühlte sie sich so gut wie nie zuvor in ihrem Leben und außerdem gestärkt und in der Lage, mit Schicksalsschlägen fertigzuwerden. Sie liebte Logan von ganzem Herzen, doch wenn er sie enttäuschte, würde sie ihm das nie vergeben.

Sie blickte an die Decke und lachte. Ihr war eingefallen, wie Maudie abends immer ins Haus gestampft war, sich über ihren schweren Tag beklagt hatte, sodass Sibell sich minderwertig vorgekommen war. Die Viehtreiber zu beaufsichtigen, war tatsächlich eine anstrengende Arbeit, aber zugleich auch abwechslungsreich. Eigentlich hat es mir Spaß gemacht, dachte Sibell. Die Männer waren freundlich und rücksichtsvoll und außerdem ein lustiges Völkchen, das scherzte, sich gegenseitig Streiche spielte. Es war nicht halb so schlimm, wie Maudie behauptet hatte.

Wo mochte Zack nur stecken? Sie hatten von ihm ein Telegramm bekommen, in dem er seine Hoffnung ausdrückte, dass es ihnen gut ging. Weiterhin berichtete er, dass er das Vieh verkauft hatte und sich wieder auf dem Heimweg befand. Allerdings schien niemand zu wissen, wann er ankommen würde. »Wenn sie es vor Einsetzen der Regenzeit bis zur Black-Wattle-Farm schaffen, fahren sie gleich weiter nach Palmerston«, erklärte Casey Sibell. »Denn wenn die Flüsse erst mal über die Ufer getreten sind, sitzt man hier fest. Boote werden nur in Notfällen eingesetzt, und das ist schon heikel genug.«

Da stürzte Netta in ihr Zimmer – sie hatte immer noch nicht gelernt anzuklopfen. »Miss Sibell. Da draußen ist ein fremder Schwarzer.«

Sibell fuhr auf. »Ist er ordentlich angezogen?« Stammesangehörige, die sich weigerten, Kleidung zu tragen, durften das Farmgelände nicht betreten.

»Ja, er hat eine Hose«, erwiderte Netta, und Sibell lachte.

»Sehr gut. Ich werde sehen, was er will.« Sie zog sich hastig an und ging nach draußen. Am Tor wartete Jimmy Moon, ein zerdrücktes Paket in der Hand.

»Geschenk«, rief er. »Geschenk für Missibel von Logan.«

Logan überlegte lange, ob er eine zweite von Gilberts Minen schließen sollte. Auf der einen Seite musste er wegen seiner eigenen Projekte so viel Geld wie möglich verdienen, doch andererseits konnte er es kaum erwarten, seine Stellung in Katherine aufzugeben und weiterzuziehen.

Er hatte sich bereits wegen eines Darlehens an den Leiter der Bank of South Australia gewandt, doch der hatte das Anliegen seinem Vorgesetzten in Darwin vortragen müssen. Dieser wiederum hatte Logans Antrag der Zentrale in Adelaide vorgelegt. »Das Geld ist knapp«, hatte der Bankleiter, Fred Crowley, Logan erklärt. »Auf den Aktienmärkten hat es ein paar Zusammenbrüche gegeben.«

»Das höre ich nicht zum erstenmal«, sagte Logan. »Aber ich glaube nicht an dieses Gerede von der Geldknappheit.«

»Das sollten Sie aber tun. Die drüben in England möchten verhindern, dass wir den Amerikanern nacheifern. Und da immer wieder der Ruf laut wird, Australien sollte eine Republik werden, hat das Mutterland die Schraube angezogen.« Er grinste. »Ohne Bargeld kann man nicht ausreißen, deshalb sorgen sie dafür, dass wir knapp dran sind. Nur britische Investoren kommen schnell und leicht an Kredite ... Sehen Sie sich doch mal um. Die wirklich großen Farmen sind alle in ihrer Hand. Abgesehen davon haben Sie mir bislang auch noch nicht viel gesagt, worauf ich auf Ihre Kreditwürdigkeit schließen könnte. Wofür brauchen Sie denn das Geld?«

»Das ist eine Privatangelegenheit«, sagte Logan, der nicht die Absicht hatte, auch nur den kleinsten Hinweis auf seinen Fund bekannt werden zu lassen.

»Das heißt gewöhnlich, dass ein Mann ein Geschäft im Kopf hat.« Crowley winkte ab. »Aber Ihrem Antrag hilft das nicht gerade weiter.«

»Machen Sie sich nichts draus. Versuchen Sie es trotzdem«, sagte Logan.

Auch die Minen bereiteten ihm Sorgen. Die chinesischen Kulis, die er eingestellt hatte, um den Abbau zu beschleunigen, arbeiteten zwar zu seiner Zufriedenheit, doch dann traten die anderen Männer in Streik. Sie weigerten sich, in den Berg einzufahren, und nahmen ihre Arbeit erst wieder auf, nachdem Logan die Chinesen ausgezahlt hatte.

Außerdem fürchtete er die bevorstehende Regenzeit. Da er nicht wusste, was ihn erwartete, konnte er auch keine Pläne für die Zukunft schmieden. Einige Männer sagten nämlich, die Minen würden volllaufen und müssten in diesen Monaten geschlossen werden. Andere hingegen behaupten, das würde nur bei sehr starken Regenfällen nötig sein, was lediglich alle Jubeljahre einmal der Fall wäre. Einig waren sie sich allerdings darin, dass die Flüsse über die Ufer treten würden und dass die Regenzeit in Palmerston noch nie ausgeblieben war.

Allmählich wurde ihm klar, dass sich nur wenige Menschen lange genug im Territory aufhielten, um eine zuverlässige Vorhersage abgeben zu können. Aus diesem Grund schickte er Jimmy Moon zu den Eingeborenen in der Umgebung, um von ihnen Genaueres zu erfahren. Doch als Jimmy mit der Erklärung zurückkehrte, es gebe acht Jahreszeiten, zuckte Logan die Achseln und richtete all seine Kräfte darauf, die Minenarbeiter zu möglichst harter Arbeit anzutreiben.

Und dann war da noch Josie. Für ihn war es eine Erleichterung, dass sie aus Katherine abgereist war und nicht ständig um ihn herumwieselte. Ihre Heirat hatte von Anfang an unter einem schlechten Stern gestanden, war überschattet von Jack Cambrays Selbstmord und der feindseligen Haltung seines Sohnes. Logan hatte die Cambrays satt, und es passte ihm gar nicht, dass Josie nicht nach Perth gefahren war. Seine Nächte waren nun erfüllt von Liebesträumen, die sich um Sibell rankten, um ihre jugendliche Schönheit, ihren aufregenden Körper und ihre hingebungsvolle Leidenschaft. Verglichen mit Sibell war Josie langweilig. Jetzt kam es ihm so vor, als wären die Liebesspiele mit ihr auf dem hässlichen alten Bett kaum der Mühe wert gewesen.

Ihre erbärmlichen Wohnverhältnisse hatten sicher zu ihrem Unglück beigetragen, aber trotzdem gab Logan Josie die Schuld. Sie machte ihm das Leben mehr zur Hölle, als es einer Ehefrau eigentlich zustand. Es lag einzig an ihr, dass er für ihre Ehe keine Zukunft mehr sah. Warum hatte sie nicht den ersten Schritt getan und ihn verlassen? Also musste er die Angelegenheit selbst in die Hand nehmen.

Da fiel ihm das voreilige Versprechen ein, das er Sibell bei seinem Abschied auf der Black-Wattle-Farm gegeben hatte, sich mit ihr so bald wie möglich an der Idle Creek Junction zu treffen. Ursprünglich hatte er vorgehabt, sie von Jimmy Moon abholen zu lassen, sobald er zu einer weiteren Goldlieferung in den Norden aufbrach. Aber das war jetzt zu gefährlich geworden; mittlerweile gab es auf der »Route«, wie die Einheimischen die Straße aus dem Süden nach Palmerston nannten, zu viele Leute, die ihn kannten. Irgendjemand würde es sich nicht entgehen lassen, Josies Namen zu erwähnen, und dann würde Sibell erfahren, dass er verheiratet war. Er lächelte, als er an Sibells Wutausbrüche dachte – das war es ja gerade, was er an ihr so reizvoll fand. Josie war immer so furchtbar verständnisvoll.

Logan wusste, dass er etwas unternehmen musste, wenn er Sibell halten wollte. Mit anderen Worten, er musste Josie ein für alle Mal loswerden.

Ihr Agent hatte für sie in Palmerston ein Haus gemietet, und ihren Briefen nach zu urteilen ging es ihr in der Stadt so weit ganz gut, außer dass sie ihn vermisste. Im Augenblick konnte er es sich leisten, für ihren Unterhalt aufzukommen. Wenn er seine eigene Mine erst einmal in Betrieb genommen hatte und das Geld hereinfloss, wollte er sie abfinden, sobald die Scheidung beschlossene Sache war.

»Jetzt kommt es darauf an, die Zeit richtig zu nutzen«, sagte er sich, als er sich daranmachte, Josie den Brief zu schreiben, in dem er sie um die Scheidung bat. Er versicherte ihr, dass es ihr materiell an nichts fehlen würde. Vorausgesetzt, sie kehrte nach Perth zurück. Wenn sie diesem Wunsch nachkam, würde sie ihm die Möglichkeit geben, böswilliges Verlassen als Scheidungsgrund geltend zu machen. Und in dieser rauen Gegend, wo die Rechtsprechung noch in den Kinderschuhen steckte, hätte er die Scheidung durchgebracht, noch bevor sie überhaupt etwas davon erfuhr. Unter den Goldsuchern befanden sich mehrere Rechtsanwälte von zweifelhaftem Ruf, die ihm für ein paar Körner Gold sicher mit Rat und Tat zur Seite stehen würden.

Josie war glücklich in Palmerston und schmiedete bereits Pläne, die Stadt zu ihrem ständigen Wohnsitz zu machen. Ihr hübsches kleines Steinhaus lag an der Grenze zum Chinesenviertel inmitten eines Geländes, auf dem tropische Bäume und Büsche standen und wo es von lieblich zwitschernden Vögeln nur so wimmelte.

Nach Katherine kam es ihr hier wie der Himmel auf Erden vor. Sie hatte zwei Schlafzimmer, eine Küche im Haus und im Waschhaus im Anbau sogar eine richtige Badewanne. Doch am schönsten waren das Wohnzimmer mit den Fenstern zur Straße und die hübsche kleine Veranda, wo sie abends sitzen und die traumhaften Sonnenuntergänge beobachten konnte.

Das Haus gehörte einem älteren Chinesen namens Wang Lee, den sie recht reizend fand und der sie ihren Nachbarn, allesamt Chinesen, vorgestellt hatte. Zunächst hatte Josie sich vor ihnen gefürchtet, doch sie entpuppten sich als zufriedene, freundliche Leute, deren Gedanken sich allem Anschein nach hauptsächlich um Essen drehten. Ständig standen sie mit Päckchen von Gemüse und Eiern vor ihrer Tür. Und mit der Begründung, dass Gemüse hier im wahren Überfluss wuchs, hatte Wang Lee ihr persönlich eine Chinesin besorgt, die Josie bei der Bestellung des Gartens helfen sollte.

Im Gegensatz zu den Geschichten, die Josie von den anderen Bergarbeiterfrauen auf dem Weg von der Anlegestelle am Fluss nach Palmerston gehört hatte, war die Stadt ein recht angenehmer Ort und keineswegs ein Sündenpfuhl. Sicher gab es in der Umgebung des Hafens ein verrufenes Viertel mit Bordellen und anrüchigen Schnapsbuden, und in ihrer Nachbarschaft befand sich das geheimnisvolle Chinesenviertel, aber allmählich entstanden im Zentrum der Stadt neue Geschäftsgebäude, und auch zwei neue Hotels wurden gerade gebaut.

Neugierig hatte Josie sich darangemacht, die Stadt zu erkunden. Der Hitze begegnete sie, indem sie ihre Haushaltspflichten auf den frühen Morgen verlegte und sich ein Mittagsschläfchen angewöhnte. Auf ihre Spaziergänge nahm sie einen Sonnenschirm mit, und sie hielt Rast im Schatten dichter Bäume. Schon bald war sie in der Stadt überall bekannt.

Während ihrer ersten Ehe hatte sich eingebürgert, dass Josie die Finanzen der Familie verwaltete, und dies setzte sie auch mit Logan fort. Der hatte nichts dagegen einzuwenden, da sie eine sparsame Wirtschafterin war. Für sein ständig anwachsendes Bankkonto verfügten sie beide über eine Vollmacht. Einmal hatte Josie der Versuchung nicht widerstehen können und an Ned einen Scheck von zwanzig Pfund ins Internat geschickt. Doch sie hatte sich vorgenommen, Logan später davon zu erzählen. Zu ihrer Freude erfuhr sie von ihrem Bankbeamten, dass der Scheck eingelöst worden war. Ein erster Schritt, sagte sie sich zufrieden. Dank erwartete sie nicht; für sie zählte nur, dass ihr Lebenszeichen nicht zurückgewiesen worden war. Es machte ihr nichts aus, dass sie sich den Weg zu seinem Herzen erkaufen musste, solange er nur wahrnahm, dass es sie noch gab. Sie freute sich schon auf den Tag, da er ihre Einladung annehmen und seine Ferien bei Logan und ihr in Palmerston verbringen würde. Welcher Junge konnte schon einer Schiffsreise widerstehen? Dann könnte er sich allmählich mit Logan vertraut machen, der einen guten Vater abgeben würde, zumindest einen besseren, als Jack für den Jungen gewesen war.

Eines Tages kam Wang Lee vorbei. »Gefällt es Ihnen in meinem Haus?«, erkundigte er sich.

»Ich fühle mich hier sehr wohl«, antwortete sie. »Und dazu dieser wunderschöne Garten mit all den blühenden Bäumen! Fast so, als wohnte ich in einem Park.«

»Gut. Dann müssen Sie es kaufen«, erklärte er. »Dieses sehl hübsche Haus muss velkauft welden.«

»Das kann ich nicht. Von Kauf war nie die Rede; ich habe es nur gemietet.«

Aber er schüttelte den Kopf. »Sehl tlaulig. Haus muss velkauft welden. Bessel, Sie kaufen schnell. Bald ist es zu spät.«

Josie wusste, dass sie Glück gehabt hatte, das Haus zu finden, und wollte es nicht wieder aufgeben. Zwar wurden in dem Gebiet an der Bucht, das sich Doctors Gully nannte, jetzt bessere Häuser gebaut, doch diese konnten sich nur wohlhabende Leute leisten. Abgesehen davon waren annehmbare Wohnhäuser nur schwer zu finden, besonders wenn man sie nur mieten wollte. »Wie viel wollen Sie dafür haben?«, fragte sie deshalb.

»Siebzig Pfund«, sagte er. »Sehl billig.«

Josie hatte genügend Zeit auf den chinesischen Märkten verbracht, um zu wissen, dass jetzt Handeln angesagt war. Also bot sie vierzig. Sie feilschten eine Weile um den Preis, bis sie sich schließlich zur beiderseitigen Zufriedenheit auf fünfundfünfzig Pfund einigten.

Sie eilte zur Bank, hob die Summe ab und war am späten Nachmittag stolze Besitzerin des Anwesens in der Shepherd Street. Darauf setzte sie sich sogleich hin und verfasste einen ausführlichen Brief an Logan. Begeistert über ihre Errungenschaft beschrieb sie ihm darin das Haus in allen Einzelheiten und erklärte ihm, dass sie es für den Fall, dass ihn seine beruflichen Pflichten aus der Gegend von Palmerston fortriefen, immer noch vermieten und als zusätzliche Einnahmequelle nutzen könnte. Josie investierte sogar zwei Shilling für eine Aquarellskizze von Haus und Garten, die sie dem Brief beifügte. Schließlich erklärte sie ihm noch, dass sie bisher nichts für die Einrichtung ausgegeben habe, da das Haus ja nur gemietet gewesen sei. Nun allerdings wollte sie Vorhänge nähen und neue Möbel kaufen. Wenn er nach dem harten Leben in Katherine nach Palmerston käme, würde ihn ein gemütliches Heim erwarten.

Nachdem sie den Brief aufgegeben hatte, verbrachte sie ein paar glückliche Stunden mit der Auswahl des Vorhangstoffs für die einzelnen Zimmer. Auf dem Rückweg machte sie einen kurzen Abstecher in einen chinesischen Laden mit einem buntgewürfelten Angebot, das ebenfalls Mr. Wang Lee gehörte, und erwarb einen hübschen persischen Teppich für das Wohnzimmer. Mr. Wang erbot sich, ihn ihr am kommenden Morgen zu liefern. Das schmeichelte ihr, denn sie hatte herausgefunden, dass ihm ein Großteil der Grundstücke in Palmerston gehörte. Trotzdem erledigte er alles persönlich, ging ebenso bescheiden einher wie seine Nachbarn und hob sich nur durch sein knöchellanges Gewand aus schwerem Leinen und der perlenbestickten Kopfbedeckung von ihnen ab.

Als Wang eintraf, fand er Josie in Tränen aufgelöst vor. Sie war in aller Herrgottsfrühe losgelaufen, um Garn und Nadeln zu kaufen, und hatte auf dem Rückweg noch eine Zeitung holen wollen. Dabei hatte sie erfahren, dass auf dem Postamt ein Brief von Logan auf sie wartete. Enttäuscht, dass sich ihre Briefe gekreuzt hatten und er noch nichts von der großartigen Neuigkeit wissen konnte, hatte sie das Schreiben mit nach Hause genommen, wo sie es in Ruhe lesen wollte. Da Logan nur recht selten schrieb, waren ihr seine Briefe umso kostbarer.

Wang Lee, der ihren Schmerz sah, verbeugte sich, rollte den Teppich aus und schob die Sessel an ihren Platz zurück. Dann blieb er unentschlossen stehen, die Füße eng beisammen und die Hände in den langen weiten Ärmeln verborgen. »Hat die ehlenwelte Dame keine Fleude mehl an dem Haus?«, erkundigte er sich.

»Nein«, schluchzte sie unter einem neuerlichen Ansturm von Tränen. »Das ist es nicht, Mr. Wang.«

Er verbeugte sich erneut. »Schlechte Nachlichten fül die Dame?«

»Ja«, seufzte sie. »Schreckliche.«

»Jemand tot?«

»Nein. Aber fast das Gleiche.«

»Ach so. Ich mache Tee, dann ist gleich alles bessel.«

Unschlüssig folgte sie ihm in die Küche. Dort ließ sie sich am Tisch niedersinken und wischte sich die Augen. Ihr war es peinlich, dass Mr. Wang sie in diesem Zustand antraf, aber gleichzeitig war es ihr recht, wenn er blieb. Sie musste einfach mit jemandem sprechen, und wenn es nur der alte Wang war.

Als er den Tee sah, rümpfte er die Nase. »Dies Zeug ist schlecht. Nächstes Mal blinge ich besselen Tee mit.« Ungeachtet dessen bereitete er ihn zu und stellte eine Tasse vor sie hin. »Tlinken Sie. Das ist gut bei heißem Wettel.«

»Danke«, schluchzte Josie. »Entschuldigen Sie bitte, Mr. Wang. Gleich geht es schon wieder.« Dann merkte sie, dass er nur eine Tasse eingeschenkt hatte, und sie bat ihn, sich auch davon zu nehmen.

Er wirkte so beruhigend, wie er da schweigend neben ihr saß. In seiner Gegenwart ließ ihre Spannung nach. »Ich habe eine schlechte Nachricht bekommen«, erklärte sie ihm schließlich. »Und ich weiß nicht mehr, was ich tun soll.«

»Wenn man von schlechten Nachlichten splicht«, sagte er würdevoll, »ist man schon die Hälfte del Solgen los.«

Und so erzählte sie Mr. Wang, dass Logan sie um die Scheidung gebeten hatte. In dem Aufruhr ihrer Gefühle brach sie erneut in Tränen aus. »Und dabei weiß ich gar nicht, warum. Was habe ich ihm angetan? Vielleicht will Gott mich immer noch strafen, weil ich gesündigt habe. Wie kann er sich nur von mir scheiden lassen? Ich liebe ihn doch, und das weiß er …«

Wang Lee ließ sie reden. Schließlich wandte sie sich an ihn. »Was soll ich jetzt tun? Soll ich zurückfahren nach Katherine? Vielleicht ist er einfach nur zu lange allein. Dort draußen ist es schrecklich. Wenn ich zu ihm fahre, wird er sicher wieder anders denken. Aber er hat in dem Brief auch erwähnt, dass er aufs Land reiten und Gold suchen will. Vielleicht treffe ich ihn ja gar nicht mehr an. Ich muss ihm schreiben. Aber was soll ich antworten?« Allmählich wurde sie von Wut gepackt. »Was ist nur in ihn gefahren? Wie kann er mich um eine Scheidung bitten, nach all dem, was wir durchgemacht haben. Ich glaube, er hat dort draußen ein bisschen zu viel von der Sonne abgekriegt.«

Er ließ sie ihre Fragen selbst beantworten, bis sie sich schließlich wieder an ihn wandte. »Was soll ich tun?«

»Diesel einfache Mann aus China kann den Leuten nicht ins Helz sehen«, sagte er. »Abel ein einfachel Volschlag: Tun Sie nichts.«

»Ich muss doch seinen Brief beantworten.«

»Nein. Schreiben Sie nicht.« Mit seinem zahnlosen Mund grinste er sie listig an. »Wenn Ihl Mann nichts hölt, macht el sich Solgen. El glaubt, del Blief ist velolen gegangen, und Sie wissen noch nichts von del Scheidung. Vielleicht denkt el dann einmal dalübel nach.«

Er stand auf und verbeugte sich. »Wenn Sie mich jetzt entschuldigen!«

Josie sprang auf. »Oh, natürlich, Mr. Wang. Es tut mir leid, dass ich Sie mit meinen Sorgen behelligt habe.«

Nachdem er gegangen war, versuchte sie, einen Brief an Logan aufzusetzen. In der ersten Fassung schrieb sie von ihrer Liebe und dem Entsetzen, mit dem sie sein Ansinnen aufgenommen hatte. Die zweite war wütend gehalten. Und in der dritten weigerte sie sich, auf sein Scheidungsbegehren einzugehen. Erschöpft gab sie schließlich auf und goss sich stattdessen einen Brandy ein, um ihre Nerven zu beruhigen. Da sie sich nicht entscheiden konnte, was sie Logan antworten sollte, war es vielleicht wirklich besser zu warten. Am folgenden Tag beschloss sie, Mr. Wangs Rat zu folgen und gar nichts zu unternehmen. Sollte Logan doch den nächsten Schritt tun. Statt ihm zu antworten, ging sie zur Bank und hob die Hälfte ihrer gemeinsamen Ersparnisse ab. Fünfhundert Pfund, ein Notgroschen für schlechte Zeiten.

Jimmy Moon war unruhig. Er war nicht von so weit her gekommen, um untätig in diesem langweiligen Lager der Weißen herumzusitzen. Den ganzen Tag schufteten sie in den Goldminen, und abends ließen sie sich mit Schnaps vollaufen. Dieser elende Schnaps! Dieses Zeug machte Jimmy Angst; aus seinen Beobachtungen schloß er, dass es Gift enthielt, das die Männer in den Wahnsinn trieb. Und nicht zu vergessen: die Frauen auch. Am Morgen sah er mit grimmiger Genugtuung zu, wie sich die Arbeiter stöhnend, mit Kopfschmerzen und grünem Gesicht zur Arbeit schleppten. Er fragte sich, warum sie sich nicht an sein Lieblingsgetränk hielten, an Zitronensirup, der niemandem Schaden zufügte und süß wie Honig schmeckte.

»Ich ziehe weiter, Boss«, erklärte er Logan, der erstaunt herumfuhr.

»Wohin?«

Jimmy wies nach Norden. »Vielleicht in diese Richtung. Die große Wanderung ist beinahe zu Ende.«

»Das wird dem Sergeant aber gar nicht gefallen. Du hast für ihn ganze Arbeit geleistet.«

Das wusste Jimmy nur zu gut. Er hatte zwei Männer aufgespürt, die aus einem Gefängnis entflohen waren, und mithilfe seines untrüglichen Orientierungssinns für zahlreiche Fremde als Führer gewirkt. Doch der Sergeant war noch immer wütend auf ihn, weil er sich weigerte, die Eingeborenen vom Daley River zu suchen, die zwei Weiße angegriffen hatten. »Ich verfolge keine Aborigines«, hatte er kategorisch erklärt.

»Darfst du nicht oder willst du nicht?«, hatte der Sergeant

bissig nachgefragt. Aber Jimmy war ihm die Antwort schuldig geblieben. Er hatte es sich zur Regel gemacht, nicht mit Weißen zu streiten; sein Schweigen stürzte sie gewöhnlich in Verwirrung, und so kamen sie nicht auf den Gedanken, ihn zu schlagen. Denn im Allgemeinen riskierte ein Schwarzer, der ihnen die Stirn bot, eine gehörige Abreibung, und mehr als einmal war Jimmy die Rolle zugefallen, die Opfer in Sicherheit zu bringen. Dann hatte er ihnen ans Herz gelegt, zukünftig den Mund zu halten. Obwohl er gelernt hatte, in der Welt der Weißen zu überleben, glimmte in ihm noch immer ein erbitterter Hass gegen ihre Rasse. Grausam und unersättlich hatten sie die Eingeborenen in der Umgebung von Perth vertrieben. Und hier tobte ein Buschkrieg, denn die Schwarzen in dieser Gegend waren gute Kämpfer. Jimmy hatte vor dem Polizeirevier eine Unterhaltung belauscht, in der die Männer davon sprachen, dass sie die Schwarzen jagten wie Tiere. Und dabei hatten sie gelacht. Aber wenn ein paar Weiße in einen Speer der Eingeborenen liefen, war sofort die Hölle los.

Und der Sergeant hatte recht. Niemals würde Jimmy einen Schwarzen verfolgen, und außerdem konnte er es mit den Schwarzen am Daley River auf ihrem angestammten Boden ohnehin nicht aufnehmen. Viel lieber wollte er sie als friedlicher Mann besuchen, denn er bewunderte ihre Taten. Da sie vor den Weißen keine Angst hatten, sich ihnen offen stellten und nicht zurückwichen, wie sein eigenes Volk es getan hatte, waren sie Männer ganz nach seinem Geschmack.

Logan schien schon wieder vergessen zu haben, dass Jimmy aufbrechen wollte. »Geh zum Laden und frag nach, ob Briefe für mich eingetroffen sind.«

Gehorsam trollte sich Jimmy davon. Als er den Laden betrat, grinste der Besitzer ihn an. »Das Gleiche wie immer?«

»Ja.« Jimmy legte drei Pence auf den Ladentisch und nahm seine Flasche Sirup entgegen. »Haben Sie Post für Logan?«

Der Ladeninhaber blätterte die Briefe durch, die in einer Teedose steckten. »Ja, hier ist einer von seiner Frau.«

Jimmy brachte Logan den Brief. Dieser geriet offensichtlich in Wut, als er ihn las. Jimmy hatte nämlich noch nie miterlebt, dass Logan wie ein Berserker durchs Zimmer tobte und fluchte.

»Ich gehe jetzt«, erinnerte ihn Jimmy, der an Logans Auftritt keinen Gefallen fand.

»Warte noch einen Augenblick«, sagte Logan. »Findest du den Weg zur Black-Wattle-Farm? Das ist dort, wo Miss Sibell lebt.«

»Ja, aber sicher«, antwortete Jimmy.

»Gut. Sie soll ein Geschenk von mir bekommen.« Logan öffnete eine kleine Zinntruhe und nahm einen weichen, rosafarbenen Schal heraus. »Den hat eine der Frauen hier gehäkelt, und ich habe ihn für Sibell gekauft. Bis jetzt hatte ich noch nicht die Zeit, ihn ihr zu bringen, also erledige du das bitte für mich.«

»Alles klar«, sagte Jimmy, was für ihn immer ein Ausdruck großer Freude war. »Sie mögen Missibel gern, nicht wahr?«

»Ja«, gab Logan zu.

»Machen Sie sie zu Ihrer zweiten Frau?«

»Himmel, was denkst du! Pass auf, du darfst ihr nichts von Josie erzählen. Sibell weiß nicht, dass ich schon verheiratet bin.«

»Was spielt das für eine Rolle? Ein Mann hat nun mal zwei Frauen. Und Sie sind reich genug.«

»Das spielt eine große Rolle. Um Himmels willen, hör mir zu. Ich habe Josie fortgeschickt.«

»Dann sind Sie auch nicht verheiratet.«

Logan seufzte und drehte sich eine Zigarette. »Tu mir den Gefallen und sprich nicht über Josie. Sibell würde wütend werden. Eifersüchtig.«

»Aha.« Das verstand Jimmy. Eifersüchtige Frauen konnten sehr böse werden und sich gegenseitig die Köpfe einschlagen. »Ich sage kein Wort, Boss.«

»Gut.« Logan wickelte den Schal in braunes Packpapier. »Steck ihn in deinen Ranzen. Und pass gut auf, dass er nicht nass wird.«

Und so nahm Jimmy seine Wanderung wieder auf. Er hatte keine Eile und sah sich alles genau an. Es kam ihm nicht in den Sinn, dass Logan von ihm erwartet hatte, er würde geradewegs zur Black-Wattle-Farm gehen. Stattdessen schlug er die entgegengesetzte Richtung ein – den Weg durch die traumhafte Schlucht am Katherine River mit ihrem überschäumenden Wildwuchs und Tierbestand, die ihm Nahrung im Überfluss liefern würden. Außerdem lebte dort die Familie der Krokodilwesen, die er sich schon immer ansehen wollte. Er schloss sich einigen Mitgliedern des dort ansässigen Stammes der Gajadu an, die ihm nur zu gern das fremde Land weiter nördlich zeigten. Nachdem er von den dunkelhäutigen Bewohnern dieses Landes alles Erdenkliche gelernt hatte, wollte er Missibel besuchen und anschließend in das abenteuerliche Gebiet am Daley River aufbrechen. Von dort, so hatte man ihm gesagt, konnte er den Ozean erreichen, und damit sollte seine Wanderung quer durch den Kontinent ihren Abschluss finden.

Ein Haus! Josie hatte ein gottverdammtes Haus gekauft! Und noch dazu von seinem Geld! Ohne ihn zu fragen! Fünfundfünfzig Pfund zum Fenster herausgeworfen. Sie hatte sich wie eine brütende Henne in Palmerston niedergelassen. Dieses verflixte Luder wurde wohl inzwischen übermütig? Eine Ehefrau war nichts weiter als ein Klotz am Bein. Und nun war Josie ihm nicht nur eine Last, sondern sie hatte auch all seine Pläne zum Scheitern gebracht. Ihn um Monate zurückgeworfen.

Und was war mit Sibell? In seinem Ärger richtete er seine Wut auch gegen sie. Sie würde eben warten müssen … auf der Farm bleiben, bis er mit seinen Gedanken ins Reine gekommen war. Für ihn standen die Wolfram-Minen an erster Stelle, und deshalb musste er unbedingt zuerst Bargeld auftreiben. Wenn er Vorsicht walten ließ, konnte er das in absehbarer Zeit von Katherine aus erreichen. Demnächst musste die monatliche Goldlieferung auf den Weg gebracht werden, aber da die Bücher sauber geführt waren, konnte er dieses Geld nicht anrühren. Dann eben nächstes Mal … Logan kam zu dem Entschluss, hier und da ein paar Unzen für sich abzuzweigen. Warum auch nicht? Percy Gilbert saß im gemachten Nest, räkelte sich im Wohlstand, während er hier schuftete und ackerte wie ein Schwarzer. Wenn ihm Josie nicht über den Weg gelaufen wäre, hätte er immer noch seine angenehme Stellung als Landvermesser und dazu die Beförderung, die damals ins Haus stand.

Die nächste Postlieferung brachte keine Antwort von Josie. Welches Spiel mochte sie jetzt wohl im Sinn haben? Er würde ihr noch einmal schreiben und sie anweisen, das Haus zu verkaufen, ihr mitteilen, dass er mit ihrer voreiligen Handlungsweise nicht einverstanden war und dass die Entscheidung, wo er lebte, nicht ihr anstand. Kaufte sie einfach ein Haus! Er wusste nicht, was schlimmer war – dass sie auf seinen Wunsch, sich scheiden zu lassen, nicht reagierte, oder dass sie ein Haus gekauft hatte.

So musste es gewesen sein! Schlagartig traf ihn die Erkenntnis: Nachdem sie seinen Brief erhalten hatte, war sie geradewegs losmarschiert und hatte das Haus gekauft. Um etwas in der Hand zu haben. Um sich abzusichern. Oder war es gar Rache?

Wie auch immer, er nahm sich vor, dafür zu sorgen, dass sie damit nicht durchkommen würde. Wenn er das nächste Mal nach Palmerston kam, würde er ihr das Haus, auch gegen ihren Willen, über ihren Kopf hinweg verkaufen. Und das, noch ehe sie wusste, wie ihr geschah.

Clem Starkey, der Geschäftsführer der Arkadia-Minen, erklärte sich bereit, Logan und den jungen Constable Ralph Jackson mit den beiden Goldlieferungen nach Idle Creek zu begleiten. Logan gefiel dies, denn so brauchte er nicht auf Verstärkung zu warten und die Verzögerung in Kauf zu nehmen, die damit verbunden war. Um kein Aufsehen zu erregen, ließen sie Pine Creek links liegen. Auf dem Rückweg konnten sie immer noch dort einkehren.

Den ganzen Tag legten sie ein forsches Tempo vor, und als die Dämmerung anbrach, schlugen sie ihr Lager ein Stück abseits des Weges auf. Der Constable hielt Wache, während Clem Starkey und Logan ihre Mahlzeit aus gepökeltem Rinderfleisch und Fladenbrot auspackten, die sie mit Bier hinunterspülen wollten.

»Wir hätten ein Feuer anzünden sollen«, sagte Logan. »Der Rauch würde die Fliegen und Mücken in Schach halten.«

»Ja, und allen anderen verkünden, wo wir uns aufhalten«, entgegnete Starkey.

Doch irgendjemand hatte es ohnehin schon herausgefunden. Logan konnte nicht einmal sagen, aus welcher Richtung die Männer kamen, so schnell lief alles ab. Der Constable war von einem seiner Kontrollgänge durchs Gelände gerade zum Lagerplatz zurückgekommen, um sich eine Flasche Bier zu holen, als sie den Ruf hörten. »Stehen bleiben! Hände hoch!«

Logan erstarrte, und Starkey sprang auf. Dann sah Logan, wie Ralph sein Gewehr hochriss und in schneller Folge feuerte. Er warf sich zu Boden, um keine Kugel abzubekommen.

Doch schon stieß der Constable einen Schrei aus und sank tödlich getroffen zu Boden.

»Hoch mit euch, ihr Halunken!«, rief ihnen eine krächzende Stimme zu. Nachdem Logan sich aufgerichtet hatte, sah er sich zwei Männern gegenüber, die sich Tücher vors Gesicht gebunden und ihre abgetragenen Hüte tief in die Stirn gezogen hatten, dass nur ein Schlitz für ihre Augen freiblieb.

»Rückt das Gold raus«, befahl einer der Räuber. Als Starkey zu den Paketen stolperte, stammelte Logan: »Ihr habt ihn umgebracht!« Zitternd blickte er auf Ralph, der ausgestreckt auf dem Boden lag. Sein Kopf war zurückgesunken, den Mund hatte er weit aufgerissen, und in seiner Brust klaffte ein blutrotes Loch.

»Halt's Maul, oder du bist als Nächster dran«, fuhr ihn der Räuber an und richtete seine schwere Flinte auf Logans Schulter.

Der andere folgte mit angelegtem Gewehr Starkey, und als dieser die Ledertaschen geholt hatte, riss er sie ihm aus der Hand. »Jetzt zurück mit euch«, sagte der Erste. »Setzt euch neben den Bullen.«

»Ihr wollt uns doch nicht etwa auch erschießen?«, protestierte Starkey. Logan war froh, dass sein Kollege das Verhandeln übernommen hatte, denn sein Mund war so trocken, dass er keinen Ton herausbrachte. »Sie haben das Gold doch bekommen, Mister«, bettelte Starkey. »Und wir geben Ihnen auch unsere Waffen.«

»Was Sie nicht sagen!«, höhnte der Räuber. Sein Freund hatte schon begonnen, ihre Waffen und Lebensmittel einzusammeln. »Und jetzt eure Stiefel. Schiebt sie uns rüber. Ihr seht nicht gerade verhungert aus. Ein anständiger Spaziergang wird euch guttun.« Er lachte, als Logan und Starkey hastig ihre Stiefel aufschnürten. »Nimm ihnen auch die Wassersäcke ab«, rief er seinem Freund zu. Später sagte Logan aus, dass er ihn damals nicht mit Namen angesprochen hatte. Ohnehin hatte der zweite Mann kein Wort gesagt, womöglich weil man ihn an seinem Akzent hätte erkennen können. Der Sprecher hingegen unterschied sich in Stimme und Aussprache in nichts von Tausenden seiner Landsleute.

Das Gold kümmerte Logan nicht; dazu war er viel zu sehr vom Tod des jungen Constable mitgenommen. Dennoch betrachtete er ihre Angreifer sorgfältig, um später eine möglichst genaue Beschreibung abgeben zu können. Die beiden schlanken, etwa vierzigjährigen Männer trugen einen dichten Bart, Hosen aus Moleskin, feste Schnürschuhe und karierte Hemden. Der Stumme hatte außerdem wie viele der Viehtreiber eine Weste aus Kuhhaut übergezogen. Diese war jedoch zusätzlich mit Messingknöpfen, angelaufenen Messingknöpfen, ausgestattet. Das musste er sich merken.

»Tut mir leid, das mit dem Bullen«, meinte der Sprecher, »aber das war reine Selbstverteidigung. Dummes Kerlchen. Diese grünen Jungs dürfte man nicht frei in der Landschaft herumlaufen lassen. Ich habe ihn im Visier, und er muss unbedingt den Helden spielen.« Er seufzte. »Aber der lernt es nie mehr.«

Logan hörte, wie der Mann die Pferde losband, und endlich fand auch er seine Stimme wieder. »Um Himmels willen, lassen Sie uns die Pferde.«

»Das geht leider nicht, Kumpel«, sagte der Räuber. Mit einem Pfiff rief er ihre eigenen Pferde herbei.

Als sie in Sicht kamen, versuchte es Logan noch einmal. »Sie können uns doch nicht ohne Wasser und Pferde hier zurücklassen! Wir sterben in der Hitze.«

Nachdem der andere Stiefel, Lebensmittel, Wasser und schließlich das Gold auf seinem Pferd verstaut hatte, saß er auf. Die drei Ersatzpferde führte er hinter sich her.

»Vielleicht wäre es freundlicher, wir würden euch gleich erschießen«, stimmte er Logan zu. Mit angelegter Waffe zog er sich zurück.

Sie wurden vom Busch verschluckt, und dann hörte Logan das Hufgetrappel der fünf Pferde, das immer leiser wurde. »Welche Richtung haben sie wohl eingeschlagen?«, fragte er Starkey.

»Was spielt das für eine Rolle?«, entgegnete dieser. »Der arme Ralph! Er war ein so netter Bursche. Es ist ein Jammer!«

Sie begruben den Constable und schlugen eine Schneise in den Busch, um die Stelle zu markieren. Als sie fertig waren, ließ Starkey sich erschöpft zu Boden sinken. »Jetzt könnte ich eine Runde Schlaf vertragen.«

»Kommt nicht infrage«, erwiderte Logan. »Wir haben nur eine Chance, wenn wir nachts marschieren.«

»Aber wir schneiden uns die Füße blutig.«

»Besser, als durch die Hitze zu laufen«, erklärte Logan unbeeindruckt. »Den Fehler habe ich nämlich früher mal gemacht. Aber damals kannte ich mich noch nicht aus, und es kam mir einfach nicht in den Sinn, dass man auch nachts marschieren kann.« Und dann fügte er wütend hinzu: »Diese verdammten Frauen!«

»Wie kommen Sie denn jetzt auf Frauen?«

»Normalerweise nehme ich auf unsere Lieferungen einen Schwarzen mit, und zwar diesen Spurenleser Jaljurra. Aber ich habe ihn gehen lassen, weil er auf dem Weg einer meiner Bekannten ein Geschenk vorbeibringen sollte. Wenn er jetzt hier wäre, könnten wir bequem auf unserem Hintern sitzen und warten, bis er Hilfe geholt hat.«

»Das sind mir zu viele ›Wenn‹«, sagte Starkey. »Machen wir uns auf den Weg. Schätze, nach Pine Creek ist's am kürzesten.«

Sie waren Brüder und hießen Joe und Joshua Phelps. Außerdem befanden sie sich auf der Flucht. Sie waren »Einmal quer d-d-durch das g-gottverdammte L-L-Land gezogen«, wie Joshua es ausgedrückt hätte, und durften sich keine Ruhe gönnen. Nach ihrer Flucht aus dem Gefängnis von Townsville, wo sie eine Strafe wegen eines Banküberfalls absaßen, hatten sie sich nach Westen gewandt und auf die Großzügigkeit der Farmbesitzer und der wenigen anderen Reisenden verlassen. Zumindest nannte Joe es Großzügigkeit; die Opfer bezeichneten es als bewaffneten Raub.

»Gesegnet seien die Gebenden«, zitierte Joe immer wieder gern, wenn sie ihre müden Pferde durch gestohlene Tiere ersetzten oder sich mit vorgehaltener Waffe auf abgelegenen Farmen mit Vorräten und Schnaps eindeckten. Bei Geschäften mit den Schwarzen gingen sie allerdings vorsichtiger zu Werke. Für eine »horizontale Erfrischung« mit ihren Mädchen zahlten sie zwischen drei Pence und einem Shilling, je nachdem, wie hübsch sie war. Wenn das Geld knapp wurde, taten es auch andere Dinge: Decken, ein Stück Pökelfleisch oder selbst ein überzähliger Revolver, der ihnen in die Hände gefallen war.

Joe hielt sich selbst für einen Mann mit Weitblick. »Wir müssen die Aborigines auf unsere Seite ziehen«, erklärte er Joshua. »Sie werden dafür sorgen, dass wir die Bullen abschütteln können.«

»W-wo wollen w-wir den jetzt h-h-hin?«, fragte Joshua.

»Ich habe dir doch schon gesagt, du Schwachkopf, nach Westen. Dabei überqueren wir nicht nur eine Grenze, sondern gleich zwei. Die Bullen drüben haben sicher noch nichts von uns gehört, also wir sind da so sicher wie ein Schaf in der Herde.«

Bei ihren Überfällen übernahm Joe das Sprechen. »Ich darf gar nicht dran denken«, hatte er gelacht, »was passiert, wenn du sie mit deinem verdammten Stottern dazu bringen willst, die Hände hochzuheben!« Das war sein Lieblingswitz. Obwohl er Joshua überhaupt nicht passte, durfte er sich nicht beklagen, denn schließlich war Joe sein Kumpel und Bruder.

»H-H-H-H-Hände h-h-h-h-hoch«, wiederholte Joe gern und brach in schallendes Gelächter aus, wenn er sich ausmalte, wie die verängstigten Frauen auf den Farmen, also ihre gewohnten Opfer, auf das Kommando warteten. »Bis du fertig bist, haben die schon längst das Gewehr in der Hand«, spottete er.

Schließlich gelangten sie ins Northern Territory, wo sie allerdings nur noch schwer vorankamen. »Ein gottverdammtes, elendes Stück Erde ist das hier«, fluchte Joe, als sie sich Hunderte von Meilen durch ausgetrocknete, zerfurchte Flussbetten vorankämpften. Zuerst gab Joes Pferd den Geist auf und dann auch das andere. Zu Fuß stolperten sie weiter, halb verhungert und verdurstet, warfen im Kampf gegen die brütende Hitze ihre letzten Besitztümer fort, bis sie schließlich von einer Horde Schwarzer gerettet wurden.

»Hab ich's nicht gesagt?«, meinte Joe, als sie langsam wieder zu Kräften kamen. »Das sind die einzigen Halunken auf der ganzen verfluchten Welt, auf die man sich verlassen kann.« Das meinte er sogar ernst. Joe mochte die Aborigines gern. Seiner Meinung nach wurden sie ebenso herumgestoßen wie arme Weiße, und ihm gefiel ihre Fröhlichkeit, die kichernden Frauen und die breit grinsenden Männer. Die Mühe, die Namen ihrer Stämme zu lernen, machte er sich allerdings nicht, denn für ihn sahen sie alle gleich aus. Außerdem waren sie so zahlreich wie Kängurus.

Als er sich wieder gesund fühlte, blickte er seine neuen Freunde an. »Wo liegt das nächste Farmhaus?«

»In der N-N-ähe?«, jammerte Joshua, als sie mit den Schwarzen seit fast einer Woche unterwegs waren. »In der N-Nähe nennen sie das?«

Schließlich zeigten die Eingeborenen stolz auf ein Wohnhaus. Auf eine verlassene Holzhütte.

Die Brüder durchwühlten das Innere und förderten lediglich ein paar Lebensmitteldosen und Flaschen Rum zutage. »Mein Gott, was für eine Bruchbude«, meinte Joe. »Und hier soll ein Landbesitzer wohnen? Der, dem all das verdammte Land hier gehört? In Queensland wäre so etwas nicht möglich.«

Allerdings entdeckten sie auch einige Pferde, und Joshua fing die beiden besten davon ein, während Joe eine Scheune aufbrach und zwei Sättel holte. »Mist«, sagte er, während er sich am ganzen Körper kratzte. »Diese Dinger wimmeln so von Flöhen, dass sie fast von allein laufen.«

Doch zumindest waren sie jetzt wieder unterwegs. Mit der Erklärung, sie wären vom Pech verfolgte Goldsucher, besuchten sie eine andere Farm. Dort wurden sie von dem Besitzer und seiner Frau, die immer froh waren, Fremde zu sehen, in einer strohgedeckten Holzhütte bewirtet.

Allerdings gab es auf dieser Farm einen reichhaltigen Viehbestand, und die Brüder erfuhren, dass das Grundstück der Leute weiter reichte, als das Auge sah. »Trotzdem verstehe ich nicht, warum man sich so etwas antut«, sagte Joe zu seinem Bruder nach ihrem Aufbruch. »Wer will schon so leben? Mit all der Plackerei?«

Sie waren von den Leuten im besten Einvernehmen geschieden, denn Joe hatte sich durch ihr Lob geschmeichelt gefühlt. Sie bewunderten die Brüder dafür, dass sie das letzte einsame Stück Weg durch den Gulf gemeistert hatten, wenn dabei bedauerlicherweise auch ihre Ausrüstung verloren gegangen war. »Außerdem hätten sie uns vielleicht wiedererkannt, wenn wir uns mit ihnen angelegt hätten«, meinte Joe.

»Oder d-d-der K-Kerl hätte uns e-e-rschossen«, ergänzte Joshua. »N-nicht ein einziges Mal hat e-er d-d-den verdammten Re-Revolvergurt abgelegt.«

Damit hatte Joshua recht. Der Farmbesitzer war die ganze Zeit mit seinem Gurt, an dem zwei bedrohlich wirkende Revolver baumelten, herumgelaufen und hatte noch dazu die Pistolentaschen aufgeknöpft gelassen. Joe gefiel der Mann: Ihr Gastgeber war mit allen Wassern gewaschen, ein Buschbewohner, mit dem man sich nicht gern anlegte.

»Wir müssen uns Waffen besorgen«, sagte Joe, während er von einem Stück Napfkuchen abbiss, das ihnen ihre Gastgeberin für den Weiterritt mitgegeben hatte. Dies erwies sich bei ihrer nächsten Begegnung als Kinderspiel.

Sie stießen auf zwei echte Goldsucher, die ihr Lager in einem Wasserlauf aufgeschlagen hatten. Diesmal hielten sie es wie die Schwarzen und nahmen einen Beobachtungsposten ein. In der Hoffnung, dass sich die Männer anschließend aufs Ohr legen würden, warteten sie, bis die beiden mit dem Essen fertig waren. Doch es kam noch besser – sie waren Trinker. Schon bald waren sie sturzbetrunken, und Joe wusste, dass es nur noch eine Frage der Zeit war, bis sie umfallen würden. Und so kam es auch.

»Ihr werdet mit einem solchen Brummschädel aufwachen, dass ihr euer Lebtag keinen Tropfen mehr anrührt«, kicherte Joe. Mit einem selbstgeschnitzten Knüppel zogen sie jedem der Kerle eins über den Kopf. Dann durchwühlten sie das Lager nach Waffen, Munition, Lebensmitteln und Wasser und ließen die Pferde frei.

»Reiten w-w-wir jetzt nach P-P-Palmerston?«, fragte Joshua kläglich. Er hatte es satt, durch diese öde Wildnis zu streifen.

»Nein, ich habe doch schon gesagt, wir halten uns nach Westen. Dem goldenen Westen, der Küste, über die ich in einem

Buch gelesen habe. Hier ist es viel zu heiß, und außerdem kreucht und fleucht hier jedes erdenkliche Viehzeug herum. Und du hast ja gehört, was diese Goldsucher sagten. Dort in der Gegend soll es Gold geben.«

»Dann willst d-d-du also auch G-G-Gold suchen?«

»So kann man es nennen, mein Freund. Sie buddeln, und wir kassieren's ein. Wir halten uns an die Gegend südlich von Palmerston und warten ab, was uns über den Weg läuft.«

Und so kamen sie zur besten Ausbeute ihrer langen, erbärmlichen Reise: zwei Taschen voller Gold. Joe hatte nicht die geringste Vorstellung, was sie wert waren, doch er hoffte, sich damit ein Boot kaufen zu können, sobald sie die Küste erreicht hatten.

Es tat ihm leid, dass er den Constable hatte erschießen müssen, denn dadurch hatten sie die gesamte Gesetzesmacht gegen sich aufgebracht. Selbst wenn sie vorgehabt hätten, nach Palmerston zu reiten, war das nun unmöglich geworden. Ein für alle Mal. Sie hielten sich geradewegs nach Westen, mieden die Wege und nahmen an, dass sie in wenigen Wochen die Provinz Western Australia erreicht haben würden. Zumindest musste es nach Joes Berechnung und nach beiläufigen Bemerkungen, die sie aus dem Farmbesitzer herausgelockt hatten, so sein.

»W-w-wie wissen w-wir, wann wir d-d-da sind?«, fragte Joshua.

»Verdammt noch mal, gar nicht, denn sie haben da keine Linie gezogen. Aber wenn wir einen Verfolgertrupp im Nacken haben, weiß der ganz bestimmt, wann er die Grenze erreicht hat. Dann müssen sie die Jagd nämlich aufgeben.«

»Warum?«

Das wusste Joe auch nicht genau. Trotzdem war er sicher, dass sie es bis zur Küste schaffen würden. Er hatte viel von den Aborigines gelernt: wie man sich aus dem Land versorgte und vor allem, dass sie die Wüstenflächen mieden, indem sie den tropischen Norden ansteuerten und dann der Küste südwärts folgten.

Mehrere Tage lang zogen sie quer durch die Wildnis. Dabei war es ihnen eine große Hilfe, dass sie mit den Pferden der drei überfallenen Männer Tiere zum Wechseln hatten.

Sie nächtigten in den Wäldern, und eines Abends schickte Joe Joshua zu einem schlammigen Tümpel, um die beiden Enten zu holen, die er geschossen hatte. Währenddessen wollte er das Feuer entzünden und den Wasserkessel aufsetzen.

»Himmel, ist das heiß«, meinte Joshua, während er sich abseits der Rauchwolke auf den Boden hockte. »Ich h-h-habe noch keinen Ort erlebt, wo es s-s-so heiß war wie h-h-hier.«

»Dann zieh doch dein Hemd aus«, entgegnete Joe. »Du kannst immer nur jammern.«

»Ja, und dann lasse ich mich von den Mücken zerstechen.«

»Dann zieh wenigstens die bescheuerte Weste aus. Ich kann nicht verstehen, warum du sie die ganze Zeit anbehältst und dich darin braten lässt.«

Dabei war die Weste Joshuas ganzer Stolz – er hatte sie auf ehrliche Weise bei einem Kartenspiel gewonnen. Doch jetzt zog er sie tatsächlich aus und hängte sie sorgfältig über einen Ast. Dann hockte er sich neben Joe und leckte sich beim Anblick der fetten Enten, die über dem Feuer rösteten, die Lippen. »W-wann sind sie fertig?«, fragte er.

»Wenn sie verdammt noch mal gar sind«, erwiderte sein Bruder und zündete sich eine Pfeife an.

Sie schienen aus dem Nichts zu kommen. Ohne Warnung tauchten sie zwischen den Stämmen auf. Ein halbes Dutzend Schwarze mit beängstigend bemalten Gesichtern richteten ihre Speere auf Joe und Joshua.

Doch Joe begrüßte sie, ohne eine Miene zu verziehen. »Hallo, Freunde«, rief er unbekümmert. »Ihr kommt gerade richtig zum Tee.« Er wies auf die Enten. »Na, wie würde euch das schmecken?«

»Revolver her«, sagte einer von ihnen. Joe lachte. Ihre beiden Feuerwaffen lagen griffbereit und geladen – zehn Schritte von ihm entfernt. Und auch Joshua konnte sie nicht erreichen.

»Du sprichst Wnglisch?«, fragte er, und der Mann grinste.

»Lernen bei Pater auf Mission.«

Joe kratzte sich den Kopf. »Stimmt das?« Wenn diese Schwarzen auf einer Mission gelebt hatten, warum waren sie dann jetzt hinter Waffen her? Allem Anschein nach Aufständische. Das gefiel ihm ganz und gar nicht.

»Die Knarren können wir euch nicht geben, Freunde«, sagte er. »Aber wir haben ein Pferd übrig. Das könnt ihr haben.«

»Scheißpferd«, sagte der missionsgebildete Aborigine und trat einen Schritt auf die Revolver zu.

»Alles klar, du hast gewonnen.« Joe lächelte. »Wir suchen keinen Streit mit euch Schwarzen. Wir sind eure Freunde und wollen nach Westen. Was ist in dieser Richtung?«

»Große Fluss.«

»Können wir den überqueren?«

»Mächtig breit.«

»Kannst du uns morgen früh zeigen, wie wir rüberkommen?«

Der Sprecher nickte, und für Joe war die Angelegenheit damit erledigt. Es ärgerte ihn, dass sie ihre Revolver schon wieder verloren hatten und die Enten mit den Schwarzen teilen mussten, die keine Anstalten machten zu gehen. Aber das ließ sich alles ersetzen. Er fragte sich, wo diese Mission wohl liegen mochte. Selbst heilige Männer trugen hier Waffen, um Wild zu jagen und sich gegen Schlangen zu verteidigen. Dort hätten sie ein leichtes Spiel.

Einer der Schwarzen schien offensichtlich einen Scherz gemacht zu haben, und Joe lächelte sie an. »Babbel Babbel«, sagte er zu Joshua, weil sich ihre Sprache für ihn so anhörte. Sie schwätzten unentwegt, ohne Punkt und Komma.

»Gehen mit unsere Mann«, erklärte ihnen der Sprecher. »Sehen große Fluss.«

»Heute ist es schon ein bisschen zu spät«, sagte Joe freundlich. »In einer Stunde wird es dunkel.«

Doch die Schwarzen waren bereits am Aufbrechen. »Sie z-z-ziehen weiter«, bemerkte Joshua. »Wenn w-w-ir nicht mitgehen, f-f-finden wir die beste Stelle z-z-zum Übersetzen nie.«

»Wie es aussieht«, stellte Joe fest, »werden wir ohnehin nicht gefragt. Sie entführen uns.« Die Aborigines nahmen sie in ihre Mitte, die Speere gezückt. »Ich hätte sie nicht fragen dürfen.«

In Gesellschaft ihrer Führer, die Pferde im Schlepptau, zogen sie gen Nordwesten durch eine Landschaft, die mit jedem Schritt unwirtlicher wurde. »Das ist ein richtiger Dschungel«, klagte Joe, während er für die Pferde, die sich immer wieder in den steifen, schweren Schlingpflanzen verfingen, eine Schneise freischlug. Schließlich wandte er sich an den Anführer, der in ihrem Gänsemarsch direkt vor ihm herschritt. »Wie weit ist es noch?«

»Gleich bei Fluss«, antwortete dieser. Als nächste Herausforderung erwies sich allerdings ein Mangrovensumpf.

»Besser, wir erkunden den erst mal«, sagte Joe zu seinem Bruder. »Dort könnte es Treibsand geben. Wir lassen die Pferde hier und werfen einen Blick auf ihren verdammten Fluss. Und dann heißt's ›Vielen Dank, meine Freunde‹, und wir sehen zu, dass wir die Kerle loswerden. Auf dem Weg, den wir eingeschlagen hatten, waren wir besser dran.« Er ärgerte sich noch immer über den Verlust ihrer Waffen. Zu allem Überfluss stolperten sie durch eine halbtrockene Moorlandschaft, in der es von Wildgeflügel nur so wimmelte. Vielleicht war dies in der Regenzeit ihre Brutstätte. Aber wie sollten sie die Vögel ohne Knarre vom Himmel holen?

Trotzdem behielt er nach außen hin seine gute Laune, als sie sich über Flecken getrockneten Schlamms zu einem verwirrenden Netzwerk knorriger Wurzeln voranquälten. »Wie weit ist es bis zu dieser Mission«, fragte er seinen schwarzen Begleiter.

»Zwei Tage«, erwiderte der Bursche, offensichtlich völlig gebannt von einer riesigen Schar fliegender Wildenten, die schnatternd von ihren Nestern aufstoben.

»Durch dieses Land? Das ist verdammt anstrengend«, meinte Joe, während er aufpasste, wohin er die Füße setzte. Die gewundenen Mangrovenwurzeln waren in der Trockenheit messerscharf geworden; sie hungerten nach Wasser.

»Kanu«, wurde ihm erklärt. Damit ergaben sich ganz neue Möglichkeiten. Wenn die Schwarzen Kanus, oder besser Einbäume, besaßen, könnten sie sich zusammentun und die Mission überfallen. Und noch während er sich dies ausmalte, stießen sie, nachdem sie das letzte wuchernde Unterholz überwunden hatten, endlich auf den Fluss.

Die Schwarzen hatten recht gehabt. Er war wirklich breit, floß dennoch schnell dahin und roch bereits nach dem Meer. Links von ihnen öffnete sich das Mangrovendickicht, und Joe entdeckte einen schmalen, sandbedeckten Uferstreifen. »Dorthin«, befahl er. Allmählich gewann er seine Selbstsicherheit zurück, und die anderen gehorchten ihm.

»Dieser Platz ist schon besser«, sagte er zu Joshua, als sie den Blick über den Busch gleiten ließen, den sie hinter sich gelassen hatten. »Hier lässt es sich eher aushalten als in der Gegend, die wir durchquert haben. Jetzt müssen wir nur noch unsere Pferde holen.«

»Schicken w-w-wir doch d-d-die Schwarzen los«, schlug Joshua vor. »Es wird schon dunkel.«

»Das hatte ich gerade vor«, meinte Joe, obwohl er auf diese Möglichkeit nicht gekommen war. Doch als er sich umwandte, um sein Anliegen vorzutragen, merkte er, dass die Stimmung sich geändert hatte. Die Schwarzen lächelten nicht mehr, stattdessen waren ihre mit weißen Flecken bemalten kohlschwarzen Gesichter Masken aus Stein. Sie hatten sich quer über den kleinen Strand aufgebaut und hinderten die Brüder an der Umkehr.

»Los, schwimmen«, erklärte ihr Anführer und schwang den Revolver. Die anderen hatten Kampfstellung eingenommen und die Speere erhoben.

»Was soll das?«, rief Joe. »Wir haben euch doch nichts getan. Ich habe euch sogar unsere Waffen gegeben!«

»Diese Mann gehen erster«, befahl der Anführer. Zwei seiner Männer ergriffen Joshua und drängten ihn zum Wasser.

Joe gellte ihnen zu: »Nein. Noch nicht. Wir können nicht durch diesen verdammten Fluss schwimmen! Wir müssen erst noch unsere Pferde holen. Lasst das! Er wird ertrinken! Ihr seid wohl wahnsinnig?«

Doch als man Joshua, der verzweifelt um Hilfe rief, in die Fluten warf, wurden auch Joes Arme von bärenstarken Fäusten umklammert. Die Aborigines liefen zum Ufer und sahen grinsend zu, wie ihr Anführer mit zwei Schüssen sicherstellte, dass Joshua auch wirklich schwamm.

Joe wandte sich flehend an den Anführer, doch dieser schob ihn wortlos beiseite. Und so musste er hilflos mit ansehen, was geschah.

Aufgeregt liefen die Aborigines durcheinander und klatschten in die Hände. Joe rief seinem Bruder – der arme Joshua war noch nie ein guter Schwimmer gewesen – derweilen zu, er solle die Ruhe bewahren und sich nicht verausgaben. Erst dann sah er, was die Eingeborenen so begeisterte. Lange Mäuler tauchten aus der Wasserfläche auf. »Pass auf!«, schrie er Joshua zu. »Krokodile! Schwimm um dein Leben!« Er schlug und trat um sich, doch er musste im eisernen Griff des Eingeborenen am Strand hilflos mit ansehen, wie sich die blutrünstigen Bestien auf seinen Bruder stürzten. Joshua schrie auf. Mindestens vier der Ungeheuer balgten sich im Fluss um Joshuas Körper. Ihre Schwänze peitschten auf, und während sie ihre Beute in Stücke rissen, färbte sich das Wasser blutrot.

Weinend sank Joe in die Knie. »Warum habt ihr das getan?«, rief er anklagend. »Er hatte euch doch nichts getan. Noch nie im Leben hat er jemandem ein Haar gekrümmt.«

»Weiße Mann töten meine Bruder«, sagte der Anführer kalt. »Und jetzt wir zahlen zurück.«

»Himmel, das war doch nicht er! Wir sind gerade erst in diese Gegend gekommen und wissen nichts davon.«

Die Sonne ging unter, und ein träger rosiger Dunst hatte sich über die Landschaft gelegt. Der Anführer hatte keine Eile. Lässig stand er über Joe gebeugt, den Revolver im Anschlag. »Ist dasselbe. Weiße Mann jagen unsere Leute. Wir jagen Weiße.« Er verzog das Gesicht zu einer grinsenden Grimasse. »Ist gerecht!«

»Nein, ganz und gar nicht«, brüllte Joe ihn an. »Alles andre als gerecht. Du hast meinen Bruder getötet. Ich hatte versprochen, mich um ihn zu kümmern. Und nun sieh selbst, was aus ihm geworden ist. O Herr im Himmel!« Er schluchzte. »Ich glaube, mir wird schlecht.« Joe beugte sich vor, um sich in den Sand zu übergeben. Im gleichen Augenblick sah er ein weiteres Krokodil von mindestens sechs Metern Länge, das auf sie zukam. Es bewegte sich in einer Geschwindigkeit voran, die Joe kaum vorstellbar erschien. Gemeinsam liefen die Schwarzen und ihr Gefangener ins Landesinnere, um sich vor der Bestie in Sicherheit zu bringen.

Doch Joes Freiheit war nur von kurzer Dauer. Die Schwarzen brachten ihn erneut ans Ufer zurück, wobei sie allerdings ängstlich nach weiteren rotäugigen, gepanzerten Reptilien Ausschau hielten.

»Wir müssen sehen, dass wir hier wegkommen«, erklärte Joe ihnen. »Sonst holen sie uns auch noch, wenn es dunkel wird.«

»Du schwimmen«, erklärte der Anführer. Fassungslos blickte Joe in das grausame, reglose Gesicht.

»Du kriegst mich nicht in diesen Fluss«, schrie er. Joe zog sein Messer aus dem Stiefel und sprang von ihm fort, den Rücken zum Wasser. »Kommt doch«, drohte er und schwang die doppelseitige Klinge, die ihm schon durch viele böse Auseinandersetzungen geholfen hatte. »Wer will als Erster?«

Doch die Aborigines kannten dieses Spiel nicht.

Mit traumähnlicher Langsamkeit kam ein Speer angeflogen und bohrte sich ihm in die Hüfte.

Obwohl ihn sein Gewicht fast zu Boden gerissen hätte, ließ Joe ihn dort stecken. Dem Anführer rief er Flüche zu. »Komm doch, du feiger Hund, und hol mich. Mich kriegst du nicht in diesen verdammten Fluss. Du wirst dafür sterben. Die Polizeitruppen werden dich holen.« Ein zweiter Speer traf ihn in die Schulter. »Mich werft ihr nicht den Krokodilen zum Fraß vor. Macht aus mir doch ein Nadelkissen!« Und auch in dem Augenblick seines Todes, bevor er auf dem Uferstreifen seinen letzten Atemzug tat, rief er seine alten Feinde um Hilfe an. »Die Polizisten werden euch holen und allesamt ins Gefängnis stecken! Ihr seid jetzt schon so gut wie tot. Alle miteinander!«

Sie warfen seine Leiche den Krokodilen zum Fraß vor. Dann kehrten sie zu den Pferden zurück und ließen sie frei. Zuletzt beseitigten sie alle Spuren der Kochstelle der Weißen. Die Sättel, die schweren Taschen und alles andere, was sie dabeigehabt hatten, warfen sie in den Fluss. Belustigt sahen sie zu, wie sich die Krokodile um die Sättel rauften. Eines hatten sie allerdings übersehen: eine Weste aus Kuhhaut mit beschlagenen Messingknöpfen, die noch immer an einem Ast hing.

Achtes Kapitel

Entgeistert sah Netta zu, wie die Missy zur Tür hinauslief, um den Schwarzen zu begrüßen. Dann führte sie ihn tatsächlich durch die Vordertür ins Haus und in die Küche. Sie konnte von Glück reden, dass Maudie immer noch geschient und verbunden ans Bett gefesselt war, denn diesmal wäre sie wirklich böse mit der Missy gewesen.

Aber Sibell bemerkte überhaupt nicht, dass Netta ihr Verhalten missbilligte. »Komm herein, Jimmy. Was für eine schöne Überraschung! Setz dich. Möchtest du eine Tasse Tee?«

Verängstigt rollte Netta die Augen. Schwarze Männer durften das Haus nicht betreten, geschweige denn sich setzen, um Tee zu trinken. Beim bloßen Gedanken daran, was Maudie sagen würde, erschauderte sie. Die beiden Frauen fauchten einander sowieso die meiste Zeit an wie zwei Katzen. Ängstlich bereitete sie auf Missys Geheiß hin Tee und servierte Brotfladen mit Marmelade. Dann beobachtete sie, wie der schwarze Mann sich so selbstverständlich mit der weißen Frau unterhielt, als ob es sein angestammtes Recht gewesen wäre.

Sibell öffnete das Paket und zog einen hübschen, gehäkelten Schal heraus, der zwar ziemlich schmutzig und feucht, aber noch zu retten war. »Er ist wunderschön«, sagte sie. »Wie nett von dir.«

»Hab ihn von weit her mitgebracht«, berichtete Jimmy. »Von Logan.«

Ihre Augen leuchteten auf. »Vielen Dank. Das freut mich sehr. Ich dachte schon, er hätte mich vergessen. Wie geht es ihm? Erzähl mir alles von ihm, Jimmy.«

Sibell erfuhr nicht viel, außer dass Logan schwer in den Minen arbeitete, allein in einer Hütte in Katherine lebte und seine Mahlzeiten wie die Arbeiter auf der Farm in einem Küchenhaus einnahm. Er tat ihr leid, weil er so ein entbehrungsreiches Leben führen musste. Außerdem kam sie sich schäbig vor, weil sie an ihm gezweifelt hatte. »Kommt er hierher?«, fragte sie Jimmy, der begeistert nickte. »Ja. Er sagt, bald kommt er nach Black Wattle. Ich glaube, er macht Sie zu seiner Frau, oder?«

Sibell nickte freudig. Heute war wirklich ein himmlischer Tag, und sie war Jimmy für seine Mühe dankbar. So weit war er ihretwegen gelaufen. Sie wollte ihm danken, und dann fiel ihr das Pferd wieder ein … »Ich habe eine Überraschung für dich, Jimmy. Jetzt kann ich es mir leisten, also kaufe ich dir ein Pferd. Ich habe mein Versprechen nicht vergessen.«

Netta gelang es, Jimmy in den Hof zu schicken, ehe es Zeit war, Maudie beim Aufstehen zu helfen und sie in die Küche zu bringen. Casey hatte für Maudie aus einer starken Astgabel eine Krücke gemacht, und sie humpelte damit durchs Haus. Dabei sah sie zwar ziemlich komisch aus, aber niemand wagte zu lachen.

Sofort hatte sie Jimmy entdeckt. »Wer ist denn dieser Bursche da draußen?«

Sibell erklärte ihr, woher sie Jimmy kannte, und Maudie behandelte ihn ausgesprochen freundlich. So sehr, dass Sibell argwöhnte, dass es mehr mit Logan als mit Jimmy selbst zu tun hatte. »Bleibt er?«, fragte Maudie.

»Er würde gerne«, antwortete Sibell, und Maudie humpelte zur Hintertür. »Brauchst du Arbeit?«, rief sie Jimmy zu.

»Schon«, antwortete Jimmy.

»Dann kannst du in den Ställen arbeiten. Geh ins Kochhaus und suche Sam Lim. Er wird dir was zu essen geben und dir alles erklären.«

»Gut, Missus.« Jimmy trollte sich grinsend.

»Ich möchte ein Pferd kaufen, Maudie«, sagte Sibell. »Kann ich Casey bitten, eines für mich auszusuchen?«

»Ist mit Merry etwas nicht in Ordnung?«

»Es geht ihr gut. Das Pferd ist nicht für mich. Ich habe Jimmy vor langer Zeit ein Pferd versprochen, und ich muss mein Versprechen halten.«

»Sie sind ja vollkommen übergeschnappt. Aborigines haben keine eigenen Pferde!«

»Ich habe es versprochen«, beharrte Sibell. »Nach unserem Schiffbruch hat Jimmy uns gefunden und uns das Leben gerettet.« Sibell hatte niemals Einzelheiten ihres Schiffbruchs verraten, und Maudie wurde neugierig. »War Logan auch dabei?«

»Ja, und noch viele andere Leute.« Das entsprach der Wahrheit, rechtfertigte sie ihre Lüge, wenn man die Schwarzen im Lager mitzählte.

»Nun ja, es ist schließlich Ihr Geld, und ich mache ein Geschäft«, meinte Maudie. »Reden Sie mit Casey.«

Sibell zeigte ihr den Schal. »Logan hat ihn mir geschickt«, verkündete sie stolz. »Ist er nicht schön?«

»Nach dem Waschen vielleicht«, antwortete Maudie naserümpfend.

Dieser Sonntag war der schönste Tag in Jimmy Moons Leben. Netta hatte den Schwarzen auf der Farm erzählt, was heute geschehen würde, und alle kamen ungläubig herbeigeströmt. Sie gehörten zum Stamm der Waray, die die gleiche Sprache sprachen wie die Jawoyn in der Nähe von Katherine. Obwohl sie sich mit den Weißen nun schon seit einigen Jahren abgefunden hatten, hatten sie noch nie von einem Aborigine gehört, der sein eigenes Pferd besaß. Einige der Männer und Frauen, die gute Reiter waren, arbeiteten auf der Farm – hauptsächlich deshalb, wie Jimmy befriedigt feststellte, weil es hier im sogenannten Top End dieses riesigen Landes nicht genug Weiße gab. Allerdings gehörten die Pferde der Farm, nicht den Reitern.

Jimmy gefiel es auf Black Wattle, und da sich seine Wanderung ihrem Ende näherte, beschloss er, die Farm – wie schon die Farm der Cambrays – zu seinem Stützpunkt zu machen. Ständig sprach Logan davon, dass er Katherine verlassen wollte, und da Missibel hier wohnte, nahm Jimmy an, dass sie früher oder später alle gemeinsam auf der Farm leben würden. Außerdem hatte Jimmy Erkundigungen über Netta eingezogen. Sie war ein hübsches, nettes Mädchen, das eine gute Ehefrau für ihn abgeben würde.

Als Casey das Pferd, einen großen Apfelschimmel, herbeiführte, sprang Jimmy über den Zaun.

»Was halten Sie von dem?«, rief Casey Missibel zu, die lachend antwortete: »Fragen Sie nicht mich, sondern Jimmy.«

»Gutes Pferd«, rief Jimmy und sprang auf den Rücken des Tieres, ehe sie ihre Meinung ändern konnten. Die Schwarzen klatschten und jubelten, und den Cowboys, die rauchend auf dem Zaun hockten, war es einerlei. Ihre Aufmerksamkeit galt den Zureitern, die gerade mit einem störrischen jungen Hengst zu kämpfen hatten.

Mit stolzgeschwellter Brust ritt Jimmy davon, um mit diesem schönen Tier, das nun für immer sein Freund und Gefährte sein sollte, allein zu sein. Er sprach mit dem Pferd, streichelte es und ließ es gehen, wohin es wollte. Weil er befürchtete, seinen Freund zu ermüden, ließ er das Pferd schließlich im Pferch frei und wandte sich pflichtbewusst seiner Stallarbeit zu.

Am Nachmittag streifte er mit Missibel und Netta durch den Busch. Missibel trug einen kleinen Revolver um die Hüfte geschnallt, auf den sie sehr stolz war. »Hier gibt es so viele Schlangen«, erklärte sie Jimmy. »Ohne Revolver gehe ich nie aus.«

Netta kicherte, und Jimmy lächelte sie an. Sie hatten keinen Revolver nötig, um eine Schlange unschädlich zu machen, doch das brauchte Sibell nicht zu wissen. Sie kamen an den großen schwarzen Akazien vorbei, die bald in voller Blüte stehen würden. Ihre langen, gelben Dolden unterschieden sich von den Akazien, die Jimmy kannte, den gelblichen Büscheln, die er so sehr liebte. Jimmy hatte ein wenig Heimweh und dachte an seine Mutter. Inzwischen würde sie erfahren haben, was geschehen war. Bestimmt hatte Lawinas Schwester durch ihren Stamm die Nachricht weiterverbreitet, und niemand würde ihn verraten. Sie hatten sicherlich erfahren, dass es ihm gelungen war, zu entwischen, und sicherlich freuten sie sich darüber.

»Kommt her«, rief Missibel da. »Ich will dir etwas zeigen, Jimmy.«

Entsetzt wich Netta zurück. »Nicht da rauf!«, rief sie. »Schlechte Medizin, böser Platz!«

»Sei doch nicht dumm«, meinte Missibel. »Missus Charlotte hat mir die Stelle gezeigt. Es ist ein Initiationsplatz, Jimmy.« Sie bahnte sich einen Weg durchs Gebüsch, und Jimmy, der das Wort Initiation nicht verstand, folgte ihr, bis sie eine Lichtung erreichten.

»Er ist sehr alt«, sagte Sibell, wobei sie auf den Steinkreis zeigte.

Netta weigerte sich, auch nur einen Schritt weiterzugehen, doch Jimmy lief los und wunderte sich über diese Lichtung, auf der dünne Grashalme wuchsen. Warum war die Lichtung nicht wieder zugewachsen, wenn sie doch nicht mehr benutzt wurde? Es sah aus, als wären die Bäume wie Netta vor lauter Angst am Rand stehen geblieben.

»Kommt dein Volk hierher?«, fragte er Netta.

»Nein, große Angst«, erwiderte sie.

»So ein Unsinn!«, rief Sibell aus. »Ich war schon hier, und nichts ist mit mir geschehen.« Allerdings fügte sie nicht hinzu, dass Charlotte, die damals bei ihr gewesen war, bei einem schrecklichen Unfall ihr Leben gelassen hatte. Aber das konnte ja wohl kaum Folge dieses abergläubischen Unsinns sein.

»Vielleicht holen sich die Weißen die magische Krankheit nicht«, meinte Jimmy leise. Doch er bedauerte, das gesagt zu haben, als Netta ihn anfuhr. »Du bist ja schon ein halber Weißer«, zischte sie. »Geh doch.«

Die Steine schienen vor seinen Augen zu wachsen wie Geister, die sich gerade den Bauch vollgeschlagen hatten, und der Duft der Akazienblüten lag schwer in der Luft. Über seinem Kopf raschelte bedrohlich das Laub. Plötzlich schossen Tausende von Budgerigars mit schwirrenden Flügeln hinauf in den blauen Himmel und verschwanden in der Ferne. Jimmy erschauderte, aber er durfte vor Netta nicht das Gesicht verlieren. Also schritt er voran.

Jimmy Moon wusste, was Angst bedeutete, denn sie überkam ihn jedes Mal, wenn er einem unbekannten Stamm begegnete. Diese schleichende Furcht jedoch, die er spürte, als er den uralten Kultplatz betrat, war ihm fremd. Er konnte den Tod förmlich riechen. Da er wusste, dass die Geister außerhalb der Zeit lebten, konnte er nicht feststellen, ob der mächtige Zauber viele Jahrhunderte alt oder erst kürzlich entstanden war. Oder, was noch schlimmer war, vielleicht blickte er ja gerade in diesem Augenblick in die Zukunft und ahnte seinen eigenen Tod.

Anscheinend war es übereilt gewesen, dass er mehr über die unbekannten Stämme des Nordens hatte erfahren wollen. Aber da ihn die Frauen beobachteten, würde er nachsehen müssen. Seine Nerven waren zum Zerreißen gespannt, und alles in ihm rief ihm zu, besser zu fliehen. Doch wenn er diesem Ruf folgte, würde er sich in den Augen des Waray-Stammes lächerlich machen. Bis jetzt waren sie noch sehr beeindruckt von ihm, denn sie hielten ihn für einen weitgereisten und furchtlosen Zauberer. War er nicht einfach ins Haus der Weißen spaziert und hatte sich an den Küchentisch gesetzt? Nicht einmal die weißen Viehhüter hatten dieses Vorrecht.

Er sah sich zwischen den bröckelnden Sandsteinen um und untersuchte sorgfältig die Gräser und Samen. »Hier waren Leute«, rief er.

»Was für Leute?«, fragte Sibell.

Jimmy verließ den Steinkreis und kehrte zu den beiden Frauen zurück. Immer noch fühlte er sich unruhig und unbehaglich. »Ihre Leute«, meinte er und zeigte dabei auf Netta.

Sie schüttelte den Kopf. »Nein. Niemals. Das ist ein schlechter Ort.«

»Aber es waren schwarze Leute hier«, beharrte er. »Bloß welche?«

»Wadjiginy«, flüsterte Netta.

»Wer ist das?«, wollte Sibell wissen, aber Netta schürzte die Lippen, ließ den Kopf sinken und betrachtete ihre Zehen.

»Sind sie gefährlich?«, fragte Sibell, an Jimmy gewandt, der das wegen Nettas Antwort vermutete. Er wäre nicht überrascht gewesen, wenn es sich um Schwarze handelte, die die Weißen als Leute vom Daly River bezeichneten. Aber er wollte Missibel nicht ängstigen. Also warf er einen Blick auf die Bäume, die steif und stumm vor ihm standen. Hinter ihnen verbarg sich eine Welt des Zaubers, und er fühlte sich durch eine schreckliche Macht zu ihnen hingezogen.

Ohne zu zögern und ohne weiter nachzudenken, wandte er sich an Missibel. »Ich gehe schauen.« Dann richtete er das Wort an Netta, die ihn neugierig beobachtete. »Du bringst Missibel nach Hause.«

Als er an diesem geheimnisvollen Ort allein war, sah er sich um, bis er den Stoff fand, aus dem die rituelle Schminke hergestellt wurde: weißer Ocker. Er vermischte ihn mit dem Saft der roten Beeren, entkleidete sich und malte sich seine Totemzeichen auf die Haut. Sie ähnelten nicht im Mindesten den Mustern der Stämme des Nordens, die er nicht verstand. Er berührte den magischen Beutel seines Heimatlandes, damit er ihm Glück brachte, und machte sich auf den Weg, um die Schwarzen zu suchen.

Es gab nur wenig, woran er sich halten konnte – kaum eine Spur, abgesehen von einigen offenbar alten Abdrücken, die sowohl ein Schwarzer als auch ein Weißer hinterlassen haben konnte, und Hufspuren. Doch er ging weiter nach Norden. Er hoffte, Mitgliedern eines Stammes zu begegnen, die ihm den magischen Ort erklären konnten. Vielleicht war es ja ein Initiationsplatz gewesen, ein ehemals heiliger Ort, der nun zu oft von Ungläubigen betreten worden war, um noch einen Nutzen zu haben. »Aber immer noch heilig«, sagte er sich. »Geister können nicht davonlaufen.«

Er entdeckte frische Pferdespuren – zwei der Tiere hatten Reiter gehabt, zwei waren reiterlos gewesen – und folgte ihnen aus Neugier. Warum waren weiße Männer so weit vom Pfad abgewichen, und weshalb hatten sie Ersatzpferde bei sich? Als Jimmy aufblickte, sah er, dass dicke, dichtbelaubte Schlingpflanzen ein Dach über den Baumkronen gebildet hatten. In dieser Nacht schlief Jimmy hoch oben in den Zweigen eines Baums.

Am Morgen fand er einen Lagerplatz, wo die Reiter offenbar Schwarzen begegnet waren. Sie hatten nichts zurückgelassen, außer einem Hemd aus Kuhhaut, das an einem Baum hing. Jimmy untersuchte es und fand es sehr hübsch. Die Haut war schwarz-weiß gefleckt und sehr weich. Also probierte er das Kleidungsstück an. »Wunderbar«, stellte er fest, denn er fühlte sich in dem ärmellosen Hemd sehr wohl. Er erinnerte sich, dass die Weißen so etwas eine Weste nannten. Sie passte ihm vortrefflich. Falls er den weißen Männern begegnete, würde er sie zurückgeben müssen, aber er hatte schließlich vor, die Wadjiginy zu finden. Die Weißen waren ihm gleichgültig. Bis zu seiner Rückkehr hängte er die Weste wieder in den Baum.

Da er schon so weit gekommen war, beschloss er weiterzugehen. Mittags hörte er auf einmal Stimmen.

»Sprecht mit mir!«, riet er in der Sprache der Waray. Unbewaffnet trat er in eine Lichtung und wartete, bis sie sich zeigten. Sechs Männer trugen einen hohen, nach oben hin spitz zulaufenden Kopfschmuck, doch der siebte, ein verhutzelter Greis mit einem grauen Bart, war ungeschmückt, bis auf die vielen Narben, die seine staubige Haut übersäten.

Die hochgewachsenen, aufrechten Körper der jüngeren Männer waren weiß bemalt, doch die Muster waren fleckig und ganz anders als die verschiedenen Streifen und Punkte, die Jimmy bis jetzt untergekommen waren. Er wollte mehr darüber wissen. Als die Gestalten näher kamen, löste sich das Rätsel. Die Muster auf ihrer Haut waren keine Stammeszeichen, sondern eine Nachahmung der gefleckten Baumstämme und des Sonnenlichts ihrer Umgebung, sodass sie im Busch nicht auszumachen waren, solange sie nicht beschlossen, sich zu zeigen. Jaljurra war beeindruckt: Ganz gleich, ob sie Jäger oder Krieger waren, ihre Tarnung war sehr wirkungsvoll.

»Wer bist du?«, fragte der alte Mann mit befehlsgewohnter Stimme.

Jimmy setzte sich und bedeutete ihnen, seinem Beispiel zu folgen, was sie argwöhnisch taten. »Ich bin Jaljurra«, antwortete er stolz. »Ich gehöre zum Volk der Whadjuck und bin von weit her gekommen, um euer Land zu besuchen.«

Von den Stämmen der Whadjuck hatten sie noch nie gehört, was ein gutes Zeichen war, da sie dann ja auch keine Feinde sein konnten. »Ich bin gekommen, um euch von unserem Land zu erzählen«, erklärte er. »Mehr als sechs Monate bin ich gewandert, um die Wadjiginy zu treffen. Seid ihr Wadjiginy?«

Die Männer, die nicht wussten, was sie von diesem Fremden halten sollten, nickten und ließen ihn fortfahren. »Grenzt euer Land ans Meer?«, fragte er.

»Warum willst du das wissen?«

»Weil ich am Ende meiner Reise angelangt bin. Möchtet ihr meine Geschichte hören?«

Sie liebten Geschichten und all die Legenden, die gewöhnlich vom Vater an den Sohn und von der Mutter an die Tochter weitergegeben wurden. Diese Männer machten da keine Ausnahme. Zum Zuhören war immer Zeit genug.

Sie glaubten ihm und schlossen aus seinen Geschichten, dass er ein Zauberer war, der mit einem Auftrag, den nur die Geister kannten, quer durch die ganze Welt reiste. Inzwischen war Jimmy fast so weit, dass er ihre Auffassung teilte: Die Geister begleiteten ihn in der Tat auf dieser Wanderung.

Schließlich erklärten sie sich bereit, ihn mitzunehmen, um ihm ihr Meer zu zeigen. Ehe sie aufbrachen, wies er auf die Weste im Baum. »Woher stammt sie?«, fragte er. Aber sie zuckten nur die Achseln. »Lassen wir sie hier. Ich nehme sie auf dem Rückweg mit«, sagte er.

Zwei Tage lang war er mit den Wadjiginy-Männern in einem Einbaum unterwegs. Es war eine traumhaft schöne und schnelle Fahrt den Fluss hinab und dem Meer entgegen. Schließlich erreichten sie die Stelle, wo der Fluss in den riesigen Ozean mündete. Jaljurra war außer sich vor Glück. Er rannte über den sandigen Boden und betrachtete bewundernd den langen, weißen Strand, der sich zu einer hübschen, abgelegenen Bucht rundete. Das Meer war strahlend blau, und die Bäume, die den Strand säumten, leuchtend grün.

Jimmys Begeisterung war ansteckend. Gurrumindji, der alte Mann, schickte die jungen Männer zum Fischen, damit sie ein Festmahl zubereiten konnten. Er selbst setzte sich zu Jaljurra, um gemeinsam mit ihm die Schönheit ihres Landes zu genießen. Außerdem wollte er von Jaljurra noch mehr von seinen Geschichten hören, worauf er als Anführer ein Recht hatte.

Sibell machte sich Sorgen. »Wo steckt Jimmy nur?«, fragte sie Maudie.

»Der hat sich aus dem Staub gemacht«, antwortete diese. »So was kommt öfter vor. Er taucht schon wieder auf.«

»Aber er hat sein Pferd zurückgelassen.«

»Deswegen wird er auch wieder auftauchen«, meinte Maudie lachend.

»Aber er hatte das Gefühl, dass mit dem Steinkreis etwas nicht stimmte«, beharrte Sibell. »Und Netta hat eine Todesangst davor.«

»Kümmern Sie sich nicht um die Schwarzen«, sagte Maudie. »Nichts als ein Haufen Unsinn. Und stellen Sie ihnen um Himmels willen keine Fragen über ihren Aberglauben. Bei so etwas können sie nämlich ziemlich unangenehm werden.«

»Das habe ich auch nicht vor. Ich sorge mich nur um Jimmy. Meinen Sie nicht, wir sollten jemand losschicken, der nach ihm sucht?«

»Wegen einem Schwarzen? Das meinen Sie doch wohl nicht ernst? Wenn er den Weg quer durch dieses verdammte Land gefunden hat, wird er sich auch hier nicht verlaufen. Außerdem ist er, wenn er nach Norden gegangen ist, bestimmt schon beim Timor-Meer angekommen. Also muss er umkehren.«

»Aber was ist mit den anderen Schwarzen? Selbst Netta fürchtet sich vor ihnen.«

»Unsere Schwarzen fürchten sich nicht vor denen, sondern vor merkwürdigen Geistern, und das ist etwas anderes. Machen Sie sich keine Sorgen. Der kommt schon zurück.«

Der Strand hatte etwas Geheimnisvolles an sich, als ob hier die Zeit stehen geblieben wäre. Es gab kein Leben, der Sand war unberührt, und an den Bäumen regte sich kein Blatt. Angesichts dieser Umgebung kamen Jimmy die jämmerlichen kleinen Menschen am Ufer wie winzige Punkte vor.

Die untergehende Sonne spiegelte sich in den sanften Wellen und verlieh der Bucht einen rosigen Glanz. Jimmy atmete die frische salzige Luft ein, die, verglichen mit den stickigen Sümpfen im Landesinneren, so lebendig roch.

Dann war Jimmy an der Reihe, sich Gurrumindjis Traumzeit anzuhören und etwas über die großen Krieger der Wadjiginy zu erfahren. Jimmy hatte noch nie jemanden von diesem verschwiegenen Volk gesehen, noch nicht einmal Fußabdrücke. Doch er schloss aus ihren Erzählungen, dass es viele sein mussten. In ihren Stämmen herrschte strenge Disziplin. Gurrumindji erzählte von einer Missionarssiedlung, die Weiße in einer anderen Bucht, die auch zu seinem Gebiet gehörte, eingerichtet hatten. Jimmy konnte sich nicht vorstellen, dass sie lange bestehen würde.

Dann befragte Gurrumindji ihn nach den Weißen, die immer näher rückten und alle Gesetze der Natur brachen. Aber Jimmy konnte ihm keinen Rat geben. Er wollte sich nicht anmaßen, sich in ihr Leben einzumischen.

Zwei der Männer brachten ihn im Einbaum auf dem ruhig dahinströmenden Fluss zurück an genau die Stelle, von der aus sie aufgebrochen waren. Dort wagten es die Krokodile, wie sie Jimmy erzählten, nicht, ihre Nester zu bauen. »Falsches Totem für Krokodile«, sagten sie, und Jimmy lachte. »Es muss ein ziemlich mächtiger Geist sein, wenn er sie verscheuchen kann.«

Auf beiden Fahrten auf dem Fluss hatte er die Ungeheuer beobachtet, die sich am schlammigen Ufer sonnten oder sich lautlos mit der Strömung treiben ließen. Sie machten ihm Angst, obwohl er das lieber für sich behielt. Sie hoch oben von den Klippen in Katherine aus zu beobachten ging ja noch an, aber auf gleicher Augenhöhe mit ihnen in einem leichten Einbaum an ihnen vorbeizufahren, hieß für ihn, das Schicksal herauszufordern. Also war er erleichtert, wieder sicheren Boden unter den Füßen zu haben und seiner Wege gehen zu können.

Der Rückweg war weniger mühsam. Er schritt rasch und zielsicher aus und holte noch die Weste aus Kuhhaut, von der er erst den pudrigen Schimmel abbürsten musste, der sich bereits darauf festgesetzt hatte. Als er in der Nähe des Hauses angelangt war, badete er in einer Lagune, zog wieder seine Hose an und machte sich, nun mit Hose und Weste bekleidet, auf den Heimweg. Jimmy fürchtete sich nicht mehr vor dem Steinkreis, er hatte seinen Frieden gefunden.

Nachdem Jimmy aufgebrochen war, fragten die jungen Männer Gurrumindji, warum er dem Fremden geglaubt und ihm das Meer gezeigt habe.

Die Augen des alten Mannes leuchteten aus seinem zerfurchten, wettergegerbten Gesicht. »Das Blut weißer Männer klebte an seinen Händen«, antwortete er.

»Aber warum hast du ihn dann nicht gebeten, bei uns zu bleiben? Er kennt ihre Sitten, er spricht ihre Sprache, er hätte uns helfen können.«

Gurrumindji schüttelte den Kopf. »Das ist nicht möglich. Er ist in seine Traumzeit gegangen.«

Rory Jackson führte den Trupp an. Er war fest entschlossen, die Mörder seines Bruders zu finden. Dieser Conal von den Gilbert-Minen und Clem Starkey waren mehr tot als lebendig vom

Fahrer eines Ochsenkarrens, der mit seinem Gespann auf dem Weg nach Pine Creek war, aufgelesen worden. Nur noch wenige Stunden, und es wäre auch mit ihnen vorbei gewesen.

Die Buschräuber, die den Mord begangen hatten, hatten einen hübschen Vorsprung gewonnen, während Conal und Starkey durch die Dunkelheit irrten. Da der Busch überall gleich aussah, hatten sie sich bald verlaufen. Es war reines Glück gewesen, dass sie nach drei Tagen zufällig den Pfad wiedergefunden hatten. Dort hatte ihnen allerdings die Hitze den Rest gegeben. Deshalb hatte es auch einige Zeit gedauert, bis die Männer sich aus ihren unzusammenhängenden Sätzen etwas hatten zusammenreimen können. Sie waren beraubt worden, und Wachtmeister Ralph Jackson war tot! Erschossen! Die Überlebenden wurden ohne Rücksicht auf ihren Zustand auf einen Wagen gepackt und zum Tatort gefahren, um Ralphs Leiche zu holen.

Sergeant Bowles war mit Rory Jackson aus Katherine gekommen, und ganz Pine Creek war von heller Wut erfasst, als man die Suchtrupps zusammenstellte, die die Umgebung nach den Mördern durchkämmen sollten.

»Schnappt sie und bringt sie in die nächste Stadt«, befahl Bowles, der wollte, das alles nach Recht und Gesetz verlief.

»Sie in die Stadt bringen? Den Teufel werden wir tun!«, rief Rory seinen Männern zu. »Die Schweinehunde sollen am nächsten Ast baumeln. Dem armen Ralph haben sie ja auch keine Chance gegeben!« Und die drei Männer in seiner Gruppe stimmten ihm zu.

Bowles verfluchte den Umstand, dass Jaljurra nicht aufzufinden war und ihm deshalb keinen Hinweis darauf geben konnte, welchen Weg die Verbrecher in dieser unendlichen Wildnis eingeschlagen hatten. Also schickte er einige Männer nach Süden und einen anderen Trupp nach Palmerston, damit sie die Bevölkerung warnten. Er selbst ritt mit seinen Männern nach Südosten, da er sich sicher war, dass die Halunken über die Sümpfe nach Queensland wollten. Schließlich wussten sie, dass ihnen niemand folgen konnte, sobald die Regenzeit eingesetzt hatte.

Rory Jackson war anderer Ansicht. Er ritt mit seinen Männern nach Westen.

Bowles widersprach: »Da draußen gibt es nur ein paar einsame Farmen, und von dort aus geht es weiter nach Westaustralien. Nichts als Wildnis.«

»Das ist es ja gerade«, sagte Rory. »Ich glaube, sie reiten nach Westen, bis die Hitze nachlässt, schlagen dann einen Haken und verstecken sich in Palmerston. In dieser verdammten Stadt gibt es so viel Gesindel, dass sie niemandem auffallen würden.«

Rory war Viehhirte, Treiber und Tagelöhner. Inzwischen spielte es keine Rolle mehr, dass er sich heftig mit seinem Bruder gestritten hatte, weil dieser so dumm gewesen war, zur Polizei zu gehen. Auch war keine Rede mehr davon, dass Ralph ihm, Rory, häufig mit Gefängnis gedroht hatte, wenn er wieder einmal betrunken randalierte. Und auch nicht davon, dass Ralph ihm wegen dieser dummen Geschichte kräftig den Kopf gewaschen hatte – ein paar Moralapostel hatten nämlich behauptet, er, Rory, habe ein schwarzes Mädchen vergewaltigt. Wie konnte man eine Schwarze vergewaltigen? Die bettelten doch geradezu darum!

Wie dem auch sein mochte, jetzt hörten jedenfalls alle auf seinen Befehl, und er würde die Mörder finden, auch wenn es Jahre dauerte.

Rorys Gruppe ritt vom Ort des Überfalls abseits des Weges nach Westen. Immer wieder schwärmten die Männer aus und suchten nach erkalteten Lagerfeuern. Sie fanden auch welche, die von Weißen stammen mussten, und durchwühlten die zurückgelassenen Abfälle, denn man hatte ihnen eine Liste der gestohlenen Gegenstände mitgegeben. Und dann war da noch das Gold. Was das anbelangte, hatte Rory seine eigenen Vorstellungen – es war die Entschädigung für das Leben seines Bruders, wie er seinem Kumpanen, Buster Krohn, anvertraute. »Warum nicht, Kumpel?«, antwortete dieser grinsend. »Er ist gestorben, als er versucht hat, das verdammte Gold zu schützen. Also hat er sich's auch verdient.«

Sie waren erst drei Tage unterwegs, als einer der Reiter den von ihm aufgesammelten Müll zur Untersuchung vorlegte. Ein abgetragener Reitstiefel, eine zerschlissene Satteldecke, Dosen, Schnapsflaschen, verrostete Pfannen – jeder konnte diese Gegenstände zurückgelassen haben. Doch Rory fand unter dem Müll einen Wassersack. »Wir haben's geschafft!«, rief er triumphierend. »Der gehörte Ralph. Schaut mal! Schaut her! Er hatte seine Initialen auf den Griff gemalt! Schaut … sie sind ziemlich abgewetzt, aber man kann noch die Farbreste sehen. Der gehörte ihm, ich will einen Besen fressen, wenn's nicht so ist.« Er richtete sich auf. »Sollen die andern doch weiter sinnlos herumreiten, wir haben sie gefunden. Jetzt kriegen wir die Halunken.«

Er rief seine Männer zusammen. »Ihr drei reitet dort entlang«, schrie er. »Rüber zur Black-Wattle-Farm. Geht zum Haus und fragt, ob sie Fremde gesehen haben. Dann kürzt den Weg ab und trefft uns wieder. Buster und ich reiten in diese Richtung.«

»Jetzt geht die Jagd erst richtig los.« Grinsend sattelte Buster sein Pferd. »Schätze, jetzt erwischen wir sie.«

»Die entkommen uns nicht mehr!«- meinte Rory.

Den Männern, die aufs Haus zuritten, kam die Farm verlassen vor, aber Maudie war vorbereitet. Mit Fremden ging sie grundsätzlich kein Risiko ein; sie hatte schon zu viele von dieser Sorte erlebt.

»Netta«, rief sie, »sag Bygolly, er soll in der Nähe bleiben. Und hilf mir auf die Veranda.«

Bygolly war Nettas Onkel, ein schwarzer Viehtreiber, der schon seit Jahren für Zack und Cliff arbeitete. Da Maudie behindert war, wollte sie, dass Bygolly in Rufweite blieb, falls es Schwierigkeiten gab. Er war im Galopp losgeritten und hatte sie gewarnt, dass drei Männer auf dem Weg zur Farm waren.

Als die drei am Tor ankamen, saß Maudie in einem großen Korbstuhl oben an der Treppe. Über den Schoß hatte sie eine Decke gebreitet, um ihr verletztes Bein zu verstecken, und über ihren Knien lag ein geladenes, doppelläufiges Gewehr.

»Was wollen Sie?«, rief sie.

»Polizeitrupp, Missus. Hier treibt sich eine Horde Buschräuber herum.«

»Wer von Ihnen ist Polizist?«

Die drei stiegen ab, banden ihre Pferde fest und kamen aufs Tor zu. »Keiner. Wir tun nur Sergeant Bowles einen Gefallen«, antwortete der Mann.

»Sie da können hereinkommen«, befahl Maudie. »Ihr anderen bleibt draußen. Ich bin nicht allein.«

Der Mann öffnete das hölzerne Tor. Seine Begleiter schien das Warten nicht zu stören. Sie lehnten sich an den Zaun und nützten die Gelegenheit, um sich eine Pfeife anzuzünden. Doch Maudie war immer noch misstrauisch. Ihr gefielen diese drei Burschen überhaupt nicht. »Wer sind Sie?«, fragte sie. »Und keinen Schritt näher.«

»Ich heiße Syd Walsh«, antwortete er vorwurfsvoll. »Und das Gewehr hier ist unnötig. Meines hängt draußen an meinem Sattel.«

Ja, ja, dachte Maudie, und dein Messer steckt in deinem Stiefel. Sie sah ihn ärgerlich an. »Was für Buschräuber?«

»Zwei Halunken haben einen Goldtransport aus Pine Creek überfallen und Wachtmeister Jackson erschossen. Kaltblütig abgeknallt. Wir sind ihnen auf der Spur und wollten Sie nur fragen, ob Sie irgendwelche Fremden haben vorbeireiten sehen.«

»Nur euch«, antwortete Maudie.

»Sonst niemanden?«, fragte er enttäuscht.

»Keine Menschenseele, und unsere Männer hätten es bemerkt. Sie wussten ja schließlich auch, dass Sie auf dem Weg hierher sind.« Das war eine Lüge – Black Wattle war so groß, dass eine Armee ungesehen hätte hindurchmarschieren können –, aber es klang glaubhaft.

»Wessen Gold?«, fragte sie und wurde ein wenig zugänglicher.

»Von den Arcadia-Minen und den Gilbert-Minen«, antwortete er.

»Dann kennen Sie sicher Logan Conal?«, erkundigte sich Maudie, die sich sehr schlau vorkam.

»Eigentlich nicht, Missus. Ich komme nicht aus Katherine. Ich habe Rory Jackson in Pine Creek kennengelernt. Er ist der Bruder von dem Kerl, den sie erschossen haben, und er führt unseren Trupp an.«

»Und wo steckt er?«

»Die anderen verfolgen die Mörder ein wenig nördlich von hier. Wenn Sie wirklich niemanden gesehen haben, reiten wir gleich weiter und treffen uns wieder mit ihnen.«

Maudie dachte nach. Er kannte Logan Conal nicht, und seine Geschichte konnte ebenso gut erlogen sein. Falls er andererseits aber wirklich zu einem Suchtrupp gehörte, würde es dem guten Ruf der Hamiltons schaden, wenn sie die Männer nicht unterstützte.

»Sie können Ihre Pferde tränken und sich im Kochhaus etwas zu essen holen, wenn Sie möchten«, sagte sie deshalb.

»Vielen Dank, Missus«, antwortete er, und Maudie beobachtete, wie die Männer ums Haus herum ritten. »Netta«, rief sie. »Sag Sam Lim, er soll vorsichtig sein.«

Maudie saß eine Zeit lang da und dachte über das Gespräch nach. Von einem Wachtmeister Jackson hatte sie noch nie gehört, aber seit Puckering seinen Posten angetreten hatte, gab es hier viele neue Polizisten. Also konnte es durchaus wahr sein. Der arme Mann! Mein Gott, jetzt würde es Schwierigkeiten geben. Und falls sich die Verbrecher irgendwo in der Nähe von Black Wattle befanden, mussten die Männer gewarnt werden, damit sie sich vor ihnen in acht nahmen. Wenn Casey heute Abend zurückkam, sollte er mit einigen Männern diesen Suchtrupp überprüfen und mehr über die Schießerei herausfinden. Maudie hätte gern mehr gewußt, aber sie hielt es für unklug, sich zu lange mit den fremden Reitern zu unterhalten.

Logans Gold war also geraubt worden! Was würde Sibell wohl dazu sagen? Sie würde außer sich sein. Ganz offensichtlich war sie verrückt nach ihm, aber er hatte sie sitzen lassen und seine Zeit mit Maudie verbracht, als er sie für einen Tag auf der Farm besucht hatte. Maudie seufzte. Logan war das, was Cliff immer einen Glücksritter genannt hatte, ein Mann, der stets seinen eigenen Vorteil im Auge hatte ... Sibell würde ihn niemals halten können. Sie war zu weich und kalt wie ein Fisch. Immer hatte sie betont, wie gern sie Charlotte hatte, aber sie hatte beim Begräbnis keine Träne vergossen, weder für Charlotte noch für Cliff. Sie war einfach nur hölzern herumgestanden ...

Bei Gott, Logan war wirklich ein gut aussehender Mann, und solche Männer konnte man zähmen, wenn man die richtigen Lockmittel besaß. Und wer hier etwas besaß, hatte Maudie bereits klargemacht.

Dieser Syd und seine Kumpane ritten davon. Maudie gab Bygolly ein Zeichen. »Nimm dein Pferd und folge ihnen. Aber halte Abstand. Finde raus, ob sie wirklich auf der Jagd nach Buschräubern sind.«

»Wird gemacht, Missus«, antwortete er grinsend.

Rory entdeckte ihn zuerst, als er das offene Gelände überquerte. Der Boden war wegen eines kürzlichen Buschfeuers schwarz verkohlt. »Der Sache geh ich nach«, sagte er zu Buster und zügelte sein Pferd. »Was macht ein Weißer hier draußen ohne Pferd?«

»Komisch«, stimmte Buster zu, und sie näherten sich der Gestalt.

»Es ist ein Schwarzer«, verkündete Buster, aber Rory gab seinem Pferd die Sporen und galoppierte los. »Schau mal, was er anhat!«

Zuerst verstand Buster ihn nicht, aber er folgte Rory auf den Fersen. Dieser schwang sein Lasso und stellte sich auf die Steigbügel, damit er die Schlinge weit genug werfen konnte, um seine Beute zu treffen.

»Bei Gott!«, rief er. »Gut gemacht, Rory!« Das Lasso hatte den Schwarzen mitten im Lauf erwischt und zu Boden gerissen. Nun wand er sich wie ein gefesseltes Kalb im Staub.

Als der Schwarze versuchte, aufzustehen, trat Rory ihm mit dem Stiefel ins Gesicht, und er stürzte wieder.

Die beiden Männer sprangen vom Pferd und fesselten den Schwarzen. »Siehst du es jetzt?«, fragte Rory.

»Was?«

»Erinnerst du dich nicht, was Conal erzählt hat? Er hat gesagt, der eine hätte eine Weste aus Kuhhaut angehabt. Und was haben wir hier?«

»Von einem Nigger war nie die Rede.«

»Aber auch nicht, dass es keiner war.« Rory betrachtete die reglose Gestalt am Boden. »Überleg mal, Buster. Sie haben erzählt, der Zweite hätte nie den Mund aufgemacht. Und Bowles dachte, dass er Angst hat, seine Stimme könnte ihn verraten. Aber jetzt wissen wir's: Der andere Halunke war ein Nigger; nämlich der da.«

»Mein Gott, du könntest recht haben.« Busters Stimme zitterte vor Bewunderung.

»Ich habe recht«, sagte Rory.

»Was wollt ihr von mir?«, rief Jimmy Moon. Sein Mund war blutverschmiert.

»Siehst du?« Rory wäre fast vor Freude in die Luft gesprungen. »Deshalb hat er den Mund gehalten. Er hätte sich verraten. Bowles da draußen sucht nach einem Buschräuber, der Ausländer ist, aber wir haben das Rätsel gelöst.« Seiner Meinung nach hätte ihm kein Detektiv das Wasser reichen können.

»Dich wollen wir«, antwortete Rory mit finsterer Stimme. »Dich und deinen Spießgesellen. Ihr habt meinen Bruder in der Nähe von Pine Creek erschossen. Doch bevor du baumelst, werden Buster und ich noch ein kleines Gespräch mit dir führen.«

Jimmy stand taumelnd auf. »Ich bin Jaljurra. Sergeant Bowles kennt mich. Ich arbeite für ihn als Spurensucher.«

»Das stimmt«, gab Rory zu. »Ich habe von dir gehört. Du kennst das Land und du weißt vom Gold. Also, wo steckt dein Komplize?«

»Hab keinen Komplizen«, antwortete Jimmy, wobei er sich erinnerte, dass man einem Weißen nicht widersprechen sollte. »Bringt mich zur Black-Wattle-Farm.«

»Jetzt hör mir mal zu«, sagte Rory und beugte sich drohend über ihn. »Warum schließen wir nicht einen Handel ab? Wir wissen, dass du Ralph nicht erschossen hast. Der andere war's. Wenn du uns zu ihm und zu dem Gold führst, sorgen wir dafür, dass du mit einer leichten Strafe davonkommst.« Beim Reden zwinkerte er Buster zu. Er log, und Jimmy wusste das.

»Ich weiß nichts über die Sache«, sagte Jimmy.

Buster trat ihn in den Unterleib. »Lüg uns ja nicht noch mal an«, zischte er, als Jimmy zu Boden sank.

»Wir haben nicht mehr viel Zeit, ehe die anderen kommen«, meinte Rory. »Wir müssen das Gold finden. Prügle es aus ihm raus!«

Buster griff zur Peitsche. Er trat und schlug den Gefangenen, aber der redete nicht. »Ich glaube nicht, dass er was weiß«, sagte Buster schließlich. »Wahrscheinlich hat der andere, der Weiße, die Beute mitgenommen. Was soll ein Nigger auch mit Gold anfangen? Wir müssen den anderen finden.«

»Den finden wir schon«, erwiderte Rory. »Der kann nicht

weit sein. Aber zuerst müssen wir dieses Stück Dreck hier loswerden.«

Er schoß in die Luft, und nachdem er eine Zeit lang gewartet hatte, schoß er noch einmal. Den Fuß hatte er auf den mit der Weste aus Kuhhaut bekleideten Schwarzen gestützt.

Bald traf der Rest des Suchtrupps ein, und Rory zerrte Jimmy Moon hoch. Den kleinen Beutel riss er ihm vom Hals und warf ihn weg.

»Nein!«, schrie Jimmy und griff danach, aber Buster war schneller. »Was hast du denn da, du schwarzes Bürschchen? Ist das das Gold?« Er riss den Beutel auf und fand nur einen Stein, den er angewidert fortwarf.

»Wer ist das?«, fragte Syd.

»Der Komplize«, antwortete Rory, wobei er das Wort auf der Zunge zergehen ließ. »Einer der Mörder.«

»Ein Schwarzer?«

Noch einmal erklärte Rory seine Theorie und zeigte dabei auf die Weste. Buster nickte begeistert. Jimmy lauschte ihren wütenden Stimmen, die über ihn hinwegbrausten wie Meeresbrandung.

Er versuchte, sich Gehör zu verschaffen, aber sie versetzten ihm nur Fußtritte. So saß er verlassen da und umfasste seinen Hals mit beiden Händen. Ohne seinen wertvollen Beutel fühlte er sich schutzlos und ausgeliefert. Er dachte an sein Pferd und fragte sich, ob es wohl wusste, warum er nicht zurückkommen konnte, warum er vielleicht niemals wieder zurückkam.

Währenddessen stritten sich die hässlichen weißen Männer und ließen dabei eine Rumflasche kreisen.

»Wir können für den da eine Belohnung bekommen.«

»Was für eine Belohnung? Für einen Nigger bekommen wir nichts.«

»Wir müssen seinen Kumpanen schnappen. Mit diesem Mistkerl verschwenden wir nur unsere Zeit ...«

»Das Gold ist noch irgendwo hier draußen ...«

»Ich sage, hängen wir ihn auf und reiten wir weiter.«

»Mein Gott! Ohne mich; das wäre doch Wahnsinn. Ihr vergesst wohl diesen Engländer, diesen Polizisten? Der macht uns fertig.«

»Was soll das? Auf wessen Seite stehst du? Sie haben Rorys Bruder umgebracht …«

Bygollys Pferd setzte über den Zaun vor dem Haus und galoppierte durch den Garten. Bygolly schrie aus vollem Halse nach Maudie.

»Missus! Missus! Die Kerle haben Jimmy erwischt!«

Maudie hinkte auf die Veranda. »Verdammt, du weckst ja das ganze Haus. Was ist los?«

»Sie haben Jimmy. Sie haben ihn fertiggemacht. Draußen, hinter dem Teufelsplatz.«

Zunächst verstand Maudie nicht, was er da redete. »Jimmy Moon die Schuld geben? Das können sie doch nicht. Er war doch überhaupt nicht in der Nähe von Pine Creek.«

»Oh, Missus, kommen Sie schnell!« Unter Tränen flehte Bygolly sie an.

»Hol mein Gewehr«, rief Maudie Netta zu, die es sofort herbeibrachte.

»Führ dein Pferd näher heran, dass ich aufsteigen kann«, sagte sie zu Bygolly. Aber Netta versuchte, sie aufzuhalten. »Nein, Missus, nicht reiten. Sie sind verletzt.«

»Halt den Mund und hilf mir«, schrie Maudie sie an, stieß ihre Krücke weg und hielt sich am Verandageländer fest. »Ganz ruhig.« Vorsichtig hob sie das geschiente Bein über den Sattel, ließ sich nieder und steckte den gesunden Fuß in den Steigbügel. Vor Anstrengung tat ihr die Schulter weh. Mit der freien Hand hielt sie sich am Zügel fest und saß nun sicher im Sattel. Aber wie sollte sie das Gewehr mitnehmen? Bygollys Pferd hatte keinen Halfter am Sattel. »Ach verdammt, dann lasse ich es hier!«, sagte sie. »Öffnet das Tor.«

Während sie zum Tor hinaus stob, rief sie Bygolly zu, er solle Casey suchen. »Trommle sie alle zusammen!«

Es gelang ihr, sich festzuhalten, während das Pferd den Pfad entlangpreschte. Doch die Schmerzen in ihrem Bein waren entsetzlich. Also versuchte sie, sich abzulenken, indem sie über die Männer nachdachte. Solche Schwachköpfe. Denen wollte sie etwas erzählen! Wahrscheinlich war Jimmy ihnen auf dem Heimweg in die Arme gelaufen. Hatte sie Sibell nicht gesagt, dass er zurückkommen würde? Und dieser Suchtrupp – wenn die anderen auch solche Galgenvögel waren wie dieser Syd, hatte der arme Jimmy bestimmt nichts zu lachen. Diese Sorte Kerle hatten ihren Spaß daran, Schwarze zu prügeln; dann fühlten sie sich groß und stark. Denn ansonsten hatten sie nichts vorzuweisen.

Das Pferd schien den Weg genau zu kennen. Es galoppierte den Pfad entlang, vorbei an den Akazien und auf das große Gebüsch zu, das während des Buschfeuers vor einigen Monaten abgebrannt war. Nur die zähen Eukalyptusbäume hatten der Hitze widerstanden.

Aber wo steckte der Suchtrupp? Irgendwo hier mussten die Männer doch sein. Sie rief und ritt langsamer, doch es war still im Busch, und Maudie befürchtete schon, sie verfehlt zu haben. Inzwischen war sie schon mehr als eine halbe Stunde geritten. Sie mussten fortgezogen sein und Jimmy mitgenommen haben. Viel weiter konnte sie allein nicht reiten …

Maudie setzte langsam ihren Weg fort und lauschte, ob sie Stimmen, Pferde oder aufgeschreckte Vögel hörte, aber nichts rührte sich. Und dann sah sie ihn. Jimmy. Mit nacktem Oberkörper baumelte er wie eine Puppe an einem hohen Baum. Unheimlich ruhig. Tot.

»O mein Gott!«, schluchzte sie. »O Gott, diese verdammten Schweine!«

Sibell war außer sich. Sie weigerte sich zu glauben, was geschehen war, ehe sie nicht seine Leiche gesehen hatte. Und dann rannte sie schreiend durchs Haus, kauerte sich schließlich in eine Ecke ihres Zimmers und weigerte sich, mit jemandem zu sprechen. Als Netta weinend versuchte, sie zu trösten, wollte sie sie nicht anhören. Die Zwillinge versteckten sich ängstlich mit Wesley im Kinderzimmer. Sie waren überzeugt davon, dass der Teufelsplatz wieder ein Opfer gefordert hatte.

»Lasst sie«, sagte Maudie. »Es wird ihr guttun, alles herauszuschreien. Sie ist immer so verdammt damenhaft, wahrscheinlich hat sie in ihrem ganzen bisherigen Leben nicht so einen Krach gemacht.«

»Und was ist mit Ihnen?«, fragte Casey. »Sie haben Ihrem Bein den Rest gegeben. Ich würde mich diesmal nicht mehr trauen, es einzurenken.«

»Solange ich es hochlege und die Schienen nicht verrutschen, tut es nicht weh. Sind die Pferde alle verkauft?«

»Ja, wir sind da draußen fertig. Soll ich Doktor Brody holen?«

»Nein. Jetzt ist es Zeit, dass ich packe und ins Krankenhaus nach Palmerston fahre.«

»Sie wollen doch nicht etwa wieder reiten?«

»Keine Sorge. Davon habe ich genug. Ich nehme den Karren. Können Sie uns nach Idle Creek begleiten? Von dort aus fahren wir mit dem Schiff, und für den Rest des Weges leihen wir uns ein paar Wagen.«

Casey schüttelte den Kopf. »Ich begleite Sie nicht nur bis Idle Creek, sondern bis in die Stadt, und dann erstatten wir Anzeige gegen diesen Suchtrupp.«

»Sehr gut«, stimmte Maudie wütend zu. »Diese Halunken verdienen einen Denkzettel. Haben Sie jemanden nach Pine Creek geschickt, um zu melden, was vorgefallen ist?«

»Das habe ich. Ich habe Fred, unserem neuen Arbeiter, gesagt, er soll wegen Jimmys Tod Mordanzeige erstatten. Diese Burschen dürfen ihrer gerechten Strafe nicht entgehen.«

»Der arme Jimmy«, seufzte Maudie. »Netta hat gesagt, dass er in Wirklichkeit Jaljurra hieß. Wo haben sie ihn begraben?«

»Das haben sie nicht verraten. Die Schwarzen haben entsetzliche Angst. Sie wollten nicht, dass Weiße dabei sind. Und man kann es ihnen nicht zum Vorwurf machen. Sie sagten, sie wollen ihn an einem geheimen Ort begraben, wo er vor Weißen sicher ist.«

Es war Zeit zu packen. Aufgeregt lief Sam Lim herum. Er freute sich auf die Ferien in Palmerston, wo er endlich wieder nur für die Familie kochen würde. Netta putzte das Haus doppelt so schnell wie sonst und packte Maudies Sachen. Die Zwillinge, die sich unbedingt nützlich machen wollten, damit man sie ja nicht zurückließ, hatten Wesley im Handumdrehen reisefertig. Also ließ Maudie die Bettwäsche herbeiholen, die im Strandhaus gebraucht wurde, und Zacks Stadtkleidung zusammensuchen.

Wo steckte Zack? Die Männer hätten schon längst zu Hause sein müssen. Maudie machte sich Sorgen, denn auf den langen

Viehpfaden war es ziemlich gefährlich, obwohl Zack die Rinder wahrscheinlich schon losgeschlagen hatte. Wenn er einige tausend verkauft hatte, hatte er allerdings auch die Taschen voller Geld.

Maudie thronte im Wohnzimmer und rief den Mädchen Anweisungen zu. Gleichzeitig versuchte sie sich zu erinnern, was im Strandhaus alles gebraucht wurde. Diese Aufgabe war neu für sie, denn früher hatte Charlotte das Haus für Weihnachten vorbereitet, und ihr war sehr daran gelegen, dass Zack mit ihr zufrieden war.

Mein Gott, dachte sie erschöpft, wir haben in der letzten Zeit wirklich genug durchgemacht. Offensichtlich sind wir vom Pech verfolgt. Zack wird bei seiner Rückkehr nichts als Hiobsbotschaften zu hören bekommen: ein Mord auf der Farm, ich mit verletztem Bein und dem Arm in der Schlinge und Sibell vollkommen übergeschnappt.

Seit Tagen wanderte Sibell ziellos durchs Haus und kümmerte sich nicht um die Reisevorbereitungen. Wenn sie angesprochen wurde, brach sie in Tränen aus. Allmählich verlor Maudie die Geduld. Sie hatte beschlossen, dass Sibell sie ins Strandhaus begleiten musste, da sie schließlich nicht mutterseelenallein zurückbleiben konnte. Aber warum konnte sie sich nicht ein wenig zusammennehmen?

Und nun fing Wesley wieder mit seinem Pony an. »Nein«, erwiderte Maudie, »und damit Schluss. Wir können dein Pony nicht mitnehmen. Es ist hier in guten Händen. Ich besorge dir in der Stadt ein anderes.« Sie winkte die Zwillinge herbei. »Nehmt ihn mit und gebt ihm etwas zu essen. Und sagt der Missy, dass ich sie sprechen will.«

Sibell kam ins Zimmer. Sie sah entsetzlich aus: Ihr Gesicht war vom Weinen verschwollen, ihre Frisur hatte sich aufgelöst, und der Saum ihres Kleides war heruntergetreten, sodass er am Boden schleifte.

»Morgen brechen wir auf«, sagte Maudie. »Sind Sie fertig?«

Traurig blickte Sibell aus dem Fenster. »Ich glaube, ich bleibe besser hier.«

»Was meinen Sie damit? Sie können nicht hierbleiben.«

»Ich störe doch niemanden.«

»Doch. Casey begleitet uns nach Palmerston und kehrt erst später zurück. Also sind nur wenige weiße Männer auf der Farm, und die werden sich ganz schön wundern, wenn Sie hierbleiben.«

»Ich kann für sie kochen.«

»Unsinn. Sie kommen mit und damit basta.« Maudie versuchte, etwas freundlicher zu sein. »Ich würde mich freuen, wenn Sie mitkommen. In der Stadt werden wir uns bestimmt gut amüsieren.«

Doch ihr mitleidiger Versuch löste nur wieder einen neuen Tränenstrom aus.

»Nun reißen Sie sich doch zusammen«, meinte Maudie. »Ich verstehe, wie schrecklich es für Sie ist, aber durch Weinen machen Sie es nicht ungeschehen.«

Wütend sah Sibell sie an. »Ihnen scheint alles gleichgültig zu sein. Sie haben ja keine Ahnung, wie es ist …«

»Wirklich nicht?«, gab Maudie in scharfem Ton zurück. »Mein Mann ist ermordet worden. Zählt das etwa nicht?«

Sibell hielt inne und wischte sich über die Augen. »Es tut mir leid«, flüsterte sie. »Ich weiß nicht, warum ich nicht aufhören kann zu weinen.« Verunsichert sah sie sich um. »Merkwürdig. Als meine Eltern ertrunken sind und die Diener und alle, die ich kannte, habe ich nicht geweint. Und ich habe mich deswegen schuldig gefühlt …«

»Wahrscheinlich der Schock«, meinte Maudie.

»Nein, ich war wütend. Auf sie. Auf alle, glaube ich. Es kam mir so ungerecht vor. Und dann Cliff und Charlotte. Um sie konnte ich auch nicht weinen. Dabei habe ich etwas empfunden, aber ich konnte nicht um sie weinen. Nur wieder dieses furchtbare Gefühl der Ungerechtigkeit. Wahrscheinlich haben Sie gedacht, dass es mir gleichgültig ist.«

»Aber nein«, log Maudie. Sie wusste nicht, was sie sonst hätte sagen sollen. Sibell saß auf der Kante ihres Stuhls und sah so klein und verletzlich aus; nicht mehr die elegante, selbstbeherrschte junge Dame von früher. »Sie hatten einfach eine Pechsträhne«, meinte sie schließlich. »Legen Sie sich ein wenig hin. Morgen wird ein langer Tag.«

»Aber finden Sie es nicht auch merkwürdig?«, fragte Sibell

mit angespannter Stimme, »dass ich nicht mehr aufhören kann, um Jimmy zu weinen. Und dabei kannte ich ihn kaum. Ich habe mir nie die Mühe gemacht, mehr über ihn zu erfahren.«

»Ich finde es gar nicht merkwürdig«, antwortete Maudie. »Bestimmt ist er es wert, dass Sie um ihn weinen.«

»Ja … richtig. Aber andere waren das auch. Meinen Eltern würde es bestimmt furchtbar wehtun, wenn sie wüssten …«

»Jetzt hören Sie mir mal zu«, sagte Maudie streng. »Es hat Sie berührt. Sie haben auf Ihre Weise um sie getrauert, und Sie werden sie nie vergessen. Die Sache mit Jimmy war nur der Tropfen, der das Fass zum Überlaufen gebracht hat. Und Sie haben recht«, fügte sie hinzu, und Tränen traten ihr in die Augen, »es ist so verdammt ungerecht.«

Beide brachen in Tränen aus, aber sie waren nicht imstande, einander tröstend in den Arm zu nehmen. Und so saßen die beiden trauernden Frauen einander nur wortlos gegenüber.

An der Tür war ein Hüsteln zu hören. Casey stand wartend auf der Schwelle und drehte verlegen seinen Hut in den Händen. Offenbar war es ihm peinlich, dass er gestört hatte. »Entschuldigen Sie, meine Damen, aber Sie haben Besuch.«

»Ich möchte niemanden sehen.« Sibell sprang auf und verschwand in die Küche.

»Es ist Sergeant Bowles«, fuhr Casey fort. »Ich habe ihm erzählt, was vorgefallen ist, und er möchte sich noch von Ihnen verabschieden, ehe er fortreitet.«

»In Ordnung«, sagte Maudie und wischte sich über die Augen. »Schicken Sie ihn herein.«

Sergeant Bowles hatte ein schlechtes Gewissen. »Es tut mir furchtbar leid, Mrs. Hamilton, aber ich habe diesen Männern nur befohlen, die Verbrecher einzufangen. Es war nie davon die Rede, dass sie das Gesetz selbst in die Hand nehmen sollen.«

»Aber Jimmy war kein Verbrecher.«

»Das weiß ich, Madam. Gott steh uns bei, es muss endlich anders werden. Diese Kerle müssen begreifen, was Recht und Gesetz bedeuten. Ich weiß, wer sie sind, und ich habe Rory Jackson und Buster Krohn bereits verhaften lassen. Die anderen drei erwischen wir auch noch. Sie werden in Palmerston vor Gericht gestellt.«

»Und wahrscheinlich kommen sie frei, weil ihre Spießgesellen auf der Geschworenenbank sitzen.«

»Möglich«, gab Bowles zu. »Aber wir tun unser Bestes. Es ist eine Schande. Jaljurra war in Ordnung und ein ausgezeichneter Spurenleser. Rory Jackson schwört immer noch Stein und Bein, dass er einer der Verbrecher sein muss, weil er eine Weste aus Kuhhaut trug. Sie gehörte dem Komplizen des Halunken, der Ralph Jackson abgeknallt hat, aber Mr. Conal und Mr. Starkey haben ausgesagt, dass der zweite Bursche kein Schwarzer war. Er trug zwar eine Maske, doch sie konnten ihn sich gut ansehen; auch seine Hände. Es war kein Schwarzer. Nein, wir suchen immer noch nach zwei weißen Männern, um sie für dieses Verbrechen zu bestrafen.« Nachdenklich schüttelte er den Kopf. »Aber sie haben sich in Luft aufgelöst.«

»Mr. Conal?«, fragte Maudie. »Logan Conal? War es sein Gold, das geraubt wurde? War er dabei, als der Wachtmeister erschossen wurde?«

»O ja. Er und Starkey haben ihr Gold selbst nach Idle Creek bringen wollen.«

»Was Sie nicht sagen.« Maudie fragte sich, ob Sibell noch in der Küche stand. Die Tür war offen. Maudie konnte sich daran erinnern, dass Logan versprochen hatte, sie auf seinem nächsten Ritt nach Idle Creek zu besuchen, offenbar hatte er ihr nicht erzählt, dass es schon bald sein würde.

»Das ist das Schlimmste daran«, fuhr Bowles fort. »Wenn diese Kerle sich an den Befehl gehalten und Jaljurra zur Polizei gebracht hätten, hätte Mr. Conal ihn entlastet. Er war dabei, und er wusste, dass es sich nicht um Jaljurra handelte.« Er stützte seine riesigen Hände auf den Tisch. »Mr. Conal ist erschüttert, das kann ich Ihnen sagen. Am liebsten hätte er Jackson eigenhändig aufgeknüpft. Nette Leute, dieser Conal und seine Missus. Er hat mir erzählt, seine Frau hätte Jaljurra schon seit Jahren gekannt.«

»Seine Frau?«, fragte Maudie nach außen hin ganz gelassen. »Ich wusste gar nicht, dass Mr. Conal verheiratet ist.«

»O doch. Ich habe sie in Katherine kennengelernt. Wirklich eine sehr nette Frau.«

Nachdem Bowles gegangen war, kam Sibell zurück ins Zimmer und ließ sich auf einen Stuhl sinken.

»Haben Sie's gehört?«, fragte Maudie.

»Ja.«

»Wußten Sie, dass er verheiratet ist?«

»Nein.«

»Sie hatten doch ein Auge auf ihn geworfen, oder?«

»Ja.«

»Es tut mir wirklich leid, Sibell, aber man kann Ihnen keinen Vorwurf machen. Dieser Bursche wickelt die Frauen um den Finger, das muss man ihm lassen. Ist es sehr schlimm?«

»Ja.«

»Weinen Sie ruhig, bringen Sie's hinter sich.«

Sibell saß wie versteinert da. »Seinetwegen werde ich keine Träne vergießen. Er ist es nicht wert.«

Maudie lachte. »So gefallen Sie mir. Vergessen Sie ihn, Sie können sowieso nichts tun.«

»Wirklich nicht?«, antwortete Sibell zornig. »Und Maudie, wenn Sie es immer noch möchten, würde ich gerne mit nach Palmerston kommen.«

»Gut. Packen Sie Ihre Sachen.«

Kurz vor der Abreise verteilte Casey Regenmäntel, die alle die gleiche Größe zu haben schienen. Selbst Wesley wurde in einen eingewickelt und dann auf den Wagen gehoben, wo er mit Netta und Bygolly, dem Kutscher, vorne auf dem Bock Platz fand.

Maudie wurde auf die Ladefläche des Karrens gesetzt und stützte ihr Bein auf einige Kisten. Sibell wies man an, neben Casey auf den Bock zu klettern, der beschlossen hatte, den schwereren der beiden Karren selbst zu lenken.

Die wenigen zurückbleibenden Farmarbeiter und die meisten der Schwarzen liefen zusammen, um ihnen einen lautstarken Abschied zu bereiten. Endlich waren sie unterwegs. Sam Lim und zwei Viehtreiber ritten auf ungeduldig tänzelnden Pferden voraus.

Schon nach wenigen Minuten fing es an zu regnen – dicke Tropfen, die bald alles durchnässten.

»Es war allmählich an der Zeit«, sagte Maudie. »Ich hatte schon Angst vor einer Dürre.«

Sibell konnte Maudies Begeisterung nicht teilen. Seit Jimmys Ermordung hatte sie kaum geschlafen. Immer noch wurde sie beim Gedanken daran, wie er gestorben war, von Angst ergriffen, und dieses unerklärliche Gefühl der Bedrohung ließ sie nicht mehr los. Der prasselnde Regen trug noch zu ihrem Unwohlsein bei, obwohl sie und Maudie mit großen schwarzen Regenschirmen ausgestattet waren, da der Karren kein Dach hatte.

Casey fuhr ziemlich schnell. »Hoffentlich wird Maudie nicht zu sehr durchgerüttelt«, meinte er, »aber wir müssen vorwärtskommen. Der Staub hier auf dem Pfad verwandelt sich nämlich in Windeseile in tiefen Morast, und wir können es uns nicht leisten, stecken zu bleiben.«

»Hoffentlich fährt das Schiff nicht ohne uns ab«, sagte Sibell, die wenig Lust hatte, in Idle Creek festzusitzen.

»Die warten schon. Sergeant Bowles hat ihnen bestimmt gesagt, dass wir kommen.«

Die anderen schien der Regen nicht zu kümmern. Alle waren so guter Stimmung, dass auch Sibell sich alle erdenkliche Mühe gab, fröhlich zu sein, schon weil sie sich dachte, dass Maudie wahrscheinlich Höllenqualen ausstand. Seit ihrem Gespräch im Esszimmer fühlte sie sich in ihrer Gegenwart wohler. Sibell war immer noch überrascht, dass es ihr gelungen war, über ihre Schuldgefühle wegen ihrer Eltern zu sprechen. Noch dazu mit Maudie. Jedenfalls hatte sich ihre Niedergeschlagenheit ein wenig gelegt, obwohl sie wusste, dass Maudie und sie niemals Freundinnen sein konnten. Und das hieß, dass sich ihre Wege notwendigerweise trennen mussten. Black Wattle war Maudies Zuhause; also musste sie, Sibell, gehen.

Seltsamerweise schmerzte sie dieser Gedanke. Sibell wusste, dass sie die Farm, die Menschen dort und die alltäglichen Verrichtungen, die sie inzwischen gern tat, vermissen würde. Das Leben dort war wie in einem kleinen, geschäftigen Dorf gewesen. Aber wahrscheinlich würden sie sie bald vergessen haben. Wehmütig blickte sie durch einen grauen Regenschleier die Straße zurück und fragte sich, ob sie die Farm wohl jemals wiedersehen würde. Und Merry, ihr wunderschönes Pferd. Eines Tages würde sie es vielleicht nachholen können, wenn sie erst einmal ein neues Zuhause gefunden hatte. Irgendwo.

In einem Hain, wo der Regen von den Bäumen tropfte, machten sie Rast und versuchten, nicht auf die herabstürzenden Wassermassen zu achten, während Sam Lim belegte Brote und Tee verteilte. Sibell saß mit Wesley und den Zwillingen unter dem Karren und sah zu, wie sich die schlammigen Stiefel der Männer bewegten. Sie spannten eine Plane über den Sitz des Karrens, damit Maudie besser vor dem immer stärker werdenden Regen geschützt war. Es war heiß. Sibell wunderte sich, dass der Regen keine Abkühlung brachte. Er führte nur dazu, dass sie unter ihren Regenmänteln schwitzten.

Die Pferde gingen weiter und zogen sie durch Rinnen, in denen das Wasser sprudelte. Mithilfe der Männer überquerten sie Bäche, die nun durch die Regenmassen überall entstanden.

Sibell fühlte sich unwohl. Sie hatte Bauchschmerzen und schwitzte so, dass sie am liebsten den Mantel ausgezogen hätte. Bald gab sie es auf, sich länger mit dem Regenschirm zu schützen. Sie legte ihn unter den Sitz, denn ihre Arme waren zu müde, um ihn noch länger zu halten.

»Ist mit Ihnen alles in Ordnung, Miss?«, fragte Casey.

»Ja, vielen Dank«, antwortete sie entschlossen, da sie die anderen nicht aufhalten wollte.

»Es dauert nur noch ein paar Stunden«, meinte er, und Sibell wünschte, er hätte ihr das nicht erzählt. Sie hatte geglaubt, dass sie sich schon viel näher am Depot befanden.

Kurz vor Einbruch der Dunkelheit erreichten sie einen breiteren Bach, und die Reiter halfen zuerst der Kutsche hinüber.

»Das Wasser ist bestimmt sehr tief«, sagte Sibell ängstlich.

»Der Regen hat eben erst angefangen«, meinte Casey. »Es ist nicht so schlimm, wie es aussieht.«

Nachdem die Männer die Kutsche sicher ans andere Ufer gebracht hatten, kamen sie zurück, um den Karren rumpelnd und rüttelnd über das steinige Bachbett zu geleiten. Das Wasser umrauschte sie, und die Strömung brach sich an dem Gefährt.

Gerade als Sibell dachte, das Schlimmste überstanden zu haben, brach ein Rad, und der Karren kippte urplötzlich nach links. Völlig überrascht stürzte Sibell in den rasch dahinfließenden Bach. Voller Angst schrie sie um Hilfe, da sie spürte, wie die Strömung sie mitriss. Doch dann berührten ihre Füße den Grund, und sie stellte fest, dass das Wasser gar nicht so tief war. Gegen die Strömung watete sie durchs taillentiefe Wasser an Land, wo Sam Lim sich in die Fluten warf und sie das schlammige Ufer hinaufzog.

»Wo ist Maudie?«, fragte sie ihn ängstlich.

»Noch im Wagen«, antwortete er. »Ein Rad ist abgefallen.« Und er lief los, um zu helfen.

Immer noch zitternd vor Schreck und von Kopf bis Fuß durchweicht, holte Sibell Luft und versuchte sich zu beruhigen. Sie fühlte sich entsetzlich und hatte rasende Kopfschmerzen.

Als sie die Arme verschränkte, spürte sie etwas unter ihrem Hemd. Sie schrie auf. Ein Blutegel! Und nicht nur einer; unzählige bedeckten ihren Körper und ihre Beine.

Als Sibell anfing, an ihren Kleidern zu zerren, kam Netta angelaufen. »Was ist, Missy? Sie verletzt?«

»Blutegel!«, schrie Sibell.

»Ach, die. Die tun nicht weh. Halten Sie still.«

Sie wurde von Schluchzen geschüttelt, während Netta nach den widerlichen glitschigen Tieren suchte, die an ihrem Leib klebten. Dann hörte sie eine bekannte Stimme. »Was ist denn hier los?«

»Blutegel!« schrie sie wieder und dachte gar nicht darüber nach, wem diese Stimme wohl gehören mochte. »Nehmt sie weg!«

Geschickt löste Netta die Egel ab. »Alle weg«, verkündete sie schließlich.

Er bückte sich und hob sie hoch, als ob sie leicht wie eine Feder gewesen wäre. Dann trug er sie zur Kutsche. An seiner Stimme konnte sie hören, dass er lächelte. »Ihr Mädchen sitzt ja ganz schön in der Patsche.«

»Ach, Sie sind's«, sagte sie mit schwacher Stimme. Sie befühlte ihre Stirn, die in der Hitze zu glühen schien. »Mir geht es gar nicht gut, Zack.«

Neuntes Kapitel

Vor dem Fenster spielten Kinder, und ihr Geschrei störte sie. Sibell drehte sich auf die Seite. Dabei stöhnte sie, denn ihr schmerzte der Kopf, er wehrte sich gegen jede Bewegung. Niemand war zu sehen – nur der stürmische graue Himmel. Da ihr Bett nahe am Fenster stand, konnte sie mit der ausgestreckten Hand hinauflangen und die Scheiben berühren, die erstaunlich warm waren. Dabei erinnerte sie sich daran, wie unerträglich heiß ihr gewesen war. Sibell kam es so vor, als sei sie erst kürzlich durch einen glutheißen Backofen gewandert. Doch jetzt war es kühl.

Ja, das Zimmer war kühl und weiß. Weiße Wände, weiße Betttücher, weiße Vorhänge. Nur das schwarz gestrichene metallene Fußende ihres Betts hob sich farblich von ihrer Umgebung ab. Sie war sehr krank gewesen, fiel ihr jetzt wieder ein, und bruchstückhafte Szenen kamen ihr ins Gedächtnis: Ihr Körper war schweißgebadet gewesen. Menschen hatten sich an ihrem Bett unterhalten, grässliche Albträume und Schmerzen hatten sie gepeinigt – und dann noch diese schreckliche Hitze. Es war zu qualvoll, länger darüber nachzudenken, und so ließ sie sich wieder in die Kissen sinken und blinzelte froh, dass ihr diese kleine Bewegung nicht mehr wie tausend Messerstiche durch den Kopf fuhr.

Da stellte sie fest, dass Zack sie beobachtete. »Bin ich im Krankenhaus?«, fragte Sibell.

»Nein«, antwortete er so beiläufig, als ob sie sich die ganze Zeit schon unterhalten hätten. Vielleicht entsprach das sogar den Tatsachen … sie wusste es nicht mehr. »Maudie liegt im Krankenhaus. Sie aber haben wir in unser Strandhaus gebracht.«

»Bin ich in Palmerston?«

»Ja. Der Arzt sagt, Sie sind über den Berg, und jetzt müssen wir dafür sorgen, dass Sie etwas Anständiges zu essen bekommen. Sie sind ein bisschen mager geworden.«

»Warum?«, fragte sie, weil ihr nichts anderes einfiel.

»Bei Erkältung sollst du essen und bei Fieber hungern, heißt es so schön. Und Sie hatten hohes Fieber, Malaria.«

»Oh!« Sie dachte darüber nach. Und dann schlief sie wieder ein.

Das Haus thronte auf einer flachen Landzunge und bot einen atemberaubenden Ausblick auf die Bucht.

Sibell liebte es, zuzusehen, wie die Regenwolken über dem Meer aufzogen. Zwar konnten die hohe Luftfeuchtigkeit und der Regen recht unangenehm sein, doch sie taten der Ferienstimmung keinen Abbruch. Besucher kamen vorbei, meist herzliche und fröhliche Leute, und während Zack sich mit ihnen im Haus unterhielt, spielten die Kinder im Garten.

Mit nur zwei Schlafzimmern und einem Anbau war das Haus recht klein, doch immerhin gab es das große Zimmer im Erdgeschoss, das als Küche, Ess- und Wohnzimmer diente. Bei Regen versammelten sie sich wie eine große Familie um den langen Esstisch, und wenn die Regengüsse einmal nachließen, nahmen sie auf der Veranda und den Treppenstufen Platz.

Sam Lim fühlte sich als Küchenchef für die Verpflegung der ganzen Familie in seinem Element. Allerdings zog er es vor, die Speisen auf dem Lehmofen vor dem Haus zu bereiten, wo ihn niemand bei der Arbeit störte und er zugleich die beiden jungen chinesischen Gärtner herumkommandieren konnte. Diese waren angestellt, um die wuchernde Wildnis zu lichten, die einst Charlottes Garten gewesen war.

Sibell wurde allen vorgestellt – den Farmbesitzern, Bewohnern der Stadt und Beamten, also jenen Männern und Frauen, die offensichtlich die Besiedelung dieses wilden Landes vorantrieben. Sie machten großes Aufheben um sie und bestanden darauf, dass sie sich ausruhte, damit sie wieder zu Kräften kam. Obwohl Zack immer stolz betonte, sie sei die »Buchhalterin« der Farm, gingen die Besucher davon aus, dass sie Zacks »Mädchen« war. Sibell war das zwar peinlich, aber sie ließ sich dadurch nicht davon abhalten, die Ferien zu genießen.

Mit dem Fieber waren auch alle ihre Albträume verschwunden. In den letzten Tagen konnte sie endlich wieder ruhig schlafen. Besser als je zuvor seit ihrer Ankunft in Perth.

Mit Wesley, den Zwillingen und Netta unternahm sie lange Spaziergänge den Strand entlang. Das Wasser sah so einladend aus, dass sie sich eines Tages überwand. »Weit und breit kein Mensch zu sehen«, sagte sie zu den Mädchen. »Ich nehme ein Bad im Meer.«

Die Zwillinge wichen entsetzt zurück. »Nein, Missy, das dürfen Sie nicht!«

»Warum nicht?«, fragte sie, während sie ihre Bluse aufknöpfte. »Ich behalte Hemd und Schlüpfer an. Wenn ich wieder draußen bin, sind sie sofort trocken. Kein Mensch wird mich sehen. Kommt doch auch mit.«

Netta zog sie zurück. »Sie dürfen hier nicht schwimmen, Missy. Viele schlechte Burschen hier.«

»Welche schlechten Burschen?«

Sie lachten sie aus, während sie ihr zuriefen: »Haifische, Krokodile, Quallen.«

»O mein Gott! Hier?« Sie betrachtete die friedliche Wasserfläche.

»Da können Sie Gift drauf nehmen.« Als sie weiter den Strand entlangliefen, entdeckten sie eine große blaue Qualle mit langen Fäden, die im seichten Wasser dümpelte. »Nicht anfassen. Die kann Sie töten.«

»Die ist giftig«, erklärte ihr Wesley, offensichtlich stolz, dass er sein von den aufmerksamen Kindermädchen erlerntes Wissen an sie weitergeben konnte.

Danach ließ sie größere Vorsicht walten, wenn sie die Küste von Port Darwin erkundete.

Zack nahm sie zu seinen täglichen Besuchen bei Maudie im Krankenhaus mit. Ihr Bein hatte neu gerichtet werden müssen und hing jetzt in einem Holzgestell. Maudie beschwerte sich bitterlich über ihre Gefangenschaft. »Ich hasse dieses Krankenhaus, Zack. Ich möchte heim.«

Diese Auseinandersetzung wiederholte sich Tag für Tag, und jedes Mal antwortete Zack das Gleiche. »Sobald die Ärzte dich entlassen, bringe ich dich nach Hause. Und dann feiern wir ein großes Fest.«

»Vom ständigen Liegen kriege ich Blasen am Hintern«, klagte sie eines Tages. Sam Lim stürzte fort und kehrte mit einem

Pflaster zurück, von dem er ihr versprach, dass es sie auf der Stelle heilen würde. Offensichtlich tat es das auch, denn sie sprach nie wieder davon.

Eines Tages bekam Sibell Besuch in Gestalt von Lorelei Rourke. In einem auffallenden Kleid in Rosa und Lila und einem riesigen Strohhut, der mit einer Unmenge von rosa Tüll verziert war, trippelte sie die Eingangsstufen herauf.

Zunächst war Sibell nicht sonderlich erfreut, sie zu sehen, doch als Zack die Besucherin höflich begrüßte, schämte sie sich ihrer Vorbehalte. Trotzdem schlug sie innerlich drei Kreuze, dass Maudie noch immer ans Krankenbett gefesselt war.

»Ich habe gehört, dass Sie wieder in der Stadt sind und sehr krank waren«, sagte Lorelei. »Und ich habe mir Sorgen um Sie gemacht. Entschuldigen Sie bitte, Mr. Hamilton, dass ich so einfach hier hereinplatze. Ich hoffe, Sie nehmen es mir nicht übel. Aber es ist nun mal nicht meine Art, mich schriftlich anzumelden.«

»Unsere auch nicht«, meinte Zack ungezwungen. »Darf ich Ihnen einen Tasse Tee anbieten, Miss Rourke?«

»Ich bin so frei«, entgegnete sie, ließ sich elegant auf einen Stuhl sinken und zog einen Fächer aus Elfenbein hervor. »Tee löscht den Durst doch immer noch am allerbesten, meinen Sie nicht auch?«

»Da haben Sie sicher recht«, stimmte Zack zu. »Ich sage Sam Lim Bescheid und lasse die Damen dann bei ihrem Schwätzchen allein.«

Sie blickte ihm nach. »Meine Güte, ein Prachtstück von einem Mann. Allerdings hätte ich gedacht, dass Sie inzwischen mit ihm verheiratet sind.«

»Ich bin seine Angestellte«, erwiderte Sibell gereizt.

»Ich muss schon sagen, er behandelt seine Angestellten wirklich großzügig.« Lorelei kicherte.

»Wie geht es Ihnen?«, erkundigte sich Sibell, um das Thema zu wechseln.

»Ausgezeichnet. Meine Geschäfte laufen hervorragend. Ich habe mein eigenes Etablissement – es heißt Bijou –, und es ist sehr beliebt.«

»Führen Sie es ganz allein?«, fragte Sibell. Sie wusste selbst, dass das dumm klang, denn schließlich hatte Lorelei es ja gerade eben gesagt, aber Sibell fand das Gespräch zunehmend schwierig.

»O ja, und ich habe sechs Mädchen. Alle sehr hübsch und ausgesprochen begabt.«

Sie sprach vom Bijou, als wäre es eine Art Konzertsaal, doch Sibell hielt sich schon lange genug in dieser kleinen Stadt auf, um es besser zu wissen. Das Bijou war ein Ort, über den man nur hinter vorgehaltener Hand tuschelte. Sibell war froh, nicht auf Einzelheiten eingehen zu müssen.

Sibell lauschte Loreleis Klatsch über Palmerston – sie schien alles und jeden zu kennen –, und dann kam Lorelei wieder auf Zack zu sprechen. »Warum sind Sie noch nicht mit ihm verheiratet? Die Art, wie er Sie anblickt … das sieht doch ein Blinder, dass er verrückt nach Ihnen ist.«

Sibell nickte. »Ich weiß. Seit wir hier sind, ist er distanziert gewesen. Aber ich glaube, irgendwann wird er mich noch einmal fragen.«

»Noch einmal? Also hat er schon um Ihre Hand angehalten? Sibell, Sie müssen verrückt sein! Lieben Sie ihn?«

Sibell lächelte. »Allmählich glaube ich, ja. Ich fühle mich in seiner Gegenwart so wohl. Nichts kann ihn aus der Ruhe bringen … Aber ich will Zack nicht deshalb heiraten, weil ich muss, Lorelei.«

»Wie bitte? Sind Sie etwa in anderen Umständen?«

»O nein! Aber sehen Sie, mit den Hamiltons und mir ist das eine verzwickte Geschichte: Wenn ich ihn nicht heirate, muss ich gehen. Und ich habe nicht die geringste Ahnung, wohin. Und außerdem nicht genug Geld.«

»Das alles sind gute Gründe, ihn zu heiraten«, meinte Lorelei. »Schmieden Sie das Eisen, solange es noch heiß ist.«

Sibell schüttelte den Kopf. »Nein, das wäre nicht richtig. Dabei hätte ich kein gutes Gefühl.«

»Ach, machen Sie mir doch nichts vor. Ich wette, Sie haben einen anderen Kerl in der Hinterhand.«

»Es gibt wirklich einen anderen. Sehr gut aussehend … Sie wissen schon … groß, dunkel und stattlich – aber ich glaube, er ist mein Vertrauen nicht wert.«

»Was soll das heißen, Sie glauben? Wenn Sie diesen Verdacht haben, ist bestimmt etwas Wahres dran. Vertrauen Sie ihrem siebten Sinn, und geben Sie ihm den Laufpass.«

Während Sam Lim den Tee und Bisquitroulade servierte, verstummte das Gespräch. Dann fuhr Lorelei wehmütig fort: »Bei mir ist es genau umgekehrt. Es gibt einen Mann, den ich sehr gern mag. Er möchte, dass ich mein Geschäft aufgebe und seine heimliche Geliebte werde. Und dabei scheffele ich das Geld mit vollen Händen. Also warum sollte ich das tun? Wenn er mich heiraten würde, wäre das etwas anderes.«

Jetzt war es Sibell, ihr mit gutem Rat zur Seite zu stehen. »Werden Sie nicht seine Geliebte. Sorgen Sie dafür, dass er Sie heiratet.«

»Das ist einfacher gesagt als getan«, wandte Lorelei ein.

Sibell blickte sie nachdenklich an. »Kennen Sie sich mit Bodenschätzen aus?«

»Nur so weit, dass die Männer ständig über ihre Minen sprechen. In den Minen steckt das schnelle Geld.«

»Ich weiß, wo große Zinn- und Wolframvorkommen liegen, für die noch niemand die Schürfrechte angemeldet hat. Ich würde das gern tun, aber ich habe keine Ahnung, wie man das macht. Außerdem, glaube ich, braucht man dafür Geld.«

Lorelei war neugierig geworden. »Na, Sie sind mir aber eine! Über die rechtliche Vorgehensweise könnte ich mich ohne Schwierigkeiten erkundigen, aber Sie bräuchten Kapital.«

»Hätten Sie so viel Geld?«, erkundigte sich Sibell.

»Ich könnte es auftreiben«, meinte Lorelei vorsichtig. »Aber ich verleihe nichts. Wenn Sie tatsächlich eine ergiebige Mine haben, dann wäre es am besten, wenn wir uns auf eine gleichberechtigte Teilhaberschaft einigen. Das heißt, ich bekomme die Hälfte der Erträge.«

»Das klingt nicht schlecht«, stimmte Sibell zu. »Ich habe eine Karte, in der die genaue Lage eingetragen ist. Und wie sieht der nächste Schritt aus?«

»Wir treffen uns heute Nachmittag in der Stadt. Dann gehen wir zur Bergwerksbehörde und melden unsere Rechte an. Anschließend besuchen wir einen Rechtsanwalt. Ich möchte nämlich, dass alles seine Ordnung hat.«

»Glauben Sie, wir können damit Geld verdienen?«, fragte Sibell.

»Das kann man jetzt noch nicht sagen«, meinte Lorelei. »Allerdings dürfte es nicht teuer sein, das festzustellen. Sobald wir die offiziellen Schürfrechte erhalten haben, schicken wir einen behördlichen Prüfer dorthin. Und wenn Sie recht haben, Sibell, dann können wir ein Vermögen verdienen. Hier in der Stadt lebt eine Frau, die eine Zinnmine besitzt. Sie ist ein alter Drachen, aber sie hat mehr Geld als die Königin von England. Ihren Urlaub verbringt sie in Monte Carlo.«

Sibell staunte. »Sie fährt von hier aus nach Monte Carlo?«

»Warum nicht?« Lorelei zwirbelte an ihren blonden Locken. »Mir würde es dort auch gefallen. Aber sagen Sie, wo liegt dieser Schatz vergraben?«

»Auf der Black-Wattle-Farm.«

Lorelei pfiff durch die Zähne. »Auf dem Gebiet der Hamiltons? Weiß Ihr Freund Zack davon?«

»Nein.«

»Sie fordern Ihr Glück aber wirklich heraus. Wollen Sie ihn hintergehen?«

»Es ist nicht Zack, den ich hintergehe«, sagte Sibell, die dabei Logan im Sinn hatte. »Wenn die Mine Geld abwirft, bin ich nicht mehr von Zack abhängig. Im Augenblick bin ich praktisch auf seine Mildtätigkeit angewiesen.«

»Also wollen Sie ihm nichts davon erzählen. Hoffentlich wissen Sie, was Sie da tun!«

»Das weiß ich sogar ganz genau. Irgendwann werde ich es ihm schon sagen, doch jetzt ist nicht der richtige Augenblick. Nachher platzt das Ganze noch wie eine Seifenblase.«

»Das hoffe ich nicht. Ich bin schon halb auf dem Weg nach Monte Carlo, übrigens, wo liegt das überhaupt?«

Regen, Schlamm, Dreck! Logan konnte sich kaum noch vorstellen, dass er jemals wieder trockene Kleider am Leib haben würde, und er verfluchte den herabprasselnden Regen. Er fühlte sich wie in einem türkischen Bad. Der Unterschied war nur, dass es in der beengten Unterkunft, die er hatte finden können, von allem möglichen Kriechgetier wimmelte. Immer noch saß er in

Katherine fest und war damit beschäftigt, die Minen zu schließen. Manchmal wünschte er, dass Josie jetzt bei ihm sein könnte: Dann hätte sie endlich wirklich Grund zum Jammern.

Schlafen konnte er nur, wenn er sein Bett ordentlich mit seinem Moskitonetz umhüllte, was nicht nur wegen der Mücken, sondern wegen der Schlangen nötig war. Zu allem Überfluss löste sich dieses Netz allmählich in Wohlgefallen auf, und zu kaufen gab es keine mehr.

Die Siedlung war von einer Malariawelle heimgesucht worden, und der daraus entstandene Mangel an Arbeitskräften hatte ihm den erwünschten Vorwand geliefert, die Minen vorübergehend zu schließen. Ohnehin hatte er von diesem Drecknest gründlich die Nase voll. Besonders, weil ihn der Überfall beinahe das Leben gekostet hätte.

Trübsinnig hockte er auf seiner Pritsche, ein Glas Schnaps in der Hand, und lauschte dem eintönigen Getrommel des Regens. Er erinnerte sich an den Marsch den Strand entlang mit Sibell und lachte ärgerlich auf. Damals – frisch aus dem guten alten England eingetroffen – war es ihm unerträglich heiß vorgekommen, doch verglichen mit den Temperaturen, die er inzwischen kannte, war es noch ein Zuckerschlecken gewesen. Ständig hatte vom Meer her eine leichte Brise geweht, und in den Nächten hatte sich die Luft abgekühlt. Als er hingegen mit Starkey barfuß durch die Wildnis geirrt war, hatte er sich gefühlt, als liefe er über glühende Kohlen. Seit diesem Vorfall musste er sich ständig anhören, sie hätten am Ort des Geschehens bleiben sollen. Mit Greenhorns, die dumm genug waren, zu Fuß und ohne Wasser fünfzig Meilen weit durch den Busch zu laufen, hatten die Leute hier wenig Mitleid.

Logan hatte einen schweren Sonnenstich erlitten und war halb verdurstet gewesen. Ein erfahrener Goldsucher hatte ihn davor gewarnt, das auf die leichte Schulter zu nehmen. »Passen Sie auf mit diesem Sonnenstich. Er bleibt Ihnen immer erhalten, wie Malaria. Bei Hitze heizt sich Ihr Körper schneller auf. Sie müssen das Wasser dann literweise trinken.«

Und dann die Sache mit dem armen Jimmy! Diese Schurken hatten ihn einfach aufgeknüpft. Jimmy, der nie jemandem ein Leid angetan hat! Und es war ausgerechnet auf der Black-

Wattle-Farm geschehen. Wie hatten Sibell und ihre Freunde, die doch sonst die Nase immer so hoch trugen, es nur dazu kommen lassen können? Sergeant Bowles hatte Logan erklärt, dass Maudie losgeritten sei, um Jimmy zu retten. Aber sie sei zu spät gekommen.

Logan wusste das zu schätzen. Maudie hatte wenigstens noch Mumm in den Knochen.

Doch Jimmys Tod hatte Logan vor eine weitere Schwierigkeit gestellt. Es war wie verhext. Niemanden hatten die schrecklichen Ereignisse mehr erschüttert als ihn, doch alles Reden und alle Schuldzuweisungen machten Jimmy auch nicht mehr lebendig. Und deshalb war Logan keineswegs begeistert gewesen, als Colonel Puckering ihn zu sich ins Polizeirevier rufen ließ.

Man hatte Rory Jackson und seine Spießgesellen ausfindig gemacht, und jetzt standen sie unter Mordanklage und schmorten im Gefängnis von Palmerston. Logan war gebeten worden, als Zeuge der Anklage auszusagen. Für den Polizeiinspektor schien das die einfachste Sache von der Welt, aber der musste auch nicht Tür an Tür mit der weitverzweigten Familie Jackson leben.

Da er damit begonnen hatte, seine eigenen Finanzen mithilfe der Ausbeute aus den Gilbert-Minen aufzubessern, wollte Logan auf den Posten als Geschäftsführer nicht verzichten. Nach Palmerston würde er nur deshalb fahren, um seine Schürfrechte an der Wolfram- und Zinnmine eintragen zu lassen und um die Sache mit Josie – die immer noch nicht geantwortet hatte – zu einem Ende zu bringen. Aber eine Zeugenaussage vor Gericht, die dazu beitragen würde, dass die Angeklagten verurteilt wurden, kam ihm sehr ungelegen. Einige Leute hatten bereits angedeutet, dass die Mine bestreikt werden würde, wenn er aussagte.

Dabei war es schon schlimm genug, wenn in Gilberts Bergwerken die Arbeit ruhte. Falls sie sich allerdings gegen ihn zusammentaten, würde er seine eigenen Minen nie in Betrieb nehmen können.

Nachdem er die verschiedensten Pläne erwogen und verworfen hatte – darunter auch den, seine Stellung in Katherine aufzugeben –, beschloss Logan, für Gilberts Minen einen Vorarbeiter anzustellen. Dann würde es ihm möglich sein, nebenbei auch seine eigene Mine zu bewirtschaften. Die Bank hatte ihm noch immer keine Antwort gegeben, doch er hatte gehört, dass chinesische Geschäftsleute in Palmerston ebenfalls Geld verliehen, wenn auch zu höheren Zinsen.

Doch was zählten schon Zinsen, wenn ihn dort draußen auf Black Wattle ein Vermögen erwartete? Und außerdem hatte er noch einen anderen Grund, als Verwalter der Gilbert-Minen in Katherine zu bleiben, denn das verschaffte ihm eine gesellschaftliche Stellung, was eine große Rolle spielte, wenn man ein Darlehen beantragte.

Doch diese Gerichtsverhandlung, die lag ihm im Magen.

Also ging er los und suchte Sergeant Bowles auf. »Ich verstehe nicht, warum mich der Ankläger vor Gericht überhaupt noch braucht. Helfen kann ich sowieso nicht. Schließlich war ich nicht dabei, als sie Jaljurra gehängt haben.«

Bowles blickte ihn zweifelnd an. »Die wollen Ihnen Ärger machen, nicht wahr?«

»Nein, es scheint mir nur sinnlos, dass ich deswegen nach Palmerston muss.«

»Soweit ich weiß, wollten Sie ohnehin hinfahren.«

»Vielleicht.« Dieser Buschpolizist wusste anscheinend alles.

Bowles ging auf die Einzelheiten ein. »Die Verteidigung wird es so darstellen, als wäre Jaljurra einer der Räuber gewesen. Dann ist es zwar immer noch ein Verbrechen, das Gesetz in die eigenen Hände zu nehmen und einen Mann aufzuhängen, doch wenn sie die Geschworenen davon überzeugen können, dass Jaljurra dabei war, als das Gold gestohlen und Constable Jackson erschossen wurde, haben sie sie auf ihrer Seite. Und dann entscheiden sie sich zu Rory Jacksons Gunsten.«

»Soll doch Starkey aussagen, dass der andere Gesetzlose kein Aborigine war.«

»Das könnte er.« Bowles seufzte schwer. »Doch Starkey hat die Stadt verlassen. Er hat eine Nachricht bekommen und gerade noch ein Schiff erwischt, das in Palmerston abgelegt hat. Also sind Sie jetzt dran.«

»Ich weiß wirklich nicht, wozu dieser ganze Hokuspokus gut sein soll«, wandte Logan ein. »Es ist doch allgemein bekannt, dass sie ihn aufgeknüpft haben. Und damit hat sich die Sache.«

»Ich dachte, dieser Jaljurra sei Ihr Freund gewesen«, meinte Bowles.

»Natürlich war er das. Aber trotzdem kann man von mir nicht erwarten, dass ich mich auf diesen Eiertanz einlasse.«

Bowles baute sich drohend in dem Türrahmen der winzigen Polizeiwache auf. Dann spuckte er Logan eine Ladung Tabaksaft vor die Füße. »Sie werden vor Gericht erscheinen, mein Freund«, erklärte er mit einem entschlossenen Ausdruck auf seinem wettergegerbten Gesicht, »sonst sehe ich mich gezwungen, auszupacken.«

»Über was?«

»Darüber, dass Ihre in Palmerston angemeldeten Goldmengen kleiner sind als die, die in den Minen registriert werden.« Er grinste. »Aber leben und leben lassen, sage ich immer. Der letzte Geschäftsführer hat das gleiche Spielchen gespielt. Hier draußen ist nichts heilig, nicht wahr, Conal?«

Auf seinem Weg nach Palmerston begegnete Logan, der immer noch darüber nachgrübelte, wie er die Aussage vor Gericht umgehen konnte, ein paar Männern von der Black-Wattle-Farm. Sie erzählten ihm, dass die Familie für die Dauer der Regenzeit in die Stadt gefahren war.

»Und Miss Delahunty? Ist sie auch dabei?«

»Natürlich. Casey hat die Frauen, den kleinen Wesley und den Rest des Trupps selbst hingebracht, damit ihnen unterwegs nichts zustößt.«

Das war der einzige Lichtblick, der Logan die ansonsten trüben und grauen Tage erhellte. Sibell und Maudie waren in Palmerston. Er würde sich etwas Anständiges zum Anziehen besorgen und ihnen einen offiziellen Besuch abstatten. Sicher waren sie nicht schwer zu finden. Und dann würde er ja sehen, wie sich die Dinge entwickelten. Er sehnte sich nach Sibell, und der bloße Gedanke an sie erregte ihn. Doch ein Mann durfte nicht mit seinem Unterleib denken. Durch Josie und ihre Reize hatte er seine Lektion gelernt. Lust und Ehrgeiz waren zwei völlig verschiedene Dinge. Mit Josie hatte er sich nichts als Ärger eingehandelt, sie hatte ihn um seine einträgliche Stellung und vieles mehr gebracht. Mit Sibell hätte er wieder eine Frau, die auf seine Unterstützung angewiesen war, während Maudie in Geld schwamm und ihm ein Leben ins Saus und Braus ermöglichen konnte.

Als Logan schließlich gemeinsam mit einigen Männern, die sich ebenfalls für die Regenzeit in die Stadt zurückzogen, in Palmerston einritt, hatte er beschlossen, Josie für den Augenblick zu vergessen. Er hatte sich eine Zerstreuung verdient. Er vermisste Tommys Pub in Perth, so wie er überhaupt die Zivilisation mit all ihren Annehmlichkeiten vermisste.

Aus diesem Nest, dachte Logan missmutig, als sie in die Smith Street einbogen, würde nie etwas werden. Nicht einmal ein zweistöckiges Gebäude gab es hier. Das Klima machte alle Anstrengungen zunichte, und so würde es auch zukünftig bleiben. Wahrscheinlich war es am klügsten, wenn man zusah, dass man hier so schnell wie möglich zu Geld kam und sich dann absetzte. Wenn der Abbau in seiner eigenen Mine erst mal begonnen hatte, könnte er einen Geschäftsführer einstellen und ein feiner Herr wie Percy Gilbert werden. Vielleicht würde er sogar nach Sydney gehen, das allgemein als traumhafte Stadt galt, als Juwel an der Küste des Pazifischen Ozeans.

Nachdem er die Räumlichkeiten begutachtet und sie zu seiner Zufriedenheit vorgefunden hatte, mietete sich der Geschäftsführer der Gilbert-Minen im Victoria-Hotel ein. Er kaufte sich neue Kleidung, kehrte zu einem ausführlichen kühlen Bad ins Hotel zurück und begab sich anschließend in einen Herrensalon.

»Ganz kurz, Sir?« fragte ihn der Frisör.

»Nein. Stutzen Sie mir die Haare und nehmen Sie den Bart ab.«

»Wenn ich mir eine Bemerkung erlauben darf, Sir, Sie haben gesundes, kräftiges Haar. Ich schlage vor, wir lassen einen hübschen, dichten Schnurrbart stehen. Das ist heutzutage modern und würde gut zu Ihrem Gesicht passen. Und das ist weiß Gott nicht bei jedermann der Fall …«

»Dann lassen Sie mal sehen, was Sie meinen.«

»Gewiss, Sir. Und wenn es Ihnen nicht gefällt, können wir ihn ja immer noch abrasieren.«

Als der Frisör fertig war, erkannte Logan sich im Spiegel kaum wieder. Sein schwarzes Haar war ordentlich geschnitten und nicht einfach nur abrasiert, wie das bei Provinzfrisören üblich war. Der dichte, breite Schnurrbart verlieh ihm einen Ausdruck von Überlegenheit.

»Sehr elegant, würde ich sagen, Sir«, sagte der Frisör, und Logan stimmte ihm zu.

»Was ist das für ein Etablissement auf der anderen Straßenseite, dieses ›Bijou‹?«, erkundigte sich Logan. »Ist es geöffnet?«

»Sehr beliebt«, erklärte der Frisör. »Nicht gerade billig, aber dafür bekommt man auch was geboten, wenn Sie verstehen, was ich meine. Und geöffnet rund um die Uhr.«

»Gut«, sagte Logan, »und wo ist die Bergwerksbehörde?«

»In der nächsten Querstraße, auf der linken Seite.«

Als Logan in seinem beigefarbenen Tropenanzug vor die Tür trat, fühlte er sich wie neugeboren. Mit einem Blick auf den stetig fallenden grauen Regen beschloss er, dass die Bergwerksbehörde noch warten konnte. Das Bijou war in einem langgestreckten, flachen Steinhaus untergebracht, das, so vermutete er, früher einmal ein Lagerhaus gewesen war, jetzt aber weitaus angenehmeren Zwecken diente. Er lief über die Straße und stellte schmunzelnd fest, dass das Etablissement einer hübschen Kirche gegenüberlag, die von einem verschwiegenen Gärtchen umgeben war. Dann drehte er am Türknopf und trat ein.

Josie war entsetzt. Nachdem sie in der Zeitung gelesen hatte, dass fünf Männer festgenommen waren, weil sie einen Aborigine namens Jaljurra gehängt hatten, war ihr wenige Minuten später eingefallen, dass so Jimmy Moons Stammesname lautete. Das konnte doch nicht wahr sein!

Sie eilte auf die Polizeiwache, wo sie einen netten Polizeiinspektor, einen gewissen Colonel Puckering, antraf.

»Ich fürchte, das stimmt«, erklärte er ihr. »Dieser Mann war der schwarze Spurenleser in Katherine.«

»Aber er hätte niemals jemanden erschossen. Er war kein Verbrecher.«

»Bin informiert, Madam. Eine unangenehme Sache.« Neugierig blickte er sie an. »Mrs. Conal, haben Sie gesagt?«

»Ja. Ich wohne in der Shepherd Street.«

»Ist Ihr Gatte vielleicht der Geschäftsführer der Gilbert-Minen?«

»Ja.«

»Wundert mich, dass er Ihnen nichts erzählt hat. Er war einer der drei, die überfallen wurden. Augenzeugen des Mordes an Constable Jackson.«

Josie wurden die Knie schwach. Logan hatte sich nicht die Mühe gemacht, ihr davon zu berichten. Seine drei Briefe hatten ausschließlich von seinem Scheidungsbegehren gehandelt. Dann hatte er noch seiner Wut Ausdruck verliehen, dass sie eigenmächtig ein Haus gekauft hatte. »Er schreibt nicht oft«, murmelte Josie, um ihre Verlegenheit zu überspielen. »Wenn er in die Stadt kommt, wird er mir sicher alles erzählen.«

»Sicher wird er das«, sagte Puckering. »Vielleicht wollte er Sie nicht unnötig ängstigen. Wann erwarten Sie ihn?«

»Ach!« Josie war verdutzt. »Er muss jeden Tag hier sein«, meinte sie ausweichend. Dieses Gespräch musste so schnell wie möglich beendet werden.

»Hätten Sie wohl die Güte, ihn zu bitten, baldmöglichst bei mir vorzusprechen, Mrs. Conal? Ich brauche seine Aussage. Von äußerster Wichtigkeit.«

»Ja, das werde ich tun«, erklärte Josie, die sich anschickte, die Flucht zu ergreifen. »Das mit Jimmy tut mir sehr leid. Eine schreckliche Sache. Wir mochten ihn sehr gern.«

»Jimmy?«, hakte Puckering nach.

»Ja. Sein englischer Name war Jimmy Moon. Wir haben ihn schon in Perth gekannt.«

Puckering strich sich über das Kinn. »War das etwa dieser Bursche? Sprach ziemlich gut Englisch. Groß, kräftig, mit einem strahlenden Lachen?«

»Ja, das war Jimmy. Wie kann man einen so lieben Menschen nur umbringen? Diese Männer müssen wahre Ungeheuer sein.«

»Jimmy Moon«, wiederholte der Colonel. »Was machte er so weit weg von zu Hause?«

Josie überlegte. »Genau weiß ich es nicht. Aber ich glaube, er wollte wandern, das Land kennenlernen. Er hat den Kontinent überquert, von Perth, durch die Wüste und dann nach Norden.

Er war ein kluger Bursche. Er hat sich auf seinem Weg von den anderen Eingeborenenstämmen helfen lassen.«

»Ja, wirklich ein cleverer Bursche, würde ich sagen«, stimmte der Colonel ihr zu. Er geleitete sie zur Tür, spannte ihr den Regenschirm auf und verabschiedete sich.

»Cleverer Bursche«, murmelte er. »Seltsame Geschichten hier in dieser Gegend. Sie weiß nicht, dass ihr Ehemann ausgeraubt wurde und beinahe im Busch ums Leben gekommen wäre. Und warum hatte sich Jimmy Moon so weit von seinem Volk entfernt?«

Zwar verspürte Josie große Trauer um Jimmy, doch gleichzeitig wäre sie am liebsten im Erdboden versunken, weil sie sich so zum Narren gemacht hatte.

Seit Logan ihr diesen Schlag versetzt hatte, bemühte sie sich, ruhig zu bleiben, und redete sich ein, dass er wohl nur ein wenig die Nerven verloren hatte. Wenn er das Haus sah und wenigstens vorübergehend ein ordentliches Familienleben führen konnte, würde alles wieder in Ordnung kommen. Doch was war mit dem Überfall? Was ging da vor?

Es hatte eine Weile gedauert, bis sie sich wieder an ein normales Leben gewöhnt hatte, und da sie eine Freundin brauchte, hatte sie sich nach Charlotte Hamilton erkundigt – nur um zu erfahren, dass sie gestorben war.

Entmutigt war sie in die kleine, in der Nähe des Hafens gelegene Kirche gegangen, um Trost zu finden. Es war angenehm, zur Abwechslung einmal eine Kirche in Reichweite zu haben. Abgesehen von den kurzen unruhigen Wochen mit Logan in Perth, hatte sie immer in der Wildnis gelebt und ohne die Annehmlichkeiten einer Stadt auskommen müssen. Erst vor ein paar Wochen hatte sie gemerkt, dass sie hier keine Lebensmittelvorräte horten musste, dass es in ihrer Nähe immer Läden gab, wo sie frische Milch und Fleisch kaufen konnte. Es war wirklich der Himmel auf Erden.

Gelegentlich holte sie sich eine Zeitung, doch da diese meist schon morgens ausverkauft waren und sie immer wieder eine Ausgabe verpasste, beschloss sie schließlich, ein Blatt zu abonnieren. So kam sie zusätzlich zu dem Vergnügen, sich jeden

Morgen ihre eigene Zeitung aus dem Briefkasten holen zu können.

Sie erinnerte sich, dass Jack einmal gesagt hatte, die Zeitungen würden ihre alten Ausgaben aufbewahren. Nun, meinte sie, war der Zeitpunkt gekommen, nachzuprüfen, ob er damit recht gehabt hatte.

In der Redaktion der *Palmerston Gazette* wies man Josie einen Ecktisch zu. Ein Bürobote brachte ihr Stöße von Exemplaren, die im Falz von polierten Holzstäben zusammengehalten wurden. Und so erfuhr sie alles über den Überfall, den Mord an Constable Jackson und den Goldraub.

Logan hatte ihr kein Wort davon erzählt. Er schloß sie bewusst aus seinem Leben aus. Aber warum? Gab es eine andere Frau? Das war möglich. Aber bestimmt nicht in Katherine.

Sie ging die Straße entlang, vorbei am Bijou und weiter bis zur Kirche. Wenn Jimmy auch nicht dem christlichen Glauben angehört hatte, so hatte er doch ein Gebet verdient.

»Wer ist dieser Logan?«, fragte Zack Maudie bei der erstbesten Gelegenheit.

»Ein Freund von Sibell. Logan Conal. Er ist der Geschäftsführer der Gilbert-Minen in Katherine.«

»Ernste Absichten?«

»Früher mal, glaube ich.«

»Für mich klingt das gar nicht nach früher. Sie hat viel von ihm gesprochen, als sie krank war. Nannte ihn immer ›Logan, Liebling‹.«

Maudie grinste. »Ach, im Fieber, da reden die Leute vieles daher. Abgesehen davon, was kümmert es dich?«

»Weil ich sie heiraten will!«

»Was willst du?« Maudie war verblüfft, doch er war viel zu sehr mit seinen eigenen Sorgen beschäftigt, um es zu bemerken. »Leider hat sie meinen Namen kein einziges Mal erwähnt. Und dabei habe ich sie nach Palmerston geholt und fast die ganze Zeit für sie gesorgt. Doch der Einzige, nach dem sie in ihrem Fieber gefragt hat, war Logan.«

»Vielleicht habe ich mich geirrt.« Maudie machte einen Rückzieher. »Vielleicht ist die Sache noch nicht abgeschlossen.«

»Ob ich sie mal frage?«
»Wonach?«
»Was mit diesem Logan ist?«
»Nein, besser, ich versuche, etwas herauszukriegen.«
»Würdest du das für mich tun? Wenn ich noch einmal um ihre Hand anhalte, muss ich wissen, dass ich freie Bahn habe. Natürlich bin ich selbst schuld. Beim erstenmal habe ich ihr keine Möglichkeit gelassen, es mir zu erklären. Ich habe einfach meinen Antrag herausgeplappert und mich dann aus dem Staub gemacht. Ich hatte Angst, sie würde mich abweisen. War es dieser Logan, mit dem sie sich in Pine Creek getroffen hat?«
»Ja, er ist ein alter Freund.«
»Damals oder jetzt?«, fragte Zack. »Na ja.« Er nahm seinen Hut auf. »Hätte eigentlich wissen müssen, dass ein Mädchen wie Sibell schon einen Freund hat.«
»Ich hatte keine Ahnung, dass du ihr den Hof machst«, meinte Maudie. Das stimmte sogar. Sie war außer sich. Sibell, diese kleine Hexe, hatte ihr kein Wort erzählt. Was würde aus ihr werden, wenn Zack Sibell heiratete? Eine ältliche Matrone, während Sibell die Herrin des Hauses sein würde. Ihres Hauses! Das war so gewiss wie das Amen in der Kirche.
»Charlotte hätte es gefallen«, sagte Zack. »Ständig hat sie wegen Sibell Andeutungen fallen lassen. Aber mich hat das eher gestört, ich fühlte mich dadurch in die Enge getrieben. Doch als Charlotte dann gestorben ist, tat es mir leid. Es hätte sie glücklich gemacht. Ich war einfach zu eigensinnig, um auf sie zu hören. Ich habe mich auf die Ausrede versteift, ich könnte kein Mädchen aus der Stadt heiraten. Darüber habe ich auch mit Cliff gesprochen.«
»Und was hat Cliff gesagt?«
»Er war meiner Meinung. Verglichen mit dir kann man Sibell wirklich nicht als die richtige Farmersfrau bezeichnen.« Er tätschelte Maudies Hand. »Und das wird dir immer bleiben. Cliff hat dich sehr geschätzt. Er liebte dich.«
Gott verschone mich vor rührseligen Männern, dachte Maudie. Dieser liebestolle Narr! Sie wünschte, er würde sie allein lassen, damit sie nachdenken konnte.
»Bevor wir zu dem Viehtrieb aufgebrochen sind, musste ich

einfach etwas sagen«, fuhr er fort. »Ich wusste, wir würden vielleicht sechs Monate fernbleiben, und als ich sie dann sah, hatte ich Angst, ich würde sie dann nicht mehr vorfinden. Sie ist wunderschön, nicht wahr?«

Wenn man solche blasse Geschöpfe mochte, dachte Maudie. »Ja«, sagte sie, »aber nicht besonders kräftig.« Offensichtlich hatte es niemand der Mühe wert gefunden, Zack zu erklären, dass Sibell die Farm geleitet hatte, als sie mit ihrem gebrochenen Bein festsaß. Gott sei Dank, kicherte sie in sich hinein, denn sonst würde Zack nur noch zu Sibells Füßen liegen.

»Das ist der Grund, weshalb ich es für besser hielt, mich zu offenbaren«, meinte er derweilen.

»Überlass das mir«, erklärte Maudie mit fester Stimme. »Du kannst ihr keinen Heiratsantrag machen, solange du allein mit ihr im Hause bist.«

»Wir sind nicht allein«, entgegnete Zack. »Ständig stolpere ich über jemanden.«

»Ja, Wesley und die Dienstboten. Die Leute reden schon, Zack.«

»Sollen sie doch.«

»Hast ja recht. Das macht nichts, aber wenn du sie fragst und sie ablehnt, seid ihr beide in einer heiklen Lage. Dann ist nichts mehr wie vorher. Besser, du wartest, bis ich wieder zu Hause bin.«

»Du hast recht. Aber vorher redest du mal mit ihr und ebnest mir den Weg, nicht wahr? Ich traue mich nicht so recht. Es würde mir viel leichter fallen, wenn du herausfindest, ob sie mich haben will. Dann könnte ich ihr in aller Form einen Antrag machen, mit allem Drum und Dran. Mein Gott, jedes Mal, wenn ich das Mädchen sehe, liebe ich es mehr. Sie ist so zart … aber weißt du, sie hat diese zurückhaltende englische Art …«

»Geh nach Hause, Zack«, sagte Maudie, des Gesprächs überdrüssig. »Ich habe dir doch schon gesagt, dass ich mich darum kümmere.«

Nachdem er gegangen war, kochte Maudie vor Wut. Sibell und zart? Von wegen!

Sie fühlte sich elend.

Hilda Clark, die Oberschwester, sah auf ihrer Runde bei ihr

herein. Sie war eine resolute Frau, die das Herz auf der Zunge trug und eine Stimme wie ein Nebelhorn besaß. Maudie mochte sie gern. Sie hatten sich angefreundet, und Maudie hatte sie eingeladen, ihren nächsten Urlaub auf der Black-Wattle-Farm zu verbringen.

»Hilda«, rief Maudie. »Kann ich mal kurz mit Ihnen sprechen?«

»Natürlich. Stimmt irgendwas nicht?«

»Nichts stimmt mehr«, entgegnete Maudie. »Ich muss hier raus.«

»Sie können gehen, wenn Sie wollen«, erwiderte Hilda.

»Aber der Doktor meint …«

»Der Teufel soll den Doktor holen. Er ist ein Trunkenbold. Wenn Sie Ihr Bein schonen und sich eine Weile das Reiten verkneifen, nehme ich Ihnen die Schiene ab.«

Hilda entfernte die Winde, wie Maudie es nannte, und ließ Maudies Bein vorsichtig auf den Boden sinken. »Haben Sie getan, was ich Ihnen gesagt habe, und immer brav mit den Zehen gewackelt?«

»Jede Minute«, behauptete Maudie.

»Lassen Sie es langsam angehen. Dann sind Sie bald wieder auf dem Damm.«

Maudie setzte vorsichtig das Bein auf und ließ sich an Hildas starkem Arm herumführen. Dann ließ sie sich wieder auf das Bett sinken. »Ein gutes Gefühl«, meinte sie, und die Oberschwester gab ihr recht.

»Ich habe ernste Sorgen«, erzählte sie Hilda. »Ich brauche Hilfe.«

»Schütten Sie mir Ihr Herz aus«, bot die Oberschwester an. Maudie erzählte, was sie bedrückte. Ihr Schwager wollte eine Frau heiraten, die Maudie nicht wohlgesonnen war, und dazu noch nicht einmal eine aus dem Territory, sondern eine Engländerin. Wenn erst mal vollendete Tatsachen geschaffen waren, würde diese Frau Maudie und ihren kleinen Sohn von der eigenen Farm vertreiben.

Hilda war entsetzt. »Sie Arme! Nach allem, was Sie durchgemacht haben. Die verdient einen Dämpfer, wenn sie es wagen sollte, Ihnen Ihr Heim zu stehlen.« Sie wandte sich um und rief einer Frau am anderen Ende des Flurs zu: »Gehen Sie wieder ins Bett, Mrs. Flower. Ihr Baby schläft, also lassen Sie es in Ruhe.« Sie stieß Maudie an. »Die Arme, sie ist schon völlig am Ende, und jetzt noch das zehnte Kind. Die Leute sollten allmählich aufhören.«

»Kann ich mich anziehen?«, fragte Maudie.

»Ja. Ich helfe Ihnen. Sie müssen sich auf die Socken machen, Maudie. Sie haben keine Zeit zu verlieren.«

»Aber ich weiß nicht, was ich tun soll.«

Die Oberschwester ließ ihre Leibesfülle auf einen zerbrechlichen Rollstuhl sinken. »Wollen wir mal sehen. Sie müssen eins nach dem anderen erledigen. Was stand im Testament Ihres Mannes?«

»Er hat keins hinterlassen. Er war ja noch so jung ...«

»Ich verstehe. Und was ist mit Charlottes Testament? Ich dachte, mich trifft der Schlag, als ich hörte, dass sie gestorben ist. Sie war eine so feine Frau. Ich habe mich oft mit ihr zum Essen getroffen.« Hilda lachte. »Charlotte wusste alles in dieser Stadt, was sich zu wissen lohnte. Sie hätte ihr Geld niemals aus den Händen geben und es windigen Rechtsanwälten anvertrauen dürfen. Denn wenn die was von Geschäften verstanden hätten, wären sie ebenso reich wie sie und nicht darauf angewiesen, für sie zu arbeiten.«

»Sie hat alles verloren«, sagte Maudie bedrückt.

»Nicht alles, denn die Black-Wattle-Farm ist Ihnen ja noch geblieben. Sie hatte die Finger auf dem Geldbeutel. Und was hat sie in ihrem Testament verfügt?«

»Keine Ahnung. Wir haben bisher nicht nachgesehen. Zack war die ganze Zeit mit dem Viehtrieb unterwegs, und ich hatte zu viel zu tun. Sie hat immer gesagt, sie würde alles ihren zwei Söhnen hinterlassen, also warum sollten wir das Testament suchen?«

Hilda seufzte. »Wie könnt ihr Buschbewohner nur so nachlässig sein. Lasst einfach alles so weiterlaufen! Als Erstes müssen Sie sicherstellen, dass die Farm auf Ihren und Zacks Namen eingetragen wird. Sonst können sie Ihnen Ihren Anteil nehmen.«

»Das würde Zack nie tun«, sagte Maudie. »Es ist das Haus, um das ich mir Sorgen mache.«

»So denken Sie im Augenblick«, erwiderte Hilda, während sie sich hochwuchtete. »Ich hole Ihnen eine Krücke. Wir beide werden uns selbst drum kümmern.«

»Um was?«

»Um das Testament, Mädchen. Charlottes Testament. Ich werde öfters als Zeugin benannt, also kenne ich mich damit aus.«

Maudie war verwirrt. »Und wo sollen wir nachsehen?«

»Ich schätze, das liegt noch immer in der Kanzlei vom alten Chester. Chester Pollard, unser hiesiger Rechtsanwalt. Der ist gewöhnlich nicht dazu zu bewegen, die Nase aus seiner Tür herauszustrecken; man muss ihn mit einem Bootsmast anstoßen, damit er sich überhaupt bewegt. Deshalb wartet er wohl auch darauf, dass sich einer von euch Hamiltons bei ihm meldet.«

»Sind Sie sicher, dass es dort liegt?«

»Entweder dort oder auf Ihrer Farm. Hat man es im Haus bisher noch nicht gefunden?«

»Nicht dass ich wüsste.«

»Sehen Sie!« Hilda tanzte beinahe über die Fußbodendielen. Für eine so üppige Frau bewegte sie sich ausgesprochen leichtfüßig. »Dann gehen wir beide mal los und sehen nach. In der nächsten Zeit wird man mich hier wohl nicht vermissen.«

Maudie humpelte zum Eingang des Buschkrankenhauses. Die Segeltuchmarkisen vor den Fenstern flatterten leicht in einer sanften Brise. In dem schon fast unter Wasser stehenden Garten in einiger Entfernung spielten ein paar Kinder auf einer Wippe. Wenn eines von ihnen beim Abwärtswippen in der tiefen Pfütze landete, schrien sie entzückt auf. Maudie beschloss, für Wesley ebenfalls eine Wippe zu bauen, wenn sie nach Hause kamen. Nach Hause? Wie lange würde es noch ihr Zuhause sein, wenn Sibell erst einmal am Ruder war? Und wodurch wäre ihr geholfen, wenn sie Charlottes Testament las? Schließlich lag alles offen auf der Hand. Zack und Cliff hatten jeweils eine Hälfte besessen, und Zack hatte ihr mitgeteilt, dass sie Anspruch auf Cliffs Hälfte hatte. Eine Hälfte also. Was hatte er nun im Sinn? Wollte er das Haus zerteilen?

Doch Hilda, die mittlerweile entschlossen war, Maudie zu helfen, konnte man sich nicht mehr in den Weg stellen. »Charlotte würde mir nie vergeben, wenn ich Ihnen nicht zur Seite stehe«, erklärte sie, als sie Maudie auf den Einspänner verfrachtete.

»Ist das überhaupt rechtmäßig, was wir tun?«, erkundigte sich Maudie, die sich mittlerweile Sorgen machte, was sie wohl zu lesen bekommen würde. »Vielleicht sollten wir zuerst mit Zack sprechen.«

»Zack hat sicher nichts dagegen einzuwenden«, erklärte Hilda. Und so schaukelten sie mit dem Einspänner in die Stadt. »Wenn das Testament noch nicht eröffnet worden ist, tun Sie ihm sogar einen Gefallen. Es ist der erste Schritt, um die Farm auf Ihrer beider Namen eintragen zu lassen.«

Als das Pferd so hastig um eine Ecke schoss, dass der Wagen beinahe umgekippt wäre, klammerte sich Maudie mit beiden Händen an die polierten Metallgriffe. Doch Hilda wusste, was sie tat. Entschlossen hielt sie die Zügel fest und trieb das Pferd zur Eile an, als seien Höllenhunde hinter ihnen her.

Da Hilda sich um Konventionen nicht scherte, steuerte sie den Einspänner kurzerhand in den Hinterhof eines kleinen Ladens. Auf sie gestützt humpelte Maudie hinein und fand sich in einem stickigen Raum wieder, in dem sich die Akten bis zur Decke türmten.

»Mein Gott, Chester«, entrüstete sich Hilda. »Wie finden Sie sich in diesem Durcheinander nur zurecht? Und wie geht es Ihrer Gicht?«

Ein Schreiber, der in der Ecke saß, verbeugte sich. Er kaute an seinem Bleistift und blickte sie neugierig an, als Chester seine Brille abnahm, sich erhob und sich die weißen Strähnen aus der geröteten Stirn strich. »Guten Tag, die Damen.« Er stöhnte beim Aufstehen. »Die Gicht macht mir schwer zu schaffen, Hilda. Das liegt an der feuchten Luft.«

»Wohl eher am Portwein, würde ich sagen«, entgegnete Hilda und zog für Maudie einen Stuhl heran. »Kennen Sie Mrs. Hamilton, Charlottes Schwiegertochter?«

»Ja. Mein Beileid, Madam, zu diesem zweifachen Schicksalsschlag. Es war mir leider nicht möglich, der Beerdigung beizuwohnen – diese höllische Gicht hat mir das Reisen verleidet –, doch in Gedanken war ich bei Ihnen.«

Ungeduldig hörte Maudie zu, wie die beiden sich unterhielten, während Chester auf der Suche nach dem Testament Papierstöße aus Schubfächern holte, sie ausbreitete und wieder wegräumte. Für sie dauerte es eine Ewigkeit.

»Hatte die Hamiltons schon erwartet, nun, wo die Regenzeit vor der Tür steht«, erklärte er Hilda. »Eigentlich habe ich vorgehabt, das Testament bereitzulegen. Mit der Post wollte ich es nicht schicken, so wie die Dinge bei uns nun mal liegen.«

Hilda gab Maudie hinter seinem Rücken einen Wink. »Habe ich's nicht gesagt?«, deuteten ihre Lippen an. »Es liegt hier.«

»Den ganzen Ärger habe ich jetzt nur«, murmelte er, noch immer suchend, »weil Charlotte das Testament schon vor einer ganzen Weile aufgesetzt hat. Deshalb ist es jetzt ein bisschen schwierig, es wieder aufzuspüren.« Seine Worte deuteten an, sie sollten später noch einmal wiederkommen. Doch Hilda ließ sich nicht vertrösten.

»Wir können warten«, erwiderte sie ungerührt.

»Von den Besitztümern der armen Charlotte ist ja wohl nicht viel übrig geblieben«, sagte Chester. »Nur die Farm und das kleine Strandhaus. Soweit ich mich erinnere, dachte sie damals, dass sie ihren Söhnen ein Vermögen vermachen würde, mit all ihren Beteiligungen und so weiter … Aber Black Wattle ist ja immer noch eine prächtige Farm … Ah, hier ist es.«

Maudie blieb die Demütigung erspart, ihre mangelnden Lesekünste unter Beweis zu stellen, da Chester sich daranmachte, das Testament vorzulesen. »Von Rechts wegen müsste Zack eigentlich dabei sein«, begann er.

»Zack kommt später«, erklärte Hilda. »Sie können es ihm ja dann noch einmal vorlesen. Maudie muss ihre Angelegenheiten in Ordnung bringen. Cliffs Anteil geht doch auf sie über, nicht wahr? Cliff hat nämlich kein Testament hinterlassen.«

»Ts, ts, ts. Kein Testament? Du meine Güte … na ja, natürlich. Das bedeutet weiteren Papierkram, aber mehr auch nicht.«

»Sie muss wissen, woran sie ist«, beharrte Hilda, und Chester, der sich von ihr in die Enge getrieben fühlte, fuhr mit der Verlesung des Testaments fort.

Als sie die Anwaltskanzlei verlassen hatten, blieb Maudie ratlos stehen. »Ich verstehe das alles nicht.«

»Seien Sie still und gehen Sie weiter«, sagte Hilda.

Sie lenkte den Einspänner in den Schatten eines Baums. »Und jetzt hören Sie mir zu. Offensichtlich hat Charlotte die Zukunft im Auge gehabt. Sie wusste, dass es zwangsläufig zu Ärger kommen muss, wenn zwei Brüder und ihre Frauen ein und dieselbe Farm leiten. Deshalb wollte sie, dass jeder ihrer beiden Söhne eine eigene Farm bekommt.«

»Das ist mir nicht neu«, meinte Maudie. »Das hatte sie schon seit Langem im Sinn.«

»Gut. Aber Charlotte wollte ihre beiden Söhne gerecht behandeln, und deshalb hat sie offengelassen, wer Black Wattle bekommt. Zack als der Ältere hat das Vorkaufsrecht, und wenn er sich dagegen entscheidet, wäre die Reihe an Cliff gewesen. Beziehungsweise sind Sie jetzt dran.«

»Nein, bin ich nicht. Zack wird Black Wattle behalten.«

»Meine Liebe, Vorkaufsrecht bedeutet, dass man kaufen muss.«

»Das ist ja noch schlimmer«, klagte Maudie. »Wenn er mich auszahlt, sitze ich auf dem Trockenen. Dann habe ich nichts als einen Haufen Geld.«

»Aber immerhin genug, um sich eine andere Farm kaufen zu können.«

»Soll ich mich etwa hinausdrängen lassen?«

Hilda lächelte listig. »Nun, wenn Sie Black Wattle behalten wollen, müssen Sie einfach nur ein paar Wochen lang den Mund halten. Bis zum achtzehnten Januar, um genau zu sein.«

»Warum?«

»Weil das Vorkaufsrecht für Ihren Schwager auf sechs Monate begrenzt ist. Und diese Frist, von Charlottes Tod an gerechnet, läuft an jenem Tag ab. Dann sind Sie an der Reihe. Wenn Zack Sie bis dahin nicht ausgezahlt hat, hat er jeden Anspruch verloren, und Sie können Black Wattle übernehmen.«

»Ach, was reden Sie da?«, meinte Maudie kläglich. »Ich habe nicht das Geld, um Zack auszuzahlen. Woher soll ich es nehmen?«

»Solange Sie eine Sicherheit im Hintergrund haben, gibt es hier in der Stadt mehr als genug Geld. Und dafür dürfte Ihre Hälfte von Black Wattle ja wohl ausreichen. Wie man eine Farm leitet, wissen Sie ja.«

»Natürlich. Nur die Buchführung ist nicht gerade meine starke Seite.«

»Dann stellen Sie eben einen Buchhalter ein. Alle Farmen tun das heutzutage. Das ist weiter keine Schwierigkeit.«

Maudie kaute an den Fingernägeln. »Ich brauche also nur bis Januar zu warten, und dann habe ich das Sagen?«

»Ja, so sieht's aus.« Hilda lachte. »Es sei denn, Zack erfährt vorher, wie die Dinge stehen. Aber offensichtlich hat er es damit nicht eilig.«

»Nein … dazu ist er viel zu sehr mit Sibell beschäftigt.«

»Na dann, fröhliche Weihnachten, Maudie. Und nun kommen Sie, ich bringe Sie nach Hause.«

»Es ist mir gleich, ob Sie es schon zweimal überprüft haben«, schnaubte Logan. »Sehen Sie noch mal nach.«

»Wenn Sie darauf bestehen«, entgegnete Clarrie Fogge eingeschnappt, bevor er sich wieder den Karten zuwandte. Schon lange war er für die Bergwerksbehörde tätig, und vor zwei Jahren, die ihm wie eine ewige Verbannung vorkamen, hatte man ihn nach Palmerston versetzt. Er war stolz auf die Sorgfalt, mit der er seine Arbeit erledigte, und freute sich schon auf die Beförderung, die bei seiner Rückkehr nach Adelaide anstand. Und er hatte nicht vor, jetzt noch einen Fehler zu machen.

Kurze Zeit später kehrte er an den Schalter zurück. »Es ist genau, wie ich sagte, Sir. Die Schürfrechte für dieses Gebiet sind bereits vergeben.«

»Das kann nicht sein. An wen?«

Clarrie warf einen Blick in seine Unterlagen. »An eine Gesellschaft namens Morning Glory GmbH.«

»Wer, zum Teufel, steckt dahinter?«

»Das kann ich Ihnen leider nicht sagen, Sir.«

»Sie wollen nicht, meinen Sie wohl!«, rief Logan drohend. Clarrie wich zurück, denn er fürchtete schon, dass dieser aufgeblasene Bursche gewalttätig werden würde.

»Ich darf die Namen nicht preisgeben«, entgegnete er.

»Auch nicht für zehn Pfund?«

Clarrie blickte auf die Unterlagen, die er auf den Schalter

geknallt hatte, und nahm einen Ausdruck beleidigter Würde an. Lorelei hatte ihm zwanzig zugesteckt. »Unmöglich, Sir.«

»Irgendjemand hat sich meinen Claim unter den Nagel gerissen«, schnaubte Logan.

Doch Clarrie schüttelte den Kopf. »Aber, Sir, ich bitte Sie! Das ist nur dann der Fall, wenn eine rechtmäßig angemeldete Schürfstelle von einer anderen Person ausgebeutet wird.«

»Das weiß ich, Sie Schwachkopf!« Logan stürmte aus dem Büro. »In dieser Sache ist das letzte Wort noch nicht gesprochen.«

»Sicher nicht.« Clarrie lächelte und rollte die Karten zusammen. Lorelei und die andere junge Dame hatten ihn bereits darauf vorbereitet, dass jemand Einspruch erheben würde. Doch das brauchte die beiden nicht weiter zu beunruhigen, denn im Bergwerksgeschäft galt eine einfache Regel: Wer zuerst kommt, mahlt zuerst. Dieser Mr. Conal war einfach zu schwer von Begriff, und er, Clarrie, war nicht dazu verpflichtet, ihm Nachhilfeunterricht zu erteilen.

Lorelei hatte sich ausgesprochen großzügig gezeigt. Im Bijou hatte er sich auf Kosten des Hauses amüsiert wie noch nie zuvor in seinem Leben. So ganz nebenbei hatte er sich dabei überzeugen lassen, dass es besser wäre, die Gutachter unverzüglich zur Schürfstelle zu schicken.

Er kicherte in sich hinein. Diese Lorelei war ein raffiniertes Luder. »Keine langen Umschweife, Clarrie«, hatte sie erklärt, während sie eine Flasche Champagner öffnete. »Jeder von ihnen kriegt zehn Pfund, wenn sie wieder zurück sind, bevor die Flüsse über die Ufer treten. Und, mein Süßer« – sie küsste ihn auf die Wange –, »wenn sie gute Nachrichten mitbringen, sind sie die Ehrengäste auf dem rauschendsten Fest, das im Bijou je gefeiert wurde.«

Um so schnell wie möglich voranzukommen, waren die Sachverständigen mit Ersatzpferden aufgebrochen. Clarrie hoffte, dass die beiden Damen wirklich auf einen ergiebigen Fund gestoßen waren – denn auf das rauschende Fest freute er sich jetzt schon.

Clarrie summte ein Lied, als er sein Büro für die Mittagspause schloß. Wolfram also. Weiter im Süden gab es einen Wolframfund, der bereits abgebaut wurde, und die Minenbesitzer schwammen im Geld. Warum sollte es einer zweiten Mine nicht ebenso gehen?

Er verschloss seine Tür und trat auf die Straße vor seinem Büro, um sich zum Mittagessen und zu einer Partie Billard den Herren vom Telegraphenamt anzuschließen.

Logan trank im nächstbesten Wirtshaus zwei Whiskys. Erst dann konnte er wieder klar denken. Wie er im Spiegel hinter der Bar sah, hatte er vor Zorn rote Flecken im Gesicht, und er versuchte sich zu beruhigen. Wer hatte das getan? Waren die Hamiltons selbst über den Fund gestolpert? Oder war jemand anders auf der Suche nach Bodenschätzen gewesen? »Herr im Himmel!« Er schlug mit der Faust auf den Tisch. Eine Gesellschaft namens Morning Glory. Er würde schon noch herausfinden, wer dahintersteckte. Hatte Sibell womöglich jemandem von seiner Entdeckung erzählt? Eigentlich war das die wahrscheinlichste Erklärung. Er hätte wissen müssen, dass Frauen nun mal nicht den Mund halten können.

»Verdammter Mist«, rief er, und der Barmann grinste.

»Sie hatten wohl einen angenehmen Tag heute, Mister?«

»Noch einen Whisky, aber ohne dumme Bemerkungen«, schnaubte Logan.

Er hätte eher in die Stadt reiten und seine Schürfrechte anmelden müssen. Aber er konnte schließlich nicht an zwei Orten gleichzeitig sein, und Katherine lag mehr als zweihundert Kilometer von Palmerston entfernt. Nach dem Datum, an dem die Rechte angemeldet worden waren, hatte er gar nicht erst gefragt; ihm schien es einfacher, selbst nach dem Schuldigen zu suchen. Ihm war klar, dass er zwei ganze Tage verschwendet hatte – nein, zwei Tage damit verbracht hatte, sich im Bijou mit den aufreizenden Frauen und einem nicht enden wollenden Strom von Champagner für die vergangene Zeit zu entschädigen. »Ach, fahrt doch zur Hölle«, schimpfte er, zu niemand insbesonderem. Er hatte größte Lust, geradewegs ins Bijou zurückzukehren, dorthin, wo man ihn schätzte.

Aber da waren Josie und seine vermaledeite Aussage vor Gericht. Doch Josie konnte warten; er war im Augenblick nicht in der richtigen Stimmung, um mit ihr zu sprechen. Er hatte gehört, dass die Hamiltons – die hier anscheinend jeder zu kennen schien – in der Stadt waren, und vermutete, dass Sibell sich bei ihnen aufhielt.

Es war an der Zeit, Sibell einen Besuch abzustatten. Es in Ruhe anzugehen und herauszufinden, ob sie geplappert hatte. Anschließend konnte er sie in sein Hotel mitnehmen und lieben. Auch die beste Hure war nur ein Appetitanreger. Und Sibell bedeutete ihm etwas. Schließlich ging nichts über eine liebende Frau. Außerdem reizte es ihn, mit einer Schönheit wie Sibell durch Palmerston zu schlendern. Die Leute würden sich die Köpfe nach ihr verdrehen.

Zumindest gab es in Palmerston ein gewisses gesellschaftliches Leben. Logan war entschlossen, daran teilzunehmen; ihm fehlten die Freizeitvergnügungen aus seiner Zeit in Perth. Am Heiligen Abend veranstaltete die Telegraphengesellschaft einen Ball, und er hatte sich bereits von den anderen Kunden im Bijou im Verlauf ihrer Ausschweifungen eine Einladung besorgt. Besonders gefallen würde es ihm, wenn er mit Sibell am Arm dort eintreten könnte.

Während er überlegte, was er als Nächstes unternehmen sollte, fiel ihm sein neuer Freund John Trafford ein, der für die Telegraphengesellschaft arbeitete. Ohne zu wissen, dass er damit Clarries Spuren folgte, bog er ab in die Esplanade. Dort betrachtete er die Gebäude der Telegraphengesellschaft, die recht beeindruckend wirkten. Wie Trafford gesagt hatte: Die Gesellschaft machte gern etwas von sich her.

Die einstöckigen Sandsteinhäuser hatten einen ungewohnt orangefarbenen Anstrich, der ihnen einen feudalen Eindruck verlieh. Die Quartiere für die Angestellten, der Speisesaal und die Aufenthaltsräume in der Gartenanlage waren ebenso gepflegt wie das eigentliche Bürogebäude. Dies alles wirkte so eindeutig kolonialistisch, dass man nur schwer verstehen konnte, warum sich die Honoratioren der Stadt hier gegenseitig auf die Füße traten, um es sich auf Regierungskosten gut gehen zu lassen.

Er traf Trafford in der Bar im Garten vor einem üppigen Gin mit Pfefferminzlikör. Neben ihm saßen drei hübsche englische Damen in luftigen Sommerkleidern.

Doch auch die können Sibell nicht das Wasser reichen, dachte er, während er ihre überschwengliche Einladung annahm, sich ihnen anzuschließen.

Auf der anderen Seite der Straße rollte eine mächtige Woge über den Strand und fraß sich mit unersättlicher Kraft in das Land. Schaum sprühte über das Meergras, und weiße Möwen stiegen kreischend gen Himmel, als mit einer heftigen Windböe eine graue Wolke am Horizont aufstieg.

Zack stieß das lange Blatt des Spatens in den Boden und trat es mit dem Fuß noch tiefer hinein. Untätigkeit konnte er nicht ertragen, und deshalb hatte er sich vorgenommen, ihr Strandgrundstück einzuzäunen. Er begann mit der Seeseite, denn ihm war daran gelegen, dem ständig eindringenden Sand einen Riegel vorzuschieben. Er hob ein tiefes Loch für einen Pfosten aus und nahm, nachdem er die Anzahl der Streben abgeschätzt hatte, die er brauchte, um einen soliden Windschutz zu fertigen, den nächsten in Angriff. Das Haus war wegen der besseren Luftzufuhr auf Stelzen gebaut; deshalb konnte der neue Zaun auch nicht die Aussicht versperren.

Während der Arbeit dachte er an Sibell. Eigentlich dachte er in den letzten Tagen an nichts anderes mehr. Maudie hatte mit ihr gesprochen und ihm berichtet, dass sie immer noch an diesem Conal hing.

»Am besten schlägst du sie dir aus dem Kopf«, hatte Maudie ihm geraten. Doch so leicht wollte Zack nicht aufgeben. Schließlich änderte man gelegentlich seine Meinung. »Du selbst bist das beste Beispiel dafür«, hielt er sich vor. »Wer hat sich die ganze Zeit geweigert, mit Sibell zusammengetan zu werden? Und dafür musst du jetzt bezahlen, mein Guter.« Er hätte auf Charlotte hören sollen. Mein Gott, wie sie ihm fehlte! Sie und Cliff. Sie drei hatten sich so nahegestanden. Er hatte sich immer noch nicht damit abgefunden, dass er seine Schwierigkeiten nun nicht mehr mit ihnen durchsprechen konnte. Er musste lächeln. Wenn sie noch am Leben wären, würde er jetzt mit Cliff darüber streiten, wie hoch der Zaun werden und wie er aussehen sollte. Und Charlotte würde mit dem Strohhut auf dem Kopf über das Grundstück schreiten und Anweisungen geben.

Deshalb hatte er den Viehtrieb auch unbedingt selbst anrühren wollen. Er war von ihrem Tod so betroffen, dass er es auf Black Wattle nicht mehr aushielt. Jedes Mal, wenn er um eine Ecke bog, erwartete er, auf einen von ihnen zu stoßen. Unzählige Male hatte er gemeint, Charlottes Stimme oder Cliffs Lachen zu hören. In gewissem Sinne hatte er es den Schwarzen gleichgetan, sich auf eine Wanderung begeben, war weit fortgereist, bis seine Trauer erträgliche Ausmaße angenommen hatte.

Da kam ein Mann über den Strand auf das Haus zu. Zack richtete sich auf und blickte dem Fremden, einem dieser Stutzer mit einem weißen Panamahut, entgegen.

»Ich suche das Haus der Hamiltons«, sagte er.

»Es liegt vor Ihnen«, sagte Zack, der instinktiv wusste, dass Logan Conal vor ihm stand. Dass sich der Mann in der Stadt aufhielt, hatte er aus den Zeitungsberichten über den Prozess erfahren, der demnächst gegen die Schurken eröffnet werden sollte, die auf Black Wattle den jungen Schwarzen gehängt hatten.

»Hübsches Plätzchen haben Sie hier«, sagte Conal. Zack nickte. Sibell las die Zeitung ebenfalls, also musste sie auch wissen, dass Conal sich in Palmerston aufhielt. Insgeheim hatte Zack schon frohlockt, dass ihr Freund ihr noch nicht seine Aufwartung gemacht hatte, doch diese Freude war nur von kurzer Dauer gewesen.

»Darf ich erfahren, was Ihr Anliegen ist«, sagte Zack mit dem Hintergedanken, dass ihm der Fremde bisher noch nicht vorgestellt worden war.

»Ich heiße Logan Conal. Und Sie müssen Zack Hamilton sein.«

»Ja.« Zack bemühte sich nicht, freundlich zu sein, denn auf diesen Besucher konnte er auch gut verzichten.

»Lebt Miss Delahunty bei Ihnen?«, erkundigte sich Conal.

»So ist es.« Er sah, wie ein Anflug von Ärger über Conals Gesicht zog, und das freute ihn.

»Dürfte ich sie sprechen?«

Zack nahm ein Handtuch und wischte sich den Schweiß von Hals und Gesicht. Maudie hatte gemeint, Conal sei ein stattlicher Mann, doch er kam zu einem anderen Urteil. Sicher, er hatte wohlgeschnittene und ebenmäßige Züge, doch sein Mund wirkte verwaschen und ungefestigt, was auf Schwäche schließen ließ, und in seinen grünen Augen funkelte ein eigenartiges Glitzern. Wie eine Schlange, dachte Zack, dem es gleichgültig war, ob man ihm seine Überlegungen ansah. »Ich gehe mal nachsehen, ob sie da ist«, sagte er und ließ Conal an der Schnur, die den zukünftigen Zaun markierte, einfach stehen.

Er ging zur Hintertreppe, wo er Sibell zurief: »Sie haben Besuch.«

Sie erschien an der Tür und blickte zu ihm herunter. »Wer ist es?«

»Dort hinten«, sagte er. »Mr. Conal.«

»Oh!« Sie war verwirrt. Er sah, wie sie zögerte, und seine Haltung versteifte sich. Dies war sein Haus, und wenn Sibell sich mit ihren Verehrern unterhalten wollte, musste sie das schon an einem anderen Ort tun. Er wollte ihr dies bereits vorhalten, als sie selbst eine Entscheidung traf. »Ich komme herunter.«

Sibell war aufgeregt. In ihrem ersten Impuls hätte sie Zack am liebsten gebeten, Logan fortzuschicken, doch sie wollte endlich die Wahrheit wissen. Und zwar von ihm. Aber wenn sie Logan ihre Fragen stellte, hätte dies nur im großen Wohnzimmer der Familie geschehen können … und dort saß Maudie. Also ging sie besser zu ihm hin und führte ihn fort.

Wie die Personifizierung großer Missbilligung stand Zack da, als sie an ihm vorbeieilte. Sie wusste, dass er sie beobachtete.

»Hallo, Logan«, sagte sie, wobei sie darauf achtete, Abstand von ihm zu wahren.

»Du meine Güte!« Er grinste. »Jedes Mal, wenn ich dich wiedersehe, bist du noch schöner als zuvor.«

»Was willst du, Logan?«

»Ich wollte dich zum Ball des Telegraphenamts am Weihnachtsabend einladen.«

»Ach ja? Kommt Josie auch?«

»Josie? Warum fragst du nach ihr? Ich habe dir doch gesagt, mit ihr ist es aus.«

»Aber du hast mir nicht gesagt, dass sie mit dir hierhergekommen ist.«

Er seufzte. »Sibell, wir lassen uns scheiden.«

»Also bist du tatsächlich mit ihr verheiratet!«

»Um Himmels willen, hier können wir nicht miteinander reden. Gehen wir spazieren, und ich erkläre dir alles.«

»Warum sollte ich?«

»Sei nicht kindisch«, hielt er ihr vor, weil er wusste, dass sie das aufbringen würde.

»Ich bin nicht kindisch«, entgegnete sie. Aber sie trat über die Schnur zu ihm auf den Strand. »Da gibt es vieles, was du mir erklären musst.«

Als sie auf die breite, weiße Sandfläche eingebogen waren, wandte sie sich ihm zu. »Du bist der verabscheuungswürdigste Mensch, den ich kenne. Du bist ein Lügner! Wie kannst du es nur wagen, hierherzukommen und mich erneut zum Narren zu halten.« Außerhalb der Sichtweite des Hauses baute sie sich drohend vor ihm auf. »Ich habe nicht die Absicht, mit dir spazieren zu gehen, geschweige denn zu einem Ball.« Er legte ihr die Hand auf den Arm, doch sie entzog sich ihm. »Rühr mich nicht an!«

»Gut. Ich rühre dich nicht mehr an. Aber dafür hörst du mir zu, oder warum bist du sonst mitgekommen? Anschreien können hättest du mich auch dort hinten.«

»Wo ist Josie?«

»Soweit ich weiß, irgendwo in Palmerston. Ich habe sie noch nicht gesehen.«

»Und wo wohnst du?«

»Im Victoria-Hotel. Ich hatte in den letzten Tagen eine Menge Geschäfte zu erledigen. Deshalb habe ich dich nicht schon eher aufgesucht.«

»Warum hast du mir nicht erzählt, dass du verheiratet bist?«

»Weil ich so glücklich war, dich wiederzusehen. Ich wollte nicht gleich alles wieder verderben.«

»So nennst du das also«, schimpfte sie. »Damit meinst du wohl, sonst hättest du mich nicht herumgekriegt.«

»Was soll das, Sibell? Wer hat dich herumkriegen müssen? Du hast doch gewollt, dass ich dich liebe; du konntest es kaum erwarten, und dann hast du nicht genug kriegen können. Wenn man eine Jungfrau herumkriegen will, läuft das gewöhnlich anders ab. Ehrlich gesagt glaube ich nicht, dass sich für dich etwas geändert hätte, wenn du gewusst hättest, dass ich verheiratet bin.«

»Das ist nicht wahr!«, fuhr sie ihn an. Sie lief von ihm fort, doch er folgte ihr. »Ja, genauso ist es. Du kannst vor der Wahrheit nicht fortlaufen. Ich habe gedacht, du liebst mich!«

Sie war erschöpft, er hatte sie in die Enge getrieben. Und so konnte er sie festhalten. Diese Schlacht hatte er schon fast gewonnen. »Geht es dir besser, wenn ich dir sage, dass ich dich liebe?«

»Ich glaube nicht«, sagte sie. »Erzähl mir von Josie.«

»Na gut. Aber nur, wenn du mir versprichst, dass du mich nicht wieder anschreist. Ich glaube, damals auf der Farm der Cambrays hat sie mir vor allem leidgetan wegen des elenden Lebens, das sie neben Jack führen musste. So führte eins zum anderen, und als ich mich ihr offenbarte, hat sie ihren Mann verlassen.«

»Sie hat mir geschrieben«, sagte Sibell, »und meinte, sie sei mit dir sehr glücklich.«

»Wahrscheinlich war sie das auch. Ich habe sie nach Perth mitgenommen.«

»Dann habt ihr also zusammengelebt?«

»Das habe ich nie abgestritten. Und als Jack Cambray starb …«

»Er ist gestorben?«

»Ja. Als uns also kein Hindernis mehr im Weg stand, hat Josie darauf bestanden, dass wir heiraten. Sie ist älter als ich, und ich dachte … Du meine Güte, Sibell, ich weiß nicht mehr, was ich damals dachte. Ich habe mich einfach mitreißen lassen. Und ehrlich gesagt war es mir gar nicht recht, dass Josie mich in den Norden begleitet hat. Aber sie ließ sich nicht davon abbringen. Außerdem hätte ich diese Stelle bei Percy Gilbert – du kennst ihn ja – nie bekommen, wenn er erfahren hätte, ich nehme eine Frau mit, mit der ich nicht verheiratet bin. Und deshalb haben wir geheiratet, bevor das Schiff ablegte. Aber die ganze Sache war ein einziger Fehlschlag.«

»Wo ist Ned? Josies Sohn?«

»In einem Internat in Perth. Und jetzt weint sie ihm hinterher.

Außerdem ist ihr die Gegend hier verhasst. Ich glaube, sie geht bald nach Perth zurück.«

Sibell nahm einen Zweig und malte geistesabwesend Muster in den Sand. Zwar wollte sie von Logan nichts mehr wissen, aber sie war trotzdem wütend auf Josie. Sie hatte das Leben dieses Mannes ruiniert. Und ihres dazu.

»Ich hätte nicht gedacht, dass du so schwach bist«, warf Sibell Logan vor. Dieser nahm die Bemerkung ohne Widerspruch hin.

»Wir sind alle schwach«, entgegnete er ausweichend, froh, dass das Schlimmste offensichtlich überstanden war.

Sibell jedoch sah ihn zum erstenmal, wie er wirklich war. Oder vielleicht sah sie jetzt wieder den Mann, der ihr damals am Strand begegnet war, den Mann, den sie nicht leiden konnte. Bei dem Gedanken, wie töricht sie sich verhalten hatte, als sie sich unter diesen Umständen an die Konventionen klammerte und meinte, er müsste sie heiraten, wurde sie rot. Aber was wusste sie damals schon? Sie war aufgewachsen in einer puritanischen Welt, wo die Mädchen absichtlich in Unwissenheit gehalten wurden, immer unter der Aufsicht einer Anstandsdame … und das aus gutem Grund, wurde ihr plötzlich klar. Sie lachte auf. »Weißt du, was ich am allermeisten hasse, Logan?«

»Nein, keine Ahnung«, erwiderte er. »Vielleicht Tapiokasenf? Den jedenfalls kann ich nicht ausstehen.«

»Ich hasse Menschen, die denken, sie könnten mich unter Druck setzen und mit mir Schlitten fahren.«

Er lachte und ließ eine Handvoll Sand durch die Finger rieseln. »Wann ist dir das denn passiert?«

»Von Anfang an, seit ich in diesem Land eingetroffen bin. Und ich habe mich immer nur selbst bedauert, bis ich merkte, dass andere Leute …«

»Den Rest kannst du dir sparen«, unterbrach er sie. »Ich beklage mich, dass ich keine Socken habe, bis mir jemand begegnet, der keine Füße mehr hat. Willst du mir das sagen? Du bist doch nicht wirklich so dumm, Sibell.«

»Du hast vielleicht recht«, meinte sie nachdenklich. »Ich glaube, ich meine eigentlich das Selbstmitleid.«

Sie hatte sich ohne Hintergedanken auf dieses Gespräch eingelassen, aber seine Antwort verblüffte sie dann doch. »Ja, mit Selbstmitleid kennst du dich aus.«

Tat sie das wirklich? Wenn das stimmte, dann wollte sie ihm jetzt zeigen, dass sie etwas dazugelernt hatte. »Willst du mich immer noch auf den Ball mitnehmen?«

»Natürlich.«

»Ganz gleich, was passiert?«

»Ich weiß zwar nicht, was du damit meinst, aber meine Einladung war ernst gemeint.«

»Versprichst du mir das?«

»Ja.«

»Dann lass uns jetzt zurückgehen.« Sie wünschte sich, dass sie zu dem Ball gehen konnte, wünschte sich nichts sehnlicher als das. Alle sprachen darüber. Sie würde sich ein neues Kleid kaufen oder nähen lassen … in Windeseile. Sie hatte eigentlich gehofft, Zack würde sie einladen. Aber der hatte nichts gesagt, bis Maudie eines Tages verkündet hatte, er müsse sie begleiten. Trotz des gebrochenen Beins.

Wenn sie mit Logan zum Ball ging, überlegte Sibell, würde Zack vielleicht begreifen, dass er etwas unternehmen musste. Anscheinend fühlte er sich ihrer sicher, und er glaubte wohl, dass sie für immer und ewig zum Haushalt der Hamiltons gehören würde.

Doch unter all den Menschen auf dem Ball hätte sie endlich die Gelegenheit, Zacks eiserne Zurückhaltung zu durchbrechen. Sie würde schön wie nie zuvor aussehen, mit ihm tanzen, mit ihm flirten …

Logan unterbrach ihre Träumereien, als sie die Dünen hinaufkletterten. »Da ist noch etwas, was ich mit dir besprechen muss, Sibell. Irgendjemand hat mir die Schürfrechte für die Wolframminen vor der Nase weggeschnappt. Hast du es jemandem erzählt?«

»Warum sollte ich?«, entgegnete sie. Wollen wir mal sehen, wer mehr Selbstmitleid hat, Logan. Sie wollte in seiner Nähe bleiben, bis er von dritter Seite erfuhr, wer ihm die Wolframminen gestohlen hatte. Er war so überheblich, so überzeugt von sich selbst. Und er glaubte, er hätte sie für immer gewonnen.

Trotz des Regens – der heftiger als zuvor vom Himmel prasselte, sodass die Kinder nicht auf der Straße spielen und die Damen nicht flanieren konnten – herrschte in Palmerston fröhliche Weihnachtsstimmung. Die Läden waren mit Eukalyptuswedeln, Luftschlangen und bunten Lampions geschmückt, und Straßenverkäufer boten lebendes Geflügel für den Weihnachtsschmaus feil. Die automatischen Klaviere, die Weihnachtslieder klimperten, klangen immer blecherner, je näher der Heilige Abend heranrückte, da das Klima den heißgeliebten Instrumenten nicht eben zuträglich war.

Für den Ball am Weihnachtsabend war Abendgarderobe angesagt, und Logan hatte nicht vor, sich von den Herren vom Telegraphenamt in den Schatten stellen zu lassen. Es gelang ihm, einen Abendanzug zu erwerben, dessen Hosenbeine allerdings ein wenig zu kurz waren. Außerdem roch das gute Stück nach Mottenkugeln. Leider jedoch war in der ganzen Stadt kein gestärktes Hemd mehr aufzutreiben, weshalb er sich auf die Suche nach John Trafford machte, um sich eines auszuborgen. Dass er es überhaupt nötig hatte, einen solchen Aufwand zu betreiben, ärgerte ihn, da er die Zeit lieber am Tresen eines Wirtshauses verbracht hätte. Im Victoria-Hotel wurde bereits lebhaft gefeiert.

Übel gelaunt ging er die Cavanagh Street entlang. Dabei musste er seinen Hut festhalten, damit er ihm nicht von dem stürmischen Wind, der vom Meer herüberwehte, vom Kopf geblasen wurde. Es war ein feuchtwarmer Wind, der keine Abkühlung brachte, sondern nur weitere Regengüsse verhieß. Logan beabsichtigte, Trafford ein wenig die Hölle heiß zu machen. Schließlich hatte er zugesagt, sich für Logan nach den Direktoren der Morning-Glory-Minen zu erkundigen. Doch bislang hatte der Faulpelz noch nichts in dieser Richtung unternommen.

»Ich kümmere mich schon drum«, hatte Trafford versprochen, doch dann hatte er keinen Finger krumm gemacht.

»Ach, Logan!«, vernahm der Angesprochene plötzlich eine Frauenstimme, als er gerade um die Ecke bog. »Ich habe gehört, dass du in der Stadt bist.«

Mein Gott! Bitte nicht jetzt! Es war Josie!

»Ich hätte dich später schon noch besucht«, sagte er barsch.

»Davon bin ich eigentlich ausgegangen«, antwortete sie und stellte sich ihm in den Weg. »Aber im Aufschieben warst du ja schon immer gut. Wann wolltest du denn zu mir kommen?«

»Sobald es mir möglich ist.«

»Das reicht mir aber nicht. Du kommst heute. Ich bin deine Frau, oder hast du das vergessen? Wir sind hier in einer Kleinstadt, und ich weiß schon seit Tagen, dass du im Victoria-Hotel wohnst. Doch ich fand es zu demütigend, dir hinterherzulaufen. Ich fordere eine Erklärung, was diese Scheidungsgeschichte zu bedeuten hat.«

Sie machte sich nicht einmal die Mühe, leise zu sprechen, und schon blieben einige Neugierige stehen, um diesen kleinen Ehestreit zu beobachten.

»Und ich möchte gern wissen, wie du darauf gekommen bist, von meinem Geld ein Haus zu kaufen«, zischte er.

»Von unserem Geld«, erwiderte sie ungerührt. Dann beruhigte sie sich ein wenig. »Logan, sei kein Dummkopf. Wenn du das Haus erst mal gesehen hast, wirst du deine Meinung ändern. Falls du dich über etwas geärgert haben solltest, bin ich mir sicher, dass wir das Missverständnis aus dem Weg räumen können.«

Als sie so in ihrem marineblauen Kleid mit gebauschten Röcken an dieser zugigen Straßenecke stand, sah sie um einiges besser aus als in Katherine, wie Logan zugeben musste. Sie hatte keinen Hut aufgesetzt, sondern einen langen Seidenschal um ihr hochgestecktes Haar geschlungen und ihn unter dem Kinn zugeknotet. Die Enden des Schals flatterten fröhlich im Wind.

»Also, was ist?«, fragte sie. »Oder willst du den ganzen Tag hier herumstehen?«

»Später«, antwortete er. »Ich komme später vorbei.«

»Weißt du überhaupt, wo das Haus ist?«

»Oh, sicher. In der Nähe dieses dreckigen Chinesenviertels.«

»Ich sage lieber, dass es neben dem Park liegt«, gab sie zurück. »Ich erwarte dich, Logan. Zwinge mich nicht, zu dir ins Hotel zu kommen.«

Dann machte sie den Weg frei und ging davon.

»Verdammter Mist!«, rief er aus. Als er sich umwandte, stieß er mit einem säbelbeinigen, alten Viehtreiber zusammen, der grinsend die Peitsche zurechtrückte, die er über der Schulter trug. »Wenn das mit dem Wetter so weitergeht, sitzen wir bald schön in der Patsche«, bemerkte der Alte, aber Logan achtete nicht auf ihn. So schnell er konnte, suchte er sich einen Platz zum Unterstellen, denn plötzlich raste eine Regenwand auf die Stadt zu, die die Sonne verdunkelte und die Straßen im Handumdrehen in Sturzbäche verwandelte.

Er wartete in einem Hauseingang und machte sich Gedanken über Josie. Eigentlich hatte er überhaupt keine Lust, sie zu sehen, und er wünschte, sie würde sich einfach in Luft auflösen, verschwinden. Wenn er erst einmal herausgefunden hatte, wem die Morning-Glory-Minen gehörten, würde er schon einen Schritt weiter sein. Die Schürfrechte waren nämlich auf einen bestimmten Zeitraum begrenzt, und wenn die Besitzer nicht schnell genug mit dem Abbau begannen, war ja noch nicht aller Tage Abend. Und Josie musste sich von ihrem Haus verabschieden. Er würde sein Geld nicht in ein Haus stecken, solange es im Territory Bodenschätze gab, die nur darauf warteten, dass jemand sie aus dem Boden holte.

Als er beim Telegraphenamt ankam, war er nass bis auf die Haut. Er musste gegen den Sturm ankämpfen, um die Vordertür zu erreichen. Nachdem er das Gebäude betreten hatte, reichte ein Dienstbote ihm ein Handtuch. Logan trocknete sich Gesicht und Hände und tupfte seine Kleider ab. Die anderen Menschen im überfüllten Empfangssaal waren ebenso durchnässt, aber sie nahmen das schlechte Wetter mit Humor.

»Hallo, Conal!«, rief Trafford, der bei einer Gruppe Männer saß, ihm zu. »Bei diesem Wetter lassen wir uns am besten gleich Kiemen wachsen.«

»Sauwetter!«, klagte Logan, doch die anderen brachen in schallendes Gelächter aus.

»Es regnet doch nur, alter Junge. Wenigstens ist es nicht so kalt wie zu Hause. Trinken Sie einen Schluck Champagner mit uns?«

Logan nahm sein Glas entgegen. »Ich muss mit Ihnen sprechen, Trafford.«

»Selbstverständlich. Wissen Sie schon das Neueste?«

»Was?«

»Es geht um den Ball. Wir wechseln das Lokal. Hier vorne ist es einfach zu windig, und die Damen würden völlig durchweicht oder vom Sturm zerzaust, ehe sie es bis zur Tür schaffen. Also verlegen wir das Ganze ein paar Straßen weiter nach hinten, wo man das Wetter nicht so spürt; ins Prince of Wales Hotel.«

»Dort gibt es einen schönen, großen Saal«, fügte Michael hinzu, wobei er eine Hummerschere knackte. »Und der Wirt richtet ihn für uns her. Wirklich ein netter Kerl, dieser Digger Jones, dass er uns so kurzfristig aus der Patsche hilft.«

»Nun, es wird sein Schaden nicht sein«, meinte John Trafford lachend. »Wahrscheinlich trinken wir seine gesamten Vorräte leer.«

Logan nahm einen Schluck Champagner, aber der half nicht gegen die Stimmung, in der er sich befand. Also holte er sich ein Glas Brandy von einem Tablett und leerte es, um die verwirrenden Ereignisse des Vormittags besser ordnen zu können. Josie würde ihm noch Ärger machen; das hatte er in ihren Augen gesehen. Es war nur noch eine Frage der Zeit, bis sie Sibell über den Weg lief – schließlich kannten die beiden sich ja. Er kippte noch einen Brandy hinunter und fragte sich, ob irgendeine Frau die Schwierigkeiten wert war, die sie verursachte. Dann blickte er zum beschlagenen Fenster hinaus. Draußen lagen Schiffe vor Anker. Sie suchten Schutz in dieser riesigen Bucht, die angeblich größer war als der berühmte Hafen von Sydney. Alle redeten über Sydney, die Perle dieses Teils der Welt, und Logan hätte die Stadt gern kennengelernt. Ein Mann sollte einfach auf ein Schiff steigen und losfahren. Schließlich hatte er das auch schon früher getan. Doch da ihn die Gesellschaft der Leute hier, die das Leben zu genießen wussten, besänftigte, wechselte er wieder zu Champagner und fragte sich, ob das Dummchen, das er damals geheiratet hatte, wohl immer noch in Liverpool lebte. Doch zu dieser Eheschließung war es nur deshalb gekommen, weil ihr alter Herr ihn buchstäblich am Kragen vor den Traualtar einer katholischen Kirche geschleppt hatte.

Champagner! Er kicherte in sich hinein. Von diesem Gebräu las man für gewöhnlich nur in Büchern. Einmal einen Schluck zu kosten, davon konnte ein armer Bursche in Liverpool nur träumen. Doch hier draußen war Champagner – neben Bier – das Nationalgetränk. »Bier für den Durst«, hieß es, »und Champagner fürs Vergnügen.« Und, bei Gott, es stimmte auch. Während er dem fröhlichen Geplauder im Raum lauschte, wurde ihm klar, dass es ihm in diesem Land bislang sehr gut ergangen war; sogar in Katherine, nachdem Josie ihre Koffer gepackt hatte. Ständig wurde irgendwo gefeiert, er hatte viele Freunde. Und erst das Essen! Er betrachtete den Tisch, der sich unter der Last von eisgekühlten Austern und Hummern, saftigem Rinderbraten, Schweinefleischpasteten, schmackhaften Reisgerichten, Aufschnitt, fetten Käseecken und frischen Brotlaiben nur so bog. In Palmerston aß man an einem Tag mehr, als sich eine Familie in Liverpool in einer ganzen Woche leisten konnte. Und in Perth war es nicht anders gewesen. Kein Wunder, dass die Einheimischen hier so große und kräftige Mistkerle waren. Bei diesem Wort musste er lachen. Eigentlich war jeder ein Mistkerl – der Unterschied war nur, dass es miese und nette gab.

Inzwischen hatte Logan seine Schwierigkeiten vergessen. Er beschloss, wie diese Burschen hier das Beste aus Australien herauszuholen und das Leben zu genießen. Zur Hölle mit Josie, mit Sibell und diesem verdammten Percy Gilbert. Nein, nicht mit Sibell. Heute Abend würden sie zusammen ausgehen, und danach würde er sie lieben …

»Hey, Trafford!«, rief er. »Ich dachte, ich hätte Sie gebeten, Erkundigungen für mich einzuziehen.«

»Mein lieber Logan«, meinte Trafford und ging vorsichtig um Michael herum, der gerade versuchte, ein Glas auf einem Billardqueue zu balancieren. »Ich war der Ansicht, dass Sie es inzwischen längst wissen.«

»Woher sollte ich?«

»Bringen Sie heute Abend etwa nicht die bezaubernde Sibell mit?«

»Doch.«

»Sie werden es kaum glauben, alter Junge, Miss Delahunty gehört zu den Direktoren.«

Wie ein begossener Pudel stand Logan da. Also hatte sie ihn betrogen, dieses Miststück. Er hätte wissen sollen, dass sie es auf den ganzen Kuchen abgesehen hatte – die Farm und die Minen. »Sibell ist eine Geheimniskrämerin«, meinte er und zwang sich zu einem Lächeln. »Wer ist denn der andere Direktor? Zack Hamilton?«

»Nein, nicht Zack. Es ist ein Witz! Wir biegen uns schon den ganzen Tag vor Lachen. Sibell und Lorelei sind Geschäftspartnerinnen.«

Logan blieb der Mund offen stehen. »Lorelei? Aus dem Bijou?«

»Genau die.«

»Woher kennt Sibell denn Lorelei?«

»Wir sind alte Freunde, Lorelei, Sibell, Michael und meine werte Person. Wir sind auf demselben Schiff nach Palmerston gekommen.«

»Die Drinks gehen auf Kosten des Hauses«, rief Lorelei und rauschte in den großen Salon des Bijou. »Dieses Weihnachtsfest werden wir alle nicht so schnell vergessen.« Sie zog einen riesigen Regenmantel mit Kapuze an, den ihr einmal ein Schiffskapitän geschenkt hatte und der sich für dieses Wetter hervorragend eignete. Dann wandte sie sich an Clarrie Fogge und die beiden reisemüden Gutachter. »Ich muss kurz weg. Also, meine Herren, amüsieren Sie sich. Ich kann Ihnen nicht genug danken, Clarrie, das war wirklich eine wundervolle Nachricht. Ist das Zeug wirklich so gut?«

»Es ist absolut erste Qualität«, versicherte Max Klein, einer der Gutachter. »Dort draußen werden Sie ein Vermögen machen, Madam.«

Als Lorelei sich zum Gehen anschickte, folgte Clarrie ihr zur Tür. »Max hat mich gebeten, ein Wort für ihn einzulegen. Er ist Deutscher, sehr zuverlässig und kennt das Geschäft. Er würde einen guten Verwalter für die Minen abgeben. Wir würden ihn zwar nur ungern gehen lassen, aber eine ordentlich geführte Mine, die etwas abwirft, bringt der Regierung Steuergelder ein. Also könnten wir uns auch nicht beklagen.«

Lorelei küsste ihn auf die Wange. »Wenn Sie ihn empfehlen, Clarrie, hat er die Stelle.«

Als sie ins Polizeirevier rauschte, brachte sie einen Schwall Regen mit herein, und der Wachtmeister beeilte sich, die Tür hinter ihr zu schließen.

»Ich möchte zu Colonel Puckering«, sagte sie.

Der Wachtmeister grinste. »Ja, ich gehe ihn holen.«

Puckering stand in der Tür und blickte stirnrunzelnd auf sie hinunter. »Komm mit«, meinte er barsch und führte sie durch die Hintertür den überdachten Gang entlang in sein Haus. »Was willst du hier?«, fragte er unfreundlich, nachdem sie hereingekommen war. »Ich habe dir doch gesagt, du sollst mich nicht besuchen.«

Lorelei zog den Mantel aus und setzte sich ganz ruhig an seinen Schreibtisch. »Wir müssen miteinander reden.«

»Worüber?«

»Geschäftliches.«

Sie fuhr sich mit den Fingern durch die blonden Wuschellocken und achtete nicht auf seine schlechte Laune. »Ich schließe das Bijou.«

Er war erleichtert. »Das sind gute Nachrichten.«

»Ich dachte, du würdest dich darüber freuen. Und was ist mit uns? Du hast gesagt, dass du mich magst und dass alles anders würde, wenn ich das Bijou schließe.« Sie beobachtete seine Verlegenheit und fuhr fort: »Oder war das nur Gerede? Wir beide verstehen uns doch gut. Jeden Sonntag seit unserer Ankunft haben wir uns Zeit füreinander genommen, und wir hatten sehr viel Spaß dabei.«

»Ich weiß, Lorelei«, antwortete er. »Aber es ist schwierig für mich. Vergiss nicht meine Stellung.«

Lächelnd faltete sie die Hände auf dem Schoß. »Deine Ausreden kannst du dir sparen, Colonel. Ich hätte mich nie auf deine Versprechungen berufen. Ich möchte nur, dass du mir jetzt zuhörst.« Ihre Stimme klang ruhig, aber beharrlich und bohrte sich tief in Puckerings Gewissen. War sie nicht die ganze Zeit über die Freude seines einsamen Junggesellendaseins gewesen? Jeden Sonntagabend, wenn das Bijou als Zugeständnis an die Kirchgänger für alle außer dem Colonel – wie sie ihn immer nannte – geschlossen gewesen war, damit er und Lorelei ungestört blieben. Er hatte sich auf diese Abende gefreut. Sie hatten gespeist, Karten gespielt und sich geliebt, und sein Verlangen nach ihr hatte sich noch gesteigert, anstatt nachzulassen. Jedes Mal fiel es ihm schwerer, sie bei Morgengrauen zu verlassen. Doch nun war dieses wohlgeordnete Arrangement gefährdet, und das störte ihn so sehr, dass seine Stimme wütend klang. »Was willst du?«

»Einen Gefallen«, antwortete sie. »Gehst du heute Abend auf den Ball?«

»Ich glaube, ich muss mich blicken lassen«, brummte er.

»Nimm mich mit.«

Er starrte sie an. »Mein liebes Mädchen, das ist unmöglich.«

»Warum?«

»Das muss ich dir doch sicherlich nicht erst erklären? Die anderen Gäste würden sich beschweren. Ich muss mir sowieso schon genug anhören. Und außerdem könnte ich meine Stellung hier in Gefahr bringen.«

»Meinst du etwa, sie werfen dich hinaus?«

»Das ist nicht unwahrscheinlich.«

Lorelei dachte darüber nach und stellte dann eine überraschende Frage: »Was soll aus dir werden, Colonel?«

»Du fragst aber merkwürdige Sachen.«

»Es ist gar nicht merkwürdig. Ich sage dir deine Zukunft voraus: Du bleibst hier und lebst von deinem Gehalt – von dem du immer sagst, dass es nicht sehr viel ist – in dieser kleinen Hütte. Und dann lernst du, wenn du Glück hast, eine nette Dame kennen und heiratest sie, und ihr seid bettelarm bis an euer Lebensende.«

Puckering war amüsiert. »Bei dir klingt das, als wäre ich zu bedauern.«

»Ich bin noch nicht fertig. Von deinem Gehalt müssen dann zwei Menschen leben, und irgendwann schicken sie dich und deine Missus mit ein paar lausigen hundert Pfund im Jahr in Pension. Und da du keinen Grundbesitz hast, werden deine Gattin und du in irgendeinem schäbigen Hotel enden.«

Er brach in lautes Gelächter aus. »Du vergisst meine großen Tage in Indien.«

Lorelei sprang auf und nahm ihn beim Arm. »Siehst du? Du weißt, wovon ich spreche, nämlich von all den pensionierten

Offizieren und Beamten, die irgendwo in möblierten Zimmern hausen.« Sie lächelte betörend. »Außer natürlich, wenn du eine reiche Dame heiratest.«

»Dann muss ich wohl bald anfangen, mich umzusehen.«

»Da brauchst du nicht lange zu suchen«, antwortete sie und trat einen Schritt zurück. Als sie sah, wie er entschlossen den Kiefer vorschob, sprach sie rasch weiter. »Beruhige dich und schau nicht so entsetzt. Trau meinem gesunden Menschenverstand. Ich verlange doch schließlich nicht, dass du von den Erträgen eines Bordells lebst.«

»Das möchte ich auch nicht hoffen«, gab er steif zurück.

Sie nahm ihn bei der Hand. »Komm, setz dich. Ich kann nicht mit dir reden, wenn du herumstehst, als hättest du ein Lineal verschluckt.« Dann führte sie ihn zum Sofa und erzählte ihm alles über die Wolframminen. »Deswegen schließe ich den Laden. Sibell stehen fünfzig Prozent zu, darauf haben wir uns geeinigt, aber wenn wir uns meine Hälfte teilen, wirst du nie mehr Geldprobleme haben. Du brauchst dich nicht mehr darum zu kümmern, was die Leute sagen … du kannst deine Arbeit aufgeben. «

Puckering runzelte die Stirn. »Was ich mit meiner ›Arbeit‹ mache, wie du es bezeichnest, entscheide ich ganz allein.«

»Aber selbstverständlich. Du kannst dann tun und lassen, was du willst. Außerdem brauchen wir dich. Wenn du zu den Direktoren gehörst, wird uns schon allein dein Name den Weg ebnen. Man wird die Gesellschaft ernst nehmen.«

Auf einmal kam ihm die kleine Hütte armselig vor. Loreleis Vorhersagen klangen auf grausame Weise wahr. Würde er wirklich so enden? Falls er sich jedoch mit Lorelei zusammentat, würden die ehrbaren Bürger der Stadt ihm einen Spießrutenlauf bereiten. Hatte er den Mut dazu?

Als ob sie seine Gedanken gelesen hätte, küsste Lorelei ihn auf die Wange. »Immerhin stehst du über den Leuten hier. Warum also schert es dich, was sie sagen? Schau dir den Verwalter an. Dem ist es einerlei; er ist ständig auf Goldsuche. Und sein Vorgänger wurde aus der Stadt gejagt, weil er die Wirtshäuser schließen wollte. Du bist Colonel bei der britischen Armee und kannst die Bedingungen bestimmen.«

Er schüttelte den Kopf. »Ich muss mir das überlegen.« Ein Lächeln überzog Loreleis Gesicht, denn sie wusste, dass er seine Überlegungen eigentlich schon abgeschlossen hatte.

»Ich habe nur eine Bedingung«, sagte sie.

»Und die wäre?«

»Du musst mich heute Abend mit auf den Ball nehmen.«

»Du verlangst ein bisschen viel.«

»Nein, ich betrachte das als Zeichen deines Vertrauens. Wenn du mich nicht mitnimmst, hat sich die Sache erledigt, und wir sind geschiedene Leute.«

»Du kleine Schurkin«, meinte er leise. »Du bist mit allen Wassern gewaschen.«

Aber Lorelei antwortete nicht. Stattdessen erhob sie sich, schüttelte ihren Mantel aus und zog ihn an.

»Nun gut, möchtest du mich heute Abend zum Ball begleiten?«, sagte er.

»Es ist mir ein Vergnügen«, antwortete sie kichernd.

Er zog ihr die Kapuze über den Kopf, schob ihr Haar darunter und küsste sie. »Zum Teufel mit den verdammten Minen«, schimpfte er. »Ich könnte es nicht ertragen, dich zu verlieren. Du bist so wunderschön.« Er schlang den Arm um sie und drückte sie an sich. »Ich bin verrückt nach dir, Lorelei! Das muss es wohl sein, sonst würde ich keinen Gedanken an deine verrückten Pläne verschwenden.«

»Sie sind nicht verrückt. Und du weißt ja, wie ich für dich empfinde.« Sie blickte über seine Schulter. »Ist das dahinten dein Schlafzimmer?«

Er nickte und ließ sie los. »Ja.«

»Wir sollten es einmal ausprobieren.«

»Was, jetzt? Am helllichten Tage?«

Sie warf einen Blick aus dem Fenster. Draußen goss es immer noch in Strömen. »Das nennst du Tag? Bei diesem Wetter treiben sich nur Enten draußen herum. Komm schon«, sie knöpfte ihm die Jacke auf, »und sei ein bisschen lieb zu Lorelei. Hier erwartet uns der Reiz des Neuen.«

»Du hast keine Spur von Moral«, beschwerte er sich scherzhaft, als sie anfing, ihm die Hose aufzuknöpfen. Dann hob er sie hoch und trug sie zum Bett.

Später, als Lorelei in seinen Armen lag, fühlte er sich unglaublich erleichtert und sogar glücklich. Sein Leben hatte eine erfreuliche Wendung genommen.

Eigens für diesen Anlass war eine zweispännige, leichte Kutsche gemietet worden, an der zum Schutze der Fahrgäste eine wetterfeste Plane befestigt worden war. Der Kutscher allerdings war auf dem Bock den Naturgewalten ausgesetzt, weshalb er gern Zack Hamiltons Einladung annahm, sich mit Pferd und Wagen unter dem auf Pfählen ruhenden Haus unterzustellen, während er auf seine »Herrschaften« wartete.

Oben im Haus herrschte zwischen den Menschen, die sich dort auf das Fest vorbereiteten, angespannte Stimmung. Am Nachmittag war eine Frau ins Haus gekommen, um den Damen das Haar zu waschen und zu frisieren. Sibells blonde Locken waren elegant in weichen Wellen aus dem Gesicht zurückgesteckt und oben auf dem Kopf lockig aufgetürmt. Die geschickte Frau, die auf den Namen Lily hörte, hatte rosafarbene Frangipaniblüten mit Draht zu einer Girlande geflochten und diese wie ein Diadem auf den Locken befestigt. Das Ergebnis war sehr ansehnlich und passte ausgezeichnet zu dem altrosanen Voilekleid, das Sibell hatte erstehen können.

Obwohl Sibells Kleid nicht so prächtig war wie Maudies elegantes grünes Taftgewand, fühlte sie sich sehr wohl darin. Es war leicht und kühl und hatte einen gewagten tiefen Ausschnitt, der mit einem feinen Spitzensaum eingefasst war wie ein Taschentuch.

Auch bei Maudie hatte Lily wahre Wunder gewirkt. Ihre Zöpfe waren verschwunden. Lily hatte ihr braunes Haar ausgekämmt, es über ein künstliches Haarteil eingerollt und zu der zurzeit so modischen Aufsteckfrisur drapiert, die das Gesicht vorteilhaft umrahmte. Sibell war beeindruckt. »Es sieht wunderschön aus«, sagte sie zu Maudie. »Einfach fabelhaft.« Sie holte einen zweiten Spiegel herbei, damit Maudie die sanften Wellen im Nacken richtig bewundern konnte.

»Warum kann ich nicht auch Blumen haben wie Sibell?«, beschwerte sie sich.

»Mrs. Hamilton, meiner Meinung nach würden Blumen die

Frisur verderben, weil sie alles verdecken. Aber Ohrringe würden sehr gut dazu passen.«

»Ich hasse Ohrringe. Ich will Blumen.«

Schließlich wurden weitere Frangipanis gepflückt, getrocknet und an Maudies Hinterkopf befestigt.

Zack wartete im Wohnzimmer, und als die beiden Frauen endlich fertig waren, machte er ihnen Komplimente und schenkte Champagner ein. Sibell erkannte, wie aufgeregt er war. Überrascht stellte sie fest, dass er in seinem Abendanzug, dem gestärkten Hemd und der schwarzen Krawatte, die ihm nicht im Mindesten lästig zu sein schien, sehr stattlich wirkte.

Er nahm sich Zeit mit dem Champagner, füllte ihre Gläser nach, stieß mit ihnen auf ihre Gesundheit an und wünschte ihnen zum zweitenmal frohe Weihnachten.

Die Zwillinge und Wesley sprangen im Zimmer herum, hatten großen Spaß an der festlichen Stimmung und konnten sich vor Begeisterung über die schönen Kleider kaum fassen. Doch Maudie wurde ungeduldig. »Wir müssen los, Zack.«

»Ich weiß«, antwortete er. »Bist du sicher, dass mit deinem Bein alles in Ordnung ist, Maudie?«

»Lass dir darüber keine grauen Haare wachsen. Ich schaffe es schon, hinzukommen, und dann lege ich es auf einen Stuhl.«

Zack ging zur Hintertür und spähte in die Dunkelheit hinaus. »Das Meer ist aufgewühlt«, berichtete er, als er zurückkam. »Es sieht aus, als würde der Sturm schlimmer. Soll ich wirklich in einer solchen Nacht mit euch ausgehen, Maudie?«

»Was?« Sie sah ihn entsetzt an. »Wir sollen zu Hause bleiben, nur wegen einem bisschen Regen? Was ist in dich gefahren, Zack?«

»Wenn du vor die Tür gehst, ist dein Kleid im Nu ruiniert.«

»Wen kümmert das?«, fuhr sie ihn wütend an. »Ich tanze sowieso nicht, also sieht es keiner.«

»Ich weiß nicht so recht«, meinte er besorgt. »Es gefällt mir nicht, Wesley und die Mädchen allein zu lassen. Falls etwas geschieht, werden sie sich zu Tode ängstigen.«

»Was sollte denn geschehen?«, fragte Sibell. Aber niemand antwortete ihr.

»Ich möchte Sibell keine Vorschriften machen«, sagte Zack zu

Maudie. »Sie ist mit Mr. Conal verabredet, und der wird wahrscheinlich jede Minute hier sein. Doch ich bin mir nicht sicher, ob wir hingehen sollen, Maudie. Es wird noch andere Bälle geben.«

»Du solltest dich mal reden hören«, widersprach Maudie, und zum erstenmal wandte sie sich hilfesuchend an Sibell. »Ausgerechnet jetzt musst du den großen Beschützer spielen. Wesley hat drei Leute, die sich um ihn kümmern, braucht er etwa fünf? Hör mir mal zu, Zack Hamilton: Nur alle Jubeljahre einmal habe ich Gelegenheit, auf einen Ball zu gehen, und ich werde gehen, und wenn die ganze Welt zusammenstürzt. Wenn du mich nicht begleitest, schließe ich mich eben Sibell und Logan an.«

»Zack kommt schon mit«, meinte Sibell voll Hoffnung, da Maudies Vorschlag ihr den schönen Abend zu verderben drohte. »Das Wetter ist abscheulich«, stimmte sie lachend zu. »Hier in Palmerston scheint sich alles verschworen zu haben, damit wir uns ja nicht amüsieren. Wenn wir erst einmal wieder im Trockenen sind, haben wir bestimmt eine Menge Spaß. Zu Hause müssten wir an Weihnachten durch den Schnee stapfen, und hier ist es wenigstens nicht kalt. So holen wir uns zumindest keine Lungenentzündung.«

Maudie konnte es kaum glauben. »Schnee? Man geht dort auch bei Schnee nach draußen? Hast du das gehört, Zack? In England lassen sich die Leute nicht einmal vom Schnee ins Bockshorn jagen, und du zitterst schon wie Espenlaub, wenn es nur ein bisschen regnet.«

»Es geht mir nicht nur um den Regen«, gab er ärgerlich zurück. »Seit Tagen braut sich etwas zusammen; für mich sieht es aus wie ein Zyklon.«

»O mein Gott!« Sibell wurde von Angst ergriffen. Das Zimmer um sie herum schien sich zu drehen. Zum erstenmal seit den letzten schrecklichen Stunden auf der *Cambridge Star* hörte sie dieses Wort, das ihr wieder mit entsetzlicher Gewalt in den Ohren gellte.

Maudie hatte sich mit einem feuchten Tuch über sie gebeugt und kühlte ihr den Nacken. »Was ist geschehen?«, fragte Sibell.

»Sie sind in Ohnmacht gefallen«, erklärte Maudie mit Spott in der Stimme. »Schau, was du angerichtet hast, Zack! Du hast das arme Mädchen zu Tode erschreckt.«

Er stand neben ihr, stammelte Entschuldigungen, tätschelte ihr die Hand und sagte immer wieder, sie solle sich keine Sorgen machen, da keine Gefahr bestünde. Als Sibell wieder durchatmen konnte, fing auch sie an, sich zu entschuldigen. Sie sah, dass Maudie grinste, und ihr wurde klar, dass die anderen sie für überspannt halten mussten. Schließlich hatte sie ihnen nie von dem Schiffsunglück erzählt, weil sie es nicht über sich gebracht hatte, darüber zu sprechen.

Zack war ganz zerknirscht, da er sich die Schuld an ihrer Ohnmacht gab. Also tat er nun alles, um die Damen zufriedenzustellen, was auch bedeutete, dass er Maudie zum Ball begleiten musste. »Wir fahren gleich ab, Maudie«, sagte er. »Wir warten nur noch auf Sibells Verehrer, und dann geht's los.«

»Er ist nicht mein Verehrer«, widersprach Sibell. »Er hat sich nur bereit erklärt, mit mir zum Ball zu gehen; das ist etwas völlig anderes.«

»Wen kümmert das?«, warf Maudie ein, die sich über diese erneute Verzögerung ärgerte. »Solange er nur endlich kommt.«

Also warteten sie, während Wind und Regen ums Haus peitschten. Sie aßen etwas von dem Weihnachtskuchen und tranken mehr Champagner. Doch mit der Zeit erlahmte das Gespräch, und Schweigen senkte sich über die Runde.

Schließlich hatte Maudie genug. »Der kommt nicht mehr«, verkündete sie.

Zack warf Sibell einen Blick zu. Sie saß steif auf ihrem Stuhl und hatte das Gefühl, dass ihre Blumen und ihr Kleid von Minute zu Minute unansehnlicher wurden.

»Ich bleibe«, sagte sie endlich. »Fahrt ihr nur los.«

»Gut.« Maudie erhob sich und nahm ihren Mantel.

»Wir können Sie nicht hier zurücklassen«, widersprach Zack, aber Maudie stand schon in der Tür. »Wenn du nicht sofort mitkommst, Zack Hamilton, gehe ich eben allein; das schwöre ich dir. Es ist ein Weihnachts- und kein Silvesterball, und wenn wir nicht bald losfahren, ist alles vorbei.«

»Sie kommen besser mit«, schlug Zack Sibell vor.

Der Ohnmachtsanfall war so schnell vorbeigegangen, wie er

gekommen war, und Sibell fühlte sich bereits viel besser. Allerdings war ihr die augenblickliche Lage sehr peinlich, besonders deshalb, weil sie sie selbst verschuldet hatte. Wenn sie zuließ, dass ein Mann sie versetzte, würde sie Zack ganz bestimmt nicht eifersüchtig machen. »Fahren Sie nur«, sagte sie wieder. »Ich warte.«

»Seien Sie doch nicht kindisch«, widersprach Zack. »Inzwischen ist es doch sonnenklar, dass er nicht mehr auftauchen wird.«

»Wahrscheinlich hat seine Frau ihn nicht weggelassen«, meinte Maudie lachend.

Langsam drehte sich Zack zu Maudie um. »Seine was?«

»Seine Frau«, wiederholte Maudie schmollend.

»Das hast du mir nie erzählt«, sagte er vorwurfsvoll.

Doch Maudie zuckte nur die Achseln. »Es ging mich ja auch nichts an.«

»Neulich habe ich dich um einen Gefallen gebeten«, schalt er mit scharfer Stimme. Verwundert hörte Sibell zu und fragte sich, warum Zack so böse auf Maudie war. »Ich kann mir schon denken, warum du den Mund gehalten hast«, fuhr er fort. »Du hast mir nur so viel erzählt, wie für dich selbst von Vorteil war. Das werde ich mir merken, Maudie.«

»Ach, papperlapapp«, gab sie beleidigt zurück. »An Weihnachten ist immer irgendjemand schlechter Laune. Du hättest sie eben selbst fragen sollen. Aber dazu fehlte dir ja der Mut.«

»Das werden wir noch sehen«, erwiderte er und wandte sich dann an Sibell. »Ihr Freund Conal ist also verheiratet. Und Sie zeigen sich stolz in Gesellschaft eines verheirateten Mannes! Ein solches Benehmen hätte ich nicht von Ihnen erwartet.«

»Sie verstehen nicht, Zack«, versuchte Sibell zu erklären. »Ich hatte meine Gründe, Logans Einladung anzunehmen.«

»Das kann ich mir vorstellen«, sagte er missmutig. »Ihr beide seid mir ein schönes Paar: Maudie spielt Spielchen, und Sie machen sich lächerlich.«

»So, jetzt sind wir also Närrinnen«, fauchte Maudie ihn an.

Nachdenklich betrachtete er sie. »Das versuche ich gerade herauszufinden, aber ihr solltet nicht vergessen, dass ich auch nicht auf den Kopf gefallen bin.«

»Ach, um Himmels willen!«, rief Sibell aus. »Gehen Sie doch endlich auf den Ball. Ich bleibe hier.«

»Nein, das werden Sie nicht tun«, widersprach er. »Sie kommen mit. Ich lasse nicht zu, dass Sie hier herumsitzen und schmollen. Eigentlich warte ich schon die ganze Zeit darauf, dass ihr Damen – wenn man euch als solche bezeichnen kann – mir erzählt, was ihr in Palmerston vorhabt. Und das tut ihr besser so schnell wie möglich.«

Verwundert sahen die beiden Frauen sich an, denn keine von ihnen kannte die Pläne der anderen.

Maudie fand als Erste die Sprache wieder. »Ich weiß nicht, wovon du redest.«

»Das wirst du bald erfahren«, antwortete er. »Und was Sie angeht, Sibell, wenn Sie heute Abend auch nur ein Wort mit diesem Conal sprechen, sind Sie dümmer, als ich gedacht habe.« Er riss Sibell so heftig den Stuhl weg, dass sie fast zu Boden gestürzt wäre.

Die Auseinandersetzung hatte sie so aufgewühlt, dass sie anfing zu lachen wie ein trotziges Kind, was vielleicht auch daran lag, dass sie durch den plötzlichen Ruck an ihrem Stuhl erschrocken war.

»Was ist so lustig?«, wollte Zack wissen.

»Alles, einfach alles.«

»Geh schon mal nach unten«, sagte er zu Maudie und rief Netta herbei, damit diese ihr die Stufen hinunterhalf.

Nachdem die Tür knallend ins Schloss gefallen war, reichte er Sibell den Mantel. »Kommen Sie schon, je eher wir dort sind, desto früher können wir auch wieder nach Hause gehen. Ich hatte gehofft, dass wir, wenn wir erst einmal in Palmerston sind und es Ihnen wieder bessergeht, über meinen Antrag sprechen können. Doch Sie sind mir aus dem Weg gegangen. Also betrachten wir die Angelegenheit als erledigt.«

»Das ist wohl das Beste«, erwiderte sie schnippisch. »Außerdem bin ich Ihnen keine Rechenschaft schuldig.«

»Das glauben Sie«, warnte er sie. »Dieser Conal hat mir schon von Anfang an nicht gefallen, und inzwischen mag ich ihn noch weniger. Falls er auf dem Ball ist und Sie auf seine Gesellschaft Wert legen, Sibell, tun Sie, was Sie wollen. Aber sorgen Sie dafür, dass er mir nicht zu nahe kommt. Mit dieser Sorte Mensch will ich nichts zu tun haben.«

»Sie kennen ihn doch überhaupt nicht«, widersprach sie. Logan war ihr gleichgültig, aber sie wollte sich nicht von Zack herumkommandieren lassen. Dass Logan sie versetzt hatte, war schon schlimm genug, und eine Gardinenpredigt von Zack hatte ihr gerade noch gefehlt.

»Ich lege keinen Wert darauf, ihn kennenzulernen«, sagte er. »Aber ich glaube, Sie sollten mir noch etwas erzählen, wenn wir wieder zu Hause sind.«

Sie vermutete, dass er schon von den Minen gehört hatte. Also war er ihr zuvorgekommen, obwohl sie ihm lieber selbst davon hatte erzählen wollen. Sie hatte vorgehabt, ihn zu überraschen. Würde er ihr jetzt glauben? Sie wechselte das Thema. »Zack, wenn zwei Menschen von der Ehe sprechen, geschieht das gewöhnlich, weil sie sich lieben.«

»Richtig. Aber sie sind auch ehrlich und spielen keine Spiele.«

»Ich wollte nicht, dass Sie denken, ich hätte keine andere Wahl, als Sie zu heiraten.«

Er hielt inne und starrte sie an. »Und Conal ist Ihre andere Wahl? Du meine Güte!«

Doch Netta, die hereingestürmt kam, unterbrach ihr Gespräch. »Missus Maudie sagt, Sie sollen sich beeilen, Boss.«

»Ja, gehen wir«, meinte er. Sibell zuckte die Achseln. Sie ärgerte sich, dass sie nicht mehr Gelegenheit gehabt hatte, alles zu erklären.

»Kommt heute Nacht der Weihnachtsmann?«, fragte Netta aufgeregt, und Zack lächelte. »Klar, er wird schon noch kommen.«

Ohne sich um die Vorgabe der Mode zu kümmern, warf Zack den großen, schweren Regenmantel über, den er immer bei schlechtem Wetter trug. »Einfach großartig«, sagte er zu sich selbst. »Wir haben ihnen ihre Welt genommen und ihnen dafür den Weihnachtsmann gegeben.«

Draußen stellte Sibell erleichtert fest, dass es zwar immer noch regnete, der Wind aber nachgelassen hatte. Immer noch wurde sie beim bloßen Gedanken an einen Zyklon von Angst überwältigt, und die Erinnerung machte sie traurig. Es gab so vieles, was Zack nicht wusste, warum er sie nicht verstand.

Aber ein Zyklon! Sibell hoffte, dass es an Land anders sein würde. Sicherer. Die Gefahr lauerte auf See. Sie betete, dass keine Schiffe da draußen kreuzten, deren Besatzung und Passagiere dem Sturm gnadenlos ausgeliefert sein würden.

Zack half ihr die rutschigen Stufen hinab zur Kutsche. Sie setzte sich neben ihn, und Maudie thronte ihnen gegenüber. Trotz ihrer vorteilhaften Frisur und des Hauchs von Puder auf den Wangen wirkte das Gesicht der jungen Witwe finster.

Den ganzen Nachmittag blieb Logan im Salon des Telegraphenamtes und betäubte seine Wut mit Whisky und anderen alkoholischen Getränken, die ihm angeboten wurden. Um nichts in der Welt würde er dieses betrügerische Wesen auf den Ball begleiten. Sollte sie nur zu Hause sitzen und warten. Der Gedanke, wie sie sich für den großen Anlass zurechtmachte und sich schnurrend wie eine Katze im Spiegel bewunderte, bis ihr schließlich dämmerte, dass sie versetzt worden war, bereitete ihm ein diebisches Vergnügen.

Die Gäste wurden schon weniger, weil die Herren sich zurückzogen, um sich für den Ball umzukleiden. Logan begab sich ins Bijou, um Lorelei Rourke zur Rede zu stellen, doch sie war in den überfüllten Salons, in denen es hoch herging, nirgendwo zu finden.

Lorelei und Sibell? Er fragte sich, ob Lorelei ihr wohl mitgeteilt hatte, dass er zu ihren Kunden gehörte. Woher hätte er auch wissen sollen, dass die beiden Frauen einander kannten? Wahrscheinlich hatte sich Sibell eher deswegen als wegen seiner Ehe mit Josie gegen ihn gewandt. Schließlich wusste sie doch, dass er sich von Josie scheiden lassen wollte. Er dachte über das Gespräch mit Sibell am Strand nach. Er hatte ihr erzählt, dass ihm jemand die Schürfrechte weggeschnappt hatte, und sie hatte geradeheraus gefragt, ob irgendwer durch sie von dem Wolfram wissen konnte. Und Sibell hatte gelogen … Nein, einen Moment mal. Sie hatte gesagt: »Warum sollte ich es weitererzählen?« Und hatte ihn dabei mit ihren blauen Augen unschuldig angesehen und gelächelt. Und statt nachzufragen, hatte er es darauf beruhen lassen, weil er ihr so vertraut hatte.

Er war sich sicher, dass er Sibell zurückgewinnen konnte – man musste den Frauen nur ein wenig schmeicheln, dann kamen sie schon von allein wieder angelaufen –, und dann, wenn er sie heiratete, gehörte alles, was sie besaß, dem Gesetz nach ihm. Das war doch ein Gedanke, eine Möglichkeit … aber, bei Gott, eine verdammte Falle. Allerdings würden die beiden Frauen, die nicht über die geringste Erfahrung verfügten, mit ihrer Mine bestimmt nicht weit kommen.

Freudenmädchen hängten sich ihm an den Hals, und Betrunkene rempelten ihn an, als er sich aus dem Bordell drängte und sich auf den Weg in sein Hotel machte. Er kam am Prince of Wales vorbei, das in Vorbereitung auf den Ball hell erleuchtet war. Der bloße Anblick genügte schon, um ihn wütend zu machen.

Digger Jones hatte einen Windfang aus Leinwand am Vordach der Veranda angebracht. Nun flatterte er im Winde, als wollte er die Gäste, die hineineilten, ins Haus winken. Allerdings war diese Aufforderung überflüssig. Prunkvoll gekleidete Frauen und ihre Begleiter liefen unter lautem Gelächter aus schwankenden Kutschen ins Hotel, wo die Kapelle bereits ihre Instrumente stimmte. Auf Klavierklänge folgte der klagende Ton der Geigen und der dumpfe Ton eines Waldhorns. Logan ging weiter.

Er ließ das Victoria-Hotel links liegen, da er keine Lust hatte, seine neu erworbene Abendgarderobe anzuziehen. Der Ball würde die ganze Nacht dauern, und später konnte er ja immer noch hingehen, wie er sich leichthin sagte. Also lief er weiter durch die verlassenen Straßen. Außer einigen Reitern, die in rasender Geschwindigkeit dahinpreschten, um Schutz vor dem Regen zu suchen, und Gruppen von Schwarzen, die sich in Hauseingängen leise unterhielten, war niemand zu sehen. Logan umrundete das Chinesenviertel, wo es nachts für Weiße gefährlich war. Er betrachtete den kleinen Tempel mit seinen geschmückten Kerzen und funkelnden Laternen und den Chinesen, die völlig reglos kniend ihr Gebet verrichteten. Der süße Duft der Räucherstäbchen hing ihm immer noch in der Nase, als er unter tropfenden Bäumen einen feuchten Pfad entlangging und an die Tür von Josies Haus klopfte. Seines Hauses.

Netta fragte sich, warum der große Schrank im Schlafzimmer der Damen verschlossen war, und untersuchte die Tür, während sie durch den Raum streifte und dieses und jenes berührte. Auf den beiden Betten lagen verschiedene Kleider, und der Waschtisch enthielt alle möglichen schönen Dinge, die sie in die Hand nahm und ausführlich betrachtete: Kämme, Haarspangen, Ohrringe, Taschentücher, sie alle wurden nacheinander gemustert. Dann blickte Netta in den Spiegel und bewunderte ihr krauses Haar, das ihr die Missy zu einem ordentlichen Helm geschnitten hatte, der ihr Gesicht umrahmte. Netta zog eine Grimasse, bleckte die Zähne und lachte über ihr eigenes Spiegelbild. In einer Porzellanschale lag eine Puderquaste. Also bestäubte Netta ihr Gesicht großzügig mit Puder und stolzierte in die Küche.

Seit Sam Lim losgegangen war, um seine Freunde zu besuchen, schwang sie hier das Zepter, und es machte ihr großen Spaß, im Haus der Weißen zu tun, was ihr gefiel. Auch wenn dieses Haus auf Stelzen gebaut war, die aussahen – und bei diesem Gedanken erschauderte sie – wie Begräbnispfosten. Allerdings hatten sich die Weißen bestimmt etwas dabei gedacht; sie waren so unglaublich gescheit.

Im Eisschrank für das Fleisch befanden sich verschiedene Sorten kalter Braten. Netta nahm sich ein Stück Corned Beef und aß es. Dann ging sie zu einem anderen Eisschrank, wo sie einen Krug mit einer dickflüssigen Süßspeise entdeckte, der sie nicht widerstehen konnte. Sie goss etwas davon in eine Tasse und schlürfte es genüsslich.

Die Missy hatte ein wenig Champagner in ihrem Glas übrig gelassen. Netta kostete einen Schluck. Doch sie spuckte die saure Flüssigkeit angewidert in einen Eimer. Ernüchtert setzte sie ihren Rundgang fort.

Im anderen Zimmer, das Zack mit dem armen, vaterlosen, kleinen Wesley teilte, lag das Kind ausgestreckt auf dem Bett und schlief tief und fest. Auch die Zwillinge hatten sich auf ihren Matten zusammengerollt.

Als Netta hereinkam, regten sie sich und räkelten verärgert die langen, mageren Beine.

»Was willst du?«, fragte Polly.

»Wesley schläft«, antwortete Netta. »Ihr beide könnt euch jetzt draußen hinlegen.«

»Missus Maudie hat gesagt, wir dürfen hierbleiben, bis der Boss nach Hause kommt«, widersprach Polly, und Pet setzte sich auf. »Ist der Weihnachtsmann schon da?«

»Nein, noch nicht«, antwortete Netta, der die Aufteilung der Schlafplätze inzwischen herzlich gleichgültig war. Sie betrachtete die vier Kopfkissenbezüge, die am Fußende der beiden Betten hingen, und zählte sie noch einmal. Seit Maudie Sibell angewiesen hatte, sie dorthin zu hängen, hatte sie das bestimmt schon zehnmal getan: einen für Wesley, einen für Polly, einen für Pet und einen für Netta.

Die Damen hatten sich gestritten – sie stritten sich immer noch die ganze Zeit. Die Missy hatte gemeint, es wäre besser, Strümpfe aufzuhängen, aber Maudie hatte darauf bestanden, dass es Kopfkissenbezüge waren. Netta war froh, dass Maudie sich durchgesetzt hatte: In Strümpfe passen nicht so viele Geschenke hinein.

»Wie kommt der Weihnachtsmann rein, wenn die Türen zu sind?«, fragte Polly.

»Er macht sie auf, du Dummerchen«, meinte ihre Schwester.

Netta seufzte. Sie wusste noch vom letzten Jahr, dass der Geistermann mit den Geschenken nur kam, wenn alles schlief, und sie wünschte, die Familie würde endlich nach Hause kommen und zu Bett gehen.

Letztes Jahr … dachte sie. Damals hatte die alte Missus Charlotte noch gelebt und auch Boss Cliff, und alle hatten immer gelacht und nicht so finstere Gesichter gezogen. Sogar an diesem festlichen Abend mussten sie sich streiten und einander anschreien. Die alte Missus hätte das nie geduldet.

Mit Trauer im Herzen verließ Netta das Haus und stellte sich auf die Hintertreppe, von wo aus man den finsteren Ozean sehen konnte. Sie kühlte Gesicht und Körper mit Regenwasser.

Dann hob sie den Kopf, leckte sich die Tropfen von den Lippen und rieb sich das Gesicht ab.

Lange Zeit blieb Netta draußen stehen und lauschte in die Nacht hinaus. Allmählich wurde ihr, als würde sie eins mit den Naturgewalten. Das leichte Baumwollkleid klebte ihr am Körper. Sie atmete die Luft ein und streckte die Handflächen dem Himmel entgegen. Auf einmal frischte der Wind wieder auf und kam aufs Land zu. Er peitschte die Palmen, die sich unter seiner Gewalt bogen, wirbelte getrocknete Wedel in die Luft und stürzte sich auf die widerstandsfähigeren Bäume, die zuerst nicht nachgeben wollten. Doch bald zitterten auch ihre riesigen Kronen wie der Schweif einer Katze. Während Netta noch begeistert dem Schauspiel zusah, wurde plötzlich ein dicker Ast losgerissen und flog hoch über das Dach des Hauses hinweg.

Sofort lief Netta hinein und weckte die Zwillinge: »Steht auf! Steht auf! Schnell, der Teufelswind kommt!« Sie packte Wesley, wickelte ihn in ein Laken und hob ihn hoch.

Aufgeschreckt von dem plötzlichen Durcheinander fing das Kind an zu weinen. Aber Netta achtete nicht auf ihn. Stattdessen stieß sie die Zwillinge mit dem Fuß. »Aufstehen, sage ich! Wir müssen hier weg!«

Sie polterten die Stufen hinunter und flohen auf die Straße. Polly, die neben Netta herlief, schrie: »Wir sollten uns unter dem Haus verstecken. Komm zurück!« Doch Netta blieb nicht stehen, und da sie das Kind auf dem Arm trug, folgten ihr die beiden Mädchen. Sie liefen an leeren Grundstücken vorbei. Immer wieder kamen sie wegen des starken Windes vom Weg ab. Netta, die sich nach einem geschützten Platz umsah, hielt auf ein ausgetrocknetes Flussbett zu. Während der Junge sich an ihren Hals klammerte, stolperte sie über den unebenen Boden und kämpfte sich durch dichtes Gebüsch, das ihnen in der Dunkelheit den Weg versperrte. Um sie herum wurden riesige Bäume von Wind und Regen gepeitscht und nahmen erzitternd den Kampf ums Überleben auf.

Endlich fand Netta das Flussbett und rutschte den glitschigen Abhang hinab. Es war tiefer, als sie es in Erinnerung hatte, doch das war nur umso besser, da sie dort vor dem Sturm Schutz suchen konnten. Die Zwillinge kletterten, vor Angst wimmernd, hinterher. Netta schrie ihnen zu, in ihrer Nähe zu bleiben. Schließlich war sie unten angekommen und kauerte sich an einen Baumstamm. Die drei Frauen kuschelten sich eng aneinander und lauschten, wie der Sturm über ihre Köpfe hinwegtobte.

Inzwischen waren sie bis auf die Haut durchweicht, und so dauerte es einige Zeit, bis es Netta auffiel, dass um sie herum Wasser strömte. Erschrocken sprang sie auf und überlegte, wo sie sich nun verstecken sollten. Als sie aufblickte, entdeckte sie einen starken Ast, der sie vielleicht halten konnte. »Gebt mir den Jungen«, rief sie den Zwillingen zu, nachdem sie die Haltbarkeit des Astes überprüft hatte, und die Mädchen reichten ihr Wesley hinauf. Netta setzte ihn in eine Astgabel. Bald hatten sich ihre Augen an die Dunkelheit gewöhnt, und sie stellte fest, dass der Ast zur Spitze hin dünner wurde. »Kein Platz mehr hier oben!«, schrie sie zu den Zwillingen hinunter. »Und der nächste Ast ist zu hoch. Geht zurück!«

Zuerst widersprachen sie ihr unter Tränen und klammerten sich an den Baumstamm. »Tut, was ich euch sage, oder Missus Maudie verpasst euch eine Abreibung!«, rief Netta schließlich.

Immer noch weinend, verschwanden die beiden in der Nacht. Netta umklammerte Wesley. »Jetzt bleiben wir ganz ruhig sitzen, und wenn es Morgen ist, klettern wir wieder runter. Wir sind jetzt kleine Bären und schlafen im Baum.« Wortlos nahm Wesley ihre Erklärung hin. Er ließ den Kopf an ihre Schulter sinken, seine kleinen Hände umfassten den Baum. In der Zwischenzeit war der Regen stärker geworden, und das Geräusch des Windes hatte sich zu einem lauten Heulen gesteigert. Netta konnte hören, wie das Wasser zischend in das Flussbett einströmte. Am liebsten hätte sie sich geohrfeigt, dass sie nicht an diese Möglichkeit gedacht hatte. Wieder konnte sie das Meer riechen, und der Geruch wurde kräftiger. Ihr fiel ein, dass jetzt die Flut kommen würde.

Das Flussbett selbst wurde nun zur Bedrohung, denn das Meer bahnte sich rücksichtslos seinen Weg. Es fegte Sanddünen beiseite, damit es ungehindert weiterströmen konnte, und vereinte sich mit dem Flutwasser, wobei die ungeheuren Regenfälle den Pegel noch steigen ließen. Der ausgetrocknete Fluss hatte sich wieder in einen majestätischen, reißenden Strom verwandelt. Seine Fluten schossen dem Meer entgegen, wo sie auf den ungeheuren Sog der Gezeiten trafen und eine Flutwelle erzeugten, die mit zerstörerischer Macht landeinwärts drängte.

Oben am Ufer hörten Polly und Pet, die sich an die Wurzeln eines Feigenbaums gekauert hatten, Nettas Schreie. Sie fingen an zu weinen, doch ihre Stimmen verloren sich im Heulen des teuflischen Windes.

Zehntes Kapitel

Seit Tagen schon hatte der Zyklon draußen auf dem Timor-Meer seine Kräfte gesammelt und war dann im Zickzackkurs über den Ozean gefegt. Zuerst steuerte er drohend auf das kleine Städtchen Bathurst zu, drehte dann aber in die Weiten des Joseph-Bonaparte-Golfs ab. In seinem Zentrum wurden gewaltige Luftmassen umhergewirbelt. Doch selbst ein Zyklon – für gewöhnlich wird er von sintflutartigen Regenfällen begleitet – kann nicht ewig weiterwandern. Wie ein alles niederwalzender Moloch wandte er sich der Arafura-See und von dort aus in stetem Kurs Port Darwin zu und schlug einen geschickten Haken, wobei er zusehends an Geschwindigkeit gewann. Niemand kann vorhersagen, wann ein Zyklon endgültig zuschlägt. Die australischen Aborigines betrachten diesen Wartezustand als die Zeit, in der die mächtigen Geister des Windes sich mit den Dämonen des Regens beraten; die Frage lautet: Rückzug oder Angriff?

Dem Zyklon gingen ungeheure Regenfälle voraus. Schon seit Tagen prasselten selbst für die Regenzeit ungewöhnlich gewaltige Wassermassen auf Port Darwin hernieder. Gleichzeitig rasten heftige Windböen über die Stadt hinweg, deren Schicksal sich erst noch entscheiden sollte.

Etwa um Viertel nach zehn in dieser regnerischen Tropennacht setzte der Zyklon zu seinem selbstmörderischen Sturm auf die Küste an; selbstmörderisch deswegen, weil er bald in sich zusammenfallen würde, wenn er erst einmal die Küstenlinie überquert hatte. Allerdings würde er viele Menschen mit ins Grab nehmen.

Ein Gebirge aus Wind und Regen erhob sich am Horizont und peitschte zornig die Oberfläche des Ozeans auf. Dann wälzte es sich unter entsetzlichem Getöse auf das Land zu.

Selbst die Pferde der Apokalypse hätten der ungeheuren Geschwindigkeit, mit der diese Wand der Zerstörung voranrückte, nicht entrinnen können. Sie wirbelte den Grund des Meeres auf und raste donnernd über die Korallenriffe. Dunkel gefärbt von den Trümmerteilen, die er mit sich führte, preschte der Zyklon voran. Die Bewohner des Meeres, vom kleinsten Fisch bis hin zu den riesigen Wassergetieren, wussten, dass sie nur eine Überlebenschance hatten: Sie mussten hinaus aufs offene Meer, um diesem aufgewühlten Verhängnis zu entgehen. Doch vielen gelang es nicht: Sie wurden von den schäumenden Wassermassen fortgespült und an den Strand geschleudert, wo sie elend verendeten.

Die ungeheuren Winde, deren Ausläufer sich meilenweit erstreckten, gewannen immer mehr an Geschwindigkeit, donnerten gegen die Küste und forderten das Land zum Kampf heraus.

An diesem Weihnachtsabend saß Sam Lim mit seiner Familie im Haus seines Onkels Wang Lee am Tisch. Von außen wirkte die kleine Holzhütte unscheinbar und unterschied sich nicht von den übrigen Häuschen, wie man sie überall in der Stadt fand. Innen allerdings herrschte eine leuchtende Pracht. Rote und goldene Behänge verbargen die hässlichen Mauern, und anstelle von Wänden wurden die Zimmer von kunstvoll bemalten Wandschirmen geteilt. Die Möbel bestanden aus geschnitztem oder lackiertem Holz und waren mit Plüsch bezogen, und in den langen, glänzend polierten Regalen stand das feinste Porzellan.

Damit alle Festgäste Platz fanden, hatte man die Wandschirme beiseitegeräumt und lange Tische aufgestellt, die mit Blumen, Fächern, zarten Papierfigürchen und bunten Körben geschmückt waren. Da der chinesischen Gemeinde in Palmerston viel an erlesenen Gaumenfreuden lag, war auch das Weihnachtsfest wieder eine Gelegenheit, um aufzutischen, dass sich die Tafel bog, und fröhlich im Familienkreis zu speisen.

Sam Lim amüsierte sich großartig, vor allem, weil er diesmal nicht selbst hatte Hand in der Küche anlegen müssen. Seit Mrs. Hamilton ihn vor einem Jahr nach Black Wattle mitgenommen hatte, hatte er seine Familie nicht mehr gesehen. Also war er heute Abend der Ehrengast, und er ließ es sich gut gehen. Er saß zur Rechten seines Onkels, hörte sich alle Neuigkeiten an und erzählte, wie es ihm als oberstem Koch auf der großen Farm ergangen war. Während das Mahl seinen Lauf nahm, freute er sich schon auf das Fan Tan später am Abend. Doch als die Tische abgeräumt wurden, forderte Wang Lee seinen Neffen Sam Lim auf, ihn in den Tempel zu begleiten, um sich bei den Ahnen in Erinnerung zu rufen und um eine glückliche Zukunft in diesem fremden Land zu bitten.

Sam ließ sich nicht anmerken, dass ihm das nicht sehr willkommen war. Stattdessen meinte er zu seinem Onkel, dass ein alter Mann wie er in einer solchen Nacht nicht draußen herumlaufen sollte. Darauf strich sich Wang Lee allerdings nur lächelnd über seinen langen, dünnen Schnurrbart. »Das Schicksal bestimmt das Wetter. Das Wetter bestimmt die Jahreszeiten, und die Jahreszeiten decken uns den Tisch. Ich muss den Ahnen meine Achtung erweisen, aber wenn mein lieber Neffe mich nicht begleiten möchte …«

»Nein, nein«, erwiderte Sam Lim. »Ich fühle mich geehrt, Onkel.«

Also machten sich die beiden Männer durch die regennassen Straßen auf den Weg. Sie hatten Opfergaben bei sich, die sie mit der gebührenden Achtung auf die mit einem roten Teppich bedeckten Stufen vor den Altar im Tempel legen wollten.

Beim Hineingehen entdeckte Sam Lim die neuen steinernen Löwen, die den Eingang bewachten, und er war froh, dass er mitgekommen war. Zwar war sein Onkel ein unerschrockener Mann, aber Sam Lim fürchtete sich doch in dieser stürmischen Nacht. Die Löwen hingegen strahlten Schutz und Stärke aus, und Sam Lim fühlte sich wieder beruhigt.

Der riesige Bronzegong am Eingang ließ ein klagendes Summen ertönen, und um sie herum flackerten Hunderte von Kerzen, von denen einige durch den starken Wind erloschen. Sam Lim fragte sich, ob das für die vielen Gläubigen, die sie angezündet hatten, ein schlechtes Omen war.

Josies Sorgen verflogen in dem Moment, als sie die Tür öffnete. Weihnachten! Sie hätte wissen müssen, dass Logan ihr am Weihnachtsabend einen Besuch abstatten würde. Also hatte er sie doch nicht im Stich gelassen!

»Du bist ja völlig durchnässt!«, rief sie aus. »Komm herein.« Zwar roch er nach Alkohol, aber heute war schließlich ein Feiertag, und man konnte einem Mann einen Schluck mit seinen Freunden wohl kaum übel nehmen. Während sie ihn rasch ins Schlafzimmer schob, redete sie unentwegt. »Zieh die nassen Sachen aus. Wie dumm bin ich gewesen, Logan. Ich hätte dich nicht mit meinen Klagen belasten dürfen. Sieh dich um, ist es nicht ein hübsches Haus? Warte, bis es draußen hell ist – die wunderschönen Gärten. Wenn dieser Regen erst einmal vorbei ist, wirst du mir beipflichten. Den ganzen Tag habe ich schon mit dir gerechnet, und ich habe uns ein einfaches Weihnachtsessen gekocht. Es dauert nicht lange, es aufzuwärmen.«

Er zog sich aus und griff nach dem Handtuch, das sie ihm hinhielt. »Hast du was zu trinken im Haus?«

»Aber ja doch. Ich habe deinen Lieblingswhisky gekauft und etwas Weißwein. Gib mir die nassen Sachen, ich hänge sie über den Herd. Hier haben wir eine Küche, die im Haus liegt, wie auf der Cambray-Farm. Viel besser als die Hütte in Katherine, oder nicht?«

»Ich trinke einen Whisky«, knurrte er, und sie eilte los, um ihm einen zu holen. Sie maß ihn mit dem Whiskyglas, das sie auf dem Markt gekauft hatte, ab und gab noch ein paar Tropfen hinzu, um ihm eine Freude zu machen. Nach den unwirtlichen Bedingungen in Katherine wollte sie, dass ihm das Haus gefiel und dass er sich wohlfühlte.

Er saß nackt auf der Bettkante und hing seinen Gedanken nach. Sie reichte ihm den Whisky und brachte ihm dann seine Rauchsachen. »Schau, was ich für dich besorgt habe. An dieser Tabakdose befindet sich eine Vorrichtung zum Zigarettendrehen, und die aufgeraute Stelle an der Seite ist dazu da, um ein Streichholz anzureißen. Ich frage mich, was die noch alles erfinden werden.«

Er drehte sich eine Zigarette, und Josie reichte ihm eine kleine zylinderförmige Dose mit Wachsstreichhölzern.

»Woher hast du die?«, fragte er und betrachtete die chinesischen Schriftzüge auf der Dose. »Von deinen schlitzäugigen Freunden?«

»Nein.« Sie lachte verlegen auf. »Die bekommt man hier überall. Ich benütze sie auch zum Herdanzünden.« Sie sammelte seine nassen Kleider auf, trug sie in die Küche und hängte sie auf den Ständer neben dem Herd. Den ganzen Tag hatte sie sich bemüht, den Ofen am Brennen zu halten, obwohl trockenes Holz zurzeit schwer aufzutreiben war. Aber sie hatte gewusst, dass er kommen würde. An Weihnachten kommen alle nach Hause; wohin sollten sie sonst gehen? Zu gerne hätte sie ihm erzählt, dass sie einen Brief von Ned bekommen hatte. In wenigen Zeilen teilte er ihr mit, er werde die Feiertage bei Schulfreunden in Perth verbringen. Aber immerhin hatte er ihr Weihnachtsgrüße geschickt. Der Brief hatte steif geklungen und schien dem Jungen nicht leichtgefallen zu sein, doch für Josie war er das schönste Weihnachtsgeschenk, das sie sich hätte wünschen können.

Allerdings war jetzt nicht der richtige Zeitpunkt, um über Ned oder die von Logan eingeforderte Scheidung zu sprechen. Josie beschloss, diese Themen unter allen Umständen zu vermeiden. Wieder einmal überlegte sie, dass Logan vielleicht nicht ganz Herr seiner Sinne gewesen war. Wie der Pfarrer der St.-John-Kirche ihr erzählt hatte, kam so etwas häufig vor: Das gefährliche Leben in der Wildnis und die harte Arbeit in diesem Klima zehrten an den Kräften der Männer.

Auf seine Bitte hin brachte sie ihm noch einen Whisky. »Ich habe eine gebratene Ente im Ofen«, erzählte sie ihm begeistert. »Sie war fast gar, als ich sie herausgeholt habe, also müssen wir nicht mehr lange warten. Und ich habe Kartoffeln und Kürbis mitgekocht.«

»So, das ist also das Haus«, sagte er und sah sich im Dämmerlicht der Nachttischlampe um. »Nicht gerade ein Palast.«

»Im Moment siehst du nicht allzu viel«, antwortete sie liebevoll und betrachtete seinen gebräunten Oberkörper, der an der Taille, wo der Hosenbund begann, weiß wurde. Ihr fiel wieder ein, dass die Männer da draußen wegen der Hitze oft mit nacktem Oberkörper arbeiteten. »Du siehst gut aus«, meinte sie. Am liebsten hätte sie diese kräftigen Schultern, diese starken Arme berührt, doch sie wagte es nicht. Stattdessen stand sie da, wie sie es in all den Jahren gelernt hatte, einfach nur vor ihm. »Brauchst du noch irgendetwas?«

Sie gab sich schüchtern und versuchte, nicht auf die dunkle Stelle zwischen seinen gespreizten Schenkeln zu sehen, seine Nacktheit, nach der sie sich so sehr sehnte.

»Komm her«, sagte er brüsk, und Josie jubelte innerlich, als er ihr den Rock aufknöpfte, ihn zu Boden gleiten ließ und an ihrer Unterhose zerrte. »Zieh das aus«, befahl er. Seine barsche Art erregte sie. Manchmal hatte Jack Cambray das Gleiche getan, ihr einfach befohlen, zu ihm ins Bett zu kommen, und damit hatte er sie – ohne es zu ahnen – für vieles entschädigt.

Nur noch mit ihrer Bluse bekleidet, stand sie da. Er streckte die Hand aus und packte sie, und sie gehorchte. Sie ließ zu, dass er sie zu Boden warf und grob in sie eindrang und seine Wut auf sie an ihr ausließ. Er riss ihr die Bluse vom Leib, sie half ihm dabei. Er zog sie hoch, drang immer tiefer in sie ein, biss sie, und Josie genoss seine Kraft. Sie passte sich ihm an, beteiligte sich an diesem wilden Liebesspiel, glaubte, sie habe ihn zurückgewonnen, während Logan sie ergriff, sie auf dem Boden herumstieß und sie immer wieder nahm.

Schließlich war er es müde, sie länger zu bestrafen. Und Josie, die ungeahnte Verzückung erlebt hatte, räkelte ihren erschöpften Körper wie eine Katze und wälzte sich hin und her. Doch dann fiel ihr das Abendessen wieder ein.

Sie war zerschunden und mit blauen Flecken übersät, aber das kümmerte sie nicht. Sie hatte ihren Mann zurück, und es war schöner gewesen als je zuvor. Hier in ihrem ersten eigenen Heim hatte sie sich an ihrer gemeinsamen Leidenschaft erfreut. Sie holte einen Eimer kühles Wasser und wusch den kräftigen Körper ihres Mannes. Dabei entdeckte sie die Kratzer, die sie auf seinem Rücken hinterlassen hatte. »Leg dich hin, Liebling«, sagte sie. »Ruh dich aus. Ich wecke dich, wenn das Essen fertig ist.«

Sie breitete ein Laken über ihn aus. Wie sehr freute sie sich, ihn endlich in ihrem gemeinsamen Bett zu sehen.

Während er schlief, deckte sie festlich den Tisch und arrangierte zwischen den Weingläsern eine Kette aus bunten Bonbons und Lametta. Dann wendete sie seine Sachen, entzündete die Kerzen, zog ihr bestes Kleid an, wendete seine Sachen noch einmal und steckte ihr feuchtes Haar mit Haarnadeln und einem Schildpattkamm auf. Sie zerlegte das Fleisch, bereitete die Soße, schmeckte das Gemüse ab und bügelte schließlich seine Hose und sein Hemd.

»Alles trocken«, sagte sie, als sie ihm die Kleider zurechtlegte und zusah, wie er an diesem Heiligabend allmählich erwachte. »Das Essen ist fertig.«

Wie ein schmollender Schuljunge setzte er sich auf. Josie ließ ihn allein. Da ihre Leidenschaft nun gestillt war, war es ihr peinlich, ihm beim Anziehen zuzusehen.

Er stand in der Tür und schloss seinen Gürtel. »Ich muss weg«, meinte er, aber Josie blieb beharrlich.

»Nicht vor dem Essen, Logan.« Sie rückte seinen Stuhl zurecht. »Es ist an der Zeit, dass du ein gemütliches Zuhause zu schätzen lernst. Fröhliche Weihnachten, mein Liebling.«

Für einen würdevollen Einzug war es zu spät. Reichlich zerrauft kam das Trio im Prince of Wales Hotel an. Maudie stützte sich auf Zacks Schulter, und Sibell, der der nasse Rock an den Beinen klebte, folgte ihnen. Sie kämpften sich durch rote, weiße und blaue Girlanden aus Krepppapier, die wie ein Baldachin über die Vorhalle gespannt gewesen waren, solange die Stecknadeln hielten. Nun allerdings hingen sie schlaff herunter wie die Dekoration an einem abgetakelten Maibaum. Im Salon standen dicht gedrängt die Herren. Sie tranken, rauchten und warteten auf eine Gelegenheit, eine der Damen zum Tanzen aufzufordern. Als die Neuankömmlinge den Speisesaal betraten, der zum Tanzboden umfunktioniert worden war, machten sie Platz und begrüßten Maudie und Zack.

Zack gab Digger Jones ein Zeichen, und dieser besorgte ihnen Platz, indem er einfach drei junge Männer vom langen Ehrentisch dicht bei der Kapelle vertrieb. Endlich saßen sie und hatten, soweit das bei diesem Gedränge möglich war, alle begrüßt. Bald hatten Zack, Maudie und Sibell ihre Auseinandersetzung vergessen. Sie genossen das Fest.

Am entgegengesetzten Ende des Tisches entdeckte Sibell Colonel Puckering und Lorelei, die ein wunderschönes, rosafarbenes Abendkleid mit perlenbesetztem Mieder trug.

»Was will er denn mit der?«, zischte Maudie Sibell zu, die begriff, dass sich der Colonel tatsächlich in Begleitung dieser Dame befand. Sibell musste lachen. Hier war offenbar alles möglich.

John Trafford kam herüber und forderte Sibell zum Tanzen auf. Sie wollte schon annehmen, als Zack sich einmischte. »Sie sind später dran!«, sagte er bestimmt und führte sie dann selbst zu einem Schottischen auf die Tanzfläche.

»Ist Mr. Conal hier?«, fragte er.

»Woher soll ich das wissen?«, erwiderte sie schnippisch, während er sie herumwirbelte.

Danach folgte ein Volkstanz, in dessen Verlauf sie jeder ihrer wechselnden Tanzpartner um den nächsten Tanz bat. Da Logan nirgendwo zu sehen war, konnte Sibell sich entspannen und die fröhliche Stimmung genießen. Selbst Maudie lächelte. Da viel mehr Männer anwesend waren als Frauen, war sie von einigen jungen Herren umringt und hielt, den Fuß auf einen Stuhl gestützt, Hof. Was Zack anbelangte, zeigte der Wein bald seine Wirkung, und er blickte Sibell bewundernd an. Er war stolz darauf, dass sie so beliebt war. »Ich muss die anderen ja regelrecht vertreiben, damit ich einmal mit Ihnen tanzen kann«, sagte er ihr. »Sie sehen einfach bezaubernd aus, Sibell.«

»Danke.« Sie lächelte. »Hören Sie, Zack. Da Lorelei hier ist, muss ich Ihnen etwas sagen …« Aber er ließ sie nicht ausreden. Stattdessen brach er in lautes Gelächter aus. »Ihre Freundin Lorelei! Wußten Sie, dass sie eine Puffmutter ist? Und noch dazu eine verdammt hübsche. Ihr gehört das Bijou.«

»Ja, ich weiß.« Sibell setzte noch einmal an, aber Zack hörte gar nicht zu. »Als Puckering mit ihr auftauchte …« – beim Reden erstickte er fast vor Lachen –, »haben der Verwalter und seine Gattin den Tisch verlassen. Sie sind einfach abmarschiert. Schade, dass wir das verpasst haben.«

Sibell gab es auf, aber schließlich fand sie Zeit, sich mit Lorelei zu unterhalten. »Ich muss es Zack sagen«, meinte sie. »Ich glaube, er ahnt etwas.«

»Liebes«, antwortete Lorelei grinsend, »erzählen Sie es, wem Sie wollen. Die Gutachter sind mit einem ausgezeichneten Bericht zurückgekommen. Wir werden im Geld ersticken.«

»Das ist ja fabelhaft!«, rief Sibell aus, obwohl es für sie immer noch ein Geheimnis war, worauf es bei einer Mine eigentlich ankam. »Können wir das Bergwerk jetzt in Betrieb nehmen?«

»Ohne Schwierigkeiten. Schon das erstemal, als ich Sie gesehen habe, wusste ich, dass Sie mir Glück bringen. Und außerdem sind Sie die schönste Frau heute Abend.« Sie zwinkerte Sibell zu. »Obwohl ich das hübschere Kleid anhabe. Gefällt es Ihnen?«

»Wunderschön, Lorelei. Woher haben Sie es?«

»Ich habe es anfertigen lassen und für eine ganz besondere Gelegenheit aufbewahrt.«

Sibell sah sich um, um sich zu vergewissern, dass niemand lauschte. »Wie haben Sie den Colonel dazu gebracht, Sie zu begleiten? Ich meine ... ich will Sie ja nicht beleidigen, aber ich dachte immer, dass er mit Ihrer Lebensweise nicht einverstanden ist.«

»Das redet er sich wenigstens ein«, kicherte sie, »aber ich habe ihn davon überzeugt, dass er sich amüsieren sollte, solange er noch jung genug dazu ist.« Die anderen anwesenden Frauen starrten Lorelei an, als sie einen dünnen Zigarillo anzündete und ihn in eine lange Zigarettenspitze aus Elfenbein steckte. Doch Lorelei achtete nicht auf sie. »Der Colonel hat zwar noch nicht ganz eingewilligt«, flüsterte sie Sibell zu, »aber er wird mich heiraten.«

»Das ist ja wunderbar!«, meinte Sibell. »Wie haben Sie denn das geschafft?« Sie warf Zack einen Blick zu, der sich gerade mit einigen Männern unterhielt. »Ich würde ihn ja auch gern heiraten, aber irgendwie streiten wir immer. Ständig müssen wir uns zanken.«

»Das liegt daran, dass Sie noch nicht mit ihm im Bett waren«, spöttelte Lorelei. »Der arme Junge kann wahrscheinlich kaum noch an sich halten, während Sie die Unberührbare spielen.«

»Nein, das ist es nicht«, widersprach Sibell. Aber Lorelei machte eine wegwerfende Handbewegung. »Das können Sie Ihrer Großmutter erzählen. Aber jetzt machen Sie lieber mal

Ihre Ansprüche geltend, meine Gute, oder eines dieser Mädchen schnappt Ihnen Ihren Angebeteten noch vor der Nase weg.«

»So leicht geht das nicht«, entgegnete Sibell. »Zack ist ein sehr schwieriger Mensch. Ich muss vorsichtig an die Sache herangehen.«

»Papperlapapp! Gehen Sie mit ihm ins Bett.«

»In einem Haus voller Leute?«

Doch ihr Gespräch wurde von den Klängen eines Walzers unterbrochen. Sibell erwartete, dass Zack sie holen kommen würde, da sie ihm diesen Tanz versprochen hatte, aber stattdessen musste sie zusehen, wie ihn ein rothaariges Mädchen in einem elfenbeinfarbenen Taftkleid entführte.

»Sehen Sie, was ich meine?«, bemerkte Lorelei.

In nur wenigen Minuten war der Zyklon vom Meer aus hereingebrochen und hatte das Strandhaus der Hamiltons dem Erdboden gleichgemacht. Er hob das Dach hoch und schleuderte es quer über die Straße, wo es zerbarst. Die Eisenträger klapperten bedrohlich im Wind. Dann stürzten die Wände des Hauses ein, und das gesamte Gebäude brach in sich zusammen.

Die anderen Häuser am Strand fielen dem gleichen Schicksal zum Opfer, doch das Telegraphenamt, das von Sträflingen aus solidem Stein gemauert worden war, hielt dem Sturm stand und büßte nur einige Fenster ein. Auch die Kirche, das Bijou und das Gerichtsgebäude, errichtet von den gleichen Maurern, blieben unbeschädigt.

Der Sturm zertrümmerte Wang Lees Haus mit einem einzigen Windstoß. Die Familie und die Gäste blieben schreiend vor Angst in der Dunkelheit zurück. Dann drang der Zyklon in den kleinen offenen Tempel ein, der sofort in sich zusammenstürzte, noch ehe Sam Lim seinem Onkel zu Hilfe eilen konnte.

Josie war schon zu Bett gegangen, doch Logan war noch auf und widmete sich gerade dem restlichen Whisky, als der Wind das Haus traf. Schnell wie der Blitz ging Logan in Deckung. Ein Heulen und Krachen zerriss die Luft, während das Gebäude zusammensank.

Inzwischen hatte das Zentrum des Zyklons die Stadt erreicht. Der Sturm entwurzelte Bäume, zerstörte alles, was sich ihm in den Weg stellte. Trümmer wirbelten durch die Luft. Hilda Clarke, die Oberschwester im Krankenhaus, unterhielt sich gerade mit Maudie: »Mein Gott, dieser Wind da draußen könnte einen Hund von der Kette blasen.« Im nächsten Moment schon wurden die Fenster eingedrückt, und sintflutartige Regenfälle verwandelten den Raum in einen Scherbenhaufen. Die Männer versuchten sich gegen den Sturm zu stemmen, der die Kerzen ausblies und Lampen durchs Zimmer schleuderte. Die Frauen suchten schreiend unter den Tischen Schutz, da ihnen Gläser und Bestecke um die Ohren flogen. Man hörte, wie sich das Vordach aus seiner Verankerung löste, und als das ganze Gebäude erzitterte, brach Panik aus.

Von ihrem Platz unter einem Tisch aus sah Sibell, dass die anderen flohen. Alles kämpfte sich, über zerborstene Möbel stolpernd, nach draußen, und sie wollte es ihnen schon gleichtun. Doch eine Frau hielt sie fest. Sie erkannte die dröhnende Stimme von Hilda, Maudies Freundin. »Bleiben Sie, wo Sie sind. Da draußen ist es noch viel schlimmer.«

»Nein!«, schrie Sibell. »Lassen Sie mich los!« Wieder befand sie sich im finsteren Bauch des Schiffs. Schon einmal war sie entkommen, und das würde ihr auch jetzt gelingen.

»Halten Sie den Mund, oder ich haue Ihnen eine runter«, zischte Hilda und umklammerte fest Sibells Arm. »Wie geht es Ihnen, Maudie?«, rief sie in die Dunkelheit.

»Meine Nase blutet«, wimmerte Maudie, die sich irgendwo ganz in der Nähe befinden musste. Es sah aus, als würde der Wind das Hotel Stück für Stück auseinandernehmen.

»Wo ist Zack?«, schrie Sibell, doch ihre Stimme verlor sich im wilden Heulen des Windes, der von Minute zu Minute zuzunehmen schien. Sie konnten nichts weiter tun als warten und beten, während das Dach zersplitterte und verschwand, die Wände um sie herum fortgerissen wurden und Menschen vor Schmerzen schrien. Viele waren unter schweren Balken eingeklemmt, doch niemand konnte ihnen zu Hilfe kommen.

Sibell schnappte nach Luft. Die Welt um sie herum schien in tausend Stücke zu zerspringen. Sie erwartete, dass der Sturm jeden Moment vorbei sein, irgendwann erlahmen würde, aber er tobte weiter und weiter, und das Gebäude, das sie schützen sollte, wurde vom Regen durchweicht, als die Elemente über Palmerston rasten. Boote wurden an den Strand geschleudert, das Meer trat schäumend über die Strandpromenade, mehr und mehr Bäume stürzten um, und der Zyklon fuhr fort, die Stadt dem Erdboden gleichzumachen.

Zack und der Colonel waren bei den Männern, die Digger Jones halfen, die zerbrochenen Fenster zu verbarrikadieren, während die Frauen Schutz suchten. Doch für Lorelei, die weinend in einer Ecke kauerte, war es zu spät. Glasscherben waren ihr mit voller Wucht ins Gesicht geflogen. Nun versuchte sie in heller Angst die Splitter zu entfernen, indem sie in ihrem blutverschmierten Gesicht nach ihnen tastete. Immer wieder schnitt sie sich dabei in die Finger.

John Trafford stolperte zu ihr hinüber. »Lorelei! Sie sind's! Um Gottes willen, kommen Sie von dieser Wand weg. Sie kann jeden Augenblick einstürzen.«

»Nein!«, schrie sie. »Lassen Sie mich in Ruhe. Gehen Sie weg!« In ihrer Todesangst dachte sie nur daran, ihr Gesicht zu schützen. Wenn sie nur all diese kleinen Splitter, die ihr wie Messer in die zarte Haut schnitten, herausziehen konnte, war ihr Gesicht vielleicht gerettet.

John packte sie bei der Hand und spürte das Blut. »Sie sind ja verletzt!«, rief er. »Wo?«

Doch Lorelei kauerte sich nur noch tiefer in ihre Ecke und war nicht von ihrem Vorhaben abzubringen. Als sie vorsichtig mit den Fingern tastete, entdeckte sie noch mehr Scherben.

John wusste, dass Michael in der Nähe sein musste, und rief nach ihm. »De Lange! Wo sind Sie? Lorelei ist verletzt. Hier drüben!« Wenn es nötig werden sollte, würde er sie mit Gewalt wegschleppen.

»Und mein Kleid ist auch verdorben«, schluchzte sie und zuckte zusammen, als sich ein Glassplitter einfach nicht lösen wollte.

»Was ist?«, fragte er ängstlich und ärgerte sich, dass er nichts sehen konnte. Er versuchte den Arm um sie zu legen. Doch wie ein scheues Tier wich sie vor ihm zurück. »Um Gottes willen, schubsen Sie mich nicht.«

Michael kämpfte sich durch den Sturm zu ihnen hinüber.

»Helfen Sie mir, Lorelei von hier fortzuschaffen.« John spürte neue Windstöße von oben, als das Dach anfing, sich zu lockern. Im gleichen Moment gab die Wand nach. Er warf sich über Lorelei, während Holzbalken an ihm vorbeigeschleudert wurden. Aber zu spät. Ein schwerer Pfosten stürzte auf ihn und brach ihm das Genick.

»Was ist das?«, schrie Michael, als eine finstere Masse auf ihn zugestürzt kam. Sie zerschmetterte ihm die Brust und begrub ihn unter sich. Er hatte seinen letzten Atemzug getan.

Zack wurde mit solcher Wucht gegen einen Tisch geschleudert, dass ihm einen Moment lang der Atem stockte. Dann aber kroch er durch den Sturmwind zum Colonel hinüber, der um Hilfe schrie. »Sind Sie verletzt?«, fragte er.

»Nein, nur eingeklemmt«, antwortete Puckering wütend. »Aber die kleine Mai Lee liegt irgendwo hier unten.«

Zack, dem es nicht gelang, sich gegen die Gewalt des Sturms zu stemmen, zerrte an den Trümmern.

»Gehen Sie in Deckung, Mann!« schrie Puckering, aber Zack ließ nicht locker. Er zog tropfnasse Balken und bleischwere Zementklumpen weg, bis der Colonel befreit war. Schließlich konnten sie auch Diggers schluchzende Frau unter dem Schutthaufen hervorziehen.

»Sie erholt sich schon wieder«, meinte Puckering. »Nichts weiter als eine Beule am Kopf.«

»Haben Sie Sibell gesehen?«, fragte Zack. »Oder Maudie?«

»Nein, aber ich glaube, ich habe Lorelei schreien hören. Doch ich kann sie nicht finden.«

»O mein Gott.« Zack lag immer noch keuchend vor Erschöpfung am Boden. Inzwischen befanden sie sich inmitten der Trümmer des Hotels unter freiem Himmel. Es war stockfinster, und der prasselnde Regen ließ nicht nach. Zack versuchte, sich aufzurappeln. Er robbte auf dem Bauch weiter, aber es war, als wollte man durch eine Müllhalde kriechen. Ständig schnitten ihm Nägel und irgendwelche spitze Gegenstände die Hände auf. Irgendwo schrie jemand um Hilfe. Also fing er wieder an zu graben. Allerdings musste er bald entmutigt feststellen, dass es sinnlos war: Jedes Stück Holz, jedes Teil von einem Möbel, das er aus dem Trümmerhaufen zog, wurde ihm vom Sturm sofort aus der Hand gerissen und verwandelte sich in ein gefährliches Wurfgeschoss.

Schließlich gab er auf. Er ließ sich auf den Boden sinken, bedeckte das Gesicht mit den Händen und wartete, bis der Zyklon endlich nachlassen würde.

Die gottesfürchtigen Seelen hatten in der Kirche Schutz gesucht, während die Sünder auf der anderen Straßenseite hinter den dicken Mauern und den vergitterten Fenstern des Bijou beteten, dass sie verschont bleiben würden. Ihre Gebete wurden erhört. Paddy O'Shea, Vorarbeiter der Corella Downs, dem seine Pferde wichtiger waren als seine Mitmenschen, rannte zu den Ställen, wo er die verängstigten Tiere befreite. Dann schwang er sich auf sein Pferd und ritt, wie von wilden Furien gejagt, in den Busch. Sein Ritt durch das Zentrum des Sturms, der an ein Wunder grenzte, wurde eine Legende.

Max Klein, der deutsche Gutachter, der bald Verwalter der Morning-Glory-Minen werden sollte, bemerkte kaum etwas von dem Sturm, da er viel zu sehr damit beschäftigt war, zu feiern. Zwar war Max sonst ein nüchterner Mann, aber er meinte, sich am Heiligabend ein paar Drinks verdient zu haben. Also saß er mit einem Liter Schnaps an der Bar und sang in seinem tiefen Bariton »Stille Nacht«. Wenn das Lied zu Ende war, fing er wieder von vorne an. Hatte er Lorelei nicht einen großen Gefallen getan, als er ihren Claim mit jungen Bäumen abgesteckt und mit Felsen markiert hatte? An diese Notwendigkeit hatte die Dame nicht gedacht, und deswegen war er sich sicher, dass es ihr auch nichts ausmachen würde, wenn er auch ein paar Claims für sich selbst absteckte. Die Wolframvorräte waren reichlich, und beim bloßen Gedanken an das glänzende Metall stiegen ihm die Tränen in die Augen.

Den Häusern am Doctors Gully erging es nicht besser als den Hütten der Chinesen. Nur die aus Ziegeln gemauerten Kamine blieben inmitten der Verwüstung stehen. Vom chinesischen Tempel waren nur die beiden steinernen Löwen übrig geblieben, und ein weinender Sam Lim versuchte, den schweren Balken hochzuheben, der Wang Lees Leiche unter sich begraben hatte.

Als der Morgen dämmerte, krochen die Menschen aus ihren Verstecken. Ziellos streiften sie umher und konnten es kaum fassen, dass ausgerechnet sie noch zu den Lebenden zählten. Die Stille war fast erschreckend, bis ein Schwarm heiliger Ibisse über die zerstörte Stadt flog und den anderen Vögeln zeigte, dass die Gefahr nun vorbei war. Hunderte von Corellas ließen aus dem zerzausten Busch ihr Schnattern ertönen, bis sie bereit waren, sich ebenfalls in die Lüfte zu erheben. Weiß hob sich ihr kreischender Schwarm vom dunklen Himmel ab. Zack ging zwischen den benommen dasitzenden Überlebenden herum, bis er Maudie und Sibell entdeckte, die sich vor der Trümmerlawine unter einen soliden Tisch aus Zedernholz geflüchtet hatten.

»Wesley!«, schrie Maudie. »Was ist mit Wesley?«

»Ich gehe nachsehen. Sie kümmern sich um Maudie, Sibell.« Er kletterte über die Schutthaufen und lief auf die kaum wiederzuerkennende Straße hinaus.

Hilda zog Maudie aus ihrem Schlupfloch und setzte sie auf eine von Trümmern frei geräumte Stelle. »Wenigstens hat der Regen aufgehört«, sagte sie erbost. »Zumindest für den Augenblick. Und Sie müssen sich nicht ängstigen, Maudie. Zack findet den Jungen schon. Sie da …«, sie wies mit dem Kopf auf Sibell, »fassen Sie mit an.«

Überall waren Männer und Frauen – schmutzig und mit zerrissenen Kleidern – damit beschäftigt, Menschen aus den Trümmern zu befreien. Viele krochen unverletzt hervor und taumelten davon. Sibell blieb bei Hilda und half ihr, Bretter und Schindeln zu beseitigen. Entsetzt erkannte sie das Ausmaß der Zerstörung. Um sie herum stiegen dichte Staubwolken auf.

»Zurück!«, befahl Hilda plötzlich, und im gleichen Moment tauchte der Colonel auf. »Lorelei!«, rief er und packte Sibell beim Arm. »Haben Sie Lorelei gesehen?«

»Die finden wir schon«, antwortete Hilda. »Aber wir haben einen Toten hier. Nehmen Sie das Klavier an der anderen Ecke, Colonel.«

Gemeinsam schoben sie das umgestürzte Klavier beiseite. Sibell schrie auf. Michael de Lange war vom Gewicht des Instruments erschlagen worden. Vorsichtig hoben sie ihn hoch, wobei sein Kopf schlaff zurücksank. Dann kamen Männer, um seine Leiche wegzubringen.

»Hier liegen noch mehr«, rief Hilda. »Das ist die Stelle, wo die Wand eingestürzt ist.« Noch während sie sprach, entdeckte Sibell Loreleis Kleid aus nun zerknülltem rosafarbenem Satin, das zwischen dem grauen Schutt nicht zu übersehen war. Auch der Colonel hatte es bemerkt. In wilder Angst schob er Hilda beiseite und stemmte mit all seiner Kraft einen schweren Balken hoch.

»Holt sie raus!«, rief er atemlos, während er sich bemühte, das große Holzstück zu halten. Sibell erkannte John Trafford, der Lorelei, die auf dem Bauch lag, mit seinem Körper schützte. Als sie bemerkte, dass auch John tot war, traten ihr die Tränen in die Augen. Sie bückte sich, nahm seine Arme und zog ihn von Lorelei weg. Die Männer hinter ihr fassten mit an, während Hilda ihre Aufmerksamkeit Lorelei zuwandte.

»Sie lebt noch!«, rief sie. »Jetzt vorsichtig.« Hilda hatte sich in die schmale Lücke gezwängt und stützte Loreleis Gesicht, sodass es nicht über den Boden geschleift wurde. »Nun zieht sie raus«, sagte sie. »Vorsichtig! Ganz vorsichtig!« Gleichzeitig rutschte sie selbst zurück, bis sie über Lorelei draußen vor dem Trümmerhaufen lag. »Geschafft!«

Erleichtert atmete der Colonel auf und ließ den Balken sinken. »Wie geht es ihr?«, fragte er, als Hilda sich über Lorelei beugte, um sie zu untersuchen. »Ganz gut. Ich glaube, es ist nichts gebrochen. Aber sie hat ein paar scheußliche Schnittwunden. Und sie ist wach. Sie steht nur noch unter Schock.« Sie nahm Loreleis Kopf auf den Schoß. »Alles vorbei, meine Kleine. Haben Sie irgendwo Schmerzen?«

»Gehen Sie weg!«, flüsterte Lorelei. »Lassen Sie mich allein.«

Auch Sibell war zu Tode erschrocken, denn Loreleis Gesicht war eine blutige Masse.

»Sie muss sofort ins Krankenhaus«, sagte Hilda ruhig. »Wenn der Laden überhaupt noch steht.«

»Mein Gesicht!«, flüsterte Lorelei, aber Hilda hielt ihr die Hände fest. »Fassen Sie ihr Gesicht nicht an, wir kümmern uns darum, dass alles wieder in Ordnung kommt.« Doch als sie Sibell ansah, stand Zweifel in ihrem Blick.

Entsetzt vom Ausmaß der Zerstörung lief Zack durch die Stadt, die einer Mondlandschaft glich. Er musste gestürzte Bäume umrunden und rutschte immer wieder auf feuchtem Laub aus. Dann kam er an einem kleinen Grüppchen Menschen vorbei, das eine Frau auf einem Schubkarren vor sich herschob. Andere durchsuchten die Ruinen, und wieder andere standen nur da und betrachteten stumm das, was einmal ihr Zuhause gewesen war.

Eine Frau packte ihn am Arm. »Mein Pferd. Können Sie mir helfen, dass es aufsteht?«

Zack warf einen kurzen Blick auf das Pferd, das ein gebrochenes Bein hatte. »Besorgen Sie sich ein Gewehr und erschießen Sie es!«

Einige Bäume standen noch, aber trotzdem war der Blick aufs Meer, der früher von Häusern verstellt gewesen war, nun frei. Auf einmal dämmerte ihm, dass er an seinem eigenen Haus vorbeigegangen war – oder vielmehr an der Straße, wo es einmal gestanden hatte. Also lief er zurück, bis er die verstreuten Pfähle des geborstenen Zauns und die kräftigen Büsche im Garten erkannte. Das Haus jedoch war in sich zusammengestürzt. Voller Angst fing er an zu rufen, und er befürchtete schon, Wesley und die Mädchen könnten unter dem Haus begraben sein. Er begann, Trümmer beiseitezuräumen, war fest dazu entschlossen, die Ruine eigenhändig Brett um Brett abzutragen, bis er sie gefunden hatte. Zwei Männer ritten vorbei, und er rief ihnen zu, sie sollten ihm helfen. Doch sie achteten nicht auf ihn.

Rory Jackson und Buster Krohn hatten nicht vor anzuhalten, mochte um Hilfe rufen, wer da wollte. Als der Wind sich zum Zyklon entwickelt hatte, waren die Gefängnistore geöffnet worden, damit die Häftlinge selbst Schutz suchen konnten. Rory und Buster liefen nicht weit. Da sich die beiden gerissenen Halunken im Gefängnis gut auskannten, versteckten sie sich an dem einzig sicheren Ort, den es gab: der Nische unter dem Galgen. Man hatte einen Schuppen gebaut, damit die Hinrichtungen unter Ausschluss der Öffentlichkeit nur in Anwesenheit geladener Gäste stattfinden konnten. In der Mitte dieses Schuppens stand der Galgen, und darunter befand sich eine Falltür.

Nachdem der Befehl zur Hinrichtung erteilt worden war, öffnete sich diese Falltür, und das Opfer fiel mit einem scharfen Ruck nach unten in den sicheren Tod und baumelte dann über der Nische.

Da Rory und Buster nicht abergläubisch waren, hielten sie die Nische für ein gutes Versteck, und sie hatten recht. Der Schuppen wurde dem Erdboden gleichgemacht, aber in der Nische waren sie sicher.

Bei Morgengrauen wanderten sie durch die Straßen und suchten Pferde. Zu ihrer Enttäuschung stand das Gerichtsgebäude noch, doch das trieb sie bei ihrer Flucht nur zu noch größerer Eile an. Zwar waren sie sich fast sicher, dass sie ungeschoren davonkommen würden, besonders wenn man Logan Conal dazu bringen konnte, den Mund zu halten. Aber warum sollten sie warten, bis es so weit war? Gott selbst hatte ihnen diese Chance gegeben. Also war es das Beste, so schnell wie möglich zu verschwinden. Sie fingen zwei Pferde ein, suchten sich in den Überresten einer Kolonialwarenhandlung Sättel und Proviant zusammen – wobei sie sich nicht um die Hilfeschreie und das Durcheinander um sie herum kümmerten –, sattelten die Gäule und machten sich auf den Weg; den einzigen Weg, der aus Palmerston herausführte.

Auch Logan Conal war unverletzt davongekommen. Wütend betrachtete er die Verheerung. Das Haus war dem Erdboden gleichgemacht, das Haus, das mit seinem Geld gekauft worden war, war nun nichts mehr wert und das Geld verloren. Fluchend ging er durch den Garten, wo ein riesiger Eukalyptusbaum umgestürzt und auf das Haus gefallen war. Im Boden klaffte nun ein großes Loch.

Dann hörte er sie rufen. Einen schwachen Hilfeschrei, der aus den Tiefen der Äste und Blätter kam. Er stellte fest, dass der Baum mitten auf das Schlafzimmer gestürzt war und den hinteren Teil des Hauses unter sich begraben hatte. Vom Wohnzimmer, wo er gesessen war, hatte der Baum nur das Dach abgerissen. Die Zweige hatten ihn geschützt, doch Josie war unter dem Gewicht des Stammes eingeklemmt. Logan fand seine Tabaksdose, drehte sich eine Zigarette und suchte in seinen Taschen nach den chinesischen Streichhölzern. »Nun«, sagte er sich, wobei er die riesige Baumkrone betrachtete, die seine Frau gefangen hielt. »Ich kann doch keinen Baum hochheben. Sie ist selbst schuld daran. Wenn sie nach Perth gefahren wäre, wie ich es wollte, wäre sie jetzt in Sicherheit. Pech. Nicht mein Fehler.«

Der Regen hatte nachgelassen, und dampfend stieg die Feuchtigkeit auf, als die Sonne hinter der dichten Wolkendecke aufging. Eigentlich hatte er Josie doch loswerden wollen, überlegte Logan. Und dann kam ihm noch ein Gedanke: Was war, wenn er einfach nichts tat …?

Wütend stieß er mit dem Fuß ein Stück Schutt beiseite. Was war ihm noch geblieben? Nur noch seine Stellung, denn Josie hatte sein Geld für diese Ruine verschwendet. Und Sibell hatte ihm seine Minen vor der Nase weggeschnappt. War ihr das wirklich gelungen? Vielleicht hatte er ja noch Zeit, denn der Sturm würde sicherlich zu Verzögerungen führen. Doch er würde noch Gelegenheit bekommen, sich zu rächen. Er fragte sich, wer den Claim angemeldet hatte. Bestimmt nicht Sibell und ihre Freundin, die Hure. Wahrscheinlich eher Zack Hamilton. Nun, dachte er sich und zog an seiner Zigarette, dieses Spiel konnte man auch zu zweit spielen. Niemand konnte ihn davon abhalten, hinauszureiten, seine eigenen Claims abzustecken und Hamiltons Pfosten zu versetzen – die Morning-Glory-Minen. Dann würde er zurückkehren und seine Minen eintragen lassen. Falls es zu Auseinandersetzungen wegen des Besitzrechts kam, würde er immer noch etwas gewinnen. Er konnte Berufung einlegen wie die Squatter in Perth. Er lächelte. Ja, er würde sein Stück vom Kuchen bekommen. Ansonsten würde er die Inbetriebnahme der Mine hinauszögern bis zum Sankt-Nimmerleins-Tag und die Rechtsanwälte auf Trab halten.

Josies Stimme wurde schwächer, und er warf einen kalten Blick auf die Stelle, wo das Bett gestanden hatte, das man jetzt wegen des dichten Laubs nicht sehen konnte. Auf der einen Seite des Hauses lag ein verwüsteter Park. Die Bäume waren kahl, der Boden schlammig. Die Chinesenhütten auf der anderen Seite hatte der Wind dem Erdboden gleichgemacht, und das ganze Gebiet sah nun aus, als habe es jemand als Baugrund vorbereitet. »So spart man sich wenigstens Zeit«, stellte er ohne einen Anflug von Mitleid fest und ging davon.

Als er weiter in die Stadt hineinkam, begegnete er zwei Chinesen, die über ihr Unglück weinten.

Tiere irrten ziellos durch die Straßen, weshalb es ihm keine Schwierigkeiten bereitete, ein Pferd aufzutreiben. Er führte es zu den Ställen, wo er rasch die nötige Ausrüstung fand. Dann hatte er denselben Einfall wie die entflohenen Sträflinge – nämlich sich mit Proviant zu versorgen, solange das noch möglich war. Als er Konservendosen aus einem Schutthaufen heraussuchte, kam ein Fremder auf ihn zu. »Hey! Was machen Sie da? Auf Plündern steht Erschießen.«

»Wer plündert denn hier?«, rief Logan schnell. »Im Krankenhaus brauchen sie Lebensmittel. Jemand muss das Zeug hinbringen.«

»Von dem verdammten Krankenhaus ist nicht mehr viel übrig.«

»Aber die Kranken sind noch dort, und es sind viel mehr geworden«, schrie Logan ihn an. »Warum hören Sie nicht auf zu jammern und fassen mit an?«

Der Trick klappte. »Geht leider nicht. Ich muss mich um meine eigene Familie kümmern.«

Logan nahm so viel, wie er tragen konnte, packte es zu feuchten Bündeln zusammen und ritt in den Busch; nur wenige Stunden nach Rory und Buster.

Zack arbeitete aus Leibeskräften. Vor lauter Angst klopfte ihm das Herz bis zum Halse, als er Schutt beiseiteräumte und weiter zur Mitte des zerstörten Hauses vordrang. Immer wieder sagte er sich, dass er sie finden würde, dass sie vielleicht in einer Nische unter den Trümmern noch lebten. Zuerst wusste er nicht, woher die Stimme kam. Er antwortete und war sich sicher, dass sie aus dem riesigen Loch vor ihm drang. Dann drehte er sich um und sah Sam Lim, der weinend hinter ihm stand.

»Sam!«, schrie er. »Hilf mir! Sie sind irgendwo da drunter!«

»Nein, Boss«, schluchzte Sam. »Sie sind nicht da. Alle fort. Und mein Lieblingsonkel ist auch tot.«

Zack hielt inne. »Wang Lee? Ist er umgekommen?«

Sam sank auf die Knie, aber Zack zog ihn wieder hoch und hielt ihn fest, damit er nicht noch einmal umfiel. »Das mit deinem Onkel tut mir wirklich leid, aber du musst mir helfen! Hast du gesagt, die Mädchen sind fort? Mit Wesley?«

»Ja!«, stieß Sam unter Tränen hervor. »Weg, sagte ich Ihnen. Das Kind, Netta, sie sind ertrunken.«

»Was soll das heißen, ertrunken? Wie konnten sie ertrinken?« Entsetzt blickte Zack zum aufgewühlten Meer hinüber. Die Flut konnte doch nicht so weit gekommen sein! »Das ist nicht möglich!«

Sam stieß aufgeregt einen chinesischen Wortschwall hervor. Zack versuchte, ihn zu beruhigen. »Nur ruhig Blut, alter Junge. Nicht aufregen. Beruhige dich doch. Hast du gesagt, Wesley wäre ertrunken?«

Sam schluckte und nickte, aber er konnte nicht antworten. Zack blieb fast das Herz stehen. Er holte tief Luft und bemühte sich, die in ihm aufsteigende Angst zu zügeln. »Und woher weißt du das?«, fragte er leise.

»Die Zwillinge haben's mir erzählt.«

»Die Zwillinge? Wo, um Himmels willen, sind sie?«

»Fortgelaufen. Sie haben das Gesicht verloren. Sie fürchten sich, dass Missus Maudie sie umbringt.«

»Bei Gott, das wird sie auch, und dich ebenfalls, wenn du mich nicht zu ihnen bringst.« Wahrscheinlich hatten die beiden Mädchen auf ihrer Flucht vor dem Sturm Wesley mitgenommen, und wenn Polly und Pet noch lebten, dann musste auch Wesley noch am Leben sein. Sie würden das Kind nie im Stich lassen. »Wo hast du sie gesehen?«

»Dahinten.« Sam zeigte mit dem Finger. »Sie sind wie wild gerannt und haben geschrien, dass das Kind ertrunken ist. Ich bin gekommen, um es Missus Maudie zu sagen.«

»Los.« Zack stieß ihn vorwärts. »Zeig mir, wo du sie gesehen hast.«

Als sie durch das Chinesenviertel eilten, versuchte Zack seine Gedanken zu ordnen. Vor der Stadt gab es ein Lager der Schwarzen, aber wichtiger war die Frage, wovor die Mädchen flohen. Und warum war Wesley nicht bei ihnen? Warum? Warum? Atemlos presste er die Hand gegen den unteren Rippenbogen, um die Schmerzen zu lindern. Wahrscheinlich hatte er sich verletzt, als das verdammte Hotel über ihm zusammengestürzt war. Das schien jetzt Ewigkeiten her zu sein. Er durfte keine wertvolle Zeit verlieren und die Verwüstung rund um ihn betrachten, denn er brauchte all seine Kraft, um Wesley zu finden. Cliffs Sohn, und bei Gott, er würde ihn finden.

Er betete, sprach mit Cliff, bat ihn um Hilfe. Beim Laufen flossen ihm die Tränen übers Gesicht, und dann fing es wieder an zu regnen. Mit einem Zischen, das wie ein Seufzer klang, fielen die Tropfen auf die zerstörte Stadt hinab.

»Sag mir, wo er ist! Zeig ihn mir!«, rief er lautlos seinem jüngeren Bruder zu. »Du darfst nicht zulassen, dass ihm etwas zustößt.« Vor seinem geistigen Auge sah er das kleine Kind mit dem Gesicht nach unten im Fluss treiben, tot wie sein Vater, das rote Haar … und er rief aus: »Nein! Cliff! Wo, zum Teufel, bist du?«

In der Hoffnung, die Zwillinge zu finden, wandte er sich zum Lager der Aborigines, während Sam hinter ihm herkeuchte. Zack rief einer Gruppe Schwarzer, die vor ihm den Weg überquerte, etwas zu, aber die Leute waren so verstört, dass sie ihn offenbar nicht gehört hatten. Sie liefen weiter, als ob Zack unsichtbar gewesen wäre. Vor lauter Angst wurde ihm übel; alles kam ihm so unwirklich vor. Da packte ihn eine kräftige Hand beim Arm. »Die Schwarzen suchen Sie, Boss«, sagte Bygolly. »Wir finden Netta und das Kind.«

Netta! Ja, Netta! Netta war ja auch noch da. Wie hatte er das vergessen können? »Wo sind sie?«, rief er.

Bygolly rückte das zusammengerollte Seil zurecht, das er über der Schulter trug. »Weiß noch nicht. Aber wir finden sie.«

Als sie sich umdrehten und auf das sonst ausgetrocknete Flussbett zugingen, erklärte der Viehtreiber, dass die Zwillinge nicht davongelaufen waren. Sie waren zu ihrem Volk geflohen, um Hilfe zu holen. Allmählich verstand Zack, was in dieser Nacht vor sich gegangen war. Netta hatte sie zum sicheren Flussbett gebracht, das jedoch überschwemmt worden war. Deswegen war sie mit Wesley auf einen Baum geklettert. Doch im Sturm war der Baum umgestürzt. Die Mädchen hatten sie schreien gehört, aber nichts gesehen und auch nichts tun können. Bei Tagesanbruch hatte sich ihnen dann das Schreckliche offenbart: Der Baum war fort, und die Landschaft hatte sich so verändert, dass die Mädchen sich jetzt nicht mehr sicher waren, wo sich die Tragödie abgespielt hatte. Also hatten sich die Schwarzen auf die Suche gemacht.

Der alte Bygolly, der überall als Maudies rechte Hand bekannt war, führte den Suchtrupp. Sie zogen los, um Netta und Wesley zu finden; tot oder lebendig.

In all seinen Jahren in Palmerston hatte Zack dieses staubige, ausgetrocknete Flussbett noch nie voller Wasser gesehen. Manchmal lief es in der Regenzeit voll und bildete eine Lagune. Aber sobald sich die ersten Sonnenstrahlen zeigten, trocknete sie wieder aus. Nun allerdings war der Fluss über die Ufer getreten. Als Zack den reißenden Strom betrachtete, wuchs seine Angst. Auf dem schlammigen Wasser schwammen zerborstene Zweige wie abgehackte Gliedmaßen. Selbst ein guter Schwimmer hätte wegen der Hindernisse unter der Wasseroberfläche sein Leben aufs Spiel gesetzt.

Die Aborigines, Männer wie Frauen, suchten das neu entstandene Ufer ab. Zack kämpfte sich durchs dichte Unterholz und umrundete die Flussbiegung. Sein Ziel war die Stelle, wo sich das Wasser ins Meer ergoss.

Da hörte er Rufe aus der Ferne, und Bygolly lief auf ihn zu, wobei er mit einem Beil auf das Dickicht einhackte, um einen Pfad zu schlagen. »Sie haben was gefunden, Boss«, schrie er. Zack, der in Gedanken gerade bei Cliff war, flehte, dass es keine Leichen waren.

Die Aborigines riefen aufgeregt durcheinander, aber Zack hatte sie schon entdeckt. Netta und Wesley klammerten sich da draußen an einen Baum, dessen Stamm halb im Wasser hing; Netta winkte, und Zack schrie zu ihr hinüber. Vor lauter Erleichterung hätte er fast geweint. Wie dankbar war er, dass Netta klug genug war und nicht etwa mit Wesley versuchte, sich schwimmend zu retten. Zuerst dachte er daran, ein Boot zu nehmen, doch er bezweifelte, dass einer der kleinen Kähne im Hafen den Sturm überstanden hatte. Außerdem arbeitete die Zeit gegen sie. Der Baum schwankte bedenklich und konnte in der Flut jederzeit auseinanderbrechen. Vielleicht war er ja schon ein Stück stromabwärts getrieben und an einem Hindernis auf dem Grund hängen geblieben.

Bygolly schlang sich das Seil um die Taille. »Ich gehe, Boss.«

Doch eine Frau hielt ihn fest. »Nein! Du gehst nicht. Da drin gibt es Quallen.«

»Ja, viele Quallen, ganz sicher«, rief eine andere Frau und sah Zack an.

Dieser nickte. Er hatte die schrecklichen Wunden gesehen, die diese Quallenart mit ihren meterlangen, glitschigen Fäden einem Menschen zufügen konnten. Sie pflanzten sich in den Bächen und Flüssen fort, deren Wasserspiegel sich mit den Gezeiten hob und senkte. Zack nahm Bygolly das Seil ab und bedauerte, dass er beim Durchsuchen der Ruine seines Hauses alles bis auf die Hosen abgelegt hatte. Kleidung bot zumindest ein wenig Schutz.

Der Baum schwankte wieder, und Netta rief ihm zu, er solle sich beeilen.

»Halt dich fest«, schrie er. »Wir holen euch raus.«

Er lieh sich von einem der Männer ein altes kariertes Hemd, schloß die einzigen beiden Knöpfe, über die es verfügte, und rollte die Ärmel herunter. Dann betrachtete er seine nackten Füße und die nackten Füße der Schwarzen, die ihn umringten. Auf Socken würde er wohl verzichten müssen.

»Wir müssen aufpassen, dass die beiden nicht unter Wasser geraten«, sagte er zu Bygolly, da er fürchtete, dass das Kind das Gift der Quallen nicht überleben würde. »Das Seil hier ist zu kurz, um es an einem Baum festzubinden. Also müsst ihr Männer es halten. Ich möchte, dass ihr den Baum wie ein Floß ans Ufer zieht. Gib mir das Beil, Bygolly, vielleicht brauche ich es, um den Baumstamm freizubekommen.«

Vorsichtig glitt er, das Seil um den Leib, in das warme, schlammige Wasser. Auf das erschrockene Stöhnen der Frauen achtete er nicht. »Du bist kein Held, Hamilton«, sagte er sich und zuckte jedes Mal, wenn sein Fuß ein verborgenes Hindernis berührte, ängstlich zusammen. Er hielt sich an der Oberfläche, um zu vermeiden, dass er irgendwo hängen blieb, und zwang sich, ganz vorsichtig durch das Wasser zu gleiten, anstatt auf den Baum zuzuschwimmen. Auf keinen Fall wollte er eines der Wassertiere, vor allem die Schlangen, die vermutlich hier lauerten, aufschrecken. Es schien eine Ewigkeit zu vergehen, bis er endlich angekommen war, aber schließlich hatte er es geschafft.

Netta, die sich der Gefahr bewusst war, brachte vor Angst kein Wort heraus, doch Wesley kannte solche Hemmnisse nicht. Er streckte Zack sein kleines, sommersprossiges Gesicht entgegen. »Sie wollte mich nicht gehen lassen«, beschwerte er sich. »Sie ist ein böses Mädchen. Jetzt hab ich den Weihnachtsmann verpasst.«

Zack lachte. »Wie seine Mutter«, sagte er, und Netta lächelte schwach.

Er wollte so schnell wie möglich aus dem Wasser, doch als er versuchte, sich hochzuziehen, bewegte sich der Baum in der Strömung. Er drückte Netta das Beil in die Hand und schlang rasch das Seil um den zerbrochenen Baum. »Fangt an zu ziehen!«, rief er zum Ufer hinüber und zerrte am Seil, für den Fall, dass sie ihn nicht gehört hatten.

Der Baum ächzte und begann dann seine gefährliche Reise. Als er sich senkte, gelang es Netta, mit Wesley auf den Stamm zu klettern, wo sie einen besseren Halt hatten als an den Zweigen. Nun streckte sie Zack die Hand hin. »Schnell rauf, Boss. Ich halte Sie.« Er fing dann an, sich aus der blätterbedeckten Wasseroberfläche emporzuziehen. Doch im gleichen Augenblick durchzuckte ein schneidender Schmerz seinen rechten Fußballen, fuhr ihm durch den ganzen Körper, bis er wie ein Hammerschlag durch seinen Kopf dröhnte.

Für einen Moment konnte Zack nichts sehen, er tastete nach einem Halt, rutschte aber wieder, vor Schmerzen verkrümmt, ins Wasser, als jeder Nerv in seinem Körper aufschrie. Vielleicht hatte er auch wirklich geschrien, er wusste es nicht. Aber Netta hatte ihn bei den Handgelenken gepackt und zog ihn nach oben. Von Schmerzen geschüttelt, konnte er ihr nicht dabei helfen. Allmählich nahmen seine Augen wieder die Umgebung wahr. Über seinem Kopf schien ein finsterer Schatten die Sonne verdunkelt zu haben, und er bemerkte, dass Netta neben ihm ins Wasser geglitten war. Ohne Rücksicht darauf, dass sie ihm mit jeder Berührung Höllenqualen verursachte, schob sie ihn nach oben. Zack war erstaunt, über welche Körperkraft sie verfügte, als sie ihn aus dem Wasser zog und ihn festhielt. Dann verlor Zack das Bewusstsein.

Er dachte schon, er sei ertrunken, aber zwei Aborigines-Frauen kauerten neben ihm und kühlten ihm das Gesicht mit einer Flüssigkeit, die stark nach Eukalyptus roch. Dann glaubte er, er habe ein Bein verloren, da er kein Gefühl mehr darin hatte. Unter großer Anstrengung berührte er es, und als er nichts spürte, schrie er auf. Die beiden Frauen beruhigten ihn. »In Ordnung, Boss, alles in Ordnung.«

»Wesley?«, krächzte er. »Und Netta?«

»Denen geht es gut. Und Sie fühlen sich auch bald besser. Verdammte Quallen.«

»Ist mein Bein noch da?«, fragte er und fühlte sich dabei ziemlich dumm. Sie lachten. Also legte er sich zurück. Ihre Antwort brauchte er nicht mehr zu hören.

Netta war erschöpft. Sie übergab Wesley an Polly, die ihn ihr sofort entriss, als ob sie die Retterin gewesen wäre. Bygolly lief los, um Missus Maudie mitzuteilen, dass Wesley in Sicherheit war. Der Boss wurde von zwei alten Frauen versorgt, die die Giftspuren von seinem Fuß und seinem Knöchel wuschen und eine selbstgebraute Tinktur auf die Wunden auftrugen, die wie tiefe, weiße Narben aussahen. Während Zack bewusstlos war, hatten sie seine gute Hose aufgerissen und ihm das rot angelaufene, geschwollene Bein massiert. Jetzt war er wach und schien keine Schmerzen mehr zu haben.

Sam Lim kauerte auf dem Boden und sah aus wie ein Sinnbild des Elends. Er hatte Netta erzählt, dass Mr. Wang umgekommen war. Er und noch viele, viele andere. Die Stadt war ausgelöscht worden. Pferde liefen wild herum. Dingos streunten und ernährten sich von Aas. Das alles und noch viel mehr hatte er ihr erzählt, alles über das große Unglück, aber sie war zu müde, um sich noch Gedanken darüber zu machen. Sie legte sich ins feuchte Gras, hatte keine Kraft mehr, sich zu fürchten, keine Kraft mehr für Gefühle. Sie sehnte sich nach ihrer Heimat, denn es gefiel ihr nicht am Meer. Zu viel Lärm. Sie vermisste die Stille des Hinterlandes. Inzwischen konnte sie an Jaljurra denken, ohne dass ihr die Tränen kamen. Fast war ihr, als stünde er neben ihr. »Du kannst dich jetzt ausruhen, Tiranna«, sagte er. »Die guten Geister werden dich beschützen.«

Und Netta schlief ein. Ein Lächeln huschte über ihr Gesicht, denn er hatte ihren wirklichen Namen gewusst.

Der einzige Flügel des Buschkrankenhauses, der den Sturm überstanden hatte, war hoffnungslos überbelegt. Deswegen hatte man auf dem umliegenden Gelände Reihen von Zelten wie in einer Kaserne aufgestellt. Rund um die Uhr versorgten die beiden einzigen Ärzte der Stadt mit der fachkundigen Hilfe der Oberschwester die Verwundeten und führten Operationen durch.

Der Verwalter und seine Frau, die den Speisesaal glücklicherweise verlassen hatten, ehe der Zyklon zuschlug, waren unverletzt geblieben. Zudem war ihr Amtssitz nur geringfügig beschädigt worden, weshalb Zack rasch Maudie, Wesley, Sibell und etwa noch ein Dutzend anderer Frauen und Kinder dort einquartiert und den Empfangssaal in eine Notunterkunft verwandelt hatte.

Als Wesley herausfand, dass er sich von den Zwillingen trennen musste, weil Schwarze keinen Zutritt zu den Häusern der Weißen hatten, schrie er wie am Spieß. Also baute Zack den Mädchen aus einigen Brettern und Balken, die überall in der Stadt herumlagen, in der Nähe der Pforte eine Hütte. Die Chinesen und die Aborigines hatten rasch aus dem, was sie in den Trümmern finden konnten, selbst behelfsmäßige Verschläge gezimmert, und weitere Familien wurden in den zum Telegraphenamt gehörenden Wohnungen untergebracht. Auch das Bijou stand während Loreleis Abwesenheit Obdachlosen als Unterkunft zur Verfügung. Mittlerweile hatte der Monsun wieder eingesetzt; die Natur nahm ihren gewohnten Lauf, es war feucht, und es nieselte, als ob nichts geschehen wäre.

Die Männer arbeiteten schwer. Sie sperrten die beschädigten Gebäude, die abgerissen werden mussten, mit Seilen ab und räumten die Straßen frei, während die Frauen Kleider, Decken und Proviant zusammentrugen. Zur Versorgung aller richtete die Stadtverwaltung gemeinschaftliche Schlachtereien und Warenlager ein. Doch bald drohte die Notgemeinschaft der Stadtbewohner auseinanderzufallen. Der Colonel stellte fest, dass die meisten Aborigines in den Busch verschwanden, wo sie wussten, wie man Nahrung finden konnte. Die Bewohner von Palmerston hingegen hatten sehr unter der Lebensmittelknappheit zu leiden, bei der Verteilung der letzten Vorräte waren bereits Schlägereien ausgebrochen.

Alle wussten, dass der Frieden in der Stadt bedroht war, und man befürchtete schon, dass die Geschichte sich wiederholen könne: Schließlich waren drei Versuche, den Norden zu besiedeln, in den letzten Jahren gescheitert. Fort Dundas auf der Insel Melville, Fort Wellington an der Raffles Bay und Port Essington waren von den Siedlern aufgegeben worden.

Da Zack sich Sorgen machte, suchte er Colonel Puckering auf, um die letzten Neuigkeiten zu erfahren. »Es heißt, man will Palmerston aufgeben«, sagte er. »Haben Sie etwas in dieser Richtung gehört?«

»Möglich«, antwortete der Colonel. »Ich habe gehört, dass die Regierung von South Australia nicht unbedingt versessen darauf ist, ihr Geld zum Fenster hinauszuwerfen, und um die Schäden nach diesem Zyklon wieder zu beheben, sind wir auf eine Finanzspritze angewiesen. Es ist ein Jammer.«

»Aber sie können die Stadt doch nicht einfach aufgeben«, widersprach Zack »Port Darwin muss bestehen bleiben, und wenn es nur wegen der Telegraphenleitung nach Übersee ist.«

»Das geht auch mit ein paar Mann Besatzung wie auf einem Leuchtturm.«

»Ich weiß«, räumte Zack ein. »Aber es wäre nicht besonders klug. Wir brauchen den Hafen. So Gott will, kann das Territory Gold und Vieh ausführen und dazu noch eine Menge anderer Bodenschätze. Und bald werden wir unsere eigenen Fleischfabriken haben: Man hat Mittel und Wege gefunden, das Fleisch zu kühlen, und bald können wir Gefriergut ausführen. Haben die denn noch gar nicht daran gedacht?«

»Ich wage zu behaupten, dass sie im Augenblick die Vor- und Nachteile gegeneinander abwägen«, erwiderte Puckering. »Aber in der Zwischenzeit wird der Verwalter anordnen, dass Frauen und Kinder umgesiedelt werden. In ein paar Wochen kommen Schiffe, um sie abzuholen.«

»Das ist gefährlich«, meinte Zack. »Es ist der Anfang vom Ende.«

»Nicht, wenn wir immer wieder betonen, dass es sich nur um eine Übergangslösung handelt. Sie müssen weg von hier, Zack, die Stadt kann sie im Augenblick nicht ernähren. Mit weniger Menschen schaffen wir es möglicherweise, alles wieder aufzubauen.«

»Ihre Männer werden mitgehen«, brummte Zack.

»Dann sollen sie doch. Das bedeutet, dass wir nicht so viele Mäuler zu stopfen haben.«

»Aber die Schiffe können doch sicherlich Vorräte mitbringen.«

»Und wie lange würden die reichen? Wir dürfen nicht davon abhängig sein, dass man uns Lebensmittel anliefert. Genau daran sind nämlich schon die anderen Siedlungen zugrunde gegangen. Solange die Regenzeit dauert, sitzen wir hier fest.«

»So leicht geben wir Palmerston nicht auf«, sagte Zack entschlossen. »Und wenn wir es ganz allein wieder aufbauen müssten.«

»Ja«, stimmte Puckering zu. »Vor allem muss die Regierung im Süden begreifen, dass Palmerston, selbst nach einem Zyklon von diesen Ausmaßen, überlebensfähig ist und dass die Leute im Territory sich nicht so leicht unterkriegen lassen.« Er warf Zack einen Blick zu. »Wenn wir erreichen wollen, dass uns die Regierung jetzt unter die Arme greift, müssen wir ihr Vertrauen erwerben. Mitleid können wir nicht gebrauchen.«

»Wer will denn Mitleid?«, fragte Zack erstaunt.

»Anscheinend war das bis jetzt die Einstellung. Zweifelsohne haben die früheren Siedler unglaubliche Strapazen durchmachen müssen, als sie versuchten, das Territory zu kolonisieren. Letztendlich hat man damals aus reiner Menschenfreundlichkeit angeordnet, die Siedlungsvorhaben aufzugeben.«

»O mein Gott. Wir dürfen nicht zulassen, dass es hier auch so weit kommt.«

»Auf keinen Fall. Also schlage ich vor, dass wir anstelle von schlechten Nachrichten nur noch gute nach Adelaide durchgeben. Man muss ihnen einhämmern, dass es Palmerston weiter geben wird.«

Das Polizeirevier war dem Erdboden gleichgemacht worden, doch das dahinter liegende Wohnhaus des Polizeipräsidenten war stehen geblieben, was bewies, dass auch die Natur Ausnahmen macht. Zwar hatte der Wind die Schindeln fortgerissen, sodass es hineingeregnet hatte, aber Puckerings geschickter chinesischer Diener behob den Schaden rasch, indem er das Dach mit Palmwedeln deckte. Also diente das Haus nun auch als Amtsgebäude.

Als der Colonel näher kam, entdeckte er einige Männer, die an Bäume angekettet waren. »Wer sind denn die?«, fragte er Sergeant Copeland.

»Plünderer, Sir.«

»Gut. Mit denen befassen wir uns später. Wie viele Tote haben wir inzwischen?«

»Heute Vormittag ist noch eine Frau gestorben; das macht insgesamt achtundzwanzig. Das grenzt an ein Wunder, wenn man bedenkt, dass die Stadt fast völlig zerstört ist.«

»Schicken Sie ein Telegramm nach Adelaide. Schreiben Sie: ›Vorräte immer noch knapp. Sturmschäden nicht so schlimm wie zunächst vermutet. Sieben Tote. Stolze Bürger von Palmerston beim Wiederaufbau. Gott schütze die Königin.‹«

Der Sergeant grinste. »Soll ich das wirklich losschicken?«

»Weg damit. Irgendeine Spur von Jackson und Krohn?«

»Nein. Schätze, die haben sich verdrückt.«

»Warnen Sie unsere Leute in Pine Creek und Katherine. Sie sollen die Augen offen halten.«

»Jawohl, Sir.«

»Ich bin im Krankenhaus, falls mich jemand sucht.«

Der Colonel ritt durch die Stadt. Er freute sich, die Männer überall bei der Arbeit zu sehen. Sie räumten Schutt weg, verbrannten die Kadaver toter Tiere und ebneten die Straßen mit schweren Balken, die von Pferden gezogen wurden. Mit Sägen verarbeiteten sie entwurzelte Bäume zu Brettern. Auf dem Friedhof umringten Trauernde die frischen Gräber ihrer Angehörigen. Der Friedhof erzählte die Geschichte dieses Landes. Schon lange vor dem Unglück hatte Puckering die Inschriften auf den Grabsteinen aufmerksam gelesen. Besonders erstaunt hatte ihn die ungewöhnlich hohe Zahl von Chinesen, die hier begraben lagen, und auch die vielen jungen Männer, die unter der Inschrift »Tod durch Unfall« ruhten.

»Viel zu viele«, sagte er zu sich und blickte hinauf zum bewölkten Himmel. Trauer überkam ihn. Für ihn waren diese jungen Pioniere ebenso Helden wie die Soldaten, die auf dem Schlachtfeld gefallen waren.

Im Krankenhaus fand er die Oberschwester und fragte sie nach Lorelei Rourke.

»Es sieht ziemlich scheußlich aus«, antwortete Hilda. »Das arme Mädchen. Wir haben sie so gut wie möglich zusammengeflickt, aber auch nachdem die Schwellungen zurückgegangen sind, wird sie ganz schön erschrecken, wenn sie in den Spiegel sieht. Sie wird einige hässliche Narben zurückbehalten. Was für ein Jammer! Und dabei war sie doch ein so hübsches Mädchen.«

»Ich gehe und besuche sie«, meinte er bedrückt.

»Ja, versuchen Sie, sie ein wenig aufzuheitern. Lorelei ist nicht auf den Kopf gefallen, und sie weiß ziemlich gut, warum sie so erfolgreich war. Ein Mädchen wie sie, und jetzt, wo ihre Schönheit dahin ist. Man muss auf sie aufpassen.«

»Warum?«

Hilda, die selten ein Blatt vor den Mund nahm, drehte sich zu ihm um. »Weil Gefahr besteht, dass sie sich was antut.«

Das Krankenhaus sah aus, als sei es von einem gewaltigen Fuß zertreten worden. Einige Mauern waren eingedrückt, die anderen, an dem Flügel des Gebäudes, der stehen geblieben war, drohte beim kleinsten Windstoß einzustürzen. Puckering nahm sich vor, einige Männer hinzuschicken, um die Trümmer zu beseitigen. Die Leute hatten ganze Arbeit geleistet und umgehend ein Feldlazarett eingerichtet, aber der zerstörte Teil des Krankenhauses würde Ratten anziehen, die sich immer dort herumtrieben, wo menschliches Elend herrschte. Im Hauptteil des Gebäudes waren die weiblichen Verwundeten untergebracht. Puckering entdeckte Lorelei in einer Reihe von Betten auf der überdachten Veranda. Er selbst hatte sie ins Krankenhaus gebracht und sie gleich am nächsten Tag besuchen wollen. Doch man hatte sie gerade auf die Operation vorbereitet.

Ihr Gesicht war mit Verbänden umwickelt, und sie lag unter

einem einfachen Laken reglos da. Puckering lächelte den anderen Patientinnen zu, die ihn neugierig betrachteten. Dann näherte er sich schüchtern Loreleis Bett. Es war ihm unangenehm, dass sie nicht unbeobachtet waren, und er kitzelte sie am zierlichen Fuß, der unter der Bettdecke hervorlugte. »Lorelei …«

Sie antwortete nicht.

Besorgt wandte er sich an ihre Bettnachbarin. »Schläft Miss Rourke?«

»Glaube nicht«, antwortete die Frau. »Die redet nur mit niemandem.«

Also trat Puckering näher und nahm ihre Hand. »Lorelei. Ich bin's, Puckering. Wie geht es dir?« Sie bewegte die Augen, und er erkannte den Schmerz darin. Doch sie verweigerte immer noch die Antwort und wandte sich ab.

»Komm schon«, sagte er mit einem Selbstbewusstsein, das er in Wirklichkeit gar nicht empfand. »Es hat dich ziemlich übel erwischt, aber die Oberschwester hat mir versichert, dass es dir bald bessergeht. Wir haben noch viel zu besprechen. Sobald die Stadt wiederaufgebaut ist, können wir wieder ein normales Leben führen. Und du musst dich um deine Mine kümmern.« Er wählte seine Worte vorsichtig und vermied es, ihre Freunde Trafford und de Lange zu erwähnen. Stattdessen erzählte er ihr, dass das Bijou noch stand, und hielt gerade noch inne, denn beinahe wäre ihm der Satz »Es hat fast keinen Kratzer abgekriegt« entschlüpft. Ein ausdrucksloser Blick trat in ihre Augen. Den Mund, der sich rosig von den weißen Verbänden abhob, hielt sie fest geschlossen. Allmählich bekam Puckering das Gefühl, zu stören. In diesem Augenblick kam Sibell über den Rasen gelaufen. Ihr langer schwarzer Rock war mit Schlamm bespritzt. »Colonel, ich hörte, dass Sie hier sind. Schön, Sie zu sehen. Wie geht es Lorelei heute?«

»Ich weiß es nicht«, antwortete er hilflos. »Ich habe fast den Eindruck, ihr wäre es lieber, wenn ich gehe.«

»Nein, das stimmt nicht«, erwiderte Sibell, als er ihr auf die Veranda half. Sie stellte sich neben Loreleis Bett. »Der Colonel ist hier, um Sie zu besuchen. Die anderen Damen sind schon mächtig eifersüchtig.« Doch Lorelei antwortete nicht, und Sibell beugte sich über sie. »Fühlen Sie sich nicht wohl?«

»Doch«, flüsterte Lorelei.

»Kann ich etwas für Sie tun?«

»Nein«, war wieder das Flüstern zu hören.

»Ich arbeite als freiwillige Krankenschwester«, erzählte Sibell dem Colonel. »Und die Oberschwester lässt uns schuften wie Galeerensklaven.« Sie lächelte Lorelei zu. Ganz offensichtlich versuchte sie, sie aufzuheitern. »Wenn wir einen Fehler machen, gibt's ein Donnerwetter von der Oberschwester. Vielleicht schafft sie es ja, aus mir eine Krankenschwester zu machen. Aber manche Leute sind so anstrengend; ich weiß gar nicht mehr, wo mir der Kopf steht.« Sanft streichelte sie eine von Loreleis blonden Locken, die unter dem Verband hervorlugte. »Der Colonel kann doch nicht den ganzen Tag hier herumstehen. Möchten Sie ihn nicht begrüßen?«

Lorelei sah sie an. »Sagen Sie ihm, er soll weggehen.«

»Ich glaube, sie ist nur müde«, meinte Sibell entschuldigend. »Morgen geht es ihr bestimmt besser.«

»Ich verstehe«, stotterte Puckering. »Soll ich morgen wiederkommen?«

»Ja, das wäre besser«, antwortete Sibell. Loreleis Augen waren geschlossen; sie wollte von der Welt um sie herum nichts mehr wissen.

»Vielleicht könnten Sie mir die Krankensäle zeigen«, forderte er sie auf, und Sibell, die wusste, dass diese Aufgabe sonst der Oberschwester oblag, verstand.

Gemeinsam gingen sie davon. »Würden Sie ein bisschen auf sie aufpassen?«, fragte er Sibell. »Ich fürchte, sie ist entsetzlich niedergeschlagen.«

»Das ist verständlich. Nehmen Sie sich ihr Verhalten von eben nicht zu Herzen. Lorelei mag Sie wirklich, aber sie hat Angst um ihr Gesicht. Es wird noch Wochen dauern, bis die Verbände abgenommen werden, und bis dahin hat sie sich vielleicht damit abgefunden. Es war ein Schock für sie. Aber ich bin ja in der Nähe und kann immer mal wieder bei ihr hereinschauen.«

Als der Abend dämmerte, verließ Puckering das Krankenhaus. Er war ebenso niedergeschlagen wie Lorelei. Trotz Sibells Hoffnungen fürchtete er sich vor dem Tag, an dem die Verbände abgenommen werden würden, und er fragte sich, was er für Lorelei tun konnte. Beim Anblick ihres blutigen Gesichts war ihm der Schrecken in die Glieder gefahren, und dass sie verletzt war, hatte ihm fast das Herz gebrochen. Außerdem vermisste er sie schrecklich – ihren Witz und ihre Fröhlichkeit. Er war von Loreleis Verhalten nicht überrascht. Die Oberschwester hatte recht: Dieses fröhliche, überschwengliche Mädchen war im Begriff, zu verzweifeln. Also durfte er sich nicht gehen lassen. Er musste ihr Vertrauen zurückgewinnen, ehe die Verbände abgenommen wurden. Und vielleicht war es das Beste, wenn er vorschlug, dass sie so bald wie möglich heirateten.

Als er durch die Überreste des Chinesenviertels ritt, wurde er von einem jungen Aborigine angehalten. »Mister Puckering, Sir! Kommen Sie schnell mit!«

»Wohin?« Der Colonel zügelte sein Pferd, doch der Schwarze war schon in einer Seitengasse neben dem Park verschwunden. Dann blieb er stehen und bedeutete dem Colonel, ihm zu folgen. Puckering beschloss, besser einmal nachzusehen. Langsam ritt er hinter dem Aborigine her, bis dieser vor einer Ruine stehen blieb. Nichts rührte sich, und die Umgebung wirkte unheimlich. Ein Schauder lief Puckering den Rücken hinunter. Ohne nachzudenken, griff er beim Absteigen nach seiner Pistole.

Der Schwarze stand neben einem dunklen Gebüsch, und wieder spürte der Colonel ein Schaudern. Schon bedauerte er es, dass er abgestiegen war, denn irgendwo lauerte Gefahr. »Was willst du?«, fragte er und trat näher an den Aborigine heran. Dann musterte er ihn prüfend. »Dich kenne ich doch.«

Der junge Mann führte ihn durch das Gebüsch bis zu einem verlassenen Garten, wo ein riesiger Baum umgestürzt war und ein kleines Haus unter sich begraben hatte. Das überall verstreute Laub verfärbte sich schon und knisterte unter Puckerings Füßen. »Guter Gott«, sagte er zu sich. »Was für ein Durcheinander!« Beim Sturz hatte der Stamm des alten Baums alles niedergewalzt. Kein Wunder, dass die Besitzer die Aufräumungsversuche aufgegeben hatten. Um diesen Baum zu beseitigen, hätte es einer Armee von Sägen bedurft.

Er glaubte, den Aborigine neben dem umgestürzten Baumstamm gesehen zu haben, und ging auf die Stelle zu. Doch der Mann hatte sich in Luft aufgelöst. »So ein Schwachkopf!«, schrie Puckering. »Wo steckst du?«

Eine Stimme antwortete. Oder vielleicht war es auch nur ein Geräusch gewesen. Aber sicher nicht der Schwarze. Wieder erschauderte der Colonel, und die Haare standen ihm zu Berge. Er wusste, dass die Schwarzen eine merkwürdige, geheimnisvolle Kultur hatten, und dieser Ort roch förmlich danach. Wieder rief er nach dem Mann, aber da er keine Antwort bekam, wandte er sich zum Gehen. Mit aller Macht trieb es ihn von diesem Ort fort. Doch in diesem Augenblick hörte er ein Stöhnen.

Erschrocken stieg er über einen Ast, hielt sich an einem anderen fest und blickte in die Höhle unter dem Baum hinunter. »Ist da jemand?«

»O Gott, helfen Sie mir …« Die Stimme der Frau klang schwach.

»Du meine Güte! Dort unten ist eine Frau!«, rief er dem Schwarzen zu, aber der war verschwunden. Verzweifelt versuchte Puckering, sich unter den Baum zu zwängen, wobei er Zweige und spitze Äste zerbrach. Die ganze Zeit rief er nach der Eingeschlossenen. Allerdings konnte er sie nicht erreichen und musste schließlich aufgeben. »Halten Sie durch«, schrie er. »Ich hole Hilfe.«

Nach einigen Stunden gelang es Männern im Schein von Laternen, Josie mit Sägen und Äxten zu befreien. Ein Arzt stand schon bereit, als man sie vorsichtig auf eine aus Leintuch und Zweigen gebaute Trage hob. Er gab ihr etwas zu trinken und erklärte Puckering, dass sie halb verdurstet war, aber nur ein paar Schrammen abbekommen hatte. Sie hatte noch einmal Glück im Unglück gehabt, besonders wenn man bedachte, dass sie von den Bissen grüner Ameisen übersät war. »Diese kleinen Bestien«, meinte der Arzt. »Ihre Bisse brennen wie Feuer. Wahrscheinlich hatten sie ihr Nest im Baum, und der Sturz hat sie wütend gemacht.«

Puckering kniete neben Josie nieder. »Mrs. Conal. Wir bringen Sie jetzt ins Krankenhaus. Sie waren sehr tapfer, und es tut mir unbeschreiblich leid, dass wir Sie nicht schon früher gefunden haben.«

Da Josies Gesicht von Insektenbissen geschwollen war, ähnelte ihr Lächeln eher einer Grimasse. »Jimmy ist bei mir geblieben«, antwortete sie wehmütig. »Er hat sich um mich gekümmert und mir die ganze Zeit über Gesellschaft geleistet. Also wusste ich, dass jemand mich finden wird.«

»Welcher Jimmy?«, fragte er erstaunt.

»Jimmy Moon natürlich«, antwortete sie und schlummerte in dem Wissen, dass sie nun in Sicherheit war, beruhigt ein.

Puckering sah sich um. »Hat jemand hier einen Schwarzen gesehen?«

Alle schüttelten den Kopf. »Was für einen Schwarzen?«

Aber der Colonel wagte nicht zu antworten, denn er befürchtete, man würde glauben, dass er den Verstand verloren hatte. Jaljurra alias Jimmy Moon war ein Freund der Conals gewesen! Und nun fiel ihm ein, dass der Schwarze, der ihn hierhergeführt hatte, der gleiche Mann war, mit dem er in Perth gesprochen hatte. Jimmy Moon! Doch Jimmy Moon war tot! Das stand außer Frage: Sowohl Sibell als auch Maudie und noch viele andere hatten seine Leiche wiedererkannt.

Er wandte sich um und suchte das Gelände mit Blicken ab, bis ihm dämmerte, dass seine Bemühungen vergeblich waren. Aber der Mann hatte mit ihm gesprochen! Er hatte ihn wiedererkannt und ihn um Hilfe gebeten! Puckering fragte sich, warum er die Anwesenheit einer bösen Macht gespürt hatte, wenn Jimmy Moon doch ein guter Geist war.

Das war doch blanker Unsinn, sagte er sich, und widersprach jeglichem gesunden Menschenverstand. Offenbar sah er schon Gespenster.

Aber Mrs. Conal hatte ihn doch auch gesehen. Hatte sie nicht behauptet, er sei bei ihr gewesen? Wie konnte das sein? Als freiwillige Helfer die Trage aufhoben, stieß er einen lauten Seufzer aus. Er wusste, er würde ihre Geschichte bestätigen müssen, damit sie nicht glaubte, den Verstand verloren zu haben. Allerdings behagte ihm diese Vorstellung ganz und gar nicht.

Als er zu seinem Pferd zurückging, wurde er von einem seltsamen Gefühl überkommen. Er war Zeuge einer übernatürlichen Erscheinung geworden, über die er jedoch besser mit niemandem sprach.

Einige Male besuchte er Josie im Krankenhaus, aber sie erwähnte Jimmy Moon nicht mehr.

Nach einem Ritt von drei Tagen wurde die Reise für Logan allmählich beschwerlich. Die Landschaft, die ansonsten eben und langweilig war, hatte ein neues Gesicht bekommen. Nun war der Weg von Sturzbächen durchzogen, und ausgetrocknete Flussbette hatten sich in reißende, schlammige Ströme verwandelt. Lagunen hatten sich zu riesigen Seen ausgeweitet, aus denen vereinzelte Bäume traurig herausragten. Die Insekten hatten sich tausendfach vermehrt, und Logan hatte nichts, um sich vor ihnen zu schützen. In seiner Eile hatte er vergessen, ein Moskitonetz mitzunehmen. Wenn er sich also auf dem moorigen Boden, mit seinem Sattel als Kopfkissen, zum Schlafen ausstreckte, hüllte er sich von Kopf bis Fuß in eine Decke, unter der er entsetzlich schwitzte. Aber er war fest entschlossen, die Black-Wattle-Farm zu erreichen, wo er, wie er wusste, mit offenen Armen empfangen werden würde. Dort würde er sich für die Weiterreise besser ausrüsten können. Schließlich musste er niemandem verraten, warum er hier war. Er konnte ja erzählen, dass er sich verirrt hatte. Die Hamiltons befanden sich zwar in der Stadt, was ihm sehr gelegen kam, aber die Farmer ließen immer einige Angestellte zurück, die auf dem Besitz nach dem Rechten sahen.

Der Himmel war schwarz von Vogelschwärmen. Missmutig betrachtete Logan, wie die eleganten Brolgas und Herons durch den Sumpf stolzierten, was ihn veranlasste, sein Pferd zur Eile anzutreiben. Außerdem sah er Unmengen von Vögeln, die er nicht kannte. Offenbar war alles Getier aus seinem Versteck gekommen, und Logan bekam es zunehmend mit der Angst zu tun, als immer mehr Schlangen an ihm vorbeiglitten. Nachdem er zahllose Bäche überquert hatte, stieß er auf einen Fluss, wo Krokodile gut getarnt im Mangrovendickicht lagerten. Da er so oft die Richtung gewechselt hatte und es nichts gab, woran er sich halten konnte, hatte er sich bald hoffnungslos verirrt.

Die tiefhängenden Wolken am Himmel verdeckten die Sterne, und die Sonne, die sich hinter einer dichten, grauen Decke verbarg, hatte er nicht einmal zu Gesicht bekommen. Er dachte an die Minen in Katherine. Ungeachtet des Zyklons hatte die Regenzeit erst angefangen, und sie sollte bis Mitte April dauern. Er verstand allmählich, was das Wort Regenzeit wirklich bedeutete: Das ganze Gebiet würde sich in einen riesigen Sumpf verwandeln und – wie er zwar gehört, aber nie geglaubt hatte – unpassierbar werden. In dieser Jahreszeit konnte man von Katherine aus nur nach Süden reiten. Auch Palmerston war von der Außenwelt abgeschnitten. Wie gerne wäre er dorthin zurückgekehrt – obwohl er keinen Gedanken an Josie verschwendete. Wenn er es nicht zur Black-Wattle-Farm schaffte, würde es auch niemand anderem gelingen, außer sie fuhren mit dem Schiff. Er hatte also immer noch Zeit. Er musste nur den Weg zurück nach Palmerston oder nach Idle Creek Junction finden. Irgendwo musste es in diesem gottverlassenen Land doch Menschen geben: Dieser Ritt war schlimmer als der Marsch nach Pine Creek nach dem Überfall. Zwar war die grelle Sonne verschwunden, dafür war das Land nun unerträglich schlammig, zu grün, zu feucht, und überall stank es nach Fäulnis.

Logan kam nicht auf den Gedanken, dass er sich in ernstlicher Gefahr befand. Abgesehen davon, dass Schlangen und Krokodile sein Leben bedrohten, war ihm immer noch nicht klar, wie verlassen das Land um diese Jahreszeit war. Selbst die Aborigines waren in ihre Dörfer zurückgekehrt, weil sie nun nicht mehr weit gehen mussten, um Nahrung zu finden. Als Logan also den Rauch eines Lagerfeuers entdeckte, ritt er einfach darauf zu.

»Wen haben wir denn da?«, rief Rory bei seinem Anblick aus.

»Ich bin's, Conal«, antwortete er. »Mann, bin ich froh, Sie zu sehen.« Er bemerkte, dass die Männer argwöhnische Blicke miteinander tauschten, und erinnerte sich, dass die beiden, denen er einige Male in Katherine begegnet war, in Palmerston im Gefängnis gesessen hatten. Er beschloss, das Ganze von der witzigen Seite zu nehmen. »Hey, Jackson, wie lebt sich's denn hinter schwedischen Gardinen?«

»Was geht Sie das an?«, fauchte Jackson.

»Verstehen Sie mich nicht falsch«, meinte Logan überfreundlich. »Wenn man Sie rausgelassen hat, soll's mir recht sein.«

»Ja«, sagte Buster höhnisch und legte mehr feuchtes Holz ins Lagerfeuer. »Die haben uns rausgelassen.«

»Da haben Sie aber Glück gehabt«, meinte Logan aufmunternd. »Die ganze Anklage war doch sowieso an den Haaren herbeigezogen. Können Sie mir was zum Essen abtreten?«

»Kommt drauf an, ob Sie so was mögen«, antwortete Rory. »Buster hat Kängurugulasch gekocht.«

»Klingt gut«, erwiderte Logan. Er war nicht eben erfreut, ausgerechnet diesen beiden begegnet zu sein, doch er konnte sich in seiner Lage die Gesellschaft nicht aussuchen. Er kauerte sich neben sie ans Feuer. »Tut mir leid, aber ich kann Ihnen nichts für Ihre Freundlichkeit anbieten. Ich habe keinen Bissen mehr bei mir.«

»Und Sie haben nicht mal eine Waffe«, stellte Buster fest. »Was machen Sie hier in dieser Wildnis ohne Waffe?«

»Ich habe mich nur ein wenig umgesehen und mich verlaufen. Ich würde mich freuen, wenn Sie mir den Weg zurück nach Palmerston zeigen könnten, Rory.«

»Damit Sie allen erzählen, wo wir sind?«, fragte Rory heiser.

»Auf keinen Fall. Was geht mich das Ganze an?«

»Meiner Meinung nach«, mischte sich Buster ein, während er mit dem Messer nachprüfte, ob das Fleisch schon gar war, »geht Sie das sehr viel an. Sind Sie nicht der Kerl, der gegen uns aussagen soll?«

»Man hat mich darum gebeten«, antwortete Logan vorsichtig. »Aber ich will damit nichts zu tun haben.«

»Also reiten Sie nur rein zufällig hier draußen herum?«

»Nicht ganz. Ich bin selbst auf der Flucht.«

»Warum denn das?«

Logan erfand eine spannende Geschichte. »Habe in Perth Ärger bekommen, und einer hat dran glauben müssen. Und als euer Fall untersucht wurde, hat die Polizei auch in meiner Lebensgeschichte herumgestochert. Nur noch eine Frage der Zeit, bis sie darauf gekommen wären. Also habe ich den Zyklon benutzt und mich aus dem Staub gemacht.«

»Und so was ist Geschäftsführer einer Mine«, höhnte Rory.

»Hier draußen ist alles möglich«, antwortete Logan. Erleichtert stellte er fest, dass die beiden ihre Pistolen nicht umgeschnallt hatten. »Ich wollte eigentlich nur zurück nach Palmerston, weil ich mich verirrt hatte. Aber wenn Sie weiterreiten,

Rory, würde ich mich Ihnen gern anschließen.« Er war froh, dass er die Black-Wattle-Farm nicht erwähnt hatte. Sich mit diesen Männern zu unterhalten, war, als ginge man durch Treibsand. Black Wattle! Das wäre ein schrecklicher Fehler gewesen! Dort hatten die beiden doch Jimmy Moon aufgehängt. Er verabscheute sie aus tiefstem Herzen, aber im Augenblick war er dazu gezwungen, freundlich zu sein.

»Wohin weiterreiten?«, wollte Rory wissen.

Logan lachte gespielt auf. »Ganz gleich, nur raus aus diesem Dreck.«

Diese Antwort schien ihnen zu gefallen. Sie teilten das verkohlte Fleisch und eine Dose Bohnen mit ihm, und nach ein paar Tassen Tee fühlte sich Logan schon viel besser. Er beschloss, sich am Morgen abzusetzen.

»Fang uns doch ein paar Fische, Buster«, meinte Rory unheilverkündend, während er seine Tonpfeife anzündete. »Du kannst Mr. Conal ja zeigen, wie man das macht.«

Buster holte einen dicken, langen Speer. »In diesem Land muss man sparsam mit der Munition umgehen«, verkündete er. »Beim Fischen kann mir keiner dieser Nigger das Wasser reichen.«

»Wo haben Sie den Speer her?«, fragte Logan, um das Gespräch nicht abreißen zu lassen.

»Selber gemacht«, antwortete Rory. »Eine Niggerin, mit der er zusammengelebt hat, hat es ihm beigebracht.«

Die drei Männer gingen zum Ufer eines reißenden Flusses. Buster watete hinein und blieb reglos mit gezücktem Speer in der grauen Morgendämmerung stehen. Er schien eine Ewigkeit zu warten, und Logan langweilte sich allmählich. Doch plötzlich schnellte Busters Arm hoch, der Speer schoss ins Wasser, und als er wieder an die Oberfläche kam, zappelte ein großer Fisch daran. »Heiliger Strohsack, der muss ja mindestens zehn Pfund wiegen!«, rief Logan aus. Doch beim Sprechen beobachtete er seine Begleiter sorgfältig, da er davon überzeugt war, dass sie ihn nur ablenken wollten. Während Buster den mörderischen Speer in die Luft hob, hatte Conal darauf geachtet, dass Rory zwischen ihnen stand.

»Es ist ein Barramundi«, meinte Buster, der sehr zufrieden

mit sich war. Aber Logan bemerkte wieder, dass die beiden Männer Blicke austauschten, die mit dem Fisch nichts zu tun hatten.

Buster nahm den Fisch vom Speer, holte sein Jagdmesser heraus und reichte Rory den Speer. Aber der große, grobschlächtige Mann war zu unbeholfen. Als Rory mit dem Speer nach Logan stieß, sprang dieser zur Seite und entriss Buster das Messer.

»Schnapp ihn dir!«, rief Rory seinem Spießgesellen zu. Logan kämpfte um sein Leben. Rasch wich er der eisernen Speerspitze aus und stieß mit dem Messer nach Rorys Bauch. Überrascht stellte er fest, dass die scharfe Klinge eine große, blutende Wunde gerissen hatte. Rory stöhnte auf, aber er ließ nicht locker. Allerdings konnte er nicht mit dem Speer umgehen. Als er seinen Griff um den Schaft des Speeres änderte, gab er Logan wertvolle Zeit, um noch einmal nachzuschlagen. Diesmal stürzte er sich auf Rory, rang mit ihm und stieß ihm das Messer tiefer in die Brust. Buster zog ihm ein Stück Holz über den Rücken, und Logan rollte sich weg. Ganz offensichtlich hatte der Hieb seinem Kopf gegolten. Schnell sprang Logan auf und zückte das blutige Messer, um es Buster in den Leib zu stoßen, aber der Kampf war vorbei. Buster fiel neben Rory auf die Knie. »Was haben Sie getan!«, schrie er. »Er stirbt! Sie haben ihn umgebracht, Sie Schwein!«

»Er oder ich«, keuchte Logan. Die Schultern schmerzten ihn von der Anstrengung. »Warum habt ihr Mistkerle mich eigentlich angegriffen?«

»Wir dachten, dass Sie uns überfallen wollen«, antwortete Buster. Er hielt Rorys Kopf auf seinem Schoß und wusste, dass er nichts tun konnte. Das Gesicht des Sterbenden hatte bereits eine aschgraue Färbung angenommen.

Logan, der das nicht mit ansehen wollte, wurde von Übelkeit überkommen. Er ging zum Zelt der beiden und nahm ihre Gewehre an sich, damit Buster ihn nicht noch einmal angreifen konnte. Die Munition konnte er zwar nirgends entdecken, aber es genügte schon, dass sich die Gewehre nun in seinem Besitz befanden.

»Er ist tot«, sagte Buster traurig. »Rory ist tot!« Er rappelte sich auf, holte eine Decke und deckte seinen Freund zu.

»Wie hätte ich euch überfallen sollen?«, fragte Logan. »Ich war doch unbewaffnet.«

Mit tränenverschmierten Augen sah Buster ihn an. »Wirklich nicht? Haben Sie keine im Busch versteckt?«

»Nein.«

»Dann haben Sie nicht alle Tassen im Schrank, unbewaffnet hier herumzulaufen.« Traurig betrachtete er Rorys Leiche. »Wir haben Ihnen nicht geglaubt.«

»Kennen Sie sich hier aus?«

»Wie man's nimmt.«

Logan hielt immer noch das Gewehr. »Sie bringen mich zur Black-Wattle-Farm, und dann lasse ich Sie laufen.«

»Black Wattle? Nur über meine Leiche. Außerdem brauchen Sie in der Regenzeit sowieso Flügel, um dahin zu kommen.«

»Wir können es immerhin versuchen«, antwortete Logan und hob das Gewehr.

»Das legen Sie mal ruhig weg«, meinte Buster. »Es ist nicht geladen; uns ist die Munition ausgegangen.«

Wie benommen stand Logan da. Die erdrückende Stille des Buschs, der ihn nun gefangen hielt, legte sich wie ein Schleier über seine Gedanken.

»Palmerston«, sagte er. »Sie können mich nach Palmerston bringen.«

Buster nahm Rorys Pfeife und zündete sie gemächlich an. »Wie ich die Sache sehe«, sagte er schließlich, »können Sie mich gar nicht umbringen, denn dann kommen Sie nie mehr hier raus. Also hören Sie auf, den großen Mann zu spielen. Immerhin bin ich nicht so dämlich wie Sie. Ohne Partner kommt ein Mann hier draußen nicht weit.« Er fing an, die Gerätschaften zusammenzupacken. »Ich reite jetzt los, und Sie kommen mit. Ich glaube Ihnen Ihre Geschichten zwar immer noch nicht, aber das ist ja jetzt gleichgültig. Und Palmerston können Sie vergessen, jetzt, wo Rory tot ist, bringen mich keine zehn Pferde mehr dahin.«

»Ich bezahle Sie gut, wenn Sie mich hinführen.«

»Und ich werd's Ihnen dann heimzahlen. Ich erzähle Rorys Freunden einfach, dass Sie ihn im Schlaf kaltgemacht haben. Sie würden keinen Tag überleben.« Beim Grinsen zeigte er gelbe Zähne. »Los, holen Sie die Pferde.«

Logan versuchte es mit einem Bluff. »Aber das Land ist doch unpassierbar. Wohin wollen Sie?«

»Wir, alter Junge, wir ... oder haben Sie's schon vergessen? Wir reiten gar nicht erst nach dem Süden, denn dort wimmelt es von Polizisten. Wir reiten nach Osten über die Alligator Rivers ins Arnhemland.«

»Das schaffen wir nie.«

»Es gibt immer Mittel und Wege: Wir müssen uns nur gleich auf die Socken machen. Und die Schwarzen werden uns helfen, wenn wir ihnen die Gewehre geben. Dann versuchen wir einfach die Hochebene zu erreichen und warten an der Küste ab, bis die Regenzeit vorbei ist.«

»Unmöglich«, beharrte Logan.

Als sie aufstiegen, wusste Logan, der sich widerwillig auf die Reise machte, dass sie eine Welt betraten, aus der er nie zurückkehren würde.

Zack fand Sibell im Krankenhaus. »Kommen Sie mit. Wir müssen miteinander reden.«

»Nicht dort entlang«, sagte sie, da sie unbedingt der Oberschwester aus dem Weg gehen wollte. »Kommen Sie durch dieses Zelt. Wenn Hilda mich weggehen sieht, reißt sie mir den Kopf ab. Mein Lebtag habe ich nicht so schwer gearbeitet.«

»Das ist eine gute Schule für Sie«, bemerkte er, während sie am hinteren Ende des Zelts unter der Zeltbahn durchschlüpften. »Erfahrung in der Krankenpflege werden Sie auf der Farm gut gebrauchen können.«

»Also habe ich meine Stellung noch?«

»Ja, aber ich brauche nicht nur eine Buchhalterin, sondern auch eine Ehefrau.«

Sibell nahm ihre Schürze ab und betrachtete die dichten Bäume mit den gelben Blüten. »Es sind schwarze Akazien«, sagte sie leise.

»Die gibt es überall. Haben Sie gehört, was ich gesagt habe?«

»War das eine Frage oder eine Feststellung?«

»Eine Frage, Herrschaftszeiten! Heiratest du mich jetzt oder nicht?«

»Wie charmant.«

»Bitte, Sibell. Erwartest du etwa, dass ich in diesem Schlamm vor dir auf die Knie falle?«

»Nein.« Sie lachte. »Aber, Zack, ich muss dir zuerst noch etwas sagen.«

»Sibell, lass mich zur Abwechslung einmal ausreden. Ich liebe dich. Es tut mir leid, wenn du mich in der Vergangenheit immer missverstanden hast. Aber ich liebe dich, und ich glaube, dass du mich auch gernhast. So, reicht dir das jetzt? Was du mir sagen wolltest, kann noch warten, es ist nicht wichtig für mich. Wirst du mich heiraten?«

»Selbstverständlich heirate ich dich, Zack«, antwortete sie ungeduldig, und er nahm sie in die Arme.

»Charmant!«, machte er sich über sie lustig. »Wenn wir es nicht bald lernen, eine gemeinsame Sprache zu sprechen, wird es ein schönes Durcheinander geben.«

Sie gingen weiter, und er legte seine Jacke über einen umgestürzten Baumstamm, damit sie sich setzen konnte. »Und nun erzähl mir dein Geheimnis.«

Aufgeregt erklärte sie ihm so gut wie möglich alles über das Wolfram und das Zinn auf Black Wattle. »Ist das nicht fabelhaft? Die Gutachter sagen, das ist so gut wie eine Goldmine. Wir sind reich, Zack. Oder wir werden es wenigstens sein, wenn die Minen erst einmal arbeiten.«

»Hast du deshalb gesagt, du willst nicht, dass ich glaube, du heiratest mich nur, weil du keine andere Wahl hast?«

»Ja.«

»Und Conal ist aus dem Rennen?«

»Ja.«

»Für mich ergibt das keinen Sinn.«

»Zack, überleg mal. Ihr seid euch eurer selbst so sicher. Trotz der finanziellen Rückschläge steht ihr mit beiden Beinen fest auf dem Boden. Euch gehört all das Land. Und ich besaß nichts. Maudie und ich haben uns nicht besonders gut vertragen. Ich wollte dich nicht nur heiraten, um mich abzusichern.«

»Zählt denn für dich nur Geld?«

»Nein, es geht nicht nur ums Geld. Verstehst du denn nicht; ich habe nichts und niemanden auf der Welt.« Ihre Stimme zitterte, doch sie fuhr fort: »Keine Familie, und außer Lorelei und dem Colonel keine Freunde. Es tut mir leid, ich wollte nicht darüber reden.«

»Wir sollten darüber sprechen«, sagte er leise, »und das sofort. Erzähl mir von deinen Eltern; ich möchte, dass sie bei uns sind wie Charlotte und Cliff, ich möchte sie in unserer Familie willkommen heißen.«

Zack saß ruhig da, hörte ihr zu und ermutigte sie, nichts auszulassen. Er wollte sogar alles über den üblen Klatsch über sie und Logan hören, der ihr in Perth so sehr zu schaffen gemacht hatte. »Du kennst viele Leute, Zack«, erklärte sie, »und ich habe mich in eurer Familie wie das fünfte Rad am Wagen gefühlt. Stell dir vor, wie ich mich gefreut habe, in Pine Creek einem bekannten Gesicht zu begegnen: Logan, und ich wusste nicht mehr, was ich tat.«

»Reden wir nicht mehr über ihn«, meinte Zack, »sonst muss ich dir noch meine Vergangenheit beichten.« Er küsste sie.

»Das wäre nur gerecht«, meinte Sibell. »Doch eins ist merkwürdig: Ich dachte, du hättest schon längst etwas über die Minen gehört.«

»Habe ich auch«, gab er zu. »Clarrie Fogge hat es mir sofort brühwarm erzählt. Er war ein enger Freund von Charlotte. Ich wollte erst sehen, wie du dich entscheidest, und dann dachte ich mir, was soll's? Mine oder nicht, auf jeden Fall ist es Zeit, dass wir endlich heiraten.«

»Zack Hamilton!«, rief sie. »Du bist ein Betrüger. Du lässt mich weiterreden und weißt es längst.«

»Ich wollte es gerne noch einmal hören. Gute Nachrichten soll man wiederholen. Aber eins verstehe ich immer noch nicht. Woher wusstest du, dass es auf unserem Besitz Wolframvorkommen gibt?«

»Logan hat es gefunden. Er hat mir davon erzählt.«

Entgeistert starrte Zack sie an. »Guter Gott! Du hast ihm den Claim weggeschnappt.«

»Er hat es verdient«, rief Sibell aus. »Er ist ein Halunke und ein Betrüger.« Sie lachte, und die Welt um sie herum freute sich mit ihr. Dicke Vögel zwitscherten in den niedrigen Ästen, die Currawongs, die glücklichsten aller Vögel, stießen ihr La-la-lo aus, das von einem langen, schrillen Pfeifen gefolgt wird. Kleine

Kängurus grasten in der Nähe. Ihr Leben war endlich geregelt. Ganz besonders gut sogar, denn sie würde diesen wunderbaren Mann heiraten und nach Black Wattle zurückkehren …

»Rache also?«, fragte er. Seine blauen Augen blickten stahlhart, und die Bartstoppeln betonten noch den energisch vorgeschobenen Kiefer.

»Nicht wirklich.« Sie lächelte und strich sich das feuchte Haar aus dem Gesicht. »Es ist ein neuer Anfang für uns. Du musst dir keine Sorgen mehr um das Überleben der Farm machen. Black Wattle wird die beste Farm im ganzen Norden sein und völlig schuldenfrei.« Sie streckte die Hand nach ihm aus. »Zack, mein Liebster, alles wird wunderbar.«

»Für dich vielleicht«, meinte er stirnrunzelnd.

»Oh, du meine Güte, sei doch nicht so. Die Minen sind nicht nur für mich, sie gehören auch dir.« Sie sprang auf und legte ihm die Arme um den Hals. »Du kennst doch den alten Spruch … was mein ist, ist auch dein!«, scherzte sie.

Aber er stand nur stocksteif da und sah sie nicht an. »Ich will damit nichts zu tun haben.«

An seinem Gesichtsausdruck erkannte sie, dass er in seinem Gerechtigkeitssinn verletzt war, aber sie hatte kein Verständnis für seine Haltung. »Zack, sei doch nicht dumm! Wir gründen eine Gesellschaft. Lorelei, der Colonel, du und ich. Wir werden ein Vermögen verdienen!«

»Ich kenne das Arrangement. Dir gehört die Hälfte der Morning-Glory-Minen, wenn sie erst einmal arbeiten. Aber mit mir brauchst du nicht zu rechnen. Tu, was du nicht lassen kannst. Ich habe Geld nicht so nötig, dass ich die Rechte eines anderen Mannes mit Füßen trete.«

»Was für Rechte? Logan hat seine Chance vertan.«

»Er hat dir vertraut, Sibell, und du hast sein Vertrauen missbraucht.«

»Red doch keinen Unsinn«, fauchte sie ihn an. »Du hast doch selbst gesagt, dass du ihn nicht leiden kannst.«

Er seufzte und sah sie traurig an. »Vielleicht handelst du vernünftig, aber es ist trotzdem Betrug.«

Wieder fühlte Sibell sich in die Enge gedrängt, und sie war wütend auf Zack, weil er aus heiterem Himmel einen Streit vom

Zaun brach. Er benahm sich einfach lächerlich. »Nun, jetzt ist es zu spät. Die Schürfrechte sind schon eingetragen.« Sie streichelte seinen Arm. »Vergiss die Sache, Zack. Um ihn musst du dir keine Sorgen machen. Du hast gesagt, was dir daran nicht gefällt, und ich verstehe dich. Vielleicht habe ich mich wirklich nicht korrekt verhalten, aber ich hatte ein Recht darauf.«

Eine Zeit lang schwieg er, und sie spürte, wie sich eine Kluft zwischen ihnen auftat. »Bei Gott, ich liebe dich, Sibell, aber mit so etwas könnte ich nicht leben. Ich will mir nicht an unehrlich erworbenem Geld die Finger schmutzig machen. Die Hälfte seiner Ansprüche hast du schon verschenkt, aber den Rest könntest du ihm doch zurückgeben. Weißt du denn nicht, wie viele arme Kerle hier draußen unter großen Mühen nach Bodenschätzen schürfen. Hunderte! Ganz offensichtlich hast du nicht die geringste Ahnung, wie gewitzt man sein muss, um wirklich fündig zu werden. Das Zinn und das Wolfram liegen schon seit Jahren genau unter meiner Nase, aber ich habe nichts davon bemerkt. Und nun hat dieser arme Teufel das große Los gezogen. Wahrscheinlich war er außer sich vor Freude! Er war dumm genug, dir davon zu erzählen, und du hast es ihm gestohlen, alles, was er hatte. Und um die Sache noch schlimmer zu machen«, er lachte auf, »hast du die Hälfte des Schatzes an eine Frau verschenkt, die genau so ein Dummchen ist wie du. Wie zwei Schulmädchen, die die Hüte tauschen.«

»Wäre es dir lieber gewesen, wenn ich alles behalten hätte?«, fragte sie spöttisch, aber Zack Hamilton ließ sich nicht ablenken.

»Mir wäre es lieber, wenn du Mr. Conal wenigstens deinen Anteil aus diesem kläglichen Diebstahl zurückgeben würdest.«

»Das werde ich nicht tun.«

»Gut«, meinte er. »Dann lass es eben. Du hast deine Grundsätze, ich habe meine.«

Ein entsetzliches Schweigen entstand, eine Spannung, die bei Liebenden so oft vorkommt, wenn keiner von ihnen eine endgültige Entscheidung treffen will. So gerne hätte Sibell ihn gefragt, ob die Verlobung, die Hochzeit immer noch stattfinden würden, aber sie war zu stolz, um ihn zu bitten.

Noch nie im Leben war Zack so verzweifelt gewesen. Er konnte es kaum ertragen, dass Sibell sich von ihm entfernte und dass er es gewesen war, der diesen Bruch verursacht hatte. Sie sah so hübsch und gleichzeitig so unbeschreiblich traurig aus. Am liebsten hätte er sie in die Arme genommen und ihr gesagt, wie närrisch die ganze Angelegenheit war. Schließlich war es die Aufgabe des Mannes, seine Frau zu ernähren … Doch ihr Starrsinn machte ihn wütend. Für sie war ein Traum Wirklichkeit geworden, der Traum von einem raschen Reichtum, und sie wollte nicht darauf verzichten. Also brach Zack das Schweigen. »Dein Name steht auf der Liste derer, die aus Palmerston ausgesiedelt werden sollen, Sibell. Am besten fährst du mit nach Adelaide.«

Sibell ärgerte sich. »Ich habe nicht vor, nach Adelaide zu fahren.«

»Du hast keine andere Wahl.«

»Wo würde ich wohnen?«

»Man hat sich um Quartiere für diejenigen gekümmert, die kein Dach über dem Kopf haben. In deinem Fall werden sich die Banken bestimmt darum reißen, dir einen Kredit zu gewähren, da du doch die Morning-Glory-Minen als Sicherheit hast. Außerdem musst du nicht allein reisen. Maudie fährt auch und nimmt Wesley und ein paar Frauen von der Farm mit. Sie bleiben bis zum Ende der Regenzeit.«

»Ich werde nicht fahren!«

»Doch, das wirst du! Der Verwalter will seinen Amtssitz zurück. Also stehen alle Frauen, die dort untergebracht sind, ganz oben auf der Liste. Und im Augenblick kannst du nirgendwo sonst in der Stadt wohnen, Sibell.«

Er wandte sich zum Gehen. »Ich bin dir nicht böse, Sibell. Viel Glück für die Zukunft.«

»Sehe ich dich noch einmal, bevor ich abfahre?«, fragte sie, aber er schüttelte den Kopf.

»Ich glaube nicht.« Einige Sekunden schien es, als wollte er noch etwas sagen, und Sibell wartete und hoffte, sie würden noch einen Weg der Klärung finden. Doch dann war er fort. Rasch ging er zu den Pferden hinüber, die in einer Reihe an der Pforte festgebunden waren.

Sibell dachte an ihr Pferd. Merry befand sich immer noch auf Black Wattle. Wir sprechen uns noch, Zack Hamilton, sagte sie zu sich. Du entkommst mir nicht. Dann fiel ihr Logan ein. Ihm die Minen zurückgeben? Niemals! Sie hatte die Liste mit den Todesfällen gesehen, aber sein Name war nicht darauf gewesen. Also musste er noch irgendwo in Palmerston sein. Nicht, dass das einen Unterschied gemacht hätte, denn sie hatte nicht die Absicht, ihn zu suchen. Ganz gleich, was Zack sagte, Logan Conal würde keinen Penny bekommen.

Der Colonel war erstaunt. Logan Conal schien wie vom Erdboden verschluckt. Also ließ er die Stadt durchsuchen und schickte auch seine Wachtmeister aus, um Nachforschungen anzustellen. Aber der Bursche blieb verschwunden.

Der Colonel hatte Conals Schritte am Weihnachtsabend vor dem Sturm nachvollzogen und überrascht festgestellt, dass er im Victoria-Hotel und nicht bei seiner Frau gewohnt hatte. Deswegen war sie in dieser Nacht wahrscheinlich allein gewesen. Aber was tat er im Hotel? Und warum war er nach dem Sturm nicht zum Haus gegangen, um nach seiner Frau zu sehen? Außer er war selbst verwundet oder sogar getötet worden. Das Victoria-Hotel war dem Erdboden gleichgemacht worden, doch der Verbleib aller anderen Gäste war geklärt. Wo steckte also Logan Conal?

Der Colonel stellte einen Trupp zusammen, der die Stadt und auch die Strände – für den Fall, dass Logan ertrunken war – noch einmal durchkämmen sollte. Aber sicherlich war niemand, der seine fünf Sinne beisammenhatte, bei diesem Wetter in die Nähe des Wassers gegangen. So konnte der Colonel nur in seinem Bericht festhalten, dass Conal wie auch zwei Sträflinge aus dem Gefängnis vermisst wurden. Die beiden – Jackson und Krohn – hatten die Gelegenheit genützt, sich aus dem Staub zu machen. Und Conal? Er war kein Buschreiter. Da draußen würde er nie überleben. Und warum hätte er auch fortreiten sollen?

Erschöpft beschloss der Colonel, sich einmal mit Mrs. Conal zu unterhalten. Sie hatte gesagt, sie werde ihrem Mann ausrichten, dass er sich bei der Polizei melden sollte, wenn er zurückkam. Warum war er nicht nach Hause gekommen? Wahrscheinlich stand es mit der Ehe der Conals nicht zum Besten, überlegte sich der Colonel. Er wollte die Frau nicht beunruhigen, sondern ihr nur ein paar Fragen stellen. Und außerdem konnte er so die Gelegenheit nützen, Lorelei einen Besuch abzustatten.

Die Oberschwester führte ihn durch die Frauenabteilung, die so überfüllt war, dass man für die neue Patientin, Mrs. Conal, nur noch ein Feldbett an der Hintertür hatte. »Sie fühlt sich den Umständen entsprechend ganz wohl«, meinte Hilda. »Sie sieht zwar immer noch aus wie ein Luftballon, aber die Schwellungen gehen bald zurück. Es muss die Hölle gewesen sein, diese grünen Ameisen im Bett zu haben.«

Puckering pflichtete ihr bei. Als er einige Ameisenbisse abbekommen hatte, hatte er geschrien wie am Spieß. Die arme Mrs. Conal. Eingeklemmt unter dem zerstörten Haus und dem umgestürzten Baum hatte sie sich nicht bewegen und gegen die wütenden Insekten zur Wehr setzen können ... Er erschauderte. Obwohl die Oberschwester ihn gewarnt hatte, erschrak er bei Josies Anblick. Die Unglückliche sah einfach urkomisch aus. Da sie in ein riesiges weißes Nachthemd gehüllt war, konnte er außer den angeschwollenen Händen und dem Gesicht nichts von ihr sehen. Sie sah aus wie ein Clown, der sich als Neger geschminkt hat – ihr Gesicht war mit einer unangenehm riechenden schwarzen Salbe bedeckt, ihre Lippen mit einer weißen bestrichen.

»Mein eigenes Rezept«, verkündete Hilda stolz. »Goannafett, das Öl des Titi-Baums und Holzkohle zum Binden. Es wirkt wahre Wunder! Zieht das Gift raus. Wenn Sie wollen, gebe ich Ihnen etwas davon. Die Schwarzen haben mich daraufgebracht. Und auf den Lippen hat sie meine Zinksalbe. Das beruhigt und hilft heilen.« Sie erörterte Josies Zustand, als ob die Kranke gar nicht anwesend gewesen wäre, eine Eigenart, die, wie Puckering bemerkt hatte, viele Angehörige der Pflegeberufe aufwiesen. Also wandte er sich an die Patientin. »Guten Tag, Mrs. Conal. Ich hoffe, es geht Ihnen schon besser.«

»Ja, vielen Dank, Colonel«, brachte sie mühsam hervor.

»Sie ist immer noch schwach«, teilte Hilda ihm mit. »Aber eine kräftige Rindfleischsuppe wird sie schon wieder auf die Beine bringen. Sie war halb verdurstet – die ganze Zeit ohne Wasser –, und wir dürfen ihren leeren Magen nicht mit zu viel

Nahrung belasten. Doch Rindfleischsuppe ist sehr kräftigend, Colonel.«

»Sehr richtig«, stimmte er zu und wünschte, Hilda würde endlich verschwinden. »Mrs. Conal«, fuhr er fort. »Wie Sie wissen, geht es in der Stadt immer noch drunter und drüber. Also konnten wir Ihrem Mann nicht mitteilen, dass Sie hier sind.«

»Er sucht bestimmt nach ihr«, mischte sich Hilda ein. »Bestimmt sieht er zuerst im Krankenhaus nach.«

»Sehr richtig«, meinte der Colonel leise. »Ich will Sie ja nicht ängstigen, Mrs. Conal, aber wir konnten ihn immer noch nicht ausfindig machen.«

»Haben Sie im Haus nachgesehen?«, fragte Hilda. »Bestimmt ist er noch dort. Vielleicht ist er schwer verletzt.«

»Wir haben das ganze Gelände gründlich abgesucht«, antwortete er abweisend und beobachtete dabei Josies Augen. Er hatte den Eindruck, als höre sie dem Gespräch nicht wie eine besorgte Ehefrau, sondern eher wie eine interessierte Beobachterin zu. »Wann haben Sie ihn zuletzt gesehen, Mrs. Conal?«

»An Heiligabend«, antwortete sie, und ihre Stimme klang traurig. Schon bedauerte der Colonel, dass er sie falsch eingeschätzt hatte. »Wir haben zusammen gegessen …« Mit einem Lappen wischte sie sich die Salbe von den Lippen. »Es tut mir leid, aber es kommt mir wie eine halbe Ewigkeit vor. Ich habe Schwierigkeiten, mich zu erinnern. Es sind doch nur ein paar Tage, oder?«

»Sie haben einen schweren Schock erlitten«, erklärte Hilda. »Da können einem schon die Gedanken durcheinandergeraten.«

»Lassen Sie sich nur Zeit«, meinte der Colonel freundlich.

»Ja, das Weihnachtsessen. Ich habe es eigens für ihn gekocht. Nur für uns beide. Wir hatten so einen schönen Abend, und wir waren so glücklich. Und dann musste so etwas geschehen. Ich erinnere mich, dass wir eine Flasche Wein zum Essen hatten und danach noch jeder ein Glas Portwein. Und dann frischte der Sturm auf. Aber ich habe hier schon so viele Stürme erlebt, dass ich mir keine Sorgen gemacht habe. Also bin ich zu Bett gegangen. Logan meinte, er wolle sich noch draußen umsehen, um festzustellen, wie schlimm der Sturm wirklich ist. Ich glaube, er wollte jemanden fragen, ob tatsächlich Gefahr besteht.«

»Er ist also nach draußen gegangen?«, fragte Puckering.

»Ja.«

»Und wie lange vor dem Zyklon war das?«

»Oh, eine ganze Weile.«

»Sich in der Umgebung umzusehen, dauert nicht allzu lange. Wohin, glauben Sie, kann er verschwunden sein?«

»Früher am Abend sagte er mir, er würde noch einmal zum Hotel gehen. Da es am Weihnachtstag geschlossen ist und wir nur noch ein wenig Portwein im Haus hatten, wollte er noch eine Flasche kaufen, damit wir zusammen feiern konnten.«

»Also glauben Sie, er ist noch mal losgegangen, um Portwein zu kaufen. Wo wollte er um diese Uhrzeit welchen auftreiben?«

Tränen traten ihr in die Augen. »Ich hätte ihn aufhalten sollen! Aber, Colonel, Sie wissen doch, dass es bei uns in der Nähe einige chinesische Schwarzbrennereien gibt. Wahrscheinlich ist er dort hingegangen.«

»Und dann hat ihn der Sturm überrascht, und er konnte nicht zurück«, fügte Hilda hinzu.

»Bestimmt war es so«, sagte Mrs. Conal. »Meinem Mann ist etwas zugestoßen, da bin ich mir ganz sicher. Sonst wäre er doch schon hier. Als ich Sie zuerst gesehen habe, Colonel, dachte ich schon, Sie bringen schlechte Nachrichten. Sagen Sie mir die Wahrheit, ist Logan noch am Leben?«

Puckering dachte über diese Frage nach. »Soweit ich es beurteilen kann, ja. Wir können ihn bloß nicht finden.«

»Das ist nicht möglich«, warf Hilda ein. »Wenn der Mann noch einen Fuß vor den anderen setzen könnte, wäre er schon längst hier.«

Glücklicherweise wurde sie fortgerufen, und der Colonel konnte nun auf die heikleren Punkte in diesem Geheimnis zu sprechen kommen. »Mrs. Conal, wie stand es zwischen Ihnen und Ihrem Mann?«

»Was für eine Frage!«, schluchzte sie. »Logan und ich liebten uns sehr, Colonel. Wir waren ja erst seit einem Jahr verheiratet.«

Sie sprach in der Vergangenheit. Hielt sie ihn etwa doch für tot? Und warum?

»Soweit ich weiß, wohnte Mr. Conal im Victoria-Hotel. Warum das, obwohl Sie doch ein Zuhause hatten?«

»Aus geschäftlichen Gründen. Er hatte ein Zimmer dort, aber er kam immer zu mir nach Hause.« Sie schluchzte. »Wir wünschten uns ein Kind. Ich habe ein Kind aus erster Ehe, mein erster Mann ist gestorben. Mein Sohn Ned ist im Internat in Perth.«

Puckering versprach ihr, die Suche nach Logan Conal fortzusetzen, und verließ sie unter einem Vorwand. Er war sicher, dass sie log. Aber warum? Logan Conal konnte nicht in Palmerston sein, das stand fest, denn in einer so kleinen Stadt hätte er sich nicht verstecken können. Und warum hätte er das auch sollen? Also musste Mr. Conal einen Unfall gehabt haben. Dem Zyklon war er bestimmt nicht zum Opfer gefallen, denn dann wäre seine Leiche inzwischen längst entdeckt worden ... bei diesem feuchten Klima hätte der Geruch allein schon ausgereicht.

Einen flüchtigen Moment lang fragte er sich, ob die Ehefrau ihn umgebracht und verscharrt hatte, denn an die Erklärung, warum ihr Mann ein Zimmer im Hotel bewohnt hatte, glaubte er nicht. Aber nein, nicht diese Frau mit den weichen, braunen Augen. Conal war ein großer, kräftiger Mann. Sie hätte ihn am Heiligabend umbringen, seine Leiche im Platzregen vom Haus wegschleppen, bei diesem Wetter ein Grab schaufeln und ihn vergraben müssen. Unmöglich, bei diesem Regen!

Vor der Tür des Krankenhauses zündete er seine Pfeife an. All diese Schwierigkeiten und die bedrückende Stimmung lasteten auf seiner Seele. Und Mrs. Conals Verletzungen waren geringfügig, verglichen mit denen von Lorelei. Wenigstens würde Mrs. Conals Gesicht bald keine Spuren mehr aufweisen. Allmählich fing Lorelei wieder an, andere Menschen wahrzunehmen und mit ihm zu sprechen. Sie war, wie er sich dankbar überlegte, nicht die Sorte Frau, die lange den Mund halten konnte. Er hatte mit ihr über die Ärzte gesprochen, die gesagt hatten, dass sie warten mussten, bis die Wunden geheilt waren. Dann konnte sie sie vielleicht nachbehandeln lassen. In Sydney gab es einen Facharzt, der möglicherweise etwas gegen die Narben unternehmen konnte.

Niedergeschlagenheit, dachte er traurig. Lorelei hatte dazu

wie viele andere Bewohner der Stadt allen Grund, was nicht nur mit dem Zyklon zusammenhing. Nicht umsonst nannte man diese Jahreszeit die Selbstmordsaison.

Er hielt inne. Selbstmord! Hatte Logan in dieser Nacht vielleicht Selbstmord begangen? Er hätte ohne Schwierigkeiten ins Wasser gehen können. Niemand hätte dort lange überlebt. Abgesehen von den Wellen, die an den Strand schlugen, hätten die Quallen und Haie mit jedem Schwimmer kurzen Prozess gemacht. Er seufzte. Bislang war das die einzige Theorie, die einen Sinn ergab. War Conal zurückgekommen, hatte er – da er das Haus zerstört vorfand und seine Frau für tot hielt – seinem Leben ein Ende bereitet? Wer konnte das wissen?, dachte er. Solange Conal nicht wieder auftauchte, war diese Erklärung so gut wie jede andere. Allerdings beabsichtigte er, Conal weiterhin als vermisst zu führen, um seine Frau nicht zu beunruhigen. Nur vermisst. Die Zeit würde das Geheimnis aufklären. In der Zwischenzeit wollte er anordnen, die Strände in der Umgebung noch einmal abzusuchen – wahrscheinlich ein sinnloses Unterfangen, da neunzig Prozent der Küste in dieser riesigen Bucht noch unerforscht waren. Die Halbinsel von Port Darwin war nur eine von vielen Landzungen, die ins Meer hinausragten.

Nachdem der Colonel gegangen war, erschauderte Josie. Wie froh war sie, dass diese scheußliche Salbe ihr ganzes Gesicht bedeckte. Sie war eine Maske, die ihr half, die Wahrheit zu verbergen. Niemals hätte sie ihm erzählen können, was tatsächlich geschehen war, es war zu schrecklich, zu demütigend. Logan hatte seine Begierde an ihr gestillt, sie benützt und sie bei der erstbesten Gelegenheit grausam und herzlos dem Tod überlassen. Sie hatte ihn nach dem Sturm, nachdem der Baum auf das Haus gefallen war, draußen herumgehen hören. Und er hatte nicht auf ihre Hilferufe reagiert. Oh, er hatte ganz sicher gewußt, wo sie war. Sie hatte seine Schritte gehört, und als sie gerufen hatte, war er stehen geblieben. Er hatte gelauscht, und er war ganz in der Nähe gewesen. Und als sie wieder gerufen hatte, hatte er noch einmal innegehalten und war dann fortgegangen. Logan wollte, dass sie starb. Zuerst hatte sie glauben wollen, dass er nur Hilfe holte, doch dass er ihr nicht geantwortet hatte, sprach eine deutliche Sprache.

Die Tage und Nächte ihrer Gefangenschaft waren entsetzlich gewesen. Sie konnte sich nicht mehr an ihre Gedanken erinnern. Vielleicht hatte sie auch vor Schmerzen und Atemnot immer wieder das Bewusstsein verloren. Aber nun fürchtete sie sich. Sie hatte eine Todesangst vor Logan. Was würde also als Nächstes geschehen? Dass Logan verschwunden war, war ihr ebenso wie dem Colonel ein Rätsel. Allerdings betete sie, dass er nicht wiederauftauchen würde. Glücklicherweise hatte sie im Krankenhaus genug Zeit gehabt, sich eine glaubwürdige Geschichte auszudenken, warum ihr Logan nicht hatte zu Hilfe kommen können. Allerdings erklärte das immer noch nicht, warum er sie tagelang in ihrem Gefängnis liegen gelassen hatte, obwohl er sie hätte retten können. Der Colonel war so ein freundlicher Mann. Fast hätte sie sich überwunden und ihn um Schutz vor Logan gebeten. Aber dann hätte sie ihm die Wahrheit sagen müssen, und das brachte sie nicht über sich.

Nein, ihre Entscheidung stand fest. Niemand wusste, dass er sich von ihr hatte scheiden lassen wollen, nur ihr Freund, der gute, alte Mr. Wang. Und Hilda hatte ihr erzählt, er sei im Tempel ums Leben gekommen. Der arme Mr. Wang. Wie gerne hätte sie jetzt mit ihm gesprochen. Er war so weise, sie hätte ihn um Rat bitten können. Einmal hatte er ihr schon einen guten Rat gegeben: einfach abzuwarten. Und daran würde sie sich auch halten. Sie würde nichts tun. Alle Welt glaubte, dass Logan und sie glücklich verheiratet waren. Und wenn ihm etwas zugestoßen war, was angesichts seiner Abwesenheit durchaus möglich schien, hieß das, dass es doch noch einen Gott gab. Wieder fiel ihr der Weihnachtsabend ein, als sie sich so leidenschaftlich geliebt hatten, und ihr wurde übel. Sie drehte sich zur Wand und dachte an Ned.

Unter den primitiven Bedingungen war die Zubereitung der Mahlzeiten nicht einfach. Das Kochhaus hatte Wände aus Sackleinwand und ein Blechdach. Zwei Frauen kochten im Schweiße ihres Angesichts Suppen und Eintöpfe und behielten gleichzeitig die Fladenbrote im Auge, die in einem Buschofen auf den Kohlen buken. Da es keine Tabletts gab, brachten freiwillige Helfer das Essen in Kesseln ins Haus, wo es mit der Schöpfkelle an die Patienten verteilt wurde. Dann kamen sie mit Tassen voller Tee und Fladenbrot zurück. Manchmal gab es auch Kuchen und Hörnchen, die die Frauen aus der Stadt gespendet hatten. Das alles war harte Arbeit und ziemlich zeitaufwendig. Sobald der letzte Bissen verzehrt und das Geschirr gespült war, war es schon wieder Zeit für die nächste Mahlzeit.

Sibell lief zwischen den Zelten hin und her, verteilte Essen und sammelte Geschirr ein, als Hilda nach ihr rief. »Hier drin ist nur Fleischbrühe, kein Fleisch und keine Kartoffeln. Bringen Sie das zu Mrs. Conal.«

»Wem?«, rief Sibell.

»Mrs. Conal. Der neuen Patientin. Sie liegt ganz hinten am Ende des Krankensaals.« Sie tat einen Deckel auf den Kessel und gab ihn Sibell. »Sie müssen sie füttern. Ihre Finger sind geschwollen wie Würste.«

»Warum?«, fragte Sibell.

»Sie ist die, die sie unter dem Haus gefunden haben, und sie hat schlimme Schwellungen wegen der Insektenbisse. Los, Mädchen, stehen Sie nicht hier herum!«

Sibell hatte die Frau zwar gesehen, über die alle sprachen, aber sie hatte sie nicht wiedererkannt. Josie! Ängstlich ging sie zu Josies Bett hinüber und wünschte sich, diese Arbeit einer anderen Schwester übertragen zu können. Was war, wenn Josie sie beschimpfte? Was hatte Logan ihr von ihnen beiden erzählt? Und wenn Josie hier im Krankenhaus war, befand sich Logan sicherlich auch in der Nähe.

Josies freudige Überraschung war ehrlich. »Sibell! Ausgerechnet Ihnen hier zu begegnen! Was tun Sie hier? Oh, es ist so schön, ein freundliches Gesicht zu sehen.«

Beim Füttern erklärte Sibell Josie, wie sie auf Josies Empfehlung hin die Stelle bei Charlotte Hamilton bekommen hatte. Josie war überglücklich. »Meine Liebe, ich freue mich so. Aber ich habe gehört, dass Mrs. Hamilton gestorben ist.«

Nach einigen weiteren Erklärungen fragte Josie, ob Sibell Logan gesehen habe.

»Nein«, antwortete Sibell, wieder von Angst überkommen. »Warum? Ist ihm im Sturm etwas zugestoßen?«

»Der Colonel sagt Nein, aber ich glaube ihm nicht. Wenn Logan nur hier bei mir wäre! Ich mache mir ja solche Sorgen um ihn!«

Um nicht mit seiner Frau über Logan sprechen zu müssen, wechselte Sibell das Thema. »Was ist denn mit Ihnen passiert?«

Beim zweitenmal fiel es Josie leichter, ihre Geschichte zum Besten zu geben. Mit leuchtenden Augen erzählte sie von ihrem gemeinsamen Weihnachtsessen mit Logan, und es gelang ihr sogar, taktvoll die vorangegangenen Ereignisse an jenem Abend anzudeuten. »Er war so liebevoll. Wir wünschen uns ein Kind. Oder zumindest wollten wir das, als wir noch ein Haus hatten. Nun ist es völlig zerstört. Aber ich glaube, man kann es wiederaufbauen. Wir waren stolz auf dieses Haus, unser erstes wirkliches Heim.«

Sibell wollte nichts mehr hören, doch als die Suppe aufgegessen war, fing Josie an, von ihrer qualvollen Gefangenschaft in den Trümmern des Hauses zu berichten. »Deswegen wusste ich, dass Logan in dieser Nacht etwas zugestoßen sein muss. Er war nur für kurze Zeit fortgegangen, und er hätte mich nie im Stich gelassen. Sind Sie sicher, dass Sie ihm nirgendwo begegnet sind?«

»Vollkommen.«

»Sehen Sie? Logan war in Palmerston gut bekannt. Jemand hätte ihm inzwischen über den Weg laufen müssen.«

»Ich muss weiter«, sagte Sibell, die es in Josies Gegenwart nicht länger aushielt.

»Kommen Sie wieder?«, fragte Josie. »Wenn Sie nicht so viel zu tun haben?«

»Ja«, antwortete Sibell und wandte sich zum Gehen.

»Ich habe Ihnen geschrieben, Sibell, und Ihnen alles über Palmerston erzählt. Wir wohnten zwar nur zur Miete, aber mir gefiel die Stadt. Ich habe den Brief an Percy Gilberts Adresse geschickt. Mein Vorschlag war, dass Sie uns besuchen könnten, wenn Sie in Perth immer noch so unglücklich sind.«

»Ich habe den Brief nie bekommen«, erwiderte Sibell und ergriff die Flucht.

Den Rest des Tages über verrichtete Sibell völlig geistesabwesend ihre Arbeit. Dann ging sie am Strand entlang nach Hause. Sie fühlte sich elend und niedergeschlagen, denn sie musste immerzu an Josie denken. Vor lauter Wut und Eifersucht hatte sie ganz vergessen, was für ein von Grund auf guter Mensch Josie war. Und was ihre Heirat mit Logan betraf – nun, das kam Sibell gar nicht mehr so entsetzlich vor. Sie überlegte, wie erwachsen sie im letzten Jahr geworden war. Nun sah sie die Dinge viel klarer; nicht so eindeutig und unverrückbar wie Zack allerdings.

Die Wellen rollten ohne Unterlass an den Strand, doch heute empfand Sibell dieses Geräusch nicht als tröstlich. Ihr graute davor, zum Haus zurückzukehren, wo es von schwatzenden Frauen und schreienden Kindern wimmelte. Sie vermisste das fröhliche, kleine Strandhaus. Allerdings wusste sie auch, dass ihr in Wirklichkeit die stillen Nächte in Black Wattle fehlten, die unendliche Weite, die ihr so viel Kraft verlieh. Im Vergleich dazu wäre ihr Perth ebenso wie Palmerston bedrückend vorgekommen. Als sie am Telegraphenamt vorbeikam, verlangsamte sie ihren Schritt, denn sie wusste, dass Zack dort untergebracht war. Sie hoffte, er würde sie sehen, aber niemand rief ihr zu. Auch dort lebten Frauen, Gattinnen und Bekannte, die inzwischen wieder ihr gewohntes Leben führten, und voll Neid hörte Sibell sie lachen. Doch dann erinnerte sie sich an ihre beiden Freunde, John und Michael, die auf dem Friedhof von Palmerston ruhten.

Sibell bereute ihre Liebelei mit Logan. Sicherlich würde es Josie sehr verletzen, wenn sie es jemals herausfand. Also beschloss sie, den Schaden wiedergutzumachen, indem sie sich um Josie kümmerte; wenigstens so lange, bis Logan wiederauftauchte, wo immer er stecken mochte.

Drei Tage später kam Hilda mit guten Nachrichten zu ihr. »Ihrer Freundin, Mrs. Conal, geht es jetzt gut genug, dass wir sie entlassen können. Am besten sehen Sie zu, dass Sie ein paar Kleider für sie auftreiben. Schauen Sie mal in der Kiste nach, die die Frauen aus der Stadt hier abgegeben haben.«

»Wohin soll sie gehen?«, fragte Sibell.

»Wenn ich das wüsste«, antwortete Hilda. »Hier kann sie jedenfalls nicht bleiben; wir sind schließlich kein Hotel. Nehmen Sie sie doch dorthin mit, wo Sie untergebracht sind.«

»Dort will man niemanden mehr aufnehmen. Es sind schon etwa ein halbes Dutzend Leute abgewiesen worden. Kann sie nicht hierbleiben, bis wir wissen, wo Logan ist? Ihr Ehemann.«

»Hören Sie mir bitte zu.« Hilda nahm sie beiseite. »Er wird jetzt schon seit einer Woche vermisst ... Und manche sagen, dass Mr. Conal sich was angetan hat. Selbstmord.«

»Das glaube ich nicht.«

»Nun, andere meinen, dass er zu nahe an einen Strand oder an ein Flussufer geraten ist. Überall wimmelt es von Krokodilspuren. Es heißt, ein Krokodil hätte ihn erwischt.«

»O mein Gott, nein!«

Hilda zuckte die Achseln. »Es steht in den Sternen. Entweder so oder so. Jedenfalls glaube ich nicht, dass ihr Mann wiederkommt.«

»Haben Sie es ihr schon gesagt?«

»Du meine Güte, nein. Lassen Sie's im Augenblick auf sich beruhen. Sie muss mit ihrem Leben zurechtkommen wie alle anderen auch.«

Anstatt Hildas Botschaft auszurichten, ging Sibell Josie aus dem Weg. Beim bloßen Gedanken, ihr gegenübertreten zu müssen, wurde ihr flau im Magen, aber andererseits fielen ihr genug Gründe ein, um sich zu rechtfertigen. Warum sollte sie sich eigentlich schuldig fühlen? Schließlich war sie für Logan Conal nicht verantwortlich. Er traf seine eigenen Entscheidungen.

Aber was war, wenn er wirklich Selbstmord begangen hatte? Hatte ihm der Verlust der Minen einen solchen Schlag versetzt, dass sein Lebenswille erloschen war?

Einige Eingeborenenfrauen, die Kleinkinder auf der Hüfte trugen, riefen ihr etwas zu: »Hey, Missus, habt ihr Kranke da drin?«

Sie ging zu ihnen hinüber. »Ja.«

»Warum?«, fragten sie lachend und stießen einander an. Offenbar kam es ihnen sehr eigenartig vor, alle Kranken gemeinsam an einem Ort unterzubringen. Sie alle waren jung und fröhlich und kamen aus einem nahe gelegenen Lager. In ihren Augen war das Krankenhaus eine Sehenswürdigkeit.

»Hier werden sie wieder gesund. Wenn ihr krank werdet, müsst ihr kommen und nach dem Arzt fragen.«

Sie schüttelten den Kopf. »Platz für Weiße.«

Sibell fiel ein, dass sie recht hatten. Schwarze waren im Krankenhaus nicht erlaubt. »Dann müsst ihr rufen, und der Arzt kommt heraus und macht eure Kranken gesund.«

Die Frauen lächelten, doch in ihren Augen stand Zweifel, als sie wieder ihrer Wege gingen. Sibell dachte an Jimmy Moon und erinnerte sich, wie er stets fast herablassend gelächelt hatte, als wären seine weißen Freunde Kinder, deren Launen man nachgeben müsse. Jimmy war so klug gewesen, und beim Gedanken an sein schreckliches Schicksal stiegen Sibell die Tränen in die Augen. In diesem Augenblick schien er ihr so nah. Jimmy hätte Logan gefunden. Er hätte ihnen ganz genau sagen können, was mit ihm geschehen war, darauf hatte man sich verlassen können. Sibell betrachtete den üppigen, grünen Busch jenseits der Lichtung. Nun war er nicht mehr ausgedörrt, sondern war voller Leben und von den verschiedensten wilden Tieren bevölkert, die ihr Krächzen und Rufen erschallen ließen.

Auf einmal wusste sie es! Logan hätte nie Selbstmord begangen. Er nicht! Und er wäre auch nie den Krokodilen zu nahe gekommen. Und Josie wusste das ebenfalls, ganz gleich, was sie auch sagte. Sibell war sonnenklar, dass es ihm nach dem Sturm irgendwie gelungen sein musste, aus Palmerston zu verschwinden, und das, ohne sich im Geringsten darum zu kümmern, ob seine Frau noch am Leben war. Das passte zu Logan. Und was noch wichtiger war: Er würde nicht zurückkommen.

Sie lief durch das Hauptgebäude und den Krankensaal und blieb dann auf einmal wie angewurzelt stehen. Josie war verschwunden; ihr Feldbett war schon weggeräumt worden. »Wo ist Mrs. Conal?«

»Entlassen. Heute Morgen.«

Am nächsten Nachmittag erkundigte Sibell sich im Polizeirevier nach dem Weg zur Shepherd Street. Josies Haus war nicht schwer zu finden. »Das, wo der große Baum draufliegt, genau in der Mitte.«

Sie entdeckte Josie, die in den Trümmern herumwühlte.

»Was tun Sie denn da?«, rief Sibell ihr zu.

»Ich wohne hier.«

»Und wo haben Sie letzte Nacht geschlafen?«

»Hier.« Josie zuckte die Achseln. »Ich habe mir ein Nest gebaut wie ein Hase.«

»Sie können hier nicht bleiben.«

»Doch«, entgegnete sie starrsinnig. »Die Chinesen werden mir helfen, das weiß ich ganz genau.«

Sibell folgte ihr durch den Schutt. »Josie, wo ist Logan?«

»Bei der Polizei heißt es, er sei vermisst, wahrscheinlich tot«, erwiderte sie ausdruckslos. »Schauen Sie, mein schöner Teppich! Der ist wohl hinüber.«

»Aber er ist nicht tot, oder?«, beharrte Sibell.

Nachdenklich sah Josie sie an. »Lassen Sie die Sache auf sich beruhen.«

»Gut. Was ich jetzt sage, ist nur für uns beide bestimmt. Er ist nicht tot, oder?«

»Hören Sie auf, Sibell.«

»Nein! Irgendetwas sagt mir, dass er Palmerston verlassen hat. Dass er einen Weg gefunden hat, sich aus dem Staub zu machen.« Sibell war auf alles gefasst, nur nicht darauf, dass Josie geradeheraus antworten würde.

»Genau das hat er getan.«

»Was? Woher wissen Sie das?«

Josie betrachtete sie. »Das Gleiche könnte ich Sie auch fragen.« Sie wandte sich ab und fing an, zerborstene Bretter beiseitezuräumen, aber Sibell hielt sie zurück. »Hören Sie mich bitte an, Josie, es ist wichtig. Er hat den Zyklon überlebt, oder?«

»Ja«, seufzte sie.

»Warum hat er Ihnen dann nicht geholfen?« Sie erkannte den gequälten Ausdruck auf Josies Gesicht und bedauerte ihre Frage, denn sie verstand entsetzt, was das bedeutete.

»Ich weiß nicht.« Josie richtete sich auf. »Aber ich glaube, wir müssen uns damit abfinden, dass Logan nicht mehr zurückkommt.«

Sibell legte den Arm um Josie. »Ja, vermisst, wahrscheinlich tot.«

»Ich danke Ihnen«, flüsterte Josie.

»Wir müssen uns unterhalten, Josie.«

»Im Augenblick bin ich nicht allzu gesprächig. Alles, was ich besaß, ist verloren. Nur dieses Stück Land ist mir geblieben, und niemand wird mich von hier vertreiben. Ich gehe nicht auf das Schiff.«

»Ich will Sie auch gar nicht dazu überreden. Dieses Gespräch wird für uns beide nicht angenehm werden, aber ich muss mit Ihnen über Logan reden.«

»Warum lassen Sie mich nicht in Ruhe?«

»Glauben Sie mir, ich täte nichts lieber als das. Doch es gibt einen Mann namens Zack Hamilton, der mir ein schlechtes Gewissen eingeredet hat. Sein Weg ist gerade und genau vorgezeichnet, und nie weicht er davon ab, aber mir ist nicht klar, wohin er führt.«

Josie zuckte die Achseln. »Tun Sie, was Sie tun müssen.«

»Deswegen muss ich ja mit Ihnen sprechen.« Sibell holte tief Luft und sah Josie an, die ernst und voll Anteilnahme zuhörte. Ihrerseits verschwieg Josie allerdings, dass Logan die Scheidung von ihr verlangt hatte. Sie hielt es für klüger, das für sich zu behalten und so wenigstens einen Teil ihrer Würde zu bewahren. Als Logan Sibell in Pine Creek begegnet war, hatte er ihr nicht gesagt, dass er verheiratet war oder dass Josie sich in der Nähe befand ... Das war genug. Und aller Wahrscheinlichkeit nach hätte er anstelle von Sibell auch jede andere genommen. »Nun, reden wir nicht mehr darüber«, meinte sie zu Sibell.

»Aber ich bin noch nicht fertig!« Sibell erzählte von den Minen und war erleichtert, als sie den Bericht über Logans Besuch auf Black Wattle hinter sich gebracht hatte. »Jetzt behauptet Zack, ich hätte mich unehrenhaft verhalten. Er sagt, Logan habe die Zinn- und Wolframvorkommen entdeckt, und deshalb gehörten sie ihm auch.«

Entgeistert starrte Josie sie an. »Er will, dass Sie die Rechte an Logan zurückgeben?«

»Ja.«

»Tun Sie das bloß nicht!« Josie sprang auf. »Hören Sie, Sibell, mir ist ganz gleich, was Zack Hamilton sagt. Sie dürfen nicht einmal daran denken.« Sie lachte auf. »Wunderbar! Es geschieht ihm recht! Sibell, ich hätte nie gedacht, dass Sie ein Auge auf Logan geworfen hatten. Sie machten immer den Eindruck, als stünden Sie über allem. Sogar am ersten Tag, als wir uns begegnet sind, kam es mir vor, dass Logan Ihnen nichts als lästig war; als ob Sie ihn überhaupt nicht bemerkten.«

»Mit der Zeit bin ich weicher geworden. Ich fühlte mich sehr einsam.«

»Mir ging es genauso«, sagte Josie. Sie erinnerte sich. »Ach, war ich einsam auf dieser Farm. Bei Jack hatte ich nicht viel Ansprache. Doch das ist jetzt Vergangenheit. Jetzt hat unser lieber Logan ein Auge auf Sie geworfen, und er ist dabei an die Falsche geraten! Etwas Schöneres hätte ich mir gar nicht wünschen können. Aber jetzt gehen Sie besser wieder zurück.«

In diesem Augenblick kam eine bekannte Gestalt auf die beiden Frauen zu. Überrascht blickte Sibell auf. »Sam Lim, was tust du denn hier?«

»Ich möchte die ehrenwerte Dame abholen. Sie ist eine geschätzte Freundin meines verstorbenen Onkels.« Er verbeugte sich vor Josie. »Das Abendessen ist fertig.«

»Ich habe es Ihnen doch gesagt«, meinte Josie zu Sibell. »Sie kümmern sich um mich. Auch sie leben in Verschlägen. Nur die Glückspilze in dieser Stadt haben ein richtiges Dach über dem Kopf.«

Sam Lim freute sich, Sibell zu sehen. »Fahren wir alle zusammen nach Hause, Missy, wenn die Sonne wieder scheint?«

»Ich weiß nicht«, sagte Sibell leise. Sie wandte sich noch einmal an Josie. »Was mache ich nur mit Zack? Können wir beide nicht eine Lösung für die Minen finden? Sie sind doch Logans nächste Angehörige, also könnte ich mit Ihnen teilen.«

»Um Zacks Grundsätzen Genüge zu tun?«

»So ungefähr.«

»In meinen Augen ist das ein guter Weg«, antwortete Josie. Sie dachte dabei an ihren Sohn. Hatte Logan letztendlich doch ihre Schwierigkeiten aus dem Weg geräumt? Wenn es sein musste, würde sie ihren Sohn zurückkaufen. Sie schlang sich das Tuch aus der Kleiderkiste um die Schultern und nahm Sam Lims

Hand, um eine umgestürzte Palme zu überwinden. Im Himmel gab es wirklich noch einen Gott.

Langsam fuhren die Schiffe in die Bucht ein und warfen weit draußen vor der Küste Anker. Wie drei Seevögel trieben sie ängstlich im aufgewühlten Meer, als ob sie erst das Ausmaß der Gefahr abschätzen müssten. Als endlich Boote zu Wasser gelassen wurden, brachen die Zuschauer an der Küste in Jubel aus. An diesem kleinen Posten ganz am oberen Ende dieses riesigen Kontinents waren Schiffe immer willkommen. Sie brachten Nachrichten von der Außenwelt und die lang ersehnte Post. Doch diesmal waren die Schiffe zudem Zeichen eines Neubeginns. Einige hatten geunkt, dass man nur mit einem Schiff der Marine rechnen sollte. Sicherlich würde Anordnung ergehen, die Siedlung aufzugeben, und nur einige Männer würden zurückbleiben, um das Telegraphenamt betriebsbereit zu halten.

»Es ist schon einmal geschehen«, hatten sie gesagt. »Also wird es wieder so kommen. Diese Stadt kostet die australische Regierung mehr, als sie wert ist.«

Zuerst kam eine Abteilung königlicher Marineinfanteristen an Land und sah sich neugierig um. Sofort wurden die Soldaten mit Fragen überhäuft, denn die meisten Bewohner befürchteten immer noch, die Siedlung verlassen zu müssen. Sie hielten alles für einen politischen Schachzug, der dazu gedacht war, die Einwohner ohne viel Aufhebens auszusiedeln. Doch bald verbreitete sich die Nachricht, dass die Soldaten gekommen waren, um beim Wiederaufbau zu helfen. Also sahen alle zu, wie sie sich formierten und die Klippen hinaufmarschierten, um die zerstörte Stadt in Augenschein zu nehmen und einen Vorgeschmack auf die sengende Hitze und die schwere Arbeit zu bekommen, die sie erwarteten.

Als sich die Menschenmenge zerstreute, suchte Zack Maudie auf, die ungeduldig auf der Veranda des Amtssitzes des Verwalters wartete. Sie hatte das Ereignis unten am Strand versäumt.

»Nur wegen dieses verdammten Beins muss ich jetzt nach Perth«, schimpfte sie. »Ich hasse Städte. Und was soll ich dort machen?«

»Erst mal wieder gesund werden. Es dauert ja nur ein paar

Monate. Wenn du zurückkommst, wirst du Palmerston nicht wiedererkennen. Es heißt, dass zweite Schiff ist mit Baumaterial beladen.«

Maudie machte eine wegwerfende Handbewegung. »Palmerston ist mir gleichgültig. Mir geht es nur um Black Wattle. Wirst du Sibell heiraten?«

»Warum?«, gab er zurück, da er ihr in diesem Augenblick nicht darauf antworten wollte.

»Weil Black Wattle mein Zuhause ist, nicht ihres, und ich will sie dort nicht haben.«

»Darf ich auch noch ein Wörtchen mitreden?«, fragte er freundlich.

»Da Cliff tot ist, muss ich mich nun selbst um meine Angelegenheiten kümmern; um meine und um Wesleys.« Sie sprach, als müsse sie sich verteidigen, und er bedauerte sie. Für eine Frau, die das Stillsitzen nicht gewöhnt war, musste es die Hölle sein, dass sie nun schon so lange an einen Stuhl gefesselt war.

»Traust du mir das nicht zu?«, fragte er.

Sie schüttelte den Kopf. »Mit dir liege ich nicht im Streit, Zack. Aber die Leute reden trotzdem. Es ist schon schlimm genug, dass wir unter einem Dach leben. Doch wo bleibe ich, wenn du heiratest und Kinder bekommst? Irgendwo in einem Hinterzimmer wie eine alte Jungfer.« Sie steigerte sich immer mehr in Wut. »Wesley und ich«, fuhr sie fort, »haben ebenso viel Recht auf die Farm wie du. Genau genommen sogar noch mehr.«

Lässig lehnte er sich an einen Pfosten der Veranda. »Das musst du mir genauer erklären, Maudie.«

Sie ergriff die Gelegenheit. »Du hattest deine Chance. Charlotte hat dir sechs Monate Vorkaufsrecht auf Black Wattle gegeben, und du hast es nicht genutzt. Danach wäre Cliff an der Reihe gewesen, also bin ich jetzt dran. Ich tue nur, was Cliff an meiner Stelle getan hätte. Ich nehme mir Black Wattle. Du verlierst nichts. Ich zahle dich aus, und du kannst dir eine andere Farm kaufen.« Da sie Zack nun den Fehdehandschuh hingeworfen hatte, sah sie sehr zufrieden aus. »Du warst eben zu langsam, Zack.«

Er seufzte. »Ich weiß nicht, warum alle glauben, dass ich mit geschlossenen Augen durch die Welt laufe. Du bist Cliffs Witwe.

Als er getötet wurde, habe ich mir geschworen, mein Bestes für dich zu tun. Deswegen habe ich von meinem Vorkaufsrecht keinen Gebrauch gemacht. Ich wollte nicht, dass du glaubst, ich wollte dich in deiner Notlage auch noch unter Druck setzen. Du solltest dich auf Black Wattle sicher fühlen. Wenn du die Farm haben willst, bitte sehr. Du wirst Hilfe bei der Buchhaltung brauchen, also lernst du jetzt am besten rasch Lesen und Schreiben. Das kannst du ja während deines Aufenthalts in Perth in Angriff nehmen; du bist es Wesley schuldig.«

»Du verlässt die Farm?« Sie konnte kaum fassen, wie leicht es gewesen war, und hatte eigentlich mit einem Streit gerechnet.

»Ja, nachdem wir alles geregelt haben. Ich habe bereits ein Angebot für die Farm neben unserem Besitz eingereicht.«

»Welche? Corella Downs?« Maudie war überrascht.

»Corella«, wiederholte er und sah sie dabei an. »Dort gibt es zwar kein Wohnhaus, das der Rede wert ist, aber ich kann eines bauen. Der Besitz ist einige Quadratkilometer kleiner als Black Wattle, doch es ist gutes Weideland und verfügt über mehrere Wasserlöcher. Die Verwaltung wäre weniger aufwendig, schätze ich.« Das Offensichtliche erwähnte Zack nicht: Vor vielen Jahren, nachdem Maudies Mutter am Fieber gestorben war, hatte ihr Vater schwer gearbeitet, um seine Familie durchzubringen. Nur wenige Wochen bevor Maudie, die jüngste Tochter, Cliff geheiratet hatte, war der alte Viehtreiber von Rindern zu Tode getrampelt worden und lag nun auf Corella Downs begraben.

Zack wartete, bis seine Worte ihre Wirkung taten.

»Übrigens«, fügte er hinzu. »Glaube bloß nicht, dass du Sibell los bist. Sie wird weiterhin ganz in deiner Nähe bleiben, denn sie hat die Schürfrechte für die Wolfram- und Zinnvorkommen auf Black Wattle angemeldet. Bald ist sie die neue Wolframkönigin; zusammen mit ihrer Freundin Lorelei Rourke.«

»Mit wem?« Maudie blieb der Mund offen stehen.

»Du kennst sie doch; die Dame aus dem Bijou!«

»Das glaube ich nicht. Ich werde sie daran hindern.«

»Unmöglich«, antwortete er und versuchte, dabei ein ernstes Gesicht zu machen. »Also wirst du auf Black Wattle nicht einsam sein. Ich vermute, die Minenbesitzerinnen werden dir oft einen Besuch abstatten, und ihr könnt dann ein Damenkränzchen abhalten.«

»Ich dachte, du willst Sibell heiraten«, sagte sie verblüfft.

»Das habe ich nie behauptet«, meinte er. »Und jetzt fängst du am besten an zu packen. Das Schiff legt in wenigen Tagen ab, und ich möchte dich sicher an Bord wissen.«

Die Hochzeit von Miss Lorelei Rourke und Colonel Puckering sollte am Samstagnachmittag im neuen Wohnhaus des Polizeipräsidenten stattfinden. Also begab sich der Colonel am Vortag der Trauung ins Krankenhaus, um seine Verlobte abzuholen.

Die Oberschwester begrüßte ihn. Inzwischen sah sie wieder aus wie gewohnt, da die Kleidung, die man bei der letzten Lieferung vergessen hatte, endlich eingetroffen war. Sie trug ihre Schwesterntracht, die aus einem schwarzen Rock, einer weißen Bluse, einer riesigen weißen Wickelschürze und einer frisch gestärkten Haube bestand. Zuerst waltete sie ihres Amtes und zeigte ihm das neue Krankenhausgebäude, das gerade errichtet wurde.

»Ich habe noch ein paar Worte mit Ihnen zu reden, Colonel«, meinte sie, während sie einem der Bauarbeiter auswich.

»Ja?« Der Colonel war über diese Verzögerung verärgert. Jeder Narr konnte doch sehen, dass die Arbeiten wie geplant verliefen.

»Wenn ich mir die Bemerkung erlauben darf: Sie waren sehr nett zu Lorelei, aber halten Sie es für klug, wenn ein Mann in Ihrer Stellung so ein Mädchen heiratet?«

»Finden Sie, dass sie zu jung für mich ist«, gab er zurück, wobei er sich absichtlich dumm stellte.

»Überhaupt nicht«, antwortete sie. »Sie und ich, wir sind doch im besten Alter.«

»Ich freue mich, dass Sie hierin mit mir einer Ansicht sind. Wenn Sie allerdings auf etwas anderes anspielen, lassen Sie mich Ihnen eins sagen: Lord Palmerston, nach dem diese Stadt benannt wurde, war ein berüchtigter Frauenheld mit einem ganzen Schwarm unehelicher Kinder. Doch die britische Öffentlichkeit war klug genug, seine Weisheit und Güte zu schätzen.

Um es geradeheraus zu sagen, Oberschwester, ich wünsche, dass auch meine Frau nach diesen Maßstäben beurteilt wird.«

»Ja, natürlich, aber …«

»Kein Aber … Sicherlich erinnern Sie sich auch, dass Palmerston nach seiner Hochzeit im Alter von fünfundfünfzig Jahren ein mustergültiger Ehemann wurde. Lorelei ist erst vierundzwanzig, und ihre jugendlichen Torheiten hat sie hinter sich. Und noch etwas – Palmerston ist Premierminister geworden. So etwas Großes habe ich nicht vor, aber man wird mich in Kürze zum Polizeiminister fürs gesamte Northern Territory ernennen. Und eins möchte ich noch einmal klarstellen: Wer meine Gattin beleidigt, hat mit dem Schlimmsten zu rechnen.«

Die beleibte Frau trat einen Schritt zurück, musterte ihn und klopfte ihm dann so heftig auf den Rücken, dass er fast lang hingeschlagen wäre. »Gut für Sie, Colonel«, rief sie mit dröhnender Stimme. »Ich glaubte schon, Sie hätten nur Mitleid mit ihr, und Mitleid ist im Moment das Letzte, was sie gebrauchen kann.«

Lorelei saß angezogen auf dem Bett. Auf dem Kopf trug sie einen Strohhut, und das Gesicht hatte sie mit einem Moskitonetz verhüllt. »Anscheinend muss ich erst heiraten, um überhaupt hier herauszukommen«, sagte sie niedergeschlagen.

»Unsinn«, widersprach Hilda. »Sie sind nicht mehr krank. Wir hätten Sie sowieso entlassen. Nun zeigen Sie einmal, wie Sie aussehen.«

Lorelei umklammerte ihren Hut. »Dreh dich um«, sagte sie zum Colonel, doch Hilda entriss ihr Hut und Schleier. »Papperlapapp, er wird schließlich Ihr Ehemann. Sie können ja nicht für den Rest Ihres Lebens mit einem Zuckersack über dem Kopf herumlaufen.«

Dank ihrer Jugend waren die Wunden rasch verheilt. Allerdings waren die Narben immer noch gerötet und leuchteten aus ihrem Gesicht hervor. Eine Augenbraue war gespalten, eine Narbe verlief entlang ihrer Nase und über die Wange, und eine andere reichte bis zu ihrem Mund. Durch die Spalte in ihrer Oberlippe sah es aus, als hätte sie eine Hasenscharte. »Sehen Sie«, meinte die Oberschwester fachkundig. »So schlimm ist es gar nicht. Nur eine Seite Ihres Gesichts hat etwas abbekommen.«

»Danke«, sagte Lorelei. »Also gehe ich in Zukunft nur noch seitwärts.«

»Sie haben Glück gehabt, dass Sie noch am Leben sind«, schalt die Oberschwester. »Bin ich zur Hochzeit eingeladen? Ich liebe Hochzeiten.«

»Wir laden niemanden ein«, sagte Lorelei.

»Doch.« Der Colonel beugte sich über sie, um sie zu küssen. »Und die Oberschwester wird sicherlich sehr erfreut sein.«

Lorelei griff nach ihrem Hut und setzte ihn rasch wieder auf. »Wenigstens darf ich als Braut einen Schleier tragen«, meinte sie und wandte sich dann flüsternd an den Colonel: »Sehe ich wirklich so fürchterlich aus?«

»Du wirst immer schön sein«, antwortete er, und es gelang ihr, zu lächeln. »Sibell kommt auch. Warum lädst du nicht auch ihren Freund ein, wenn wir schon unbedingt Gäste haben müssen?«

»Er ist beim Angeln«, erklärte Puckering, »aber ich habe ihm eine Nachricht hinterlassen.«

»Hoffentlich kommt er.« Doch dann fiel ihr noch etwas ein. »Wenn du Leute eingeladen hast, müssen wir auch etwas zu essen anbieten. Was sollen wir essen?«

»Darum habe ich mich schon gekümmert. Sibells Freund Sam Lim übernimmt die Küche.« Er lachte. »Wo sonst als in Palmerston gibt es bei einer Hochzeitsfeier chinesisches Essen?«

Zack kam zu spät. Sie waren mit einem Boot stromaufwärts gefahren und mit einem guten Fang Barramundi zurückgekommen, die er dem Koch im Telegraphenamt übergab. Irgendwann fiel endlich jemandem ein, ihm die Nachricht auszurichten. Also zog er sich rasch um und ritt durch die immer noch heiße Nacht zum Haus des Colonels. Die Zeremonie war schon längst vorbei, aber es standen immer noch einige Gäste auf der vorderen Veranda herum. Und natürlich musste er zuallererst ausgerechnet Sibell über den Weg laufen. »Schön, dass du es doch noch geschafft hast«, begrüßte sie ihn kühl. »Sie werden sich freuen, dich zu sehen.«

»Ich habe gehofft, du freust dich auch.«

»Warum auch nicht? Wir sind immer noch Freunde.«

»Maudie hat mir erzählt, dass du bleibst. Wo wohnst du?«

»Im Krankenhaus. Die meisten freiwilligen Helferinnen sind umgesiedelt worden, also arbeite ich jetzt für Unterkunft und Verpflegung, aber ohne Bezahlung.«

»Das klingt doch ganz gut«, stellte er fest.

»Ist es aber nicht«, widersprach sie. »Ich arbeite sehr hart.«

»Schon, aber es kommt immer auf Angebot und Nachfrage an«, gab er grinsend zurück. »Im Augenblick ist ein Dach über dem Kopf, durch das es nicht durchregnet, Mangelware. Also musst du dafür einen höheren Preis bezahlen.«

Seine Antwort missfiel Sibell, die mit Mitleid gerechnet hatte. »Allerdings bleibe ich sowieso nicht mehr lange dort«, sprach sie weitet »Ich ziehe zu Mrs. … zu Josie, dieser Dame dort, sobald ihr Haus fertig ist.«

Er warf einen raschen Blick auf die gut aussehende Frau in einem ordentlichen braunen Kleid, das eine wohlgeformte Figur betonte. In diesem Augenblick fiel ihm ein, dass er Sibell noch kein Kompliment gemacht hatte. Doch inzwischen war es dafür wahrscheinlich ein bisschen zu spät. In ihrem langen, blauen Kleid mit dem hohen, verstärkten Spitzenkragen und dem unter einem hübschen Hut hochgesteckten Blondhaar sah sie einfach hinreißend aus.

Dann rief ihn der Colonel zu sich, und er ging hinüber, um zu gratulieren. Zuerst küsste er die Braut, die in ihrem cremefarbenen Seidenkleid mit Spitzen sehr vornehm wirkte. Über dem Gesicht trug sie einen Schleier, den sie nicht zurückschlug. Doch da Zack den Grund dafür kannte, küsste er sie durch den Schleier und gratulierte dem Colonel, der in seiner Galauniform sehr stattlich aussah.

»Was halten Sie von einem Whisky?«, fragte Puckering, nachdem die Begrüßungsformalitäten vorbei waren. »Vom Wein habe ich für heute genug.«

»Großartig«, stimmte Zack zu, und die beiden Männer zogen sich in die Küche zurück, wo Zack zu seiner Überraschung Sam Lim beim Aufräumen vorfand. »Was machst du denn hier?«

»Er hat sich ums Essen gekümmert«, erklärte Puckering. »Und er hat seine Sache ausgesprochen gut gemacht.«

Aber Sam Lim war außer sich. »Boss! Sie haben noch kein Abendessen bekommen. O weh! Ich mache Ihnen noch etwas zurecht!« Und er schrie Puckerings jungen chinesischen Diener an, der wie aufgescheucht herumlief. Doch Zack hielt ihn zurück. »Ich brauche nichts, danke. Nur einen Whisky, bitte.«

Eilig wurden die Flasche und zwei Gläser auf den Küchentisch gestellt, und der Colonel griff danach. »Nehmen wir sie mit nach draußen. Hier drinnen ist es zu heiß.«

Als sie sich zum Gehen wandten, rief Sam Lim Zack zu: »Hey, Boss! Bald geht's wieder nach Hause, oder?«

»Im nächsten Monat«, antwortete Zack. »Am besten bestellst du schon die Vorräte. Und trommle die Mädchen zusammen. Missus Maudie und Wesley sind bis dahin bestimmt zurück.«

Begeistert klatschte Sam Lim in die Hände. »Wir fahren wieder heim.«

Draußen, im Licht der Laternen, schlug der Colonel nach den Moskitos. »Diese grässlichen Biester«, klagte er. »Riesengroß sind die.«

»Ja«, stimmte Zack zu. »Wir nennen sie die grauen Schotten.«

»Wieso denn das?«

»Sie treten regimentweise auf, in verschiedenen Arten. Also nennen wir sie graue Schotten, schwarze Wachen und so weiter ... Auf Ihre Gesundheit und auf Ihre hübsche Frau!« Zack hob sein Glas.

»Und auf Ihre«, sagte der Colonel. »Ich dachte, Sie würden eine Braut mitbringen. Miss Delahunty zum Beispiel.«

»Sibell?«, meinte Zack niedergeschlagen. »Die hat einen Dickschädel.«

»Meiner Ansicht nach ist das eine Eigenart, die einer Frau im Busch nur zugutekommt. Es ist wichtig, dass sie sich zu helfen weiß.«

Zack konnte ein spöttisches Grunzen nicht unterdrücken. »Sich zu helfen weiß? Das kann sie wahrhaftig! Sich einfach die Mine zu schnappen!«

»Darüber wollte ich mit Ihnen sprechen. Sie wissen doch, dass meine Frau zusammen mit Sibell die Morning-Glory-Gesellschaft gegründet hat?«

Zack zuckte die Achseln. »Das geht mich nichts an.«

»Stimmt. Aber vielleicht interessiert es Sie ja, dass Sibell mit Mrs. Conal eine Vereinbarung getroffen hat.«

»Mit Mrs. Conal? Mit Logans Frau?«

»Ja. Bestimmt haben Sie schon gehört, dass der Mann vermisst wird.«

»Habe ich. Was glauben Sie, ist mit ihm geschehen?«

»Tod durch Unfall, würde ich sagen. Aber um noch einmal auf die Gesellschaft zurückzukommen: Sibell, Mrs. Conal und wir haben uns geeinigt, dass die beiden Damen gemeinsam zweiundfünfzig Prozent der Anteile besitzen. Ich habe Verständnis für Ihre Auffassung und schätze Ihre ehrenhafte Einstellung, doch die Lage hat sich inzwischen geändert. Da Mrs. Conal selbst Teilhaberin ist und, wie ich hinzufügen kann, mit Leib und Seele bei der Sache, können Sie Ihre Vorbehalte vielleicht aufgeben.«

»Gut möglich«, meinte Zack, den diese Wendung der Ereignisse immer noch überraschte. »Aber Sibell und Mrs. Conal, sind sie Freundinnen?«

»Mein lieber Junge, fragen Sie mich nicht, wie Frauen solche Angelegenheiten regeln. Sibell und Josie sind nicht nur wieder Freundinnen ...«

»Josie? Ist sie Mrs. Conal?«

»Wie sie leibt und lebt. Josie ist als unser Gast hier, und wir verstehen uns alle großartig. Sie und Sibell waren meiner Frau eine große Hilfe; ich bin ihnen zu Dank verpflichtet.«

Aber Zack war immer noch argwöhnisch. »Vielleicht verstehen sie sich im Augenblick, aber was ist, wenn Conal wiederauftaucht? Für welche von beiden wird er sich entscheiden?«

»Darum brauchen Sie sich keine Sorgen zu machen.« Der Colonel füllte die Gläser nach. »Er kommt nicht zurück. Es gibt keinen Logan Conal.«

»Woher wollen Sie das wissen?«

»Gestern habe ich unter meinen Papieren einen aufschlussreichen Bericht gefunden. Den Frauen habe ich noch nichts davon erzählt; ich will es Josie lieber selbst sagen. Da ich meine Akten gerne auf den neuesten Stand bringe, habe ich dem Registrator in Perth mitgeteilt, dass ein Mr. Logan Conal, Überlebender der unglücklichen *Cambridge Star*, vermisst wird und wahrscheinlich tot ist. Die Antwort hat mich wirklich verblüfft. Auf der Passagierliste dieses Schiffs stand kein Logan Conal. Diesen Mann gibt es nicht.«

»Es gibt ihn nicht?«, wiederholte Zack. »Wer ist er dann? Oder besser gesagt, wer war er?«

»Keine Ahnung. Wahrscheinlich jemand, der Dreck am Stecken hatte und die Gelegenheit ergriffen hat, einen neuen Namen anzunehmen. Unter diesen Umständen ganz leicht.«

»Guter Gott!«, meinte Zack. Dann hob er sein Glas. »Seien wir froh, dass wir ihn los sind. Auf eine lange und glückliche Ehe, Colonel.«

»Und für Sie das Gleiche, Sir.« Der Colonel lächelte.

Der Ochsenkarren polterte durch die Straßen von Palmerston. Er war mit Vorräten für Black Wattle beladen, denn heute sollte die lange und beschwerliche Reise zurück zur Farm beginnen.

Bei den Ställen übernahmen Reiter die Packpferde und stiegen selbst in den Sattel. Endlich neigte sich die Regenzeit ihrem Ende zu, und obwohl im Norden immer noch Schauer zu erwarten waren, würde bald die große Dürre beginnen. Überall im neu entstandenen Palmerston hörte man das Hämmern und Schlagen der Handwerker. Zimmerleute kletterten geschäftig auf den Gerüsten neuer Gebäude herum. Die Marineinfanteristen marschierten fröhlich winkend zum wiederaufgebauten Hafen hinab. Sie traten jetzt die Heimreise an.

Sam Lim saß mit seinem jungen chinesischen Lehrling auf dem Bock des Wagens und gab den Pferden das Zeichen zur Abfahrt. Hinten, zwischen den Vorräten, hockten die Zwillinge Pet und Polly neben Wesley und Netta.

Maudie thronte hoch zu Ross. Neben ihr saß Bygolly auf seinem Pferd, und die Viehtreiber, die sie angestellt hatte, umringten sie. Diese Männer sollten Maudies eigene Farm Corella Downs bewirtschaften. Maudie freute sich schon auf die nächsten Monate in Black Wattle. Sie würde Zeit haben, alles herauszusuchen, was sie brauchte, während ihr Haus gebaut wurde. Zack hatte sich sehr großzügig gezeigt. Er hatte vorgeschlagen, die beiden Farmen anfangs gemeinsam zu betreiben, bis Maudie alles geregelt hatte. Er hatte ihr sogar angeboten, ihr bei der

Auswahl eines Bauplatzes für ihr Haus zu helfen, der sich zwar in der Nähe des Wassers, aber außerhalb der Reichweite einer möglichen Überschwemmung befand. Maudie war fest entschlossen, dass ihr Sohn einmal eine gut geführte Rinderfarm erben sollte. Sie war sogar damit einverstanden gewesen, Wesley nach seinem zwölften Geburtstag in ein Internat zu schicken, damit er die nötige Schulbildung bekam. Zwar hatte das zu einigen Streitereien geführt, weil Maudie nicht einsehen wollte, was Geographie und Geschichte mit der Aufzucht von Rindern zu tun hatten, aber Zack hatte darauf bestanden.

Rund um sich herum sah sie bekannte Gesichter. Die Männer auf den unruhig tänzelnden Pferden rückten ihr Werkzeug – Gewehre und Bullenpeitschen –, das an ihren Sätteln baumelte, zurecht und scherzten miteinander. Nach der langen Ruhepause freuten sie sich auf ein weiteres Arbeitsjahr auf Black Wattle.

Sibell, die ihre Buschkleidung, Hose, Hemd und einen Lederhut, trug, rollte ein Wachstuch zusammen, das sie auf der Reise durch den feuchten Busch brauchen würde, und schnallte es neben ihrem Gewehr am Sattel fest. Und Lorelei, deren Gesicht immer noch hinter einem Moskitonetz verborgen war, erinnerte sich an die Abreise vor einem Jahr. »Schaut sie euch an«, kicherte sie und hakte ihren Mann unter. »Sieht sie nicht wieder wie ein Cowboy aus?«

Der Colonel küsste Sibell auf die Wange. »Viel Glück«, sagte er. »Und gute Reise.«

»Kommen Sie uns besuchen?«

»Soll ich etwa den ganzen Weg reiten?«, rief Lorelei aus. »Mir wäre lieber, wenn Sie uns besuchen. Ich gehöre einfach nicht in den Busch.«

Eine weitere Gruppe Reiter kam die Straße hinunter und schloss sich dem Tross an. Max Klein und seine Bergleute hatten beschlossen, die Hamiltons zu begleiten, um den besten Weg nach Black Wattle kennenzulernen. Die deutschen Bergarbeiter salutierten, als sie am Colonel vorbeiritten.

Auch Josie und Hilda waren erschienen, um sie zu verabschieden, und Sibell unterhielt sich immer noch mit ihnen, als Zack angeritten kam. »Komm schon, Frau«, rief er ihr zu. »Los, aufs Pferd. Wir haben nicht den ganzen Tag Zeit.« Grinsend sah er zu, wie der Colonel Sibell auf eine große Rotfuchsstute half. Dann kam er näher und machte ein besorgtes Gesicht. »Willst du nicht lieber mit dem Schiff fahren?«

»Nein«, erwiderte sie wie Maudie damals. »Es dauert doppelt so lang und ist todlangweilig. Wir reiten zusammen nach Hause.«

Am Samstagabend nach dem Essen zog Zack sich mit Casey auf die Veranda zurück, wo sich die beiden Männer zufrieden setzten.

»Es ist schön, wieder zu Hause zu sein«, meinte Zack. Casey nickte und zog an seiner Pfeife.

»Ich habe nachgedacht«, fuhr Zack fort. »Wir sollten diesen Max Klein von den Minen samstags zum Essen einladen, wenn er es einrichten kann. Wenn wir Umgang mit ihm pflegen, wird es bei den Schürfarbeiten bestimmt nicht zu Zwischenfällen kommen.«

»Kann nicht schaden«, stimmte Casey zu. »Übrigens, was ich Sie schon länger fragen wollte, was machen wir mit Jimmy Moons Pferd?«

»Geben wir es Netta.«

»Netta?« Verwundert riss Casey die Augen auf.

»Das Pferd gehörte einem Schwarzen, also können wir es ihnen nicht mehr wegnehmen. Und Netta verdient eine Belohnung, weil sie sich im Zyklon um Wesley und die Mädchen gekümmert hat. Ich bin vor Angst fast gestorben, weil ich dachte, sie lägen unter dem Haus begraben.«

»O ja, das habe ich ganz vergessen. Außerdem hatte sie ein Auge auf Jimmy Moon geworfen. Sie haben ihn nie kennengelernt, oder?«

»Nein«, antwortete Zack. »Dass so etwas Schreckliches hier geschehen musste. Er war bei unseren Schwarzen recht beliebt. Wie haben sie's übrigens aufgenommen?«

»Zuerst nicht sehr freundlich, aber dann ist wieder Ruhe eingekehrt. Ich habe herausgefunden, wo sie seine Leiche begraben haben … Draußen beim Steinkreis.«

»Beim Steinkreis? Ich dachte, diesen Ort meiden sie wie die Pest.«

»Ja, aber die Zeiten haben sich geändert. Und noch etwas Komisches ist passiert: Die Emus sind zurück.«

Zack fuhr hoch. »Also doch. Ich habe letztens einige gesehen, aber nicht weiter darauf geachtet. Ich frage mich, was das zu bedeuten hat.«

»Das finden wir wohl nie heraus. Bygolly sagt nur, dass es ein Totemplatz für Emus ist.«

»Und warum sind sie dann weggeblieben?«

Casey lachte auf. »Das wird Ihnen gefallen: Bygolly meint, sie wären die ganze Zeit da gewesen und wir hätten sie bloß nicht gesehen.«

Aus dem Haus drangen laute Stimmen in den stillen Abend hinaus. Maudie und Sibell stritten wieder einmal miteinander.

»Wann ist Maudies Haus endlich fertig?«, fragte Zack.

»In ein paar Wochen, würde ich sagen.«

»So bald?«, fragte Zack grinsend. »Es wird verdammt still hier werden.«

»Die Mädchen lassen heute wieder mal die Fetzen fliegen«, stellte Casey fest. Zack lehnte sich zurück und streckte die langen Beine aus. »Sie haben keine andere Wahl«, sagte er gähnend. »Denn wenn sie aufhören, sich zu zanken, stellen sie fest, dass sie eigentlich Freundinnen sind. Und das würde ihnen gar nicht gefallen.«

Nachwort

Palmerston hat überlebt, ebenso wie Pine Creek und Katherine. Die beeindruckende Schlucht von Katherine ist heute von einem Nationalpark umgeben, und östlich von Darwin hat man den berühmten Kakadu-Nationalpark eingerichtet. Die Stadt Stuart wurde in Alice Springs umbenannt.

Die großen Rinderfarmen im Norden gediehen, und einige stehen während der Trockenzeit Besuchern offen.

Im Jahre 1911 übernahm das Commonwealth die Verwaltung des Northern Territory. Die Stadt Palmerston erhielt den Namen Darwin.

Bis 1897 wurde Palmerston von drei schweren Zyklonen heimgesucht, doch die entschlossenen Siedler bauten die Stadt jedes Mal wieder auf.

Nach der Jahrhundertwende entwickelte sich Darwin zu einer blühenden Metropole. Im Jahre 1937 allerdings schlug der Zyklon wieder zu, und 1942 wurde die Stadt durch Bombardements der Japaner erneut verwüstet. Die Bevölkerung musste evakuiert werden. Als die Menschen einige Jahre später zurückkehrten, bot sich ihnen ein Bild des Grauens. Aber die Städter gaben sich immer noch nicht geschlagen.

Im Jahre 1974 war in Darwin wieder der Alltag eingekehrt. Am Heiligabend allerdings versetzte der schlimmste Zyklon von allen, Zyklon Tracy, die Bürger acht Stunden lang in Angst und Schrecken. Wieder einmal war die Stadt dem Erdboden gleichgemacht, und wieder einmal musste ein Großteil der Bewohner evakuiert werden. Aber sie kamen zurück, um mithilfe von Techniken und Materialien, die den Elementen widerstehen konnten, alles wiederaufzubauen. Selbst nach diesem Schicksalsschlag verloren sie nicht ihre offene, freundliche Art, die für die Menschen im Norden so typisch ist.

Heute ist Darwin eine der letzten Siedlungen der Welt, die immer wieder der Natur abgetrotzt werden will, eine lebendige Großstadt und Pforte zu der einzigartigen Landschaft des australischen Hinterlandes.